草民的抗戰

国共两党地方武装
鲜为人知的抗日真相

◆谢维衡 著

中国文史出版社

目录 Contents

第一章　大年初二活见“鬼”

1938年2月1日，农历正月初二，应是中国人欢欢喜喜过大年的日子。

过年真好，全家老少齐聚一堂，喜气洋洋。乡里乡亲们不管穷的富的，见面说话尽拣好听的，过年好！恭喜发财！图的是来年好运，富的更富，穷的变富，你好我好，大家都好，最好是磕倒也能拣个大元宝。

过年不但要说好听的话，也不能干亏心事。据说连强盗小偷也少有过年出来劫路盗窃的。

可是，世界上就是有比中国的强盗小偷还要坏的混账东西。

1938年正月初二的那天傍晚，一个名叫中村的日本军官，带领一队五六辆日本军车，拉着上百名日本鬼子，呼呼隆隆开进了我的家乡平度城。

日本人当然不是来给平度人拜年的。

你看那车头上架着的机关枪，“三八大盖子”枪上插着明晃晃的刺刀，再看看日本人那凶神恶煞的样子，傻瓜也不会认为他们是来拜年的。于是，平度城人吓得都把门紧紧关上，只有“维持会”们在城门内外迎接。大年初二，还没把家神送走呢，怎么又来了这么一伙儿凶神呢？真他娘的晦气！

那时的老百姓都迷信，大年初二活见鬼，以后别想有好日子过了！他们其实谁也没有真的见过鬼。要说见过的话，正是这凶神恶煞般的日本鬼。

平度人早就认识日本鬼

平度人对日本鬼的反感，不是自那天开始。那时的中年人都还清楚地记得，早在民国3年（1914年）第一次世界大战爆发不久，日本鬼就来过平度城。他们从东海边的龙口登陆，一路向西来到平度。日本人的日标是平度城南边100公里的青岛，说是要替中国人把侵占青岛的德国鬼子赶走。关于这段历史，《民国续平度县志》在《兵匪之祸》一章记得明白：

> 民国三年，欧战既起，我国宣布中立。日本由我陆路攻青岛，兵自龙口登岸，经黄、掖至平度。七月十九日，大雨中叩城入，马步队次进踞城内，商铺民房殆遍。先是十四日，知事（即县长）胡大华延商会总董崔煜升入署，以北京政府（时为袁世凯袁大总统）

电报示之，略云：日本假陆路攻青岛，沿路或有车马需索，官吏勿与问，着以地方绅商应之（政府不敢得罪日本人，要绅商应付）。日兵官入县署，持械迫胡大华（毫不客气），令代购面粉三十万斤（但不付款），三日交，迟则死（胡大华也可怜）。大华集绅士立公会局（商会），邀陈荣湝、许崇稢、许绍唐、崔煜升、戴熙绶主其事，传城厢富户十八家均认出麦入磨，日夜弗遑（富户们日夜磨面，够苦的）。而兵遽南发，初不俟其数之足也（日人等不得磨足三十万斤面粉就急忙往南走了）。辎重续至，勒远近民户出车马运赴战地（别以为日人不要面粉了，这不，后勤部队来了，连运输面粉的车马还得平度民户出呢）。日人在城有所需，均公会应之。大华刑幕（胡大华的师爷）周瀚与翻译张玉三挟日势，短缴米面价银三千元，谓代贿日官，令善视我（官府的师爷和日本翻译联合贪污三千元，汉奸趁火打劫啊）。诸绅士不得已许之，而扰如故（三千元白花了）。暨北京特派员至，闻其事，大华褫职（胡大华真是个冤大头啊），周瀚亦拘留数月（看来当时的北京政府也很生气，但不敢得罪日人只能拿中国人出气）。

日兵之初至也，其将神尾出示（一个名叫神尾的将军发布告示），大略云：为保全中华土地主权用兵，大军所至，秋毫无犯（好一个秋毫无犯！强索面粉也就罢了，且看下面）。兵既至，不即发，则相率出掠鸡鸭，入人家，遇什物无所遗（什么都要），或黉夜盗窃奸淫。至李子园取人薪（强取柴火），村人王某止之，为所杀。修路于张戈庄，途遇二人，俾供役（硬叫人家服劳役），二人惧欲逃，即发枪，二人皆死。南关陈崇和，东关廪生江逢春忿其侮，遂自尽……

……冬十一月，城厢日兵尽去。电线之在店子、门村、白埠、亭口者，各留守备队数十人。至四年七月始尽去，盖一周岁矣。

这次日人骚扰平度，一开始说要 30 万斤面粉，其实掠去粮食 500 万斤，猪 1000 头、羊 1000 头、鸡 2000 只，征用小推车 500 辆。平度人后来听说，日本人确实把盘踞青岛的德国人打跑了，可是日本人却赖在青岛不走了，并且一占就是 8 年。直到经过 1919 年“五四”运动，中国人誓死也要把青岛讨回，日本人才于 1922 年很不情愿地把青岛交还给中国。日本鬼子堪称强盗，平度人对日本鬼会有好印象吗？

县长姬春堂弃官而逃

24年后的正月初二，日本人是从北边的掖县来到平度的，一路上没有遭遇什么抵抗，反而在城门口受到由一伙平度人组成的“维持会”的“热烈欢迎”。平度第一任维持会长名叫高若亮，带着几个汉奸带头高呼“欢迎大日本皇军”的口号。还有几个汉奸手里拿着纸做的小日本膏药旗沿街发放，要求临街各家各户必须张挂。高若亮们毕恭毕敬地把中村他们迎进平度县政府。日本人看中了平度城东南城角的县立中学，就把司令部设在中学里，把宪兵队设在城里。

这里就需要交代一下了，县政府本是平度县长的大堂，平度是国民政府的平度，那么，此时的国民党平度县长哪里去了呢？

平度县长姬春堂刚刚跑了没几天。

日本人能大模大样进占平度城，不怪别人，怪就得怪平度县长姬春堂。这个由国民政府正式任命的一县之长，简直是胆小如鼠，鬼子还没见影，就带着老婆孩子跑回他的老家去了。据说他的老家在鲁南，离平度四五百里。其实当时大部分平度人都还不知道他们的“父母官”把他们丢下跑走了。以后知道了，许多人骂他是个“软皮蛋”。可骂有什么用，反正人已经跑了。再说，姬春堂也挺不合算的。想想吧，县长是正处级一把手呢，虽说古装戏上动不动就拿七品芝麻官开涮，其实熬上这么个官也是很不容易的。自古有多少读书人皓首穷经一辈子也没当上个一官半职，有的即使中了状元、进士，也只能放个知县，许多举人才能干个书吏。民国时期的县长都是省长委任，山东省就那么107个县，不知有多少人在瞅着县长的位子呢。姬春堂一定是经过深思熟虑才做出取舍决定的。设身处地为姬春堂想想，如果不弃官而逃，摆在他面前的只能有两条路。一条，是带领平度人民跟日本鬼子拼个你死我活——他显然没有这个胆量。再说，一个没有兵权的县长，手下的上百名警察咋呼咋呼向百姓收个苛捐杂税什么的倒还有个虎劲，要这些人去对付日本鬼子，用平度的一句俗话就是“老鼠吃猫——找死”呢。既然不敢跟日本人打仗，那就剩下另一条路，给日本人当炮灰，被中国人骂作汉奸。可姬春堂又不想当汉奸，那就只有忍痛割爱弃官而逃了。姬春堂豁上把官扔了也不当汉奸，比起那些汉奸来，我倒觉得他不太可恨，怪可怜的。给他下一个“群众观念淡薄、缺乏爱国心”的结论算完拉倒，让他回老家去吧。

其实不能全怪姬春堂，大家都跑了嘛

1937 年 12 月底，身兼青岛市长和国民党第三舰队司令的沈鸿烈，率领海军陆战队、保安队、警察队、青岛的党政官员及家眷撤出青岛，南去徐州，使青岛成为无防守之城。连手握军政大权的市长都跑了，手下仅有几个警察的平度县长姬春堂焉有不跑之理？

现在的人可能不信，抗战初起之时，国民党政府地方官员逃跑成风。不说别的，就说平度附近胶东各县，北边掖县的县长刘国宾，东边招远县长段馨山、莱阳县长梁秉锟，南边胶县县长赵丹坡，东南邻即墨的县长（名字不详），还有黄县县长谢宝桢，就像运动员听到了发令枪，一个个以百米速度争先恐后地携家眷落荒而逃。用平度人的话说，“接不上八条腿”。

所以，不能全怪姬春堂。

可也怪不得青岛市长沈鸿烈

沈鸿烈一开始并不想放弃青岛，他本来想跟日本鬼子血拼一场的。他当时是青岛市长兼国民党海军第三舰队司令兼青岛防卫指挥部总指挥，统一指挥第三舰队、海军陆战队、青岛市保安队和中央税警五、六两个团，还有青岛的警察，共约 7000 余人。这还不算，蒋委员长还把东北军五十一军于学忠部调到潍县以东，其中一个师驻青岛市郊，并任命于学忠兼任青岛警备区司令，专门负责青岛防御。有这么强的军事力量保卫青岛，所以沈鸿烈敢跟日本鬼子叫板。他在青岛沿海山头设置了许多大炮，炮口直指海中跃跃欲试的日本军舰。还构筑了无数坚固的工事，把青岛防御搞得固若金汤。他甚至还对日本驻青岛领事放出狠话：如果你们胆敢犯我青岛，我将不但不再对日侨和日本人的工厂负保护之责，我还要炸掉你们狗日的诸多纱厂，来个“焦土政策”，叫你们小日本血本无归！那时很多日本人在青岛，日本人的洋行铺子到处都是。特别是日本人开的纱厂成为青岛工业的支柱产业，仅有名的就有六大纱厂。那可是日本人花巨资办起来的工厂，每天都给日本国创造着大量的财富。日本人也真的害怕沈鸿烈拿他们的侨民和工厂开刀，就没有在“七七”事变之后像“八·一三”进攻上海一样进攻青岛。这个局面的出现，与沈鸿烈对日本人的强硬态度不无关系，所以说，沈鸿烈属于国民党中的抗日派，不是投降派。

沈鸿烈最后还是把青岛放弃了，他在撤离前也真的采取了“焦土政策”。1937 年 12 月 18 日，在那个北风凌厉的晚上，青岛人忽觉得天摇地动，紧接着雷声不断。那不是雷声而是炸药爆炸声。沈市长下令把日本人的六大纱厂全炸了，同时还炸毁了四方发电厂、两个自来水水源地和青岛港码头设备。要炸这么些地方也不容易，一连几天爆炸声不断，市区上空烟火弥漫，日本的纱厂真的成了一片片“焦土”。你日本人不是开来40多艘军舰要强行登陆青岛吗？我就叫你来得了住不下，叫你没水没电，看你日本鬼子怎么生活。不过，沈鸿烈的第三舰队加上其他船只共20多艘，全被日本舰队封锁在胶州湾里。那都是些超期服役的旧军舰，没法跟日本军舰较量。沈鸿烈一咬牙，军舰再旧也不能留给日本人，命令船只开到主航道上，全部凿沉，在水路给敌舰造成了一道障碍。沈鸿烈把青岛变成“焦土”，然后就撤离了。他这一走，日本人进入青岛如入无人之境。1938年1月10日凌晨，日本海军第四舰队40多艘军舰开抵胶州湾，数十架飞机做掩护，日寇板垣第五师团3000多人分别从山东头、沙子口、浮山湾和汇泉湾登陆，“兵不血刃”进入青岛市区。紧接着，占领了济南的日本矶谷师团一部沿胶济铁路向东一路打来，先是占领了潍县，接着占了高密，继而侵占胶县，19日，进入青岛市区。真是神速啊，照此进度，日本人“三个月灭亡中国”的打算还真不是白日做梦。

看一下山东地图，就会知道青岛战略地位的重要。它就在胶东半岛西南部黄海边的胶莱河南端入海口，是半岛与山东腹地的接合部，机动化部队从这里向西向北向东一天之内就能占领胶东和山东大部。胶莱河南通黄海胶州湾，北接渤海莱州湾，正掐住半岛咽喉。天然良港使海运非常方便，尤其是山东乃至中国腹地的物产可以从这里很方便地运往日本。这儿离日本本土近得很，坐船只要两三天时间，乘飞机只要两三个小时，从日本本土往青岛运兵运武器弹药更是快捷方便。日本人几辈子做梦都梦着青岛，第一次世界大战就趁势取代德国将她侵占，直到1922年，日本才不得不把青岛交还中国。日本人真有股韧劲儿，一次大战没占住，二次大战一开始便急不可耐地把目标对准了青岛，而且很快得手。

谁拥有了青岛谁就拥有了胶东。1938年1月下旬，日军派出70多辆汽车，从青岛沿青（岛）烟（台）公路向东向北进发。先占福山，继占牟平、烟台、威海，向西占领蓬莱、黄县、招远，2月1日（古历大年初二），占领掖县城和平度城。

沈鸿烈放弃青岛是奉命撤退，不是擅自逃跑，所以怪不得沈鸿烈。

不怪沈鸿烈，该怪谁呢？

要怪就怪韩复榘

韩复榘时任国民党山东省主席兼第三集团军总司令，手下有10万兵马，不仅是山东的顶梁柱，还是整个黄河防线的主力。有韩主席的10万大军保卫山东，阻敌于黄河以北，地处胶东的青岛当然就没有什么大的危险，只要沈鸿烈在青岛顶住海上的日军，日本人就别想进占青岛。可是，正当沈鸿烈在青岛与日寇对峙、决心保卫青岛之时，不用说沈鸿烈，就连蒋介石也没有想到的事情却发生了。10月初，日军占领德州、平原、陵县等地，矛头直指济南。韩复榘面对日军的大举进攻，为了保存自己的实力，竟然率领第三集团军十几万兵马和省政府人员南逃，把济南拱手让给了日本人。韩复榘这一逃跑，使中国的抗战陷入了莫大的被动。此前的淞沪会战，日军占领上海。南京会战失利，连国民政府也不得不撤出南京转移到武汉。蒋委员长本来寄希望于黄河防线阻挡一下从北面南下的日军，以便重新部署抗战大局，谁知韩复榘却擅自撤退，使日军迅速占领济南，挥师南下，武汉就处于日军的南北夹击之中。此前，蒋委员长已经把镇守青岛的五十一军于学忠部调到徐州，部署几十万大军归第五战区李宗仁司令长官统一指挥，决心阻敌于徐州以北，保卫武汉。这便是徐州会战的由来。

于学忠的五十一军一撤，就使青岛的防御捉襟见肘不堪一击了。海上有日本强大舰队逼近，陆上有日军从济南沿胶济铁路东进，青岛陷落已成定局。跟鬼子硬拼，只能是以卵击石。沈鸿烈放弃青岛，也是无奈之举。

所以，沈鸿烈放弃青岛与韩复榘放弃济南，性质是不一样的。一个是奉命撤退，一个是擅自放弃，等同于临阵脱逃。

因此，胶东出现各县县长弃官而逃的局面，不能怪沈鸿烈，只能怪韩复榘。

韩复榘也有他的“道理”

1938年1月3日，蒋介石在开封召开高级军事会议部署徐州会战。应召参加会议的韩复榘一到开封立即被捉，交由军事法庭审判。据说，当蒋介石问他为什么“擅自放弃济南”时，他竟然反唇相讥：你先别问我，我倒要问问你，你为什么要放弃南京？这一句反问，把个蒋介石问得一时哑语，更加恼羞成怒。1月24日，经过“军法会审”的韩复榘，以“不听命令，擅自撤退”的罪名被枪毙，时年47岁。

按照韩复榘的思路，你蒋介石能放弃首都南京，我韩复榘面临日本人威力无比的进攻，为什么就不可以放弃济南？我这也是主动撤退嘛，留得青山在不怕没柴烧嘛。乍一听似乎有理，前进后退乃兵家常用战术。可韩复榘将自己摆错了位置。你韩复榘是谁？党国的战区司令啊，你守土有责啊。蒋介石是谁？国家元首啊，你韩复榘的任务是保卫国家和国家元首的。如果蒋介石和国民党政府不撤离南京而当了日本人的俘虏或者牺牲了，那还不是象征着中国被日本人灭了吗？养兵千日用兵一时，你韩复榘就是豁上一死，也不能擅自后退啊，要誓死保卫国家和元首啊，你怎么连这个道理都不懂，反而把自己的临阵逃跑与蒋委员长率领政府撤离转移的战略决策相提并论呢？看来，这样的将领不可留，杀了他，是他罪有应得。

蒋介石在处决了韩复榘之后，立即委任沈鸿烈担任山东省政府主席并兼任第三集团军副总司令，这已经告诉人们，功过分明，责任就在韩复榘。

跑的跑了，没跑的只有打了

好了，就此打住吧，不要再追究谁先逃跑的责任了，因为日本鬼子已经占领了平度城。

平度城是哪里啊？平度城是我的家乡啊，同志们!

看看我的家乡有多可怜吧，县长姬春堂跑了，平度没有县长了，一时变得群龙无首。日本人也已经来了，平度百姓就像一群没爹没妈的孩子遇上了狼群，跑都来不及。

跑什么？老家就在平度，在胶东，祖祖辈辈生存在这里，往哪里跑？

平度人真是好样的，不像他们的“父母官”那般贪生怕死，既不跑也不躲，纷纷组建抗日游击队，告别了爹娘，拿起了刀枪，跟鬼子汉奸干上了。一场轰轰烈烈的群众性的抗日游击战就这样在平度大地上开始了！

第二章　中学校长张金铭

张金铭不是平度人，可是我愿意把他当作平度老乡来对待，因为就是这个外乡人在平度乃至胶东拉起了规模最大的抗日游击队，而且使平度人很快就又有了县长父母官。

《中共平度地方史》在有关平度的抗日游击战部分对张金铭是这样介绍的：“张金铭，生于1902年，字缄三，山东省定陶县人，北京朝阳大学毕业。

抗战爆发前先后任临沂三分校训育员，1936年，任平度县立中学校长，是年约30岁。系国民党CC系小组织学兴社的成员，到平度后便开始发展这个组织。1937年底，由于日本侵略军的进犯，山东省陷入无政府的混乱状态，平度县长姬春堂携眷逃跑。平度县立中学也提前放了假，校长张金铭离开学校，后经鲁南，辗转到了徐州，与国民党第五战区游击总指挥李明扬取得了联系，受命出任第五战区游击总指挥部直属第十六支队中将司令。随后，又专程去战时山东省府（驻沂水县东里店）谒见省主席沈鸿烈，受委兼任平度县长。张金铭衔命返回平度，以平度东北乡的祝沟村为基地，组军抗日，并宣布兼任平度县长……”

张金铭的五个特点

通过上面这段资料不难看出，张金铭有以下五方面的特点：第一是个文人，大学文凭，中学校长，原来与枪杆子没有什么关系，说不定连枪把子也没摸过；第二他是定陶县人，到远离定陶近千里的胶东平度来干县立中学的校长，为平度的教育事业做贡献。那可是平度有史以来第一所由政府兴办的中学，是平度的最高学府；第三临危受命。看到鬼子快来了，政府官员纷纷逃跑，他也完全可以学姬春堂扔下平度学生跑回定陶老家躲起来，但他没有这样做，而是主动请缨，组军抗日，并且把姬春堂扔掉的县长职位担起来，集军政于一身，与平度人同生死共命运。仅凭这一点，就值得佩服。第四，这第四点，很让人有点儿介意，他是国民党员，而且是国民党CC系，还是什么“复兴社”，让人看了不免觉得有些浑身起鸡皮疙瘩。众所周知，国民党内派系林立，军统、中统、CC，这个社那个社，都是派系，一般人是分不大清的。但许多人早就通过历史、文学书籍和影视作品了解到这些派系的共同特点——在镇压共产党的同时，自己内部又钩心斗角，互相倾轧，甚至残酷谋杀。笔者从小接触的书籍也都是国民党不抗战，专打内战，像日本鬼子一样攻击共产党和八路军。所以，我对于张金铭属于国民党而且还是CC很不舒服。 不过我现在对他还是有好感的。过去不知道国民党也有抗日的，后来通过电影《血战台儿庄》知道了国民党也抗日。但对敌后抗战，只知道共产党在敌后组织了众多的抗日游击队，像《敌后武工队》《铁道游击队》《平原游击队》什么的，不知道国民党也有敌后抗日游击队。现在知道了，不但有，而且就在我的家乡平度，竟然出了张金铭这么个人物，所以我对他产生了钦佩感。我暗自想，如果张金铭是个共产党员该有多好啊，新中国成立后起码应该是个解放军的将军。可张金铭没有按照我的希望加入共产党，一直坚持国民党立场，先是与共产党合作抗日，后来又反共。正是因为他反共，最终被八路军胶东五支队打垮了。

第五点与何思源有关。

我曾经百思不得其解。一个中学校长，区区文人，怎么去了一趟徐州和沂蒙山区，回来就会变成国民党的中将司令兼平度县长了呢？坐直升机升得也不可能这么快吧？就算当时国民党的官衔再不值钱，也不可能一下子从一个平民百姓当上中将啊！真是难以置信。

我问过平度党史办公室的同志，他们也说不太清楚，后来经到省里调查，才知道张金铭的舅舅是何思源。

何思源是山东菏泽人，1982 年去世，盖棺定论为“著名教育家”。再说远点，他曾经干过国民党的山东省教育厅长、山东省政府主席、北平市市长，1949 年，新中国成立前夕，他是北平市和平谈判首席代表，为北平的和平解放积极奔走。新中国成立后，何思源拥护中国共产党的领导，积极参与国是，历任中国人民政治协商会议第二至第五届全国委员会委员、中国国民党革命委员会中央委员会委员等职。他先后在人民出版社、世界知识出版社、全国政协会刊编辑部从事编译工作，发挥其精通英、德、法、俄四种外语的特长，笔耕不辍，译著甚丰。20 世纪 60 年代初，他出版的译著已达 16 部，除了翻译作品，他还以对历史负责的精神撰写了许多文史资料。他不忘祖国统一大业，为台湾早日回归祖国积极奔走。1982 年 4 月 28 日，在北京逝世，享年 87 岁。

教育厅长当上鲁北总指挥

张金铭有何思源这么个舅舅，也就不是一般的中学校长了。不知什么原因，平度党史和文史资料上都没有披露他们的这次层甥舅关系，可能是因为张金铭的结局不太光彩吧。

为了找到答案，我查阅了许多有关国民党人组建抗日游击队的资料，竟然时不时地出现“何思源”这个名字，觉得必须把何思源抗战的资料简要转告给大家了。

何思源高中毕业后考入京师大学堂。1919 年积极参加了“五四”运动，在天安门前的集会游行，慷慨演讲，表达了强烈的爱国热情和反帝思想。后来他去美国留学，从此，在西方一边求学一边寻求救国之道。1921 年冬，华盛顿会议开幕，中国人民要求大会讨论山东问题。何思源作为中国留美学生代表成员会见中国出席会议代表，要求政府据理力争。可见，他是一个坚定的爱国者。1926 年冬，他学成回国来到国民革命闹得轰轰烈烈的广州，出任中山大学教授兼图书馆馆长。1927 年，加入国民党，担任“国民党山东省党部改组委员会”委员兼宣传部长。1928 年 4 月，担任国民革命军总司令部政治训练部副主任兼法科主任，当年又担任了国民党山东省政府委员兼教育厅长，从此主持山东教育工作近 10 年。在山东乃至全国桃李满天下。

1936 年，张金铭被派到平度县担任立中学校长时，何思源正担任省教育厅长，是何思源委派张金铭到平度，这一点可以确信无疑。而且那时的何思源对侵占我东三省的日本侵略者疾恶如仇，一直坚持实施“求生教育、抗日教育”的方针，培养了一大批爱国知识分子。这对从山东走出去又回到山东、直接受命于何思源的张金铭来说，不能不说是一个绝好的领导和师长。张金铭强烈的抗战意识和勇气，应当来源于何思源。不然，平度的姬春堂跑了，张金铭不但不跑，反而敢于组军抗战，他哪里来的这般胆识？这恐怕要从何思源那里找动力。

1937 年底，身兼山东省主席和第三集团军司令的韩复榘率领军队和省府放弃济南逃跑了。担任山东省教育厅长的何思源手下全是文弱书生，本可以随省政府一起逃跑，可是他不跑，毅然决定留在山东坚持敌后抗战。何思源的抗战大志得到了国民政府的赏识，新任山东省政府主席沈鸿烈把管辖 4 个专区 27 个县的鲁北行署主任和鲁北游击指挥的重任交给他。他便开始在鲁北一带组织游击队，跟日本侵略军干上了。别看何思源是个“书生”，可中国的书生大都精通《战国策》《史记》，有许多人还把《孙子兵法》当作文学读物来研究，所以，中国的书生不乏精通兵法者。可能何思源也是这样一类书生吧。你看，他面对日军的攻城略池不慌不忙，怀揣省里对他的委任状，带着教育厅敢于跟他一起抗战的十几名青年干部向鲁北进发了。

何思源来到鲁北，打起抗战旗号，大力招兵买马。由于鲁北人民抗日热情高涨，再加何思源号召力巨大，很快就使自己的队伍发展起 5 个旅、10 个团、20 多个县大队。鲁北有了何思源这么个带头人，再加上共产党领导的抗日队伍不断涌现，到处燃起了抗日的烽火。

张金铭复制着何思源的道路

再看平度张金铭的抗日道路，与何思源何其相似！

1937 年底，还没到学校放寒假的日子，平度县立中学正在组织期末考试。可就在这时，县长姬春堂跑了，县城乱了。县长一跑，有几个区长也害怕了，有的甚至把区队解散，将枪支藏了起来，生怕惹火烧身。当然也不是都这样，有的不但没把枪藏起来，反而扩大武装组建游击队准备跟日寇厮杀，成为张金铭组军的基础，下面就要介绍几个。在平度一片混乱的局势下，平度县立中学的教师和学生谁还能在教室里坐得住呢？有的学生就被家长关在家里不准出门，生怕孩子有闪失。张金铭审时度势，知道这个学办不下去了，只好决定提前放寒假。当然，对中国和山东的形势进行了宏观分析的张金铭，已经跟全体师生说明，提前放假不是不负责任，而是为了腾出手来，进行抗日大行动，一旦时机成熟，平度县立中学还是要复学的。

将学生放回家的第二天， 张金铭就悄悄地出发了。这可是一条充满危险的道路。

那时，韩复榘刚刚放弃济南，而日军矶谷师团乘机跟踪南下，先占泰安，又取兖州，就是说，鲁西和鲁西南沿津浦一线已经到处是日军，他们的目标是直取徐州。

张金铭就是在这个时候到徐州去，真叫人不敢相信。可他终于还是沿着沂蒙山的崎岖山路出了山东，到了徐州——国民党第五战区长官部所在地。

那时的徐州已经处于大战前夜。千军万马奉命从全国各地开到徐州周围，各路集团军的司令、军长、师长们急匆匆走进李宗仁将军的长官部，领受了命令又急匆匆走出来，怀着与阵地共存亡的决心，奔向各自的防地。台儿庄之战就是在这儿部署的。

张金铭能在那个时候见上第五战区长官部的长官，当然不知他是否见过李宗仁，但他起码见上了第五战区游击总指挥部总指挥李明扬。可见他不是一个书呆子。

那时，李明扬应李宗仁之邀任第五战区游击总指挥兼江苏省政府委员、江苏徐州督察专员，徐州防空司令兼苏北第二、第四游击区总指挥官。山东划归第五战区，山东的敌后游击战就归他分管。

正在筹备徐州会战的第五战区游击总指挥部的长官们，听中学校长张金铭表达了他要与胶东百姓共存亡的慷慨悲壮之志和组军抗战的具体计划，一下子就想到了那正在鲁北敌后跟鬼子浴血奋战的山东省教育厅长何思源。再比比那临阵脱逃的韩复榘、姬春堂之流，真是危机时刻见忠心。特别是张金铭又是他们的自己人——忠诚于“党国”的国民党员，当然是热忱欢迎，极力支持的。国家正是用人之际，又有人主动请缨，那就依靠他把胶东的游击战搞起来，再出一个胶东的何思源，山东的抗日游击战不是就遍地开花了吗？有成千上万的游击队在敌后拖住敌人，不是可以缓解正面战场的压力吗？既要他把胶东的抗日游击战搞起来，就得给他个组军的资格。胶东地区18个县，让他发展几万人的规模，给他个中将军衔又有何妨?

以上虽然是我的猜测，但平度的党史资料上确实是这样说的：第五战区游击总指挥李明扬委任张金铭为第五战区游击总指挥部直属第十六支队中将司令。李明扬肯定向张金铭颁发了盖着第五战区大印和李明扬签字的委任状，因为张金铭随即就离开徐州回到山东，来到战时山东省政府驻地——沂蒙山区的沂水县东里店，面见了刚刚接替韩复榘出任山东省主席兼山东保安司令的沈鸿烈。他首先肯定要把中将司令的委任状呈给沈鸿烈看。沈鸿烈那时正为国民政府的许多县长纷纷弃官而逃着急上火，肯定也为平度县缺少县长而发愁。既然人家李明扬慷慨地把中将军衔授予张金铭，沈鸿烈也就顺势而为，把平度县长的委任状颁发给他，命他快快回去，一边组军抗日，一边组建县政府。不过，沈鸿烈既对张金铭寄予厚望，又似乎对一个中学校长突然升为中将司令有所疑惑，不然后来也不能借故撤了张金铭的中将司令降他为旅长。这个后面还要交代。

以上的文字，主要是为了说明，张金铭走的是与何思源相同的道路。他们一个在鲁北，一个在胶东，都是以教育工作者之身，在没有一兵一卒的情况下挑旗组军，成为统率千军万马的抗日将领。只不过，比起何思源来，张金铭组军尤其不易。何思源是省级高官，从事教育多年因而桃李满天下，在鲁北一呼百应。而张金铭，一个平度县立中学的校长，在胶东谁会听他的号令呢?

这就要看他的本事了。

第三章　平度第一任“维持会长”不是汉奸

张金铭虽然当上了中将司令兼县长，可他的手里尚没有一兵一卒。当他于1938年1月中旬回到平度时，平度城已经被一个名叫高若亮的人带领的“维持会”占领了。这就怪了，怎么日本人还没来，却蹦出个高若亮来了呢？这个高若亮给谁当维持会长？为谁“维持”秩序呢？不管怎么说，光杆司令张金铭是不敢进平度城了。

这就不得不先把这个高若亮交代一番。

商界精英高若亮

查遍有关平度汉奸的资料，高若亮竟然榜上无名。这就怪了，高若亮怎么能不是汉奸呢？抗战以来，“维持会”这个词已经成了汉奸组织的代名词，高若亮明明是平度最早的“维持会”会长，难道不是汉奸？漏记了吧？

查阅了有关高若亮的材料，还真的不能给他下个汉奸的结论。倒是他的非凡经历令人刮目相看，连大军阀张宗昌还是他拉扯起来的呢。

高若亮，字名斋，平度县西北乡三堤村人。出身年月不详，但肯定比1881年出生的张宗昌要大些，要不张宗昌也不能叫他叫“二哥”。别看高若亮因家贫没有机会入私塾读书，他却有一副好脑子，靠自学也粗通文墨，能写简单的书信，能记简单的账目。到20岁时，他看到在家里根本就没有走出贫困拔掉穷根的指望，就毅然走上了闯关东之路。经过打拼，高若亮有了积蓄，在哈尔滨开了一家客货栈。客栈接待一般客户赚不到大钱，倒是鸦片贩子们舍得花钱，吃喝花钱出手大方，成为高若亮的一条重要财路。这就是在冒险了。俗话说“险大利大”，正因敢于冒险，才使高若亮的客货栈财源滚滚，一夜暴富。

不想事情被官府发觉，要来查究。如果被拿到证据，以大清法律，高若亮就是杀头之罪。头脑灵活的高若亮当然不会等着杀头，他立即开始寻找关系，或者关系的关系。这个关系，必须能跟哈尔滨道台搭上话才行。而当时在哈尔滨当道台的是个河南人，名叫王理堂。河南人与山东平度人能有什么关系啊？高若亮几乎绝望了。可他有股不到黄河心不死的劲头，满哈尔滨打听与王理堂关系密切的人。

真是天无绝人之路，高若亮终于得到了一条价值万金的信息，当年录取王理堂为举人的主考官竟然是平度古庄人于沧澜！古庄与高若亮的三堤村都在平度胶莱河边，相隔只有十几里，谁人不知道于沧澜的大名！他是光绪丁丑年进士，在河南担任过知县、知府、兵备道等职，以廉洁勤政名闻中原。于沧澜曾经担任河南乡试同考官，以公正严明、不拘一格选人才而受到学子称道。那一年又是乡试，秀才王理堂应试，文章做得虽好，但不太符合八股文的格局，按规定是不能入选的。可是于沧澜从文章中看到的是王理堂别具一格的才华，竟然爱不释手，破格录取王理堂为举人！从此，王理堂把于沧澜当作恩人，尊为恩师。

头脑灵活的高若亮从这层关系看到的不仅仅是可以免遭重刑，更看到了他的人生转机。他备了一份厚礼，来到道台衙门，将自己精心制作的名帖递了进去。那王理堂一看名帖上写着“山东平度于沧澜先生义子高若亮”，连忙吩咐有请。高若亮见了王理堂，先是叩头拜见，接着奉上厚礼，受到王理堂热情接待。不用说，王理堂当即答应对案子予以照顾，免予追究。高若亮攀上了道台这个高枝，从此在哈尔滨名声大震，神通越加广大，客货栈的生意也更加红火。生意做大了，钱也赚得更多，高若亮便在海参崴设立了商号，并成为海参崴华人商界的首领级人物。

高若亮与张宗昌

此时，流浪东北的山东掖县穷小子张宗昌正在海参崴帝俄修筑的中东铁路上当筑路工，常到客栈里来吃饭，认识了山东老乡高若亮。掖县与平度是近邻，地连地，墒连墒，连说话的口音都一样。高若亮看到张宗昌身高力大，在筑路工人中很有威信，还说得一口流利的俄国话，就对这个比自己小五六岁的老乡很是器重。遇到张宗昌手头困难时，吃喝都不收他的钱，有时还对他予以接济。张宗昌对高若亮感恩戴德，叫二哥叫得比亲哥还亲，二人就这样成了知交。后来，经高若亮介绍，张宗昌不再干那出苦力的筑路工，当上了中东铁路护路队的队长，从此走上了行伍之路。1904年，日俄战争爆发，俄国战败，护路队解散，张宗昌失业了。又是高若亮出手相援，介绍他当上了海参崴华人商会的保镖，经常不离高若亮左右。

1911年，革命军在武昌起义，精明的张宗昌敏锐地抓住了这个机遇，亲率百余人回山东投靠山东民军都督胡瑛，加入了辛亥革命的队伍。然后又随军来到上海，因为他打仗不怕死，屡建战功，很快升任陈其美的上海光复军骑兵团团长，1912年，又升任江苏第三师师长。1913年7月，张宗昌背叛了革命军，投靠北洋军阀冯国璋支持袁世凯称帝，率部进攻护法军，任第二路总指挥，从此成为直系之一部。1916年11月，冯国璋出任代理总统，张宗昌则任侍卫武官长。1918年，张宗昌又出任江苏第六混成旅旅长、暂编第一师师长。1921年，张宗昌奉命率部入江西，与革命军交战，结果，在吉安地区被陈光远打败，所部也被陈光远解散。张宗昌在江苏已无立足之地， 所获军功军职前功尽弃。同年，他又来到东北奉天投靠了张作霖，先后任巡署高级顾问、宪兵营长、绥宁剿匪司令、绥宁镇守使，1923年，升任东北第三混成旅旅长。1924年9月，因在直奉战争中作战有功，被张作霖提升为奉军第二军副军长，在第二次直奉战争后又升任宣抚军第一军军长。1925年4月，张作霖任命他为山东军务督办，又叫督军；7月，兼任山东省省长。1926年初，任直鲁联军总司令，1927年6月，任第二方面军军团长。就这样，张宗昌从直系军阀又成为奉系军阀的一员干将。

1925 年，高若亮回山东老家探亲，专程到济南看望山东督军兼省长的张宗昌。张宗昌见了恩人，不仅热情接待，还要重重报答。他说："二哥，别费心出力地做买卖了，我给你个县长当，比做买卖来钱快多了。"就这样，高若亮变卖了在哈尔滨和海参崴的产业送回平度老家，走马上任山东齐河县县长。高若亮家产丰厚不缺钱，当官又不是花钱买的，所以他当了县长不稀罕钱财，但求一个好名声。他不但不贪，还借助张宗昌的势力，保得一方平安。那年代百姓最怕乱七八糟的军队过境受糟践，高若亮当上县长，过往队伍情愿不敢在齐河境内造次，高若亮因此博得百姓好评。高若亮的口碑好，张宗昌也觉得脸上有光，就说："二哥，你给我长脸，我要提拔你！"一句话又提拔高若亮当上了济宁道尹，从县级升任地级干部。1928 年春，张宗昌被北伐军打垮逃到东北去了，失去了靠山的高若亮也只好回到平度老家，当起了绅士。这可不是个一般绅士，走过南闯过北见过大世面，当过地级干部又有万贯家产，平度绅士他属第一，没人能跟他比试。倒是遇到大事，连平度的县官也要经常请教于他。

好好先生高若亮当上"维持会长"

高若亮这个人经商能当上商会的头头，当官能当到道尹，证明他是一个很有能力的人。有能力有地位的人一般是爱管事的人，特别是有大事的时候。1937 年"七七"事变当然要算中国最大的大事。鬼子还没来，县长姬春堂就吓跑了，张金铭也还没当上中将司令兼平度县长。平度城一时间没了主事的，陷入混乱状态。大事当前，年过花甲在家养老的高若亮觉得维持平度秩序责无旁贷。于是他就进了平度城，组织起县警备队，成立了"维持会"，自任会长。高若亮成立"维持会"是无师自通，他觉得维持秩序的组织就是"维持会"，打算先这么维持着社会秩序，等有了县长就把权力交给人家。没想到后来日本人成立的汉奸组织也叫"维持会"，这就差了味道。高若亮是不想当汉奸的。他"维持"平度城的那些天也确实没做什么坏事。当他维持着平度城的秩序，慢慢地就听说了别的地方的"维持会"是为日本人服务的汉奸组织，"维持会"会长是汉奸头儿，心里就有些犯嘀咕。可是他这个人爱面子，不能干自己打自己嘴巴的事情，就在平度城死挨。他认为只要自己不干有害于平度人的事情，谁也不得罪，就不是汉奸。以后不管是国民党的还是共产党的县长来了或者是日本人的县长来了，他马上就交差离开平度城回老家养老。他不知道他的"维持会"已经发挥了威力，竟然吓得手持县长委任状的张金铭没敢进平度城。

张金铭光听说县城里有了“维持会”，也没细打听就以为肯定是日本人的“维持会”，所以就到祝沟去了。到了1938年2月5日大年初二，日本人开进了平度城。高若亮是个没立场的人，赶快命人做了小膏药旗，摇晃着欢迎日本人。日本人进了城，高若亮就想辞去“维持会”会长职务回老家。可是日本人不批准，表扬他“大大的好”，叫他继续“维持”。幸亏那时平度的抗日队伍还没成大气候，平度城里城外还没人公开跟日本人作对，所以也就比较平静，用不着高若亮带着维持会去打人捉人。至于高若亮什么时候辞去维持会长回老家的，平度至今没人说得清楚。有人说他是以自己年纪大为借口，那年他确实已经60多岁了，可能日本人嫌他年事已高才放了他。

再后来，平度的抗日队伍多了起来，八路军，国民党军，有找高若亮办事的，他都满口应承。汉奸找他办事，他也给办。他又是干过几天“维持会”会长的，进出平度城也是来去自由。伪县长张松山也是平西人，对高若亮倍加崇敬，经常请他到家里做客。高若亮在平度城当起了寓公，不管是见了鬼子汉奸还是行商坐贾平民百姓，他都点头微笑，整天笑呵呵地，从他脸上根本看不出是个快做了亡国奴的人。所以谁也说不上他是不是个汉奸，倒说他是个“好好先生”，是个八面玲珑的“不倒翁”。虽说高若亮当平度第一任“维持会”会长没干什么坏事，起码有两大害处：第一，把张金铭吓得不敢进城当县长；第二，白白把自己害死了。这个后边还要说。

第四章　张金铭组军建政

如果说张金铭因为没弄清高若亮的面目而不敢进平度城，不如说张金铭是个无师自通的军政人才。他知道日本人不久就会来到，平度城肯定是日本人首选的占领目标。与其在平度城等着挨打，还不如趁早选择一个便于长期立足的抗日根据地。所以，他把县政府和十六支队司令部驻地选在平度东北山区的祝沟镇。

祝沟小镇

从青岛往北到渤海边有两条直道可走，一条是青沙路，就是从青岛往北偏西方向走，紧贴着平度城西侧的青（岛）、沙（河）路往北，直达掖县的沙河镇尔后就是渤海边。另一条是出青岛往北偏东一点儿，经过即墨县，擦着平度与莱阳（现为莱西）边境往北到达平度祝沟镇，从祝沟村正中穿过，再往北翻过大泽山东麓的通道即可到达掖县东部，不远也是渤海边，由此可见祝沟战略位置之重要。祝沟村是一个大村，有450多户，近3000人口。村中央一个大十字路口，把这个村分成四个自然村，分别被称作祝前、祝后、祝东、祝西。由于村大人多，又处于交通要道上，所以行商坐贾鳞次栉比，商贸经济分外繁荣。而北边不远处的两目山就像祝沟的天然屏障，那就是胶东有名的大泽山区了。说起大泽山，咱中国恐怕无人不知，胶东八路军就是以大泽山抗日根据地为依托发展壮大的。日军对大泽山恨之入骨，进行过多次大扫荡，常常深陷其中大败而归。不过，1938年初，大泽山根据地还没建成。张金铭是个懂地形的人，他选择大泽山东麓的祝沟建政组军，打算把大泽山当作他的根据地，从这里北可进深山，南可下平原，进退自如，自可立于不败之地。仅从这一点，就可知张金铭是很有战略眼光的。

还有一个重要条件使张金铭选中了祝沟镇。祝沟归属平度三区，三区区署在祝沟西边不远的崔召镇上，区长李德元已经拉起了一支300多人的抗日游击队，祝沟是李德元的重点防地。在这里组军建政，首先可以把李德元的队伍作为十六支队司令部和平度县政府的临时卫队。果然，一接到张金铭派人送来的国民党第五战区游击总指挥部直属第十六支队第一纵队第二大队上校队长的委任状，李德元大喜过望，感恩戴德，立即向张金铭表忠心，坚决跟随张司令张县长抗日，誓死保卫县政府。

1938年2月初的一天，祝沟大街上锣鼓喧天，鞭炮齐鸣。百姓们惊喜地看到，“平度县政府”和“国民革命军第五战区游击总指挥部直属第十六支队司令部”两块大牌子分别在相邻的两个大门旁边挂了起来。县政府和司令部大门两旁各站立两个全副武装的卫兵，显得分外威风。一个文质彬彬、内穿中山服、外披草绿色呢子军大衣、戴着金丝眼镜的瘦高个中年人，笑容可掬地对大家频频点头，李德元等一群军官不离左右地走出县政府大门，向东走了几十步，又进了十六支队司令部大门。祝沟街上的百姓于是就认识了新任平度县长和十六支队司令张金铭。他们祖祖辈辈还没见过这么大的官儿呢，此前祝沟街上最大的官就是三区区长李德元。

组军建政

枪杆子里面出政权，但没有笔杆子的军队是愚蠢的军队，这是毛泽东说过的真理。在没有枪杆子的时候，靠笔杆子造舆论，也可能就有了人有了枪。

张金铭是笔杆子出身，他就是靠笔杆子起家的。在祝沟立住脚之后，原平度县立中学的师生怀着一腔抗日的热血纷纷前来投奔。其中有教务主任舒冠五，教员白筱易。舒冠五是博兴人，毕业于辅仁大学，国民党员，张金铭任命他为十六支队政治部主任，主抓队伍思想政治工作。白筱易是个年轻教员，思想要求进步，本就深受校长张金铭器重，这次校长把他安排进十六支队交际处当联络员，专门负责联络爱国人士，发展抗日队伍。后来又提拔他在舒冠五手下任政治部宣传科长。十六支队政治部基本上是原平度县立中学的师生组成，其中还有政治部副主任李晋臣。师生们冲着校长张金铭的抗日爱国热情而来，他们都不称张金铭为“司令”，见面还是称“校长”，显得无比亲切。当然这与黄埔军校毕业生称蒋介石为“校长”是有区别的。他们不是显摆自己是嫡系，确实是改不过口来。师生们遵照张校长的指示，夜以继日地抄写布告，在平度县境内广为张贴。通过这些布告，平度人很快就知道了，县政府没有垮，新的县长就是原来的县立中学校长张金铭。原来县政府的警备队更是算不上什么东西，哪里比得上十六支队，那可是第五战区游击总指挥部直属的，张县长兼着司令，军衔是中将。布告下面盖着红红的大印，“平度县政府印”六个字红光闪闪，县长“张金铭”的亲笔签名散发着墨香。在那深冬腊月里，平度人看了觉得分外温暖。县长还在，县政府还在，那可是平度县还存在的证明啊。张县长在布告上号召全县父老：日本鬼子并不可怕，只要大家有人出人，有钱出钱，有枪出枪，踊跃参加我十六支队，就一定能把小日本赶出平度，赶出胶东，赶出中国大地！

在外敌入侵、国民即将成为亡国奴之时，这张安民告示起到了为平度人打气鼓劲的巨大作用！

新任平度县长张金铭与那跑了的县长姬春堂比起来，可是厉害大了。看看那张贴在县政府的安民告示旁边那张十六支队司令部的布告吧，开头就是“胶东各县抗日志士……”听听，咱平度县长在向整个胶东半岛发号施令了！张司令确实把十六支队的布告贴到胶东各县，告诉那些正在组军抗日的人们，十六支队不是平度的十六支队，是第五战区任命的统辖胶东抗战的十六支队，军级编制。大家要抗日，必须统一组织起来，形成一个拳头，凡抗日的队伍都来加入十六支队吧，这可是国军系列的部队啊！特别是张司令还派人拿着盖有十六支队大印和他亲笔签名的空白委任状上门声明：凡是千人以上的游击队首领，授予纵队司令职，少将军衔。200 人以上的游击队头头，授予纵队属下大队长职，上校军衔。立了战功，再论功行赏。布告上“国民革命军第五战区游击总指挥部直属第十六支队司令部”的大印比平度县政府的大印还大（小了也写不开那么多字），最后又是张司令亲笔签字：司令张金铭。

张金铭的宣传和承诺收到奇效。胶东十几支抗日武装接受了任命，加入了十六支队，表示要跟随张金铭抗日。

不出一个月，到1938年3月，张金铭的十六支队就有了14个纵队，8个直属支队（支队—纵队—又是支队，看来编制名称有些乱）。张金铭自兼第一纵队司令，驻平度祝沟。第二纵队司令孙殿斌，驻即墨；第三纵队司令唐俊峰，驻平度西南部；第四纵队司令刘东阳，驻莱阳；第五纵队司令辛诚一，驻栖霞；第八纵队司令沈官忱，驻昌邑；第九纵队司令王景宋，驻黄县；第十一纵队司令杜光乾，驻掖县。由于纵队众多，散处胶东各县，有的纵队司令究竟是谁至今还没搞明白，甚为遗憾。

还有直属第二大队长刘经川、直属第八大队长刘际治驻平度。直属第四大队焦盛卿，驻招远（后改为别动总队三纵队第四十梯队）。

各纵队下设大队，大队长统统授予上校军衔。这就更加刺激了人们组军的积极性。所以，张金铭的十六支队很快发展到10000多人的规模。

当时中国人民的抗日热情就是这么高涨，只要谁打起抗日的旗号，保管有人跑到你的旗下来当兵。

按说，就凭国民的这股子抗日热情，小日本在中国是蹦跶不了几天的，可谁会想到他们竟然能在中国大地上横行了8年之久（如果算上“九一八”后侵占东北应该是14年）！现在的年轻人看着地图将中国大地与日本的弹丸之地一比就会说，真不明白当年中国人是怎么搞的。怎么搞的？咱不是刚说了，韩复榘手里有10万兵马，就那么把济南让给了日本人吗？许多县长当着当着，日本人还没来就吓跑了。当时有人就是这么表现的嘛，这就是咱们的历史啊。怕死鬼和卖国贼把国家河山拱手送给外国入侵者，把收复河山的任务交给爱国者，这也是历史反复上演过的剧目啊。

好了，眼下平度人胆气壮些了。抗战前线早已传来振奋人心的捷报。先是1937年9月八路军115师取得了平型关大捷；近来“国军”又正在徐州准备打一场会战，意图阻挡鬼子南侵的脚步。眼下，国民党方面有平度县长张金铭组成的胶东抗日游击大军，而共产党领导的抗日游击队也正在胶东风起云涌。平度人总该对打败日寇有点儿信心了。

日本侵略军曾为“七七”事变之后的一段日子得意忘形，一日千里式的大踏步前进也真的能使入侵者忘乎所以，使他们发出了“三个月灭亡中国”的叫嚣。他们那时还没真正尝到中国人的厉害。我的家乡平度有句俗话，叫作“有力无力出在常里”，还有句话叫作“小时候胖不算胖”。毛泽东主席的抗战理论就叫作“持久战”。蒋委员长的理论是“以空间换时间”，也要跟日本人打持久战。小日本那时已经武装到牙齿，各种武器比中国军队的要强许多倍。“三八大盖子”非汉阳造和土枪土炮能比，“外把子”机枪杀伤力巨大。更有飞机大炮坦克装甲车，动不动就能把你的阵地轰成一片焦土。咱中国呢？晚清的腐败无能导致辛亥革命，中国的革命力量好不容易推翻了清政府，很快又陷入“二次革命”“护国战争”“北伐战争”，接着又是国共的十年内战，期间又有什么“蒋桂战争”和“蒋、冯、阎大战”，哪里还有精力和能力发展军工？日本人就是瞅准了这个机会才敢打进来的。我们积弱积贫上百年，是在以鸟枪对大炮啊！

可是，话又说回来，既然人家打进来了，他就把自己交给咱中国人了。不用急，咱慢慢来。看谁笑到最后。

第五章　平度是张金铭组军的大本营

张金铭知道，要使胶东各路游击队司令对他服气，不能仅打着中将军衔当光杆司令给人封官加爵，自己手下必须有实力充足的部队。他要紧紧依托平度这个大本营，把它搞成了一个组军的基地，一个成功的示范点，使其发挥以点带面的作用。所以，他在广发委任状、动员胶东各县组军的同时，自己花大力气在平度组军。首先，他自兼十六支队第一纵队司令，把平度各地的游击队统了起来，很快使第一纵队成为 14 个纵队中势力最强的一个。下面把第一纵队各大队的大队长一一介绍给大家。

其一，李德元

李德元，平度县云山镇辛庄村人。他生于 1909 年（比张金铭小 7 岁），当过小学教师，也算知识分子出身。不过他这个知识分子却又崇尚武行，他还是辛庄联庄会的会长。旧时的联庄会是一村或几村的农民在大户号召下自发组织起来的农民自保组织，有了它，土匪和散兵游勇一般不敢来骚扰百姓。凡能担任会长的人，必是地方上有钱有势或有威望之人。李德元家族在辛庄人多势众，他爷爷辈兄弟三个，父亲辈兄弟八个，到李德元辈，已是三十余户上百口人。识字解文、喜好舞枪弄棒而又乐善好施的李德元组建联庄会，一呼百应当是情理中事。李德元当上联庄会长之后，辛庄一带果然是秩序井然，盗贼不敢进村，兵匪不敢涉足，村民得以安居乐业。可是，外贼不敢来，却产生了内鬼。辛庄村出了李典云、李典水、李典册几个土匪，闹得四乡不安。他们经常夜间绑架人质，勒索钱财，动不动就因苦主无力赎人而“撕票”。尤其这三个人违背“兔子不吃窝边草”的游戏规则，外村的人他们绑，本村人也绑，李本京、李柬德、李茂礼、李法振四个本村人接连被绑，并且惨遭“撕票”。一般来说，绑匪绑了熟人，反比对生人更狠，大都会“撕票”。因为脸熟，绑匪不敢留下活口。广大村民强烈要求联庄会惩罚绑匪，为亲人报仇。李德元更是疾恶如仇，觉得惩罚绑匪责无旁贷。于是他就带人将李典云、李典水、李典册三绑匪捉了，指挥着自己的护兵当众用大刀将他们砍死，还把三个人的头颅割下，挂在大街西庙前的大树上示众三天。更令乡亲们钦佩的是，李德元杀了人自己敢于承担责任，亲自挑上那三颗人头到平度城县衙门自首。结果是，县知事认为绑匪杀人证据不足（没找到被撕票人的尸首），李德元被以“枉杀人命罪”判处死刑。李德元不服，上诉到省。省里仍维持原判，李德元眼看就要人头落地。这一来辛庄人急了，纷纷想法拯救李德元。李德元家在辛庄本是大户， 全庄一千四五百口人又大部分姓李。李德元为民除害，同情李德元者大有人在。于是，以李德元本家人为首，在全村发起了捐款救命运动。李德元本家人卖房子卖地捐大头，全村人自愿捐献，不长时间，就集中了 10 万大洋。据说十几副担子挑着那 10 万大洋，十几个人持枪押送，浩浩荡荡进了省城，终于把李德元的命买了下来。李德元大难不死，仗义行侠更是声名鹊起，到“七七”事变前，他当上了平度三区的区长。李德元干过教师，对兴教办学情有独钟，当了区长大力倡导办学，祝沟、旧店等村的小学由此诞生。李德元在公务之暇还到学校给小学生讲课，以重温教书之乐。不想就认识了小学教师姜鸿恩（百姓都称呼她的小名“苗曼儿”）。后来姜鸿恩追随李德元抗日，以致到 1942 年成为李德元的小婆，此为后话。

平度是山东大县，按照民国 24 年（1935 年）的区划，平度县划分为七区，平度三区辖东北部山区的崔召镇、崮山乡、徐里镇、旧店镇、孟戈庄镇、祝沟镇、宋戈庄镇和辛庄乡等 8 个乡镇共 273 个村，比现在的乡镇大多了。李德元的家辛庄就在三区，是坐地户在家门口掌权。民国时还是像过去历代一样，县长由省里从异地选派，但县以下的区级“地方”就不能用外地人了，必须“当地蝼蛄当地拱”，所以区长都是本乡人担任。抗战伊始，县长姬春堂跑了，李德元很是不服。出于对家乡的热爱和地方官吏的责任感，他毅然决定拉队伍抗战。那时的区大都有自己的武装，即区队。区队的主要任务是维护地方治安，保护区政府的安全，再就是对那些胆敢抗粮抗税的人予以“强制执行”。“七七”事变爆发，李德元以区队为基础举旗抗日，号召家乡民众加入。平度人多数爱国爱家，有挑旗抗日的，就有起而拥护的，李德元的队伍很快发展到 300 多人。

张金铭把县政府驻地选在祝沟，就是看中了李德元的抗日热情和组军能力，把李德元的队伍当作县政府和十六支队的“御林军”来使用。李德元也以本区的祝沟村能成为县府所在地而骄傲，决心保卫县府，听从张金铭调遣。于是，张金铭自任第一纵队司令，将李德元的队伍列为第一纵队第二大队，委李德元为二大队上校大队长。

其二，阎珂卿

张金铭没有把身边的李德元列为他的一纵第一大队，而是把阎珂卿的队伍列为第一大队，原因很简单，阎珂卿的实力和来头比李德元都大。李德元也承认这一点，所以甘居第二。

阎珂卿的家是平度五区批甲营村。比起李德元来，阎珂卿可就是个大文化人了。他毕业于山东省立第四师范，曾是平度县立西关小学校长，并在长山县教育局工作过。后来加入了国民党成为专职党务工作者，曾经担任过平度县党部常务委员（拿到如今相当于副县级）。阎珂卿的身份，比李德元那样的纯粹在家门口打转转的乡土干部不同，能够比较方便地结交到上层。一开始他与国民党山东省党部的主要负责人（相当于省委书记吧）张苇村关系密切，可惜张苇村于 1934 年被刺身亡了。阎珂卿又跟国民党 CC 系的骨干卢斌结缘（请记住这个卢斌，后来他任国民党胶东行辕主任，因为他的被杀害曾使胶东国民党游击队秩序大乱），这就与同为 CC 系的张金铭很熟。1937 年“七七”事变爆发，已经 40 多岁的阎珂卿向卢斌表示要组军抗日，得到卢斌的赏识。可阎珂卿是干党务的，不像李德元那样手里有个区队作为组军的基础，怎么办呢？事有凑巧，那时正值平度县第五区区长出缺（原五区区长张松山跟随张步云到黄河北阻击日军连区队也带走了），阎珂卿便在卢斌的帮助下，于 1937 年年底出任五区区长。平度五区地处平度西北部，与李德元在平度东北部的三区遥遥相对，时称“东有李德元，西有阎珂卿”。阎珂卿当上了区长，很快就以抗日为口号拉起了区队。阎珂卿从没带过一兵一卒，根本不懂军事，但他会用人。他聘请他的同乡好友于聘三任区队教练。于聘三是五区区署驻地辛安村（现属平度市明村镇）人，毕业于直鲁将校实施学校，曾在军阀张宗昌部唐镇山旅干下级军官。张宗昌垮台后，他又在平度县担任过民团大队长，是个军事人才。经他一番调教，五区区队的战斗力很快就有提高。也是阎珂卿运气好，1937 年 11 月间，天上掉下馅儿饼来了。那时平度北边掖县的国民党县长刘国宾刚跑了，掖县群龙无首。莱州盐场有盐务警 40 余人像无头苍蝇似的慌忙南逃，途经平度五区三合山。阎珂卿获悉，立即命于聘三率队拦击。那些盐务警本来就没有什么战斗力，逃命之时哪有作战的胆量？听得枪声一响，早一个个举手缴枪。于聘三轻而易举就缴获步枪 40 余支，子弹 1000 多发。这还不算，馅饼连连。到了 12 月初，山东省第七路民团指挥谢树萱也被即将到来的日军吓破了胆，率部下 400 余人由东向西逃窜。谢部途径平度五区，阎珂卿和于聘三率队尾随追击，追到平度南部的兰底追上了。谢部一触即溃，官兵纷纷弃枪逃跑或缴械投降，阎珂卿的区队却无一伤亡。此举缴获颇丰，步枪 300 余支，子弹 50000 余发，其他军用物资一大宗。接连两次大收获，使阎珂卿的腰一下子就粗了起来。就在阎珂卿想把队伍发展的喜讯报告给他的上司卢斌时，不想卢斌由青岛调回南京，阎珂卿与他联系不上了。阎珂卿失去了靠山，感到很失落。也就在这时，张金铭来找他了，并封他为第一纵队第一大队上校大队长。阎珂卿一听大喜，高兴地接下了这个任命。

其三，刘向生

刘向生是国民党平度二区区长，他的家就是二区的李傅庄村（现属张戈庄镇）。他也以区队为基础组建起抗日游击队，被张金铭任命为第一纵队第三大队上校大队长。刘向生打仗不怕死，后来与他的兄弟双双在同日寇战斗中阵亡。

其四，刘经川

前面说的李德元、阎珂卿和刘向生都是国民党的区长，他们以区队为基础发展起抗日游击队，算是有职有权具备一定的组军条件。刘经川是个商人，而且就在阎珂卿的五区辖区之内，却能独立于阎珂卿组建起另一支抗日游击队，足见他能耐不小。平度五区的新河镇是山东有名的草编之乡，这里的草帽辫和草帽早就名闻国际，出口南洋。所以，新河镇的农民大都会编草辫，编了草辫卖给收草辫的，收草辫的交给出口经营商，出口经营商便把草辫加工成草帽出口。刘经川就是新河镇上一个成功的草帽辫经营商。他是新河南镇人，经营草制品加工出口多年，国际国内的客商一年到头来来往往，生意非常红火。看着这么多客户来到新河，要吃要住，头脑灵活的刘经川便开起了客栈，既管吃又管住，热情招待，使客商感到宾至如归，所以他的买卖就比其他人好许多。刘经川在同行业中名气越来越大，财源也越来越广。没承想日本人打来了，搅得客商不敢来了，这就使得刘经川非常恨日本人。所以他要组军抗日。有名气就有号召力。刘经川一打起抗日旗号招兵买马，很快就有许多人来投，一支400多人的队伍就这样拉起来了。

同是一个平度五区，竟然产生了两支游击队，而且旗鼓相当。都是经过自己努力拉起来的队伍，谁大谁小啊？可人家阎珂卿是区长，你刘经川在行政上是归人家管辖的。但话又说回来，你区长只管行政，又没有给我一兵一卒一粒军粮，我拉队伍抗日是自食其力，无须听你的调遣。那时众多的地方游击队常常因争地盘而摩擦不断。眼看摩擦就要发生了，张金铭及时地回到了平度，一下子就使这个问题迎刃而解。大家不要吵不要闹，凡能拉起200人以上队伍者，都是上校军衔。他任命刘经川为十六支队直属第二大队上校大队长，与阎珂卿一样平起平坐，都直接归张金铭指挥。刘经川满心欢喜，阎珂卿也就不好再计较。刘经川没想到从商人转型为军人这么顺利，一下子就当上了上校军官。他这个人很迷信，经商那些年长年供着菩萨，还经常请当地神汉刘峰岭为他算卦。刘峰岭竟然一算就准，卦卦生财。刘经川生意兴隆，财源滚滚，把功劳记在菩萨和刘峰岭账上，就跟刘峰岭成了好朋友。这次他当了上校，更认为是菩萨显灵，刘峰岭卦准。于是，他就聘请刘峰岭给他当“军师”，对其奉若神明，言听计从。每逢出战，必先让刘峰岭占上一卦，根据“神算”来制定战术。后来到底吃了迷信的大亏，此是后话。

其五，陈泽渥

家是平度县西北方长乐乡涩埠村的陈泽渥比上述诸位年轻，他生于1916年，“七七”事变前夕，刚从平度县立中学毕业，那时他才21岁。陈泽渥一毕业就被校长张金铭动员到济南参加了山东省政府举行的抗日训练班，和他同去的还有他的同学、平度高望山五甲村的张瀛洲。三个月学习结束回到平度，经他们的校长张金铭到县里联系推荐，张瀛洲被分配到平度四区，陈泽渥则被分配到平度六区，工作都是训练壮丁。这时全国局势似乎不太好，不断地听到日军在北方吞食中国领土的坏消息，地方上的国民党军政人员已经有不少辞职不干了的。正在六区训练壮丁的陈泽渥看到区政府机关有人辞职回家，便也学着别人辞了职，回家和他的妻子一起在本村小学教书。而他的同学张瀛洲却坚守岗位，并且很快当上了四区的区长。他们的校长张金铭为此对陈泽渥印象很是不好。这是“七七”事变以前的事。

可是，陈泽渥不想当官，却并不能说明他不想抗日。他只教了一个月的书，就遇上“七七”事变。看到偌大中国已经放不下一张平静的书桌，年轻气盛的陈泽渥利用三尺讲台大力宣传抗日，振臂高呼“谁愿抗日就跟我来”。跟陈泽渥一样血气方刚的青年人都来到他的旗下，一支50多人的抗日游击队很快就诞生在平度北乡，其中就有他的堂兄堂弟们。队伍是拉起来了，可是下一步怎么办？到哪里去打鬼子？听谁的指挥？这一切对于一个只有22岁的青年来说都还懵懵懂懂。

就在这时，陈泽渥眼睛一亮，看到了张贴在街头上的布告，原来是校长张金铭当上了十六支队司令兼平度县长，正在祝沟组军抗日呢。这下好了，跟着校长干吧。于是，陈泽渥就派他的堂兄和堂弟拿着他的介绍信去祝沟找张校长讨封。堂兄和堂弟到了祝沟，在十六支队司令部传达室交上陈泽渥写给张金铭的信。眼看传达拿着信进去了，不长时间，一个军官拿着一张纸出来了，见了他们也没说张司令请他们进去，只是说：张司令叫你们回去告诉陈泽渥，他的队伍归属十六支队特务大队编制。这是张司令给他的信，你们回去，叫陈泽渥联络当地乡镇村长开好抗日动员大会，发动老百姓有钱出钱，有人出人，有枪出枪。具体战斗任务张司令以后自会布置，现在主要的是赶紧扩军练兵。堂兄堂弟不但没见到张金铭，连这个军官是个什么职务都没弄明白，就拿着那封信回来了。陈泽渥自知从六区辞职回家给张校长种下的坏印象还没抹去，感觉对张校长有愧。庆幸校长还是给他写了亲笔信，信中写的“有人出人，有钱出钱，有枪出枪”三句话跟布告上的一样，就明白了组织抗日游击队不但人要靠自己拉，而且钱和枪都要靠自己想办法，如果都去向张校长要，还要他们这些人做什么？

陈泽渥遵照张金铭的指示，立即在王埠庄召开乡、村长抗日动员大会，在灰埠四甲村安营扎寨，很快就发展到100余人。

就在陈泽渥招兵的时候，昌邑那边厉文礼也派人越过胶莱河到平度这边来招兵，打的旗号也是抗日游击队。更欺负人的是，厉文礼的人就在陈泽渥的家滘埠村天齐庙里招兵。平度人说话，这叫“骑在别人脖子上拉屎”，是可忍孰不可忍！陈泽渥立刻派人向张金铭报告，张金铭一听昌邑那边把手伸进他的地盘里，立即派驻莱阳的第四纵队司令刘东阳率队前去驱逐。厉文礼的人不抗打，连忙收拾了招兵摊子跑回去了。陈泽渥得到校长保护，拉着队伍到祝沟拜谢。张金铭看到他真的拉起了队伍，一改对他不冷不热的态度，拍着他的肩膀说“这才是我的好学生”。但陈泽渥的人毕竟不多，便将他的队伍编为特务大队二中队，封陈泽渥为中队长（相当于营级）。这时，刚辞去招远县长的段馨山又想抗日了，慕名前来投靠张金铭。段馨山是平度县官庄乡南坦坡村人，原在平度县立中学当过教员，还担任过陈泽渥的老师，后来谋得招远县长的职务，“七七”事变后也当了“跑路县长”，不过现在又想抗日了。校长、老师和学生齐集一堂，而且都是为了抗日，张金铭大喜，立即吩咐设宴招待。席间，张金铭委任段馨山还当招远县长，回招远组军抗日，命陈泽渥带领特务大队二中队护送老师前去上任。就这样，陈泽渥跟随段馨山去了招远，当年夏天才回到平度。后来十六支队改编为十八旅，特务大队编为第三团，团长戴铭钦。陈泽渥的特务二中队被编为三团二营，陈泽渥任营长，奉张金铭之命驻大泽山谭家夼一带，占据大泽山根据地，此为后话。

第六章　十六支队的几个纵队司令

前面说张金铭的十六支队有14个纵队，除了他自己兼着的第一纵队司令，离他最近的纵队有两个，一个在平度，一个在平度东南邻的即墨县。这两个纵队的司令都是平度人，而且都是有来头的。

二纵队孙殿斌

介绍孙殿斌这个人比较费事，因为他曾经是共产党的高级干部，后来背叛了共产党，加入了国民党。

孙殿斌是平度崔家集镇孙家屯人，生于1911年，“七七”事变那年是一个26岁的青年，离他加入共产党的1930年已经过了7年，离1933年他被国民党青岛当局逮捕入狱，也已经过了4年。才26岁的年纪就经历了这么多的曲折，可见那个时代的风雨变幻是多么让人难以把握。孙殿斌出生于一个贫苦农家。其父弟兄两个，共有四间破草房，分家时，与大爷每家分得两间。孙殿斌有兄弟三个，他是老大。一家五口两间屋怎么住得开？所以孙殿斌从小跟着姥娘住姥娘家。后来他父亲去青岛谋生，孙殿斌便随父母在青岛上学，中学时期就读于青岛礼贤中学（现青岛九中）。

1930年，19岁的孙殿斌加入了共产党。想想那时全国才有多少共产党员啊？凤毛麟角呢。早期的党员，重要任务就是发展组织。1931年，组织上派20岁的孙殿斌到烟台发展党组织，不久就任命他为地下党烟台特支（烟台市委前身）书记。那可是国民党镇压共产党最恐怖的时期，党的处境十分艰险。很多共产党人都使用化名，孙殿斌的化名叫孟宪章。我的这个平度老乡那么早就当上了那么大的官（相当于今天的地级干部呢），我为他感到自豪。当然那时的市委书记不能与现在的市委书记相比，领导的党员仅有十几名几十名，出门不但没有轿车坐，还得偷偷摸摸地行动。那是在白色恐怖下的地下工作，时时都有生命危险。我的另一个平度老乡、大名鼎鼎的平度抗日游击队长乔天华就是孙殿斌在烟台发展的共产党员，这个将在后面乔天华专章里详述。

令人感到非常意外的是，孙殿斌背叛了共产党。

1932 年 7 月，孙殿斌到省委开会途径青岛时，被国民党捉住了。书记被捕了，烟台特支立即停止了活动，等于没有原来那个特支了。上级党因此就任命我的另一个平度老乡乔天华接任烟台特支书记（这又是我的一大自豪）。被国民党逮捕了免不了刑讯逼供，孙殿斌经不住考验，变节自首了。据说，孙殿斌虽然自首变节，仅仅是退出共产党，参加了国民党，但没有供出共产党的重大机密，因为党组织没有因为他的被捕遭受什么损失，乔天华照样在烟台当他的特支书记。如果孙殿斌当了叛徒，必会出卖组织和同志，他亲自发展的党员乔天华应是首当其冲。但乔天华却安然无事。就凭这一点，我认为变节只是改变了自己的立场气节，自首仅仅是写悔过书承认自己原来的政治立场错了。叛变就不一样了，是要出卖组织的，是要把同志的名单、职务、住址等一一向敌人交代的。倒是另一个叫姜贯一的中共党员，在被国民党逮捕后供出了烟台党组织的情况，使烟台党组织受到破坏，迫使乔天华他们离开烟台逃到青岛。

孙殿斌自首背叛了共产党，开弓没有回头箭，干脆加入了国民党，要在国民党里重新混出个模样来。到 1937 年“七七”事变前夕，他已经是国民党青岛市党部成员。须知青岛市被国民党政府列为特别市，大城市上海也是个特别市呢，可见那时青岛的地位之高。即使算不上如今的直辖市，起码也像现在的单列市，享受副省级待遇。孙殿斌弃“共”投“国”，不必像在共产党里那样在“地下”活动，不用每天担惊受怕地躲避国民党的抓捕，可以在光天化日之下进出那幢坐落在大海边的市政府大楼了。西服革履，领带飘逸，要多体面有多体面。孙殿斌决心忠诚于蒋委员长，为“党国”做出自己的贡献。如果不是日本人发动“七七”事变，孙殿斌的前途将是一片辉煌，再往上升几级当个科长局长的也不难实现。所以，他非常痛恨毁他前程的日本鬼子。“七七”事变后，孙殿斌响应国民党当局的号召，毅然离开青岛市区，在郊区的崂山惜福镇一带拉起了一支抗日游击队。他利用青岛市党部成员的身份，通过青岛市警察局弄到了不少枪支。正因为有枪，发展队伍也就容易些，孙殿斌的游击队很快发展到上千人。

张金铭当上十六支队中将司令以后，派人到崂山联络孙殿斌加盟。孙殿斌认识到联合起来抗击鬼子力量大，就甘心把自己的队伍置于张金铭手下。张金铭对孙殿斌也相当重视，任命他为十六支队第二纵队司令，并兼即墨县县长。

孙殿斌属下有四个大队，王新民为第一大队长，驻王村。隋永胥为第二大队长，驻崂山。刘宪章为第三大队长，驻鳌山卫、黄埠、皋虞等处。李兆岐为第四大队长，驻城阳、北曲、流亭一带。大队长当然都是张金铭任命的上校军衔。

第二大队长隋永胥和第四大队长李兆岐最为了得。

“七七”事变时，隋永胥正在青岛国立山东大学文学系读书。一看日本人入侵，他依然回到家乡即墨组织抗日游击队，被孙殿斌看好，收为二纵队第二大队，是年他才 25 岁，是孙殿斌麾下最年轻的上校大队长。

第四大队长李兆岐则更是一个传奇式人物。

李兆岐 1904 年生于即墨县李家西城村，比孙殿斌还年长 7 岁。他也曾经是共产党，人生阅历比孙殿斌更丰富。他 16 岁进青岛钟渊纱厂做工，组织过工人运动，1926 年，加入中国共产党，比孙殿斌入党还早 4 年。更令党内同志羡慕的是，李兆岐入党那年 5 月，便被组织上派往广州参加毛泽东主办的第六届农民运动讲习所，亲耳聆听过毛泽东讲课。9 月，结业回到青岛，李兆岐即以“国民党山东省党部农民运动特派员”的身份开展农运工作。他的家因此几次被军阀队伍查抄，母亲被逼得服毒自尽，弟弟逃往东北又被日军杀害，父亲和妻子在外避祸，有家不敢回。他曾任中共青岛市执委委员，1930 年春，不幸被国民党逮捕，坐牢 3 年，1933 年 2 月出狱，与党组织失去了联系。但李兆岐意志坚强，忍着家破人亡的悲痛，设法在本村办起一所小学，以教员的身份继续组织革命力量，团结了一批爱国青年，并秘密筹集武器，准备待机举事。“七七”事变后，他又利用国民党组织训练民众之机，当上了本乡训练壮丁的大队长，并控制了一批武器。在青岛、即墨相继沦陷后，李兆岐已经人枪俱备，并迅速建立起一支约 200 人的抗日队伍，命名为“即墨抗日独立中队”。李兆岐带领独立中队开到崂山脚下，在崂山惜福镇、傅家埠、法海寺、登瀛、王戈庄等地开展抗日活动，打击汉奸、土匪，保护百姓，一时名声大振。崂山一带的进步知识分子、农民纷纷前来投奔，队伍很快就发展到五六百人。就在这时，被张金铭任命为十六支队第二纵队司令的孙殿斌来找李兆岐，商谈合作抗日。这两个都曾为共产党高官的人物，互摸底细，一个身份是国民党，一个与党失去联系，独立抗战。他们见面不谈政治，只谈抗日。孙殿斌给的条件是任命李兆岐为二纵队第四大队上校大队长。虽说李兆岐对此不是很感兴趣，但为了保存抗日队伍，也只得暂且答应合作，但有言在先：我与你是合作抗日关系，我的队伍必须由我说了算。孙殿斌也不跟他计较，心想只要你打日本、承认是我二纵队的人就行。这样，李兆岐就当上了十六支队第二纵队第四大队上校大队长。令孙殿斌佩服的是，李兆岐是个好样的，除了参加统一部署的战斗，他还主动寻机与日伪作战。1938 年 6 月，李兆岐获悉即墨城里日军换防只有伪军把守的消息，趁机率领四大队一举攻克即墨城，缴获了大批枪支弹药和粮款。此后，四大队迅速发展，队伍扩大到 1000 余人。孙殿斌的第二纵队也就达到了 3000 多人。

三纵队唐俊峰

唐俊峰这个人地位特殊，是张金铭在平度任命的唯一一个纵队司令，他是平度西南乡第六区亭口镇亭口村人。要说唐俊峰，必得先说唐镇山。离亭口村不远的店里村出了个叫唐镇山的。这“二唐”都曾是军阀张宗昌的部下。唐镇山比唐俊峰年长，早年就在东北加入了张宗昌的队伍，张宗昌入关当了山东督军，唐镇山就被任命为山东第十八混成旅旅长。上面提到的阎珂卿的军事教练于聘三就在这个旅干过。唐俊峰投奔了唐镇山，给他当军需官。1928 年，北伐军将张宗昌打垮后，唐镇山和唐俊峰都跑回了平度老家。“七七”事变后，唐俊峰作为行伍出身，懂得领兵打仗，就在家乡拉队伍抗日。那时他手下的兵虽然不算多，但张金铭根据他在旧军队的资历，毫不吝啬地封他为十六支队第三纵队司令，要他控制平南。纵队司令，手下起码得千人以上，这就必须尽快扩军，不然怎么会对得起这少将军衔？红枪会给了他扩军的机遇。那时，离亭口不远的王唐家村早就兴了红枪会，会首名叫翟利文，会众 60 余人，一个个舞枪弄棒，每天都要拿出时间练武。红枪会搞得有些神秘，打仗之前要“喝符”“镀身”。师傅为每人画一道符，命令把符烧了喝下，这就叫“喝符”。喝了符还不行，还要“镀身”，据说能把肉身变金身。师傅说了，只要喝了符镀了身就能“刀枪不入”。会众都信，没人怀疑。翟利文以红枪会为骨干，号召全村成立了保护家院的“联庄会”，村民们一呼百应，纷纷加入。大家一齐出资出力围绕村子筑起了高高的土围子，每夜都有青壮年轮班站岗。各户起码有一杆红缨枪，有的还有大刀或匕首。自从有了红枪会和联庄会，不管是土匪还是散兵游勇，再也没有敢到王唐家来骚扰的。

王唐家村被县长张金铭划入唐俊峰的地盘，并有县政府布告明确规定，第三纵队有权在此一方征收粮款。不管什么样的队伍，要吃要穿要军火，一向都是向老百姓要。而有了县政府的征收公文，向百姓要起来才是名正言顺。没有县政府的征收公文，就是非法征收，硬要就等于抢劫。可是王唐家村在红枪会的保护下，抗缴官府的一切粮款，已经好几年没交纳过皇粮国税了，现在突然冒出个第三纵队来征粮要钱，他们当然不能接受。唐俊峰几次派人上门催粮，都被拒之门外。唐俊峰一看软的不行，就只好来硬的。他派了一个班上门征粮。翟利文刚表示拒不缴纳，唐俊峰的人一枪就把他给打死了。红枪会会首竟然被打死了，这还了得？众枪会和联庄会齐心反击，把唐部的人赶出村子，还打死了唐部的一个班长。这就被唐俊峰抓着了借口。他带队伍把王唐家村围了个水泄不通，要红枪会缴械投降。红枪会在新推举的会首带领下，喝了符，镀了身，拿着大刀长矛跟手拿真枪实弹的唐部战了起来。哪里是对手啊，哪里是刀枪不入啊，红枪会很快就被打倒了几个，其余的四下逃散。此战全村被烧毁房子500多间，被打死十几个人，还被捉去了13个。会首们带着部分会众逃到邻村砖西丘，因为砖西丘也成立了红枪会。唐俊峰杀红枪会杀红了眼，带队冲向砖西丘村。幸亏砖西丘村的会众已经知道没有什么办法能使他们刀枪不入，纷纷逃跑了。这样，砖西丘村只被唐俊峰的队伍杀死一人，烧了5户20多间房子，抓走了7个人，拉走了6头大牲口。凡是被抓走的人都必须有家人拿着几十块现大洋才能赎回去。

唐俊峰在军阀手下当过兵，学了军阀那一套，心狠手毒，靠镇压红枪会壮大了自己的力量，在平南站稳了脚跟。

张金铭组军，不问出身，不管资历，只有一个标准，只要愿意跟他一起打日本就行。所以，他在平度很快就有了两个纵队五六千人的兵马。

四纵队刘东阳

日本人占领莱阳城之前，县长梁秉锟也早已逃跑，县政府处于瘫痪状态。不过，莱阳跟平度、掖县、黄县不一样，鬼子来得晚一些，而共产党胶东特委领导的抗日救国军第三军（简称第三军）已经成立，在莱阳成立了第三军第九大队（黄县是第三大队），并且号召莱阳各界人民组成统一战线团结抗日。莱阳保安团团长刘东阳、地方乡校（乡村武装）和一些国民党左派人士也奋起抗日，并推举国民党员赵世卿任代理县长。赵世卿顺应抗日大势，接受共产党的主张，与共产党达成共同抗日的协议，莱阳全县很快掀起了抗日高潮。

张金铭立即派人与刘东阳联系，许他为十六支队第四纵队司令。刘东阳一听是国军队伍，很痛快地加入了十六支队，成为莱阳保安团团长兼十六支队第四纵队司令。

五纵队辛诚一

辛诚一是黑龙江人， 与张金铭是北京朝阳大学的同学。大学生辛诚一具有强烈的爱国思想，曾参加过“一二·九”运动，加入过“中华民族解放先锋队”（简称“民先”）。1935年大学毕业时，张金铭回了山东，因东北已经沦陷，辛诚一有家不能归，只好也跟着张金铭来到山东。张金铭当了平度县立中学校长，辛诚一则在栖霞县政府谋得科员职务，暂且栖身。因为工作能力突出，辛诚一很快升任县政府征收处主任。1938年1月，还没见到日本鬼子的影子，国民党栖霞县长朱景文就弃职逃跑，辛诚一被推举为代理县长。日本人先占东北使辛诚一有家难归，现在又大举侵华，辛诚一家仇国恨聚于一身，对日本侵略者恨之入骨。他不负众望，决定组军抗日。因为他是代理县长，有职有权，所以一呼百应。原栖霞县公安局刑警长刘万岭、警官祝兰春都带着队伍加入，成为辛诚一的两个骨干。队伍很快发展到1000余人，分为三个大队，还有卫队、炮兵队和骑兵队，而且弹药充足，成为胶东一支比较强大的抗日力量。

当辛诚一知道了他的同学张金铭也在组建抗日队伍，而且已经被任命为十六支队中将司令时，便主动与张金铭联系，表示愿意加入十六支队。张金铭求之不得，立即向辛诚一颁发了十六支队第五纵队司令的委任状，并加封辛为栖霞县长，去掉了“代理”二字。这更使辛诚一劲头十足，决心以栖霞为大本营，与张金铭东西呼应，跟日本鬼子决一雌雄。

六纵队沈官忱

另有昌邑人沈官忱，被任命为十六支队第六纵队司令。沈官忱很忠于张金铭，后来一直陪伴到张金铭被八路军打垮。

九纵队王景宋

黄县城是1938年2月5日被日军占领的，比掖县和平度晚4天。国民党黄县县长谢宝桢，也像平度县长姬春堂一样，在日军到来之前就要开溜。不过谢宝桢比姬春堂的责任心要强一些，在逃跑之前曾假称要去烟台向上级汇报工作，以此为由委托公安局长谢书贤代理县长。谢宝桢一去不归，把个破乱摊子丢给了谢书贤。谢书贤也不傻，他才不想跟日本人去玩命呢，也在日军到来之前脚底下抹油——溜了。2月5日，日军进占黄县城。“维持会”会长杜乐先带领一班人马欢迎“皇军”，想借此机会把县长的职位搞到手。没想到日军忙着继续东进，没来得及封什么县长，只吩咐杜乐先带着“维持会”维持县城秩序等候皇军回来，就匆匆地走了。没有日本人撑腰，谁还怕他个杜乐先？不但黄县城的老百姓特反感这个汉奸，连警察局的警察们也不听杜乐先的。2月14日，警察们因没人发薪饷发生内讧，杜乐先指挥“维持会”前去“武装安抚”，想趁机把警察整编到他的旗下。结果是偷鸡不成反蚀米，火气正旺的警察们把“维持会”给火并了。就这样，黄县的“维持会”被取消了，杜乐先也吓跑了，黄县城没了国民党的政府，也没了汉奸的“维持会”。这倒也罢了，老百姓乐得个自由自在。可那伙警察却草鸡了。没有了政府，谁给他们发饷啊？总得有个人出来主持局面啊！最最着急的还是那些有钱有势的实力派，他们也在寻找一个合适的人出来当县长。大家的目光不约而同地看准了黄县民众教育馆馆长王景宋，希望他出来当县长。“七七”事变后，王景宋积极贯彻国民政府的部署，利用民众教育馆对群众进行抗战教育，人们看好的就因为他是个抗战派。地方实力派出钱支持，王景宋首先安抚了警察，警察们也表态支持他当县长。于是，王景宋就在城墙上挂出了青天白日的国旗，宣布就任县长。正在这时，张金铭从平度派人来联系，正式任命王景宋为十六支队第九纵队司令兼黄县县长。王景宋这么快就当上了纵队司令兼县长，当然是志得意满，积极性更加高涨。他有警察为基础，又善于宣传发动工作，很快就发展了两个大队，他自己亲手成立的队伍为第一大队，而把共产党的第三军第三大队收编为第二大队，两个大队也有上千人。不过，共产党有言在先，只接受番号与王景宋联合抗日，人事不受王景宋管辖，王景宋既然当县长，还必须供给二大队军需物资。正值国共合作，王景宋答应了。这样，二大队就一直保持着自己的独立性。这么一来，王景宋的第九纵队一开始就是国共合作的队伍了。共产党对王景宋抱有戒心，王景宋也确实没把这支共产党的队伍当作自己人。他把一大队作为他的“嫡系”，安排把守黄县城，而命令二大队驻在城外保卫县城。接下来，王景宋就开始不断克扣二大队的军饷、枪支和弹药，还利用职权将他觉得碍眼的二大队的共产党干部相继调离。第三军的领导一看就知道王景宋想吃掉二大队，所以就对他加以防范，并暗中决定在条件成熟的时候武装整编王景宋的一大队。到了1938年4月，时机终于来了。平度的乔天华引领马保三的八路军鲁东游击第七支队突袭黄县城，终于把王景宋的部队缴了械，一大队与二大队全部变成了共产党的第三军第三大队。张金铭的十六支队第九纵队只存在了几个月就寿终正寝，真是短命。

十一纵队司令杜光乾

杜光乾是掖县东杜家人，曾在大军阀张宗昌属下任第一军参谋长兼第一旅旅长。"七七"事变后，他也回乡组军，专门笼络旧军阀的余孽，拉起了一支500多人的队伍，被张金铭任命为十六支队第11纵队司令。他的手下后来发展为三个大队500余人。

尽管目前手头上的资料不全，还有几个纵队难以一一介绍，但仅从以上九个纵队来看，我已经对张金铭很是佩服了，深为我的家乡出了这么个抗日将领而骄傲。张金铭虽然不是平度人，可他是平度县立中学的校长，是中将司令兼平度县长，是以平度为大本营号令整个胶东，他的十六支队鼎盛时达到30000多人，这是当时胶东人数最多的一支抗日队伍。张金铭以他巨大的号召力和高超的组织能力，创造了抗战初期胶东地区组军抗日的奇迹。

第七章　董希瞻与曹克明

在张金铭组军的同时，曹克明也在平度与高密交界处拉起了一支抗日武装。

曹克明是高密东北乡人，高密东北乡与平度西南乡交界，所以他的队伍里既有高密人，也有平度人。他手下的支队长董希瞻就是平度人，这两个人先是共同创造了抗日奇迹，尔后又翻了脸，董希瞻离曹而去投奔了张金铭。这就要把这两个人放到一起来介绍了。

董希瞻

董希瞻是平度人又不是平度人，是昌邑人又不是昌邑人，最终还是归属了平度。他的家在平南董家大庄（属于现今的平度崔家集镇）。而当时崔家集一带虽然在平度境内，但属于“飞地”，受西边的昌邑县管辖，属于昌邑第十区，所以那时的董希瞻应是昌邑人。1945年，共产党的胶东行署将那片“飞地”划归平度县，董希瞻又变成平度人。不过，他的抗日游击队员多是平度人，人们一直没把董希瞻当作昌邑人。

董希瞻出身官宦人家，其父早年曾在广西当过县长，后来回到山东，在省财政厅谋得饭碗，有条件供儿子上学，所以董希瞻毕业于济南育英中学。董希瞻的六叔董逾梅是清末举人，辛亥革命后曾在北京担任过京议员，是当时北京政坛上的活跃人物。后来附和袁世凯称帝，满指望能跟着当上个大臣什么的，没想到袁氏失败，董裕梅也就失意，郁郁病逝于北京。七叔董裕章，南京武备学堂毕业，不过学了武没用到正地方，后来当上了章丘县伪县长。董希瞻中学毕业后也从了军，在西北军做过学兵，后来离开西北军回家，在家乡的崔家集小学当上了校长，弟子遍及家乡，属于地方闻人。“七七”事变后，董希瞻在平度拉起一支抗日游击队，被昌邑县长任命兼任国民党昌邑县第十区区长，就是那片“飞地”的区长。他也是以校长身份组军抗日，跟张金铭类似。不过他一开始并没有成为张金铭的属下，而是加入了高密人曹克明的抗日游击队。

曹克明：《红高粱》原型人物

大家看过著名作家莫言写的小说和电影《红高粱》吧？那里面的抗日英雄就是以曹克明为原型创作的。不过电影没出现曹克明的名字，而是以“我爷爷”余占鳌的艺术形象出现的。那场惊心动魄的孙家口（电影《红高粱》改为“青杀口”）伏击战确有其事，打死多名日本鬼子，其中还有日军中将中岗弥高。那是抗战初期发生在平度与高密交界处的一场取得完胜的战斗，完全是由曹克明率领国民党抗日游击队创造的辉煌战绩。那场战斗是平度的董希瞻打的主力，而总指挥是高密人曹克明，战斗发生在当时的平度境内而不是高密，但整个战略部署又波及高密。下面还要详细讲给大家，现在需要把曹克明的家底细说一番。

曹克明与孙殿斌一样，也曾是共产党的高官

介绍曹克明这个人，像介绍孙殿斌一样，需要多费些口舌。为什么呢？因为他也曾经是共产党的高官，而且官职比孙殿斌还高。1930年，曹克明被国民党逮捕而叛变。

“曹克明，字世德，山东省高密县人（现属诸城市）。1922年加入社会

主义青年团，不久转为党员，曾任中共曹家郭庄支部书记、潍县县委书记、青岛市委代理书记、山东省临委常委、巡视员等职。1930年叛变。1949年去台湾”。这段文字见于《中共青岛地方史》第一卷。青岛党史资料还有更详细的记载：“1929年7月2日，由于叛徒告密，山东省委书记刘谦初夫妇、秘书长刘晓浦夫妇等八人在济南先后被捕，省委遭破坏。9日、10日，驻青岛的省委两处机关也被敌人破坏，五人被捕。经共青团山东省委和中共青岛市委商定，由曹克明、党维蓉（青岛市委书记）、徐宝铎三人在青岛组成临时省委”。“1929年8月19日，中共中央派陈潭秋来青岛巡视，于21日主持会议，决定中共山东临时省委成立，决定由王进仁、党维蓉、曹克明三人组成，王进仁任书记兼组织部长，党维蓉任宣传部长兼任青岛市委书记，曹克明任巡视员，省委临时驻青岛。”

《中共平度地方史》对曹克明的介绍要详细一些，不妨摘录如下：“曹克明（1901~1984年），高密市南郭庄村（现属诸城市）人，地主出身，北平国民大学毕业。1922年，加入社会主义青年团，1927年，从事革命活动，建立了中共南郭庄村党支部，任支部书记。1929年8月，任中共山东省委临时常委、潍县中心县委书记。1930年叛党。‘七七’事变后在家乡一带拉队伍。1938年，被国民党山东省第八专区专员厉文礼收编为保安第六团，任团长。经常活动于高密、平度、胶县一带。1939年，任（国民党）鲁苏战区游击纵队第五支队支队长，兼任昌邑县长……”

这就是曹克明——先是共产党的高级干部，后来被捕叛党，再后来拉队伍抗日，抗战初期提着脑袋打鬼子立下卓著功勋的曹克明。

董希瞻先在“曹营”后归张

1937年冬，平度南乡的董希瞻就是在曹克明的影响下组军抗日，他们都投靠了国民党山东第八专区专员厉文礼，曹克明被任命为保安第六团团长（也叫第六总队），董希瞻被任命为第六总队第二大队大队长，归曹克明领导。

曹克明和董希瞻与张金铭属于国民党游击队的不同序列，因此没有什么联系。董希瞻跟着曹克明在平度、胶州、高密交界处跟鬼子单打独斗，很是了得。可也正是因为那场战果辉煌的孙家口伏击战，两个人又反目成仇，互不搭理。听说张金铭正在组军，而且平南的唐俊峰被任命为第五战区游击总指挥部第十六支队第三纵队司令，董希瞻便投归唐俊峰部，被张金铭任命为第三纵队第二大队上校大队长。张金铭得到了一员战将，很是高兴。

至此，张金铭的十六支队第一纵队就有了以下 6 个大队：

第一大队上校大队长阎珂卿，第二大队上校大队长李德元，第三大队上校大队长刘向生，第四大队上校大队长李润斋。十六支队直属第二大队上校大队长刘经川；直属第八大队上校大队长刘际治。

加上第三纵队唐俊峰部，张金铭在平度直接指挥的队伍达到 6000 多人。这支实力强大的队伍，分别由张金铭以县长的职权划定势力范围，各在辖属地盘内向百姓征收所需粮款，不得越界。

你看，司令兼县长，干起来多么顺心应手。

第八章　胶东第三军与掖县三支队

现在该说说共产党领导的抗日队伍了。

抗战初期，胶东国民党地方抗日队伍的人数远远超过共产党领导的抗日队伍，主要原因是国民党是执政党，抗战前各区就有区队，各县都有警察部队，他们多数都变成了抗日武装。而国民党又掌握着政权财权和军权，如张金铭就身兼国民党第五战区游击总指挥部直属第十六支队中将司令和平度县长，比较方便地把胶东国民党大部分地方游击队统了起来。当然也因为他是坚定的抗战派，所以大家都买他的账。在行政上，国民党在胶东的几个行政专区，第八专区有专员厉文礼，第九专区有专员蔡晋康 ，还有个十三专区，他们既有权把胶东 17 个县分别统起来，又有权发展武装，各专区都有属于自己领导的几千乃至上万人马的队伍。

与国民党相比，胶东共产党的抗日武装却是从零开始的。抗战前，共产党在地下时时处处遭到国民党的追捕，难以公开发展武装。许多共产党员被国民党逮捕，有的被杀害，有的被判刑，长期关在监狱里面。只有到了 1937 年“七七”事变之后，国共实现第二次合作，国民党释放政治犯，一批共产党得以走出监狱，回到胶东，才开始组建抗日游击队。即使抗日的队伍，也得不到国民党的支持，还得用“起义”的方式。

天福山起义与三军

胶东共产党组建最早的抗日队伍名叫山东人民抗日救国军第三军，简称第三军。

第三军来自天福山起义。

天福山位于胶东半岛最东端，处于文登、荣成、威海三县边境。

1937年12月24日，中共胶东特委在天福山发动了武装起义，建立了胶东第一支抗日游击队——山东人民抗日救国军第三军，总指挥是胶东特委书记、刚从国民党监狱放出来的理琪，政治部主任是林一山。第三军一开始只有第一大队，六十几个人。大队长于得水，政委宋澄。当时日军还未到胶东，国民党地方政府对共产党拉队伍处处设防，所以第一大队对外称作武装宣传队，以便开展工作。即使叫作宣传队，也不见容于国民党政府。12月31日，第一大队西上到达文登岭上村时，突然遭到国民党文登县长李毓英率领的地方武装四五百人的包围。大队政委宋澄横刀立马站在军前，向对方晓以民族大义，高喊"中国人不打中国人"的口号，亲自与大队长于得水带领27人的代表团与李毓英交涉，声明国共合作不容破坏。但李毓英不顾国共合作抗日大局，仍将代表们逮捕，并杀害了其中的两名红军战士。在这生死存亡的关键时刻，大队长于得水率领代表团英勇突围，最终脱险。为此，胶东特委向国民党文登县政府提出严重抗议。不久，胶东特委又组织了威海起义，使三军得到迅猛发展，不到两个月就组建起三个大队。1938年2月13日上午，三军挥戈西征，奇袭被伪军占领的牟平城，俘虏伪县长、伪公安局长以下100余人，缴枪数百支。消息传到被日本人占领的烟台，日军立即于当天下午派出海军陆战队，乘坐十几辆汽车疾驰牟平，还有7架飞机在空中侦察扫射。上午刚刚取得胜利，第三军领导正在牟平城东南五里的雷神庙开会，就陷入了日军的包围之中。理琪指挥官兵们同敌人进行了近9个小时的战斗，击退了敌人4次进攻。多亏友军国民党牟平保安队张建勋闻讯带队前来策应，帮助第三军被围困的队伍突出重围。第三军蒙受重大损失，不但特务队长杜梓林当场阵亡，连胶东特委书记、总指挥理琪也身负重伤，在突围后牺牲。但这次战斗打响了胶东武装抗日的第一枪，杀死杀伤日军50余名，烧毁敌人汽车数辆，打破了日军不可战胜的神话，极大地鼓舞了人民抗日必胜的信心；同时也开创了胶东国共合作抗日的第一战，意义十分重大。战后，胶东特委和第三军迅速充实了领导班子，由曹漫之代理特委书记，林一山任第三军总指挥兼军政委员会主席。

3月19日，第三军联合国民党十六支队第五纵队司令兼栖霞县长辛诚一，攻克了福山县城，缴枪200余支。4月5日，奇袭烟台，歼敌37名。几战下来，三军军威大震，名闻胶东。4 月，三军西下到达蓬莱、黄县，与当地共产党所领导的抗日武装会合。至此，蓬莱、黄县直至胶东半岛最东端的荣成、威海等十几个县的共产党组建的抗日队伍纷纷加入三军。经过整编，三军编为四路，人数达到 2500 多人。胶东特委直接领导的天福山起义的队伍为第一路，有两个大队和一个特务队。蓬莱县党组织建立的游击队被编为三军二路。第三路有三个大队 300 余人枪，第四路是黄县的起义队伍，也是 300 多人。后来，即墨、莱阳、招远的队伍编入第四路。这支由胶东共产党领导的抗日队伍，势力遍及胶东十几个县。

这仅仅是在“七七”事变后半年多的时间里，胶东共产党在白手起家的情况下发展起来的抗日武装，人数也只有不到 3000 人，远远比不了胶东国民党几万人的队伍，但其意义却非常重大。如果没有他们，就没有后来的胶东八路军。

玉皇顶起义与掖县三支队

抗战初期，掖县共产党领导的抗日武装比胶东特委领导的第三军人多枪也多，这实在是掖县的骄傲。

掖县与我的家乡平度相邻，一个在北一个在南，把住了胶东半岛的西端。

玉皇顶是一座庙，就在掖县城北边不远处，那里的二月二庙会很热闹。

说来奇怪，那时的平度是国民党张金铭的天下，掖县却是共产党的天下。

早在 1930 年，掖县就建立了以郑耀南为书记的中共掖县县委，整整比 1938 年才成立的平度县委早了 8 年。掖县的党组织还借农民协会领导群众竞选之机，大力支持共产党员参选，使四名共产党员分别担任了国民党政权机构的乡长，两名党员还担任了区长。1933 年夏，中共山东省委遭到破坏，掖县的郑耀南也遭到国民党追捕。他先是逃离掖县转移到北平，看看避过了风头，又回到掖县。可国民党正在等着他，他差一点儿落入敌手，再次逃离。他辗转跑到东北延吉，以教师身份作掩护继续从事党的工作。直到 1937 年 10 月，郑耀南在国共合作、抗战大潮汹涌之际公开回到掖县，恢复了掖县县委，并与张加洛、王仁斋、李佐长、郭欣农等共产党员分别组织起“人民抗日义勇队”“抗日前进队”“战地服务团”“抗日除奸团”等抗日武装。

国民党掖县党部常务委员赵森堂也拉起了一支抗日队伍，名为“掖县民众抗战前进队”，简称“民抗”。曾在东北参加抗日的无党派人士李翔九也回到掖县家乡，在掖县三区拉起一支抗日武装。

掖县有10个区，每个区都有区队。1937年底，掖县县长刘国宾也像平度县长姬春堂一样，在鬼子到来之前弃官而逃。县长一跑，下面的10个区队各自为政，群龙无首。伪县长刘子容想把这些区队都拉到他的伪保安队麾下，但这些区队多数不想当汉奸。刘子容为了成立伪警备队，将区队长们召集到一起，当众委任六区区队长周亚泉为警备队司令。但他万万没有想到，周亚泉竟然当场予以拒绝。10个区长没有一个人愿意当汉奸，全都把区队变成了抗日游击队。因此刘子容的伪警备队就没成立起来，手下只有个伪保安队。

这就给共产党提供了扩军的良机。

郑耀南、张加洛他们根据各区队都想抗日这一爱国特点，深入各区队大力开展抗战宣传，竟然把国民党的10个区队和其他抗日武装大部分纳入共产党领导的抗日游击队序列。国民党员赵森堂也抵不过掖县共产党的力量，同意与共产党合作，率领他的“民抗”加入了共产党领导的抗日队伍。这样，掖县就产生了由全县各抗日武装组成的“民众抗敌动员委员会”，简称“民动会”。

民动会不设总会长或者总司令，只设了5个委员，郑耀南任军事委员，张加洛任政治委员，李勋臣任组织委员，李佐长任宣传委员。赵森堂主动提出担任外交委员。五人组成的领导班子，共产党占四席，国民党只占一席，共产党牢牢地把握着这支规模庞大的抗日队伍的领导权。

1938年3月8日晚，掖县民动会在玉皇顶举行起义，在平度共产党员乔天华率领的平掖救国会的协助下，一举攻占了被伪县长刘子容占据的掖县城，“民动会”改编为“胶东抗日救国军游击队第三支队”，即有名的掖县三支队。三支队与第三军，成为胶东共产党领导的最大的两支抗日队伍。

掖县与平度地连地，墒连墒，连说话的口音都差不多，在抗日武装的性质上却有天壤之别。

如果叫蒋委员长知道了，他肯定会对掖县的国民党员赵森堂不满，而对平度的国民党员张金铭提出表彰。

当然，平度也不是百分百都是张金铭的天下。

第九章　平度出了个乔天华

乔天华这个人长相有些非同一般，有资料描述他“剑眉倒竖，双目炯炯，鼻梁垂直”，简直是一副威猛无比的将军相。要说这个人有多么不简单，只说一件事便知。从 1937 年抗战开始到 1942 年，他一共拉起 7 支抗日游击队，总计 3000 多人，先后输送到胶东八路军正规部队。他在平度及平掖县、平莱（阳）边区几乎是一呼百应，爱国青年一听乔天华在组建游击队，纷纷争相参加。因此，有人戏称乔天华为“游击队贩子”，也有人将此称为“乔天华现象”。

乔天华与孙殿斌

1903 年，平度县城正北方向 15 里处大泽山南麓山坡上的乔家村农民乔福修喜得一子，取名乔永祥，后来改名为乔天华。由于家境贫寒，1914 年乔天华 11 岁时才得以进村小读书。但他天资聪颖，学习又刻苦，每次考试成绩都名列前茅，深得同学羡慕和老师喜欢。1920 年，乔天华考入平度城的教会学校知务中学，1922 年，转到黄县崇实中学继续求学。还没毕业，这个关注社会的高中生就写出了三万余字的人生哲学论著《道德论》，崇实中学的校刊刊登了这篇文章，在全校引起强烈反响。

1925 年，乔天华毕业前夕，上海发生“五卅”惨案。崇实中学爱国学生罢课声援上海工人反帝爱国运动，遭到校方阻止。乔天华对学校当局的错误做法提出批驳，并指导罢课声援活动。乔天华的爱国精神和政治胆识受到师生的敬佩。

1925 年 9 月，乔天华中学毕业，崇实中学附属小学聘任他为教员。1928 年，乔天华又来到烟台培真中学任教。就是在这里，乔天华遇到了一个人，这个人名叫孙殿斌，是孙殿斌决定了他今后的道路。

前面介绍过孙殿斌了，大家都知道他是由共产党变节为国民党的。可是大家还不知道，孙殿斌是乔天华的入党介绍人。

孙殿斌时任中共烟台特支（烟台市委前身）书记，正在发展党员。认识了乔天华，觉得这个老乡思想进步，谈吐不凡，就有意地对这个比他大 8 岁的平度老乡进行启发教育，很快就使乔天华成为一个具备共产主义觉悟的革命青年。1931 年，在孙殿斌的介绍下，乔天华加入了中国共产党，分工宣传和收发秘密信件工作。

乔天华搞宣传独具特色。他的胆子很大，不但敢把传单贴到大街上，竟然还巧妙地贴到了国民党十七军军阀刘珍年的司令部大院里，把共产党的宣传工作搞得有声有色。

只可惜，一年后的 1932 年 7 月，孙殿斌到省委开会，途径青岛时被国民党逮捕。经不起折磨的孙殿斌自首了，他背叛了共产党。据说孙殿斌没有出卖共产党的组织，只供出了一个已经脱离了组织的共产党员的名字，此人的名字叫姜贯一，在烟台郊区的福山益文学校任庶务。孙殿斌因此得以蒙混过关。山东省委决定由乔天华代理中共烟台特支书记。三个月后，省委决定烟台特支转为烟台市委，并委派了新的市委书记。就在乔天华准备与新任领导交接工作时，福山国民党县党部逼迫益文学校的庶务、已经脱离了组织的中共党员姜贯一交待了烟台党组织的情况，姜贯一供出了乔天华。这是孙殿斌所始料不及的。乔天华接到培真中学的通知，叫他到训育处自首。那天，培真中学训育主任阎怀生得意扬扬地在校图书馆等着乔天华。乔天华却早已通知已经暴露党员身份的刘兰英、于贞瑜等四人，秘密乘船离开烟台到了青岛，躲过了一劫。

乔天华在青岛迅速找到了党组织。《中共青岛地方史》第一卷是这样说的："中共党员乔天华从烟台来到青岛，与青岛党组织取得联系，后以崇德中学（今青岛市第十一中学）教员身份为掩护，从事革命活动，任中共青岛市委青年委员和青岛'左联'党代表，与中共青岛市委宣传委员俞启威（又名黄敬）一起领导青岛左联工作……"就在乔天华大刀阔斧地从事青岛地下党宣传工作的时候，一个突发事件使他不得不离开青岛。1933 年学校放暑假后，乔天华忽然在青岛大街上与已经投靠国民党的孙殿斌不期而遇，惊出一身冷汗！不过，孙殿斌并没像有的叛徒那样当街大喊一声"捉共党"，而是给了乔天华一个眼色，把他引到路边一个小公园里，很难为情地对乔天华说：我虽然自首了，但我只供出了姜贯一，也不知道姜贯一已经脱离了组织还掌握党的秘密。我真的不想出卖组织，希望你在红军过来后给我做证。乔天华看着这个发展他入党的老乡兼"老上级"，觉得他良心未泯，尚可救药，就严肃地说：只要你不再干破坏组织的事，红军过来我会给你做证的，但是最有力的证明还是你自己的行为！孙殿斌唯唯诺诺地连声称是。两个人就这样在青岛大街上邂逅，然后匆匆分别。乔天华立即向青岛市委做了汇报。为了党组织和乔天华的安全，市委决定让乔天华立即辞掉教学工作离开青岛，派他到党组织刚刚被破坏的潍县任中心县委书记，恢复潍县党组织。

就这样，乔天华离开青岛来到潍县。从这一点儿看，孙殿斌确实没有对党组织起破坏作用。也许孙殿斌正在为自己背叛了共产党而忏悔。从后来孙殿斌组建抗日游击队奋力抗战、乔天华独自进入张金铭的司令部搞统战时，孙殿斌反对张金铭处决乔天华来看，孙殿斌确实算不上一个地道的叛徒。此是后话。

潍县被捕

乔天华来到潍县，以广文中学美术教员和图书馆馆长身份为掩护秘密开展工作。潍县中心县委很快恢复了，乔天华又以潍县为中心，在益都、昌邑、掖县等地开展工作，发展了十几名党员。

不幸的是，1934 年 10 月，乔天华被国民党潍县县党部逮捕。

那是半夜时分，国民党包围了乔天华的宿舍，将他绑到县党部，并立即进行刑讯。县党部书记石道源担任主审，县长厉文礼（请注意这个人物，后来胶东国民党抗日游击队的大乱就是他一手造成的）和广文中学校长崔鸿泽分任副审，具体刑讯的是告发乔天华的叛徒曹广福。曹广福率手下对乔天华拳打脚踢、压杠子、灌污水，逼乔天华交代共产党员身份，说出党组织的秘密。乔天华咬紧牙关，坚持说“我不是共产党，怎么会知道他们的组织”？刑讯一直持续到第二天下午，乔天华咬住牙关，高低不承认自己是共产党。石道源见曹广福折腾十五六个小时也拿不到什么证据，就打着哈欠看看厉文礼，征询他还有什么法子。厉文礼早就瞌睡了，不耐烦地说：“他是干教育的，不知道就不知道吧，别尽着逼问了。”请记住这个厉文礼，他一句话就避免了乔天华再受皮肉之苦，但不是他包庇共产党，而是因为他瞌睡了。“七七”事变后，厉文礼成为国民党第八专区专员兼抗日游击区司令，手握上万人马。他的最大功绩就是制造了“胶东行辕事件”，把胶东国民党的队伍搅了个乱七八糟，客观上帮了共产党八路军的大忙，此为后话。曹广福虽然没有找到乔天华是共产党员的确凿证据，但是，为了报告他们捕共的成绩，伪造了一份供词，于 1934 年 10 月 10 日将乔天华押至济南。

乔天华被押解到济南，先后在韩复榘的军法处、山东省高等法院看守所“礼子”号和国民党省党部捕共队受审，过堂 80 余次，始终不承认自己是共产党员。国民党山东省党部书记张苇村无可奈何地对乔天华说：“虽然你在法律上是无罪的，但也不能放你，因为你是共产党员的嫌疑太重。”1935 年 1 月，国民党山东省高等法院以乔天华“共党嫌疑太重”为由，判了他5年徒刑，将他关进监狱。

“举目无亲”的共产党员

1937年“七·七”事变后，国共实现第二次合作，共产党与国民党达成释放政治犯的协议。在山东，中共代表张经武与国民党山东当局多次交涉，迫使他们不得不以“停止羁押”的名义，让政治犯保释出狱。被判刑5年的乔天华提前两年获释，于1937年10月回到了他的老家平度县乔家村。

前面说到的胶东特委书记理琪比乔天华出狱稍晚。他原来就是胶东特委书记，1936年12月，因叛徒出卖被捕，1937年，就遇到国民党释放政治犯，于11月出狱。他出狱后就找到了山东省委，被重新任命为胶东特委书记，并带着中央和省委的指示回到胶东组织抗日武装。理琪领导的胶东特委只用了一个月的时间，很快于12月24日在文登发动了天福山起义，成立了山东抗日救国军第三军。

乔天华却没有理琪那么顺利。他回到平度老家，也想依靠党组织拉起抗日队伍。可那时的平度，共产党的组织还没有建立。

从平度党史资料可知，平度的第一个中共支部成立于1938年7月，中共平度县委直到1938年10月才诞生。 而平度附近胶东诸县，大都比平度建党要早。中共莱阳县委成立于1928年。即墨第一个党支部也成立于1928年。掖县县委成立于1930年。蓬莱县第一个党支部成立于1929年，县委成立于1937年。乔天华是1931年在烟台入的党，而且入党后一直在外地工作，直到1934年被捕再到1937年10月出狱，已经十几年不在平度。回家是回家了，可到哪里去找组织呢？他这个老党员竟然处于“举目无亲”的境地了。

被捕出狱的共产党员，有不少与组织失去联系的。与组织失去联系就像孩子找不到娘，是很孤独的。有的坚持信念，锲而不舍，几经辗转终于重回组织怀抱。有的意志消沉，得过且过，从此销声匿迹，成为一个普通百姓。有的在孤独中坚守信念，独辟蹊径，一举创立大业。前面提到的李兆岐就是其中的一个。目前摆在乔天华面前的，就是这样三条道路。刚刚从国民党的监狱里出来，乔天华这个受尽磨难的革命者，是多么需要在家里守着老婆孩子，躺在炕头上将息一番啊。可是别忘了，乔天华不是一个普通的共产党员。烟台地下党特支代理书记，青岛市委委员，青岛“左联”党代表，潍县中心县委书记，都是共产党的重量级领导人物。在狱中他都没有停止过同国民党当局的斗争，现在获得自由了，大敌当前，国难当头，他岂能无所事事。他要独自拉队伍抗日了！他在监狱里就听说了蒋介石在庐山发表的抗日讲话："如果战端一开，就是地无分南北，年无分老幼，无论何人，皆有守土抗战之责任，皆应抱定牺牲一切之决心。"他很为蒋委员长的抗战态度而欢欣鼓舞。

国民党限制乔天华拉队伍

说到组建游击队，前边我们说了平度的李德元、阎珂卿、刘向生、董希瞻等国民党的地方官吏，刘经川那样的实力雄厚的商人，还有唐俊峰那样的旧军人，拉起一支队伍对他们来说似乎不是难事，而且可以大张旗鼓地招兵买马。区队原来就有枪，再搞一些，对于有钱有势的人来说也不是大问题。更重要的，他们都属于国民党序列。那时的平度，是国民党第五战区游击总指挥部直属第十六支队司令兼平度县长张金铭的一统天下，国民党人扯旗抗日，是受国民党政府鼓励和支持的。

乔天华首先想到的是要依靠党组织来建立队伍。于是他又回到他被捕前工作过的潍县。潍县党组织尚未恢复，乔天华好不容易找到了他的老部下朱文叔、庞廷熙等几个同志，打算在潍县一带组建抗日游击队。

有蒋委员长的庐山讲话，乔天华满以为组军抗日会得到国民党当局的支持，就派朱文叔去找厉文礼。此时的厉文礼已经是国民党山东省第八区专员兼保安司令，平度属于第八专区。乔天华与厉文礼是相熟的，1934 年在潍县被捕时，厉文礼任潍县县长，还参与审讯过乔天华。现在国共合作了，乔天华也被释放了，可以公开跟这个老熟人打交道了。厉文礼接见了乔天华，还开了一顿玩笑：你当年打死也不承认是共产党，现在不怕暴露身份了吧？乔天华说：此一时彼一时，谁叫你们当年剿共呢？现在好了，可以一起在蒋委员长领导下共同抗日了。一听说乔天华要成立抗日队伍，厉文礼变了脸说：成立队伍可以，但是你不能随便发展枪支。乔天华说，没有枪支怎么打鬼子啊？厉文礼解释说，蒋委员长要求全国一个政府，一支队伍，你要发展枪支，必须归我管。厉文礼的态度给乔天华泼了一头冷水。他认为这是厉文礼在故意刁难，就转身去找蔡晋康。蔡晋康是国民党山东第十三专区专员，驻高密。蔡晋康的态度是：不反对乔天华组织抗日游击队，但也有个条件，队伍成立后必须服从十三专区领导。

什么？共产党拉队伍抗日，还得听你国民党的领导？难道共产党就不能独立组军抗日吗？厉文礼不准我有枪，蔡晋康要把我收编，这两个国民党的专员都想遏制共产党发展抗日武装。看来，共产党人想把国民党当靠山来组建抗日游击队是不可能的了，乔天华决定自己组军，自己搞枪。于是，他告别了潍县的同志回到平度，开始在家乡秘密地组建抗日队伍，准备起义。

前边有天福山起义、玉皇顶起义，这里又用了“起义”二字。这就是当年国共合作形势下共产党要建立自己的抗日武装必须经历的曲折道路。乔天华这才对蒋委员长的庐山讲话有了新的认识。原来他念着“如果战端一开，就是地无分南北，年无分老幼，无论何人，皆有守土抗战之责任，皆应抱定牺牲一切之决心”那段话，误认为共产党可以公开地随便地拉队伍抗日，碰了两次钉子，他开始冷静地全面地研究蒋委员长的庐山讲话了。除了上面那段，蒋委员长紧接着还有几句：“在此安危绝续之交，唯赖举国一致，服从纪律，严守秩序。希望各位回到各地，将此意转于社会，俾咸能明了局势，效忠国家，这是兄弟所恳切期望的。”把这两段话联系起来理解就是：抗日归抗日，但是必须“服从纪律，严守秩序”，要“效忠国家”。就差明白一点儿说要效忠“党国”了。这也就不难理解，为什么厉文礼不准随便发展枪支，蔡晋康要求服从领导了。

乔天华的倔脾气上来了。你国民党同意也罢，不同意也罢，我都要拉起自己的队伍跟鬼子干，山神爷不听兔子叫！

一个共产党员和一帮教书匠拉起了一支抗日队伍

乔天华以他的村庄乔家为中心，以乔家村的老少爷儿们为骨干，在附近村庄进行抗日宣传。一传十，十传百，大家很快都知道共产党员乔天华在组建抗日队伍，许多人偷偷地来找他。崮山后的教师刘文卿、刘秉章、臧保堂来了，他们都有文化，成为乔天华宣传组军的骨干力量。

乔天华担任潍县中心县委书记时曾把工作开展到掖县，掖县的王侯山、王寅东兄弟俩和侯景清三人也正在拉队伍。乔天华的名气比他们大，他们也闻讯前来参与。他们都是知识分子，而且都是教师出身。

这时，本书另一个重要人物出场了，这个人后来成为平度抗日民主政府的第一任县长，他就是罗竹风。

罗竹风生于1911年，比乔天华小8岁。他的家是平度城北七里河子村，再往北七八里就是乔天华的乔家村。罗竹风1931年在黄县崇实中学毕业时，毕业于这所学校的乔天华正在黄县教小学。这就不仅是老乡，而且是校友了。不过罗竹风中学毕业时选择了高考，并且一举考取了北京大学中文系和清华大学生物系，出于对文学的爱好，他选择了北大中文系。他走进北大校门不久就发生了“九一八”事变，这个才子像当年的许多爱国青年一样对日本侵略者疾恶如仇，参加了北大学生南下请愿活动，可见其一腔爱国热血有多旺盛。1936 年，罗竹风从北大毕业回到山东，在诸城县当一名中学教师。不想，只教了不到一年学，又被日本鬼子给搅了。“七七”事变发生，偌大中国已经放不下一张平静的书桌。罗竹风听说乔天华在家乡拉队伍抗日，把脚一跺，辞去教师工作，回乡参军抗日。

乔天华得到了北大高材生罗竹风，觉得真是天助我也。罗竹风甘愿为乔天华当副手，专门负责游击队的政治工作，两个人一文一武，成为最好的搭档。

一个共产党员、一帮子教书匠就这样秘密地开始拉队伍。

很快，一支 200 多人的抗日游击队诞生了。虽然大部分是平度人，又是在平度成立的队伍，因为有部分掖县人参加，所以队伍定名为“平掖抗日救国会”。乔天华理所当然地被推选为会长，罗竹风、刘文卿和王侯山任副会长。可是，他们只有三支枪，而且都是短枪。一支是刘文卿用他妻子的私房钱买的，乔天华和刘秉章的手枪则是各自从朋友那里借的。

大年三十搞“年货”

就在 1938 年的除夕之夜，公历是 1938 年 1 月 30 日，平度县立中学校长张金铭正奔波在去徐州的路上，乔天华和罗竹风带领的平掖抗日救国会在乔家东河滩里宣布正式起义了。正是大年三十，乔天华和罗竹风、刘文卿一商量，决定带领队伍去搞“年货”。队伍悄悄来到平度城东边的十里铺，平度一区区长李允斋的家就在这个村。一区在平度 7 个区中最牛，管辖城厢及周围 8 个乡镇，区队的实力也比别的区队强，有上百条枪。但是李允斋很使平度人失望，他没有像李德元、阎珂卿等区长那样以区队为基础组建抗日队伍，反而解散了区队，把部分枪支藏了起来。乔天华说，既然他李允斋有枪不抗日，我要抗日又没有枪，那就来他个废物利用吧。就在那个年除夕的下半夜，乔天华的队伍包围了李允斋的家，刘文卿敲开了李云斋的家门。李云斋一看进来这么多人，以为打家劫舍的来了，吓得连话也说不出来。乔天华说：李区长你别害怕，我们是平掖抗日救国会，不是来抢劫的，是为了抗日来向你借枪的。李云斋一听借枪，顿时放下心来。不过他还是不太情愿借，就谎称枪都被区队员们带走了。李允斋也不全是谎话，确有一部分区队员拿着枪投奔了其他队伍。可乔天华得到的情报是，李允斋家里还留着几十支枪作看家护院用。当乔天华的枪口指着他胸口的时候，李允斋才知道不借真的是不行了，只好交出了一支短枪，并说了实话，20条步枪全都藏在贾家茔村。乔天华立即带着队伍奔赴几里之外的贾家茔，起出了20支长枪。大年三十得到这样丰厚的一笔“年货”，可真是“恭喜发财”啊！事不宜迟，必须趁热打铁。第二天深夜，乔天华和罗竹风带队开到平度城南边的李戈庄村，软硬兼施，又“借”了大户的长枪20余支，手提冲锋枪两挺，子弹数千发。50多支枪，200多人，乔天华的抗日队伍一下子名声大振。他们不再秘密行动，而是大张旗鼓地宣传抗日，鼓励人们来参加。至3月底，平掖抗日救国会发展到300余人，100多条枪。与第三军、三支队一样，成为共产党领导的胶东最早的抗日队伍之一。

乔天华要打鬼子了

乔天华把队伍拉到离乔家不远的正涧村，与罗竹风研究了一套练兵计划，一边进行军事训练，一边对战士们进行思想政治教育。教育是有针对性的，其中针对的一个问题就是除夕那天晚上，有的战士进了李云斋的家，看到人家供桌上的鸡鸭鱼肉抓起来就吃，这很给革命队伍丢人。不过这些刚刚加入游击队的战士都是贫苦农民，觉悟不高，纪律性不强，还不能急于以违犯军纪论处。经过学习和教育，大家都明白了为谁当兵、为谁打仗的道理，觉悟提高得很快，并且特别记住了一句话：不拿群众一针一线。

再就是练兵。队伍在正涧村的山涧里四面撒出岗哨，没人能进得来。乔天华、罗竹风他们一帮教书匠从来没有打过枪，枪法还比不上那些用猎枪打过兔子的农民。但他们人人练得刻苦，长枪短枪都能打，乔天华还练成了神枪手。

有了人有了枪，接下来乔天华就想跟平度城里的鬼子汉奸较量较量了。他对罗竹风、刘文卿他们说：咱们是不是该叫平度城里的鬼子汉奸知道平掖抗日救国会的厉害啊？

罗竹风说，应该是应该，可咱们没有攻城的重火力，强攻恐怕会吃亏。

刘文卿也认为：不能强攻，只能骚扰鬼子一下，叫他们知道平度城不是随便什么人可以待的就可以了，等我们的力量再强大一些，就叫他们吃不了兜着走！

乔天华说：不用等了，张金铭不是成立了十六支队吗？我到祝沟去找他，跟他们联合起来袭击平度城如何？

罗竹风和刘文卿都说：对，如今国共合作，联合起来力量大，就找张金铭！

第十章　国共在平度的第一次联合抗战

共产党员乔天华组建游击队期间，国民党员张金铭已经在祝沟站稳了脚跟，开始考虑许多大事情了。

作为平度县长，他很懂得行政权的重要，在任命外县游击队司令的同时，不忘给他们行政上的权利。他任命他的老部下段馨山为招远县县长，任命平度人孙殿斌为即墨县长，任命他的大学同学辛诚一为栖霞县长，任命王景宋为黄县县长。张金铭任命的县长是否具有法律效力，是否能够得到国民党山东省政府的承认还有待于研究，但当时的形势不可能事事经过远在鲁南的山东省主席沈鸿烈批准任命，张金铭作为十六支队司令身份先斩后奏再补办手续也未尝不可。事实上省里也承认了张金铭任命的县长。

非常时期，特事就得特办。那个时期被称为行政管理空白期，日本人也在物色“县长”，不能让日本人把县长抢了去，张金铭大概就是这么想的。

不仅张金铭重视行政权，共产党也很重视。

平度的北邻掖县，郑耀南等建立的共产党的游击队“民动会”于1938年3月攻克了由伪县长刘子容把守的掖县城，处决了刘子容，成立了抗日民主政府，先是任命民主人士张冠五当上了掖县抗日民主政府的县长。这可是山东省第一个抗日民主政府，其意义十分深远。后来，中共胶东特委选派共产党员担任蓬（莱）、黄（县）、掖（县）三县抗日民主政府的县长，于烺替代张冠五任掖县抗日民主政府的县长，于仲淑任蓬莱县长（后来更换为孙端夫）。黄县成立抗日民主政府之后，撤换了由张金铭任命的国民党县长王景宋，由袁义亭任县政府主席，不久更换为曹漫之。有趣的是，胶东特委还派人向国民党山东省政府汇报请求委任，省府主席沈鸿烈竟然对蓬、黄、掖三县的共产党县长予以批准，下达了委任状。这就使共产党成立的抗日民主政府合法化了。这既是共产党利用国共合作的机会努力争取的结果，更是共产党领导的抗日武装在抗战中有所作为的结果。意义重大的共产党的“蓬、黄、掖”革命根据地就此产生了。

沈鸿烈所以用国民党的大印委任了共产党选派的抗日民主政府的县长，这也是无奈之举，这总比让日本人指派汉奸当县长要好吧？想想，一个省长管辖的范围内，到处是伪县长，你这个省长是怎么干的啊？既然共产党把伪县长赶跑了，人家要派个县长，并且还向你汇报了，你有什么理由不批准呢？不过，沈鸿烈表示，仅此三县，下不为例。所以，蓬、黄、掖三县成为国民党政府在胶东任命共产党县长的特例，此后，共产党人再想当县长，就得靠武力了。

张金铭初当县长之时，平度还没成立抗日民主政府，日军还没来得及任命伪县长，所以，1938 年 2 月至 10 月日军第二次侵入平度城期间，平度只有张金铭一个县长。再加上他的十六支队势力遍及平度，他这个县长可谓军令如山，政令畅通。

乔天华约张金铭袭击平度城

别忘了，现在是 1938 年 3 月，平度城刚被日军占领不久，张金铭虽然是平度唯一的县长，可他只能在远离平度城的祝沟乡下当这个县长。祝沟村再大，毕竟是个只有四五百户的村子啊，别说县政府机关都挤在五间民房里办公，人数更多的十六支队司令部也只能占用一家祠堂。那时，十六支队已经设立了“八大处”，这里不妨把最初的处和处长公布如下：王星九任参谋处长，宋源溪（莱阳人）任政训处长，周鹤轩（平度人）任副官处副官长，于午风（平度人）任军需处长，军医处长毛绍亭（平度人），秘书处长尚佑民（长清人），还有个军械处长（名字不详）。这么些机关挤在一个祠堂里，不用说有多么不方便了。尤其是晚上，到处一片漆黑，不像平度城里还有电灯照明，这就更让许多人受不了。

真要正儿八经地当县长，必须到平度城去当才行。于是，张金铭就想攻打平度城。

可是，张金铭还没跟日本鬼子交过手，不知道鬼子好打不好打。再说，平度城的城墙又高又厚，张金铭只有枪没有炮，攻打平度城他还不具备实力。那么，他在平度的第一仗，究竟怎么打呢？

就在这时，乔天华来约他联合进攻平度城。

张金铭看着这个浓眉大眼的共产党游击队长，听着乔天华不凡的谈吐和袭击平度城的计划，暗自觉得这是个人才，应该把他纳入十六支队第一纵队属下，封他个上校大队长。不过张金铭并不急于下委，他要通过联合作战考验一下这个人到底有何本领。于是，他认真倾听着乔天华的意见。乔天华的意见是：咱们都不具备攻坚条件，所以不能打攻坚战，只能打袭击战，给鬼子一个下马威，尽量消灭日伪军的有生力量，叫他们尝尝平度人的厉害就可以了。张金铭完全同意乔天华的意见，并把他的第三纵队司令唐俊峰叫来跟乔天华商议具体的袭击战术。

乔天华在平度城上过学，对城内设施了如指掌。平度城没有北门，只有东、西、南门。城墙外面是城壕沟，进出县城必须通过城门的吊桥。白天百姓进出都要严格搜身，晚上则城门紧闭，不得随便进出。

对平度城不熟的唐俊峰着急地问，那我们的队伍怎么拿着武器进城呢？

乔天华说，别急别急，有道有道。城壕沟都有通往城里的排水口，这就是咱们进城的通道。

唐俊峰一听觉得不妥，叫队伍钻臭水沟？多窝囊啊！

乔天华说，舍此就不可能进城，要打日本鬼子就不能怕窝囊。

唐俊峰问，城里的下水道入口恐怕有盖子吧？谁进去提前把盖子打开？

乔天华说，这个你不用担心，我的人早侦察好了，我保证按时打开铁锁掀开铁箅子就是了。

唐俊峰一听大喜，拍着胸脯说，乔队，只要你的人能打开铁箅子，我的突击队就能摸进去！

乔天华说，我正是这个意思。我派人白天装作赶集上店的进入城里，晚上把东门和西门里面的铁箅子撬开，我的人从西门下水道进城，你的人从东门下水道进城。

唐俊峰高兴地说，太好了！我一进城就迅速占领东门楼，抢占制高点。

乔天华说，好，只要你那边一打响，敌人必然扑向东门，我的人就从西门下水道进城，咱们来他个东西夹击！

最后双方商定，唐部派支队长许殿臣带领80人的突击队打先锋，占领东门楼并打开东门，以方便撤退。唐俊峰自己亲自带领100人随后接应。乔天华打开铁箅子的时间是下半夜两时整，不能早也不能晚。进城后的主要任务是消灭敌人的有生力量，缴获一些武器，见好就收，迅速从东门撤出战斗。

张金铭听了唐俊峰的汇报，觉得方案可行。同时佩服乔天华的胆识和计谋，暗自打算如果此战得手，战后一定把他收到自己麾下。

夜袭

袭击平度城的计划如期实施。1937年2月27日半夜2点，乔天华提前派进去的6个人分别在东门里和西门里打开了下水道的铁箅子。两部分人马悄悄地通过下水道往城里钻。须知，那下水道只能容一个人弯着腰通过，脚下又是没脚脖子深的污水，所以进城的速度比较慢。不过还好，钻进去的人迅速在大街两侧隐蔽好，等待全部人马进来再行动。虽然城里有日军和伪警备队的巡逻队不断地来回巡逻，但并没发觉有人进城。乔天华提前侦察到的情况是，东门只有一个班的伪军把守，6个人值上半夜，6个人睡到下半夜起来接班，制服6个伪军夺取东门还是不困难的。这个任务由唐俊峰部许殿臣的突击队来完成。

许殿臣带头，突击队一个个从下水道里钻进城里。看看钻进来有一个排的人了，许殿臣便命一个班把住下水道口，接应外面的人加快速度继续往里钻。另命一个班包围了城门南边的执勤房，自己带领十几个人来到登城门楼的台阶处，悄悄摸上城门楼。城门楼上的6个伪军，两个人背着步枪来回走动，另四个人每两人守着一挺轻机枪，枪口对着城门外。他们根本没想到会有人敢来打城，更想不到会有人半夜从他们的脚底下钻进来，所以正在闲着没事抽烟聊天打哈欠。不想突然有人冲到面前，还没来得及叫出声来，就有5个人被当胸刺进了匕首一命呜呼。不过，一个来回巡视的岗哨扣动了步枪扳机，虽然只放了一枪，在这深更半夜也足以惊动全城了。日伪两支巡逻队疾速朝东门冲来。按说唐俊峰的人手脚还是挺利索的。他们已经占领了东门楼，并且掌握了两挺机枪，对着扑过来的日伪军巡逻队一阵狂扫，暂时压住了敌人的火力。下边，80人的突击队已经钻进来了，迅速占领大街两旁的巷子口，展开了火力。唐俊峰也刚刚带领后续部队的二十几个人钻了上来，加入了战斗。只是外面还有七八十人没进来，正在一个个地往里钻。唐俊峰看看这么一个个地往里钻不知要钻到何时，情急中突然想起，既然夺过了城楼，为什么还不打开城门？于是他便命令许殿臣快些打开城门。可是，许殿臣在城楼上翻遍了6个打死的伪军的口袋，没有翻到城门钥匙！那就肯定在下边执勤房里睡觉的6个人手里。而此时执勤房里的伪军正在凭借执勤房的窗户往外射击，一时难以接近。这下可麻烦了，打不开城门，怎么往外撤？总不能再一个个从下水道里往外钻吧？来不及啊！

更加来不及的是，鬼子宪兵队的四辆摩托车架着四挺歪把子机枪从西边“突突”射击着开了过来，后边是大队的鬼子，也一边开着枪一边向东门冲来。鬼子的火力煞是厉害，唐部的汉阳造根本不是他们的对手。城楼上的两挺机关枪也被鬼子四挺机枪的火力盖住了。而唐部还没有攻破执勤房找到打开东门的钥匙。唐俊峰急眼了，亲自指挥十几个人往执勤房里扔手榴弹。集中投掷的手榴弹总算把那小房子轰塌了。接着，几个人冲进去，在伪军的尸体中翻找城门钥匙。

鬼子的火力又刮风般地扫了过来，还没找到东门的钥匙！

形势万分危急，唐部的人马有被消灭在东门下的危险。

就在这时，奇迹发生了。鬼子的身后突然响起了枪声，几颗手榴弹还在鬼子和伪军群里爆炸开来，几名鬼子应声倒地。这一来，鬼子腹背受敌，只好腾出火力转向背后的袭击者。

唐俊峰立刻知道是怎么回事了，他大喊道：弟兄们，乔队抄了鬼子的后路了！给我狠狠地打！

原来，乔天华游击队的三十几个人趁东门这边的战事把鬼子吸引的机会，很快钻进了西门里。乔天华对平度城的每一条胡同都了如指掌。他带领队伍从大街两侧向东门扑来，从后面解了唐俊峰的围，并很快翻墙跳屋地穿插到东门边。

就在这时，东门的钥匙找到了，城门呼呼隆隆地打开了。在乔天华的掩护下，唐俊峰的人迅速撤出东门，然后就地返身卧倒，集中火力掩护乔天华的队伍从城里撤出。由于天黑，鬼子不敢追出城外，眼看着抗日游击队跑没了踪影。

这次袭击战，打死打伤日伪军近 20 名，缴获机枪两挺，长枪 8 支。

我方除了唐部有几个人受伤，无一人死亡。

这是平度国共第一次联合打击日本侵略军的成功战例，在胶东国共合作的历史上具有开创性的意义。

国共合作，统一战线，举国共同对付侵略者，多好的局面啊！如果国共合作别出岔，那该有多好！

乔天华拒绝当上校

平度城袭击战使张金铭名声大振，受到省主席沈鸿烈嘉奖。张金铭立了功，还发现了一个将才，这就是乔天华。他太想把这个人收到自己帐下了。他认为，给乔天华个上校大队长干，乔天华定会对他感恩戴德。

那天，张金铭的副官长周鹤轩带着委任状来到正涧。周鹤轩宣读完了委任乔天华为上校大队长的任命状，生怕罗竹风等人攀比，于是交代说：上校以下官职由乔天华大队长自己提报，由张司令颁发委任状。只要接受了任命，司令部将供给枪支弹药被服及其他军用物资。

罗竹风笑嘻嘻地看着乔天华打趣道：乔队，条件够吸引人的啊！

他知道乔天华不会接受国民党的委任。

乔天华果然说话了：周副官长，这个官儿我不想当。

周鹤轩一听很不理解，忙问为什么？

乔天华说，不为什么。咱们联合起来打鬼子就行了，当官不当官的无所谓。

无所谓？谁费力拉队伍不是为了升官啊？乔大队长，你可别辜负了张司令对你的器重啊！

乔天华连忙说：先别叫我大队长，我还没同意改变番号！请你回去代我谢谢张司令的好意，就说我乔天华领受不起。

周鹤轩带着很不理解的心情回去向张金铭汇报了，愤愤不平地说乔天华是土包子一个，凭着国军的官不当，傻啊。

张金铭摇摇头说：他是嫌官太小了。

周鹤轩惊讶地问，上校啊，团级啊，李德元他们不也是个上校？还能给他个少将吗？

张金铭说，李德元算什么？他倒真是个土包子区长，乔天华当过共产党的烟台市书记，青岛市的市委委员，潍县中心县委书记，按说人家起码跟我这个县长平级呢。

周鹤轩连忙说，司令，你不是想把县长让给他吧？

张金铭说，哪能呢，我要把他纳到我的手下。你再去，就说先干着上校，以后立了战功优先提拔为纵队司令，跟他的老上级孙殿斌平级！临行，张金铭又叫带上 10 支步枪、500 发子弹，送给乔天华做礼物。

周鹤轩只好再骑着马到正涧去找乔天华。他一路上嘟嘟囔囔，真不舍得把那些武器送给乔天华。他以为乔天华这次肯定会接受，而且会设丰厚的宴席招待他。

没想到乔天华还是不接受。

乔天华叫周鹤轩转告张金铭：我们是共产党的队伍，你们是国民党的队伍，咱们只能联合抗日，我们不可能接受你们的收编。

乔天华这么傲，这么不给面子，张金铭很是恼火。在恼火的同时，他也彻底看清了乔天华和共产党对自己的戒备，也就更想把乔天华予以征服。有道是敬酒不吃吃罚酒，你乔天华凭什么国军的官不做，非要与我分庭抗礼不可，我就只好把你打败了，看你服不服！

张金铭最后一次派人去找乔天华。前面的人拿着委任状，随后跟着的是几百人的队伍，从三面包围了乔天华驻军的正涧。这分明是“先礼后兵”，从也得从，不从也得从。

可是，乔天华已经带着队伍到掖县去了。

第十一章　乔天华被自己人收编

掖县城与平度城一样，都是于 1938 年 2 月 1 日被日军占领的，但掖城比平度早被占领半天。那天上午，日军中队长中村带队先占掖城，在掖城住了半天，当众宣布由掖县“维持会”会长刘子容任“县长”。那时日本人占领一座县城太容易了，南边不远的平度那儿还有一座空城等待他们去进驻，就发给刘子容枪支弹药，命他看守掖城，吃过午饭匆匆向平度城开去。所以，掖城和平度城是在同一天被日军占领的。

平度的乔天华所以要与掖县的抗日游击队取得联系，一来因为都是共产党的队伍，二来再不离开平度，就会被张金铭吃掉。

助攻掖城

张金铭先后几次给乔天华下委，已经露出再不接受就要强行缴械的意思了。乔天华和罗竹风都自知平掖救国会还不是十六支队的对手，必须尽快摆脱张金铭的纠缠。于是，乔天华就派掖县人王侯山去掖县跟郑耀南联系，主动提出平掖救国会帮助掖县“民动会”攻打掖城。郑耀南看到乔天华很有诚意，再说掖县县委也开始筹划玉皇顶起义攻打掖城，要消灭汉奸刘子容， 就同意了乔天华的建议。

掖县城不是打的，是喊下来的

前面说掖县的玉皇顶起义攻下了掖县城，并产生了三支队。

玉皇顶起义并不顺利。掖县县委原定农历二月二掖城北边的玉皇顶庙会之际起义，同时攻打掖县城，消灭刘子容。可是由于队伍成分复杂，纪律性太差，还不习惯步调一致，所以二月二日那天竟然没有一支队伍到齐的。这可怎么攻城呢？县委只好决定改期。经过进一步宣传发动，并且宣布了严格的组织纪律，重新制定了联络办法，决定二月初七（3 月 8 日）晚 10 时再次举行玉皇顶起义。这次到了 400 多人，而且有平度乔天华的队伍参加。

3 月 8 日夜，起义队伍个个左臂佩戴红蓝色袖标，把掖县城围了起来。掖县的队伍分工攻东、西、北门，以北门为主。平度游击队的任务是进攻南门。

围城部队并没开枪，只是用围城喊话的战术动摇城内伪军的军心。许多伪军家属也被拉来参与“喊城”，一个个叫着伪军的名字，有的伪军的爹妈还喊着伪军的小名，劝他们不要当汉奸跟抗日游击队作对，赶快打开城门向游击队投降。刘子容命令紧闭城门，坚决死守。游击队就把刘子容的女婿张延善的父母用大车拉到城北门外边，命令他们呼喊刘子容开门投降。围城部队一阵高过一阵的呼喊声，夹杂着伪军家属的哭叫声和哀求声，城墙上的刘子容再也难以承受，竟然瘫倒在地上了。那些伪军也多是掖县人，一看这阵势，秩序大乱，纷纷叫喊“不干了，不干了”。伪保安分队长张良臣自作主张打开了城门放游击队入城。就这样，没用一枪一弹，掖城就回到掖县人民手中。

收复掖城以后，掖县人民扬眉吐气。郑耀南的“民动会”召开公审大会，枪毙了汉奸县长刘子容和刘子容的女婿、伪县府秘书张延善。

刘子容的儿子刘荣堂却逃跑了，暂时躲过了一劫。也是他命不该保，好不容易往南逃到了平度祝沟村又被张金铭的十六支队捉住。部下请示张金铭如何处理，张金铭说：大汉奸的儿子，留着他做什么？毙了！一声令下，就把刘荣堂给枪毙了。

起义成功，掖县“民动会”更名为“胶东抗日游击第三支队”，简称“三支队”，共产党员郑耀南任支队长，原掖县国民党六区区队长周亚泉任副支队长，共产党员张加洛任政治处主任，国民党员赵森堂任参谋长。三支队下辖 11 个大队和侦察、通讯、警卫、纠察等直属队，总共有十七八个大队。其中有 10 个大队是原掖县国民党的 10 个区队改编而来。共产党掌握的武装编了几个基干大队，如特务大队，中队长以上都是党员，300 人枪；侦察队、警卫队、及第一、第八大队，都是共产党员为骨干。就是说，三支队十七八个大队，仅有五六个为共产党所掌握，其余十几个掌握在国民党人手中。但共产党居于领导地位。

三支队的人数达到 3000 多，比胶东特委领导的第三军还多，成为当时胶东由共产党领导的人数最多的一支抗日队伍。

三支队把掖城从伪军手里夺回不到一星期的时间，就建立了掖县抗日民主政府。县长的产生也体现了比较充分的民主，经国共及社会各方协商，决定由张冠五任县长。张冠五是文登县人，大学文化，原是韩复榘属下 22 师政训处的干事。韩复榘逃离济南，张冠五则回到胶东，在掖县组队抗日。可惜他的号召力有限，拉起的队伍只有二三十人，但他的抗日爱国精神为掖县人称道，因此共产党聘请他当掖县抗日民主政府的第一任县长。国民党员赵森堂当上了抗日民主政府的民政局局长。这样，掖县抗日民主政府的主要权利就不在共产党手里了。

不过，掖县抗日民主政府是由共产党领导的山东省最早的抗日民主政权，虽说县长不是共产党员，但是由共产党决定而非由国民党的省政府任命的，其意义也是非常深远的。这又是掖县县委在没有得到任何上级组织的领导的情况下自己摸索的，具有独创性，尤其难能可贵。

三支队竟然把乔天华的队伍收编了

按说，掖城收复了，郑耀南应该帮助乔天华打平度城了。

可是，郑耀南只顾忙着整军建政。

整军，就是将"民动会"整编为三支队。在红旗飘飘、欢声雷动的三支队成立大会上，乔天华、罗竹风他们等来的不是掖县的队伍帮助平度的队伍攻打平度城，而是连平度的队伍也被编入了三支队。平掖抗日救国会被编成第八大队，简称"三支八大队"。大队长也不是乔天华，而是掖县人王寅东。大队副也是掖县人，名叫侯景清。王寅东是共产党员，是与乔天华一起创建平掖救国会的元老。侯景清不但不是共产党员，还是一个旧军人，不知为什么当上了八大队的大队副。罗竹风被任命为副政委。乔天华的职务是三支队锄奸委员兼八大队政委。就是说，乔天华无权指挥他一手创建的抗日游击队了。从此，再也不见了平掖抗日救国会的称谓，队伍里也不见了乔天华的身影。

平度的队伍被掖县的队伍收编，完全违背了乔天华和罗竹风的本意。他们是为了把侵占平度城的日军赶出去才与掖县的队伍联合作战的，并非要加入他们的队伍。

掖县三支队为什么可以强行收编平度的队伍，这里面是有原因的。王侯山偷偷告诉乔天华：郑耀南认为你是从国民党的监狱里放出来的，是否承认你的党籍，需要上级党组织决定。

原来，党性很强的郑耀南将乔天华作为怀疑对象了。这真是乔天华的悲剧啊。

在整编中，国民党员赵森堂的队伍被编为二大队和五大队，连原伪保安队长张良臣的队伍，因为张良臣开城门有功，也被编为三支队的警务大队。就是说，原掖县的十几个国民党的游击队原封不动地变成了三支队的十几个大队。十几个原国民党区队的队长也都被委任为大队长。原掖县六区区队长周亚泉还当上了三支队的副支队长。共产党员乔天华的平掖抗日救国会，就这样与国民党的区队一样降格为隶属掖县三支队的一个大队。乔天华则直接被剥夺了对他亲手建立起来的队伍的指挥权。

乔天华是1931年入党的老资格共产党员，可郑耀南入党比他还早。作为一个因被捕而失去了组织关系的党员，乔天华觉得没有理由不服从郑耀南同志和掖县县委的领导。从这里可以看出乔天华是一个党性多么强的共产党员啊。真正的共产党员，是不会与党组织闹独立闹分裂的。为了抗日大局和党组织的统一，乔天华忍了。

可是，三支队这样国共混编，成分复杂，是眼里揉不得沙子的乔天华难以忍受的。

此时的乔天华就好像老虎掉进陷阱里，有劲使不出来；又好似哑巴吃黄连，有苦难言。20世纪80年代，乔天华在他的回忆录中写道："将我们的部队编为三支八大队……部队被编也无意见。但帮打平度城的希望全无了……"字里行间，可见其当时那无可奈何的境遇。

其实，郑耀南是站在掖县的角度来处理一切问题的。那时的掖县是共产党的天下，平度是国民党张金铭的天下，难道共产党没有权力统一指挥平度的游击队吗？大家合起来不是力量更大了吗？

可是在抗战中，保持各地抗日游击队的独立性，坚持在各自的境域发动群众，带领群众抗战，也是地方抗日斗争的需要。再说，面对势力强大的日寇，地方抗日游击队不可过度集中，你即使再集中，也缺乏跟日本鬼子正面作战的力量，却又有被敌人一网打尽的危险。分散的、"麻雀战"式的游击战，可以在敌后全面开花，既可闹得敌人难得安宁，又可牵扯敌人使其抽不出力量去配合正面战场。这才是开展敌后游击战的正确路线。

平度县的抗日斗争需要共产党员乔天华的抗日游击队啊。

后面将要说到平度大泽山区将是共产党在山东乃至全国重要的抗日根据地，尤其需要一支由共产党领导的抗日队伍。

这个道理，在40多年后，被当年掖县三支队的创立人之一、曾经担任掖县抗日大队政委、还先后担任掖西、掖南、掖北县委书记、掖平西工委书记、西海地委宣传部长兼统战部长的老革命刘岐云一语道破。他在革命回忆录《烽火春秋》中是这样说的："回忆过去，有一历史教训需要指出，三支队在1938年春攻克掖城之后，应该立即让乔天华、罗竹风、刘文卿等同志率战士回到平度大泽山南区去发动武装，开展群众工作，建立根据地。掖平两县，山水相依，南北毗连，如果那时能这样做，我们党就可以在平北扎下根，阻止张金铭土顽北进，这个历史先机失去了，甚为可惜。这是三支队党委一个带战略性的失策。”

这是一个出于公心的老共产党员对那段革命实践的真诚反思。

可是，那时的乔天华，厄运才刚刚开始呢。

赵森堂逐渐坐大

掖县国民党党部常务委员赵森堂为自己的胜利暗自庆幸，他虽然没捞到三支队的最高领导权，可他争取到了三支队的参谋长职位。

参谋长在军队里的地位众所周知，军事部署、战略战术等最高军事秘密都有权掌控，发号施令也威震三军。所以，国民党员赵森堂能当上共产党领导的三支队的参谋长，是国民党在掖县的国共合作中的一个“胜利”。为什么这么说呢？

大家都知道，第二次国共合作，与第一次国共合作有着本质的区别。第一次国共合作是你中有我我中有你，共产党员以个人身份加入国民党，在国民党中担任一定的职务。那时的共产党只有“笔杆子”而没有自己的“枪杆子”，所以，1927年蒋介石、汪精卫一翻脸，共产党就完全陷入了被动，遭到国民党的残酷屠杀。接受第一次国共合作的教训，第二次合作最大的不同就是共产党坚持自己的独立性和对自己的武装的绝对领导权。在1937年国共合作的谈判阶段，双方在一致同意将红军改编（注：是改编不是“收编”）为“国民革命军第八路军”（又称第十八集团军）的同时，展开了讨价还价的“拉锯战”。蒋介石要取消共产党对八路军的领导权，要把八路军完全置于他的直接领导之下。中共则坚决不同意，你国民党军政部要对八路军发号施令，必须经过八路军总部，由朱德总司令来下达。由于共产党在领导权问题上不容商量，蒋介石只好让了一步，不再坚持对八路军实施直接领导。但为了辖制八路军，又提出“各级辅佐人员由中央改编后逐渐派遣”，就是说，国民党要向八路军各级派遣副职。如果蒋的算盘实现，八路军朱德总司令下面就可能有国民党身份的副总司令与彭德怀平起平坐，或者有副参谋总长与八路军的叶剑英总参谋长平分秋色。八路军各级就会有国民党的副军长、副师长或副参谋长等等“辅佐人员”。双方在这一问题上互不相让。国民党不管你中共同意不同意，坚持向八路军派遣“辅佐人员”。中共中央则向八路军下达命令：南京所派“高级参谋”“前方必须挡驾，不许踏进营门”，理由是：“南京应该信任红军，不应该破坏红军”。国民党强派李秉中任“第十八集团军政治部副主任”，中共中央以已经安排任弼时、邓小平为正、副主任为由，将李秉中拒之门外。李秉中气得强烈要求蒋介石向八路军“暂缓发饷”。负责与国民党谈判的中共代表周恩来向蒋介石提出：我们不同意国民党委派辅佐人员，如果一定要派，“中央军政人员只任联络”，算是给蒋介石一个台阶下。但共产党规定，联络员只能起联络作用，绝不可以“辅佐人员”身份来坐镇指挥。由于共产党对军队领导权的顽强坚持，最终达成的红军改编协议，再未见国民党向八路军派遣辅佐人员的内容。经过整编后的八路军自上到下的各级领导成员完全由共产党八路军自己的人员担任，实现了共产党对八路军的绝对的独立的领导，从而保证了军队的纯洁，这无疑是共产党在第二次国共合作中的英明之举。

当然，不能要求各级地方的国共合作都能如中共中央的领导人那样英明，敌后各地的情况不同，与中央的联络也很困难，各地游击队各自在摸着石头过河。像掖县郑耀南他们能把赵森堂这样的国民党重要人物和那么多国民党的区队纳入三支队，应该说已经很不简单了。但是，后来出现的情况，从反面进一步证明中共中央坚持不要国民党委派军队“辅佐人员”是多么重要的决策。

站在赵森堂的角度来看问题，他是一个立场坚定的国民党员，他认为他是在联共抗日，但不想受共产党的摆布，也不愿看到三支队那么多的国民党区队的人马彻底变成共产党的队伍。他要利用担任三支队参谋长和县政府民政科长的便利条件，来与共产党争夺这支队伍了。

他把参谋处作为自己的据点，多方搜集枪支弹药，为自己建立了一支40多人的“卫队”。须知，连支队长郑耀南都只有两个警卫员，而参谋长却有规模这么大的卫队，可见他心怀叵测。掖县成立抗日民主政府，赵森堂又争取到民政科长的职位，既有军权又有了政权。他以三支队参谋长和民政科长的名义召开乡镇长会议，用宴请的手段拉拢一些旧军人，在各种场合散布反共言论。他的几个骨干也到处扬言：“一个槽里拴不住两头叫驴，咱们得另找出路（意思是跟共产党分裂）。”三支队举办军事训练班，赵森堂以参谋长的职位主持训练，为自己训练了五六十人的骨干力量。任命他的两个最得力的人员担任训练班的教员，一个是三支二大队大队长王春塘，一个是三支五大队大队长杨辅庭。这两个人每逢在训练班上讲课，都要佩戴上在庐山受训时蒋介石授予的武装带和“军人魂”短剑，以示自己的正统地位。他们甚至在训练班上公开宣扬“一个领袖”“一个主义”“一个政党”“一个政府”的言论，批评共产党“不服从中央领导，破坏抗战”，把训练班变成了效忠蒋委员长和国民政府的课堂。

处于三支队锄奸委员职位的乔天华一眼就看穿了赵森堂的阴谋，而赵森堂早通过他的内线从平度的张金铭那儿知道了乔天华是一个油盐不进的铁杆儿“共党”，两个人免不了时常发生口角。赵森堂就视乔天华为眼中钉、肉中刺，千方百计想挤走他。

失去了军权的乔天华对位高权重、势力雄厚的赵森堂毫无办法，只能远远地躲着他。

而此时的三支队最高首长郑耀南也似乎对乔天华不太满意，尤其是在改编中失去了对部队的指挥权之后，乔天华情绪低落，态度消极，经常不辞而别，独来独往。乔天华曾经偷着回了几趟平度，想在家乡再拉起一支游击队。不过此时平度城已经回到张金铭手中，整个平度几乎全部成了国民党十六支队的一统天下，乔天华再拉队伍谈何容易？这就使乔天华彻底陷入困境。这一切，都被赵森堂看在眼里，所以他就更要想法排挤乔天华。

赵森堂在三支队逐渐坐大，三支队已经面临着严重的危机。

第十二章　七、八支队“强过掖县”

抗战时期，山东的共产党以胶莱河为界，把河东划为胶东区，河西以潍县为中心的一片地区，包括昌邑、寿光等县，因为还是处于山东的东半部，所以就叫鲁东区。当时的山东，到处都像胶东一样，国共双方的地方游击战开展得轰轰烈烈。仅在邻近平度的昌邑县，国民党方面的队伍就有第八专区厉文礼的保安纵队，王尚志的四纵队，沈官忱的十六支队第六纵队等等。共产党方面，最有名的就是鲁东第七、八两个支队。

七、八支队请求东上休整

1938 年 4 月初，乔天华接到了马保三的一封信，这封信在掖县三支队引起轩然大波，致使乔天华的职务被一撸到底。这就有必要交代一下这个马保三。

马保三在山东抗日中赫赫有名，新中国成立后担任过青岛市政协副主席。他是山东寿光县牛头镇人，是 1924 年入党的老共产党员。抗战开始后，他与中共鲁东工委书记鹿省三和委员张文通领导创建了抗日武装“鲁东游击队”第七、第八支队。七支队由王培汉任指挥，鹿省三任政委。八支队由马保三任指挥，张文通任政委，曾任红四方面军团政委的韩明柱任副指挥。马保三的八支队成立后，立即与日寇干了几仗。1938年1月，在安丘马家庄消灭了一部分日寇，2月3日，在寿光三里庄伏击日寇，烧毁汽车三辆，俘虏日寇三名。七、八支队会合后，又于3月3日在昌邑柳疃联合消灭日伪军一部，在瓦城给敌人以沉重打击。七、八支队成了鲁东日寇的克星，一时间威震敌胆。可是到了3月末，七支队出了内奸，鲁东工委书记兼支队政委鹿省三被暗害，日军趁机进攻，七支队遭受很大损失。由于两支队伍都成立不久，连续作战消耗过大，又面临日军的疯狂报复，鲁东工委决定由马保三带领七、八支队东上，开到胶东蓬黄掖根据地进行休整补充。

由于乔天华曾任潍县中心县委书记，与马保三熟悉，特别是他还与马保三一起在济南坐过韩复榘的监狱，1937年秋，出狱后又都在地方组军抗日，所以，马保三把乔天华视为同志加好友，在东上前写信给正在掖县三支队的乔天华，请他提供帮助。

乔天华接到马保三的信，觉得责无旁贷，便立即向三支队支队长郑耀南汇报，并亲自到平掖交界处迎接马保三。

按说，共产党领导的抗日队伍从共产党的地盘掖县根据地东上，是不应该有什么难度的。可是，由于当时胶东党的领导还没有统一，更因为掖县三支队里有个赵森堂，就使问题变得复杂化了。

赵森堂在三支队到处散布谣言，说七、八支队是“土匪队伍，在外地过不下去了，想到掖县赖着不走，长期吃下去”，企图煽起群众对七、八支队的不满。乔天华对赵森堂说，你别怕，掖县这里不接纳我可以领着马保三到黄县去休整。赵森堂就说，你乔天华这是在超越职权，多管闲事！三支队还轮不着你说话！他对郑耀南挑拨说：乔天华想带着马保三的队伍到黄县去，势必要侵犯黄县王景宋的地盘，这是破坏统战的行为！

怎么七、八支队到黄县就是“破坏统战”呢？因为驻扎黄县的是“友军”王景宋。前面已经交代，王景宋是张金铭任命的第十六支队第九纵队司令兼黄县县长。王景宋的九纵队包括他自己的嫡系一大队和共产党领导的二大队，因王景宋排挤共产党领导的二大队，与中共胶东特委的关系比较紧张。胶东特委打算武装整编王景宋，但也不敢贸然行动，因为国共合作、统一战线是抗日的大事，谁被扣上“破坏统战”的大帽子，谁就会很麻烦。赵森堂不久也正是利用这顶帽子把乔天华整倒的。至于赵森堂诬蔑七、八支队是“土匪队伍”算不算“破坏统战”，则无人追究。因为赵森堂是三支队的参谋长，三支队又是共产党领导的抗日队伍。

乔天华在黄县上过学、教过学，黄县城里到处是他的同学、同事和学生，因此对黄县了如指掌。他的学生钦培基就在王景宋手下当班长，并且掌管黄县城西门。乔天华觉得鲁东七、八支队只有到黄县去才能得到休整和补充，舍此再无其他好的去处。黄县是国共合作的地盘，共产党的七、八支队是抗日的队伍，抗日的地盘不接纳抗日的队伍没有道理，这就是乔天华的认识。乔天华的性格又很倔强，凡是他认定了的事情，就非办不可，爱谁谁。七、八支队一时遇到困难，黄县的王景宋没有不帮忙的理由，叫花子上门还得给口吃的呢，别说是屡立战功的抗日队伍了。乔天华认为，谁反对七、八支队东上谁就是在“破坏统战”。

马保三“强过掖县”

“强过掖县”的主意是乔天华给马保三出的。共产党的队伍从共产党的地盘里走还要“强过”，现在的人听来有些不好理解。

关于马保三“强过掖县”，刘岐云的回忆录《烽火春秋》中也可印证：“引导马保三率队伍走出掖县东上黄县时，赵森堂还派王春塘带领他的第二大队在掖县城北二十里堡沿烟潍路进行监视，视七、八支队为敌。”

原来，马保三的队伍进入掖县后，赵森堂发出命令，严禁七、八支队靠近掖城，七、八支队只好在城外的烟潍路边驻扎。乔天华带着马保三的两个代表进掖城与三支队领导协商从掖县过境事宜。乔天华是三支队锄奸委员，按说也是三支队领导，有权参加商讨帮助七、八支队的会议。可是，在赵森堂的主导下，乔天华被拒绝参加这个会议。已经进入会议室的乔天华只好愤愤走出会议室，在掖城西门外着急地等候。

中午时分，马保三的两个代表垂头丧气地来到西门外，对乔天华说：人家不准过境。

乔天华不解地问：真的？你们再说一遍！

再说一遍还是不准七、八支队过境。

乔天华简直不相信自己的耳朵了。都是共产党领导的抗日队伍，怎么会这样呢？难道三支队要把七、八支队再逼回昌邑，叫鬼子吃掉？

乔天华怒发冲冠！他肯定这是赵森堂捣的鬼，返身就要进城去找郑耀南揭穿赵森堂。两个代表拉住他，乔天华没法，只好跟着两个代表回到马保三的驻地。

马保三听了不准过境的决定，灰心丧气地说，那我们只好返回去了。

乔天华生气地叫道：日本鬼子正在等着你呢，你们回去送死吗？你马保三也太没出息了吧？

马保三说：都是共产党的抗日队伍，总不能因为过境打起来啊。与其跟自己人打，不如回去跟鬼子拼了，也不一定就是死。

乔天华问：这支队伍是你个人的还是共产党的？

马保三苦笑着说：这还用问？我难道忘了自己姓共？

乔天华又问：那么，是东上对队伍有利还是西返合算？

马保三答道：当然东上好。可是人家不让过吗。

乔天华冷笑道：不让过就不能强过？

马保三摇摇头说：那样不是就发生冲突了吗？

乔天华说：我认为不让过境绝对不是三支队主要领导的意见，这完全是赵森堂从中捣的鬼！我了解支队长郑耀南，他是个对党忠诚的老党员，他是不会下令跟共产党的队伍开战的。赵森堂能直接指挥的只有两个大队，真正听他话的只有他手下的亲兵不足100人，可你的队伍有1000多人，他赵森堂难道敢跟你们开火不成！

马保三就听从了乔天华的意见，硬着头皮带队伍强过了掖县。果然，赵森堂的人马在路边和队伍后边监视，但没敢动武。赵森堂眼睁睁地看着七、八支队在乔天华的引领下从他的眼皮底下往东开去，对乔天华更是恨之入骨。

在七、八支队到达黄县之前，乔天华早暗地里派他的老乡、战友也是毕业于黄县崇实中学毕业的罗竹风提前赶往黄县去跟王景宋联系，为七、八支队在黄县城提供食宿等休整条件。罗竹风按照乔天华的吩咐，没有跟郑耀南请假，更不让赵森堂知道，秘密地去了黄县。

乔天华带着七、八支队到了黄县城西边的白马村住下，等着罗竹风的消息。罗竹风从黄城一回来，就着急地说：找关系跟王景宋把事情说了，可王景宋说，黄县城太小，容不下这么多部队，拒绝七、八支队进城，并下令不准越过白马一步！

这可把马保三给愁住了。1000多人挤在小小的白马，别说住不开，连饭也吃不上啊，还怎么休整？

乔天华说：愁什么？他王景宋不让进，咱就不能往里冲？

马保三犹豫着说，天华啊，硬冲不能让人家抓住口实，说咱们破坏统战？

乔天华却说，他不让进去才是破坏统一战线呢！老马，你们听我的，保你们能进城就是了。

乔天华与罗竹风偷偷来到黄县城西门，找到他的学生钦培基，动员他为七、八支队打开城门。钦培基早就不想跟王景宋干了，答应开城门。于是七、八支队就顺利地冲进了黄县城。王景宋指挥他的队伍开枪拦截，但很快就被缴了械，黄县城就这样被七、八支队占领了。

前面说到，王景宋的十六支队第九纵队由两部分组成，一部分是王景宋的本部，为第一大队。一部分是共产党的三军第三大队，为了与国民党方面搞好合作，胶东特委决定将三军第三大队划归王景宋的十六支队第九纵队，整编为第二大队，听从王景宋调遣。可王景宋怕被共产党的二大队占了县城，就把二大队放在城外，担任县城的警戒。他还变着法子，利用调整二大队领导班子的机会，排挤二大队中的共产党员，意图把二大队真正变成他说了算的队伍。鉴于这种情况，中共胶东特委也计划把王景宋的队伍整编过来。

乔天华带领马保三的七、八支队占领黄县城，正中胶东特委下怀。胶东特委趁机指示二大队开进黄城，帮助七、八支队整编了王景宋的一大队，并把二大队恢复原了“胶东第三军第三大队”的番号。这样，国民党王景宋的队伍为三军和七、八支队分解收编，七、八支队得到了加强。

不久，在胶东特委的关心和帮助下，七、八支队统一整编为八支队，由马保三任司令。这支队伍经过休整，由1000余人发展到2000多人枪，成为一支实力强大的抗日武装。

七、八支队东上休整，摆脱危局，发展壮大，乔天华功不可没。

乔天华被撤销党内外一切职务

关于马保三东上休整对共产党队伍的重大意义，在当时就受到了肯定。不久从延安派来的八路军山东纵队胶东五支队司令高锦纯，在1990年撰写的回忆录《抗日战争初期的胶东武装斗争》中也是这样说的：“我和王文（五支队政委）到达黄县时，各路武装（指山东人民抗日救国军第三军和马保三的鲁东游击第七、八支队）已在黄县胜利会师，并占领了黄县城”。言语中没有一点儿指责马保三部占领黄县是“破坏统战”的意思，反而用了“胜利”一词。马保三不但在强占黄县后升任由七、八支队合并而成的八支队司令，后来到了1940年7月，还在山东省临时参议会上被公推为副参议长。直到新中国成立后，马保三担任了青岛市政协副主席，可谓功成名就。

可是，带领马保三强过掖县、在“胜利”占领黄县城中发挥关键作用的乔天华，却因此被撤销了一切职务，连党的组织生活也被停止了，理由是“破坏统战”。乔天华在后来的回忆录中并没有说明究竟是谁撤销了他的三支队锄奸委员和八大队政委职务，这个老党员直到1989年去世也没有对“破坏统战”的罪名进行过表白和解释。他担任过党的高级干部，对党的路线方针政策理解得不会比一般人差，应该是很透彻的。他明白国共合作、统一战线对于抗战的无比重要性，所以他绝对无意破坏抗日统一战线。他认为破坏统一战线的不是他，恰恰是国民党方面的赵森堂和王景宋。他带领马保三占领了黄城，就是在同破坏统一战线的国民党分子做斗争。而且，他的行动得到了胶东特委的肯定。

更重要的，乔天华认为，国共合作只是统一战线的一部分。他自1931年加入共产党，抗战前一直处于“地下”状态，时时躲避着国民党的追捕。最终还是被他们捉到了，所以从1934年10月至1937年10月整整3年，他是在国民党的监狱里度过的。如果不是因为“七七”事变，中共强烈要求国民党释放政治犯，他还将在国民党的监狱里服刑两年。获释后，乔天华立即在平度组队抗日，还积极贯彻国共合作的路线，主动与张金铭联合抗战，首创了平度国共合作抗战的佳绩。这样的人怎么会破坏统战？倒是张金铭变着法子非要吃掉他不可，这就是在破坏统战了。

这样来看，说乔天华“破坏统战”，也屈，也不屈。说屈，是因为他只不过是在一心为共产党的七、八支队东上休整创造条件，目的是为了抗战，效果也确实有利于抗战。说不屈，他的行为又确实是打击了“友军”王景宋。

虽然后来国共摩擦发展到出现“皖南事变”那样严重的事件，足以证明乔天华的认识是正确的，但孤独无援的乔天华有理说不清，面对党组织的处分，这个党性很强的共产党员，只能逆来顺受。而对王景宋实行武装整编的胶东特委却丝毫也不用承担“破坏统战”的责任，只有乔天华一个人来承担了。

第十三章　孙家口伏击战
——解读《红高粱》

前面说过，高密人曹克明组建起一支游击队，被国民党山东第八专区专员厉文礼收编为第八专区保安六团，曹克明当上了团长。这里要说说曹克明打鬼子了。

作家莫言说，他的小说及由小说改编的同名电影《红高粱》，就是依据当年那场孙家口伏击战并以参战的主要人物曹克明为原型创作的。此话属实。不过，那时的孙家口属于平度而不属于莫言的家乡高密县，可跟着电影《红高粱》名声大震的是高密而不是平度。平度人看了《红高粱》，感到电影不错，但把功劳全归了高密不太公平。须知，莫言创作的是艺术形象，海阔天空的笔法并没限于高密或是平度，他即使有意宣传高密但也无意贬低平度，至多是忽视了平度。再说，人家莫言写的是“我爷爷”余占鳌而不是曹克明。伏击鬼子的地方也将孙家口改为了“青杀口”，胶莱河变成了“墨水河”。为了写“红高粱”，小说将伏击战的时间由清明节后改为9月高粱红了的时候。余占鳌是个土匪出身，而曹克明却不是土匪。他先是共产党员后来是国民党员。

如果觉得应该尊重历史和现实，就不要在这个问题上纠缠了，大家都有发言权，咱们把历史还原了就是。

孙家口、石板桥，历史的遗迹尚在

1938年的时候，孙家口属于平度最南边的七区王家丘镇。这个镇的村庄分布在胶莱河南北两岸，孙家口就紧贴在胶莱河南沿上。现在平度与高密是以胶莱河为界的，可那时平度的地面越过了胶莱河，所以河南岸的王家丘、孙家口、公婆庙等村庄属于平度县。准确地说，当年的孙家口伏击战的主战场在平度县，而非高密县。

再说参战队伍，也是平度的董希瞻打的主力。不过，功劳不能这么争，因为董希瞻当时属于曹克明的部下，曹克明是伏击战的总指挥。参战队伍也不只曹克明的保安六团，还有胶州的姜黎川部和平度的冷冠荣部，是平度、高密和胶州的国民党地方游击队联合进行的一场战斗。如果仅有董希瞻的队伍，他是不敢跟鬼子较量的。

当时，从胶州到掖县的沙河镇有一条公路叫胶沙路，南段到平度那段叫胶平路。胶平路就从孙家口村的中心穿过。坐汽车出胶州城向北一路走来，过了胶州界进入高密界，一路来到胶莱河南岸的孙家口村的村西头。公路到了这里不再继续向北，而是向右一个九十度急转弯进入孙家口村，从村中央的东西街往东直行200余米到了村东头，再向左一个九十度的急转弯，拐到村东头的南北路上。沿南北路向北走二三十米，就来到胶莱河堤口，过了堤口，突然就是下坡，车辆一头就扎上了胶莱河南引桥。引桥长52米，一溜下坡来到那座石板桥上。石板桥长37米，宽只有三米，仅能通过一辆那个时代的汽车。小桥不大，名字却不小，当地人把它称作“胶沙桥”。到了桥北头，经过72

米长的北引桥，出了北河堤口，往北就是直通平度城的大道了。汽车如果从北边平度方向过来，也必须小心翼翼地爬上北河堤口，沿着北引桥，踩着煞车慢慢下坡驶上窄窄的石板桥。到了桥南头再沿着南引桥爬坡，爬上南河堤口，走过二十几米就是孙家口村东头的第一栋房子。这时候，司机必须快速打着方向盘向右急转弯，转得慢了就有撞到房子的危险。转过这个弯立刻就进入孙家口窄窄的东西大街，这时才能松口气。所以，任何车辆从北岸过桥进孙家口，都走得很慢。车身较长的军用卡车就更慢了。

我于 2011 年清明节后——正是 63 年前发生孙家口伏击战的时刻，专程来到孙家口村。孙家口早已在原址西边建了新村，但旧村还保留得比较完好，两侧低矮的房子夹着一条狭窄的小街。穿过破旧的小街来到村东头，忽见一座白色的大理石纪念碑闪闪发光，使破旧的村庄有了亮点。纪念碑正面刻着“孙家口伏击战纪念碑”九个大字，左上角刻着“高密市爱国主义教育基地”，右下角刻着“河崖镇人民政府二〇〇五年八月立”。原属平度的孙家口已经划归高密了，所以高密人在此立碑当仁不让。纪念碑后面的碑文是这样写的：“1938 年 4 月 16 日农历三月十六日，抗日游击队曹克明部组织军民 400 余人在胶（州）沙（河）公路孙家口利用青沙桥及周围地形伏击了由平度返回胶州的日寇，战斗从早上 8 时至下午 3 时，先拦截伏击后围堵追捕，共击毙日寇 39 人，其中有中将中岗弥高。击毁军车七辆，缴获军车一辆。枪械子弹和件一宗。我伤亡 30 余人。此战打击了日军的嚣张气焰，振奋了当地军民抗击日本侵略者的热情。此地是著名作家莫言的小说《红高粱》的原型地，是电影《红高粱》的拍摄地之一。”

立碑人的行为值得称道，但碑文内容有点儿失实。许多资料都说当年的日本鬼子不是 39 人而是 29 人，军车一共是五辆而不是七辆。碑文的文字也嫌粗糙，枪械子弹和“件”一宗，漏掉一个“文”字，应是“文件一宗”。

站在纪念碑旁边往北看去，狭窄的“胶沙桥”几乎贴着水面贯通胶莱河两岸，不禁使人回到那战火燃烧的年代。踏上石板桥，但见桥板厚实，虽有几块石板稍稍下陷，但不碍通行。桥面很窄，现在的载重车都从西边不远处新修的胶平路大桥上通过，这儿成为两岸农民的拖拉机、三轮车和牛车的专用桥了。低头看去，桥板上有“中国桥”三个字清晰可见，不知何年何月何人所刻，但字迹经多年打磨，显得饱经风霜，肯定比那 2005 年才立的纪念碑要早得多。刻字人的观念反映出人们对日本侵略者的鄙视，这是我们中国的桥，岂是你们日本人可以随便走的！

日寇暴行激怒了抗日游击队

1938年初，那时候平度城和胶州城都被鬼子占了，日军就要三天两头地在两个县城之间巡逻和运送军用物资。由于胶平公路太窄，而且年久失修，日军的汽车走不快，这就该着沿路村庄的百姓们倒霉了，青壮年们大都被逼着出工修路。如果有人逃跑，日本人当即开枪射击，格杀勿论。有那身体弱的、生病的、腿脚不利索的，就会因为干活太慢而遭到谩骂毒打。所以，许多青壮年东躲西藏不敢在家，连春种也顾不上了。日本人这么一折腾，百姓的日子还有法过吗?

这还不算。乘车巡逻的日本鬼子心怀疑虑，担心遭到抗日力量的伏击，动不动就对着公路两边的村庄、树林、茔盘等目标开枪扫射或者用掷弹筒轰炸。更有甚者，他们竟拿田间劳作的农民和过往行人当靶子打，在巡逻车上比枪法取乐子。公婆庙村70多岁的老大娘李氏到地里挖野菜，被车上的鬼子用枪击中，惨死在地头上。鬼子打死了人，还一齐手舞足蹈，嘻嘻哈哈地一溜烟走了。用莫言在《红高粱》小说里的话说，“这条公路是日本人和他们的走狗用皮鞭和刺刀催逼着老百姓修成的。”

再不给鬼子点眼色看看，沿路一线平度、胶州、高密的老百姓真的没法活了。

那时候，国军主力正在进行武汉会战，跟鬼子的主力拼得你死我活。八路军在华北敌后跟鬼子打得难分难解。平度高密还没有国军主力和八路军。乔天华的游击队刚组建不久，又是在平北一带活动。那么靠谁来教训日本鬼子呢?

国民党山东第八专区保安六团团长曹克明和六团二大队长董希瞻都忍无可忍了，他们决定：打个狗日的!

还有个叫冷冠荣的平度人，是平度七区王家丘村（现在也划归了高密市）人，组建了一支200多人的游击队，被十三专区专员蔡晋康任命为山东独立游击第二支队队长，当地人都叫他“二支队”或“冷支队”。“冷支队”的称谓也在莫言的小说《红高粱》里出现过。不过，莫言抹杀了“冷支队”在伏击战中的功劳，把“冷支队长”写成了一个见死不救的人。当然莫言并没说冷支队就是冷冠荣，人家是在写小说。都在平度南乡驻扎，靠平度、高密一带的百姓养活，手下的兵也多是这一带的农民，所以都对鬼子的暴行忍无可忍。曹克明就召集董希瞻和冷冠荣研究如何教训鬼子。

恰巧曹克明的同村同族兄弟曹正直来了。曹正直是黄埔军校毕业生，参加过北伐，时任国民党军事委员会别动总队联络参谋、第十三支队参谋长，很有来头。他这次是奉命来胶东调查抗日游击队状况，以便在各游击队间建立联系的。曹克明便邀请他帮忙谋划打击日军的行动。

曹正直和曹克明、董希瞻、冷冠荣他们在胶莱河两岸走了一遭，一下子就看中了河南岸的孙家口。这个只有80户的村庄不但是鬼子汽车的必经之路，而且村中地势低洼，街道狭窄，凹凸不平，汽车跑不快，打起来容易；两旁的房子高低错落，便于埋伏，趴在房子上往街上丢手榴弹只有十几米的距离，一扔一个准。曹正直连说真是个打伏击的好地方，大家也都英雄所见略同。

1938年古历三月十五（公历4月15日）上午，日军的5辆军车从胶县经孙家口村开往平度去了。根据以往规律，汽车在第二天必然返回胶州。于是，曹克明连夜部署部队。董希瞻的第二大队被确定为这次伏击战的主攻队伍，在孙家口村内村外埋伏。保安六团其余官兵和冷冠荣的二支队共近1000人，分布在孙家口附近胶莱河两岸平度、高密的十几个村，形成包围圈；冷冠荣部抽出百余人驻万家庄，警戒打援。胶县人姜黎川的国民党“山东人民抗日救国军游击队”闻讯要求参战，接受的任务是，战斗打响后，迅速破坏通往胶县、平度的电话线，切断日军的通讯联络。总指挥部设在王家丘，曹克明任总指挥，曹正直临时给他当顾问。整个战场的部署，东自河上庄，西至王家丘，北起前双丘（现仍属平度），南到艾丘，方圆几十里，就像布下了天罗地网，等着鬼子来钻。

战果辉煌

4月16日拂晓，董希瞻率他的二大队进入伏击战主阵地孙家口村。他们贴墙卧地、上房爬树，一个个严密隐蔽。在南引桥两旁的树丛中、在孙家口村最东头南侧孙振林的五间房顶前坡上，都埋伏了重兵。又命令村民拿出铁耙，每三张拴在一起，共帮扎了五排，一排排横卧在村内街道上做路障。同时规定，只要一听战斗打响，北有前双丘，南有公婆庙，都要迅速在公路上同样放铁耙截路，绝不许鬼子的汽车跑掉。《红高粱》中也有放连环耙的描写。

据来自平度城内的可靠消息，日军的5辆军车上午8时从平度开动了。

果然，大约10点左右，车队从北方驶来。日军开进前双丘村，从埋伏在村子里的游击队的眼皮底下开了过去。等汽车驶离前双丘，游击队立即命百姓疾速在大街上放上铁耙，封锁了敌人回撤的道路。

很快，汽车开到胶莱河边，爬上北引桥，开到了石桥上。前头一辆汽车的车头上架设着一挺重机枪，9名日军士兵站在车厢里高度警戒地东张西望。

其余4辆车上，也各有四五名全副武装的日本兵。不知为什么，一辆平度至青岛的客车跟在日军车队后头。这就有点麻烦了，子弹不长眼，打着百姓怎么办？不过已经顾不得那么多了，董希瞻只能提醒部下，尽量躲避那辆客车。当时去青岛做买卖的平度城南关村的谢维俭，那天就在这辆客车上而且安然无恙。作为这场战斗的现场见证人，谢维俭老人在新中国成立后写的回忆录里说，那客车是日军逼迫跟在后边的，目的是拿客车给他们做掩护，因此他有幸亲眼看见了那场激战。这位老兄生前经常对我说起他那段非凡经历，还说在战场上见到过董希瞻呢。

第一辆车"嗡嗡"叫着爬上了南引桥，其他四辆车紧随其后。

第一辆车爬到河堤口，接着就是下坡，上了孙家口村东头的南北路。第二辆车也接近了河堤口。

第一辆车开到孙家口村东头，向右急转弯，开进了孙家口东西街。就在这时，开车的驾驶员猛地发现村中的道路上似乎有一片片黑黑的钻子朝上竖着，有的还闪闪发光。他从没见过这东西，不懂得那是一片片中国农民用来耙地的铁耙。他想都没来得及多想，本能的动作就是急刹车。结果汽车刹偏，车头猛地撞进路左边房子后的排水沟里。后边的车也纷纷发出"吱吱"的刹车声。

就在这时，董希瞻一声令下，埋伏在这所房子前坡上的游击队员飞身蹿上房顶，迅速投下一排排手榴弹。随着一阵猛烈的爆炸，第一辆车上的鬼子死的死伤的伤，叽里咕噜，哇里哇啦，喊爹叫妈。后面的四辆车根本来不及调头，因为他们都挤到村头的窄路上了。

唯有那辆客车，因为不愿与日本军车同行，磨磨蹭蹭地刚刚驶上石桥。一听前面爆炸，戛然将车刹住，急速地往后退着。车上的十几名平度乘客都翘首观看着这场惊心动魄的战斗，而且无一伤亡。

这时，埋伏在引桥两旁树丛和村民宅院里的游击队员们，一齐往汽车上扔手榴弹和打排子枪，火力集中而猛烈，很快就把5辆车上的敌人大部消灭了。剩下的几个鬼子跳下车来，凭车抵抗。只见一个戴眼镜的日军军官手握指挥刀，从中间一辆车的驾驶棚里跳下来，蹿向后边的车辆，哇哇叫着，指挥几个残兵做垂死挣扎。董希瞻下令游击队跳下房子，扑向这几个鬼子。游击队员们一阵扫射，这个鬼子军官一命呜呼了。董希瞻不失时机地大喊一声"点火"，游击队员们便点燃了一捆捆高粱秸往车上扔去。须知平度南乡和高密东北乡可是《红高粱》的故乡，庄稼人几乎家家种高粱，所以不缺高粱秸。一时间，前边的4辆汽车被高粱秸点着了，大火冲天而起，车上的鬼子即使没打死的也烧死了。只有5名日军逃跑，又被埋伏在附近各村的游击队和百姓们追上，结果了他们的性命。最后只有一名日军逃回胶州城，不然连个向日军司令部汇报情况的都没有。战斗从上午10时打到下午3时，统共29个日军被消灭了28个。此战缴获颇丰，有重机枪一挺，轻机枪、“三八”式步枪二十余支，子弹几万发，军刀三把，其中将级军刀一把，地图及军事文件一大包。除了烧毁军车四辆，还有一辆完好无损，成为最大的战利品。其实那辆汽车还不能算最大。等曹克明董希瞻他们打开那些文件一看，惊讶地瞪大了眼睛。被击毙的那个戴眼镜的军官名叫中岗弥高，竟然是个中将！天哪，中将，好大的官儿！要问这中岗弥高中将为何到平度来找死，后来才知道他是奉板垣师团长之命从驻青岛的师团团部到胶州和平度视察军务的。想想人家中岗弥高将军那时的心情应该有多好吧，从1月10日那天兵不血刃进占青岛，到2月1日不到一个月的时间就占领了整个胶东，那心情不是一般地好，应该是“大大的好”。所以，中岗弥高中将才有心情到胶州平度来玩玩。也可能他听说胶州的大白菜和平度的马家沟芹菜挺好吃，顺便来尝尝的。如果是秋天，说不定他还要到大泽山去尝尝那香甜可口的大泽山葡萄。可眼下刚过清明节不久，大白菜、芹菜和葡萄都还没下来。那时又没有塑料大棚，所以他肯定是干馋捞不着。如果他别太大意，在青岛这样的城市里好好待着，别像在自己家里一样到处乱跑，活到秋后就有可能吃上这些土特产了。

孙家口伏击战取得了曹克明他们没想到的战果。可是曹克明、董希瞻他们也想到了问题的严重性。为了防止敌人来报复，游击队立即打扫了战场，将鬼子尸体运到北边的前双丘村埋掉。同时命令孙家口及附近村的村民们连夜转移。

曹克明委托曹正直将地图、文件等战利品上交到省政府，省长沈鸿烈大喜，立即对参战各部通令嘉奖，还把战利品摆在省府机关里展览了好几天，以鼓舞士气。

疯狂的报复——日军剥中国人的皮确有其事

伏击战的第二天，胶州的大队日军疯了一般扑进孙家口。上峰命令他们一定要找回中岗弥高中将及其他日军官兵的尸体。所幸曹克明、董希瞻他们早已组织孙家口村的村民转移了，只有三个生病的老人不肯走，惨遭日军枪杀。日军找不到人就烧房子，孙家口全村变成一片火海。80余户的房屋被烧毁，只有村头上的一户幸免。所以，我于2011年看到的孙家口旧村的房子，基本上都是1938年以后重盖的。

第一次报复过去了。鬼子只杀了三个中国人，而且没找到一具日军的尸体。他们当然不会罢休。一场更大的报复正在酝酿之中。

一开始那几天，孙家口、公婆庙等村子的百姓们天天在外躲避，但鬼子并没有来。这就使人有些麻痹，于是有人就回到村子里。那时刚过了清明，正是春种的关键时刻，一年之计在于春嘛。几天过去，越来越多的人认为没有事了，纷纷回家抢种高粱和地瓜等大春作物。不过人们也没完全放松警惕。曹克明、董希瞻组织孙家口、公婆庙等村联合起来，在公路上挖沟拆桥，这样起码可以阻挡敌人乘汽车快速到来。一直五六天，百姓们相安无事，都以为鬼子不会来了。可他们哪里知道，有人在暗处盯着他们呢。刁家丘村有个名叫吴传广的人给胶州城里的鬼子当奸细，把村民们回家种地的情况报告了日军。古历四月二十五日，伏击战后的第九天，100 多名日军乘坐 4 辆汽车从青岛直扑孙家口的邻村公婆庙村。公路被破坏了不好走，鬼子在距离村庄很远的地方下了车，跑步成扇形从东、南、北三面向公婆庙村包抄过来。田里的群众一见鬼子突然来了，慌乱地四散逃跑。可是，鬼子早已形成半圆形包围圈，兜着百姓的后屁股一个劲地扫射。满坡里跑着的人群，立刻成为鬼子的活靶子，眼看着就被打倒了十几个。一部分人跑进了村北边的松树林里，一部分跑进村子，慌不择路，不管是谁家一头撞进去藏了起来。日军用迫击炮对准松树林一阵猛轰，逃到那里的十几个群众大多被炸死。接着鬼子就进了村，从村东头开始，挨户搜查，见人就杀，一个不留。

60 多岁的王兆瑞老人带着两个小孙孙刚逃出家门，被追上来的鬼子一顿拳打脚踢枪托子捣，立即惨死在大街上。两岁的小孙子不懂事，趴在老人身上哭着叫“爷爷”，10 岁的大孙子抱住一个鬼子的一条腿，哭喊着“还我爷爷”，被那个鬼子揪着两条腿甩出老远，当场昏死过去。

王道利和王成恩两个人带着 6 个老年妇女躲进王道昌家里，当鬼子搜查到这里发现有人时，便开枪封锁了房门。鬼子们不想用枪打死这些陷入绝境的中国人，因为那样死得太简单了。他们往屋上泼了汽油，然后放火烧房，要把他们活活烧死。看到屋里的人往外跑，他们就开枪打。三个人刚一跑出房门就被打死了。其余七八个人全部被活活烧死在里面。听着屋里传来撕心裂肺的哭号声，鬼子们乐得哈哈大笑。

鬼子从村东边烧杀，有意将村民们往村西赶。村西有一条圩子沟，跑出来的人全被赶进沟里。鬼子在沟的一头架起一挺轻机枪和一挺重机枪，顺着沟猛烈扫射，第一批 20 多人全部被枪杀。扫射完了，还要挨个检查，看到哪个还有一口气，就再补上一枪，或者捅上一刀。

李元章的妻子怀孕8个月了，被鬼子的刺刀捅破了肚子，大人和婴儿全死了。

张先玉和他爷爷、母亲、姐姐，还有邻居王道明几个人，逃到一片茔盘里。

见鬼子追上来，老婆孩子一大群再也跑不动了，便哭着给鬼子下跪，求告饶命。鬼子就是来要他们的命的，一阵狂扫，张先玉身中三枪昏了过去。他的爷爷、母亲和姐姐也先后被打死。

王道明见求告不成，豁上命冲出茔盘，拐着湾逃跑，躲过了敌人的子弹，侥幸脱险。

张先玉从血泊中醒来时，见身边的亲人全都死去，鬼子已经离开。他活了下来，成为日寇暴行的见证人。

邹明才跟他爷爷、奶奶、妹妹和大伯、大娘一共六人，躲在村外一座小桥下，被鬼子丢进一颗手雷，六个人被炸得血肉模糊，无一人生还。

又有一批 40 多人被从村里赶到村西的圩子沟里，这里已经躺着 20 多具村民的尸体。鬼子把一个叫张西德的中年汉子押解到沟沿上，让他看着沟里活着的乡亲和已经死去的乡亲，用刺刀指着他，逼他说出鬼子的尸体埋在什么地方。张西德是学过武功的，多少有些身手。他不知道鬼子的尸体埋在何处，他也明白此时的处境说与不说都是非死不可。好一个张西德，将身子一闪，飞起一脚就踢掉了一个鬼子的步枪。他当然是跑不了的，他只不过要让鬼子知道他不是怕死鬼。敌人一齐扑上来将张西德按倒在地，然后把他捆起来，开始进行古代中国式刑法的"凌迟"。一个鬼子用刺刀在张西德的额头上划开一条横线，开始从上往下剥皮。张西德一边被剥着皮，一边大骂不止，直到脑袋上端剥下的皮肤盖住了眼睛，满脸已经变得血肉模糊，他还在骂着，直到这时，鬼子才失去了慢慢剥皮取乐的耐心，几把刺刀一齐捅向张西德的肚子和胸脯。张西德的骂声戛然而止，被鬼子扔进圩子沟里。这是当年的真人真事，是日本人剥中国人的皮。可是这个事件进了莫言的小说《红高粱》，剥皮的人就变成了中国人杀猪匠孙五。莫言用他那如刀之笔，描写了一幅令人毛骨悚然的罗汉大爷被自己的乡亲孙五剥皮的场面。先割下两只耳朵。再割下生殖器。而且每割下一样，日本人都要用盘子端着在中国人的面前展示一圈。最后是剥皮。"孙五操着刀，从罗汉大爷头顶上外翻着的伤口剥起一刀刀窸窸窣窣发响。他剥得非常仔细。罗汉大爷的头皮翻下，露出了青紫的眼珠，露出了一棱棱的肉……他的刀法是那么精细，把一张皮剥得完整无缺……"看着这些，我在感觉胆战心惊的同时，不得不佩服莫言的笔法比孙五的刀法还要精细。我在这里将事实与小说进行对比，一是让人们看到日寇的残暴，二是让文学爱好者明白写小说的诀窍。

不要以为日军玩完了活人剥皮的游戏，吓唬一下沟里那些还活着的人们就算了。就在沟里的人们被剥皮场面惊得几乎昏死过去的时候，轻重机枪又响了起来。一阵扫射，24 人当场死亡，其余 20 多人也都中了枪昏死过去。鬼子没有来得及挨个察看死活就匆匆走了，他们急着到别处寻找中岗弥高的尸体，这20多人因此活了下来。因此就有人见证了那场日本鬼剥中国人皮的暴行。

这还不算完呢。

另一伙鬼子强迫王道朴等7人带路寻找日军尸体，当走到孙家口村北的胶莱河边时，看到寻找无望，便在他们身上倒上汽油，然后点上火，眼看着这7人被活活烧死。

鬼子看看没人可杀了，便将捉到的几个妇女扒光衣服，嬉笑着侮辱猥亵，寻欢作乐。

最后，他们又从公婆庙村西南角放火烧房。当时正刮西南风，火借风势，很快烧遍全村。

躲在远处的人们看到家院被烧，心如刀绞。有几个竟然不顾死活回家救火，这正中敌人诡计，有的被枪杀，有的被扔进火海。冲天大火中传来哀号声，原来是有几个藏在家里没被捉到的人在火海中发出的哭喊……

鬼子就那么看着公婆庙村800多间屋被烧成灰烬，直到半下午才离开这个村子。

可他们还没找到以中岗弥高为首的日军尸体，不肯就此罢休。于是，他们又到附近村庄烧杀。因为村民们早已转移，日军只能拿着房子出气。鬼子所经之处：

在杨家丘村烧毁房屋10间。

在王家丘村烧毁房屋91间。

在谭家村枪杀了未及转移的村民一名。

虽然此时还没找到鬼子的尸体，但日军已经将目标锁定在河北岸离孙家口二里处的前双丘村。打伏击战那天，冷冠荣的二支队埋伏在这里，鬼子的车队一过就在街上放了铁耙，以防鬼子后撤，不过鬼子没来得及后撤就被消灭了。日军包围了这个村，在一口枯井里挖出了中岗弥高的尸体。前双丘村因此遭到最疯狂的报复。全村160余户除了4户幸免，其余上千间房屋全部被烧毁。好端端一个村子变成一片焦土。

幸亏前双丘村的百姓都转移了，不然的话，不知要死多少人。公婆庙村就是因为没来得及转移，被杀108人，受伤70多人，受伤者以后又死去了不少。

呜呼，我的前辈乡亲，你们付出的代价太沉重了，以致我从《平度文史》资料里摘抄这些材料时一阵阵心如刀绞。任何战争，最最倒霉的从来都是手无寸铁的百姓。部队打完仗可以一抬脚转移。百姓当然也可转移，可人走了，家院带不走，土地更带不走。土地是他们赖以生存的立足之地，他们转来转去最终还是要回家的。

当然，被侵略者不能怕死人就不敢向侵略者回击。又有几个国家的独立和解放不是用成千上万人的鲜血换来的呢?

感谢曹克明和董希瞻他们，没有只顾自己躲避鬼子的报复而不管百姓，他们及时组织群众转移，使孙家口等村庄的大多数百姓免遭日寇屠杀。

中国人不是靠杀就能杀怕了的。血债是要用血来还的。

那个向鬼子报信的汉奸吴传广，后来被冷冠荣捉到用铡刀铡了，这个汉奸罪有应得，死有余辜。

遗憾的是，冷冠荣也于1943年投靠日军当上了伪平度保安二团团长，由抗日勇士变成了汉奸。不过他也没有再活多久，1946年，八路军解放胶州城时将他击毙了。

第十四章　“胶东王”张金铭

1938年2月27日，乔天华和张金铭部联合对平度城的袭击，把鬼子惊了一下。不出两个月，鬼子又被曹克明、董希瞻、冷冠荣、姜黎川他们在孙家口狠狠地揍了一顿。这连续的打击使日本人感觉后怕，不敢再在平度城住下去了。5月，日军只好放弃平度城，收缩到胶州去了。这时平度的“维持会”会长已经由高若亮换成了王潘亭，王潘亭更不敢在平度城里住下去，李德元的队伍正在抓捕他的全家，吓得他带着家人去了青岛。王潘亭在青岛结识了日本人张宗援，成为平度第一大汉奸，并介绍平度多人当上了汉奸，此为后话。

张金铭进城当县长

平度城的县政府大堂本该是张金铭来坐的，他是国民政府正式任命的县长嘛。

张金铭带着县政府各科室、十六支队“八大处”搬离祝沟，轰轰烈烈进了平度城。平度人欢欣鼓舞，庆祝平度城从日本占领下获得解放。

这是张金铭一生最得意的时刻。你想，一个中学校长弃文从武刚刚两个月，就在胶东组建起30000多人的抗日队伍，并且不断取得对日作战的胜利，眼下又把前任县长放弃了的县城收复回来，这是多么大的功劳啊！一时间，省主席沈鸿烈予以表彰，第五战区游击总指挥李明扬通令嘉奖，张金铭真是喜事连连。

还有一件值得他高兴的事，这就是孙家口伏击战中立下卓越战功的董希瞻部也脱离曹克明来到他的麾下。

原来，孙家口伏击战取得了辉煌战果，董希瞻却与他的上司曹克明闹翻了。伏击战的总指挥是曹克明，可董希瞻的第二大队是这场伏击战的主力，打鬼子烧汽车都是董希瞻亲自指挥进行的。近水楼台先得月，董希瞻缴获的战利品当然就多。那辆没被烧毁的汽车，那挺威力巨大的重机枪，还有那把中岗弥高中将的指挥刀，都在董希瞻手里。按照军纪，他应该把战利品如数交给他的上级领导曹克明，再由曹克明决定，或上交或统一分配给参战各部。因为伏击战不是董希瞻一个人打的，是各部联合作战的结果嘛。可是，这个董希瞻既居功自傲又有严重的本位主义，也缺乏组织纪律性。曹克明要求他交出那辆汽车、重机枪和指挥刀，他竟然拒绝了。这就造成了两个人的不和，以至于两相交恶，破口大骂。董希瞻害怕曹克明利用职权惩治他，便拉着第二大队离开曹克明，驻扎到自己的老家崔家集。

张金铭获知此情，立刻命令驻扎在崔家集北边蓼兰镇的第三纵队司令唐俊峰，务必趁机收编董希瞻。董希瞻本就是平度人，也愿意加入平度县长当司令的十六支队，双方一拍即合。就这样，董希瞻脱离曹克明，转而投靠了张金铭属下的十六支队第三纵队，被唐俊峰任命为第三纵队第二大队上校支队长。你看，董希瞻因为一场成功的伏击战，不但得到了许多战利品，还因此升了官，与他原来的团长曹克明平级了呢。

那些日子的前前后后，是张金铭最得意的时候，十六支队各部捷报频传。

从平度东邻的莱阳县传来捷报。十六支队第四纵队司令兼莱阳保安团团长刘东阳，带领莱阳各“乡校”武装，与共产党领导的“民先”抗日游击队达成共同抗日协议，多次打击前去扫荡的日伪军。1938 年 2 月 19 日，莱阳国共双方联合作战，缴获日军汽车一辆，擒获两个日军特务和三名汉奸，将他们全部处死，大振民心。3 月 9 日，70 余名日军乘坐两辆汽车从青岛扑向莱阳妄图进行报复，又被莱阳保安团及“乡校”拦击，毙伤日军 30 余名，打坏汽车一辆。3 月 17 日，国共双方又在莱阳花园头同 300 多名日军进行殊死战斗。刘东阳和国民党莱阳县党部执行委员王褒忱亲自上阵指挥，莱阳保安团士兵与共产党领导的“民先”游击队联合作战，不分你我，共守花园头阵地。这次战斗打死打伤日军 40 多名，我方也付出了巨大的牺牲。在弹药净尽的关头，年已 58 岁的王褒忱和战士们一样，用石头狠砸妄图攻上围子墙的日军，最后与几十名“民先”战士和保安团士兵一起战死在围子墙上。花园头被日军攻破后，几个日军闯入王褒忱家，企图侮辱王葆忱的母亲和妻子。这两个女性宁死不受辱，操起菜刀同鬼子拼命，最终都被敌人杀死。

战报传来，张金铭为莱阳抗日志士的壮举慨叹不已。

即墨那边，张金铭委任的第二纵队司令兼即墨县长孙殿斌也不断给日伪军以痛击。3月18日，即墨城的300余名日伪军出动，沿公路向东直扑窝洛子，欲袭击我抗日武装。孙殿斌获悉后，立即派两个大队的兵力埋伏于天井山进行阻击。敌人的武器比我方有绝对优势，有轻重机枪多挺，还有迫击炮和掷弹筒多门。可战斗开始后，孙殿斌部的官兵个个不怕死，冒着敌人的猛烈炮火与敌激战，硬是将敌人打回了即墨城。此战打破了日军不可战胜的神话，使即墨抗日军民士气大振。此后，即墨城的日伪军不敢轻易出动骚扰。5月5日，孙殿斌联合赵光部、韩炳宸部一起攻打即墨城。虽因攻城部队缺乏重武器，围攻三日难以攻破，但主动进攻使日伪军龟缩在城内，只有招架之功没有还手之力，大大震慑了敌人。

在栖霞，3月19日，十六支队第五纵队司令、栖霞县长辛诚一与共产党领导的山东人民抗日救国军第三军共2000余人包围了福山县城，激战五昼夜，再加上强大的政治攻势，迫使伪县长陈昱反正变成抗日力量。栖霞城重回中国人之手。

鲁北有何思源，胶东有张金铭，这甥舅二人成为国民党在敌后带领游击队抗日的英勇战将，都是令鬼子闻风丧胆、恨之入骨的抗战英雄。

张金铭被称为“胶东王”，是福是祸?

抗日战火燃遍胶东大地，一时间，张金铭的十六支队在胶东名声大振，平度城的县政府里天天高朋满座，祝贺之声不绝于耳。在一次招待各路司令和城内士绅的宴会上，有人赞美说：张司令真可以与当年的胶东王相媲美了。更有人说：当年的胶东王哪里比得上张司令威风?

这就有点儿过了。“胶东王”可是个了不起的头衔。平度在战国时属齐国属地。汉初，汉文帝将古齐地分封齐王刘肥的7个儿子为王，平度一带就奉给了刘雄渠，称为“胶东王”。到了景帝时代，年方4岁的刘彻深得景帝喜爱，就把“胶东王”的封号给了刘彻。刘彻因年龄太小未来就任，3年后又被立为太子，直到当上了“汉武帝”也没到平度来做过“胶东王”。但这足以证明胶东王的地位是多么显赫。后来，景帝的另一个儿子刘寄被封为“胶东王”。刘寄看好了胶东，尤其看好地处平度境内的胶东王国的都城即墨，于是精心经营，在此传位六世，成为西汉最重要的藩国，“胶东王”也在西汉拔得各王头筹。可见，这“胶东王”不是随便可以叫的。

张金铭是平度县立中学校长，不能不了解平度历史，肯定知道“胶东王”这个称呼的分量，所以他连连说“不敢当不敢当”。可官场阿谀奉承之风盛行，人云亦云，“胶东王”的称呼不胫而走，越传越远。

以鄙人之见，抗日英雄张金铭的功绩要盖过当年的胶东王。古代的王侯都是皇上封的，而且大都是皇家子弟。而张金铭是平民百姓出身的一介书生，能白手起家在胶东组建起30000多人的抗日队伍并且战果辉煌，这岂是当年的胶东王所能比得了的！可能当年的张金铭也这么想，因此对“胶东王”的称呼听之任之，并且有些晕晕乎乎。但根据他对“党国”的忠诚度，他绝对没有把胶东搞成自己的独立王国的意思。

俗话说树大招风，人怕出名猪怕壮，张金铭不久就为此付出了沉重代价，丢了中将司令的头衔。后面还要细说。

张金铭要收编掖县三支队

当下张金铭万事如意，仅有一事不足。有个人的存在使他如鲠在喉，寝食难安。这个人就是平掖救国会和他的领导人乔天华。

这就怪了，都是抗日的队伍，乔天华还联合张金铭的队伍一起袭击过平度城的鬼子，最终把鬼子吓跑了，张金铭才得以进平度城当县长的。按说，张金铭应该感谢乔天华才对，却为啥容不下乔天华呢？这就不是一般的抗日问题，而是国共两党的政治问题了。

1938年抗战初期，平度的十几支抗日游击队，大都加入了张金铭的十六支队，偌大平度，基本上是张金铭的一统天下。虽然平南还有曹克明、冷冠荣、姜黎川的队伍没有加入十六支队，但他们三部都是“国军”序列的地方游击队，与张金铭一样，都在蒋委员长的旗号下面，亲不亲，总是一家人。唯有乔天华的队伍是共产党的。虽说只有300余人，但对张金铭来说，这可不是锦上添花，而是给他抹黑。蒋委员长有令，不准共产党随便发展武装，一切抗日武装都要纳入国民政府的统一领导，在我张金铭管辖的平度县，当然不能任共产党的队伍自由发展。张金铭不愧是一个忠诚的国民党员，他维护“党国”利益的自觉性是那么强烈。第五战区的长官们和省主席沈鸿烈肯定还不知道乔天华这个人，没有哪一个上级命令张金铭去对付乔天华。但国民党的党性告诉他，一定要收复乔天华，不能允许共产党的武装独立存在！

张金铭不是要消灭乔天华，从心里说，他挺喜欢乔天华。平度城袭击战使张金铭看到了一员难得的战将。乔天华胆大心细，战略战术灵活机动，作战勇敢而又善用计谋，危机时刻救援唐俊峰部安全退出平度城又显出他宽广的襟怀和为朋友两肋插刀的侠义之气。张金铭忽然觉得自己变成了“三国”时的曹孟德，而乔天华就是那武艺高强、忠义两全的关云长，于是就产生了像曹操一样必欲将关羽收到帐下的迫切感。

张金铭已经三次给乔天华下委。至于结果，前面已经交代，共产党员乔天华不接受国民党的委任。

可是，乔天华没有被国民党的张金铭吃掉，却被共产党的掖县三支队收编了。

按说张金铭把乔天华挤出了平度，也应适可而止，把精力放在抗日上。可是他竟突发奇想，要把掖县三支队纳入他的麾下。因为他被人称作“胶东王”，岂能让近在咫尺的掖县有这么一支共产党的队伍?

张金铭先拉后打

张金铭首先采取“拉”的方法。他派人到掖县去给郑耀南下委，委任他为少将级纵队司令。

这在忠诚的共产党员郑耀南来说，显然是当笑话来听的。燕雀安知鸿鹄之志，封官加爵不是对任何人都有用的。郑耀南又一贯待人和气，他微笑着谢绝了张金铭的高官引诱。

张金铭被郑耀南拒绝，彻底认清了郑耀南，他同乔天华一样，都是铁杆的共产党。于是，张金铭便要采取第二手了，打。

时在国共合作，国共军队不能随便打架，要打也得找个理由。于是，张金铭便给掖县三支队归纳了十大罪状，说三支队在海上扣留了他从天津运来的军火（三支队不承认。但三支队控制了莱州湾的海运也是事实），抢夺他的财粮，袭击他属下的部队（乔天华确实带领马保三占领了黄县城王景宋的地盘）等等，以此作为“讨伐”三支队的借口，算是出师有名。

可是，仅靠张金铭在平度的队伍是不具备进攻掖县三支队的绝对优势的，必须调动胶东其他地方的国军共同作战。张金铭只是封了许多纵队司令，可是他还没有试一试能否调得动他们。特别是要跟共军作战，他的号召力究竟如何目前还是个未知数。如果他们拒绝跟三支队交战，他征服掖县的计划就得搁浅。

张金铭将加在三支队头上的“十大罪状”写成檄文通报给掖县周边的国民党游击队，煽起了众“国军”对三支队的仇恨。接着，他给莱阳的刘东阳(十六支队第四纵队）下达了命令，给栖霞的秦毓堂（国民党三〇八团）、招远的焦盛卿部（国民党别动总队三纵队第四十梯队）发出了联合战斗的邀请书，要求他们从东面向掖县三支队进攻。令张金铭感动的是，刘、秦、焦都立即表示响应。同是“国”字号，都对共产党的三支队视为眼中钉，当然是一拍即合。这样，加上张金铭自己的第一纵队，四路共计 3700 余人，相约同时向掖县攻击，决心将掖县三支队一举消灭。

张金铭敢于下决心进攻掖县，还有他秘而不宣的撒手锏。他的十一纵队杜光乾部就在掖县沙河镇。杜光乾是掖县东杜家村人，曾在张宗昌手下任第一军参谋长兼第一旅旅长，此人的政治立场是与共产党不共戴天。他表面上跟掖城的三支队保持井水不犯河水的“友军”关系，暗地里却与三支队内部的国民党势力频频来往。这也暴露出三支队队伍不纯的弱点。三支队的十七八个大队中，仅国民党区队成建制地加入的就有 10 个大队。第十大队大队长潘睿和县政府警务大队大队长张良臣都是旧军人出身，他们加入三支队本是权宜之计，实则同床异梦。他们跟杜光乾暗中往来，关系密切。张金铭下达给杜光乾的任务不是直接参加对三支队的进攻，而是策反——拉拢张良臣和潘睿带队叛变。杜光乾以封官许愿对他们加以策动，讲明业经张金铭司令批准，只要归顺十一纵队，都可以封为上校大队长。张良臣和潘睿一听是国民党第五战区游击总指挥部直属十六支队编制，就像孩子见到了娘，很痛快地就带队叛变了。杜光乾立即任命张良臣为他的第一大大队大队长，潘睿为第二大队大队长。这就使三支队的力量一下子减少了三四百人枪。

张金铭一听大喜，觉得进攻掖县的时机已经成熟。他便向刘东阳、秦玉堂、焦盛卿发出命令，立即向三支队发起进攻。

国民党军初战告捷

张金铭带领他的第一纵队主力，从南边进军紧邻平度的夏邱堡。他命令李德元的二大队为先锋，集中 600 余人进攻夏邱堡的土围子。

要说李德元这个人，还是有一定头脑的。他觉得张金铭进攻掖县有些不合时宜。他不赞同在抗战刚开始就树共产党为敌，他更知道张金铭历数的三支队十大罪状多数为“莫须有”。他劝张金铭还是以经营好平度县为重，以抗战为要，不要轻易对共产党大动干戈。

可此时的张金铭被“胶东王”的称号冲昏了头脑，再明白的道理也听不进去了。他一声号令就有刘东阳、焦盛卿、秦毓堂他们近 3000 兵马响应，更使他头脑发热，觉得胜券在握。再说，就凭双方的武器，掖县三支队也根本不是对手。听听三支队那些武器的名字就知道是些什么玩意儿，有汉阳造、单打一、套筒、马拐子、金钩、九连环、九八式，杂七杂八十几种，哪里有什么杀伤力？我的计划是速战速决，只要能在瞬间把掖县拿到手，管他什么国共合作不合作。黄县还不是被共军突然就拿去了？我十六支队统管胶东，难道无权管辖掖县？

张金铭对李德元说了狠话：我和你一起去打夏邱堡，你不给我打先锋，我就给你打先锋，行不行？

这分明是对李德元不满了。养兵千日用兵一时，箭在弦上不得不发。张司令对他这么重视，岂能再打退堂鼓？再说这也正是为党国立功之时，那就服从吧，硬着头皮打就是了。就这样，李德元为先锋，张金铭给他做后援，率领队伍一路向夏邱堡杀来。

李德元真是个打仗的好手。他指挥着他的第二大队很快就在夏邱堡土围子上炸开了一个缺口，并攻进去一个中队。守卫夏邱堡的掖县三支队第七大队虽然苦战死守，与李德元部在夏邱堡进行了一天激烈的巷战，但因张金铭不断派出队伍增援李德元，第七大队终于寡不敌众，退出了夏邱堡。张金铭一战成功，得意扬扬。他站在夏邱堡的围子墙上，拍着李德元的肩膀说：伙计，我说三支队不经打吧？攻克夏邱堡你是头功，等全部拿下掖县，我要给你记大功！

与此同时，莱阳的刘东阳部进攻三支队驻郭家店的第一大队，打死三支队的两名战士，俘虏了 30 多名，一举占领了郭家店。栖霞的秦毓堂部进攻三支队驻驿道的第九大队，招远的焦盛卿部也向驻朱桥的第五大队开了火。很快，驿道和朱桥都被国军占领。

一时间掖县烽烟四起，大兵压境。张金铭初战告捷，士气大振。三支队损兵失地，掖县眼看就要被张金铭全部占领。

可是，智者千虑，必有一失。平度人有句俗话，叫作人走时运马走膘。活该张金铭倒霉，他时运不济，导致了他的失败。

第十五章　延安派人到胶东

还在两个月前，1938 年 3 月，就在胶东国共两方的抗日队伍方兴未艾之际，中共中央主席毛泽东在延安凤凰山麓的驻地接见了一批干部。这批干部多达180人，即将派往山东。毛泽东用他那浓重的湖南话向即将登上征程的军政干部们发出了重要指示，大意是：你们到山东去，要放手发动群众，大量组织武装，建立抗日民主政权，开展独立自主的山地游击战，创建山东根据地，使山东成为八路军在华北的一个重要的战略基地。

战略战术是山地游击战，根本措施是创建山东根据地。这个根据地的地位非常重要，要担负起华北八路军的战略基地的重要责任。

毛泽东的指示使这些军政干部们明确：共产党不但要大量地组织人民的武装，还要建立共产党的民主政府。共产党人要在抗击日寇入侵的同时，发展壮大自己的武装队伍，这个队伍必须是独立自主的，完全由共产党说了算的。枪杆子里面出政权，有了自己的武装，就可以建立自己的政权——抗日民主政权，这是与国民党的独裁政权根本不同的民主政权，而要有人有枪有政权，就必须创建自己的根据地。

高锦纯、王文一路顺风到黄县

老红军、陕西米脂县人高锦纯就在这批干部当中，亲耳聆听了毛泽东主席的指示。他曾是刘志丹领导的红军陕北游击队二大队的政治干事，到山东之前已经是红二十六军骑兵团政委。来到山东后，他与同是陕北人、和他同是1930年入党的战友王文被山东省委派到胶东。他们带着一部电台，加上机要人员统共8个人，于5月份从山东泰安向胶东出发。由于他们穿的是“国军”服装，骑着高头大马，高锦纯还佩戴着国民党第五战区任命的上校军衔，手持国民党第五战区的介绍信，所以一路上避开敌占区，通过国统区，还算比较顺利。唯有进入胶东，到了掖县沙河，被杜光乾的人马截住了。杜光乾是国民党第五战区游击总指挥部直属十六支队第十一纵队司令，本来不想让这几个八路军从他的防地通过，但一看到高锦纯的第五战区的介绍信，也只好连说“误会误会”，下令放行。这足以说明，当时胶东国共合作的空气还是比较浓厚的。

高锦纯和王文来到胶东的时候，马保三率领的鲁东第七、八支队1000多人，刚刚从国民党黄县县长王景宋手里把黄城夺到手。第三军总部也正率主力来到黄县城，对王景宋的队伍武装整编，帮助马保三的队伍进行休整。西边不远还有掖县三支队的3000多人马。好家伙，胶东七八千人的队伍正在等着中央来人统帅呢。

高锦纯和王文只有两个人和一部电台，外加六个机要人员。由于有山东省委的指令，他们一来到胶东马上就能有效地发号施令，三支队伍七八千人马无一不听。因此，胶东共产党的新班子很快就产生了。根据山东省委的决定，由王文担任胶东特委书记。原代理书记曹漫之痛快地向王文交了权，接受对他的新安排，担任了北海行政督察专员公署专员兼黄县县长。从职务上来说，这分明是降级了，但曹漫之毫无怨言。高锦纯则接过了军权，担任胶东特委委员兼军事部长，并接替了林一山的第三军总指挥兼军政委员会主席的职务。林一山也是一点儿不讲价钱，向高锦纯交出军权，担任了胶东特委宣传部长。

共产党的队伍与国民党的队伍的根本不同，就是他们不是军阀队伍，也不是哪一个人的队伍，是党的队伍，要求党指挥枪。任何人必须服从党的决定，听从党的调遣。“个人服从组织，下级服从上级，全党服从中央”这一铁的纪律，维护了党的高度集中统一，这正是共产党的战斗力所在。

由此想到，如果国民党没有派系，军队里不是充斥着军阀习气，也能像共产党这样军令政令畅通，上下步调一致，令行禁止，也就不会在抗日战场上一败千里了。在胶东，也就不会有张金铭拒绝厉文礼过胶莱河、厉文礼枪杀他的顶头上司卢斌的闹剧了。这个后面还要说。

张金铭撞到枪口上了

张金铭太想得到掖县了，他的眼睛只盯着掖县和三支队。他不该忘记胶东还有个第三军。他更不应该忘了，马保三的八支队还在黄县。

郑耀南想到了，因为马保三就是从掖县过境去黄县的。在万分危急的时刻，郑耀南派三支队政治部主任张加洛突出重围，于5月10日越过焦盛卿的防线，到达黄城。

黄城，就是乔天华引领马保三东上强行从王景宋手里夺取的黄城。这时候，马保三的鲁东八支队正在黄城休整，而且已经发展到2000多人。王文、高锦纯也刚到黄城不久，并且新调整了中共胶东特委和三军指挥部。他们也听说了掖县遭遇危机，正在研究掖县的战事。听了张加洛的汇报，特委立即决定救援掖县。马保三不愧是胸怀大局的老党员，他一点儿也不计较曾在掖县受到的冷遇，主动提出八支队打先锋。胶东特委决定，八支队与胶东第三军、掖县三支队组成“胶东抗日联军”，由马保三任联军总指挥，要狠狠地教训一下张金铭。马保三命令鲁东第八支队三个大队、胶东第三军两个大队向掖县进军。

郑耀南见援军到来，信心倍增，立即调集三支队五个大队与马保三派来的援军一起开赴夏邱堡。这样，国共双方力量的对比突然翻了个个儿，张金铭由强变弱，三支队由弱变强。

经过激战，打死打伤张金铭属下300多人，夏邱堡重回三支队之手。

张金铭不服输，气急败坏地命令李德元把夏邱堡再夺回来。李德元一看三支队力量大增，知道这个仗不像事先预计的那么好打，便劝张金铭好汉不吃眼前亏，赶紧撤退。张金铭却批评李德元缺乏斗志，自己要带兵冲锋。李德元没法，只得勉强从命，带领队伍再向夏邱堡进攻。可是，他的队伍刚刚接近围子，就有五六个士兵被打倒了。李德元是个聪明人，绝不干以卵击石的蚀本生意。为了保存自己的实力，他指挥队伍边喊着“打啊杀啊”，边趁天黑偷偷撤出了战斗。张金铭在后面不摸底细，按照预先的约定继续派出队伍支援李德元，没想到李德元已经撤退，张金铭派出的援军暴露在胶东抗日联军火力下面，被一顿好打。张金铭只好丢下100多具尸体，撤回平度。

此间，高锦纯和马保三指挥联军其他部队分别在掖县东边击退了刘东阳、秦玉堂和焦盛卿三部，收复了郭家店、驿道和朱桥，掖县保卫战取得了全面胜利。

这是抗战初期山东国民党挑起的第一次反共大摩擦，双方动用部队上万人，以张金铭、刘东阳、秦毓堂、焦盛卿的失败而告终。

打了败仗，张金铭才看明白胶东的抗日局势，共产党的抗日实力远比他估计的强得多。他暗暗对自己的“胶东王”的实力打了折扣。

也多亏胶东特委和马保三正在黄县，共产党又讲究服从全局，马保三虽属鲁东特委领导，但他此刻身在胶东，完全听从胶东特委的调遣。八支队、第三军、三支队一下子就形成了合力。不然的话，仅靠三支队来保卫掖县，还真是个问题呢。

张金铭向第三军赔礼道歉

张金铭大张旗鼓地向共产党领导的抗日武装进攻，是典型的不识时务，特别是与当时的正面战场太不合拍。自“七七”事变以来，国民党军队一直在正面战场上同日军进行浴血奋战。“八一三”淞沪之战，从1937年8月13日打到11月8日，历时近三个月，以死伤182000余人的牺牲，换取了日寇被击毙9100余名、伤31200余人的战果。虽然最后放弃了上海，但表现了中国军队誓死抗日的伟大精神。紧接着是1937年12月进行的南京保卫战，虽然南京最终失守，但国民党以120000军队守城，与敌激战十余日，将士们不怕牺牲的爱国精神使国人感动不已。而1938年3月至5月的徐州会战，更以台儿庄大捷鼓舞了全国军民的抗日斗志。徐州会战的最终结果是国民党600000军队成功撤离，把空城徐州让与日军。看起来是失败了，但中国军队避免了不必要的牺牲，为坚持长久的抗日斗争保存了有生力量。

台儿庄大捷不仅仅是国军的胜利，也是国共合作的成果。在台儿庄会战期间，中共领导的八路军以及山东、河北人民抗日游击队和工人武装，对津浦路北端、胶济路西端和泰安南北的铁路、公路进行大破袭，炸毁桥梁，拆除路轨，阻止日军的运输，对参加台儿庄战役的国军给以有力的支援 。而新四军则在南线以游击战阻击北上之日本援军，也减轻了台儿庄中国军队的压力。

日寇是于1938年5月19日占领徐州的。

而张金铭于5月6日发动对掖县的进攻，正是在徐州会战期间。就是说，"国军"与"共军"在正面战场团结合作打鬼子，而"国军"中将司令张金铭则在敌后攻打共产党的抗日游击队，与正面战场正好唱的是反调。这分明是逆历史潮流而动的不义之战。如果胜了，张金铭就赚了，因为他终归为国军扩大了地盘。可他偏偏输了，后果就严重了。

张金铭为自己的决策失误后悔莫及，所以他败退平度城后，并没追究李德元临阵脱逃的责任，反而向李德元检讨自己的鲁莽，亲到李德元的二大队劳军。李德元本来因擅自撤退而惴惴不安，一看司令这样大度，深受感动。这成为李德元一直坚定地追随张金铭的重要原因。

张金铭闭门思过，扪心自问。平度的日军本来已经被抗日游击队吓跑了，平度全境基本上变成了你张金铭的天下了。你干点什么不好，偏要跑到外县去跟共产党的游击队搞摩擦？再说，你不仅仅是十六支队司令，你还是平度县长啊，你得利用收复平度城之机抓紧给平度人干点儿正事啊。别的事办不成，起码可以把你关了门的平度县立中学再办起来吧？难道你忘了你是省里任命的平度县立中学的校长了？

张金铭是一个头脑灵活、转弯子较快的人。为了缓和与胶东共产党的关系，他只好放下中将司令的架子，亲自到驻黄县城的第三军司令部，向胶东特委和第三军领导赔礼道歉，表示今后要跟共产党诚信合作，联合抗日。胶东特委念张金铭在抗战中尚有积极表现，再说也已经教训了他一下，也就不跟他计较，只告诫他不要再搞摩擦，要求他把精力放在抗日上，就让他回去了。

第十六章　孤独的乔天华

像反击张金铭、保卫掖县这样事关三支队和掖县抗日民主政府命运的战役，与曾为三支队锄奸委员兼八大队政委的乔天华、副政委罗竹风和刘文卿等平度人关系密切，他们不会无事可干，他们一定会与主要由平度人组成的八大队一起参加战斗，保卫胜利果实的。可是很遗憾，翻遍当年曾担任三支队的几个领导的回忆录，却几乎无人提及。好不容易从近年出版的《张加洛文稿》一书中，才见到了一段简单的叙述："反击张金铭作战紧急时，我们派乔天华、罗竹风二同志带 30 多人的便衣队，扰乱敌人的后方，他们搞了一部电台、消灭了敌人一小股武装。"

如果不是 70 年后张加洛的这段文字，乔天华、罗竹风他们反击张金铭的功劳就被永远埋没了。乔天华虽然被撤了职停止了组织生活，但大敌当前，他还是以一个共产党员的党性来服从组织的命令，参加了保卫掖县根据地的战斗。可当战斗过去，他依然如故，还是一个被撤了职的白丁。

乔天华的不幸遭遇，急坏了他的亲密战友罗竹风。

平掖抗日救国会被掖县三支队收编为八大队，乔天华失去军权继而被撤销一切职务。这一切，罗竹风看在眼里急在心里，可是他也只被任命为八大队副政委，对于乔天华的遭遇无能为力。他只能暗中安慰乔天华，不敢明目张胆地站在乔天华一边。在帮助马保三占领黄县的过程中，罗竹风应乔天华的要求秘密地到黄县打前站，所以赵森堂并没抓住他的什么把柄。再说，赵森堂也没把注意力放在这个文质彬彬的教书先生身上，只是一心要挤掉乔天华，要不然罗竹风也难逃厄运。

罗竹风：北大才子得到施展才华的舞台

乔天华被撤销了八大队政委职务，罗竹风受命接替了这个政委职务。不久，罗竹风又奉郑耀南之命离开八大队，到三支队司令部任宣传部长，编辑《抗战日报》。对于北大中文系毕业的罗竹风来说，这也算是分配对口、人尽其才了。唯有不能与一起拉队伍的平度老乡乔天华朝夕相处，而且轻易看不到乔天华的身影了，使罗竹风感到莫名的孤独。不过，革命工作为重，罗竹风很快从情绪的低谷中走出来， 积极参与了三支队的宣传工作，并且充分发挥他的文化特长，很快被郑耀南任命为《抗战日报》社社长。

1938 年 7 月，罗竹风又奉胶东特委之命，调任第三军秘书长，而给他当秘书的，是后来在八路军戏剧界大名鼎鼎的马少波。马少波是掖县人，三支队的秘书。他才华横溢，热爱革命文艺，经常在《抗战日报》上发表文章，后来创作了著名京剧《闯王晋京》，在延安名声大振。新中国成立后，马少波一直是中国戏剧界的知名人物，当上了北京市政府文化顾问、文化部振兴京剧指导委员会副主任、中国戏曲学会副会长。罗、马两个才子调进三军司令部，仅有 20 岁的马少波把 27 岁的罗竹风当作大哥哥，两个文人“宿则同炕，战则并辔，朝夕相处”（马少波语），同在一个办公室切磋文章，而且都经常在《抗战日报》上发表通讯、报告文学、小说、诗歌和散文，成为闻名胶东的八路作家。胶东八路军把他们俩相濡以沫、和谐团结的同志加战友的亲密关系称作“骡（罗）马同槽”。1938 年 9 月，三支队与三军合编成立八路军山东纵队第五支队，《抗战日报》并入胶东《大众报》，罗竹风继续担任报纸主编。不久，共产党胶东区委领导的“胶东文化界救亡协会”（简称“胶东文协”）成立，胶东区党委宣传部长林一山兼任会长，一共 7 名常委，罗竹风和马少波都名列其中。那时，担任八路军山纵五支队六十二团团长兼北海区警备司令的郑耀南，一直重视政治宣传工作，他受五支队委托，在《大众报》之外再创办一份党刊，刊名就叫《海涛》。郑耀南兼任《海涛》社的社长，提议罗竹风任《海涛》的主编。罗竹风不辱使命，精心构思了一篇发刊词，经郑耀南修改后刊发于《海涛》的发刊号上，现摘录如下：

> 从卢沟桥事变发生以后，我们的古都不战而退，我们的大上海被敌人摧毁，两个文化中心的脉搏停顿了。像“文艺复兴”时期的罗马，汉口变成文化人的立足点，报纸刊物大量的出版，滋润着干渴的人心，汉口被恶魔夺去，于是文化也就七零八落地星散了！胶东的情形，更加不同。济南沦陷，这个角落像退了潮的海滩，沙渍贝壳，特别荒凉寂寞！消息隔绝了，文化食粮没有人供给了。《大众报》声嘶力竭地喊出“胶东新文化运动启蒙运动”的口号，虽然得到一些反响，可是这工作还没有好好地发展。青年人需要了解目前世界的新形势，需要吸收一些与过去完全不同的新知识，需要武装自己的头脑，需要认识抗战建国的艰巨，需要探讨革命理论。因此，出一个综合性的半月刊，在目前不能不说是十分必要的了。从几个人的谈话里，大家感觉到压抑在胸口的苦闷不能发泄，淤积在心里的声音不能宣布，同时在这伟

大的浪潮里，不是前进，就是后退。我们的力量虽然薄弱，但也要在“海涛”里吐一个泡沫。鲁迅先生说过：“世界上本没有路，人走得多了，就变成一条路。”在胶东，我们希望能够展开猛烈的思想斗争，建立新的基础，荡尽了旧的渣滓，向着正确的大路迈进。《海涛》半月刊匆匆和社会上见面了，因为先天不足，贫血衰弱现象，希望能够得到友谊的批判，共同培植，使它慢慢健壮起来。

这篇发刊词谈古论今，纵横捭阖，既有对西方“文艺复兴”的赞扬，也体现对东方中国思想家文学家鲁迅的崇拜，更痛感被日寇蹂躏造成的中国的文化沙漠，高声呐喊要荡尽旧的思想渣滓，建立抗战救国新文化，向着共产党开创的大路迈进。这样的文章怎能不使人热血奔腾，备受激励。如果不是北大中文系的高才生，谁能写出这样文采四射的文章呢？

《大众报》和《海涛》使罗竹风得到了一个充分施展才华的平台。他又特别勤奋，每天笔耕不辍，不仅撰写了大量的新闻和评论，还不忘创作一些小说和散文，以各种形式来体现共产党的抗日救国主张。也就是在这轰轰烈烈的1938年，罗竹风加入了中国共产党。为了体现他对党的热爱和赞美，他和妻子、同为北大中文系毕业的张秀珩受鲁迅“俯首甘为孺子牛”的影响，以“牛”为题目写了一篇散文发表于《大众报》上，大意是说，共产党就像老黄牛一样埋头苦干，吃进去的是草，挤出来的是奶，甘心为人民做贡献，等等，通篇流露着这对革命夫妻对共产党的深厚感情。

1939年12月，罗竹风从第三军秘书长任上改任八路军山纵五支队宣传部长，马少波由秘书接任第三军秘书长。从此“罗马”不再同槽，各自肩负重任，奋蹄嘶鸣，不断地以各种形式的文字作品影响着胶东根据地广大抗日军民。

乔天华：秘密组军受尽磨难

罗竹风在胶东抗战文坛上大展宏图，他的老乡兼亲密战友乔天华却一路坎坷，受尽磨难。前面我们已经知道，乔天华帮助马保三强过掖县东上黄县休整，使鲁东七、八支队得到补充，整编为八路军山纵八支队，为山东八路军的发展做出了贡献。可是，当时不但没人承认乔天华的功劳，反而把他的职务一撤到底，停止了组织生活。他变成了一个无事可干的闲人。

不要以为乔天华会就此消沉。他在多年党的地下工作中磨炼出来的非同寻常的意志，决定了他不会停止抗日工作。

乔天华不在乎当不当官，他的兴趣是带兵打鬼子。他是文人出身，入党后又一直从事党的地下工作，根本就没有带兵的经历。也许他天生就是一个带兵打仗的材料，而且很有自知之明，知道处于弱势的军队最适合打游击战。他的家乡就在大泽山区，他最了解漫山遍野的石头的脾性，大石头可以做掩体，小石块可以打敌人，曲曲弯弯的羊肠小道只允许游击队进退自如不允许鬼子的机动化部队横行霸道。他从不相信日本鬼子不可战胜的“亡国论”，他认为中国广大的农村就是淹没日本侵略者的汪洋大海。他没有别的要求，就是要带兵打日本鬼子。哪怕什么官职也没有，只要给他几十个人，能让他带着在战场上冲锋陷阵就行。

乔天华知道目前谁也不可能给他带兵的权力。因此他暗暗决定，要再拉一支抗日队伍！

那还是1938年五六月间，乔天华利用被撤了职一时无人理会的方便条件，秘密地回到平度。那时张金铭刚刚经受了进攻掖县的失败，虽说已经向三军领导赔了礼道了歉，表示要搞好国共合作，但内心仍然对乔天华耿耿于怀。如果乔天华服服帖帖地接受他的收编，别跑到掖县去，兴许他不会去打掖县，也就不会败得那么惨。所以，他把失败归咎于乔天华，当然最终归咎于共产党。他在平度城三座城门边都张贴着通缉乔天华和刘文卿的布告，大意是乔、刘不服从政府的领导，擅自建立队伍，破坏统一战线。布告还要求群众举报乔、刘，举报有奖，包庇有罪。所以乔天华不敢再在离平度城太近的乔家一带发展队伍，只好来到平度东北山区的酒馆村，找到了他的好友王希忠，又联络了欧戈庄的张富贵。早就想追随乔天华抗日的王、张二人立刻按照乔天华的吩咐，在附近村庄开展抗日宣传，动员贫穷农民参加抗日游击队。许多平度人一听乔天华又在拉队伍，纷纷前来报名，队伍很快就达到50多人。树大招风，乔天华在平度拉队伍的事情被张金铭知道了，他立即命令李德元前去围剿。乔天华却在一个晚上拉着队伍飞快地回到掖县，躲过了李德元的追捕。

乔天华虽然到了掖县，但由于是私自拉的队伍，不敢让三支队知道，只好来到掖城西北郊区的海南寺，把这里作为队伍驻地。许多掖县人熟悉乔天华，一听他在拉队伍，也纷纷前来参加。很快，乔天华的队伍就发展到80多人，起名就叫“小七支队”。

可是，因为没有得到三支队的同意，这支队伍没有枪支弹药，没人供给粮食和服装。战士们大都是贫苦农民，时间已到夏天，他们还穿着过冬的棉衣，并且大都破碎，露着棉花。穿得破还可以凑合，可一天三顿都得吃饭，人想凑合肚子饿得咕咕叫不好凑合，这就成了大问题。偷着成立的队伍，不敢名正言顺地向老百姓要粮食吃。多亏战士们都是贫苦农民，有的还讨过饭，吃得了苦。掖县当地的战士经常回家拿干粮回来与大家分着吃。平度的战士不好意思光吃掖县战友的饭，就轮流跑回平度老家去背来糠菜饼子地瓜干，吃完了再回去拿。

就是这样，乔天华还是坚持每天给战士们讲课，既讲政治课，也讲军事课，还带领战士们偷偷地在夜间进行军事训练。因为是秘密组军，不敢在光天化日之下练兵。

这么些人聚在一起，要保密是很难的，到底还是被三支队知道了。支队长郑耀南对独往独来不受管辖的乔天华采取不管不问的态度。参谋长赵森堂却视若芒刺，下令乔天华解散这支队伍。

乔天华当然不会听他的，不但不解散，干脆白天也带领战士们大张旗鼓地练兵。反正我又不向你要军饷，我拉队伍抗日你能把我怎么样?

赵森堂也确实不能把他们怎么样。他派人在一边监督。他要看看这些破衣烂衫面黄肌瘦的穷光蛋，还能坚持多久。

如果就这样下去，这支队伍真的坚持不了几天。

三支队终归是共产党领导的抗日队伍，自然有人同情乔天华和他的小七支队。

三支队政治部主任张加洛和统战部长王仁斋知道了这件事，就暗中给乔天华他们接济一些粮食，解决了队伍填饱肚子的问题。

张加洛是掖县的老共产党员，曾受中共山东省委派遣，到张学良的东北军搞过兵运工作。“七七”事变后，他又带着中共中央北方局和山东省委的指示回到掖县老家，与郑耀南等一起开展党的工作，组建抗日队伍。他们重组了掖县县委，张加洛担任重组后的县委书记。三支队成立后，郑耀南任支队长，张加洛任政治部主任。张加洛为人忠厚沉稳，对三支队内部错综复杂的关系看得清楚，对国民党员赵森堂的动作也了如指掌。出于国共合作的考虑，他觉得赵森堂眼前还动不得，但必须防着他。

张加洛偷偷地把这些告诉了乔天华，叫他暂时忍耐，以卧薪尝胆的精神等待时机。

乔天华听了张加洛的话，热泪盈眶，就像是在黑暗中看到了光明。于是他咬着牙坚持着。

革命现代京剧《杜鹃山》中，游击队长雷刚有句唱词很适合此时的乔天华：干革命为什么这样难?

我写到这里的时候，电视上正在重播电视剧《红色摇篮》。毛泽东带领红军创立了井冈山革命根据地，继而以瑞金为中心创立了苏维埃政权。这对中国革命立下的是多么大的功劳啊！然而，在国民党军队的疯狂围剿中，中共中央那帮有极左倾向的领导却因为毛泽东坚持灵活机动的反围剿路线而撤了他的职，并且还开除了他的党籍！我由毛泽东联想到乔天华，为乔鸣冤的心情也就平复了许多。毛泽东是谁？当时虽然还不是共产党的最高领导人，也是在苏区无人不知的毛委员、毛主席啊！怎么说撤职就撤职，撤职还不算，还要开除党籍呢？与毛泽东相比，乔天华受到的处分又算得了什么？不是还保留着党籍，只是停止了组织生活吗？比毛泽东被开除党籍总是轻一些吧？看来，孟子的话是对的：天将降大任于斯人也，必先苦其心志，劳其筋骨，饿其体肤，空乏其身……

当然这只是我个人在替古人担忧。真正的有志者是不会被挫折所吓倒的。乔天华已经又拉起了队伍，而且他的队伍已经不饿肚子了。唯一的困难是队伍没有像样的武器，只有十几条破枪，并且缺乏子弹，其余的全是大刀长矛，这样的队伍是不能拉出去跟鬼子较量的。但他相信事在人为。他在一边训练队伍一边等待时机，他相信总有他施展本领的那一天。

赵森堂的覆灭

这一天终于来到了。三支队出了个大事件，参谋长赵森堂搞政变的阴谋暴露了。

赵森堂一直想把三支队的大权夺到手，把这支由共产党领导的武装变成国民党的队伍。

5月间，张金铭组织国民党军进攻掖县，三支队遭到三面攻击，分兵各处，穷于应付。

三支队参谋长赵森堂见时机成熟，暗中派他的心腹张子敬到鲁南与秦启荣、厉文礼取得联系，被秦启荣委任为“国民政府军事委员会别动总队第五纵队第七梯队”司令兼掖县县长。赵森堂接到委任后，立即为叛乱做准备，秘密任命王春塘、杨辅庭、张显庭、张子敬等6人担任大队长。为出师有名，他派出两个人到莱阳去刻制关防印章，制作委任状。也是赵森堂活该倒霉，他没想到他委派的两个人中，一个叫朱开印的是共产党员。朱开印是三支队锄奸委员会安插在赵森堂身边的卧底，从莱阳一回来，就揭发了赵森堂的叛乱阴谋，并把刚刻制的县政府和县长大印交给了三支队长郑耀南。三支队党委立即做出决定，逮捕了赵森堂及其同党。经审讯，赵森堂等对夺权和预备叛乱的计划供认不讳。7月5日，赵森堂等6人被执行枪决。至此，掖县国民党方面的十几支抗日游击队已经全部被共产党吃掉了。

从此，三支队的队伍变得纯洁了。可是，三支队马上就要被第三军收编了。

第十七章　五支队的诞生
——胶东有了八路军

也许是因为三支队出了个赵森堂，也许三支队里原国民党区队的成分太多，也许三支队把掖县抗日民主政府的县长和民政科长让旧军人张冠五和国民党员赵森堂担任，也许三支队实行军饷制在共产党人看来似乎是国民党的队伍，总之，三支队的人听到了一种说法，说三支队是“统一战线队伍”。

别看共产党讲统一战线，可至今人们一听“统战对象”一词仍觉得不太顺耳，因为一旦被列为统战对象，就好像是外人一般。三支队被称作“统一战线队伍”，起码是指它的成分太杂，不像其他的抗日队伍，共产党的就是共产党的，国民党的就是国民党的。

也许就是这个原因，胶东特委决定，由第三军将三支队收编。

三军收编三支队困难重重

王文和高锦纯来胶东的任务是把胶东开创为共产党八路军的根据地。这个根据地首先要有一支绝对服从共产党统一领导的武装。既要统一，就必须整合胶东所有的共产党游击队，形成一个拳头，不允许另立山头。这就是三军收编三支队的理由。

但此时的三支队，不但人数比三军多，经济文化建设也颇有成就。

掖县靠海，盛产海盐，盐税早就是历代政府的重要财政收入。三支队夺取了掖县的政权，设立了盐务捐税征收处，把原来由国民政府收取的盐税拿到手，每年可以征收三五十万元。这可不是一笔小收入，不仅解决了三支队和县政府每年三十余万元的开支，还有结余呢。这在胶东，是共产党其他的游击队，包括胶东特委直接领导的第三军都无法比拟的。

三支队还有更绝的措施，就是办银行。他们创建了北海银行，印发北海币取代国民党的法币。北海币票面印刷精美，富有地方特色。一元的是掖县县政府大院全景，五角的是掖城鼓楼，两角的是南关火神阁，一角的是玉皇顶全景。北海币先是在掖县流通，后来交与北海行政督察专员公署。1940 年

8 月，山东省战时工作委员会（简称战工会）在临沂成立山东北海银行总行，从此北海币在全山东共产党的解放区流通，后来还流通华北、华东各省。北海币的信誉不断提高，不但在八路军根据地使用，甚至在敌占区和伪军中也有人偷着使用。

三支队有了钱，日子就好过了。他们成立了自己的被服厂，官兵一律穿上了统一的草绿色军服。他们还办起了兵工厂，能制造简易的武器。

三支队还办起了自己的报纸《抗战日报》，办起了自己的抗战剧团。

尤为独特的是，这支共产党领导的队伍还按照职务高低发军饷，开工资。这在当时的胶东，只有国民党的队伍有财力实行，而共产党的其他队伍，统统实行供给制。

第三军实行的当然是供给制，官兵待遇平等，只是根据级别和工作需要略有区别。第三军是胶东各县的游击队组成的，当然没有税收收入，更没有自己的银行。第三军没有统一的服装，穿戴乱七八糟，有的甚至破衣烂衫。

要以第三军收编三支队，肯定是有极大的困难。

三支队不是军阀队伍

1938 年 8 月初，胶东特委、三军总部相继从黄县城迁到掖县城。掖县县委的组织关系移交特委，纳入胶东特委直接领导。紧接着就是部队整编，三支队全部编入三军。

8 月 12 日，胶东特委、三军司令部接受了三支队所拥有的盐税处、北海银行、兵工厂、被服厂及一大批钱款物资。三支队正式被编为三军六十二团和六十五团的两个营，从此取消了三支队番号。8 月底，胶东特委设立了北海行政专员公署，以公署的名义，将三支队任命的掖县抗日民主政府的县长张冠五免掉，换上了共产党员于烺。掖县县政府也进行了彻底改组，各科科长全部予以更换。

这对三支队支队长郑耀南、政治部主任张加洛等领导来说，无疑是一场严峻的考验。

他们亲手建立起来的三支队已经达到 4000 多人，他们的银行、盐税、兵工厂和被服厂要交给三军，他们的抗战剧团也划归三军政治部领导，他们的《抗战日报》社也并入胶东特委的《大众报》社。还有他们各级干部的工资，也要取消，像贫穷的三军干部一样，与战士们一起实行供给制了。尤其是，郑耀南他们的级别也要降低，最高的职务是团长。国民党方面的张金铭曾经许给郑耀南少将司令的头衔，郑耀南都不干，眼下被三军收编，郑耀南他们在职务上是吃了亏的。

针对这样的整编方案，三支队许多干部战士想不通，尤其他们中多是原来国民党区队的人，加入共产党领导的三支队本来就不是很痛快，有工资发着倒还勉强凑合。如今要断掉财路连工资也不发了，就更是牢骚满腹，怪话不断。

可是，三支队毕竟不是军阀的队伍，郑耀南和张加洛他们也从没把三支队看成是个人的势力。他们都是忠诚于党的老党员，他们没有一点居功自傲、向党要官要权的思想。他们不仅不计个人得失，还深入到三支队各大队和单位，耐心地开展思想政治工作。他们大力宣传，只有依靠党的领导，听从党的领导，识大体，顾大局，才能取得抗战的胜利，队伍才有前途。他们不知开了多少大会小会，进行了多少个别谈话，才最终统一了干部战士们的思想，使整编得到顺利进行。

什么叫党性？这就是党性。

整个整编过程没出一点麻烦，使中共胶东特委成为具有高度统一力量的政党组织，对党政军具有绝对的领导权，真正是令行禁止，政令畅通。

如果郑耀南他们拥兵自重，趁机闹独立，不接受胶东特委的整编，胶东共产党的麻烦就大了。后面我们将要说，国民党方面张金铭拒绝厉文礼到平度视察使国民党的政令难以行使，厉文礼干瞪眼，好长时间过不了胶莱河，就是一个例子。

五支队的诞生——胶东有了八路军

1938 年 9 月 18 日，是“九一八”事变发生 7 周年。整编后的第三军在掖县沙河镇东河滩举行了隆重的建军大会。胶东特委书记王文在大会上操着浓重的陕北口音宣布：根据上级命令，三军与三支队正式合编为“国民革命军第八路军山东人民抗日游击队第五支队”！接着他宣布了五支队的领导名单：司令员，高锦纯。政委，宋澄。政治部主任宋竹庭，副主任于眉，参谋长赵锡纯。五支队下设 4 个团，六十一团团长赵一萍，政委刘仲华；六十二团团长于得水，政委张玉华；六十三团团长郑耀南，政委李耀文，政治部主任张加洛；五十五团团长李华，政委常青。不久，郑耀南由六十三团团长改任二十一旅旅长，兼任北海区警备司令。

随后举行了盛大的阅兵式。三军收编三支队后新建成的五支队实力大增，有步兵，有骑兵，还有小吉普和小卧车呢。战士们一个个军容整肃，步伐矫健，队伍无比雄壮。全支队 6000 多人马，再也分不出什么三军还是三支队了，大家都被共产党统一领导所出现的整齐、雄壮、豪迈的军威所感染，他们为此而骄傲，而自豪。此时他们心里想的是，在共产党的领导下，团结一致打鬼子，争取早一天把侵略者赶出胶东，赶出中国去！

对于共产党来说，这次整编的意义简直太重大了。这可是胶东抗战史上一个重要的里程碑啊！它使胶东共产党领导的抗日队伍由独立分散走上了集中统一，从而使胶东有了八路军。胶东八路军的诞生，不但是对日军的严重威胁，也是对国民党的一个很大的震慑。后来，不但胶东的日军不断遭到这支队伍的打击，抗战后期，连胶东的国民党也败在这支队伍手里。共产党和八路军是不会忘记掖县三支队的郑耀南他们所做出的重大贡献的。

从八路军的帽徽说起

大家每天都在家里看电视，经常能看到八路军的身影。不知你注意到没有，同是八路军，帽徽却不大一样。有的只有两只扣子，有的在两只扣子上边还有个国民党的青天白日帽花。如描写胶东抗战的电影《地雷战》（1965年拍摄）里，民兵队长没穿八路军服装，但戴着一顶八路军帽子，帽子上只有两个扣子。即使那个令青少年们无比崇敬的胶东八路军“十六团”的首长，虽然穿的是整套八路军服装，帽徽也只有两个扣子。《地雷战》里的十六团，就是胶东八路军五旅十六团。那起码是1940年以后了，胶东八路军五支队整编为五旅，五旅也是四个团，分别是十三、十四、十五、十六团。还有反映平原抗战的电影《地道战》，八路军的帽徽也像《地雷战》里一样，只有两个扣子。再看新四军的帽徽，电影《东进序曲》里的新四军，也像《地雷战》《地道战》里的八路军一样只有两个扣子。上面三部电影都是“文革”前的60年代拍摄的，这就给那个时代的青少年（也包括我）留下了一个印象，八路军的帽徽只有两个扣子，而凡是戴有青天白日帽徽的都是“国民党反动派”，根据帽徽一看就知道谁是“好人”谁是“坏人”。可“文革”后的影视剧就不一样了，荧屏上八路军的帽子上开始有了国民党的帽徽。如电视剧《延安颂》，朱德总司令和延安的许多八路军官兵的帽子上有了国民党帽徽。电视剧《新四军》里，从叶挺、项英到每一个新四军战士全部都有那个国民党帽徽。可也不全是这样。像电视剧《延安颂》，同是延安的八路军，有的戴着那个国民党帽徽，有的却不戴。同时出现在毛泽东身边，朱德的帽子上有那个帽徽，可胡乔木虽然穿着全套八路军服装，帽子上却没有那个帽徽，而那个送电报给毛泽东的机要员却又有那个帽徽。在毛泽东召开文艺界人士座谈的会场上，同样是八路军战士，也是有的戴有的不戴。但在彭德怀的八路军总部里，彭德怀、左权等全部人员却都带着那个国民党帽徽。从2007年拍摄的电视剧《叶挺将军》上可以看到，延安的八路军和江南新四军的帽子上都出现了青天白日帽徽。令人不解的是，2011年上演的电视剧《延安爱情》却又没有那个国民党帽徽了，延安的八路军统统不戴，八路军独立团的郑团长不戴，比郑团长官职更高的肖司令也不戴。2011年7月初，中央一台播出的电视剧《革命人永远是年轻》，就连与阎锡山的国民党军同处太原的八路军办事处的干部战士，帽子上也只有两个扣子而没有那个帽徽，难道就不怕阎锡山说八路军不服从国府的领导吗?

纵观我国的影视剧，很难叫人说明白这究竟是怎么回事，我们的影视剧的服装道具究竟是哪个部门说了算？有没有个统一规定？说到底，历史的真实究竟是怎样的?

终于，在2011年纪念中国共产党成立90周年的日子里，我从中央电视台播放的电视纪实片《旗帜》上看到了一个资料性镜头，那是1938年5月，毛泽东在延安做关于“论持久战”讲演的会场。台上台下多是共产党八路军的高级军官，除了毛泽东，其他人的帽子上全都戴着那个青天白日的帽徽。那可是当年拍摄真实现场的纪录片，应该最具权威性、真实性和历史性的镜头。更巧的是，中央电视台第四频道于2011年7月1日以后复播电视剧《八路军》，我终于发现，剧中的八路军，从总司令朱德到各级指挥员再到每一个战士，帽子上全都有那个帽徽。不但在战场上作战的战士有，后勤部队也有，医院的女护士也有。连八路军总部赠送给前来采访的美国女记者史沫特莱的八路军服装，也有那个国民党帽徽。一部纪实片，一部电视剧，应该使我们明白了，既然是“国民革命军”序列的第八路军，帽子上就应当有那个国民党帽徽。

可是，为什么我们的电影和电视剧却在八路军帽徽这个问题上那么混乱呢？混乱到同一部分的八路军，在不同的电视剧中的帽徽都不一样。不过，最近有人开始注意这个问题了。如先后拍摄的两部电视剧《亮剑》，老《亮剑》中八路军李云龙的独立团没有国民党帽徽，而2011年12月播出的新《亮剑》，李云龙及独立团的每一个士兵的帽子上都有了那个帽徽。新《亮剑》肯定是对的，因为李云龙的独立团属于八路军一二九师陈赓旅的一个团，肯定是在编的正规八路军，帽子上应当有那个帽徽。

八路军的帽徽其实真的不一样

八路军是在1937年8月国共实现第二次合作后才出现的新名词。全称叫国民革命军第八路军，是原来的红军经过国民党政府承认之后，按“国军”统一序列改编而来的。从字面上说，八路军也应该是“国军”了。既然把红军纳入国民革命军序列，当然就要统一服装，而且还要由国民党政府发给军饷。但是，在给八路军定编的问题上，国共双方一直是争执不下。蒋介石要严格限制八路军的数量，只给八路军三个师（一一五师、一二〇师、一二九师）共计45000人的编制，服装当然也由国民党政府按照核定的编制发放。所以，原来的红军服装不见了，八角帽不见了，八角帽上的红五星也不见了。取而代之的是与“国军”统一式样的军服和帽徽，只是衣服的颜色不同。在电视剧《八路军》中，国民党第二战区司令长官卫立煌到八路军总部拜访朱德，两部分队伍的官兵一看就清清楚楚。八路军的衣服是灰色的，卫立煌他们的衣服是草绿色的。而当卫立煌到了太原阎锡山的司令部，其服装也与阎锡山的衣服有别，阎锡山的服装是灰色的。那是中央军与非中央军的区别，阎锡山的队伍是从地方军阀转来的，不属于中央军，他的部队的服装就跟中央军的不一样。

如此说来，八路军的帽子上是应当有那个国民党帽徽的。可是，必须明确，只能是国民党政府承认的编制内的八路军才能有那个帽徽。可是，编制内的八路军才四五万人，加上编制内的新四军一万余人，也就是五六万人。而编制外的八路军可就多了去了。到1940年“百团大战”时，仅华北地区参战的八路军就有105个团20多万人，这当然还不是八路军的全部。到1943年，中共要求蒋介石对八路军核编4个军12个师，统统要求给予“中央军”待遇，就是说要国民党政府发放给八路军120000人的军饷，这可比国共合作初期的三个师增加了三倍呢。蒋介石当然不会答应。

此时的八路军，严格来说已经不是“国民革命军的第八路军”，老百姓也很少有人知道八路军还有个名字叫“第十八集团军”，只知道“八路军”是共产党的队伍。大批的八路军服装是八路军自己的兵工厂做的，帽子上当然不会有那个国民党的帽徽，而只有两个扣子了。尤其是1941年1月国民党发动“皖南事变”之后，取消了新四军番号，中共又重建新四军，新组建的新四军不听蒋介石的，帽子上当然也就不再有保留那个帽徽的必要了。

这就明白了，八路军山东纵队是不在国民革命军编制之内的，只能算八路军的地方部队。蒋介石最怕八路军随便扩大队伍，当然不会给这些队伍发放军饷和服装。所以，八路军山东纵队各支队官兵的帽子上只有两个扣子，从来就没有过那个国民党帽徽，胶东的五支队（后来的五旅）也是如此。日本人所谓的“土八路”，就是指这些地方部队。不过，“土八路”远远多于“洋八路”，日本人和国民党吃“土八路”的亏可就太多太大了。

步调一致才能得胜利

共产党统一了对胶东抗日武装的组织领导，而山纵五支队的建立，标志着胶东人民的抗日武装已经由若干分散、独立的游击队形成了以五支队为核心的统一指挥的武装，形成了一个威力巨大的拳头。

与国民党地方游击队各自为政、互相戒备、弱肉强食相比，胶东共产党领导的抗日游击队在整编为八路军五支队的过程中基本没有什么内耗。就拿乔天华来说，他组建的平掖救国会被掖县三支队收编后，乔天华心里再委屈，处境再艰难，他却从没想到过申诉。他强烈的党性有利于三支队的团结和发展。同样，郑耀南的三支队被三军收编，他也是绝对服从，而没有抵触之意。

怎么解释共产党的这种现象？不需多说，只听听他们高唱的《三大纪律八项注意》歌，第一段就是“第一一切行动听指挥，步调一致才能得胜利”，就可以明白了。

这应该是八路军的战斗力所在。

就在胶东共产党的武装力量逐渐形成合力、山纵五支队顺利诞生的过程中，胶东的国民党却在自己跟自己过不去。

第十八章　厉文礼为啥难过胶莱河

1938 年 5 月底，张金铭进攻掖县遭到惨败，先是向三军和中共胶东特委赔礼道歉，尔后坐在平度县政府大堂里反省自己的失败。还没等他总结出经验教训，一个人却在平西边境胶莱河边敲击平度西大门了。这个人名叫厉文礼。前面已经出现过这个人，他曾经是国民党潍县县长，当年参加审讯过中共潍县中心县委书记乔天华。“七七”事变后，厉文礼升任国民党山东省第八专区专员兼保安司令，乔天华则刚从国民党的监狱放出来，曾经向他请示组建游击队抗日的事，但他不准乔天华发展枪支。如今，厉文礼不仅是专员兼司令，还因为是“复兴社”成员，被“复兴社”山东支社负责人秦启荣委任为胶东大队大队长。国民党军事委员会别动总队又任命他为胶东支队司令，这样，厉文礼既有行政大权，手里更有强大的军队撑腰，还有特务组织的指挥权，是一个真正的权势人物。

厉文礼要过胶莱河

厉文礼本是河北蓟县人，曾在国民革命军第二集团军第一方面军第四军马鸿逵部下任秘书，后任第一方面军军事教育团少校书记官。在蒋、冯混战中，他随马鸿逵叛离冯玉祥，投靠了蒋介石。1930 年，韩复榘任山东省主席时，厉文礼任山东诸城县县长兼民团大队长和联庄会总会长。1932 年 6 月，又调到潍县任县长兼民团大队长和联庄总会会长。抗战开始后，厉文礼也算抗日派，带着他的县民团和联庄会的武装进入安丘县西南山区挑旗抗日，不过那时他手下还没有多少人。到 1937 年底，厉文礼的人马发展到 800 多人，分为两个总队。他向沈鸿烈讨封，被任命为第八区游击区（注意，不是后来的第八专区）司令官。厉文礼借助这个头衔，将势力扩展到昌乐、诸城、潍县、寿光、昌邑等胶莱河以西地区，很快发展到 16 个总队（团级编制），20000 余人。

厉文礼人多势众，在第八游击区唯我独大，不允许别人进驻。所以，他在此期间把从黄河北岸退下来回老家诸城驻扎的张步云打得惨败，竟然把张步云赶到青岛当汉奸去了。此段过节，后面将在平度伪县长张松山一节中专门交代。

截止到那时，如果不考虑还有共产党领导的游击队的话，可以这样说，胶莱河以西是厉文礼为司令的第八游击区的天下，而胶莱河以东是以张金铭为司令的第五战区游击总指挥部直属十六支队的天下。张金铭是中将，军衔又高于厉文礼，而且十六支队有 30000 多人，也多于厉文礼的队伍。

谁知 1938 年 4 月，厉文礼一下子由第八区游击司令官升任第八专区专员兼保安司令，省里的区划调整又使第八专区的管辖范围扩大了一倍，辖安丘、昌乐、潍县、诸城、寿光、昌邑、高密、掖县、莱阳、平度、广饶、胶县、即墨等 13 个县，权力越过了胶莱河，管到了胶东部分地区。厉文礼依仗自己的专员和保安司令头衔，趁机把第八专区所属各县的保安团纳入他的旗下，由西往东逐步推进，并且还收编了日伪华北自治联合军第二师高华清部及其他一些零星部队，总兵力由 20000 扩大到 30000 余人。鼎盛时所属部队共有两个保安旅（四个团），15 个保安团（后改称独立团），两个特务大队，手枪大队、便衣大队和特务营各一个。而新划进他的势力范围的胶莱河以东几个县还没有整编呢。

其实厉文礼早已把手伸到了平度。那个在高密北部和平度南部组军抗日、指挥孙家口伏击战打死日军中将中岗弥高的的总指挥曹克明，就是厉文礼任命的保安第六团团长。

平度属第八专区，张金铭这个平度县长，在行政上当然要归专员厉文礼管辖。

上级领导要来视察在抗战前线奋斗的队伍和属下，应该说是好事。成绩可以汇报，困难可以反映，还可以要求增拨军饷。可是，张金铭却不欢迎厉文礼的到来。这是为什么呢?

大家大概还没有忘记本书一开始对张金铭的介绍，他是国民党 CC 系小组织学兴社的成员。那又怎么了?

因为厉文礼是国民党复兴社的成员。复兴社是什么? 军统啊! CC 是什么? 中统啊!

军统与中统一直是国民党内部的两个难以调和的仇家，总是明争暗斗，互相攻讦。这是国民党的派系所致。就像蒋介石的部队，有他的嫡系（只有蒋的嫡系“黄埔系”才可以称呼他为“校长”），也有嫡系以外的地方军阀和杂牌军。这些派系各拉各的势力，各占各的地盘。免不了你挖我的墙角，我割你的地边。国民党的许多事情不是败于外部，而是毁于内耗。

厉文礼其实就是国民党的内部摩擦专家。

张金铭拒厉文礼于胶莱河西岸

眼下，势头正旺的厉文礼要来平度视察了。说是视察，不就是要来收编张金铭的队伍吗? 可是别忘了，张金铭是平度县长不差，他还是第五战区游击总指挥部直属的十六支队中将司令呢。你厉文礼的军衔还没有张金铭高呢。什么叫直属? 直属就是别人管不着，只有能代表第五战区游击总指挥部长官的人才管得着他张金铭。再从派系上说，CC 系的张金铭不想听复兴社的厉文礼发号施令。

那么，张司令张县长会有什么法子拒绝厉文礼管辖呢?

张金铭采取了两方面的措施。一方面，命令驻守在胶莱河边的第一纵队第一大队阎珂卿部严防死守胶莱河，坚决不准厉文礼进入平度县境；一方面，向驻扎在莒县和沂水一带的国民党六十九军军长石友三报告请示，请求委派新县长来平度任职。

张金铭这一手还是挺高明的。他把平度县长这个职位让给能与厉文礼抗衡的石友三的人，自己只当十六支队司令，看你厉文礼还能管着我不能?

石友三虽然与厉文礼都曾是冯玉祥的部下，石比厉可厉害多了。不说官比他大，仅就资历来说，厉文礼只能算晚辈。石友三从给冯玉祥当马夫、贴身护兵干起，一直随着冯玉祥的升迁而擢升，1919年，冯玉祥任十六混成旅旅长，石友三就是该旅模范连连长，1920年，又升任营长。当时与他齐名的营长韩复榘、刘汝明、孙连仲、孙良诚等13名军官，都颇受冯玉祥信赖，遇事可以越过主官直接向冯玉祥请示汇报，被人们称为西北军的“十三太保”。1924年，冯玉祥把所部改称国民军，石友三升任第八混成旅旅长。1925年春，又升任师长，成为冯部的主力之一。可是，石友三这个人没定性，后来在蒋、冯、阎（锡山）混战中背叛了冯玉祥，投靠了蒋介石。这也没什么，“良禽择木而栖”嘛。可是不久他又背叛了蒋介石，回归了冯玉祥。按说这也不要紧，浪子回头金不换嘛，可是他竟然又两次叛冯，两次投蒋。

那都是抗战之前的事了。抗战一起，国民党各派系大都从抗战大局出发，枪口一致对外，听从蒋委员长指挥了。正如李宗仁在回忆徐州会战时说的：过去十几年不是打红军就是军阀混战，现在日寇入侵，大家都想利用这个机会表现一下自己的爱国热情，为捍卫国家主权做贡献。这样，1938年徐州会战时，石友三就作为国民党第六十九军军长奉命参战，听从第五战区李宗仁长官的指挥。大战结束后，石友三奉命到鲁南驻守，听从第三集团军司令于学忠指挥，在山东一带开展敌后游击战。

厉文礼没有胆量过胶莱河

六十九军军长石友三当然不怕厉文礼，他才不管什么专员不专员呢，有人要把在山东面积数第一的大县当作礼物送给他，他觉得没有不要的道理。不过在他眼里，县长只是个芝麻官，他并没拿着当件大事，就草草委派军法处长刘秀岭前往平度就任县长。张金铭希望刘秀岭多带些兵来，好与厉文礼抗衡。可石友三只给了刘秀岭一个连，权当就是新任县长的警备队。张金铭一看刘秀岭就带来这么几个人，真是大失所望。这一失望，就对刘秀岭失去了热情，态度就很冷淡，连欢迎宴会都没搞，只在小伙房里炒了几个菜应付了一下。刘秀岭一到平度就受到冷遇，后来几天也没人来请他的客，更没人给他这个县长送红包。刘秀岭觉得当这个县长没什么油水，便得过且过地只在平度待了不到一个月，就灰溜溜地走了。

怪不得平度县志上没有关于刘秀岭当过平度县长的记载。平度人说话，这叫“孩子不满月，还不算个人”呢，别说上县志了，老百姓从没听说过还有这么个县长呢。

问题又回到原地，还得张金铭亲自面对厉文礼。怎么面对？暂时屈从吧，走一步说一步吧，有句话不是说，“办法总比困难多吗”？

1938 年 7 月，张金铭便以阎珂卿为谈判代表，命他到胶莱河西约厉文礼来平西古庄会晤。古庄是阎珂卿的第一大队司令部驻地，就在胶莱河东岸。阎珂卿干过教育，又当过县党部常委、五区区长，熟知官场规则，善于官场辞令。他既知道厉文礼这人军事和行政大权在握，不可轻易得罪；又明白厉文礼手大也不能遮天，一时还制服不了张金铭这个十六支队中将司令。他采取的策略就是以客相待，不谈实质问题。厉文礼几次派人到河东古庄来，阎珂卿总是好酒好肉地伺候，临走还不忘叫他们带上一些胶莱河的鱼鳖虾蟹回去给厉文礼吃。可当厉文礼的人问到究竟为什么张金铭不准过河的时候，阎珂卿总是哈哈笑着说：那是张司令的权限，我怎么会知道？只要张司令答应你们过河，我保证马上把胶莱河上的卡子撤了。就这样一来二往，阎珂卿就跟厉文礼和他司令部的人熟悉了，而且给他们留下了好印象。虽然厉文礼最终也没能从阎珂卿的防地越过胶莱河，这段交道却为阎珂卿后来投靠厉文礼打下了基础。

当然，阎珂卿是个聪明人，他不想夹在二者之间做代人受过的傻事。为了从张、厉二人的纠葛中脱出身来，他劝说张金铭，厉文礼终归是行政上级，你总是避而不见会被他抓住口实，上级是不能公开得罪的。张金铭也觉得不能总是躲着了，只好答应到古庄会见厉文礼，让阎珂卿设宴。阎珂卿大喜，连忙一边送信给厉文礼，一边亲自安排伙房置办山珍海味，准备好好迎接厉文礼。

厉文礼看张金铭终于答应会见，本想马上过河将张金铭训斥一顿。可又一想，不能贸然过河，得先试探试探张金铭的诚意，别中了他的鸿门宴，于是就只派遣他的副司令刘镇东去会见张金铭。

阎珂卿没想到费心准备的一桌好菜只迎来了一个刘镇东。他更没想到的是，这个刘镇东早就与厉文礼不合，总想找机会另寻出路。席间，怀才不遇的刘镇东喝得多了点儿，未免流露出对厉文礼人品的龌龊之言。阎珂卿一惊，张金铭则是一喜。张金铭又敬了刘镇东三杯酒，刘镇东便抓住了张金铭的手，泪眼婆娑地就像见了恩人一般，吐露了归顺之意。张金铭真是喜出望外，一口答应给他个少将级副司令干。就这样，刘镇东在张金铭帐下不走了。厉文礼大怒，立即宣布撤销了刘镇东的副司令职务，当然对张金铭恨得咬牙根。

堂堂第八专区专员的厉文礼竟然过不了胶莱河。

说说胶莱河

我很愿意跟人说起我家乡的胶莱河。胶莱河首先是一条地理上的界河。

许多人分不清山东半岛和胶东半岛的区别。其实这是大概念套着小概念。山东省，西头宽东头窄，西边是内陆，东边三面靠海，山东半岛就是指靠海的那部分。半岛与内陆的分界是寿光县的羊口至秀珍河一线，以西属于山东腹地，以东就是中国最大的半岛山东半岛。而胶东半岛只是山东半岛的一部分，就是地图上最东头那个牛头，全部都插进了海里。半岛的北面是渤海湾，东头与辽东半岛隔渤海湾相望，而要想去韩国，从荣成的成山角坐渔船一天就能到。半岛南边是黄海，黄海之滨的青岛是胶东半岛上最大的城市。

为什么称“胶东”半岛呢？就是因为我家那条胶莱河，人们习惯地称胶莱河以东地区为“胶东”。平度县与西邻昌邑县以胶莱河为界，过了胶莱河第一步就是平度，就进入胶东，所以平度被称为“胶东第一县”。

胶莱河因为一条河连着两个海湾——南入黄海胶州湾，北接渤海莱州湾而得名。河流从南至北依次流经胶南、胶州、高密、平度、昌邑和掖县 6 县，全长 130 多公里，而流经平度边界的河段最长，长达 100 余公里。

胶莱河原名胶水，平度县曾经叫胶水县。胶水于元世祖至元中期被开凿成运河。这条运河很有特点，中间高，两头低。以平度南边的姚家村为分水岭，北来之客水进入这分水岭的最高处，马上分为两股，一股向东转而向南流进胶州湾，称南胶莱河；一股向西转而北流向莱州湾，称北胶莱河。南胶莱河短，只有 30 多公里。北胶莱河长，有 100 多公里。

开挖胶莱运河主要是为了漕运，将江南的粮米运往京师，因此又叫运粮河。想当年，浩浩荡荡的官府粮船行驶在胶莱河上，旌旗随风飘扬，千万支船桨此起彼伏，船工号子铿锵有力，两岸百姓齐声欢呼，那景象应是何等地壮观啊！

可惜明代中期以后至整个清代，沿海倭寇为乱，不亚于今天的索马里海盗。朝廷因此实行海禁政策，官粮就不再经过两头是海的胶莱河，而主要依靠内陆的京杭大运河了。胶莱河因之失宠，没人再来疏浚，慢慢就淤积得行不开大船，只剩下一些星星点点的小渔船了。

官船行不开了，胶莱河却成了两岸百姓渔猎的好场所。河里水湾可渔，鱼鳖虾蟹应有尽有；河边荒滩可猎，水鸟野鸭野兔到处可见。而最有名的是北胶莱河里的梭鱼。渤海涨潮时常将海水倒灌进胶莱河，与河水形成“两合水”，在这样的水中长成的梭鱼兼具海鱼和河鱼的优点，别具风味，成为当地的一大名吃。但梭鱼最好吃的时候是早春河凌刚开的时候，当地人称“开凌梭”。平度西北乡的新女婿，谁能在最早的时间抢先将“开凌梭”送给老丈人，谁就会得到丈人丈母的夸奖和邻人的羡慕。所以，一到春天，胶莱河边的开凌梭特别畅销。

胶莱河虽然因为不能运官粮而受朝廷冷遇，可河却还是河，成为半岛陆地上的一道障碍，具备了重要的战略地位，历来为兵家必争。一条胶莱河就像一把锋利的刀，一下子就把胶东半岛从山东半岛切了出来。要从鲁中到胶东，必经胶莱河。只要在河上有限的几座桥头上架几挺机关枪，那可真是一夫当关，万夫莫开，谁也别想轻易就能过得了河。而从鲁中到胶东最直接的通道是昌邑至莱阳的昌莱公路，昌莱公路从平度城南经过，向东直达莱阳、烟台和威海。这么一说，你就知道胶莱河为何要成为兵家必争之地了。看看山东半岛的地图吧，平度县的版图几乎是方方正正的，以南北 150 多华里的跨度，以山东省面积最大——3000 多平方公里的面积，占据了胶东半岛西端的大部分，牢牢地扼住山东半岛的咽喉。从昌邑的流河乡过了三合山大桥沿昌莱公路一直往东 60 华里就是平度城，再往东 150 华里到莱阳。昌莱公路从东到西把平度一分两半，不偏不倚，所以，三合山大桥是进入胶东中部的最近便的一座桥。三合山就在胶莱河东岸（现在的明村镇地界）。这山生得突兀，四处都是平原，孤零零就竖起了那么一座山。山虽不高，却是胶莱河边昌莱路上的“铁门闩”。在山顶摆上几挺机枪，放上几门小炮，路和桥就都被置于炮火射程之内，万无一失了。

那时候，在平西胶莱河上的几座大桥，南有阎珂卿的第一大队把守着三合山大桥，北有张金铭的直属第二大队刘经川部把守新河大桥，两个大队都谨遵张金铭的号令，对胶莱河严防死守。

因此，厉文礼过不了胶莱河，难以到胶东来发号施令。

因此人们说，谁占据了平度，谁就拥有了胶东。

写到这里，我禁不住对国共双方的上下级关系进行了对比。王文和高锦纯只带着 6 个人来到胶东，就把胶东特委的大权顺利地接受到手，特别是由人数较少的第三军收编人数较多实力雄厚的掖县三支队，继而成立八路军山纵五支队，这么大的动作竟然也是进展顺利，没有哪一个共产党员出来拒不交权。而堂堂国民党专员、手中握有两万大兵的保安司令、对平度有着直接管辖权的厉文礼却被张金铭拒于胶莱河西岸。这足以说明，共产党人比国民党人要强得多。抗战中国民党地方部队上下级之间钩心斗角、敢于违抗上级命令的现象比比皆是。两相比较，孰高孰低，不言自明。

第十九章　张金铭被撤销了中将司令

国民党山东省第八专区专员兼保安司令厉文礼在自己的地盘里竟然过不了胶莱河。阻止他过河的不是日本鬼子也不是共产党的队伍，而是与他同为国民党行政官员并且是他的下级平度县长张金铭。这不仅是大水冲了龙王庙，一家人不认一家人，而是犯上作乱了。山东省政府分给他的第八专区在胶东还有掖县、莱阳、平度、胶县、即墨五个县呢，难道能不管了？那怎么能行！

厉文礼经多见广，岂能对付不了一个张金铭？

胶东国民党队伍的内耗就这样开始了。

“胶东王”的称号害了张金铭

厉文礼不想跟张金铭直接冲突，他要用计取胜。他不愧混迹军界多年，肯定对孙子兵法略知一二，起码懂得“用奸计”和“不战而屈人之兵”。于是他就开始动脑子。他早就听人说张金铭自封“胶东王”，当时只当作笑话听，也没往心里去。当他被阻于胶莱河西岸，就突然想起来，觉得可以一用。他以张金铭“拥兵自重，自称胶东王，违抗省府命令，想把胶东搞成自己的独立王国”为罪名，向省府主席沈鸿烈告了一状。这一状应该说告得有理有据，也正是时候。

因为与此同时，另一股风也刮到了沈鸿烈耳旁，他听到一种流言，说“张金铭是在关着门起年号，第五战区游击总指挥部直属第十六支队，只是一个团级番号，他却硬说是军级番号，纯属招摇撞骗。”

一时间风声四起，传遍胶东。

风不吹树不响。墙头草，随风倒。

十六支队的军心开始动摇了。

一开始，除了驻在平度境内的一、三纵队及二、六直属大队在张金铭的眼皮底下不敢乱动，驻在外县的许多纵队大都各寻门路，脱离了张金铭。这一来，他近在身边的平度“亲兵”也开始动摇。第三纵队司令唐俊峰、第一纵队第一大队长阎珂卿、直属第二大队长刘经川等，也暗中派人到胶莱河西边与厉文礼取得联系，给自己准备后路。

刘经川首先“放水”，让厉文礼从他直属第二支队的防地——平度西北角的新河大桥进入平度地界。厉文礼进了平度，就开始从西北向南朝平度城方向移动。他还不能无所顾忌地大踏步前进，因为平北与掖县那边共产党的根据地连在一起，而掖县县长又是共产党任命的，厉文礼还不想与共产党搞冲突。所以，他的队伍只到了大泽山西边的高望山便不再往南走，只是做出要向平度城进发的样子，对张金铭进行威慑。

张金铭遇到了极大的危机。

张金铭又很后悔，自从当上司令，眼睛只盯着第五战区游击总指挥部，忽视了近处的山东省，也就没有经常向沈鸿烈主席请示汇报工作。唉，人不可忘乎所以，尽管不是他自己起的“胶东王”称号，不过他听着人们这样叫他也没有禁止，而且听之任之，心里还美滋滋的。现在他意识到问题的严重性了。

自古来封疆大吏最怕功高震主，最怕被皇上怀疑称王称霸。处理得最恰当的要算曾国藩，他虽然威震清廷却急流勇退，躲过了灭顶之灾，得以安度晚年。可惜张金铭没有机会看到现如今出版的那么多有关曾国藩的韬晦策略的书籍，他还是书生意气没有去掉，以为只要工作干得好领导就应该满意，无须费心处理关系请客送礼。

当然张金铭有张金铭的特长，他有文采，会写文章。于是，他写了一篇非常深刻的检讨，亲自送到沈鸿烈主席手上，请求对自己严加惩处。

沈鸿烈见张金铭当面负荆请罪，便有些心软。考虑到张金铭积极抗战，是胶东一股重要的抗战力量，就从胶东抗战大局出发，对他从轻发落。沈鸿烈的计划是：撤销张金铭的十六支队番号及中将司令职务，将其所属部队直接纳入山东省管辖，整编为山东保安独立第十八旅，由张金铭任旅长，仍兼平度县长。沈鸿烈没有应厉文礼的要求把张金铭一脚踢开，也是有他的打算。他不想让厉文礼的权力无限制地渗透到胶东各县，他怕撤了一个姓张的“胶东王”，再出来个姓厉的“胶东王”。所以，他任命张金铭当山东保安独立第十八旅旅长，就把张金铭纳入自己的直接领导之下，厉文礼在军事上还是管不着张金铭。

僧多粥少让张金铭为难了

张金铭冒着一头大汗回到平度，中将司令的职务虽然丢了，但队伍还是他的队伍，旅长就旅长吧，起码还是个少将呢，总算过了这一关。

可是，中将司令原是军级，以下是师级团级，张金铭可以尽着自己的兴趣随意任命。目下军长隔着师长连降两级变成了旅长，旅以下应该是团，一个旅的编制是三五个团，也就是说只能任命三五个正团长。这可就来麻烦了。原来的纵队司令本都把自己当少将师长对待，纵队下面的大队长都是上校团级。14个纵队14个师长，还不算副师级；各纵队下面的大队共有四五十个，仅大队长就有四五十个，还不算更多的副团级。现在只能任命几个旅级副职、三五个正团十几个副团。唉，这可难为了张金铭。如果长官升职，属下大都跟着往上普调一级。可眼下，长官一下子降了两级，属下也得跟着降。师长降为团长，团长只能当营长，营长降为连长…… 就像江河日下，你叫张金铭这个官怎么跟他的下属们交代啊！他有权任命的最多五个团长，光是他的第一纵队的六个支队就不够用的，其他纵队的司令和支队长们难道能不任命了？这岂不是自己在毁自己的队伍吗？

多亏沈鸿烈给了他一个月的整编时间，对撤销十六支队的命令尚未下达。张金铭决定暂且保密，在考虑好整编方案之前仍然以十六支队司令的名义发号施令。

张金铭是坚决的抗战派，这是历史证明了的。他能以一个中学校长的身份组建和联络几万人的抗日队伍，其爱国之心和抗日之志理应得到鼓励和保护。就因为有人称他“胶东王”，就对他问罪，最终的结果是使一支规模庞大的抗日队伍四分五裂大受挫折。这是沈鸿烈的失策，更是国民党派系之争的痼疾所致。当然也要怪张金铭自己太不慎重，太得意忘形。

这些令张金铭懊恼而又沮丧的事大约发生在1938年的八九月份。

那时日本人正忙于在正面战场上进行武汉会战，顾不得他们的后方，还没有二次占领平度及蓬、黄、掖根据地，因此胶东的国民党才有闲空自己搞内耗 。

国民党方面在搞窝里斗，八路军山纵五支队却就在那个时间诞生了，这就使国共双方力量的对比发生了质的变化。

可怜兮兮孙殿斌

张金铭由十六支队中将司令降为十八旅旅长，正为军官职位僧多粥少而一筹莫展。就在这时，驻即墨的第二纵队司令孙殿斌又来找他。

孙殿斌的遭遇比张金铭还要不济。

原来，为了加强对胶东游击队的统一指挥，沈鸿烈接受张金铭搞独立王国的教训，在胶东的中心莱阳设立了鲁东指挥部和总指挥，将胶东杂乱无章的国民党地方游击队统一了番号，一律称山东省保安旅、保安团，这样，他这个山东省保安司令就可以直接管辖这些游击队。张金铭的山东保安独立第十八旅就是在这种情况下产生的。这一来，张金铭的十六支队在胶东的许多纵队，有的被沈鸿烈就地改编，有的还在等待改编。而驻即墨的十六支队第二纵队司令孙殿斌接到沈鸿烈的调令，要他离开即墨到安丘去任游击司令。

孙殿斌是平度人，张金铭任命他为二纵队司令兼即墨县长，完全是出于对他积极组军抗日的褒奖，没有任何的私心杂念。孙殿斌的情况又比较特殊，背着共产党叛徒的名声，当着国民党的官职。抗战既起，他本想借此机会，多杀鬼子，干出一番惊天动地的业绩来证明他是一个衷心的爱国之士，也就对得起祖宗了。谁想国民党派系众多，萁豆相煎，好端端一个十六支队就这样作鸟兽散。孙殿斌的二纵队番号被撤销，鲁东指挥部调他到安丘去接替孙秀峰任什么游击司令，孙秀峰调到山东省第七专区（辖栖霞、招远、蓬莱、黄县）司令部任参谋长。这无疑是把二孙的地盘和队伍都给没收了。孙殿斌对安丘人生地不熟，前途未卜，命运难测。此时的他就像没娘的孩子一样孤独无助。所以，临行前他回平度老家看望了父母，接着来到平度城，跟他的老司令张金铭告别来了。

张金铭一见孙殿斌来看他，高兴地拉着孙殿斌的手说：好啊，还是平度老乡够朋友啊，你还知道来看看我，外县那几个东西早都投靠新主子，把我张金铭丢到脑后了。孙殿斌叹着气说：本想跟着你打出一片天地来，可是，他们把我调到安丘，我们的二纵队成了没娘的孩子，你说，上面怎么就不考虑这样会削弱抗战力量呢？ 张金铭也叹着气说：这下我算看明白了，就连沈鸿烈主席说着，也只是在趁机找借口扩充自己的实力，哪管什么抗日！你是知道的，那“胶东王”是我自己封的吗？他派厉文礼到胶东，只能是胡加干涉，对抗日没有一点儿益处。唉，不说他了，你既已被调到安丘，尽管前途未卜，但也只能暂且服从，走一步看一步，等我东山再起，再招你回来。孙殿斌知道这只是安慰话，就苦笑着问：十八旅的职位都安排好了？张金铭压低声音说：不瞒你说，最难的就是团长职位太少，我最多安排 5 个，目前却有 20 多个团级干部在翘首以待！叫我怎么安排？ 孙殿斌说：那也没有办法，你得早作打算，先照顾骨干为好。张金铭点点头说：你说得对。二大队李德元，三大队刘向生，四大队李润斋 ，还有特务大队戴铭钦，我打算把这四个大队改编成三个团，从中任命三个团长。孙殿斌惊讶地问：那，三纵队司令唐俊峰，还有阎珂卿和刘经川他们怎么办？张金铭摇摇头说：他们？听说人家已经跟厉文礼暗中联系上了，时机一到，马上就会另寻高枝呢。所以我的整编计划只能保密，静观其变！

孙殿斌可怜兮兮地说：要不，我留下来，你怎么安排我我都不计较，只要能跟着你打鬼子就行。

张金铭连忙说：这可不敢，沈主席的命令你我怎敢违抗？再说，你是沈主席的老部下，我觉得他不会为难你，关键时刻你可以去找他。沈鸿烈当青岛市长时，你是青岛党部成员，是他的老部下。

孙殿斌叹着气摇摇头，觉得实在没有什么好说的了，就站起来欲告别。

就在这时，副官长进来报告说，刘向生、李润斋、戴铭钦都来了，在议事厅等候。只有李德元还没到。

张金铭立即对孙殿斌说：你先别走，我们商议的事情对你也不保密，你今天就跟这几个平度老乡告一告别吧。

孙殿斌只好跟着张金铭到议事厅看望那几个平度老乡。

虽然都是平度老乡，孙殿斌与他们却是第一次见面。如果不是相处在一条抗日的战壕里，他这个曾经的中共党员哪里会认识面前的这几个国民党员？老乡见老乡，孙殿斌跟他们一个个握手问好，免不了无语哽咽，泪眼汪汪。刘向生他们都对当前的处境有同感，也没有什么好话安慰孙殿斌，只慨叹国军派系倾轧，防不胜防，但愿以后大家都好自为之。

张金铭等一帮抗日爱国人士，本来是人员兴旺，斗志昂扬，一心忠于党国，志在为国建功。不承想抗日刚刚开始，平度城也才收复几个月，却突然遭遇顶头风雷，被打得晕头转向。他们都在疑惑，再这样下去，还怎么打日本人？即使能够打败日本人，国民党这样互相倾轧，咱们中有谁能熬到那个时候？

他们一边说话一边在等着李德元，不知道李德元正押着共产党的游击队长乔天华走在来平度城的路上。

第二十章　乔天华舌战张金铭

乔天华拉起的第一支抗日游击队——原平掖抗日救国会的战士们都被吸收进五支队，穿上了八路军的服装，斗志昂扬地在队伍里操练。这是乔天华组建的第一支游击队加入八路军队伍。后来他又组建了六支，也都相继“升级”到八路军队伍，人们戏称他为“游击队贩子”，言谈之意，既有对他的褒扬，也有对他的同情。贩卖商品的贩子可以赚钱，为共产党八路军“贩卖”游击队可就没啥可赚了。

在整编后的五支队里，只能看到平度籍的战士们喜笑颜开，却见不到乔天华的身影。

乔天华在哪里呢？

其实乔天华哪里也没去，在五支队成立的过程中，他就在离掖城不远的西北郊海南寺里，带领他刚组建不久的小七支队练兵。因为他们不属于三支队，所以在三军收编三支队时，把他们给落下了。

高锦纯启用乔天华

就在五支队组军的时候，乔天华与80多名宁肯挨饿也要跟着他抗日的战士们，在无人搭理的困境中仍然一边学习一边练兵。乔天华已经打定主意，如果五支队不要他们，他就带着队伍回平度打游击。

可是，就在五支队刚刚完成组军之后，司令员高锦纯派已经加入了五支队的刘文卿把乔天华叫到司令部。

高司令用惊讶的目光审视着面黄肌瘦但目光矍铄的乔天华，问道：你就是乔天华？回答说：是我。问道：听刘文卿说，你跟张金铭联合袭击过平度城，把鬼子吓跑了？回答说：过去的事，提它做什么。高司令连忙说：提它做什么？你可不简单呢！你开创了平度国共合作抗战的局面，功劳可是不小啊！乔天华摇摇头苦笑道：承蒙高司令夸奖，我现在混得张金铭在通缉我，共产党也不要我。高锦纯理解地说：刘文卿把你的情况都跟我讲了，你什么也不用说了，现在要派你个任务。乔天华一愣，说：我算个什么？还得你高司令分配任务？高司令摇摇头说：还是闹情绪。你再闹，我也不管你了，你走吧。乔天华转身就要走。高司令一声断喝：你给我回来！乔天华倔强地说：是你赶我走的嘛。高司令说：好了好了，我现在命令你和刘文卿，带着你的队伍回平度，怎么样？

乔天华惊讶地看着高司令，似乎不相信他的话。回平度抗日，是他日思夜想的事情，只是缺乏武器弹药，回去就可能被张金铭吃掉。因为张金铭进攻掖县失败后，把气撒到乔天华身上，正在悬赏捉拿他和刘文卿呢。眼下有高司令分派回平度，不是正合他的打算吗？

乔天华说：回平度我愿意，可你得给我发枪发子弹。我的队伍只有十几条破枪，有的不能用，能用的也没有子弹。

高司令却说：我可没说叫你回去跟张金铭打仗啊！

乔天华不解地问：那，你叫我回去干什么？

高司令把乔天华按到凳子上坐下，耐心地说：天华同志……

同志？好久没听人叫他同志了！乔天华一听高司令叫他同志，顿时浑身热血奔腾，愣愣地看着面前这个面目和蔼的领导。

高锦纯说：天华同志，你含辛茹苦，忍受了自己人给的委屈，但对党一片忠诚，保持了党的团结，你是个好样的！现在我宣布，恢复你的组织关系！

乔天华紧闭双目，忍住了泪水。而刘文卿的眼里却为乔天华流出了欣慰的泪花。

高锦纯继续说：前些日子我们已经把张金铭教训了一下，这就够了。现在是国共合作，我们要贯彻党的统一战线政策，团结友军，共同对敌。支队给你的任务是回平度开展抗日宣传活动，一边发动群众抗日，一边试探张金铭对我军的态度，争取他跟我们合作。

乔天华痛快地说：行，你给我把队伍武装起来吧，只要有了武器，他张金铭要继续与咱们为敌，我就打！

高司令摇摇头说：你还是不了解当前的形势。自从张金铭进攻我们遭到惨败以后，倒霉事就接二连三地来找他了。他跟厉文礼闹得关系很紧张，厉文礼已经在从新河那边越过胶莱河，先头部队目前已经到了高望山，正计划向平度城进发。张金铭面对厉文礼的倾轧，很可能愿意跟我们联合，拿我们做他的靠山来与厉文礼抗衡，所以我叫你这时候去找张金铭。你大胆地去，你们的背后有五支队撑腰，谅他也不敢动你们。你与张金铭有一面之交，又是平度人，估计你此去成功的把握很大。

一番话，使乔天华立刻精神抖擞起来。不过他还是坚持要武器：我总得有几支能够护身的枪吧，万一遭到包围，拿什么突围啊！

高司令幽默地说：我可不敢给你好枪，被人家缴了去怎么办？

乔天华问：那你就不怕我们被人家捉了去？

高司令回答得更要命：这有什么？要是被他们包围了，你们也不要还手，要人给人，要枪给枪，他捉你也好，放你也好，反正都可以弄清楚张金铭的态度，你们试探的任务也就完成了。

乔天华笑着说：高司令，你既然这么说，我去就是了。最多被张金铭杀了，你可得追认我们为革命烈士。

高司令哈哈大笑道：你的要求不高。不过，我相信你的本事，不打算追认烈士，只在家里等你的好消息。回去集合队伍，我叫司务长给大家做顿好饭，吃完了就出发吧。

李德元要释放乔天华

李德元本来正在家里闭门思过，总结跟着张金铭进攻掖县吃了败仗的经验教训。打了败仗，教训肯定是有的，难道还有什么经验吗？当然有。李德元庆幸自己善于随机应变，在二次围攻夏邱堡时，一看胶东共产党游击队联合起来对付他们，知道必败无疑，便偷偷地带着自己的队伍撤出了战斗，这才保存了辛辛苦苦拉起来的队伍。不能拿着鸡蛋碰石头，这就是他的经验。而教训是深刻的。掖县一战使张金铭臭名远扬，厉文礼又要来辖制张金铭。十六支队在外县的纵队大部分都另找靠山去了，眼下只有平度人还在跟着张金铭干。十六支队大伤元气，连李德元也缺乏安全感。他心里又很清楚，日本鬼子虽然从平度城撤走了，可就在南边不远胶济路一线的青岛、胶州和高密，说不定哪一天就能回来，保存力量打鬼子才是正路，中国人不能自己搞窝里斗。所以他下令他的队伍，把好平度北大门，但不准随便跟共产党的队伍开火，有事要及时向他报告。

可是，李德元不想惹事，事情却来找他了。

乔天华和刘文卿奉高锦纯之命带着小七支队进入平度，一路上开展大张旗鼓的抗日宣传，进了村就召开群众大会，宣传胶东八路军成立了五支队，五支队有6000多人马，号召大家加入抗日队伍。大家一看乔天华又回来了，立刻就有几十个人报名。乔天华看到平度的乡亲们这么信任他，心中备受感动。可他只能对大家说，现在不忙加入，大家先一传十、十传百地搞宣传，等过些天有了武器就回来招收你们入伍。

乔天华不是不想马上把这些年轻人吸收进队伍，他是不敢带这么多人啊，他得防着被张金铭吃掉。

果然，进入平度第三天晚上，当队伍来到三区龙山前村搞宣传时，突然被李德元的一营包围了。由于乔天华早有命令，所以80多人的小七支队没有进行反抗，真像高锦纯司令交代的那样，乖乖地缴了枪。一营营长名叫王鸿章。他先抓住了刘文卿，因为他与刘文卿是同学，就让刘文卿一个人赶快走。可刘文卿不走，说是跟乔天华一起来执行任务，任务还没完成，他怎么能一个人逃跑呢？王鸿章一听还有乔天华，感到事情太大，连忙报告了李德元。

李德元听说没放一枪就将共产党80多人的队伍缴了械，便感觉有些奇怪。更令他意外的是，一下子就捉到了乔天华和刘文卿。捉到了共产党游击队的两个头头，而且又是张金铭悬赏通缉的要犯，这本来是求之不得的战果，如果换成别人，大可押着乔天华和刘文卿到平度城去向张金铭请功。可是，对于李德元来说，就不是那么简单了。不仅刘文卿是王鸿章的同学，乔天华的父亲还是李德元的朋友，那还是抗战以前，李德元当区长时结交的朋友呢。李德元没见过乔天华，但对乔天华与唐俊峰联合袭击平度城深表叹服，总想找个机会也像他们那样露一手。如今，这个平度有名的抗日游击队头头却做了他的俘虏，这不是在给他出难题吗？

一营营长王鸿章也来给刘文卿和乔天华求情，说千万不能把人交给张金铭。

一为抗日，二为朋友，李德元终于决定放了乔天华和刘文卿。他对乔天华和刘文卿说：人和枪都给我留下，我放你们俩一条生路，赶快走吧。

没想到乔天华却不领这个情。他说：李大队长的情我领了，可这不是你我之间的私事，我们是奉八路军五支队之命来宣传抗日的，我一定要见到张金铭，你把我们送去吧。

李德元说：我可是好意啊，张司令眼下情绪可不好，说不定他一烦恼就会毙了你们。

乔天华却说：叫他毙就是了，无非是想让五支队进平度城给我们收尸罢了！

李德元苦笑着说：你们是在吓唬人啊？好吧，既然你们不怕，我就把你们送到平度城，出了事可别怨我啊。

乔天华笑着说：这就对了。说不定以后我们还能并肩打鬼子呢。

李德元打心里佩服这两个共产党，他们怎么就一点儿也不怕死呢？

有意思的是，眼下的乔天华是李德元的俘虏，他们都不知道以后的事情会是这样的巧合：李德元当上了国民党的平度县长，乔天华当上了共产党的平度县长，而且是在同一时期，与同时存在的平度县伪县长形成“一县三长”之有趣局面，三个县长演出了一幕“三角斗争”的活剧，最终以八路县长乔天华的胜利而告终。这是后话。

乔天华单枪匹马征服张金铭

那天，正好孙殿斌来找张金铭告别，张金铭也正召集李德元、刘向生、李润斋、戴铭钦他们来商议十六支队改编成十八旅事宜。大家都到齐了，只缺李德元。就在他们在议事厅一边说话一边等候李德元的时候，卫兵来报，李德元押着乔天华和刘文卿来到司令部门口等候。

张金铭一听两个通缉犯被一起捉到了，马上来了精神，吩咐卫兵：先把刘文卿押在门房，叫李德元只带着乔天华进来，大家正好议一议怎么发落他们！

乔天华跟着李德元，迈着轻快的脚步进来了。

在座的除了张金铭和孙殿斌，其他人都是第一次亲眼看见乔天华。一见他那不卑不亢、桀骜不驯的样子，戴铭钦他们都恶狠狠地盯着他。

张金铭不满地问李德元：怎么也不绑着他？

李德元为难地说：不用绑他也不会跑的，他就是要来见你的。

张金铭奇怪地问：乔天华，这次你是要来向我投诚的吧？

乔天华双手叉在胸前，哼了一声道：客人来了，不让个座就说话？也太没有礼貌了吧？

说着，乔天华转向孙殿斌：老孙，你不认识我了？连个招呼都不打？

孙殿斌早就看见了乔天华，正不知怎样跟他打招呼呢。一听乔天华将了他的军，连忙说：啊啊，真没想到会在这里见到你，老乔……乔先生，你还好吧？

乔天华哈哈大笑道：好啊，我一直挺好的。自从在青岛大街上匆匆见了那一面，一别就是5年，我也没想到会在张司令这里见到你。不过我可是大体了解你的，听说你在即墨跟鬼子汉奸拼得挺凶，我还在心里称赞你是个好样的呢。最近怎么样？张司令提拔你当什么官了？

孙殿斌羞得无地自容，连忙站起来给乔天华让座。

张金铭一看乔天华似乎要变成议事厅里的主人了，恼羞成怒，大喝一声，命令卫兵将乔天华绑了。

乔天华面不改色心不跳地厉声说道：慢！张司令，张县长，我今天可不是你的俘虏，我是奉八路军山东纵队五支队司令员高锦纯之命，来与你谈判如何联合抗日的。

大家都面面相觑，不知该怎么对付这个倔强的共产党特使了。

孙殿斌连忙说：张司令，乔先生既是五支队的代表，你就跟他谈谈，谈得来就成，谈不来就叫他回去，千万别动武！

李德元也说：对对对，不能动武，有话好说，有话好说。

张金铭气哼哼地说：我跟他已经没有什么话可说了！你们问问他，我是怎么对待他的？我几次下委任状给他他都不要，还跑到掖县去联合人打我，他这不是敬酒不吃吃罚酒吗？

有人插话说：张司令已经给足他面子了！

孙殿斌连忙打圆场说：张司令一贯爱惜人才，这在胶东无人不知。不过，乔先生也是闻名胶东的抗日英雄，念在都是抗日的同盟军，司令，你可要三思啊。

张金铭听了孙殿斌的话，觉得没有理由反驳他，便不耐烦地说：孙司令，我知道你跟乔先生的关系，今天就委托你劝说他归顺我吧。

乔天华道：你也别难为老孙了，我过去不归顺你，现在更不可能。

张金铭狠狠地说：今天你不是活就是死，死活由你自己挑！

乔天华哈哈大笑道：看来今天咱们两个的目标相距太远，本来是我来动员你与八路军五支队搞联合的，要说归顺，应该是你归顺五支队才对。

张金铭又恼了：你，你，乔天华，你落于虎口还这么猖獗，我先杀了你再说！

孙殿斌连忙苦苦相劝：张司令，你可千万别因为几句话就小不忍乱大谋啊！五支队可不好惹啊！

李德元也说：张司令息怒，两军交战，不斩来使。

张金铭这才一屁股坐到椅子上，端起茶杯凑到脸上熏着发蒙的眼睛。

孙殿斌还在劝说乔天华：乔先生，有话跟张司令好好说，不要意气用事。

乔天华却不理睬，就那么叉着手，仰脸看着屋顶。

李德元连忙把乔天华拉到一张椅子上坐下，命卫兵端上一杯茶。

乔天华这才喝了口茶，吐了一片茶叶，点点头说：嗯，是好茶。不过，茶虽好，气氛太差。

李德元劝道：乔先生，现在该把话说出来了吧？你没看张司令在等着听吗？

乔天华这才打开了话匣子：

张司令跟诸位队长你们听着，十六支队目前处境不妙，这个你们也不用忌讳，我们高司令早已了如指掌，所以才派我来救助你们。据可靠消息，厉文礼已经带着上万人进了平度，现在驻扎高望山，离平度城还有 50 里，说到就到。就凭你们眼下仅剩的几个大队不足两千人，对厉文礼来说就好似猴子比大象，没法比。厉文礼这个人，不知你们见过没有？我可是见过的……

李德元好奇地问道：你怎么会见过厉文礼？

刘云生他们也都惊讶地看着乔天华。连张金铭也把杯子停在嘴边等着乔天华往下说。

乔天华说：我跟他是老对手了，怎么会没见过他？我当年在潍县工作，他是潍县县长，我们可算是老相识了。厉文礼这个人啊，你们可要防着他，他心狠手毒，唯我独大，最难共事。当年他当县长，可潍县县党部书记石道源还得惧他三分。

张金铭忍不住问道：你怎么知道？

乔天华瞥了张金铭一眼，微笑着说道：我可沾过他的光呢！

孙殿斌好奇地问：他还能给你光沾？

乔天华站起来，得意扬扬地说道：要说这光，沾得还不是小光呢！当年潍县党部抓了我，石道源是主审，厉文礼是陪审。石道源一直逼我承认是共产党，我是高低不承认的。从半夜一直审到天亮，他们也没有证据证明我是共产党。

李润斋忍不住问：那你到底是不是共产党啊？

张金铭愤愤地说：这还要问？他是铁杆的共产党！不是共产党能当上潍县共产党的书记？

乔天华哈哈笑道：可那时候共产党是地下的，他们就是拿不到证据。石道源还要继续审，厉文礼却不耐烦了。他早就在一个劲地打哈欠，不满地看着石道源。最后，是厉文礼一句话把对我的审问结束了。你们猜他说了句什么？

大家都看着乔天华，等着他说。乔天华却拿起茶杯要喝水，可是没有水了，他对着护兵晃了晃杯子。护兵连忙给他添了水，他咕噜咕噜地喝了几口茶水。这是在故意卖关子。

李德元着急地说：厉文礼到底是怎么说的？

乔天华这才放下茶杯说道：厉文礼对石道源说，你又不是不知道他是个干教育的，不是共产党就不是吧，别尽管逼着问了！厉文礼说完，就打着哈欠走出审讯室去了。厉文礼一走，石道源也没有劲了，草草收场，把我的案子带着疑问交到省里了。到省里也没有证据证明我是共产党，我的罪名是共产党嫌疑犯。要不是厉文礼那句话，我今天还能够站在这里跟诸位说三道四吗？

大家听了乔天华一番叙说，都用钦佩的目光看着他。不是因为别的，就因为乔天华的经历富有传奇性。

张金铭关心的是厉文礼这个人。他问乔天华：你刚才不是说厉文礼心狠手毒吗？他对你不是挺好的吗？

乔天华冷笑道：他那是老虎打盹，一时的疏忽。他可不是在好心救我，他是根本不把党部书记石道源放在眼里，一不高兴就给他把事情搅了。钩心斗角的是他们，沾光的就是我乔天华了。

一番话就像讲故事，实则是乔天华在打心理战。他对厉文礼明褒暗贬，借厉文礼之力震慑张金铭。他要张金铭知道，厉文礼是个肚量太小、容不得人的家伙，现在厉文礼已经进了平度地，你如果不跟五支队联合起来，就等着吃他的亏吧！

别人不好意思问，孙殿斌却想把话挑明白。他问：乔先生，你就直说了吧，五支队能阻止厉文礼进平度城不能？

乔天华说：老孙，你不想想，如果没有五支队，他厉文礼还能止步在高望山吗？高锦纯司令警告过厉文礼了，平度也是五支队的防区，不赞成有人随便过来添乱。

李德元问：厉文礼害怕五支队？

乔天华说：他怎么会不怕呢？五支队现有八个团（其实只有四个团）上万人（其实才 6000 人）。如果张司令跟五支队联合起来，看他敢不敢在平度发威！我们这两支队伍，团结起来有百利而无一害，一可增强胶东的抗战力量，这无疑是符合蒋委员长国共合作大政方针的。二来呢，如果厉文礼敢动你们，高司令也不会坐视不管。说句实话，现在五支队就是你们的保护伞。

乔天华说话底气十足，口若悬河，不拐不弯，直截了当，说得一屋子人目瞪口呆，心中直打算盘。

张金铭疑惑地问：你只说一句话，五支队到底能不能阻止厉文礼进平度城？

乔天华轻松地回道：这是小菜一碟。高司令已经跟厉文礼接触过了，厉文礼只说要到莱阳城去，他的第八专区驻地在莱阳，要到莱阳就得从平度走。他不给高司令面子，他就休想从平度去莱阳。

话说到这个分上，张金铭和在座的都不是傻子，明白跟五支队搞联合是保存自己的最好办法。

于是大家纷纷跟乔天华握手，托他回去在高司令面前多说好话，一定要阻止厉文礼进平度城。

张金铭命令大摆宴席，给乔天华和刘文卿压惊，兼给孙殿斌送行。

乔天华孤身一人舌战张金铭，促成五支队与十六支队的联合，一时间传为佳话。

第二十一章　十八旅与五支队进入“蜜月期”

乔天华带着张金铭的亲笔信回到掖城，向高锦纯司令汇报了说服张金铭的过程。高司令展信阅读，看到张金铭表示要到掖城来会谈有关合作事宜，知道这次张金铭真有诚意，立即决定欢迎张金铭。

张金铭亲自来到掖城拜会五支队高锦纯、宋澂等领导。一经会晤，双方一拍即合，达成合作协议，决定联合抗日，不搞摩擦，互不侵犯。张金铭允许共产党在平度进行抗日宣传、发展抗日武装。双方在平度城和掖城互设办事处，开展经常性的联络工作。会谈结束，五支队司令部专门为张金铭召开了欢迎大会，张金铭还在大会上发了言，表示从此后视八路军为朋友，一致对外，团结抗战。

这真是太有意思的事情了。三个月前还是大动干戈的仇敌，现在竟然成为朋友。张金铭是诚心的吗？其实，双方都是心照不宣。八路军要的是把敌对势力变成联合抗战的积极力量，张金铭要的是五支队给他当保护伞。双方的基础是国共合作的大背景，都把日本鬼子作为共同的敌人。正因如此，才可以暂时地"相见一笑泯恩仇"。

胶东区特委派中共平度工委（平度县委前身）书记李辰之率领十余人来到平度城，进驻十六支队政治部做统战工作。张金铭允许李辰之在十六支队官兵中公开讲演，给他们上政治课，向他们宣传共产党的抗日救国主张，激发十六支队官兵的抗日爱国热情。共产党的统战工作不仅在平度城，还分别到驻扎在乡下的各大队去开展工作。在祝沟李德元的第二大队驻地，八路军工作队深入各中队，教士兵们唱《大刀向鬼子们的头上砍去》《黄河大合唱》等抗战歌曲，使官兵的精神面貌大有改观。

共产党八路军的思想政治工作的威力太大了，几乎把十六支队（不久改成十八旅）的群众纪律整顿得与八路军相差无几。十八旅的许多官兵都学会了唱《三大纪律八项注意》歌，政治部还制定了严格的纪律，如有违反，严惩不贷。

十八旅派到掖县五支队驻地的是政治部副主任李晋臣、宣传科长白筱易，他们与五支队交际处建立了密切联系，经常相互交流情况。

十八旅与五支队的关系就像进入了"蜜月"期。

白筱易入党

李辰之的整治工作简直做到家了，连十八旅的政治部宣传科长白筱易都被秘密发展为共产党员。

白筱易本是平度县立中学的教员，是张金铭校长手下的教学骨干。1937年底，看到张金铭组军抗日，这个满怀救国之志的热血青年与县立中学的一帮教员、学生一起加入了他们的校长领导的十六支队，大多在政治部干宣传教育工作。原县立中学教务主任舒冠五任政治部主任，教员李晋臣任副主任，白筱易任宣传科长。当中共胶东区特委派中共平度工委书记李辰之来到十八旅政治部以后，白筱易亲切地叫了声“大哥”。他与李辰之的弟弟是同学，上学时见过李辰之，见了面就叫大哥。白筱易在李辰之的启发教育下，很快就对共产党产生了兴趣，把李辰之当作自己的导师，认真听他讲的每一堂政治课。他积极配合李辰之和八路军工作团其他成员的工作，使十八旅许多官兵将八路军工作团视为自己人。他学习八路军的纪律规定，为十八旅起草了严格的纪律条例，要求所到之处秋毫无犯。条例得到了政治部主任舒冠五的采纳和张金铭的赞许，要求全旅官兵认真实行，由政治部监督执行。十八旅的群众纪律如何，举一例子可以说明。李德元的一团的一名副连长在行军路上敲诈群众财物，被人告到十八旅政治部。政治部主任舒冠五根据纪律条例做出决定，把那个副连长给枪毙了。李德元觉得政治部执行纪律太严，枪毙他的副连长属于越权行为。张金铭也觉得政治部属于越权杀人，便对舒冠五进行了批评。舒冠五不服，说治军不严等于放纵。为了平息李德元的不满，张金铭只好撤了舒冠五的职，换上副主任李晋臣任主任，白筱易提拔为副主任。舒冠五为此觉得很没有面子，便主动提出要离开十八旅。张金铭也不强留，还帮他联系了新的岗位，担任国民党平度县党部书记，专职干党务工作去了。舒冠五受八路军思想政治工作的良好影响，本想帮助张金铭带出一支作风跟八路军一样过硬的队伍，可惜求之过急，杀人这么大的事情确实不是政治部可以决定的，因此丢了官，属于好心没把好事办好。这件事足见十八旅受八路军影响之深。

李辰之不愧为共产党的工委书记，随时随刻不忘党的组织建设。他看到白筱易积极向共产党靠拢，由对共产党八路军有好感而向往，由向往而追求，事事向他请示，经常将十八旅的一些秘密向他汇报，便秘密将白筱易发展为共产党员。白筱易入党后，更加积极地为共产党工作。在他的密切配合下，胶东区党委先后将十几名地下工作者派进十八旅，这些同志有许多都是在白筱易的帮助下得到了妥善安排，并且大部分都安排在政治部门工作。那时的十八旅政治部，基本上是共产党的天下了。连张金铭的警卫班长，也成了共产党员。

国共合作只是双方联合抗日，肯定没有互相在对方发展组织的内容。可共产党总是永不停止地随时随地发展组织，这是为了实现自己的政治目标而必须开展的工作。随着抗日战争的步步深入，共产党员在中国城乡各行各业各阶层无处不在。共产党从来就没停止过在国民党的军政部门发展党员，这种工作甚至是无孔不入。别说是处于平度人员纷杂的十八旅了，就是蒋委员长的国民党核心机关里也不知有多少暗藏的共产党呢。国共合作，双方既合作又相互渗透，这是人所共知的秘密。

实际上，五支队和十八旅还是互相戒备的。双方各有自己的防区，军事重地是不准别人随便进入的。而共产党八路军又是经常要派人进入对方的防区进行秘密工作，这就免不了有人被捉。

1939年春天，共产党胶东区委联络员崔涛在平北山区被十八旅一团李德元部捉住。李辰之与白筱易商量解救崔涛的办法，白筱易便找到政治部主任李晋臣，说服他一起找张金铭请求放人。张金铭碍于国共合作，只好打电话叫李德元放人。后来又有一个五支队的侦察员被李德元部捉到，也是白筱易说服张金铭把人给放了。

白筱易不但在十八旅开展强有力的政治工作，还遵照中共胶东区委的指示，利用他对平度城熟悉的条件，摸进被日军二次占领的平度城开展敌伪工作。平度城有个“珍记茶庄”，茶庄的伙计名叫尚子玉，家是平度城尚家疃，平度县立中学毕业，是白筱易的学生。日本人二次占领平度城之后，尚子玉稀里糊涂当上了伪青年团副团长。白筱易找到了尚子玉，尚子玉表露自己是不得已而为之，他正打算辞掉这个汉奸职务。白筱易问他，你想不想为抗日出力？尚子玉说，当然想了，可是不知怎么出这个力。白筱易就告诉他，不用辞职，就以这个职务作掩护，在伪军上层人物中开展统战工作。尚子玉从此就在白筱易领导下成为一名共产党的地下工作者，在平度城的伪军中进行了一系列的分划瓦解工作。

日军“宣抚班”在平度城举办由伪青年团员参加的训练班，尚子玉就以副团长的身份在青年中秘密宣传抗日主张，揭露日军企图通过训练班培植特务的阴谋，使大家时刻保持警惕，不为日本人当走狗。尚子玉还与日军黄幡队上尉队长适贤一、翻译吴永福、宣传班长尚迪生、警察所长史焕生等交上了朋友，从他们那里获取了不少情报，及时提供给白筱易。

你看，共产党八路军对十八旅的统战工作多有成效！

张金铭当县长首抓教育

八路军五支队与国民党十八旅的合作进入蜜月期。平度城里，司令兼县长张金铭坐在县政府大堂上，听着从街上传来的《大刀向鬼子们的头上砍去》等抗日歌曲，觉得有了从未有过的安全感和悠闲心情。他不禁想起不久前县立中学的学生们在课堂上的歌声，便开始考虑如何当县长了。

正逢一团团长李德元从三区前来汇报工作，张金铭留他吃饭，想顺便听他谈谈如何当县长的问题。李德元担任三区区长多年，虽然没干过县长，但对行政工作的了解应该比他这个只当过校长的人多一些。

李德元站在区长的角度谈了对县财政的看法。他说，三区每年按照县政府分配的数字，向各乡镇摊派税赋，各乡镇摊派到各村，各村再摊派到各户。村里收起来后上缴到区里，区里按照县里规定的比例留成后统统解到县里。县政府就根据每年的财政收入制定财政开支计划，这叫量入为出。至于到底应该花多少钱，又叫量出为入，根据需要制定税赋负担，但不可征收太多，超过了民众的负担能力，就成了苛捐杂税了。所以，执政的重要内容之一就是制定合理的财政税收政策。

张金铭被李德元一番话说得心服口服，称赞他不愧是干过区长的，最了解下情。

李德元问：不知你手头上有没有县政府历年的财政收支账簿？

张金铭：有啊，我叫人拿来

张金铭便派人翻出县政府近几年的财务账目送过来。

秘书处一下子送来了从民国 19 年（1920 年）到民国 24 年（1935 年）15 年的财政账册，两个人便匆匆翻看起来。从账面上看，平度历年的财政基本上都是“收支比较合适”，就是说收支平衡。他们不约而同地把目光集中到最后一年的账册，看着民国 24 年（1935 年）的数字。

先看财政收入，一共有两项。

一项叫作“岁入经常门”：

附捐收入十二万零五百二十六元；

杂捐二千三百八十七元；

公款收入（各项学款产生的利息）四千六百三十五元；

公产收入(各项学田租金、贫民公田、车公田租金)六千七百七十一元。

另一项收入叫作“岁入临时门”，就是临时性收入，只有公款五百元。

以上各项合计，民国 24 年的年度财政总收入为十三万四千三百一十九元。

张金铭说，看来当县长只能支配这些钱了。

李德元点着头说：这可都是我们各区上缴的呢！收起这些钱可不容易呢！哪一年不得带着区队抓几个抗税的啊！

张金铭点点头说：就是就是，所以，当县长得把拳头攥得紧些，要量入为出，尽量做到收支平衡。好，再看看民国 24 年（1935 年）县政府是怎么花的这些钱吧。

李德元接过账册，仔细地看起来。只见上面这样写着：

岁出经常门：

第一款：公安局经费，一万零七百六十四元；

第二款：民团经费，一万三千七百六十四元；

第三款：财务行政费，三千九百六十元；

第四款：教育费，六万三千一百三十七元；

第五款：建设行政费，二千二百八十元；

第六款：自治经费，七千七百零四元；

第七款：联庄会经费，一千九百二十元；

第八款：财政检察委员会经费，二百四十元；

第九款：建设费，四千一百四十元；

第十款：实业费，六千零二十元；

第十一款：雨量气候测站员薪俸，三百六十元；

第十二款：调训官兵薪饷，二千七百一十二元。

以上合计十一万七千零一元。

张金铭惊讶地叫起来：哎呀，真是不当家不知柴米贵，到处都等着要钱呢！尤其是教育费，竟然这么多，占了财政支出的一半！

李德元点着头说：那是自然，历年的财政都是教育占大头，哪个县官不重视教育，他就是昏官了。

张金铭笑道：德元，看来你是要我首先抓教育了？

李德元说：看司令说的，我哪能对您提要求呢？再说，您是教育出身，谁能比您更重视教育呢？

张金铭认真地说：日本人入侵，许多学校停了学，这可不行啊，孩子们不能没有学上。我打算首先把县立中学尽快复学！

李德元道：这个容易，你把复学通知一下达，县立中学马上就能开学。

张金铭欣慰地点头同意。

李德元说：司令你看，下面还有临时财政支出呢。两个人又继续看财务报告。

张金铭又见还有“岁出临时门”三项，第一款就是教育临时费八千二百六十五元，第二款建设临时费二千五百元和第三款预备费七千零五十三元，临时支出又是教育占大头！

以上各项，年度总收入十三万四千三百一十九元，年度总支出十三万四千八百一十九元，财政赤字仅有五百元，所以说“收支比较合适”。

张金铭叹着气说：你看啊，原来的税赋主要靠契税、印花税、酒税、烟叶税、牙行税、牲畜税、屠宰税、油业税、牌照税、建设费，学费，还有公债发行，一共 12 项。如今大敌当前，这些税费恐怕多数没法收了吧？

李德元点着头说：战争时期，要是再开征这么些税目，可就要挨老百姓骂了。说句实话，你这个县长不好当啊。

张金铭仰脸考虑了一会儿，把牙一咬说：虽说咱们把日本鬼子打跑了，可不敢保证他们不会再回来。所以，非常时期当县长，不比从前，必须有非常之策。13 万多元的财政收入是不敢指望了，能收起十万八万就算不错。所以在开支项目上，我们不能杂七杂八什么都照顾到，首先要保证重点。第一是抗日军费，部队要养；第二是教育经费，孩子要上学；第三是机关必要的开支，政府要运转。保证了这三项，其他事有钱就办，无钱就算。你说呢？

李德元表示赞成。两个人观点一致，而第一件事又是县立中学立刻复学。张金铭立即口授“平度县立中学复学通告”，秘书一字不差地记录下来，准备抄写几份发到全县各区及附近各县。李德元拿了一份，说回去马上照样抄写，在三区各村张贴。

可李德元刚要走，副官长周鹤轩拿着一份电报匆匆来了，一进门就紧张地说：司令，日本鬼子从青岛向平度方面开来了！

唐俊峰违抗军令惹恼张金铭

1938 年 9 月，日伪军二次侵犯平度，真正是来势凶猛。上将军衔的山东省伪自治联军总司令张宗援亲率日军秋山旅团一部及张步云部、赵保原部伪军共计 5000 余兵马，从青岛向平度开进。

当时十六支队尚未整编为十八旅，张金铭仍可以十六支队名义向平度境内的第三纵队司令唐俊峰下达作战命令，命他率部驰往平南兰底、亭口一带阻击入侵之敌。此时的唐峻峰，已经从厉文礼那里知道了张金铭被沈鸿烈撤销了中将军衔，只不过十六支队还没正式整编成十八旅。他知道张金铭对他心怀疑虑，整编也没有他们的好果子吃，所以对张金铭的命令不愿积极执行。不过迫于日伪军来犯，又不好不去阻击，行动起来就不免磨磨蹭蹭，生怕与敌人遭遇使自己的力量受损失。这一磨蹭，就贻误了战机，他和董希瞻带着部队尚未到达指定地点，日伪军已经越过兰底向平度城进发。驻在平度城的张金铭没想到他的部下竟然会“放水”。日伪军已经离平度城还有 30 里，平度城眼看不保，张金铭立刻慌了神。为了避免在平度城与鬼子交战，他决定主动放弃平度城，带着县政府和司令部人员从平度城仓皇撤离，往东跑出 60

多里，来到古岘镇方才喘了口气。

张宗援的目标是平度城，他只令一部分部队追击张金铭，自己带领大队人马浩浩荡荡开进城里。伪军各部分别驻扎在城内各学校，日军黄幡队司令部仍驻东南城角外面的县立中学。

日本人这次来平度，一住就是7年。

后来有人说张金铭是胆小鬼不敢跟鬼子打仗逃离平度城，其实这是冤枉了张金铭。以当时张金铭的实力，根本不能与张宗援为首的日伪军对抗。如果把平度城当作战场，张金铭必败不说，平度城也将毁于战火，最最倒霉的还是平度城的百姓。所以，张金铭主动撤离平度城，实在是平度城人不幸之中的大幸。

张金铭撤到平度东部古岘镇，再次命令唐俊峰率三纵队速到平度城以东地区布防，作为县政府和十六支队司令部的屏障，阻挡来犯之敌。谁知唐俊峰却来了个背道而驰，率部撤到平度西南乡崔家集一带，把张金铭带领的县政府和司令部扔在了古岘。多亏日伪军刚进平度尚不摸底细，如果此时向古岘进发，张金铭准会变成日军的俘虏。

处决唐俊峰

张金铭连下三道命令要唐俊峰向自己靠拢，将部队开到古岘布防。唐俊峰不敢继续违抗，只好率部到达古岘附近住下，吩咐董希瞻掌握队伍，他去向张金铭解释。董希瞻提醒唐俊峰，一定要防着张金铭，多带几个人去。可唐俊峰这人目空一切，以为张金铭不敢对他怎么样，只带了6个护兵进古岘去见张金铭。

张金铭听说唐俊峰来了，恨不得一口把他吃掉，便拿出手枪顶上子弹，要亲手毙了他。参谋长王星九却摇摇头，拿过张金铭的手枪，劝张金铭不要亲自动手沾血，暂且回避，处决唐俊峰的事交他来办。张金铭挥挥手做出劈刀的手势，愤愤躲进内室，从窗户上看着司令部的大门。

只见王星九部署十几名荷枪实弹的卫兵在大院里里外外站好，然后走出大门，很快带着微笑将唐俊峰迎进院子。唐俊峰的6个卫兵刚要跟着进门，就被司令部的卫兵“唰”地一下缴了枪，推到门外去了。唐俊峰见大事不好，返身就要往外走。可哪里走得了，只听王星九一声“拿下”，早有两个卫兵扭住了唐俊峰的胳膊，两个卫兵麻利地下了他的枪。唐俊峰惊慌地问：王参谋长，你这是做什么？有话好说嘛。王星九的笑脸已经变得铁青，厉声说道：唐俊峰，你违抗军令，一枪不发，将日军放进平度城；不顾抗日大局，只顾保存自己的实力，纵敌深入，已经犯下死罪。我代表十六支队司令部处决你！说完，卫兵们将唐俊峰按倒跪着，王星九就用张金铭那把手枪对准唐俊峰的后脑勺。随着一声沉闷的枪响，唐俊峰一头扎到地上。

随着这声枪响，窗户里面的张金铭浑身一抖，虚汗突发，似乎有不祥之感，无力地委顿到椅子上了。

正在古岘附近布防的唐峻峰部的第二大队长董希瞻从逃回来的卫兵嘴里得悉唐俊峰被枪杀的消息，立即率队连夜向西返回崔家集。不几天，董希瞻发表声明脱离张金铭，投靠山东省第八区专员兼保安司令厉文礼。厉文礼将董部收编为山东省第八专区保安独立第七团，封董希瞻为团长。大家都还记得，曹克明是第八专区保安独立第六团团长，董希瞻曾是曹克明的部下。而现在董希瞻是第七团团长，与曹克明都是厉文礼的直接下级了。看来真是树挪死人挪活，董希瞻先是脱离了厉文礼属下的曹克明投奔张金铭属下的唐俊峰，当上了相当于团级的大队长。转了一圈，现在又回到厉文礼麾下，当上名副其实的团长了。

十六支队一纵队第一大队阎珂卿、直属第二大队刘经川，本就有叛离张金铭之心，此时也同时宣布脱离张金铭，投归厉文礼。刘经川部被收编为独立第八团，阎珂卿部为独立第九团，刘经川、阎珂卿都是团长。厉文礼没费多大力气，就收编了张金铭在平度的主要力量，这个便宜赚大了。

而十六支队直属第八大队长刘际治干脆率部随高玉璞投靠张步云当了伪军。高玉璞是平度有名的大汉奸，后面还要说他。

唐俊峰违抗军令临阵脱逃，使日寇长驱直入，论罪实属不轻。但张金铭于大敌当前之际临阵杀将，搞得众叛亲离，也是决策上的重大失误。其属下一下子脱离了六个支队三四千人马，真是伤筋动骨。此时张金铭实际能控制的部队，只有一纵队第二大队李德元部、第三大队刘向生部、第四大队李润斋部，还有特务大队戴铭钦部，共约 2000 余人。

十六支队从 30000 余人剧减到 2000 人，张金铭的职务也从军级降到旅长，一般人是难以承受的。但张金铭此时却表现得十分稳健，在召集李德元等部下开会时说：我张金铭大半年前还是一个教书匠，蒙党国器重，委以中将司令职衔，实在是力不胜任。而沈主席继续委我以旅长之职，仍使我诚惶诚恐。无奈日寇日见猖獗，抗战不可懈怠，我等应不记个人得失，同心反击敌寇。

张金铭的一番演说，对李德元他们发生了很大的激励作用。大家一致表示，人少了也不是坏事，剩下的全是能与张司令同生死共患难的弟兄，正好重整旗鼓，公开打出十八旅的旗号。张金铭遂进行整编，任命李德元为山东保安独立第十八旅第一团团长，驻祝沟。将刘向生部与李润斋部合并为二团，由刘向生任团长，驻平南李傅庄。戴铭钦为第三团团长，驻古岘。陈泽渥为第四团团长，驻大泽山区谭家。昌邑沈官忱的第四纵队改编为五团，暂住昌邑，随时等候调遣。

就这样，古岘镇的大街上出现了“国民党山东保安独立第十八旅司令部”和“平度县政府”两块大牌子。古岘镇一时成为平度抗日的中心。

平度县立中学复学了

与此同时，原平度县立中学的学生们接到了由他们久违了的校长张金铭签发的“平度县立中学复学通知书”，但学校的校址已经不是平度城，而是古岘镇南边不远的朱村。县立中学的学生们欣喜若狂，奔走相告，结伙成群前来新校报到。可惜，在学校大门口迎接他们的不是校长张金铭，而是代理校长姜春年。姜校长告诉同学们，张校长军务繁忙，日理万机，近来无暇看望大家，唯望同学们珍惜这来之不易的学习条件，学好本领，报效祖国，不负张校长之关怀。

于是，在日本人侵占平度造成平度县立中学停学八个月之后，张金铭这个旅长兼县长重新担起县立中学校长之职，为莘莘学子创造了新的学习机会，朗朗的读书声又响起在乡间村里。

张金铭在平度东隅的古岘镇刚刚站住脚，考虑的第一件事情竟然是办学，并且亲自担任校长。须知，古岘离日本人占领的平度城只有60余华里，步行只有大半天的路程，乘车骑马一两个小时即可到达，可谓就在敌人鼻子底下。张金铭是旅长兼县长，带兵抗战是他的第一要务。可他在百忙之中竟能不忘办学，可见他具有“教育为本”思想和中国知识分子之“做官为民”之品行，真是难能可贵。

如果不是日本人发动侵华战争，张金铭也许会成为像他的舅舅何思源那样的教育界精英。他当年选择到离他家乡定陶县千里之外的平度来担任中学校长，其振兴教育、以教育兴国的志向值得称道。

刘向生兄弟以身殉国

可是，平度县立中学在朱村刚刚复学两个月，平度城的日军便来“扫荡”。张金铭一边命令刘向生团在麻兰一带阻击日军，一边部署县立中学师生撤离疏散。

二团团长刘向生原任平度二区区长，他的家就是二团驻地李傅庄。他的弟弟随他从军抗日，担任二团团副。刘向生命他弟弟为他驻守李傅庄大本营，他率领一个营开到麻兰西边的平古路上埋伏好，打了一个漂亮的伏击战，不但击退了日伪军的进攻，还活捉了两个日本鬼子。那可是振奋人心的大事，老百姓纷纷来到李傅庄看鬼子。刘向生趁机召开群众大会，宣判两个日本鬼子的死刑，当着群众的面把鬼子给枪毙了。这一下可惹恼了日酋张宗援。不久，日伪军包围了刘向生在李傅庄的大本营，刘向生率领两个营英勇抵抗，可敌人火力太猛，李傅庄据点被攻克，刘向生的两个营被全部消灭，刘向生和他担任副团长的弟弟双双阵亡，为国捐躯。

五支队救了十八旅

在日伪军的强大攻势之下，张金铭只好放弃古岘，率部退向东北山区李德元的一团防地。李德元的指挥部又遭到日军包围，伤亡较大。李德元带队奋力冲杀，总算保护着十八旅司令部突出重围，继续向北部大泽山区撤退。

日军还是紧追不舍，眼看就要把张金铭咬住了。就在日伪军得意忘形、狂叫“消灭十八旅、活捉张金铭”的时候，八路军山纵五支队司令高锦纯却早已率领五支队埋伏在平度、掖县交界的一个山坡上。日伪军没有防备，正当号叫着追击张金铭之际，五支队突然从侧面发起攻击。日伪军被打得措手不及，伤亡数十人，只好退兵。十八旅化险为夷，死里逃生。

古岘已经被鬼子占领，十八旅不能再回去了，张金铭只好再把他们的组军建政之地祝沟镇作为立足之地。光是站住脚，还没有饭吃呢，武器弹药也丢了不少。又是中共胶东区委（刚刚由中共胶东特委改名）派政治处主任仲曦东带领慰问团前来十八旅进行慰问，赠送粮食和武器弹药若干，把张金铭和十八旅官兵感动得涕泪涟涟，直说共产党八路军是十八旅的救命恩人。

十八旅在相对安定的环境里得到了休养生息，队伍由刚整编时的2000人发展到3500多人。

一旦局势稳定，张金铭又要把县立中学再办起来。他命一团长李德元寻找一个环境安静便于防卫的校址。李德元把校址选在三区的沙埠村。张金铭亲自看了那个地处山凹环境幽静的村庄，感到很满意。于是，他再次以校长的名义向他的学生们发出了“平度县立中学复学通知”。只可惜，学生们还没来得及到校，日酋张宗援率部占领了掖县，攻取了招远、栖霞、莱阳，几乎占领整个胶东。十八旅奉命参与“鲁东抗日联军”，开到掖县一带抗击敌军，平度县立中学二次复学的计划没能实现。

日本人的侵略，使中国年轻一代的学习屡屡中断，可见日本发动的侵华战争所破坏的不仅仅是我们国家的领土完整和民众安宁的社会生活，它破坏的还是一个民族的文化之根。

第二十二章　平度汉奸排名

1938 年 9 月，日军再次占领平度城，这次可不同于上次只有百余名鬼子，不仅有日本鬼子秋山旅团的一个中队 300 余人，更有以日本中将张宗援为首的山东省伪自治联军5000多人。这5000人包括张步云和赵保原的两部分人马。日军目标是平度及平度北部共产党八路军的蓬、黄、掖根据地，从青岛到掖县，第一目标当然是平度城。

为张宗援、张步云和赵保原带路的，是两个平度人。一个名叫王潘亭，一个叫张松山。还有一个在平度当地等候日本人到来的，名叫高玉璞。就这三个汉奸来说，平度人一般认为一号汉奸是伪县长张松山。其实不然，与王潘亭相比，张松山只能算“后生”。所以，有必要为平度的前三名汉奸排一排名次。

平度一号汉奸王潘亭

平度东北山区的人们似乎很有发言权，他们说，中国最大的汉奸是汪精卫，平度第一个汉奸是王潘亭。王潘亭在平度的汉奸发展史上作用巨大，但是少为人知。因为王潘亭这个名字在平度有关抗战时期的党史资料和文史资料中时隐时现，见首不见尾，很是神秘。 我从众多的资料中好不容易才捕捉到几条有关他的信息。原来，他是侵占平度的日酋张宗援（日本名字叫仓谷次太郎）的座上宾。他曾任平度县“维持会”会长。他当过伪平度参议会议长、平（度）、掖（县）伪警备司令，还干过几天掖县的伪县长。连诸城人张步云都是在他的引导下投靠张宗援成为大汉奸的。他还把另一个平度人张松山培养成统治平度 7 年多的平度伪县长。

可是，当我问起平度党史办和文史办的几个老同志，他们却对王潘亭了解很少，以致说不上他是平度哪个村的人士，只能说大概是平北山区的。民国《续平度县志》上记载，王潘亭是平度小张戈庄人。可是，查遍平度的村庄，只在平度南部有个小张戈庄（即现在的张戈庄镇），不在平北山区。而平北山区倒有个张戈庄，但不叫小张戈庄。我硬着头皮去平北山区这个张戈庄打听，真是巧了，王潘亭就是这个张戈庄的人，现在属于平度大田镇。

一听说我是来了解王潘亭的，张戈庄村几乎无人不晓，但细问起来，年轻的村主任却什么也说不上来。不过他给我找来两个80多岁的老人，使我如获至宝。那位88岁的王全胜老人还是王潘亭的本家，记忆力特别强，说起来滔滔不绝。王全胜是1943年入党的老革命，曾任村长、民兵队长、自卫团长，中共平度龙山区副区长。他说，王潘亭家族是张戈庄村的大户，他爹那一辈兄弟六个，王潘亭这一辈兄弟五个，他是老大。这样的大家族，在村东头跺跺脚村西头都得动弹。王潘亭早年干过红枪会的头儿，家里长年养着四五十个武装。王潘亭当上汉奸后，经常带着日伪军到平北山区来捉拿抗日军民。八路军五支队他也打，国民党十八旅他也打。王全胜就亲眼看见十八旅的一个营长在西山上被王潘亭的人打死。另一个老人叫张来平，82岁，亲眼见过王潘亭的弟弟王潘义带领汉奸包围了村子，搜捕躲在村子里的三个共产党干部老冯、老傅和老张。老冯跑掉了，老傅和老张被王潘义捉住。王潘义指挥着手下割掉了老傅的鼻子，割掉了老张的耳朵。这还不算，还往他们的伤口上浇开水，浇完后又把他们绑在王汉顺家门口的大树上，活活折腾死了。除了王潘义，张戈庄村还有七八个人跟着王潘亭当了汉奸。王潘义是日伪崮山据点的便衣队长，日本投降后被八路军俘虏，判了无期徒刑。王潘亭另一个弟弟王潘恩是伪三区区长，是被八路军枪毙的。其他跟王潘亭当汉奸的也都没有好下场。张戈庄姓王的出了这么一家汉奸，都觉得挺窝囊。尤其是与王潘亭同辈的，有的改名叫王“京”什么，把“潘”字辈改成了“京”字辈。当然也不是都改了，王姓人多数是穷苦百姓，许多人参加八路军或者当民兵打鬼子，跟王潘亭杀得你死我活。

王潘亭这个人早就不是个简单人物。民国《续平度县志》对他有一段记载：民国17年（1928年）六月初八日，有个名叫丁守己的土匪头子纠集了胡海瑞等众多土匪，攻占了平度城，抢了县衙的库银（掠县库），把监狱里的囚犯也都给放了（开狱纵囚），并且杀了县衙的“捕目”白相臣，冲进巡警局杀了警察戴鸿昌，还到商会抢去汇票三万元、价值三千元的鸦片等，真是烧杀抢掠无恶不作。占了县城不说，还自己任命了县知事，把守县城三关（平度城没有北门），竟然不用民国政府任命就执掌起平度大权来了。就在平度城众商民处于土匪祸害的水深火热之中时，有一个人从平度北乡山区挺身而出，他就是张戈庄一带的红枪会会首王潘亭。王潘亭极有号召力，汇集了平度各地的红枪会、白枪会、红帽子会等都来围攻平度城。由丁守己封的县知事陈基厚不知天高地厚出城与王潘亭谈判，被王潘亭当场捉拿。土匪头目胡海瑞大着胆子出城迎战，被王潘亭指挥的会众打得马失前蹄，跌下马来，丢了首级。虽然剩下的土匪再也不敢出城，但他们固守城池，一时难以攻克。王潘亭灵机一动，便到掖县向军阀刘珍年求援。刘珍年派第二师师长刘开泰到平度剿匪。为了迷惑土匪，王潘亭唱了一出"苦肉计"，主动要求刘开泰把他绑起来，在城下妄称王潘亭已经被捉拿，要丁守己开门受封。丁守己不知是计，开了城门将刘开泰迎进，不想被刘开泰砍了脑袋。"平度城保卫战"使王潘亭名声大振，受到刘珍年的赏识。刘珍年把王潘亭的队伍予以收编，封王潘亭为"剿匪游击副司令"。

王潘亭当了"司令"，不忘老朋友，首先想到的就是张松山。

平度二号汉奸张松山

说起张松山，本来不该当汉奸。他是平度西北乡张舍镇王家营村一户贫穷农民的儿子。他家兄弟三个，他是老三，全家十几口人仅有土地10余亩，日子过得挺艰难。如果要划阶级成分，应该算是贫农，最高是个中农。张松山家祖辈没出过文化人，父母和哥哥就集中财力供给张松山上学，以图拔掉穷根。可惜张松山没给家人争气，在平度城上完初中后到济南报考中学却落了榜。落榜的张松山感到无颜见江东父老，就在济南托人说情，入了济南甲种商业学校，相当于现今的高中中专。尽管比不了高中，但总归也是在省城上学，令平度西北乡的人们刮目相看。可是，在济南甲种商业学校学费很高，以张松山家人的经济难以供得起这么个学生。张松山体谅家人的苦衷，只上了一年商校便辍学回到平度。回到平度又不好回他的王家营，就待在平度城找饭碗。管怎么也是在省城上过学的，在平度城算得上见过大世面之人。时任《济南日报》平度分馆经理的吴炳宸便聘他为馆员，具体干的工作主要是推销报纸，兼着提供新闻线索，就好像是《济南日报》驻平度发行部兼记者站。工作听起来挺体面，但体面不能当钱花，小小平度城能有几个人看报纸？所以张松山收入很低，拿不出钱来回报家人。有道是天无绝人之路，也亏张松山有点儿学问，他遇到了一次发财机会。因为他能看懂民国法律，会写讼词，竟然帮人打赢了一场官司。人家为了感谢他，给了他250块大洋，一为感谢，二做酬金。那可不是个小数目，张松山不但用这些钱娶了媳妇，还在平度城交了一个名叫"小白鞋"的相好。这可就应了"书中自有黄金屋，书中自有颜如玉"那句话。张松山从此在平度城扎下了根，到民国17年（1928

年）竟然当上了平度警备队分队长。

张松山当上警备队分队长，奉命驻防平度三区。王潘亭的家张戈庄就在平度三区，因此张松山结识了王潘亭。王潘亭那时势力正旺，红枪会会众遍布各村，一呼百应。警备分队一共才二十几号人，而人家王潘亭的会众无数，仅长年在他家养着的就有60多人。张松山自知“强龙压不住地头蛇”，不敢得罪王潘亭，还主动送给王潘亭三把匣子枪。红枪会不缺大刀长矛，缺的就是真枪实弹。三把匣子枪可是一份厚礼，王潘亭自然对张松山感激不尽，两个人因此成了朋友。不久就发生了王潘亭带领枪会打败土匪丁守己、保卫平度城的战斗。那时刻张松山幸亏没在平度城，不然的话就有被丁守己砍头的危险。

后来，平度军阀彭祖佑收编了县警备队，投靠军阀刘志陆当上暂编第一军军长，张松山被封为上尉副官。如果不是彭祖佑在掖县沙河与张宗昌手下的军阀刘珍年作战打了败仗，说不定张松山的官还会大。彭祖佑战败后，张松山失了业，只好于1929年冬天到青岛投奔原来的报馆馆长吴炳宸，两个人合资开办了《青岛正报》馆，吴炳宸干报馆主任，张松山干印刷主任。

报馆干到1930年4月，也是惨淡经营，难以为继。张松山正打算另寻出路，就又有机遇临门。平度好友王潘亭被刘珍年委任为“剿匪游击副司令”，王潘亭不忘张松山当年送给他三把匣子枪的好处，便叫他担任副官长，长住掖县城，负责与刘珍年总部的联络。王潘亭见张松山家境贫寒，一下子就给了他大洋500元。张松山不好意思收，王潘亭就说是偿还当年借他那三把匣子枪的钱。可见王潘亭挺讲义气。

在那动荡不安的年代，在军阀手下混饭吃，命运难测。过了4个月，也就是1930年8月，不知什么原因，刘珍年与王潘亭不睦。刘珍年突然下了张松山的枪，将他赶出掖县城。王潘亭一看大事不好，三十六计走为上，便带着张松山跑到青岛避祸。

王潘亭加入“黄道会”，张松山回家当区长

到了青岛，张松山觉得从军太危险，还是想办报。王潘亭却瞧不起那比讨饭好不了多少的活儿。两个人就此分手，在青岛各谋生路。

王潘亭是搞过枪会的，知道在组织就有势力。他在青岛湖北路上发现了一个组织，名叫“黄道会”，从属于青帮，在青帮里称“黄帮”。人们都说是一个名叫张宗援的人说了算。还说这个张宗援是山东原督军张宗昌的亲兄弟，很有本事，说不定什么时候也会像他哥哥张宗昌那样成了大气候。王潘

亭一听这是棵大树，大树下面好乘凉，于是他便加入了“黄道会”。王潘亭没想到他从此就进入了日本人的圈子，因为那个名叫张宗援的不但不是张宗昌的弟弟，而且还是个日本人。不但是个日本人，还是个日本间谍，日本名字叫仓谷次太郎。

这是王潘亭迈上汉奸道路的第一步，以后越陷越深，以至于成为平度第一号汉奸。

而张松山却没把报纸再办起来，也没在青岛找到正经饭碗。屋漏偏遭连阴雨，家里又出了大事，他的大哥被土匪绑架了。他爹分三次卖光了全家那10余亩赖以生存的土地，最终也没将大哥赎回。残忍的绑匪将他大哥“撕票”，家人竟然连大哥的尸体也没找到。

民国22年（1933年）春，神通广大的王潘亭终于帮张松山寻到了一个职位，到高密县担任烟酒印花税局局长。乍听起来税局局长应是个肥缺，可印花税局却油水不大。再说，张松山为人老实，老实得有些愚钝。他不会利用职权捞外快，他只把工作当饭碗端着，生怕把饭碗再丢了。所以，在任两年，也没赚着什么大钱。好歹薪酬是国家公务员待遇，除了自己的生活费用，还有剩余养家。现代人说有权不使过期作废，其实早就是这个样，机不可失，时不再来，不捞白不捞，过了这个村就没有那个店了。张松山只干了两年印花税局局长，省里竟下令取消各县印花税局，将印花税事务收归县政府办理。这样，张松山没发着什么大财，就再次失业了。

张松山的命运真是不济啊，干什么什么不成。失了业的张松山只好从高密又回到青岛，想再在这儿找点儿事做。就在这时，竟又有机遇来叩门了。这次机遇可不一般，决定了他的一生。有人捎信来，家乡平度第五区区长出缺，新任区长必须经过民选。张松山灵机一动，于1934年7月回家参选。大家一看回来个家在本区的知识分子，又曾在县警备队干过分队长，还当过外县的税务局长，觉得这个人肯定有本事，就一致推选他当了区长。

张松山追随张步云打鬼子

就在张松山当区长期间，山东“剿共第二路游击司令”张步云奉韩复榘之命，于1935年来到平度驻扎。张松山作为地方官员，奉命为张步云的军队筹粮筹款。他干得兢兢业业，圆满完成任务，获得张步云好感。张松山有文化，又是走南闯北见过世面的，说出话来张步云很爱听，一来二去，两个人就成了朋友。

1937年“七七”事变，日军先下河北，再占平津，继而侵入山东。张松山决心抗日救国保卫家乡，把仅有几十个人的区队发展到300多人。国民党第13集团军司令兼山东省府主席韩复榘在黄河以北部署队伍阻挡日军南下，命令张步云将队伍开到黄河北岸的茌平县阻击日军。

那时张松山的父亲刚刚病故，大哥被土匪绑票，为赎人卖光了全家的土地最终还是被撕了票。二哥远在东北俄罗斯经商也无音讯。家中只有大嫂、二嫂和张松山的妻子与唯一的女儿，全是女人。分家也只是大嫂二嫂各分得三间草房，张松山只分得两间。三家人没有一分地，生活别说有多凄惨。幸亏张松山当区长，靠薪水养活全家。

这个家庭只有张松山一个男人支撑，按说他是不能再离开家了。可是，张步云动员他一起到黄河北岸去打鬼子。

面对抗日救国的呼唤，张松山觉得难以推辞，就说服家人以抗日为重，毅然拉着300多名区队员加入了张步云的队伍，跟着张步云远离胶东家乡，到鲁西北抗击日军。张步云任命他为第四大队大队长。

至此，张松山和张步云都还是抗日的，当然也不会有当汉奸的打算。

如果不是韩复榘突然临阵逃跑放弃济南，把张步云、张松山他们扔在黄河北岸 ，他们的命运也许不会是汉奸。但是，命运就是这样的，他们被韩复榘扔了。面对着汹涌而来的日本鬼子，失去后方支援的队伍根本顶不住，只能往黄河南岸撤。撤回来往哪里去呢？张步云跟张松山一商量，咱们的家都在鲁东，回家吧，先回家乡站住脚再说。回哪个家？当然是张步云在诸城的家了。张步云在诸城娶了七房姨太太，可以说诸城到处是他的家。张松山也只能跟着张步云来到诸城。他已经是张步云的军需处长，身负筹集军费粮饷的重任，没有别的选择。

厉文礼把张步云和张松山逼上汉奸路

如果不是厉文礼逼的，张步云也不会当汉奸。如果张步云不当汉奸，在张步云手下的张松山也就不大可能当汉奸。

张步云和张松山当汉奸怎么能怪人家厉文礼呢？

用平度人的一句话，厉文礼是胶东的一颗“搅乱星”。

前面我们已经知道厉文礼是个什么人了，而且知道他现在已经被沈鸿烈任命为山东省第八专区专员兼保安司令。而张步云刚把队伍从黄河北拉回诸城时的1938年初，厉文礼还只是第八区游击区（注意，不是后来的第八专区）司令，但他手下已经拥有16个纵队20000余人马，势力扩展到昌乐、诸城、潍县、寿光、昌邑等胶莱河以西地区。而张步云只有三四千人马。

依厉文礼的性格，根本就容不下一个槽子拴两头叫驴，他的地盘当然是不允许别人随便进驻的，连从抗战前线退下来的张步云也不行。他命令张步云滚出诸城及第八游击区。

张步云也不是善菩萨，他从军比厉文礼早得多，在军阀混战中经历过枪林弹雨，还怕你个土包子厉文礼？再说，诸城有他的七个姨太太，他不在诸城谁有资格在诸城？

于是就打了起来。可打来打去，张步云的弹药没有了，队伍损失惨重。再待在诸城，恐怕就要成为厉文礼的俘虏了。

这就到了张步云人生的最关键时刻。拜倒在厉文礼膝下，他不甘心。对抗厉文礼，必须有靠山，而他唯一的靠山韩复榘已因擅自放弃济南被蒋介石处决了。他是韩复榘的部下，既遭人们白眼，眼下又被厉文礼击败，再从国军寻找新的靠山谈何容易？思来想去，只有另寻靠山。找谁呢？张步云就与张松山商量。

人在走投无路时容易想到亲朋好友。张松山此时不知怎么就想到了他的好友王潘亭。他瞅了个机会儿去了趟青岛。没想到这一去，张松山和张步云就走上了汉奸道路。

原来此时的王潘亭已经是日本人张宗援的好朋友，而张宗援已经奉日本侵略军总部之命在山东网罗地方队伍成立所谓的“山东自治联军”，就是我们说的“二鬼子”。这支队伍不同于中国兵投降变成的伪军，而是直接由日本人张宗援组建和领导，张宗援任司令，中将军衔，级别够高的。

张松山到青岛找到好朋友王潘亭，说了张步云的遭遇。王潘亭一听喜出望外，立刻带着张松山拜见张宗援。张宗援听说张步云有一支3000多人的队伍，更是大喜过望，当即任命张步云为山东自治联军卫队师中将师长。张松山则被任命为“平度警备大队”大队长，说不久就要杀回平度，平度的地方政权就交给王潘亭和张松山来执掌。

所以说，平度汉奸一号是王潘亭，二号才是张松山。再要往下数，三号就应该是高玉璞了。

平度三号汉奸高玉璞

高玉璞生于1880年，张松山生于1899年，比高玉璞小19岁。高玉璞是平度西北乡灰埠镇沙窝刘家村人，张松山的王家营村虽然也在平度西北乡，但离高玉璞家有20多里，又是两代人，而且都在外面混事，相互并不认识。但他们两个却都因为与张步云有关系，所以连这个老高也跟着张步云当了汉奸。

高玉璞幼年因家贫下关东到了海参崴，成年后就浪迹江湖当了土匪，后被东北军阀、山东老乡张宗昌围剿收编，任命为团长，并随着张的升迁而升迁。1925 年，张宗昌任山东督军，高玉璞升为直鲁联军步兵第三旅旅长兼剿匪副司令。就在这时，年轻的张步云投奔到他的门下给他当卫兵。张步云本性浪荡，无恶不作，触犯了军规，依法应该严惩。高玉璞念他年轻，放他一马，教他潜逃外地暂避风头。张步云得免一死，从此对高玉璞感恩铭心，没齿不忘。1928 年，张宗昌被北伐军打垮，年已 48 岁的高玉璞不愿再在外风尘仆仆地闯荡了，便告老还乡回到平度老家，打算好好经营地方，安度晚年。他还曾捐款帮助家乡修建淄阳河堤坝和漫水桥工程，筹办了顾家村“玉成小学”，一时很得民心。与高玉璞不同，他当年的卫兵张步云却投靠到山东省府主席韩复榘门下。韩复榘也曾是张宗昌的部下，对张步云格外关照。张步云跟着韩复榘“剿共”非常卖力，被韩复榘提拔为“剿共第二路游击司令”。1935 年，张步云奉韩复榘之命曾来平度驻扎一段时间，一是结识了五区区长张松山，二是报答了他过去的老上司高玉璞。他尊称高玉璞为“义父”，把高玉璞奉为绅士，大力表彰高玉璞在家乡的善举。高玉璞一时身价倍增，当然对张步云这个老部下感激不尽。后来，到 1938 年 9 月，张步云当了汉奸跟着张宗援来到平度，高玉璞便也带着从张金铭手下脱离出来的十六支队直属第二大队长刘际治投奔张步云的汉奸队伍，算是对张步云的回报。

这样，根据与日本人结识的早晚和在平度汉奸史上所发挥的作用等因素来综合考量，平度汉奸一号应是王潘亭，二号是张松山，三号就是高玉璞了。

第二十三章　一个“日本汉奸”和四个中国汉奸

从 1937 年 8 月淞沪会战攻占了上海，到 1938 年 4 月至 9 月接连开展的徐州会战、武汉会战，日本人又相继占领了徐州和武汉。中国军队为抗击日军付出了死伤几十万将士的高昂代价，日本人也受到了沉重打击，前进路上到处受阻，举步维艰。日本人终于意识到，“三个月灭亡中国”的叫嚣太过于口无遮拦，中国虽然贫弱，但贫穷的中国人的骨头不比富裕的日本人的骨头软。尤其是，他们虽然依靠飞机大炮坦克等绝对火力优势攻城略池占领地盘，可趁着他们在正面战场与“国军”作战的机会儿，国共双方的地方游击队却在他们的后方大力发展，积极开展游击战，闹得他们占了江山却难以坐稳。日本人终于打算放缓前进的步伐，要回头巩固一下他们的占领区了。这就是毛泽东所说的抗日战争的相持阶段的开始。

张宗援其人

前面总是说到一个名叫张宗援的日本人，第二次进犯平度和以后几乎占领整个胶东的也是这个人。这就有必要把他的家底抖搂一下了。

首先，日本人怎么取了个中国名？而且好像跟大军阀张宗昌还是弟兄？平度的王潘亭一开始也以为他就是张宗昌的亲弟弟才跟他结识的。这里必须说明，张宗援绝对不是张宗昌的弟弟，人家是纯粹的日本种，祖上还是皇室家族的，本名仓谷次太郎。有资料说，仓谷因为在日本犯了罪，早年逃亡来到中国东北，慢慢地就加入了日本的间谍机构。张宗昌在东北当军阀时，仓谷就与张宗昌结为好友。由于朝夕与中国人相处，仓谷不但中国话说得好，还跟张宗昌学会了掖县话。1925 年，张宗昌当山东督军时，把他的好友仓谷也带来山东，并且将他聘为顾问。仓谷是个中国通，熟知中国的忠孝节义等伦理道德，见张宗昌对母亲分外孝顺，他也将张母视同亲娘，因而深得张母喜欢。在张母的主持下，张宗昌与仓谷结成了干兄弟，仓谷在张母面前磕头磕得嘭嘭响，叫娘叫得张母心肝宝贝地直喊好儿子，并为这个日本干儿子起名张宗援。 由于张宗援会说掖县话，他就到处说他是张宗昌的亲兄弟，好多人竟以为是真的。

1928 年，张宗昌被北伐军打垮之后，济南那里再也不见了张宗援的身影。至于他到哪里去干什么去了，谁也说不上来。

就在那不久，在海滨城市青岛的齐东路上，有个姓张的人买下了 39 号房产，从那人们就称那房子为“张公馆”。邻居们都认识公馆的主人张宗援，一开始以为他是个中国人，慢慢地才知道他是一个日本人，但不知道他干什么工作，只看到经常有神秘人物出入那个公馆。

张宗援虽然失去了张宗昌这个靠山，但他在山东已经轻车熟路了。他可不是一般的“中国通”，他熟知中国帮会组织以青红（洪）两帮为势力最大，因此他不但加入了青帮，还创造性地在青帮中建立了一个“黄帮”，对外公开的名称是“黄道会”，会址就在青岛湖南路上的一座大楼内。张宗援委任青帮第二十一代“大”字辈的郑某为黄道会会长，黄道会其实是由张宗援直接操纵的间谍组织，张宗援的齐东路39号住宅，实际上就是日本在青岛的一个谍报中心。王潘亭加入黄道会并没想到那是一条通向汉奸的不归路。

当“七七”事变前夕，张宗援又在青岛“失踪”。哪里知道，1938年2月，张宗援与李寿山一起率领伪满洲国的一个旅从关外来到青岛近郊胶县，以这个旅为基础，张宗援摇身一变而为“山东省自治联军”中将总司令，专门在山东网络汉奸队伍。直到这时，他的邻居们才恍然大悟！

张宗援组织山东自治联军，是遵照日军侵华总部的意图，全面清剿胶东的抗日游击队，吞噬抗日根据地，尽快组织伪政权，实现对胶东的军事占领和政治、经济上的全面统治，其口号就是我们都已熟知的“共存共荣”“建立大东亚共荣圈”。张宗援自称是张宗昌的亲兄弟，借张宗昌的影响到处招收张宗昌的旧部，进展顺利。他先后收编了张宗昌的旧部程国瑞、国民党军张步云、土匪刘黑七（本名刘桂棠）的队伍。张步云被封为山东自治联军卫队师师长，中将军衔。随张宗援侵入平度后，张步云又介绍他的老上级、已经回乡养老的高玉璞加入了张宗援的“自治联军”。与张宗援一起从东北入关的李寿山也被任命为自治联军的师长，但因李寿山与张宗援不和，自己待在青岛，只派他手下的旅长赵保原跟随张宗援从胶县入侵平度。

张松山“当选”平度“县长”

张宗援带领的日伪军没有遭遇什么有力的抵抗就二次占领了平度城。张宗援小试牛刀，就把张金铭赶跑了，还击毙了他的一名团长刘向生，这就使张宗援非常得意，便开始在平度建立伪政权。

王潘亭和张松山就是这次随张宗援回到平度的。

张宗援把建立平度伪政权的重任交给了王潘亭和张松山。

王潘亭本来是想干平度县长的。可是张宗援不批准，因为王潘亭在平度的口碑不如张松山，所以张宗援叫王潘亭当平度参议会的议长，给他的任务是组织“民选”，中心任务是必须把张松山选为“县长”。王潘亭不敢跟张宗援讨价还价，再说他与张松山也是好朋友，就很负责地在平度搞了一场“民主选举”，把张松山选为“县长”。张宗援还同时任命张松山为平度“维持会”长兼县警备大队大队长。

说到底，张松山还是沾了张步云的光。他从平度追随张步云到了鲁西北，又从鲁西北退回胶东，一直没离开过张步云。张步云被封为山东自治联军卫队师中将师长，与张宗援关系密切，张松山有了这个靠山，根子就比王潘亭硬得多了。

平度的“民选”结果上报伪山东省长马良，马良就行文正式任命张松山为平度“县长”。王潘亭虽然没当上平度县长，因为执行张宗援的命令表现积极，得到张宗援赞赏。不久，张宗援攻下掖县，就安排王潘亭当了掖县“县长”。平度真是个出人才的地方，一下子就出了两个伪县长，平度一个，掖县一个。

有了“后勤部长”张松山，张宗援要进攻大泽山了

日本人不会白给张松山个“县长”当，他的首要任务就是为日伪军进攻抗日根据地筹集粮款。兵马未动，粮草先行，有了张松山这个“后勤部长”，张宗援就要以平度城为大本营，向北边的蓬黄掖根据地进攻了。

平度城地处青岛与掖县之间，南距青岛 100 公里，北到掖城 50 公里，到渤海边约 80 公里，正处在半岛咽喉，是青岛日军控制胶东的重要枢纽。而平度与掖县之间隔着一座大泽山，要占领掖县，必先占领大泽山。于是，张宗援决定先控制大泽山。

1938 年 10 月 16 日上午，张宗援派日军秋山旅团骑兵一部，在张步云、赵保原的 500 余名伪军配合下，出平度城向正北方向的大泽山区进发。

那时正是大泽山葡萄成熟季节，张宗援久居山东、青岛，早知大泽山葡萄香甜可口属果中珍品。他计划先占大泽山，到大泽山的葡萄架下分别摘一串甘甜的“龙眼”和一串又香又甜的“玫瑰香”尝尝鲜，再运一些到青岛进贡给板垣师团长，让师团长作为皇军占领大泽山的战果来享用。占领了大泽山，北边的掖县便唾手可得， 继而向东占领黄县、蓬莱，把共产党八路军的蓬黄掖根据地尽收囊中，大日本皇军就可以在胶东稳坐江山了。

张宗援是日本人，既有权指挥日军，更有权指挥伪军。可他一般只穿伪军服装，只在参见比他职务高的日军军官时才穿日本军服。他穿着伪军衣服，说着熟练的中国话，老百姓一直以为他是个“汉奸”。张宗援深知统领中国的伪军要从感情上跟他们沟通起来，不能像真正的日本军人那样对伪军动不动就是“八格”地吹胡子瞪眼。他最明白，别看伪军被中国人称为汉奸，可搞不好，汉奸一转身就是“国军”，就会成为“皇军“的敌人。张宗援太了解中国人了，像他这样的“汉奸”太厉害了，以至于后来人们知道了他是个日本人，仍然叫他汉奸，不过改称“日本汉奸”了。

张步云与赵保原

这里要介绍一下张宗援手下另外两个真正的大汉奸，一个是张步云，一

个是赵保原。

张步云是诸城县人，赵保原是蓬莱县人，两个人都是土匪出身，还都与张宗昌有关。张宗昌督鲁时，张步云投奔张宗昌属下的平度人高玉璞，只混到连长的时候，张宗昌就被北伐军打垮了。可就是这段经历，使张步云知道了枪杆子的威力。他于1929年回到诸城老家，以组织联庄会为名，成立了一支60人的常备队，自任会长兼队长，实则是横行乡里、无恶不作的土匪队伍。1933年，他投靠韩复榘任少校副官，1936年，任“剿共第二路”游击司令，由土匪变成了“国军”。他的七房姨太太就是在此前后一个个纳入怀中的。“七七”事变后先是抗日后来投靠张宗援，被张宗援编入“山东省自治联军”，张步云任卫队师师长，这是前面已经说过的了。

赵保原却是早年去了东北，先当了几年土匪，1931年“九一八”事变之前投靠张宗昌，先后任排长、连长、营长。张宗昌垮台后，赵保原听说日本在东北成立了“满洲国”，山东即墨人李寿山在“满洲国”组军，当上了“满洲国”第一军第三旅旅长。冲着都是胶东老乡，赵保原就到东北投靠了李寿山。李寿山和赵保原听命于日本关东军，大肆进攻东北抗日义勇军。赵保原作战勇猛，打中国人又很卖力，很快被李寿山提拔为骑兵团团长。所以，要研究中国的伪军，追根溯源，李寿山和赵保原堪称伪军元老。日军发动“七七”事变后，伪满当局配合日军向关内大举进攻，李寿山旅奉命入关，于1938年2月回到他和赵保原的胶东老家，在平度的南邻胶县驻扎。

前面不是说居住在青岛的日本人张宗援突然失踪了吗？他就在李寿山的队伍里，还是李寿山的副旅长，他是奉命带领伪满军队入关的。张宗援在李寿山手下当副职，不过是为了实施侵华大计而暂时栖身。不久，张宗援就被日军侵华总部任命为“山东自治联军”总司令，先后收编了张宗昌的旧部程瑞国、张步云和土匪刘桂棠等。这样，本来是李寿山的下属的张宗援一下子成为山东伪军的总头目，爬到了他的上司李寿山的上头。因此李寿山一直与他不和。

张步云、赵保原和张宗援都与大军阀张宗昌有缘，都是张宗昌扶持起来的势力。这几个胶东人糟蹋起胶东来，说不上谁比谁更狠。

张宗昌督鲁三年，鱼肉山东百姓达到无以复加的地步。1927年，山东灾荒严重，张宗昌作为督军兼省长，不但不体恤民生，反而变本加厉，横征暴敛。这年的正税高达6124万元，超出以前年赋的5倍，已经使山东百姓苦不堪言。而张宗昌在这一年强加给山东人民的兵差等军费却又是正税的274%！除正税外，张宗昌还滥设捐税几十种，并实行预征、重证和硬性摊派，从1927年预征到 1939 年（他只活到 1932 年呢）。张宗昌在 1927 年一年聚敛的财富，比他的前任 10 年还多，这在山东近代史上是空前的，在全国也是罕见的。山东百姓无不怨声载道，给他起的外号也多，“狗肉将军”“混世魔王”“五毒大将军”“三不知将军”。“三不知”是说他不知道自己有多少姨太太，不知道自己多少条枪，不知道自己有多少钱。后来有资料统计，张宗昌的姨太太仅有名有姓的就有 22 个。这么多姨太太，要叫他个个都想着也难。

张宗昌作恶多端，积怨也深。1932 年 9 月 3 日，山东省政府参议员郑继成在济南火车站为父报仇行刺张宗昌，将张宗昌一枪毙命，为民除了一大害。

张宗昌死后 6 年，张宗援、赵保原、张步云又结伴来到张宗昌的故乡，就像张宗昌阴魂不散，死后还在为虎作伥。再加上王潘亭和张松山，一个“日本汉奸”加四个中国汉奸，成为在胶东犯下累累罪恶的五个大恶魔。

第二十四章　大青杨之战

参观过北京中国军事博物馆的人，如果留心，可能还记得有一挺被称作“老黄牛”的捷克式马克沁重机枪。那枪至今还在，黑黝黝的，乌蒙蒙的，虎视眈眈架在“军博”的展台上，似有镇馆之力。

1938 年 10 月 16 日，发生在山东平度的大青杨战斗中，八路军五支队就是使用这挺唯一的重机枪，打败了拥有多挺轻重机枪和迫击炮的日伪军，取得了大青杨战斗的胜利。战后，战士们亲切地把它叫做“老黄牛”。“老黄牛”的来历也富有传奇性，那是 1938 年 3 月胶东第三军二路攻下蓬莱城时，从大军阀吴佩孚家中搜出来的战利品。

大青杨战斗是抗战初期山东八路军的骄傲，胶东抗日群众的骄傲，是我的家乡平度的骄傲。

五支队首战大青杨

大青杨是个村，地处平度城正北方向大泽山南侧，离平度城 30 余里。过了大青杨，再往北不出 10 里，就可见大泽山那漫山遍野的葡萄架，看到葡萄架下那一串串晶莹剔透的葡萄了。那可是张宗援做梦都在想吃的珍果。

1938 年 10 月 16 日，张宗援亲率张步云和赵保原两部伪军 500 余名，还有一个小队的日本骑兵，进犯大泽山区。日伪军的火力非常之强，有迫击炮四门，轻重机枪 17 挺，其余的全是三八大盖子步枪。

而八路军五支队除了那挺马克沁重机枪，其余的全是杂七杂八的步枪土炮。如果仅看武器，是根本不能与日伪军对阵的。可是，八路军才不与日伪军去比武器呢，他们有自己的战术。

五支队早已通过平度城的内线获得了日伪军进攻的情报。五支队司令员高锦纯亲率以赵一萍为团长、刘忠华为政委的五支队六十一团于 15 日夜开到大青杨一带埋伏好，将那挺“老黄牛”重机枪架设在大青杨村和北盛家村之间的小路东侧。五支队司令部机关、六十一团团部及警卫营埋伏于大青杨村外的道路两侧，其余设伏于大青杨北边的北盛家村。而南边的棘子嶂村作为前沿，只安排一个连，任务是迷惑敌人，诱敌深入。

16 日一大早，当日伪军爬过小豁口进入平北山区时，看到棘子嶂村东边的大场院里有几十个八路军在操练。八路军似乎根本不知道有敌来袭，还在那里“一二一、一二一”地练习步伐呢。张宗援立刻命令架起迫击炮炮轰棘子嶂。八路军似乎仓促迎战，边打边退，向北慌张而去。张宗援、张步云、赵保原以为八路军不堪一击，伪军们嘻嘻哈哈地往北追击。这正中了高锦纯的计。当日伪军来到大青杨与北盛家之间时，提前埋下的地雷突然爆炸，日伪军顿时乱了营。此时，高锦纯一声令下，机枪、步枪、手榴弹全部火力一齐洒向暴露在大路上的鬼子和伪军。“老黄牛”咕咕打得最欢，日伪军连片倒地。赵保原提醒张宗援，这是遇上八路军主力了，不能盲目前进。张步云却讥讽赵保原怕死，说这正是为皇军立功的时候，绝对不能退却。张宗援得意地说，我正要寻找八路军主力呢，一定不能让他们跑了！他命张步云和赵保原督催队伍进攻，一定要将八路军主力全部消灭。战斗在北盛家村东大庙、大青杨村西全面展开，战线长达 10 余里。日伪军依靠优势火力疯狂进攻。八路军虽然大都是步枪、手榴弹和大刀，但人员数倍于敌，提前占据有利地势，再加上战士们个个奋不顾身，与敌人展开肉搏战，日伪军武器再好却难以施展。战斗从上午 10 时一直打到下午 4 时，先后打退日伪军三次冲锋，敌人死伤 100 多名。赵保原这个人比张步云狡猾，看到八路军人多势众，又占着有利地形，知道这个仗不好打，便向自己的队伍传令，光打枪别进攻，不要往枪子上撞。赵保原这边的攻势一减，八路军的火力就集中到张步云那边，张步云的人死伤严重，很快就顶不住退了下来。赵保原一看张步云的人先退了，自己也趁势撤退。眼看天色将晚，张宗援见八路军攻势猛烈，再也不敢恋战，只好下令撤军。日伪军丢下 200 多尸体，狼狈逃回平度城去了。

大青杨战斗以八路军的胜利而告终。五支队以一个团的兵力对付500多日伪军，非常成功地运用了"集中优势兵力打歼灭战"的游击战术。当我看到日伪军有4门迫击炮和十几挺轻重机枪，还有骑兵配合，每一个士兵的武器都优于八路军时，真为五支队捏着一把汗。可是，集中了优势兵力，而且又是跟敌人打的情报战、伏击战，这里面隐藏着孙子兵法之"用间"（利用间谍）、"诡道"（能而示之不能）、"诱敌深入""出其不意"（打伏击战）、"尽地形之利"（抢占有利地形）、"兵贵胜不贵久"（速战速决）等一系列战术，最终形成敌我力量的巨大转化，八路军由弱者变成了强者，焉有不胜之理？

大青杨战斗是抗战初期胶东地区规模最大的一次战斗，是八路军山东纵队第五支队成立后的第一次大战。它震撼了整个胶东，大灭了日军的威风，大长了抗日军民的志气，保卫了已经建成的蓬黄掖抗日根据地和正在建设中的大泽山抗日根据地，意义非常重大。

赵保原"反正"变"国军"

张步云和赵保原带着残兵败将回到平度城，面对张宗援的追问，二人互相推诿，你说我的队伍不卖力，我说你的士兵净是些怕死的草包。张宗援最后把恶狠狠的目光集中到赵保原脸上，看得赵保原一阵阵发冷。你道这是为什么？

原来，自从张宗援和李寿山率兵入关，张宗援由李寿山手下的副旅长摇身一变而为山东自治联军总司令，高高地居于李寿山上头，李寿山便心生嫉妒，愤愤不平之意不免表露出来，与张宗援的关系也就逐渐紧张。这些赵保原都是知道的，心里直为李寿山担忧。李寿山啊李寿山，你可千万别没有个数啊，你不想想，你是中国人，严格说是中国人根本不承认的"满洲国"的军人，连中国人的地位都不如呢。张宗援是日本人，日本人不骑到你头上，难道还能叫你骑到日本人头上？这次到平度，赵保原已经觉出，张宗援把张步云当成知己，在赵保原面前却总是板着面孔。而大青杨战斗失利，张宗援似乎要把罪责归咎于他了。可赵保原恶人先告状，指着张步云的鼻子对张宗援说：是他张步云的队伍先撤退的，我的队伍顶不住了才撤下来的。张步云反驳说：我的队伍先撤的是不差，可完全是吃了你的亏，你们趴在那里光打枪不进攻，八路军的火力都集中到我这里了，我的人比你的死伤严重，就是证明！张宗援不耐烦地说：都别说了！ 回去给我写出战斗总结，要把各自的队伍究竟何时、何地与八路军开战、打死多少八路、采取何种战术、进行过几次进攻、各自死伤多少、最后又是何时和怎样退出的战斗，要原原本本写明白，究竟追究谁的责任，由我来定！

赵保原回到自己的司令部，翻来覆去睡不着。主子李寿山已经失去日军的信任，这可不是好兆头。李寿山如果倒了台，我赵保原也就得跟着倒霉了。做汉奸再失去日本主子的后台，今后我就是猪八戒照镜子里外不是人了，那还怎么在中国混？这汉奸不能再当下去了。与其等着倒霉，倒不如早做打算。

赵保原一夜没睡，拿定了主意。

第二天，他悄悄派人到昌邑去找厉文礼，说明自己的“反正”之意。正为收编张金铭不成而懊恼的厉文礼一听有人投诚，心中大喜，叫来人回去告诉赵保原：爱国不分先后，国民政府欢迎赵保原弃暗投明加入抗日队伍。厉文礼即刻制作好委任状，封赵保原为第八专区保安第三旅少将旅长，令他率军速速向昌邑靠拢。于是，赵保原就暗中准备。他装模作样地比张步云先写出了战斗总结，恭恭敬敬递交给张宗援。第一遍被张宗援打了回来，就又写了一遍。还是没过关，他表态再写一遍，如果再不能过关，我赵保原情愿接受军法惩处。这第三遍总结他是不准备写了，因为他已经将叛逃的准备做好了。1938 年 11 月 21 日，赵保原毅然率领 1600 余人的队伍离开平度城，佯装开到城南进行军事训练。当队伍来到离城 30 里的蓼兰镇时，赵保原命部队原地待命，通知营以上官佐开会，宣布了“反正”投靠国军的决定，然后命队伍调头往西，向昌邑开拔。

直到这时张宗援方才大梦初醒，一边派队伍追击，一边电话报告驻青岛日军司令部，请求派飞机拦截。赵保原带队走出平度，刚过了胶莱河进入昌邑地界，突然遭到昌邑方面日军的截击。正交火间，日军飞机又从青岛飞临上空，对赵部进行轰炸扫射。赵保原只好令队伍回头撤到胶莱河东岸，来到平度明村。多亏那时明村一带属于已经投靠厉文礼的阎珂卿的属地，阎珂卿允许赵宝原暂时在此休整。所以说暂时，就是只能暂住不能久待。军多扰民，平度五区养不了这么些军队，只能由我阎珂卿在此征收粮款。赵保原刚刚反正，翅膀还不硬，不敢随便占地盘，答应住几天就走。不想就在这天夜里，赵保原的参谋长孙汉臣带领骑兵一团二连和二团的五、六连以及山炮连共 500 多人，趁黑脱离了赵保原，逃向胶县城投降了日军。赵保原派队追击没有追上，回头清点队伍，虽然人员跑了三分之一，仅剩两个团四个营，但仍有近千人，装备也还好，有重机枪 4 挺，轻机枪 18 挺，迫击炮 4 门，战马 20 多匹。士兵手里的步枪是一色的日本三八大盖，而且弹药充足，总算没有伤筋动骨。第三天，厉文礼闻讯亲到明村来慰问，召集全体军官开会讲话，予以表彰奖励。厉文礼安慰赵保原，暂时在明村休整，过几天再到昌邑去。赵保原觉得对昌邑人地两生，又跑了孙汉臣和 500 人马，便不想再去昌邑，打算在自己的老家胶东开辟地盘。可是，由于他刚刚由汉奸变为“国军”，平度境内的国民党游击队还把他作为汉奸看待，而平度城又是他的老主子张宗援的日伪军把守，所以他想到当时还没有被张宗援占领的莱阳一带活动，那里离他的老家蓬莱近，人脉资源丰富，便于扩军。厉文礼批准了他的要求。

经过大青杨一战，赵保原看到胶东八路军实力越来越强，不能轻易得罪，便决定与八路军联合，化敌为友，以便在胶东站住脚。于是，他派人到掖县夏邱堡与五支队联系。此时的五支队士气正旺，驻夏邱堡的是二十一旅，旅长就是原六十三团团长郑耀南。郑耀南看了赵保原主动交好的信件，了解了赵保原愿与八路军联合抗日的态度，立即向五支队司令部请示。五支队司令部经请示胶东区党委，很快就给予答复：由郑耀南代表五支队前往明村慰问赵部，允许赵部开到掖县休整。

赵保原来到掖县，受到中共胶东区党委的欢迎。时值初冬，天气变冷，胶东区党委送给赵部400套棉军服和5万元现钞以示慰问。赵保原感谢共产党八路军不计前嫌雪中送炭，亲率卫队数十人乘汽车到驻掖城的五支队司令部回访答谢。几天后，他率队绕过平度城向东开拔，当部队开到平度城东许家村一带时，被日军发现，张宗援立即派兵前往追击。激战6小时，赵保原率部向平度东北山区突围，进入掖县南部的黄山后一带，日伪军受到五支队阻击，赵部才算摆脱了张宗援的追击。掖县“民动会”发动各区抗日群众团体携带物品前往慰问，并派剧团为赵部官兵演出。赵保原就要他的部队为慰问团进行武器表演，既与抗日群众联欢，也不乏显示实力之意。赵保原从此在共产党开辟的蓬黄掖抗日根据地站住了脚。

为了抗战，捐弃前嫌，化敌为友，这就是国共合作。八路军五支队先后与张金铭的山东保安独立第十八旅、赵保原的第八专区第三旅达成和解，建成抗日统一战线，使胶东的抗日武装力量形成了一个拳头。

第二十五章　“二乔”相会
——乔天华与“桥隆飙”

胶东国共合作出现良好局面，双方都趁着大好时机，加紧发展自己的队伍，这里又该回头说说平度的乔天华了。

张金铭能与八路军五支队联合抗日，孤胆英雄乔天华“单刀赴会”成功说服张金铭功不可没。五支队司令高锦纯觉得乔天华是个文武双全的人才，能够独当一面，应当充分发挥他的开拓能力，而不是仅仅发挥他的战斗能力。那时平度是张金铭为首的国民党十六支队的天下，还没有一支由共产党领导的像样的抗日队伍，派乔天华回平度开辟新区，发展队伍，比把他留在五支队更有用武之地。又正处于八路军与张金铭合作的“蜜月”期，是共产党在平度发展抗日队伍的大好时机。于是，高锦纯司令和宋澂政委便命乔天华回平度开展工作，主要任务就是再拉起一支抗日队伍。为了避免引起张金铭的误会，队伍的名字叫作“平度抗日救国会”，由乔天华任主任，而不是什么游击队队长，就像个搞抗日统一战线工作的群众团体。高锦纯对乔天华的要求是：大搞抗日宣传，高喊统一战线，深入发动群众，扩大我党抗日武装。司令部派刚从五支队军政学校学习结业回来的张富贵和王希忠两个平度老乡协助乔天华回平度组军，平度人说话这叫“当地蠼蛄当地拱”，人地两熟好办事。

乔天华便把小七支队交给刘文卿，与张富贵和王希忠来到平度大泽山区，选择天柱山前的黄各庄为组军基地。平度人一听乔天华又回来了，真是一呼百应，只用十几天就有 300 多人前来报名。

神枪乔明志

此时，五支队司令部又给乔天华送来一支特殊的队伍和一个特殊的人物。这是一支什么队伍？说出来吓人一跳。队伍是土匪队伍，土匪队伍的头目名叫乔明志。乔明志就是后来闻名中国的抗日英雄“桥隆飙”的创作原型。

作家曲波的长篇小说《桥隆飙》，生动地描写了草莽英雄桥隆飙在共产党的教育引导下成为胶东抗日英雄的传奇经历。如今，小说和各种版本的电视剧使桥隆飙在中国无人不知无人不晓，而桥隆飙的原型乔明志却少有人知。艺术虚构与历史的真实虽然有联系但总归不是一码事，我这里要向大家交代真实的“桥隆飙”。

首先要说明一件事，好多人以为乔明志与乔天华都是平度乔家人，因为他们都姓乔，而且同在一支队伍里。其实他们素不相识，乔天华是平度乔家人，而乔明志的老家是潍县朱里村。

乔明志曾用名乔德山，1906 年出生于潍县（今潍坊市寒亭区）朱里村一个贫寒的农民家庭。他 7 岁上私塾，10 岁辍学务农，因此粗通文墨。贫苦生活使这个穷孩子从小性情倔强，放荡不羁。但他又胸怀大志，尤其崇拜古代那些杀富济贫的英雄豪杰。结果，后来他当了土匪。原因是1929年他兄弟三个替人打抱不平，杀死了本村一个地主，害得全家逃亡外地。乔明志跑到了昌邑，与张魁元等人拉起了“杆子”。因为乔明志在土匪头目中排行老八，人称“乔八”。又因这乔八枪法奇准，举枪就能掐断电线，所以有人又尊称他为“乔八爷”。1936年，乔明志离开众兄弟自己单挑，看中了平度的一股土匪，打算吃掉他们。吃的方式不是两股土匪火并，而是两个头头比试。乔明志与那姓张的土匪头目对黑话，比枪法。张匪比不过他，只好跪拜臣服，接受了乔明志收编。从此乔明志的队伍扩大到百余人，在昌潍一带杀富济贫，也算遂了乔明志要做英雄豪杰的心愿。

“七七”事变爆发，日本人大肆侵略中国，引起乔明志的极度仇恨。他要带领弟兄们抗日打鬼子，建功立业。听说胶东有抗日的八路军和游击队，便带队来到掖县，并在掖县娶了媳妇成了家，落户于岳父家的西由镇王贾村，从此多数人就把他当作掖县人了。

那是1938年9月，乔明志带着队伍到掖城投奔五支队，要求加入八路军。高锦纯司令看着这支百余人的土匪队伍，穿戴不一，武器各异，说话高声大嗓无所顾忌，觉得不能一下子就叫他们加入八路军，需要先把他们历练历练。高锦纯对乔明志说：要求抗日好啊，欢迎欢迎。可是，光说欢迎，却又没发给他们八路军的军服，而是叫人带他们到平度去，说平度的抗日救国会正需要人，主任乔天华是个天不怕地不怕的抗日英雄，你就到他那里，一切要听他的指挥。乔明志一心抗日，也不计较被谁领导，就带队翻过大泽山，来到天柱山下的黄各庄。看到村头上正有一队穿戴得跟他的队伍差不多的人在拿着木头棍子练习拼刺刀，一个背着匣子枪的浓眉大眼的汉子站在队伍前面，时不时地指指划划，就知道那一定就是乔天华了。乔天华不冷不热地看着乔明志，不露声色地问：早就听说过你了。听说你枪法不错？乔明志知道要考他了，就点点头说：玩枪玩得还行。乔天华说：那就让我开开眼？乔明志说：不敢在乔队面前发狂，不过恭敬不如从命，不知你想叫我打什么？乔天华指着30米开外的一棵柿子树说：沟边上那棵树有两掐粗吧？就打它吧。乔明志摇摇头说：目标那么大，打上还算本事？乔天华颇感兴趣地问道：那你想打什么？乔明志看到那树梢上挂着几个人们够不着的红柿子，就说：不知乔队想不想吃柿子？想吃我给你打下几个来。不过你得叫人到树下接着，别掉到地上跌烂了。乔天华就命令几个人跑到柿子树下等着接柿子。

只见乔明志从腰里拔出驳壳枪，挥手一甩，“啪啪啪”就听三声枪响。

人们尚未看清，那边树底下接柿子的人早欢叫起来：好枪法！好枪法！

当人们拿着柿子跑回来时，只见三个红彤彤的柿子个个完好无损，都是从蒂把那里被截断了掉下来的。

乔天华大喜，当即任命乔明志为抗日救国会特务连连长。

乔天华慧眼识才，并不断对乔明志及其队伍进行爱国主义教育，用八路军的纪律严格要求他们，把这支由贫苦百姓组成的土匪队伍逐渐改造成一支纪律严明的抗日队伍，乔明志也从一个土匪头子变成一个屡立战功的抗日英雄。

乔天华改造乔明志并没像《桥隆飙》小说写得那么艰难，乔明志也不是直接参加的八路军，而是先加入乔天华领导的平度抗日救国会，在乔天华等革命同志的教育下逐步成长起来的。当然，艺术源于生活，高于生活，不能说乔明志就是“桥隆飙”。其实，乔明志的许多战斗故事比小说还要精彩。

乔明志活捉伪军参谋长

乔明志参加了平度抗日救国会，急于找机会展示一下自己的本领。终于，在1938年10月底，他的机会来了。

上面我们介绍了大青杨战斗，张宗援的日伪军遭到惨败以后，便改变了战略战术，不急于北攻掖县，而是先巩固平度。怎么巩固？他以平度城为中心据点，先把城周围十几里范围全部派张步云的伪军和张松山的伪警备队占领。然后，在平度城向北通往掖县的平掖公路沿线修筑了三个据点，一是离平度城10里的唐田据点，二是离城20里的店子，三是离城40里的高望山据点。有了这三个据点，就把平掖公路平度段全部占领了。张宗援打算再喘息一段时间，就实行向掖县进攻的计划。稳打稳扎，步步为营，张宗援吃败仗学得聪明了许多。唐田、店子和高望山三个据点里没有日本鬼子，都是张步云的伪军。张宗援每天派鬼子乘坐军车来回巡逻，既监督据点里的伪军，又震慑平度人。日本鬼子开着军车沿公路巡逻，动不动就朝着公路两边的庄稼地开枪示威，吓唬老百姓。伪军有日军给他们壮胆，在据点周围狐假虎威。

一天，乔天华从平度城里的内线接到情报，说张步云的一个团参谋长要到店子据点去巡察，随身带着7个人，8个人都骑马。

乔明志一听，对乔天华说，乔队，我给你把这个参谋长捉来吧？

乔天华笑着问道：你能行？可不能强攻，我可不允许牺牲一个同志。

乔明志说：死一个弟兄我来偿命就是了。

乔天华问：你想带多少人去？

乔明志说：他带7个，我也带7个，一对一，全部捉活的。

乔天华说：好，你们摸进店子街，我带人在外面接应！

“二乔”性格差不多，都是办事脆快的人，因此一拍即合。

那天是店子大集。在纷纷扬扬赶集的人群中，乔明志的7个部下一个背着褡裢装作驴经纪，一个挎着篓子叫卖“肉火烧”，一个挑着担子喊“锔锅锔碗”，一个摆地摊叫卖耗子药，一个扮作算命的瞎汉，一个提着破篓子讨饭，都混杂在店子据点大门口两边的摊贩中。乔明志则扮成一个收草辫的，挑着担子在大街上叫着“收辫子来”，眼睛却经常瞄一下据点东边的路口。

上午10点多钟，只见那伪军参谋长一行八人，骑着马鱼贯走进店子街。赶集的农民吓得连忙往路边上靠。据点里的伪军小队长带着一队人站在门口迎接。参谋长远远看到小队长，就高兴地向他们挥挥手，小队长就带头敬礼。参谋长一行在赶集的人群中走不快，速度跟人走差不多。

这时，乔明志叫着“收辫子来”接近了马队最前头的参谋长。混在大街两边的另外7个游击队员也采取自己的方式各自接近了一匹马。看到大家都准备好了，乔明志便把担子一扔，一抬脚跨到参谋长那匹马上，一手从后边搂住了参谋长的脖子，一只手举着匣子枪，趴在参谋长耳边命令道：不许动，动就打死你！不许进门，继续往前走！参谋长连气也不敢出，就那么拿着缰绳，指挥着马走过据点大门，一直向前走去。

几乎与此同时，后边的7个队员都像乔明志一样敏捷地跨上了另外的7匹马，都从后边搂住了前边的伪军的脖子，都举着匣子枪，对着据点门口的伪军，一片喊声：谁也不许动，谁动打死谁！

伪军小队长他们像傻了一般，没有一个敢举枪的，就那么眼看着参谋长他们被押着走了。

等到乔明志他们押着伪军参谋长一行八人走出离店子街三里远时，乔天华的接应队伍一边欢呼着，一边向店子据点那边开枪警告，就那么像做游戏一样活捉了8个伪军，自己却没伤一兵一卒，而且连一颗子弹都没浪费。

乔明志加入抗日队伍第一仗，证明“乔八爷”名不虚传，也证明乔天华慧眼识人，善于用兵。

张步云报复来了

平度城里的张步云听说他的参谋长被乔天华的队伍活捉，恼羞成怒，第二天就带领1000多人到乔家一带前来报复。

这也正是乔天华预料中的事，他早已做好了迎战的准备。

张步云赶到乔家村，乔天华的队伍已经离开，到了北边的小豁口。乔天华的妻子、平度县第一个女共产党员韩树亭也按照乔天华的指示，带领民兵们组织村民全部转移到乔家北山。张步云扑了空，命令部下把乔天华家的房子一把火烧掉，然后追击乔天华。乔天华已经在小豁口山路两旁埋伏好，一阵突然袭击，打得张步云晕头转向，慌忙撤退。乔天华变守为攻，一路追击。张步云带着队伍撤到乔家北山坡上，刚要集合队伍整饬一下，乔天华的队伍抄近路来到北山顶，一阵排子枪，把张步云的队伍打得一个劲地往东跑，一直跑过乔家东山，跑到十几里外的崮山才站住脚。

张步云的队伍尚有近千人，一色的日本大盖枪，还有十几挺机枪，好几门迫击炮。一旦他们站下脚来，组织好了火力，是乔天华的300多人的火力所不能比的。一阵机枪扫过来，迫击炮弹也连连爆炸。多亏是在山上，乔天华的队伍可以用石头做掩护，敌人的机枪打不着他们。可是，敌人的火力太猛，打得他们抬不起头来，使他们只有招架之功没有还手之力，长时间这样下去是很危险的。

就在这时，乔家村的100多名民兵在民兵队长的带领下赶来了。虽然他们的武器多是土枪和土炮，但他们占领了几个山头，这里打一阵，那里打一阵，敌人摸不着底细，只好四面应付，分散了火力。双方相持不下，谁也赢不了谁。张步云虽有迫击炮和机关枪，火力很猛，但对乔天华的队伍杀伤力不大，不敢长时间浪费子弹炮弹。这时，张步云和乔天华都动开了脑子。张步云看明白几个山头上都是民兵，放的土枪也时断时续，没有多大威胁，就不再管他，准备集中火力攻击乔天华的队伍，一举把他们消灭。乔天华呢，他更不傻。他觉得不能这样与敌人对峙，对峙下去非吃亏不可。于是，他命乔明志带着特务连七八个枪法好的悄悄转到一边，从敌人侧面袭击。好个乔明志，带着几个弟兄飞快地摸到敌人侧后方，一个个瞄准敌人，就像打靶子一样连连开枪。乔明志专门瞄准迫击炮手，一枪一个，一连打倒三个，吓得敌人没人敢去接近那几门迫击炮。他手下的几个人也多是对着张步云的机枪手射击，个个弹无虚发。

不过，张步云人多势众，武器又好，终归不是一打就垮的。他重新调整了火力，对准乔明志这边猛轰一番，打得乔明志抬不起头来。战斗进入僵持阶段。乔天华的队伍人少，弹药更不能与张步云相比，如果就在这继续下去跟敌人拼弹药，势必越来越被动。而派出去寻求援兵的人还没回来，不知援军何时到来。

半路上杀出了李德元

就在这时，从崮山上传来一阵枪声，打得张步云的队伍连忙抽出部分火力应付那边。这样，张步云就处于东西夹击之中。乔天华一边高兴地指挥着战士们向敌人进攻，一边暗自奇怪是谁从东边来支援他？正打着，从阵地侧面跑过来一个穿着国军服装的人，喊着要见乔天华队长。乔天华一问，是十八旅一团李德元的人。

原来，李德元那天正在他的防区崮山后一带巡视，听说崮山前有张步云的队伍不知跟谁的人开火，就估计可能是乔天华的队伍。他想，即便不是乔天华的队伍，张步云攻击的队伍也肯定是抗日的队伍，就立刻带着一个营前来支援。李德元一边跟敌人交着火，一边派人过来问明是谁的队伍。

乔天华大喜，要来人回去告诉李德元，就这么把东边的山口封锁住，别让张步云从东边跑掉，两方合力把张步云消灭在山坳里。

正打着，北边又传来枪声。原来是五支队二十一旅旅长郑耀南率队从大泽山那边杀了过来。周围的村民手持猎枪、棍棒参加战斗，张步云的伪军被四面包围了。可惜此时天已经黑了下来，张步云集中火力，从南边撕开一道口子，丢下300余尸体，突围逃回平度城去了。这又是一场国共合作击败日伪军的胜仗！

从那，平度人都知道抗日英雄乔天华队伍里还有个乔八爷，乔八爷胆大枪准，专打敌人命门。乔八爷的名声传遍胶东，伪军们都暗自祷告：天老爷，千万别让我遇上乔八爷啊！

第二十六章　张宗援艰难占领掖县城

张宗援有大青杨战斗的教训，本来是不同意张步云为丢失了一个参谋长就跟八路军游击队较劲的。等到张步云吃了败仗回到平度城，惭愧地向张宗援请罪时，张宗援一边安慰一边谈了自己的体会：张师长啊，两仗下来，咱们虽说都败了，可也没有白败，总算明白该怎样对付土八路了。

张宗援要用机械化部队占领掖县

张宗援在总结教训的基础上得出了结论：咱们正规军进山区跟土八路打仗，有劲使不上，那是扬短避长，犯了兵法之大忌。听说平度有句俗话，“有福之人落城角，无福之人落山坡”，咱们有福之人到山区跟无福之人去计较，人家光脚的才不怕咱穿鞋的呢。

张步云惭愧地点头称是。他最有体会，土八路只要趴在一块石头后面，你机枪再厉害也打不着他。你一进攻，他在石头后面瞄着你，一打一个准。

张宗援指着地图说：你看啊，平度城西边往北是一马平川，又有平掖公路，咱们避开中间的山路，就从这平掖路上乘坐汽车向掖县进军，每辆车上架两挺机关枪，车厢配备迫击炮，每个骑兵都配一长一短双枪。我敢说，不用两个小时，我们即可到达掖城！

张步云一听全部用机械化和骑兵进攻掖县，一下子来了劲，挽着袖子说：总司令，什么时候进攻掖县？这下来了我报仇的机会了！

张宗援平静地说：你别急嘛，这些日子你的任务是好好整训部队，练好枪法，特别是机枪手和迫击炮手，要稳、准、狠地用火力消灭敌人的伏兵。这下我倒要看看，土八路还有什么办法阻止我们前进？

张步云挽着袖子说：总司令，你就是叫我真心替土八路想办法，我也想不出他们对付我们的办法啊！他们胆敢阻挡我们，就等着挨揍吧！

乔天华出计“绊马腿”

再难的题目也有个解，再大的困难也有克服的办法，而且办法总比困难多。就看你能不能知己知彼、对症下药了。

五支队如果跟张宗援的机械化部队硬碰硬地干，那才叫傻瓜呢。

高锦纯司令带领特务营来到与平度交界处的夏邱堡，召集六十二团团长于得水和平度抗日救国会主任乔天华来商量对策。

乔天华从平度翻山越岭来到夏邱堡，心中早有了一个阻止敌人进军的办法，叫作“绊马腿”。他说，张宗援不是依靠汽车和马队吗？好办，我们在平掖公路上挖上它十几条大沟，隔三五里一道，再在大沟两边的地里提前埋好地雷，看他马和汽车怎么通过！

高锦纯点头说：嗯，这就逼得敌人必须停车下马把沟填平才能前进。

于得水团长把帽子一摘连连称赞：好主意！我们正好可以打他们的伏击！

战术既定，高锦纯吩咐乔天华回平度，组织店子以北村庄的群众，于敌人进攻的前夜在平掖路上进行大破袭，隔五里路挖一条沟，宽度是汽车过不了，马匹跨不过。

在那个黑咕隆咚的下半夜，上千的农民在掖平路上挥动铁锨洋镐挖深沟。不等天明，十几条长五六米、宽约四米、一人多深的大沟，已经横躺在店子以北的平掖路上。而此时张宗援和张步云还躺在平度城里呼呼大睡呢。

战斗全在于筹划，真的打起来，也就没有什么好说的了。

天明以后，当张宗援率领2000多人的机械化部队和骑兵向掖县飞速前进，顺利地过了店子据点的时候，战斗完全按照乔天华的计谋和高锦纯的部署进行着。日伪军每填一次大沟，都要被埋伏在公路两旁的八路军和游击队狠揍一气。乔天华的队伍分管拉地雷，炸毁了敌人好几辆汽车。乔明志打得很得意，专打骑兵，骑兵趴在马背上，他就打马腿，不是人死就是马伤，反正枪枪不空。

张宗援的队伍变成了挨打的工兵和养路队，第一天填了三道沟，过了店子仅仅12里，离掖城还有60多里路呢。店子据点可住不下这么些人马，张宗援只好带着队伍再跑40多里返回平度城。

一连三次向掖县进发，张宗援的队伍都因既要打仗还要填沟大败而归，每次都要丢下几辆汽车、几匹战马和几十具尸体。日伪军的机械化部队和骑兵败在土八路“绊马腿”的战术之下。

五支队撤离掖城

时间到了1939年1月，张宗援看看难以到达掖县，只好向驻青岛的板垣师团长求援。板垣派飞机前来支援，并且增派汉奸刘桂棠（外号刘黑七）带领1000人参战，总计3000人，在飞机大炮的狂轰滥炸下向掖县一路进攻而来。这下，乔天华的“绊马腿”战术用不上了。为了保存实力，五支队只好做出放弃掖城的决定，胶东区党委和五支队司政机关向东转移到黄县。张宗援花了近两个月，才前进了100华里，于1939年1月16日下午4时进入掖县这座空城。

小时候看电影，不明白为什么日本鬼子常常要寻找八路军的主力决战，更常常为八路军被日本鬼子追来追去而着急。干吗光跑啊，为什么不跟鬼子打啊？长大了，看抗日资料多了才明白，八路军的游击队确实不能跟鬼子硬拼，不是人不行，而是武器差得太远，硬拼只能吃亏。就说八路军五支队吧，一共三个团，3000来人马，如果死守掖县城，势必要被鬼子的飞机大炮把掖县城轰炸成一堆废墟，3000人马也必然消耗殆尽。所以八路军和游击队才采取游击战术，打得赢就打，打不赢就跑，不在乎一城一池的得失。所谓“好汉不吃眼前亏”“留得青山在，不怕没柴烧”就是这个道理。

张宗援占领掖县不是最终目的，他的目标是占领整个胶东。这就需要抽出兵力守掖县。张步云趁机推荐他的老上司、义父、平度人高玉璞为掖平警备司令，要他镇守掖城，以便日伪军继续向东进攻。

此时的高玉璞手里有一个团的兵力。当上掖平警备司令，他老人家受宠若惊，决心为日本主子守好掖城。他不愧是为张宗昌干过旅长的，虽然离开战场近 10 年，如今也已经年近 60，但仍然是宝刀未老。 在张宗援向东进军之后，五支队于 3 月 20 日攻打掖城。高玉璞早有准备，加固了城墙，深挖了战壕，屯足了粮草，利用比五支队优良得多的武器进行反击。此战五支队伤亡较大，仅被俘的就有 40 多人，六十二团三营八连连长尹显五阵亡。五支队不得不撤出战斗。高玉璞打了胜仗更加嚣张，扬言“掖城是铜墙铁壁，土八路根本不是对手”。

借张宗昌阴魂召集汉奸

掖县是军阀张宗昌的老家，张宗援占领了掖县，就像回到了自己的家。当年跟随张宗昌在军界混事的掖县人很多，并且得到提拔的也不在少数。张宗昌有 13 个军，其中五个军长是掖县人，还有六七个师长、旅长，中下级军官更是数不胜数。当时曾经流行一句话：要想把洋刀挎，要会说掖县话。张宗昌倒台后，其部下多半回到老家，其中包括当过旅长的平度人高玉璞。现在这些人一见张宗昌的干兄弟张宗援来了，便纷纷投靠当了汉奸，为虎作伥。

张宗援除了拉拢旧军人，还笼络了一帮三番子。三番子又名“在家里”，多系地痞流氓城狐社鼠之流。张宗援依靠三番子成立了掖县黄道会，作为自己的亲兵，叫他们密报抗日积极分子及抗属名单。掖县是八路军山纵五支队的发源地，又是胶东最早的抗日根据地，所以张宗援要大使淫威狠狠地收拾收拾掖县抗日民众。他下令掖城所有民户夜间一律不准关门，以便随时进行检查，谁家关门就以“窝匪”论处。伪自卫团专门负责捉人，对被捉的人日夜严刑拷打，灌辣椒水，喷石灰面，坐老虎凳，钉竹签，香头烧，烙铁烫，无所不用其极。从古历腊月初六开始，伪自卫团进行了四次大屠杀，在不到 7 天的时间里，就有 440 多人被折磨致死，四月初又杀害了 40 多名战俘，再加上零星杀害，先后残杀不下 500 人。杀人最多的是伪自卫团副团长程金龙，他每晚至少要杀五六个人，多时杀十四五个。

张宗援深知张宗昌在掖县旧势力中的影响，便利用这个亡灵大做文章。他派人到张宗昌的祖籍祝家村，把张宗昌的三姨太徐淑媛和张宗昌的姐夫刘玉通请到掖城，大摆宴席予以招待，还赠给他们大笔伪钞，表明他与张宗昌是永远的好弟兄。为了拉拢更多的旧军人充实伪军队伍，张宗援还为张宗昌补办了一个盛大的葬礼。他命人在城东门外设立灵堂，叫八九家扎纸铺数十名工匠扎了一个阴宅大院，大院一厅两厢，院内有假山鱼池花坛，各种生活用品应有尽有。灵堂正中挂着张宗昌的巨幅画像，下面摆满了日寇、汉奸头目送的花圈和挽联，两边摆放着纸扎汽车和几十个卫兵。从附近寺庙找来几十名和尚道士日夜为张宗昌的亡灵念经超度。一连五六天，日寇、汉奸进进出出络绎不绝，借张宗昌的亡灵汇聚了掖县一大帮狼群虎豹魑魅魍魉之徒。掖县一时被张宗援搞得乌烟瘴气。

第二十七章　国共合击刘黑七

那时，张宗援只占领了掖县和平度，以东的招远、莱阳、栖霞都在国民党手中，蓬莱和黄县尚在共产党手中。张宗援依靠人多火力猛，虎视眈眈要把整个胶东尽收囊中，首先必须拿下近在眼前、为八路军占领的蓬莱和黄县。

此时张宗援有两张王牌，一张是高玉璞，为他镇守掖城；另一张是刘黑七，为他东进打先锋。

土匪刘黑七

刘黑七是名气很大的大土匪，平度人早就知道他。

刘黑七本名刘桂堂，山东平邑县人。从1915年23岁时当上土匪，逃过了官府的多次打击，他的队伍越来越大，到1925年手下已有千余人马。刘黑七性情残忍，杀人不眨眼。他向百姓派粮派款，如有哪个村敢抗拒或者缴纳不足，他马上就会带人围攻村寨，烧杀抢劫。费县南孝义村是个穷村，因为交不上刘黑七摊派的粮款，许多村民躲避到外面讨饭糊口。1927年春节前后，全村尚有300多人在外不敢回家。就是这样，刘黑七也不放过，春节后带人攻入该村，烧杀抢掠，奸淫妇女，无恶不作，其残忍程度令人发指。他最拿手的杀人手段是把人砍去四肢、大卸八块，他在一边看着哈哈大笑。1928 年 3 月 29 日，刘匪攻入大泗彦村，该村 92 户人家被杀绝 48 户，总人口 637 人被杀 559 人，到秋天，全村仅剩 42 人。

1928 年，国民革命军二次北伐时，刘黑七见北伐军势力强大，便投靠何应钦部，被改编为新四师。何应钦命他进军胶东，从此胶东大祸临头。刘黑七到了胶东便匪性发作，到处烧杀抢掠，为北伐军脸上抹黑。1929 年 2 月，杨虎城奉命率二十一师到胶东清剿刘匪，刘黑七被打得退到安丘、平度一带，所以平度人都知道土匪刘黑七。韩复榘任山东省主席时，捉来刘黑七的母亲，逼刘投降。刘黑七只好归降，被编为由韩复榘任总指挥的“山东警备军”。刘黑七被任命为副指挥，驻高唐县。但刘黑七匪性太足，根本不听韩复榘调遣。1932 年 6 月，刘黑七重新叛出，逃到河北霸县，掘了韩复榘的祖坟，从此与韩复榘结下不共戴天之仇。

1933 年春，日军进犯热河，刘黑七投靠日军，被委任为第三路军总指挥，得到一批武器。后又投靠抗日将领吉鸿昌表示抗日，被任命为抗日同盟军十七路军军长。同盟军失败后，刘黑七重操旧业又当起了土匪，南下察、热、冀等省，于 1934 年初窜到河南，两个月窜扰 48 县。与河南邻近的各省先后调兵围追堵截，刘黑七的 3000 人马于 3 月中旬越过平汉线，来到山东。韩复榘与刘黑七有掘祖坟之仇，韩复榘这次下了死命令，调集重兵围剿刘黑七，终于在 4 月将刘黑七大部剿灭，刘黑七只身潜逃到天津，跑进日租界躲避。“七七”事变爆发，大难不死的刘黑七回到山东，很快集结旧部 3000 人投靠日酋张宗援。这次张宗援任命刘黑七为掖县皇协军司令，命他从掖县东进，为日军占领胶东效力。

五支队与刘黑七打开了游击战

八路军五支队司政机关和胶东区党委越过招远撤到黄县，在刘黑七东进的路上打阻击战。1939 年 1 月 24 日，五支队六十二团在郭家店袭击刘部，消灭刘部 10 余人。1 月 31 日，五支队六十一团一连夜袭夏邱堡，歼敌 13 人。2 月 12 日，六十一团三连打了刘黑七一个伏击，歼敌 20 多名。2 月 13 日，五支队六十二团一部在蒋家、陈家一带毙伤敌人 80 多名，还活捉了 20 名。2 月 20 日，五支队六十二团又在城埠歼敌 20 多名。虽说这些战斗规模都不大，但消灭了刘黑七的有生力量，延缓了敌人东进的步伐。

可是，有张宗援做后盾，一些小小的损失只能延缓但阻挡不住刘黑七前进的脚步。2 月 27 日，刘黑七占领招远城，28 日占领了生产黄金的玲珑金矿，

3月4日占领黄县城，不久又占领蓬莱。这样，八路军蓬黄掖根据地尽被日伪占领。刘黑七为日本人立下了汗马功劳。

五支队的战术是游击战，不在乎丢城失地，只求在运动中保存自己，瞅准时机反击敌人。3月5日，六十二团又在运动中消灭刘黑七两个营的250多人。同一天，六十一团一营和六十五团一、三营及招远六大队在黄县石板丁家、马家沟、大山河一带设伏，用骑兵引诱刘黑七的人马进入伏击圈，刘黑七部三个营几乎被全歼。

辛诚一为国捐躯壮志未酬

刘黑七进攻胶东，国共胶东地方武装群起而攻之。1939年3月7日，友军辛诚一、徐叔明部（番号为国民党山东保安第二十七旅）联合八路军五支队夜袭招远城，要把招远城从刘黑七手中夺回来。联军攻进城内，与敌人展开巷战。可是，刘黑七的士兵野性十足，一连串的攻城略池又使他们士气正旺。国共军队在巷战中并不占优，一度遭到敌人包围。辛诚一在巷战时被敌人围堵在一个小胡同里，因身负重伤，难以突围。当敌人接近，眼看就要被敌人捉住时，辛诚一举枪对准自己的耳门扣响了扳机。随着一声枪响，辛诚一壮烈牺牲。下午4时，张宗援派队伍从黄县前来增援，国共军队只好撤出战斗。

招远城一战，消灭日伪军123名，其中日军指挥官藤田和伪营长史书琴被击毙，俘敌20多名，缴获枪支50余支，子弹3000多发，14匹战马及其他物资。这是国共联合打击日伪军取得的一次重大胜利。

招远城之战中，友军徐叔明战斗英勇，辛诚一为国捐躯。

想那辛诚一，本是一个有着强烈爱国心的青年，上大学时就积极参加反日爱国运动。“七七”事变后，他不负栖霞民众重托，勇敢地担负起组军抗日重任，被张金铭委任为国民党第五战区游击总指挥部第十六支队第五纵队司令兼栖霞县长。队伍兴旺之时，第五纵队达到1000多人，下辖三个大队及卫队、炮兵队、骑兵队等，实力很是雄厚。可正当辛诚一率第五纵队与日伪军奋勇作战之时，张金铭的十六支队番号和中将司令被沈鸿烈撤销，十六支队整编为十八旅，原十六支队四下崩散，辛诚一有志不得展。就在这时，沈鸿烈调整胶东国民党领导班子，将原国民党山东第十三行政区（驻高密）专员蔡晋康调任第九行政区（驻栖霞）专员兼别动总队第四十四支队司令。蔡晋康手持省主席沈鸿烈的委任状，以他的别动总队开路，浩浩荡荡地开进了栖霞城。这蔡晋康就像厉文礼要收编张金铭一样，一进栖霞城就要收编辛诚一的队伍。辛诚一未见任何上级指令，因而不予服从。可他的队伍有许多都是过去的警察或旧军人，经不起蔡晋康的威逼利诱，因而有许多投靠了蔡晋康。辛诚一被挤出了栖霞城，带着缺失了大半的第五纵队来到招远县的黄山崖一带驻扎。这就好比被蔡晋康扫地出门，辛诚一失去了财政和军需的来源，处境非常困难。剩下的人也开始人心惶惶，怨声载道，不断地有开小差的。他手下的第一大队大队长刘秀岭和第二大队大队长祝兰春都是旧军人出身，不愿跟着辛诚一吃苦，叛离之意明显。刘秀岭原是栖霞刑警长，自觉比辛诚一懂军事，早就对辛诚一当司令不服，但因为辛诚一威信很高，他还不敢轻举妄动。此时看到辛诚一失去了张金铭这个后台，又受到蔡晋康的挤兑，更产生不测之心。祝兰春是旧警察出身，此时也与蔡晋康的人暗中往来，企图取辛诚一而代之。

就在辛诚一陷入困境之际，共产党来争取他了。

中共苏鲁皖边区省委派吴帚平来胶东工作。吴帚平也是北京朝阳大学毕业，辛诚一的大学同学。根据对辛诚一的了解以及他当前的处境，吴帚平认为这是争取辛诚一的良好时机。时任第三军总指挥的高锦纯派吴帚平以第三军代表的身份去联络辛诚一。辛诚一的秘书谭鹏志，也和吴帚平、辛诚一是大学同学，很赞成与共产党建立联系。经吴帚平和谭鹏志的多次说服，辛诚一也认识到自己的队伍成分复杂，急需进行思想整顿，最终同意中共胶东特委派柳运光为政治特派员，带领五六名干部进驻他的第五纵队。搞思想政治工作是共产党的拿手戏。柳运光他们在辛诚一的队伍里大力开展抗日救国宣传，讲解革命的三民主义和共产党抗日救国十大纲领，教唱抗日歌曲，终于使这支精神萎靡的队伍重新焕发出抗日热情。为了摆脱蔡晋康对辛诚一部的拉拢瓦解，柳云光建议将队伍拉到共产党的掖县根据地休整。辛诚一走投无路，只好同意到掖县暂避，就带队来到掖县朱桥。辛部一进掖县，就受到根据地抗日军民的热情欢迎。根据地军民在条件极其艰苦的情况下，供应辛部官兵全部的服装等军需品，安置了随队的众多家属，这更使队伍官兵十分感动，多数人倾向于共产党，愿意脱离国民党。

就在这时，三军与掖县三支队整编为八路军五支队。在柳运光、吴帚平的说服下，辛诚一同意将他的队伍改编为五支队二十五旅。就这样，在共产党强有力的思想政治工作之下，原国民党第十六支队第五纵队整体加入了八路军。

辛诚一却表示不当旅长，他把领导职务让给刘万岭和祝兰春。因为他知道这两个旧军人在队伍里的势力很大，他们手下有不少军官欲投奔蔡晋康的国民党军，不会老老实实受共产党管辖。辛诚一此时思想也极其矛盾。他不愿再卷进争权夺利的旋涡，反感国民党内部的互相倾轧。他既不愿意把队伍交给蔡晋康，自己又不愿意当八路。他觉得自己既然带不了这支队伍，就交给八路军，让八路军去改造刘万岭他们吧。而他自己则只带着百余人回到招远境内活动，继续发展队伍。他想建立一支由全新的成分组成的抗日队伍，不再受旧军人掣肘。他要以自己的行动把日寇赶出中国，解放他的东北家乡。

辛诚一留下的队伍有4个连500余人，五支队将其编为两个营，又从五支队调过来一个营，任命刘万岭为旅长，祝兰春为副旅长。共产党当然不会把这个旅完全交给两个旧军人，又委派在大青杨战斗中给敌人以沉重打击的五支队六十一团团长赵一萍任副旅长，政委和政治部主任也都是五支队委派的共产党干部，把这支队伍牢牢地控制在共产党手中。

国民党的十六支队第五纵队就这样被八路军收编了。这可气坏了国民党第九专区专员蔡晋康。他不断地派人找刘万岭和祝兰春等人策反，一时把二十五旅搞得人心惶惶，一营营长官子名笼络了一部分人阴谋叛乱。五支队采取果断措施，于1938年12月12日深夜，以武装整编的方式将企图搞叛乱的人员拘捕。营长官子名逃跑，投归平度十八旅一团李德元部。叛乱平息后，刘万岭被免去旅长职务，五支队派他与三营营长郭武林到八路军山东纵队重新分配工作，一些有文化的青年送到军政干校学习。经过整编改造，这支队伍最终成了名副其实的八路军。

辛诚一向八路军交出队伍后二次组军抗战，誓与日寇战斗到底，最终战死在抗日战场上。虽然他没有活着看到日本投降，但中国抗战的最后胜利，可以告慰他那宁死不屈的在天之灵了。

赵保原背后下绊子

前面说国共联合打击刘黑七，八路军五支队与国民党地方部队基本上是联合作战，互相支援，共同对敌。可是，激烈的抗日战场上却没见赵保原的踪影。赵保原从伪军“反正”后，一直在掖县接受着五支队的优待和掖县民众的养活。现在大敌当前，他干什么去了呢？

用平度人的话说，这家伙属狼的，吃红肉拉白屎，并不想与八路军真心合作。

还在1939年1月，当张宗援尚未占领掖城时，本来赵保原与五支队二十一旅郑耀南旅长约好在夏邱堡联合狙击敌人，可等到张宗援进入夏邱堡白沙村时，赵保原却袖手旁观，眼看着二十一旅与敌人单打独斗，却没有按照约定命令自己的队伍参战。二十一旅孤军奋战，与敌人激战一天，力不能支，赵保原也不予救援。郑耀南见敌强我弱，不能继续打下去了，只好撤出战斗。这时赵保原看到二十一旅被打散的100多人在后撤，不但不予帮助，反而下令缴了他们的枪。后经五支队派人上门交涉，赵保原才不得不将枪支发还。

赵保原原是张宗援手下的汉奸，对张宗援有着天生的畏惧。为了保存实力，他尽量避免跟张宗援交锋。张宗援占领掖县后，八路军五支队东撤，赵保原的队伍在掖县也没有立足之地了，他便派人到第八专区驻地莱阳去找第八专区专员厉文礼，要求允许他的部队开到莱阳。赵保原没想到，他的这一要求，正符合准备搞“政变”的厉文礼的需要，厉文礼命他迅速带队来到莱阳。

厉文礼怎么也不会想到，他为了壮大自己的势力而笼络赵保原，却为赵保原最终取代他控制胶东做了铺垫。

莱阳地处胶东腹地中部，东控烟台，西指胶莱，地处胶东中心，乃兵家必争之地，当下正处于国民党控制之中。不但国民党第八专区在此驻扎，连胶东行辕主任卢斌也把行署驻地选择于此。虽然大敌当前，厉文礼为与卢斌争夺权力，却正在酝酿着一场大的变局。究竟鹿死谁手，眼下还没见分晓呢。

第二十八章　“胶东行辕事件”成就了赵保原

抗战初起，山东省府主席韩复榘逃离济南，国民党地方官员纷纷效仿，弃官而逃，使国民党的行政系统基本瘫痪，山东出现一段“行政空白期”。

与国民党地方官员弃官而逃相反，山东许多地方的国民党下层人士勇敢地打起抗日旗号，组军建政，开展抗日游击战。队伍之多，遍布胶东各县。除了张金铭的国民党第五战区游击总指挥部直属十六支队下属的14个纵队30000余人，还有国民党第七专区专员郑维屏属下近万人，第八专区专员兼保安纵队司令厉文礼系列20000余人，第九专区专员兼别动总队四十四支队司令蔡晋康系列几千人。有姜黎川的山东保安独立第十四旅（后改编为第七旅）3000余人，王尚志的鲁苏战区第四纵队上万人（占据昌邑与平度交界处），还有栖霞秦毓堂的国民党三〇八团、招远焦盛卿的国民党别动总队三纵队第四十梯队，再加上陈煜、徐叔明等人的部队，总数几近10万，谁也说不清楚有多少队伍多少名目和多少系统。

可以说，虽然日军入侵，山河破碎，但胶东到处有蛟龙在翻云覆雨。遗憾的是群龙无首，众多的队伍急需整合。

沈鸿烈的省政府驻地又很不固定，由曹县（1938年1月24日至5月底）、而东阿（1938年6月28日前）、而寿张县张秋镇（1938年7月中旬前）、而惠民、利津（1938年底）、而鲁南（蒙阴县鲁村、沂水县东里店、临朐县吕匣店子等），这样辗转迁徙，再加上日军在山东的点线分割，使省政府与各地联系不便，难以有效地行使职能。

当然，以上情况只是暂时的。随着抗战的深入，沈鸿烈逐步站住了脚，便开始考虑如何恢复全省行政系统的问题了。根据敌我穿插分割的局面，沈鸿烈想出了一个办法，就是在全省设立三个“主席行署”，分别是胶东行辕、鲁西行署和鲁南行署，使之代表省政府就近指挥，统驭所辖各县党务和军、政事宜，可见这三个行署（辕）比如今的地级市大得多了。因省府设在鲁南，鲁南行署也就没有单设，由沈鸿烈直接管辖。

胶东行辕埋藏隐患

胶东行辕成立于1938年秋，以胶莱河为界，向东直达东海边，管辖整个胶东半岛。胶东行辕驻地在莱阳，行辕主任名叫卢斌。同时，沈鸿烈任命第八专区专员兼保安司令厉文礼兼任胶东行辕副主任。

这样，莱阳就出现一个槽上拴两头叫驴的情景，这是沈鸿烈的重大失策。

为什么说厉文礼和卢斌是一个槽上的两头叫驴？

厉文礼是国民党复兴社成员，属军统系统。而卢斌属于国民党中统（CC）外围组织学兴社成员，与沈鸿烈属于同一派系。厉文礼是个搞派系倾轧的专家，胶东人称他“搅乱星”。大家也许还没忘记，厉文礼就是因为与张金铭分属复兴社和CC派系，才使张金铭大受挫折的。当然，卢斌不是张金铭，他的行政官职比厉文礼高，又仗着有沈鸿烈这个后台，所以不把厉文礼放在眼里。卢斌也是玩宗派的高手。他一到胶东，首先任命原来张金铭的十六支队第四纵队司令兼莱阳县长刘东阳为保安十七团团长，使其成为自己的亲信，继而在第七专区（驻威海）和第九专区（驻栖霞）拉拢培植自己的势力，排斥异己。厉文礼本就对沈鸿烈把他安排在卢斌手下任副主任不满，卢斌却又是这样无所顾忌地拉拢私人势力，这就必然引起厉文礼的嫉恨。正在这时，赵保原要求开到莱阳。厉文礼正是用人之际，立即表示同意，把赵保原作为自己的亲信，安排在莱阳外围驻防，一切听从他的调遣。

万事俱备，只欠东风，厉文礼要下手了。1939年2月26日，“东风”来了。按照惯例，卢斌决定在行署召开行辕主任办公会，通知副主任厉文礼参加，时间定在晚上。厉文礼决定趁机动手。他暗地命令他的胡鼎三团于天黑后开进莱阳城，与莱阳县长王海汝一起将行辕包围。会议开了不一会儿，厉文礼借口出去小解，他的人马冲进行辕会议室，把卢斌和担任卢斌保镖的刘东阳等四人抓起来，五花大绑拉到西马山埠，一阵机枪扫射，把他们全都打死了。

刘东阳自抗战以来一直拼杀在抗日战场上，尤其是花园头一仗打得惨烈，表现英勇。他没有死在日本人枪下，却被自己人无辜杀害，死得冤枉，死得可惜！

这就是震惊山东的“胶东行辕事件”。如今的人们也许不信，那正是大敌当前的危急时刻，张宗援和土匪刘黑七向胶东大举进攻，相继占领了掖县和招远，正在谋取进一步东进，莱阳是张宗援必取的目标。厉文礼却不管不顾，为争夺权利而对自己人大开杀戒。作为国民党的一个官员，杀起自己人来怎么会那么明目张胆？而且杀害的还是自己的顶头上司？这就是国民党的派系之争啊。国民党的派系是根深蒂固的。只要回顾一下抗战前发生的蒋冯阎大战、蒋桂大战就不难理解了。国民党的队伍是由许多地方军阀组成的，蒋介石从来就没有真正统一过他们。国民党部队有嫡系和杂牌之分，而国民党内部又有军统和中统及其他派系的纠结。这些派系产生的矛盾上下贯通，在国民党中形成了许多无形的裂痕，这些裂痕永远难以弥合，以至于经常要像河堤一样决口为患。

赵保原提前知道要出事，但他按照厉文礼的命令按兵不动，坐山观虎斗。平度人有话叫作“看殡的不怕殡大”，赵保原盼望事情越大越好。当他得知厉文礼枪杀了卢斌，知道他的机会儿来了，便不等厉文礼下令，就急不可待地派一部分队伍开进莱阳城。这样，赵保原的队伍就控制了莱阳城内外，名为稳定局面，实际上也就真的把莱阳稳稳地把持在自己手中了。

赵保原懂得厉文礼消灭了卢斌，也就同时消灭了他自己。赵保原知道那个古代寓言，“鹬蚌相争，渔人得利”，他觉得自己就是那个渔翁，马上就要时来运转了。

赵保原果然是好运临头

山东省主席沈鸿烈对厉文礼的大逆不道犯上作乱恨得咬牙切齿，但鞭长莫及，对远在胶东的厉文礼毫无办法。他只能宣布将厉文礼的所有职务一撸到底，命他就地不动，等待整编。紧接着，又将胶东行辕改为鲁东行署，委任李先良为行署主任，命他速速到任，负责对厉文礼部的整编工作。

李先良到任后，看到莱阳已经为赵保原控制，便干脆送个顺水人情，先是委任赵宝原为十三区行政专员兼保安司令和莱阳县长，不久又加委他为鲁东行署十三区特派员。李先良这样连连加封赵保原，就是接受卢斌手中没有军队而受厉文礼节制的教训，把赵保原抓到自己手里，他这个行署专员一开始就有了强大的武力支撑。赵保原见李先良这样看重自己，加在自己头上乌纱帽一顶高过一顶，真是受宠若惊，对沈鸿烈、李先良等感激涕零，表示甘愿效犬马之劳。后来赵保原果然为抗日出了不少力，并成为国民党的反共急先锋和主力军，这是后话。

赵保原当上"鲁东抗日联军"总指挥

在张宗援东进的过程中，八路军五支队和国民党各路游击队奋勇阻击日伪军，每天都在做出牺牲。

攻占掖县、招远之后，张宗援更加疯狂，命令攻占了招远的刘黑七部向黄县、蓬莱进攻，必欲消灭共产党胶东区党政机关，最终将八路军的蓬、黄、掖根据地全部占领而后快。

为了避开敌人的锋芒，中共胶东区党委及黄县党政军机关只好于1939年2月下旬撤出黄县城转入山区。3月下旬，区党委在蓬莱赵家台召开党政军紧急会议，决定兵分两路，区党委及五支队司政机关带领部队南进平度大泽山区，开辟平、招、莱、掖根据地；另一路则向东进入艾崮山区，开辟蓬莱、黄县、福山山区根据地。

正是胶东区党委的这一决策，我家乡的大泽山开始进入人们的视野。经过此后近两年的开辟建设，大泽山成为闻名全国的抗日根据地。

这样，以王文为书记的中共胶东区党委和以高锦纯为司令的五支队并没离开平度和蓬、黄、掖一带，他们依托大泽山区，同张宗援展开了更加灵活的游击战。

驻莱阳的赵保原看到张宗援气势威猛，先后占领掖县、栖霞、黄县、蓬莱，下一个目标肯定就是他的莱阳城了。

大青杨战斗失败后，赵保原脱离张宗援投降"国军"，最怕张宗援对他报复。眼看与张宗援的一场决战不可避免，他又身兼国民党政府加封的多重职务，再一味躲避就要被人说放水纵敌了。赵保原动开了心思。目前正值国共合作，何不拿出姿态，与八路军五支队进一步密切关系，联合八路军和其他地方游击队组成一支强大的队伍来共同对付张宗援？

就战略上来说，赵保原的这一决策无疑是正确的。当时的胶东，不管是赵保原还是五支队，还是蔡晋康、厉文礼、王尚志、张金铭、焦盛卿、徐叔明，谁都没有能力同鬼子单打独斗。而胶东国民党方面抗日游击队虽说有近10万，却因为都是地方部队，派系不同，各自为政，哪一个指挥官也指挥不了别人的队伍，好似一盘散沙，难以形成合力。如果能够实现统一的指挥，特别是国共双方真正联合起来，那可就好比战国时期的“诸弱合纵”，对付张宗援这个“强秦”就不成问题了。

赵保原主意已定，便主动派人跟五支队高锦纯联系。五支队在前段同刘黑七的多次战斗中已经付出不小的代价，高锦纯也觉得大敌当前，联合起来对付张宗援非常必要，便对赵保原的建议予以积极支持。

1939年4月的一天，赵保原召集胶东国民党各路抗日游击队的20多名司令齐集莱阳城，五支队高锦纯的代表作为共产党八路军一方参加会议，响应赵保原的动议，共同达成成立“鲁东抗日联军”、抗击张宗援日伪军的共识。会议完全按照赵保原的心愿进行，最后通过由赵保原任抗日联军总指挥，五支队司令高锦纯任副指挥。另外两个副指挥是国民党方面的韩炳宸和蔡晋康。

为了能联合起来打鬼子，八路军五支队的司令只好顾全大局，同意听命于由大汉奸“反正”而来的国民党的赵保原了。

就因为八路军五支队司令高锦纯同意居于国民党官员赵保原之下，担任“鲁东抗日联军”的副指挥，他顶了一辈子“右倾”的帽子，并且连他自己也承认当年犯了“右倾”的错误。这位老将军在1990年撰写的革命回忆录《抗日战争初期的胶东武装斗争》中是这样说的：“在抗战初期，由于我们对王明在统战问题上的右倾投降政策认识不清，在其‘抗日高于一切’‘一切服从抗战’的口号下，我们曾想办法与驻在胶东的国民党杂牌军‘团结抗日’；加之退出蓬、黄、掖后，在山区和赵保原、张金铭、焦盛卿、徐叔明等这些杂牌司令驻在一起，他们也有与我军‘团结’的愿望。因此，于1939年4月，组成了‘鲁东抗日联军’，并以刚‘反正’不久的赵保原为总指挥，我为副总指挥。”

从高锦纯的这段开诚布公的文字可见，处于初创时期的胶东八路军，羽翼尚未丰满，与势力强大、数量众多的国民党地方部队相处在一起必然要受欺负。而国共合作、统一战线又是来自共产党高级领导的“一切服从抗战”的要求，更使他们不能与赵保原们去计较谁领导谁的问题。须知，那时的五支队不是后来逐渐强大起来的五支队，还不具备与赵保原抗衡的实力。如果高锦纯坚持要当抗日联军的一把手，必然会受到胶东20多个国民党司令的反对，那么，胶东的国共合作就难以实现，这对抗战分明是不利的。而就是那次胶东抗日队伍的大联合，才粉碎了张宗援、刘黑七等武装到牙齿的日伪军对胶东的疯狂进攻。可直到20世纪90年代，高锦纯还在为当年的“右倾”而自责。

赵保原为何给八路军发军饷

当今反映八路军抗战题材的影视剧，很少涉及当年八路军吃的饭穿的衣是从哪里来的。成千上万的官兵行军打仗，每天都要吃饭，一个人一天少说吃一斤半干粮，一个上千人的团一天就要一两千斤粮食。日常生活不仅仅是吃饭，还要吃菜，最好有点儿肉。还要穿衣呢。部队要打仗当然离不开枪支弹药。这些实实在在的问题，八路军究竟是怎么解决的呢？

军队的费用一般来自两条渠道，一是由政府供应，一是直接向百姓要。自古以来，没有政府的命令直接向百姓要粮要钱的队伍往往要靠抢，这就要被百姓骂为“土匪”。军队必须由政府养着。而抗战时期，谁是政府？当然是国民党政府了。

有资料说明，在中央红军改编为“国民革命军第八路军”的时候，在军饷方面是经过跟蒋介石反复讨价还价的。一开始，在中共的积极争取下，蒋介石勉强同意八路军定编三个师45000人，另有地方保安部队10000人，设保安正副司令，高岗为正，萧劲光为副，军饷照给。也就是说，只有这45000人的八路军正规部队和10000人的地方部队的给养由国民党政府提供。根据以上资料可想而知，国民党政府是不会发给胶东五支队这样的“编外”地方八路军给养的。

那么，五支队的军饷是怎么解决的呢？我带着这个问题查阅了胶东各县大量的抗日资料，但都没有涉及。一直以来，我们以为胶东八路军完全是由老百姓养活着，可贫穷的百姓既要向国民党政府缴纳税赋，又有日伪军索要抢掠，还要养活八路军，他们怎么承受得了呢？终于，我在刘岐云的革命回忆录《烽火春秋》中，发现了一句过去没有注意的话，使我非常震惊！书中是这样说的：“盘踞在胶东中心莱阳的赵保原，1939年6月与我军反目，下令禁止供给八路军给养……”

啊，赵保原竟然还曾发给胶东八路军给养？！这是我阅尽几十本有关胶东抗战的资料，第一次也是仅有的一次意外发现，而且仅有“下令禁止供给八路军给养”这么一句。至于赵保原何时开始向八路军五支队供给给养，至今无资料提及。这个重大发现使我似乎有些明白了。高锦纯曾经在大青杨战役中指挥五支队十三团打败了张宗援为首、张步云和赵保原这两个大汉奸对大泽山区的第一次进攻，赵保原是高锦纯的手下败将。正是那场战斗，使赵保原由汉奸“反正”而成为“国军”，并且五支队还曾给处于困境的赵保原以物质上和精神上的支援。现在，高锦纯同意为赵保原当配角，甘居下位，除了抗日大局的需要，大概还是因为五支队经济困难，为了获得给养而采取的权宜之计吧？

古语说，兵马未动，粮草先行，足见军队给养的重要。面对实力强大的日军的“扫荡”，八路军五支队需要给养，而又不可能完全靠向根据地的老百姓索要。有赵保原供应给养，可以说是求之不得，干吗不要？道理就这么简单。

那么，赵保原为何发给五支队给养呢？首先，赵保原野心勃勃，要做胶东各军的头头，他不能不出点儿血。其次，赵保原身兼军政要职，既有上面拨款，又可以政府名义在第八专区征粮征款，指头缝里漏出一点儿来给五支队，赚得个胶东各路大军包括八路军在内的“总指挥”，能说不合算吗？尤其是赵保原心中最有数，与胶东国民党其他 20 多支队伍比起来，八路军五支队是最能跟鬼子拼命的队伍，胶东的抗战离不开五支队。花几个钱就能让八路军跟鬼子拼命，不更是一本万利的买卖吗？

就是说，高锦纯和赵保原都觉得这么办对己方有利，对抗日有利，这不是双赢吗？

不过，高锦纯说自己右了，还牵扯到国共合作中的一个原则问题，这就是统一战线中共产党对军队的领导权问题。

前面我们说过，在红军被改编成国民革命军第八路军的过程中，蒋介石曾一度坚持要向八路军派遣“辅佐人员”。辅佐人员，就是副手。有总司令，就有副总司令。有军长，就有副军长，参谋长。有师长，就有副师长，等等。试想一下，如果八路军朱总司令后面的副司令不是彭德怀而是国民党的某某人，那肯定就不是我们都熟悉的那个八路军了。坚持在统一战线中的独立地位的中共坚决予以拒绝，使蒋介石的企图落空，从而保持了八路军的纯洁性、独立性。可胶东的国共合作整个地翻了个个儿，八路军五支队的司令竟然变成了“国军”的“辅佐人员”了，五支队要直接听赵保原指挥了。如果不讲灵活只讲原则，高锦纯肯定是“右”了。

然而，张宗援率领的日伪军力量太强，胶东的抗日力量如果不联合起来，最容易被敌人各个击破。打败日伪军的进攻应是压倒一切的目标。为了实现这一目标，共产党的五支队暂时服从国民党方面赵保原的统一指挥，又难说是错误的决策。更何况人家还发给养给五支队，这已经违反了蒋介石的本意了，这就更可见赵保原当时与八路军联合抗击张宗援的进攻是当务之急，并非虚情假意，装模作样。

第二十九章　“鲁东抗日联军”的是与非

实践也真的证明，“鲁东抗日联军”的成立，使胶东出现了抗战的新局面。胶东的抗日力量形成了一个拳头，能够跟实力强大的张宗援抗衡了。

这就该张宗援倒霉了。

张宗援兵败莱阳，刘黑七滚出胶东

赵保原任鲁东抗日联军总指挥后的第一仗是攻打栖霞城。那是1939年5月，刘黑七在日寇配合下带领伪军1500余人攻占了国民党第九专区驻扎的栖霞城。刘黑七把司令部设在城北五里的古都村，分出400人把守县城。5月19日，赵保原以总指挥名义下达了攻击令。这个命令大方向对头，但在兵力部署上显失公平：赵保原一部与蔡晋康、秦毓堂、徐叔明等四部联合攻打栖霞城的400余伪军，而要八路军五支队独自进攻有千余伪军把守的刘黑七司令部古都村。面对这非常不公的分配，五支队未予计较，立即进行战斗部署。高锦纯命五支队六十四团一营向南山进攻，任务是占领南山，切断刘黑七司令部与栖霞城之间的联系。从晚上8点开始，一营在一夜间连续三次冲锋，终于击溃了刘黑七部署在南山的主力，将南山占领。次日天明，五支队包围了古都村，展开激烈的攻坚战。一直攻打到中午，五支队虽然死伤了多名官兵，但依然越战越勇。刘黑七见八路军攻势厉害，情知古都村难保，只好率队突围逃跑。八路军紧追不舍，很快接近了栖霞城。刘黑七逃跑，栖霞城那边的守敌更无心防守，没等蔡晋康他们进攻，便弃城而逃。五支队乘势占领了栖霞县城。栖霞县城失而复得，五支队立了头功。不过，五支队却不能驻在城里。赵保原便命令五支队立即将栖霞城交与蔡晋康。理由很简单，栖霞城是第九专区驻地，蔡晋康是第九专区专员。为顾全大局，五支队只好将县城交给蔡晋康，继续向逃至铁口、套村一带的刘黑七残部追击。

蔡晋康能重回栖霞城坐镇当专员，还是感谢八路军的。作为交换，他允许五支队进驻牙山。从此时起，牙山成为共产党八路军在胶东中部的一块理想的根据地。牙山在胶东具有极其重要的战略地位，胶东八路军能够拥有牙山，对于将来抗击日伪军乃至从日军以及国民党军手中夺取整个胶东，都具有重大而又深远的意义，此为后话。

1939 年 5 月，五支队收复栖霞后，派出部分兵力继续追击刘黑七。刘黑七在逃窜中集结了他的所有队伍近 3000 人，并且到达赵保原的大本营莱阳城附近，咬牙切齿地要拿下莱阳城。赵保原见敌人来势凶猛，只好带领军政机关撤出莱阳城。这样，刘黑七部得以顺利入城固守。所幸国民党方面徐叔明积极配合八路军五支队，将莱阳城四面包围，发起强攻。刘黑七亲自在城头督战，命令官兵顽强抵抗。但在国共两支队伍的强大攻势面前，孤军作战的刘黑七部死伤严重，不得不突围逃离莱阳城。莱阳城是第八专区和胶东行署驻地，五支队当然不能驻在城里，只能将莱阳城交给赵保原，主动撤到城外。5 月 31 日，张宗援亲自指挥，在日军飞机配合下进攻莱阳城。赵保原一看日军攻势猛烈，决定二次弃城，又使张宗援顺利地将莱阳城占领。6 月 2 日，鲁东抗日联军再次攻克莱阳城，张宗援的日伪军撤出莱阳城向南逃窜。两次莱阳城战斗，共消灭敌人 400 余名。刘黑七的 3000 伪军大部逃散，只剩下二三百人。刘黑七从此滚回他的鲁南老家，再未敢踏进胶东一步。日酋张宗援在莱阳战斗中被打成重伤，奄奄一息，被送回青岛治疗。这个对中国人民犯下滔天罪行的日酋从此退出胶东战场，蜗居青岛，重操间谍旧业。1945 年，日本投降，张宗援被判为战犯，受到应有的惩处。

对国共双方在胶东保卫战中表现的评价

“鲁东抗日联军”组成后对日伪军的第一次反击战，历时两个月，以张宗援为首的日伪军的彻底失败而告终。抗日联军战果辉煌，共计消灭日伪军上千名，并缴获了大量的武器弹药。这对胶东抗日军民无疑是一个巨大的鼓舞。由于国共双方都是为了保卫他们的抗日根据地而战，所以我为这一反击战命名为“胶东抗日根据地保卫战”。在这一大规模的保卫战中，国共双方都为抗击日伪军付出了重大牺牲，不仅仅是八路军五支队，国民党十几支抗日游击队在战斗中所表现出来的英勇杀敌的抗日爱国精神，也是可歌可泣的。国共双方官兵的鲜血染红了胶东抗日民族统一战线的大旗，保卫了国共双方在胶东的抗日根据地，为胶东抗日能够取得最后胜利奠定了坚实的基础。

八路军五支队在这次反击战中自始至终积极进攻，奋力杀敌，并且几次将亲手攻下的县城让给友军，实在是胸怀大度。唯有如此大度，才不至于发生国共摩擦，保证国共都能集中火力对付日伪军。如果五支队跟赵保原的国民党势力争地盘，势必会产生联合阵线的分裂，不利于抗日斗争的大局，也不利于自己的发展。

那么，怎么来评价赵保原呢？

首先，赵保原作为鲁东抗日联军的总指挥，指挥包括八路军五支队在内的胶东所有抗日队伍取得这次重大胜利，其功劳是难以否认的。就像过去，我们曾经只承认国民党的某些官兵是抗日的，而否认国民党军的总指挥蒋介石抗日甚至说他“卖国”。随着思想的解放，我们最终改变了对历史的扭曲，承认了蒋介石抗日领袖的地位。给赵保原冠以“逃跑”的帽子，也是对历史的误读。赵保原在面临张宗援为首的日伪军的进攻中，确曾三次放弃莱阳城，这是说他“逃跑”的主要证据。可前面说到，面对张宗援为首的日伪军的疯狂进攻，为了避其锋芒，中共胶东区委和黄县党政机关于1939年2月下旬撤出黄县城，转移到山区，与敌人展开游击战。打得赢就打，打不赢就跑，不在乎一城一池的得失，保存有生力量与敌人开展运动战、游击战，这无疑是毛泽东为八路军及地方游击部队制定的正确的战略决策。而莱阳城是国民党胶东行署、第十三专区和莱阳县政府三重党政机关驻扎的政治军事中心，面临武器装备都占绝对优势的日伪军的疯狂进攻，赵保原也只能决定从莱阳城撤出，这无疑是保证国民党党政机关安全的唯一选择。

即使在国共团结抗战两个月之后的1939年6月，赵保原已经开始反共，停止向八路军五支队供应军饷，但也不能说赵保原不抗战。而且，鲁东抗日联军的名义尚在，国共合作的旗帜依然在飘扬。这年冬季，不甘失败的日伪军兵分五路对胶东抗日根据地发动第一次冬季大“扫荡”，国共地方部队都面临日伪军的进攻。八路军五支队发布《为动员一切力量粉碎敌人连续“扫荡”的宣言》，胶东各县党组织发动群众，配合五支队展开破袭战，对胶东境内的栖（霞）莱（阳）、平（度）莱（阳）等六条公路进行大破袭，使主要交通干线中断，为“鲁东抗日联军”粉碎日伪军的扫荡赢得了时间，创造了条件。与此同时，国民党方面也积极行动，给敌人以沉重打击。11月9日，平度、即墨、掖县三县的日伪军联合进攻莱阳。赵保原一面率他的司政机关撤出莱阳城，一面命令副指挥韩炳宸率所部700余人在松旺庄以西的丘陵地带设伏，并命十三专区保安十七团协同作战，阻击日伪军东进。10日至11日，保安十七团及韩炳宸部主力在松旺庄的西太平山、郭家庄村西孙家茔地与日伪激战，全体将士奋勇杀敌，打退敌人多次冲锋。但日伪军攻势猛烈，还是进占了莱阳城。就在这时，八路军五支队于10日下午来到莱阳城外，参加了反击日伪军的战斗，与日伪军激战一昼夜，12日黎明，收复了莱阳城，让赵保原再次回到莱阳城。12月2日，日伪军又集中5000兵力再次进攻莱阳城，赵保原第四次放弃莱阳城，跑到莱阳东南部的万第才算站住脚。从此，日伪军占领莱阳城并成立了伪政权，赵保原直到抗战胜利后被八路军击毙在胶州城，再也没能回到莱阳城。

高玉璞“反正”，赵保原成大赢家

如果把赵保原短时间内与八路军的合作误认为他是提倡国共合作、统一战线的积极分子，那就大错特错了。第二次国共合作的基础仅仅是抗日救国，除此之外两党再无利益上的共同之处。由于主义不同，所要实现的政治目标具有天壤之别，两党在共同抗日的同时又从来没有放弃各自的政治目标，所以，合作只是权宜之计，斗争才是永远的主题。

赵保原在东北当汉奸时就是一个彻底的反共分子，加入“国军”后，其反共本质暴露得比其他国民党右派更加急切，以至于根本不顾还担任着鲁东抗日联军的总指挥，共产党的五支队还在他的领导之下。

前面说到，张宗援占领掖县率军东进的时候，把掖县城交给平度人高玉璞把守，并封他为“掖平警备司令”。高玉璞对日本主子感恩戴德，真心为日本主子卖力，并击退了五支队六十二团的一次进攻。

高玉璞荣升“掖平警备司令”首战告捷，在掖城和掖县以西直到平度西北部他的家乡一带扎下了根，真是得意扬扬，只等主子张宗援占领了整个胶东，回头再对他封官加爵了。谁知好景不长，张宗援在莱阳打了败仗负伤回了青岛，刘黑七也垮台滚回了鲁南老家。高玉璞孤守掖城，整天处于惶惶不安的境地。

“鲁东抗日联军”打垮了张宗援率领的日伪军的进攻之后，为了恢复蓬、黄、掖根据地，高锦纯立即率领五支队杀回掖县，很快占领了县城四关，把掖城围了起来。这是五支队跟高玉璞的第二次较量。第一次较量，高玉璞仗着有张宗援做后盾，武器充足，气焰嚣张，成了赢家。这次可就不同了，高玉璞把守孤城一座，四面楚歌。但这个铁杆汉奸不会轻易服软，仗着人多火力足，一边命令部下拼死守城，一边派人突围寻求日军的救援。高玉璞多次派出人员，想去青岛、潍县和招远向日军求援。可他想不到五支队把掖城围得水泄不通，别说是人，连狗都别想跑出去，派出的人员多被五支队捉获。

只有一个人出了包围圈到了潍县。五支队立即命十五团二营在昌邑阻击潍县来援之日伪军，将他们打回潍县。

五支队为了逼迫高玉璞投降，先将县城东南角的炮楼给他炸毁，以示警告。可高玉璞困兽犹斗，仗着自己的火力猛，拒不投降。五支队又没有攻城的重武器，一时还真难以攻克防守坚固的掖城，就只好将此情通报联军总指挥赵保原，希望他协助攻城。赵保原一看这是扩张势力的大好时机，便慷慨地派部队前来与五支队联合作战。高玉璞见国共部队人数众多，攻势又猛烈，知道掖城难保，便派人出城谈判，要求给他一个月的时间，他便交出掖城。高玉璞要求的期限也太长了点，五支队不同意，当即揭穿了高玉璞玩缓兵之计的阴谋。

赵保原却认为应该答应高玉璞的请求。

赵保原是另有打算。他怎么会不知道高玉璞在玩手段呢？可他又知道，高玉璞玩也是白玩，日伪军刚打了败仗，不可能派出重兵来救高玉璞。他是要趁机把高玉璞控制在他的手中，而不想要高玉璞向八路军投降。赵保原命他的主力邓学良团一面围攻掖城向高玉璞施加压力，一面暗地里派人进城拉拢高玉璞，并许以高官。高玉璞心中暗喜，便和掖县伪县长张起陆商量后决定“易帜”。一夜之间，掖县城墙上的日本膏药旗换上了国民党的青天白日旗帜，高玉璞宣布“反正”当“国军”。赵保原大喜，委任张起陆为暂编十二师参谋长，高玉璞为十三行政区保安第四旅少将司令。跟随高玉璞投靠日伪军的原张金铭的十六支队直属第八大队大队长刘际治被封为高玉璞的旅参谋长。高玉璞的伪警备队和伪掖县自卫团被改编为七、八团，七团开往平西高玉璞的老家，八团分别驻防大泽山北部和掖县西部。这样，从汉奸摇身一变而成“国军”的高玉璞，就像一年前赵保原“反正”时一样，官职比当汉奸时高了，实力比当汉奸时强了，势力范围遍及平西和掖县 10 个区中的四个区。

高玉璞，我的这个平度老乡啊，你的运气怎么像赵保原那么好呢？你们都是当汉奸当出功劳来了。

赵保原趁机从高玉璞手里接受了掖城。而最先包围、两次攻打掖城的八路军五支队却颗粒无收，还是只能在乡下活动。

五支队先是把栖霞城让给蔡晋康，继而几次将莱阳城让给赵保原。五支队的大本营是掖城，这次围攻掖城五支队也应是功拔头筹。掖城收复了，五支队却回不到自己的大本营。

国共掖县政权之争

直到赵保原要撤换共产党委派的掖县抗日民主政府县长的时候，高锦纯才决定不再退让，但为时已晚。1939 年 9 月，经赵保原上报省政府批准，宣布撤免原共产党委派的掖县抗日民主政府县长于烺的职务，要另派县长前来接任。新县长的人选是赵保原的原参谋长安重枢，赵宝原从他的莱阳县政府抽调了 10 个亲信官员做班底，并派四五十人的武装护送他们到掖县上任。高锦纯忍无可忍，命五支队十三团三营将他们截住，让他们回去告诉赵保原，掖县抗日民主政府还在，另立县政府没有道理。可是，此时掖县已经在赵保原手里，并且有韩炳宸的一个团驻守。枪杆子里面出政权，有赵保原的武装撑腰，掖县的政权还是被国民党夺了回去。9 月 18 日，五支队在掖城北边的大原村召开纪念“九・一八”8 周年万人大会，举行盛大的阅兵式，以此种方式向赵保原示威，但也无济于事。赵保原岂是那么好吓唬的？

中共胶东区委做出决定，发动掖县群众开展“拥于（烺）”运动。全县各区、乡纷纷召开群众大会，发通电或呈文给省主席沈鸿烈、鲁东行署主任李先良和十三专区专员赵保原，表示严重抗议，要求收回成命，尊重民意。沈鸿烈、李先良和赵保原对此都视若罔闻，不予理睬。年底，蓬、黄、掖三县抗日民主政府派出代表到鲁南去向国民党政府请愿，但沈鸿烈拒不接见，将他们晾在大门外面。

沈鸿烈既然有权任命于烺当县长，难道就无权更换别人当县长？看来，共产党要靠民主的方式从国民党手里“合法”得到政权，只能是异想天开了。

至此，共产党开辟的蓬、黄、掖抗日根据地及莱阳、栖霞等县，在赶走日伪军之后，都被赵保原为首的国民党地方军队占领。而八路军五支队仍然还是在县城以外的乡下或山区驻扎。

高玉璞鱼肉掖县

高玉璞从汉奸转型为“国军”，完全是复制赵保原的模式，不但没受到丝毫损失，反而获益多多。而最为倒霉的却是掖县的百姓。高玉璞曾经在家乡平度捐资办学铺路，积德行善。其实那不过是一个倒台的旧军人从跟随军阀张宗昌吸取的民脂民膏中拿出些微小钱，权当猴子腚上拔根毛，赚取乡人口碑罢了。现在他重掌兵权，又是汉奸变“国军”，对曾是共产党根据地的掖县可就不那么客气了。他不愧在张宗昌手下当过旅长，对百姓敲骨吸髓手段繁多，花样翻新。他规定的苛捐杂税有“爱国捐”“抗日捐”“伤病员捐”“慰劳捐”“救国费”“枪支费”“棉衣费”等十几种，连他自己也想不清有多少种。他的第八团统共才六七百人，其中还包括军官的家眷200多人，却按照2500人的名义向掖县第八区西部的几十个村庄征收粮秣给养。他们向农民摊派的东西，必须随要随送，不能有丝毫怠慢。谁家稍有迟缓，就要遭到打骂。有一个姓孙的农民因为晚送了一天白面，就被以抗缴军粮为罪名绑去毒打，全村人凑了钱才将人赎回。人虽然赎回了，但因受伤过重，后来也成了残废。由于可以任意搜刮，凡是在高玉璞队伍里当个小头目，就可以娶女人带家眷，生活费用全都从百姓身上出。百姓说高玉璞的部下官比兵多，烟枪比大枪多，太太成群。高玉璞手下的“副官”特别多，只要向他奉献几支枪和一些钞票，就可以讨个“副官”当。一时间，许多有钱的豪绅地痞都愿意加入到高玉璞的队伍里来，一当上“副官”，就可以带家眷，就可以向百姓要粮要钱。高玉璞队伍里的地痞流氓越来越多，每天聚赌抽大烟，半夜出来偷盗抢劫，强奸妇女。在高玉璞的残酷统治下，掖县人的日子简直没法过了。

第三十章　乔天华和他的莱平大队

又该说说乔天华了。

在张宗援带领日伪军离开平度城进攻掖县等地时，乔天华和他的“平度抗日救国会”配合五支队在平掖路上搞破袭阻击日伪军，延缓了张宗援的进军步伐。当日伪军相继占领掖县、招远、栖霞等地后，五支队连续与敌作战，减员厉害，急需补充。司令部命令将刘文卿带领的小七支队和平度抗日救国会合编，升格为五支队特务营。这是乔天华组建的第二、第三支游击队“升级”为八路军正规部队。乔天华的特务连长乔明志随即被任命为八路军山纵五支队特务营营长，专门负责保卫胶东根据地设在栖霞、招远、莱阳、掖县和平度等地的众多被服厂。后来又于1941年改任胶东军区特务三营营长，负责从招远向山东分局押送黄金，多次往返于胶济铁路。据说，乔明志在过铁路时，向把守据点的伪军喊一声“乔八借路来了”，伪军们就不敢阻拦，假装没看见，让他大摇大摆地通过。这样，乔明志每次押送黄金都能顺利完成任务。整个抗战时期，胶东八路军向党中央和山东省委贡献了13万两黄金，其中就有许多是乔明志押送的。

乔天华组建第四支游击队

那时共产党的地方游击队经常“升级”，区小队升级为县大队，县大队升级为地区独立营或直接升级为八路军。这是八路军补充兵员的有效途径。年轻人先在地方游击队锻炼一阵子，进了正规部队马上就能打仗。而原来的队伍“升级”后，地方再行组建，上级什么时候一声令下，就再将新的队伍“升级”。

乔天华却没能和他的队伍一起“升级”。高锦纯命令他，利用他的群众影响大、具有丰富的群众工作经验的优势，趁着与平度的张金铭和活动在平胶边界的姜黎川、高密的曹克明等国民党抗日力量关系较好的机会，再组建一支游击队，在平度南部开辟抗日根据地。

组建游击队是那么容易的事情吗？那是要老百姓把孩子送给他跟着去拼命啊。八路军游击队又不兴“抓兵”，就是依靠深入细致的思想政治工作，说服老百姓自愿参加。那一般是要县、区、乡、村各级组织进行大量艰苦的工作才行的。

而乔天华，既不是县长书记，又不是乡村干部，单凭个人的名义叫人家跟他抗日，而且能一呼百应，这就是他的个人魅力所起的作用了。高锦纯正是看到了这一点，才把乔天华留在地方，把组军的艰巨任务交给他的。可是，乔天华拉起的三支队伍都升级了，他手下的罗竹风、王侯山、王寅东、刘文卿、乔明志等都随着队伍升了级，在职务上得到提升。只有乔天华，似乎生来就是个当游击队长的命。一支支亲手拉起来的游击队升入八路军，他却落得两手空空，无官无职，光杆一条。

后来人们戏称乔天华为“游击队贩子”，既是对他组军能力的肯定，又不免有为他鸣不平之意。小商小贩贩卖物品是为了赚钱，乔天华“贩卖”游击队却是“赔本赚吆喝”，上级对他也太不公平了。

然而，乔天华却无怨无悔，每次都是痛快地把自己辛辛苦苦拉起的队伍交上去，拍拍手从头重来。这是需要怎样的无私和牺牲精神才能做得到啊！

好个乔天华，来到平度和莱阳交界处的涧里孙家，振臂一呼，很快就又拉起一支百余人的游击队。由于人员是由莱阳人和平度人组成，名字就叫“莱平大队”。这是乔天华组建的第四支抗日游击队。

莱平大队成立后，乔天华便带着队伍向平南开拔，很快又有许多平度老乡加入队伍，跟着往平南走。

队伍开到平度有名的南大洼三泊一带。

三泊的来历

三泊，望文生义，应该不缺水，泊就是大水湾。一到涝雨天，平度北部山区的洪水激流直下涌向平南，三泊一带必然是积水茫茫，一望无际。即使大水退了，也是水湾遍地，苇塘丛生，水鸟翻飞，鱼虾畅游。这里庄稼难种，农民中却不乏捉鱼摸虾的行家，玩枪打猎的高手。

三泊包括今天平度的崔家集、明村、白埠、中庄等乡镇的 70 多个村庄。三泊不是指三个水湾，只是一个大水湾。原来，这片洼地的中心有一个颇具规模的大水泊，水泊里出产一种名叫“哈（ga）牙”的鱼，百姓就叫它“蛤（ga）牙湾”。当地人把它的西北方称为泊北，东北方称泊东，正南方就叫泊南，通称“三泊”。这里远离平度县城，本就“山高皇帝远”，更为有趣的是，三泊中的牛栏、于家、官亭、崔家集等几个村庄，不属平度管辖，而属于昌邑县管辖，这样的地方史称“飞地”。前面我们曾介绍那个在孙家口伏击战中英勇杀敌的董希展就是这里的人并且在这里当过昌邑十区的区长。作为“飞地”，平度对这里没有管辖权，而有权管辖的昌邑县却要越过胶莱河来管，如何管得了？因此就成为“两不管”之地。这里经常遭遇洪涝灾害，土地极端贫瘠，素有“十年九不收”之说。贫穷和行政管理混乱导致盗贼四起，匪祸横行，百姓难以平安度日。为了保护村庄不受盗匪侵扰，1928 年春天，这里的白里村就首先成立了红枪会，在会首魏冠千的指挥下，抗匪抗捐，倒把许多盗匪的气焰打了下去。有一股土匪，头子姓韩，自称司令，向白里村摊派了 200 斤白面，限期缴纳。魏冠千带领红枪会抗拒不缴，韩司令带领土匪包围了白里村。没想到，不但土匪队伍被红枪会击溃，连那韩司令也死于红枪会的枪刺之下。自此白里的红枪会名声大震，不管什么队伍，要想从白里村过路，必须经过红枪会允许，不然就别想过去。传说他们曾经下过军阀刘志陆的枪，消灭过土匪刘黑七（就是前面说到的汉奸刘黑七）的一个连。“七七”事变后，白里一带的红枪会组织起来，抵抗日伪军和土匪的骚扰，保卫家院，吓得当地游杂部队很少敢去惹他们。所以，人们都说三泊一带的人“很野”。

三泊人这样“接待”莱平大队

乔天华带领莱平大队来到的第一个村就是白里。本以为这里的百姓饱受兵匪侵扰，尤其痛恨日本鬼子，对于共产党领导的抗日队伍应该是欢迎的。可是，当他带着莱平大队刚走进白里村，却突然被从胡同和院落里拥出来的红枪会包围了。几百个手持扎枪、大刀和猎枪的村民用武器对着游击队员们，连声说“缴枪不杀”！这是怎么回事？明明是劳苦百姓，为何要大水冲了龙王庙——一家人不认一家人呢？

就莱平大队的实力，镇压以长矛和大刀为主要武器的百姓不在话下。一时惊慌失措的游击队员们也真的挺起枪来对准了那些不顾死活的村民。如果村民们再往前一步，恐怕就要有人倒在莱平大队的枪口之下，眼看一场拼杀即将发生！

乔天华大喝一声“都给我住手”！一步跳到人群中心的一个碾台上，给战士和村民们开起了大会。他对村民们说：莱平大队的队员们也像百里村的百姓一样，都是穷苦人出身，哪有穷苦人见了穷苦人不但不给口饭吃，还要动打的？莱平大队是共产党领导的抗日队伍，共产党领导的抗日队伍是打日本、救百姓的，是人民的子弟兵。共产党领导的队伍对群众秋毫无犯，绝不会像土匪那样随便动你们白里村的一针一线，不信大家就试试嘛。莱平大队为什么到这里来？就是要和这里的百姓一起打鬼子，同时也要打击专门祸害群众的当地土匪。这个高中毕业、当过中学教师、担任过中共烟台地下党特支书记、中共青岛市委委员、潍县中心县委书记等党的高级干部的游击队长，最善于做政治宣传工作，一讲就是一大篇，并且入情入理，使白里村的百姓们一时听得目瞪口呆，继而觉得津津有味，不知不觉就把对准游击队的枪刺放下了。当天的第一顿午饭，莱平大队就是在大街上吃自己带的野菜饼子，喝的是现打的井拔凉水。心地善良的村民们看着这支队伍真的是纪律严明、秋毫无犯，跟他们见过的任何队伍都不一样，很快就把莱平大队当作自己的队伍了。他们不但不再想缴游击队的枪了，反而情愿为游击队准备白面，为队伍做大饽饽吃。他们对游击队的事务人员说，土匪强行向我们要白面，我们就是不给他们。你们要粗粮吃，我们偏偏给你们细粮吃，不吃还不行。莱来大队终于在三泊一带站住了脚，有了自己的小根据地。

垂头丧气的曹克明

当时三泊一带还有一支抗日队伍，就是曹克明率领的国民党第八专区保安六团 。曹克明曾经以组织和指挥孙家口伏击战击毁鬼子汽车消灭多名鬼子而闻名胶东，此时他的队伍却窝憋在三泊的水湾里捉鱼摸虾打水鸟，兵也不练，军号都很久没有再吹起。幸亏日军因为进攻蓬莱黄县一时无暇顾及平南一带，如果真的来犯，这支队伍根本就不抗打。 这是为啥？一年前还是抗日大英雄，如今怎么变成狗熊了？

乔天华来到友军曹克明的司令部驻地，看到曹克明垂头丧气，一问才知，当下的曹团长正处于走投无路的境地。原来，曹克明被他的顶头上司厉文礼发动的“胶东行辕事件”给害了。厉文礼被沈鸿烈撤了职，沈鸿烈命令厉文礼所属部队原地等候整编。曹克明老老实实地等了好长时间，没等到上级来整编的人，却等来了厉文礼派人送来的密信，大意是，他厉文礼是倒不了的，正在向沈主席说明情况。各团不要听信谣言，要精诚团结，共渡难关！谁要是站不稳立场背叛了我厉文礼，到时候后悔可就完了，等等。省主席的命令在那儿放着，厉文礼的信件也使人将信将疑，大家说叫曹克明听谁的吧。如果省政府离平度近些也好，偏偏是山高皇帝远，沈鸿烈鞭长莫及，一封信也得走半月二十日。再说，你曹克明不就是个团长？你有资格直接跟沈主席联系吗？

前途未卜，军心混乱，谣言四起，有人开始当逃兵了，这就是曹克明团目前的状态。胶东国民党搞内耗自己削弱自己，由此可见一斑。

曹克明在与乔天华的谈话中觉得出，这个只有 200 多名战士的共产党的游击队长，比他这个有着上千人的“国军”团长说起话来底气都足！别人谈起平度南大洼都是怨声载道，而乔天华说起这南大洼却是眉飞色舞。他说这一带虽然穷，但到处是飞禽走兽，到处有鱼有虾，田野里还有各种各样的野菜，饿不死人呢！这里的群众性情纯朴，勇敢好斗，正是我们需要的好兵员呢！哎哎，一切不利因素到了他的嘴里都变成有利条件了。就凭这精气神，曹克明就佩服得没话说。曹克明原来也是个共产党，他深知共产党不可能发生“胶东行辕事件”这样自相残杀的悲剧。有意见应当向上级反映嘛，干吗动不动就杀人呢？你厉文礼跟卢斌争权夺利，干吗要殃及我们呢？

乔天华见曹克明打不起精神，只好安慰几句，讲好双方互不侵犯，不搞摩擦，一致抗日，便回到莱平大队的驻地去了。

不久，日军就来平南找麻烦了。

乔天华与曹克明联合打鬼子

驻胶县的日军得悉莱平大队驻扎三泊的消息，感觉不可小觑这支新生的抗日队伍。因为此前，已经有国民党游击队曹克明团在这一带驻扎，如今又有一支八路军的游击队，如果任其发展，平南一带就会成为抗日势力的天下。日军不想国共双方在此站稳脚跟，决定打垮这两支队伍。

1939 年 6 月的一天，日军快速部队约千人，乘坐二十几辆汽车，从胶县一路奔袭来到三泊，首当其冲的是曹克明团。大家大概还没有忘记，此时正是张宗援、刘黑七在莱阳一带被鲁东抗日联军打败的日子。

曹团的官兵一看上千鬼子汹汹而来，大多不敢迎战，转身就跑。曹克明自觉这场仗不好打，也只好命令队伍边打边撤。日军看到曹团不抗打，得意忘形，紧追不舍，满以为可以把曹团立刻消灭。谁想正往前打着，背后却传来激烈的枪声。几个鬼子应声倒地，鬼子军官只好命令回头应战。曹克明一看鬼子背后挨了黑枪队伍大乱，便命令部队停止后退，返身还击起来。须知曹团也有上千人，也曾是打击日本鬼子的好手呢！逃跑又没有出路，还是跟鬼子拼杀痛快啊！于是，曹团的人马就返回身向鬼子冲锋。这一下日军腹背受敌，乱了阵脚，慌忙中拖着几具尸体爬上汽车败逃而去。

从鬼子背后袭击的不是别人，正是驻扎在离白里不远的官亭村的莱平大队。原来，乔天华得知鬼子来袭的消息后，立即部署队伍埋伏，准备阻击鬼子。当他看到鬼子并没发现他的队伍，径直向曹团扑去时，便当机立断，决定改变打阻击战的战术，立即变阻击战为奇袭战。鬼子正得意忘形地追击曹团，乔天华一声令下，莱平大队从鬼子背后猛烈开火。一阵排子枪过后，乔天华发出“出击”的命令。战士们好像猛虎下山，跳起来向鬼子冲去。曹克明与乔天华率领的国共两支队伍对鬼子前后夹击，打了一场漂亮的反击战。莱平大队不但缴获了敌人的十几条枪，还缴获了两具鬼子尸体。为了振奋军心民心，乔天华命令把两颗鬼子头割下来，吊在官亭北门外的大柳树上示众。曹克明将他的人马列队于大柳树下，用莱平大队的英勇善战精神教育和鼓励他的士兵。他说：“莱平大队仅有 200 多人，六七十条枪，却敢跟鬼子交战，咱们1000多人见了日寇就跑，惭愧不？”大家齐声说“惭愧”。曹克明又问：“以后鬼子再来了，我们能不能打？”士兵们有气无力地勉强答道：“能……”引起莱平大队的战士们和围观群众一阵友好的笑声。

第三十一章　国共都盯上了大泽山

前面说，面对张宗援率领的日伪军的进攻，中共胶东区委和五支队司政机关为了避开敌人的锋芒，于1939年2月下旬撤出黄县城转入山区。3月下旬，胶东区党委在蓬莱赵家台召开党政军紧急会议，决定兵分两路，区党委及五支队司政机关带领部队南进平度大泽山，开辟平（度）、招（远）、莱（阳）、掖（县）根据地；另一路则进入艾崮山区，开辟蓬（莱）、黄（县）、福（山）山区根据地。

正是胶东区党委的这一决策，我家乡的大泽山才开始真正进入人们的视野。把大泽山作为抗日根据地，围绕大泽山与敌人周旋，成为胶东八路军的战略选择。而平度共产党组织的建立和发展，又与大泽山根据地的开辟密不可分。

平度有了共产党

我这里说的平度有了共产党，是指作为一级正式的共产党组织，起码是一个党支部在平度产生，而不是指某一个平度籍党员。要是仅说平度籍的共产党员，那可要吓人一大跳的。平度人杨明斋，是个比中国共产党的资历还要深的共产党员。这么说似乎有点儿玄乎，还有比中国共产党还早的党员吗?有啊，那就是俄国布尔什维克党的党员。杨明斋就是布尔什维克党党员。这就更玄了吧？平度人还能成为俄国布尔什维克党的党员？是的，千真万确。1901年，19岁的杨明斋因生活所迫，离开家乡平度马戈庄，闯关东到了海参崴。他当工人，修铁路，靠出苦力为生。期间结交了许多华工和俄国工人，并且学会了俄语，投入了俄国的工人运动。正因为杨明斋融入了俄国革命，所以，1917年俄国十月革命前夕，被吸收为列宁所领导的俄国布尔什维克党。这样说来，杨明斋加入共产党，比中共成立早了4年呢。杨明斋入党后，积极动员华工参加苏联红军，支援前线，保卫后方，表现很是积极。后来，布尔什维克党保送优秀的党员杨明斋到莫斯科东方劳动者共产主义大学深造。1920年4月，系统地学习了马克思列宁主义的杨明斋受苏共中央和共产国际委托，陪同维经斯基来到中国，既作为工作组的成员，又是维经斯基的翻译。他和维经斯基一起，联络李大钊、陈独秀等人，开始筹备创建中国共产党。1920年8月，杨明斋和陈独秀、李汉俊、李达、沈玄庐、陈望道、俞秀松、施存统等人成立了中国共产党的第一个小组，称为上海发起组，又叫上海共产主义小组，杨明斋此时由俄共（布）党员转为中共党员。上海发起组成立后，同全国的共产主义者密切联系，推动了各地共产党组织的建立。期间，杨明斋陪同维经斯基来往于北京、上海之间，做了大量工作，使北京共产主义小组很快于10月成立。杨明斋还到济南会见了王尽美、邓恩铭、王翔千等，推动了山东共产主义小组的建立。

杨明斋不仅为中国共产党的建立立下了汗马功劳，他还是中国社会主义青年团的发起者之一。1920年8月，共产党上海发起组成立时，决定组织社会主义青年团，选派最年轻的成员、21岁的俞秀松担当此任，派年长的杨明斋予以指导。杨明斋指导俞秀松制定了团的宗旨、性质、组织机构，明确了团的任务和作用。1920 年 8 月 22 日，上海社会主义青年团在杨明斋的寓所法租界渔阳里 6 号宣告成立。之后，北京、长沙、武昌等地也相继建立了团组织，杨明斋的寓所渔阳里 6 号成为团中央机关的所在地。

看看，平度的杨明斋是中国共产党和中国社会主义青年团的双重创始人之一呢。

另一个平度人刘谦初，燕京大学毕业，1927 年 1 月入党，1928 年 10 月，任中共福建省委书记，1929 年 2 月，任中共山东省委书记。同年 8 月被捕，1931 年 4 月，在济南被国民党杀害。

还有乔天华，我们已经很熟悉了。

这些共产党的重量级人物，都是地地道道的平度人。但因为他们不是在平度入的党，入党后又都根据党组织的安排在外地从事党的地下工作，没有在平度从事党的活动。这些平度人对共产党早有贡献，但那是“墙里开花墙外香”，平度人当时还不知道他们呢。

平度的中共组织的发展落后于胶东诸县。掖县早在 1930 年就建立了中共掖县县委，而平度直到 1937 年“七七”事变还没有建立党组织。共产党员乔天华 1937 年秋从国民党的监狱中获释回家组建抗日游击队时，还找不到党组织呢。

与共产党组织在平度几乎是空白相反，平度的国民党组织却比较发达，以至于抗战初期平度抗日的主力大都是张金铭为首的国民党人员组建的游击队。历史上的现象就是这样难以解释，北邻掖县是共产党的天下，平度却是国民党的一统天下。

当然，共产党的组织是不会放过任何角落的，只不过早晚而已。抗战爆发并且步步深入，共产党开始把目光盯上了平度。共产党所以盯上平度，是因为平度有个大泽山，要把大泽山建成共产党八路军的根据地。1938 年初，中共中央向山东委派大批干部时，毛泽东就对山东工作提出明确要求：开展独立自主的山地游击战，创建山东根据地，使山东成为八路军在华北的一个重要的战略基地。王文和高锦纯就是带着这样的任务来到胶东的。八路军山纵五支队成立后的第一场战斗——大青杨战斗，高锦纯带领五支队六十一团击败张宗援、张步云、赵保原的日伪军，正是在大泽山区。大青杨战斗使胶东共产党尝到了开展山地游击战的甜头，认识到了大泽山的重要，有了开辟大泽山根据地的计划。建立根据地离不开当地党组织的坚强领导，所以，胶东区党委决定迅速在平度建立党组织。

1938 年 7 月，中共胶东特委派战均平（又名周芳、战作云）来到平度东北部山区的罗头村（现属旧店镇），将该村的贫苦农民程绍金发展成党员。接着，又以程绍金为基础，发展程绍美、程光宝入了党。三个人就可以建立一个党支部，这样，在战均平的主持下，平度就产生了第一个共产党的支部——中共罗头村党支部。程绍金任支部书记，程光宝任组织委员，程绍美任宣传委员。有了第一批党员和第一个支部，就像有了火种，很快又在窝洛、田格庄、斜岭前等村发展了几名党员，平度第二个党支部又诞生了。

1938 年 10 月，在平度党组织有了一定发展的基础上， 中共胶东特委成立了以李辰之为书记的中国共产党平度县工作委员会（简称平度工委），对外称八路军平度民运工作团，就像乔天华成立的游击队不叫游击队而叫抗日救国会一样，作为群众团体公开进驻平度，并且还在十八旅设立了办事处。李辰之对张金铭的十八旅进行了有效的统战工作，前面已经交代了。

平度工委成立后，工委书记李辰之在十八旅秘密发展了一批共产党员，其中包括十八旅的政治部副主任白筱易。工委还在平度各地大力发展共产党的外围组织“中华民族解放先锋队”（简称“民先”）成员，他们是共产党领导的重要抗日力量，后来许多“民先”成员都加入了共产党。

平度第一个女党员

1938 年 10 月，平度县有了第一个女共产党员，她的名字叫韩树亭。韩树亭的家也是乔家村，她的丈夫就是抗日英雄乔天华。

乔天华的家境比不了韩树亭家，但韩树亭答应嫁给乔天华时，看重的是他的才华，能当中学教员，工作文明，还能养家糊口。可她怎么也没想到，嫁给乔天华就注定了要跟着他颠沛流离、担惊受怕。1928 年，跟随乔天华来到烟台时，他们夫妻刚有了一个儿子。乔天华在培真中学教学，韩树亭在家相夫教子，一家三口的日子倒也安稳。谁知丈夫当教师不到三年，却于 1931 年被一个叫孙殿斌的平度老乡秘密发展成了共产党员，从此就开始了没白没黑地从事地下工作的日子。1932 年，大儿子三岁，小儿子刚满周岁，突然有一天，乔天华急急地跑回家，说特支书记孙殿斌被国民党逮捕了，必须立即离开烟台，一刻也不能耽搁。那一刻，大儿子被保姆领出去玩去了，只有韩树亭和小儿子在家，乔天华一边收拾东西一边催韩树亭赶快出去找孩子。韩树亭在他们家周围找遍了大街小巷，却连保姆和儿子的影子都不见。由于危险当头，不敢再耽搁时间，两口子只好停止寻找，只带着小儿子乘船逃到青岛。他们的长子就这样终身再未找到。 为此，韩树亭差一点儿哭瞎了眼。在青岛住了两年，丈夫明里是青岛崇德中学的教员，实则担任青岛市委青年委员，还负责青岛“左联”的工作。那时韩树亭已经能把自己的家当做丈夫工作的联络点了。

1933年暑假，乔天华突然在街上遇见了平度老乡孙殿斌。孙殿斌已经背叛了共产党，为国民党做事。青岛党组织立即决定将乔天华调往潍县任中心县委书记。韩树亭就又跟着丈夫来到潍县城。在潍县，乔天华的身份还是教员，韩树亭又生下第三个儿子。直到1934年10月的一天夜里，乔天华在家里被国民党潍县县党部逮捕，韩树亭没过过一天安稳日子。后来乔天华被押到济南去了，公公赶着驴车到潍县把韩树亭娘儿三个接回乔家，一家人被县、区政府作为“匪属”看待，日子过得分外艰难。

韩树亭在跟着丈夫逃来逃去的过程中，由一个温柔贤淑的大家闺秀锻炼成一个无所畏惧的坚强女人。她含辛茹苦，日夜料理家务，孝顺公婆，教养儿子，等着丈夫的归来。她对公公说，天华回来后，我要帮着他干共产党的活。

1937年秋，乔天华获释回来了，说要组建抗日游击队。不用丈夫特别嘱咐，韩树亭默默地担负起配合丈夫组建队伍的工作。他们的家就是游击队的家。他们家的大锅就是游击队的大锅。韩树亭一家就是游击队的“炊事班”。韩树亭还是发动乔家青年参加游击队的宣传员，走东家串西家动员青年参军抗日。很快，乔天华、罗竹风他们的抗日游击队就成立起来了。

后来，乔天华带着游击队到大泽山北边打鬼子去了，还经常捎信要韩树亭搞蔬菜派人送到队伍上去。只要乔天华一声令下，韩树亭和全家就立即组织村中的抗日骨干收集蔬菜，再用担子挑着翻山越岭给乔天华送到队伍上。汉奸张步云带领鬼子汉奸第一次到乔家进剿，别人家的房子没烧，点名烧毁了乔天华家的房子。大火没有烧毁韩树亭抗日的决心，她发誓要跟鬼子汉奸斗到底。她的家就是共产党的联络站，从平度城送出来的情报经常要经过韩树亭的手转往山里的队伍。

1938年10月，韩树亭加入了共产党，成为平度县第一个女党员。

“八路窝子”

平度城的日伪军说乔家村是“八路窝子”，这话不假。有了乔天华这颗共产党的种子，乔家村燃起抗日烽火，乔家人参加八路军游击队的多，参加共产党的也多。仅和韩树亭同期入党的就有乔子元、乔锡鸣、乔修堂，全是姓乔的，而且成立了中共乔家村支部，发展了许多“民先”成员，建立起乔家民兵自卫团。乔家村先后有128名青年参加了八路军，其中还有女青年12名，是地地道道的“八路窝子”。乔天华的家和整个乔家村就成为共产党八路军的“老窝”，连以后成立的平南县委、南海地委都因在平原难以立足而常常到乔家村来躲避和休整。平度城的日军对乔天华和乔家恨之入骨，多次扫荡乔家村，乔家村百姓的房子大部分被烧毁。而乔天华家的房子建一次烧一次，共被烧了三次，烧得片瓦无存。

1939 年，正是乔天华带领莱平大队开辟平南根据地的时候。由于平南的敌伪顽势力猖獗，党组织很难在平南立足，也到乔家村来躲着。1939 年 6 月，中共胶东区委在胶县、即墨、平度三县边界地区组建中共胶即平工委（南海地委前身），成立会议也是在乔家村，而且就是在乔天华的家里举行的。工委书记是刘宿贤，姜子敬为组织部长，宫肇基任秘书长兼宣传部长，能征善战的乔天华被任命为军事部长。此时，乔天华的莱平大队发展到 400 余人，升级为胶即平工委独立营，负责武装宣传，开辟三县边区，做好大泽山抗日根据地的南部前沿工作。

中共平度县委终于诞生

也是 1939 年 6 月，平度工委已经在开辟大泽山根据地方面做了卓有成效的工作。在大泽山东麓的庙东、九里夼、套子、大田、上下马戈庄、酒馆、陡沟子；大泽山西南麓的二甲、五甲、八甲、崖刘家、大青杨、小青杨、赵家疃；南麓的乔家、正涧、窝洛子、七里河子等村，以及大泽山西部的五区、六区，发展了许多共产党员和一大批“民先”队员，为进一步开辟大泽山根据地准备了骨干力量。

1939 年 8 月，中共平度县第一次代表大会在平度东北部山区东石桥村（现属旧店镇）一户农民的四间草屋里召开，中共平度县委就此诞生。

中共平度县委虽然成立得较晚，但却目标明确，重点突出——把大泽山建成共产党八路军的抗日根据地。

说说大泽山

大泽山区南部边缘离平度城仅有十几里，主峰北峰顶离平度城 60 里余里，海拔 730 余米，是胶东西部最高的山峰。大泽山主峰在平度，但整个大泽山脉横跨平度、掖县、招远、莱阳四县交界处，地域广阔，在这里打游击，堪称“游刃有余”。这里山高林密，层峦叠嶂，谷壑交错，地形非常复杂。大泽山的山洞特别多，谁也说不清有多少，大的有几十间屋那么大，小的仅能藏一两个人。而且许多山洞，洞洞相连，环环相扣。最有名的是“九连洞”，九个大山洞连在一起，每一个洞都大得能藏一两个连队的士兵。

就是把上千的兵力藏进九连洞，也像空谷无人一般。大泽山里面，凡靠山的村庄如高家、韭园、南台、北台、秦姑庵、尹家、所里头、谭家夼、山东头等村，几乎家家都有属于自己的山洞，用于藏粮藏人。鬼子来了，只要躲进山洞，便可保证全家安然无恙。这些山洞保护了许多被鬼子追杀的百姓，也保护了无数的八路军伤病员。大泽山人说，俺大泽山上能藏百万兵，说声“隐蔽”，一个人影不见；说声“出来”，漫山遍野全是人。说得有些神乎，但看那连绵的群山，看看那满山的树木和形状各异的石头，凡懂得点军事的人都会说，这里确是打游击的好地方。这大山里，机械化部队别想进得来，飞机大炮也难以施展威力。明枪好躲暗箭难防，敌人要向山上进攻，说不定哪一块石头后面就会射来一枪，叫他至死也见不到对手一眼，那才叫死得糊涂呢。

而大泽山又是有名的水果之乡。从暮春开始，四月樱桃，五月杏，六月鲜桃噘嘴红。七月核桃八月梨，九月柿子来赶集，一年中大半年有水果吃。当然，最有名的是大泽山葡萄。一到秋天葡萄成熟季节，在香甜的葡萄吸引下，赶着小毛驴进山购买葡萄的商贩来来往往，漫山遍野。山民们还挑着葡萄进青岛、到烟台，不用叫卖，很快就被抢购一空。大泽山人骄傲地说，1915 年，烟台张裕葡萄酒荣获巴拿马太平洋万国博览会四枚金质奖章和最优等奖状，就是用俺大泽山葡萄为原料酿造的。怪不得日酋张宗援想进大泽山吃葡萄。只可惜，他坐在葡萄架下品尝大泽山葡萄的愿望一直没有实现。先是想直取大泽山，却在大青杨被五支队打回平度城。后来从大泽山西边迂回攻取掖县，然后带队东上，想占领整个胶东再到大泽山安安稳稳吃葡萄。也许他命里就与大泽山无缘，在攻打莱阳城时身负重伤，被拖回青岛治疗，终身没有进入大泽山。大泽山中土地金贵，所产苞米地瓜与小麦不足食用，但满山的果品可以换钱换粮，品种繁多的野菜可以佐餐。若无苛捐杂税，农民生活大可以温饱。更有满山的药材可以治病，可以卖做零用钱。大泽山还是佛教圣地，深山里面有“皇城”，内有古刹两座，下为智藏寺，上为日照庵，如果不是日本侵略，这里长年暮鼓晨钟，香火不断，善男信女川流不息，欢声笑语回荡山间。

大泽山腹地东高西底，东、南、北三面环山，向西成簸箕型盆地。山水从东山里流出，形成一条淄阳河，一路叮咚往西流出山口，一直流进平度西边的胶莱河。出了山口，往西就是一马平川，直达昌潍平原。后来八路军开辟了一条从鲁中到胶东的通道，名叫渤海走廊，就是从昌潍平原沿北边渤海进入大泽山区尔后进入胶东。这是进出胶东根据地最便捷的通道。所以说大泽山战略地位非常重要，因为它扼住了从鲁中进入胶东的北部咽喉。前面说，谁拥有了胶莱河，谁就拥有了胶东，那是站在半岛南部的平原地带说话。而从持久战、游击战的角度来看，谁占领了大泽山，谁才能拥有胶东。抗日战争恰恰就是持久战。

大泽山里面只有 20 几个村庄，几乎全都“挂在”淄阳河两岸。最东头靠近大泽山主峰的是高家、韭园和所里头，最西头是岳石庄子和高望山。只要把住高望山和岳石庄子，就像把住了口袋，谁也别想从西面山口进出大泽山。

张金铭捷足先登大泽山

共产党八路军看中了大泽山，国民党十八旅张金铭早就看中了大泽山，并且两次把十八旅司令部和平度县政府驻扎在大泽山东南麓的祝沟镇。我在前面曾经赞美张金铭会选地方：“这里北可进深山，南可下平原，进退自如，自可立于不败之地。”

1939 年夏，共产党胶东区党政军机关在同日伪军周旋时，从蓬黄掖平原根据地逐步靠近了大泽山。先是在掖县、招远、莱阳一带的大泽山北麓、东麓，还没有进入大泽山腹地。因为日军的攻势还没有那么猛烈，山外还有回旋的余地。不到万不得已，指挥机关是不会躲进深山的。

张金铭瞅准了这个机会，派一个团进入大泽山，占据了大泽山腹地最东头的高家村。

驻高家村的是十八旅第五团，团长名叫沈官忱。沈官忱是昌邑人，曾是张金铭的十六支队第六纵队司令，即使在张金铭倒霉被撤掉中将司令的时候也一直追随不离。张金铭与八路军五支队搞合作，得到休养生息，十八旅很快就发展成五个团，沈官忱部被整编为第五团。

张金铭给沈官忱的任务是：以高家村为重心，占领大泽山腹地，为十八旅营造一个稳固的山里根据地。沈官忱把团部安在高家，把兵工厂安在所里头南山。他还占据了山里的智藏寺，把修械所的车床等机械安装在智藏寺的大殿里，连和尚们念经的地方也给占了，理由是“抗战第一，念经第二”。和尚们也支持抗战，就在院子里的银杏树下念经。

彼时正是张金铭跟五支队合作的“蜜月期”，八路军的思想政治工作做进了十八旅，对官兵影响很大。张金铭要求他的官员都要学习八路军的作风，重视思想政治宣传工作，发动民众支持部队抗战。沈官忱就从旅政治部借来文工团，教群众唱抗战歌曲。于是，大泽山的不少群众就学会了很多歌曲，其中一支叫作《抗战五更》，歌词一共五段，挺有意思，不妨抄写下来让大家看看：

一呀一更里，月儿刚出山，
奴在房中心里打算盘，左右为了难。
有心去抗日，爹妈要阻拦。
千万的人儿都是男子汉，小奴真可怜。

二呀二更里，月儿照正东，
千军万马都在军营中，个个都是英雄。
不怕大炮打，不怕炸子儿蹦，
为国为民纵然有牺牲，一辈子也光荣。

三呀三更里，月儿照天心，
越思越想做个爱国人，前线去把命拼。
誓把小日本，赶出中国门，
四万万同胞大家一条心，报仇又雪恨。，

四呀四更里，月儿照正西，
爹妈床上睡得沉沉的，小奴家心欢喜。
穿上奴的鞋，披上奴的衣，
跷着脚尖悄悄出门去，心里扑通扑通的。

五呀五更里，月儿往下落，
石头瓦块绊坏奴的脚，虽疼也得挨着。
爬过了千层山，走过了千条河，
十八旅里去找奴的哥，抗战真快乐。

这可不是我杜撰的或从哪里抄来的，这是我于2009年5月亲自听平度党史专家、原平度市党史办副主任张声善老先生一边回忆一边唱而记录下来的，并且记录了谱子。张声善说，抗战时他正上小学，十八旅宣传队到学校里教他们唱这支歌，印象很深，至今不忘。老先生年已80还在为党史工作著书立说，思维敏捷，记忆力强，唱起来抑扬顿挫，节奏明快，当不会有错。

沈官忱占据大泽山，命百姓们站岗放哨，出工砍柴，烧水做饭。这些也还罢了。关键是他的一团人要吃要住，要靠百姓养活。大泽山里统共二十几个村子，土地又极少，一下子拥进来一个团，是个很大的负担。不过沈官忱也不是全靠山里的村子养活，他还把征收粮款的告示贴到了山北面的北寺口，那已经是掖县地界了。掖县地界怎么了？抗日又不光是平度人的事，不拿不行！就这样，沈官忱因为征收粮款的事情惹得山里山外两个县的百姓不满。

沈官忱的司令部驻在高家，高家村的人出夫出力比别的村都多。站岗放哨的，帮伙房打柴的，在司令部里烧开水的，这些都不要紧，为抗日队伍出点儿力，老百姓没有多大意见。

问题是沈官忱还有个嗜好，就是爱养鸟。其实爱养鸟也不是毛病，关键是沈官忱养的不是一般的小鸟，他养了一只“哏呼鸟”，像鹰一样大，翅膀一展有四五尺长，叫起来“哏呼哏呼”的，很瘆人，小孩子都会被吓哭。

沈官忱养一只哏呼鸟倒也没有啥，叫得瘆人也不会把人吓死。关键是这种鸟不吃一般的鸟粮食和人粮食，专吃蚯蚓，一天能吃一两斤。这就不是随便养几只小鸟喂点儿饭渣那么容易了，得有人每天专门到菜园子或者到河边的湿地去挖去捉，而且一个人两个人一天也不一定就能捉一两斤。自从沈官忱来到高家，高家村的百姓就比别的地方的百姓多了一项摊派，这就是每家每户都要轮着班为沈团长捉蚯蚓。大家都知道蚯蚓，夏秋两季还有处捉，到冬天天冷了就很难捉了，尤其是上了冻，连地都挖不开，上哪儿捉去？也不是绝对不能捉，砸开河边的冰冰，在河泥里挖，也能挖到蛰伏的蚯蚓。不过这就艰巨多了，谁能断定那块冰冰下面一准就有呢？有人砸了一天冰冰竟然连一条蚯蚓也没捉到呢。就为冬天有人捉不到蚯蚓饿着了沈团长的哏呼鸟，经常有百姓挨罚，谁挨了罚想论理论理，就不光是挨罚，还要挨打了。高家村有十几户人家为此挨过打。

沈官忱这么开辟根据地，当然不受百姓欢迎。有的还说，什么“十八旅里去找奴的哥”，有孩子也不往十八旅里送！

现在的问题是，十八旅的沈官忱占据着大泽山，胶东共产党八路军也看中了大泽山。因为张宗援率领日伪军向五支队和胶东区委进逼得紧，八路军党政机关居无定所，没有一块稳定的根据地怎么能行？俗话说，讨饭还得有刨棍子的地方呢，别说是人数众多的军政机关了。可是，国民党已经占领了大泽山，八路军怎么好跟人家争呢？国共合作，还能为争地盘向国民党开战吗？

可话又说回来，光照顾国共合作的脸面，共产党八路军也没有出路。鲁东抗日联军的总指挥是赵保原，联军里20多支队伍，八路军只有五支队一支。胶东的行政官员全都是国民党人担任，五支队总是处在被指挥的地位。几次打下被日伪占领的县城，五支队都不得不交给国民党的专员们。县城没有他们住的分，他们只能在乡下活动。而国民党是不会考虑共产党的军政机关在哪里住才安全才有饭吃呢。所以，胶东八路军对大泽山也是势在必得，不过是时候不到。

第三十二章　阎珂卿与王尚志

前面说到，“胶东行辕事件”使驻扎鲁南的省主席沈鸿烈非常震怒，一怒之下撤了杀害行辕主任卢斌的厉文礼的职，命令所属部队听候整编。可鲁南与胶东远隔千里，厉文礼的部下又遍布胶东第八专区各个县，这整编可不是说整就能整的。

前面还说到，胶东行辕事件发生之前，张金铭因唐俊峰违抗军令纵敌深入而将其军法从事，搞得部下众叛亲离，董希瞻、刘经川、阎珂卿纷纷投靠厉文礼，分别成为厉文礼属下的第八专区独立第七团、第八团和第九团。

厉文礼因制造“胶东行辕事件”被省主席沈鸿烈撤销一切职务，高密人曹克明（第六团团长）打不起精神来，平度人董希瞻他们却不觉得怎么难过。特别是阎珂卿，他是国民党 CC 系，本就与复兴社分子厉文礼存在派系之争，投靠厉文礼只是因张金铭失势而采取的权宜之计。反正是在自己家门口抗日，打着谁的旗号不行？只要“国军”能发给军需物资就行。可是，厉文礼一倒，就没人给发了，这是阎珂卿他们始料不及的。

那时候日伪军占了平度城，张宗援带领一部分队伍向北进攻蓬黄掖等地，剩下的兵力就以平度城为中心，经常四面出击。不过，日伪军只是占领了县城，乡下还都是各家抗日游击队的地盘。阎珂卿的司令部驻扎在平西古庄，坚守在胶莱河边，鬼子很难在此征收到钱粮。所以鬼子就要来进剿。鬼子前后来了四次，每次都遭到阎珂卿和刘经川他们的回击，空手而归。阎珂卿也因连续迎击鬼子而消耗很大，弹药亟缺。缺乏弹药本不是好事，却使阎珂卿找到了打破僵局的出口。他要摆脱厉文礼，到沂蒙山区山东省府和鲁苏战区司令部所在地去打探上情。可是他这个人考虑事情周全，觉得厉文礼虽然被撤了职，但也不敢说他不能东山再起，在找到新的出路之前还不能得罪他。怎么才能不得罪厉文礼呢？

阎珂卿成为大赢家

1939年9月，阎珂卿派他的政训处主任陈松卿到莱阳去面见已经被撤职的厉文礼，向厉文礼汇报他的第九团作战情况，反映弹药奇缺状况，最终的意思是，要派人到莒县、临沂一带去收购一些子弹。那时候大家都传说，台儿庄会战时，敌我双方失落在当地民间的弹药到处都是，老百姓在地里干活一不小心就能挖到整箱的子弹，许多人因此发了财。厉文礼已是落地凤凰，见阎珂卿此时还来向他汇报请示工作，当然不能计较什么，落得做个顺水人情，就满口答应了。

于是阎珂卿就放心地派陈松卿去沂蒙山区，以收购子弹为名，设法晋见了鲁苏战区总司令于学忠。

那时沈鸿烈以山东省主席兼鲁苏战区副总司令，军职在于学忠之下。在如何处理厉文礼这个问题上，沈鸿烈跟于学忠意见不一致。沈鸿烈要对厉文礼严加惩办，于学忠却担心处理太重把厉文礼逼到汉奸路上去。沈鸿烈考虑再三，觉得于学忠说得有一定道理，便把手一甩，任于学忠看着办。于学忠也觉得厉文礼应当问罪，但考虑到抗战时期，应该尽量变消极因素为积极因素，就决定把厉文礼收编到自己麾下，委任厉文礼当鲁苏战区第二纵队司令。这就使厉文礼彻底脱离了山东省的行政管辖和保安部队的序列，沈鸿烈从此也就管不着他了。

可是，按照原来的隶属关系，平度的阎珂卿他们还是厉文礼的第二纵队的几个团，还要被厉文礼管着。

陈松卿了解到这些情况，立即派人回平度向阎珂卿汇报。阎珂卿一听，连忙召集原属厉文礼各团的团长商议。大家都表示不愿再受厉文礼管辖，决定以“第二纵队容纳不下十几个团”为由，向于学忠另要番号，以图趁机脱离厉文礼。陈松卿受阎珂卿、董希瞻、刘经川委托，向于学忠讲条件，要求于学忠将他们编为三个纵队，并表示可以由厉文礼任总指挥。这也正符合了于学忠的打算。像厉文礼这样敢于犯上作乱的人，不可拥兵太重，于学忠也不想再让厉文礼统辖这么多部队。所以，于学忠听了陈松卿的意见，答应考虑考虑再说。

长官说考虑考虑，就有了新的希望。

于学忠派战区总部政治部周主任和军务处李处长另行召集厉文礼所属各团团长研究整编方案。阎珂卿又给董希展和刘经川出主意，咱们在没有得到满意的答复之前，最好别直接跟总部交涉，还是让陈松卿前去周旋为好。于是，平度的三个团长就以“地处胶济铁路以北有鬼子阻隔出行不便”为由而不到会，仍派陈松卿代表三个团去讲条件。李处长一看就知道平度三个团长的用心，经请示于学忠，得到的答复是：总部决定将阎珂卿、董希瞻、刘经川三个团改编为鲁苏战区独立支队。独立，这就达到了脱离厉文礼的目的，直接听命于学忠的了。至于支队比纵队矮一级，暂且不管它，人家厉文礼原来就比咱们级别高，只要能脱离他就是初步的胜利，余事慢慢地来。陈松卿带着收购的 10 万发子弹和鲁苏战区总部的答复，满载而归。不久，委任状下达，阎珂卿任鲁苏战区独立第二十八支队支队长，董希瞻任鲁苏战区独立第二十九支队支队长，刘经川任鲁苏战区独立第三十支队支队长，都是上校军衔。每个支队按三个大队拨付经费。阎珂卿以他的队伍比另外两个支队人数多为由追加编制，又被批准增编一个大队，按四个大队拨付经费。阎珂卿借整编之机壮大了实力，不仅有四个大队，还另有骑兵中队、警卫中队和便衣队，共计 3000 多人。

阎珂卿成为这次整编的最大赢家。

阎珂卿一心经营家乡

阎珂卿的鲁苏战区独立第二十八支队在平西不断发展壮大。平西是他的老家，也是他的队伍的衣食父母。因为他打日本，所以平西的百姓一直很支持他，要粮要钱要人都是尽量服从。有时阎珂卿的队伍打仗顾不得推磨碾米，说要馒头要面饼，百姓就做好馒头烙好现成的面饼送到队伍上。阎珂卿决心把平西经营好，使百姓能够安居乐业。不管是日本鬼子还是其他别的游击队，统统不得到此处征粮要款。他最清楚，平西群众养活他的 3000 多人马已经不容易了，不能再叫别人来加重百姓负担。

阎珂卿原是五区区长，五区区公所驻地辛安村（现属明村镇），是个 1000 多户的大村。这里有一处小学和一处中心中学，形成了平西的教育中心，培养了许多人才。阎珂卿的队伍里就有不少这个中学的毕业生。阎珂卿本人和正在平度城里干伪县长的张松山也都是辛安小学的学生，而且他们俩还是同班同学。阎珂卿当区长时就重视办学，当上张金铭的十六支队第一纵队第一大队大队长以后，虽说不干区长了，也一直没放松家乡的教育。鬼子来扫荡，他首先命令队伍组织学校师生转移，不得有任何闪失。鬼子扫荡过去了，他立即下令尽快复学。所以，尽管连平度城里的县立中学都停办了，辛安的学校却一直坚持上课。1939 春，新任区长张子隆打算举办小学教师培训班，为缺乏师资的农村小学培养教师。阎珂卿立即表示支持，并派他的政训处宣传干事陈安栋为培训班讲课，还调政训处秘书侯宾南担任辛安中心中学教务主任。阎珂卿舍得拿出他的得力人员办教育，这对于一个处于紧张的抗战时期、军务十分繁忙的军人来说，真是难能可贵。

兴办教育不是一日之功，是百年大计。急于创造政绩的官僚一般不会真心重视教育。一个关心教育的官员，起码体现他对子孙后代是有责任感的。

就在这时，昌邑人王尚志来到平西。

混世魔王王尚志

王尚志跟厉文礼一样，都是惯于给国军搅局的角色。他曾入黄埔军校学习，但中途辍学，浪迹于杂牌军队混饭吃，不过总也没混好。不但没混好，还惹了大祸。在回民队伍马鸿逵部任连司书时，回民不吃猪肉，这就使王尚志难以忍受。实在忌不住口了，有一天他竟然不顾禁忌在连部里烧猪肉吃，一名连长来制止他还被打了。打了连长，知道闯下祸了，王尚志一走了之。先去东北当兵，受不了东北的严寒，不久又返回山东。直到1935年，参加了国民党复兴社组织，投靠了复兴社在山东的头目、国民党军事委员会别动总队第五纵队司令秦启荣，才算找到了靠山。

1937年冬，王尚志受秦启荣之命，任冀鲁边区第二游击区司令。有了头衔，王尚志便有了组军的资格。再加上他是军界老手，富有组军经验，很快就在鲁北乐陵一带拉起了一支抗日游击队。同时，他又派好友杨秀峰、王豫民、曹子固等，在他的老家昌邑县拉队伍。王尚志的队伍发展很快，在鲁北辖三个梯队（相当于旅），梯队辖几个大队（相当于团），大队辖中队，中队辖分队，分队辖小队。他的同伙杨秀峰、王豫民等在昌邑拉起来的队伍，编为第四梯队，杨秀峰为梯队司令。这样，就不仅在鲁北，连鲁东也有了王尚志的势力。

1938年初，王尚志不想在鲁北待了，便带领部分队伍回到老家昌邑，与杨秀峰的第四梯队会合，将队伍重新进行整编，分编为三、四梯队，由于经武（昌邑人）任第三梯队司令，杨秀峰仍任第四梯队司令，人们还是习惯把两个梯队都称第四梯队。第四梯队有个叫王日新的，外号叫“王四呱嗒”，也是昌邑人，是第四梯队第七大队大队长。王日新的队伍纪律很坏，在百姓中臭名远扬。一粒老鼠屎带坏一锅汤，许多人以为“王四呱嗒”就是王尚志，一说起四梯队就说是“王四呱嗒”的队伍。这很使王尚志无奈。

一开始，王尚志的司令部设在昌邑县城，活动于昌邑县境，队伍又有发展，有了第七梯队。1938年年底，日军二次占据了昌邑城，并在这一带连续进行“扫荡”。王尚志不得不率领他的第三、第四、第七共三个梯队近2000余人离开昌北，先进入沿胶莱河东岸的平度往南行，又回到胶莱河西岸的昌南，越过胶济铁路来到安丘。1939年三四月间，又从安丘经临朐进驻博山。2000多人的队伍被鬼子追得跑来跑去，也真不容易。幸亏时处国共合作，当路径安丘高崖村时，驻防这里的八路军队伍主动让路，并截击了鬼子一下，才使王尚志部摆脱了日军的追杀。可王尚志恩将仇报。1939年3月30日，王尚志在秦启荣指示下在山东博山太河镇制造了骇人听闻的“太河惨案”，共截击杀害八路军40多人，抓捕200多人。

“太河惨案”震惊全国，惹恼了八路军。八路军山东纵队组织了对王尚志的反击，以小部兵力正面佯攻钳制，大部队迂回到临朐境内的燕子岭一带，截断了王尚志的退路。王尚志面临灭顶之灾，被八路军追得东藏西躲，队伍陷入困境，狼狈不堪，饷项无着，不仅有不少兵员开了小差，连他的副司令李笑文、参谋长聂英也率第七梯队离开了他。就在这种情势下，他的政治部主任李允斋（后任参谋长）给他开了一个药方——当归、熟地、金银花。王尚志从中得到启发，立即决定率部返归他的“熟地”昌邑，时在1939年夏。

王尚志回到昌邑老家，因为鬼子还在寻找他，所以不敢把司令部安在昌邑境内，就来到了与昌邑一河之隔的平度三合山周围。这三合山地处平西，正是阎珂卿的第二十八支队的地盘。东南边还有董希瞻部，南边有曹克明部，北边有刘经川部，都是于学忠收编的鲁苏战区各独立支队。这么些队伍本就使当地百姓不堪重负，哪里容得下王尚志再来插一杠子？再说，王尚志制造“太河惨案”得罪了八路军，在阎珂卿他们眼里无疑是一股祸水，很反感他。

那时阎珂卿的队伍多于王尚志，实力比王尚志强，所以他敢对王尚志说不，下令王尚志的队伍回他们昌邑找饭吃去。董希瞻、刘经川他们也对王尚志毫不客气，严守自己的防地，不准王尚志涉足。

多年的复杂经历使王尚志能吃能咽能屈能伸。他拍着胸脯向阎珂卿表示，我只把司令部安在平度，不在这里要一分钱一粒粮。阎珂卿见他说得诚恳，便允许他在这里暂住。王尚志就派他的政治部主任李允斋经常到阎珂卿和其他各部联络感情，尽说好话。大家都是“国军”的抗日队伍，阎珂卿他们也就答应王尚志暂住平西。

到了1939年底，王尚志已经在三合山驻了半年，不但没有走的意思，反而开始向百姓征粮要钱，干预地方行政，还与阎珂卿的队伍发生了摩擦，发生了交火事件。鲁苏战区总部、山东省政府虽然一再派大员前来调解，但都无济于事，只能动员王尚志回昌邑。

阎珂卿他们挤走了王尚志，从此也就与王尚志结下冤仇，以至于后来多次对阵开火，自相残杀。

第三十三章　孙殿斌有志难酬

上面说到，原国民党第五战区游击总指挥部直属第十六支队被沈鸿烈撤销番号，张金铭由十六支队中将司令降为山东保安独立第十八旅旅长，分处各县的纵队也都被改编到沈鸿烈的“山东保安”序列，各奔东西去了。原在即墨的第二纵队司令孙殿斌，被沈鸿烈调离即墨，安排他到安丘县去担任游击司令。沈鸿烈这样安排，虽然出于削弱张金铭的目的，无意整治孙殿斌，却也把孙殿斌给害苦了。他不在乎官职大小，只要叫他带一支队伍能够抗日就行。可是，他还能实现自己的愿望吗?

光杆旅长

孙殿斌是平度人，自小在青岛上学，加入中共之后在烟台进行地下活动，被捕变节后也是在国民党青岛市政府沈鸿烈市长领导下工作，抗战爆发后又是在即墨、崂山一带组军抗日。他熟悉青岛地区，现在突然叫他单枪匹马到人地两生的安丘去当司令，岂不是真正的光杆司令！孙殿斌本想在抗战中驰骋疆场为国家立功，以此消除长期压抑在心底的共产党“叛徒”的阴影。可谁想人算不如天算，想不到厉文礼搅乱了胶东，祸及张金铭，十六支队被撤销，他的第二纵队也如鸟兽散。别人的队伍还编入了十八旅，他的队伍被新任鲁东行署主任李先良收编到手里，将他发配到安丘来当光杆司令。这一天降的大祸，使他的抗战立功计划彻底落空，这可真的是报国无门了。他思来想去，不能在安丘干耗着，必须尽快改变处境。找别人都无济于事，只有他的老上级沈鸿烈能帮他这个忙。于是，孙殿斌就辗转来到沂蒙山区沂水县，找到了省政府，见到了省主席沈鸿烈。沈鸿烈是了解孙殿斌的，见他处境可怜却又不乏抗战热情，便动了恻隐之心，给了他一个山东省保安独立第十一旅旅长的空衔，叫他回胶东收复旧部，杀敌立功。孙殿斌原来是张金铭的部下，这一来跟张金铭平级了，都是旅长了，张金铭是十八旅，他是十一旅。不过，此旅长不是彼旅长，张金铭手下有五个团，孙殿斌还是个光杆一条，能否行使旅长职权，全要看他回胶东能不能把旧部召集起来了。

1939年夏天，孙殿斌回到胶东，向行署主任李先良出示了沈鸿烈的委任状，提出要收复旧部，成立十一旅。看着沈鸿烈署名的委任状，李先良口头上不好说什么，心中却在暗笑，你孙殿斌哪里还有什么旧部？

原来，孙殿斌的原第二纵队已经四分五裂，为人收编。第一大队被投靠伪军的韩丙辰击溃，大部人员被韩部收容。第四大队已于去年年底由大队长李兆岐带着投靠了八路军。李先良将第二大队和第三大队控制在手中，进行了整编。第二大队的一个中队被改编为鲁东行署独立营，另两个中队与第三大队合编为一个团，李先良为其另起番号为鲁东行署暂编保安第一旅第一团，以原第三大队长隋永胥为团长，令其驻海阳。就是说，孙殿斌的旧部只有行署独立营和隋永胥团还在，但行署独立营归李先良指挥，隋永胥团又归属了姜黎川的山东保安独立第一旅，孙殿斌已经没有旧部可收。

可孙殿斌仗着他是沈鸿烈任命的旅长，决意东山再起。他对李先良假说外出考察，来到海阳见到了他的老部下隋永胥。

隋永胥是即墨人，毕业于青岛国立山东大学文学系，国民党CC系。抗战一起，隋永胥就带着一腔热血回家乡组织抗日游击队。时为十六支队第二纵队司令兼即墨县长的孙殿斌很赏识隋永胥，收他为第二纵队第三大队上校大队长。十六支队被取消，隋永胥的队伍虽然保留下来了，并且还是团级编制，但非常同情带领他们抗战的司令孙殿斌的遭遇。眼下见到老司令回来了，隋永胥感到分外亲切，答应继续跟着老司令干。这样，孙殿斌的十一旅名义上就有了第一团，并且他也有了安身之处，顿时来了劲头。

孙殿斌问起原第四大队长李兆岐投靠八路军的细节，隋永胥叹口气说：都是他妈的厉文礼搅的！

李兆岐投奔八路军

隋永胥说，自从孙殿斌被调到安丘，第二纵队马上就成了唐僧肉了，大家都盯着，谁都想啃一口。只有人家李兆岐，一直保持着自己的独立性，把一个大队牢牢地掌握在手里。关于这个，孙殿斌当然是知道的。李兆岐是一个曾经被国民党逮捕而脱离了组织的老资格共产党，他拉起抗日游击队以后虽然加入了孙殿斌的二纵队，但却始终与国民党保持一定的距离。孙殿斌理解李兆岐的心境，也就允许他独往独来，只要他打日本就不过多地干预他，还经常给予他一些资助。虽然两个人不即不离，孙殿斌一走，李兆岐毕竟是没有后台的了，只能自率第四大队跟日伪军单打独斗。日军也知道了李兆岐的处境，就不断地对他围追堵截，还派飞机反复轰炸，妄图逼他就范。那李兆岐是抗日的硬骨头，宁被打死不被吓死，在即墨、平度一带跟鬼子不知打了多少仗。可惜他势薄力单，吃了鬼子不少亏。

孙殿斌听着隋永胥的陈述，一阵阵唏嘘感叹。

隋永胥最后说，只可恨胶东这么些“国军”的队伍，只顾各占地盘，挤兑李兆岐。有的不准他进防区，有的准许他进，但想趁机把他吃掉。李兆岐带着一个团的兵力，竟然没有个落脚处！

孙殿斌感同身受，气愤地说道：唉，国民党就是这个毛病，画地为牢，以邻为壑，落井下石！厉文礼还不是连卢斌也敢杀！ 这么说，李兆岐硬是被逼得投靠八路了？

隋永胥点点头说：这就用不着我说了，李兆岐本来就是共产党嘛。

孙殿斌一愣，没有话说了。人家李兆岐脱党但没有叛党，跟他孙殿斌是不一样的人啊。听说李兆岐带队加入八路军五支队，人家拿他跟自己人一样对待，把他的队伍整体编为六十五团，仍然叫他干团长，孙殿斌点点头赞叹地说：李兆岐的路走对了。

孙殿斌了解了这一切，再想想自己目前的处境，心里酸甜苦辣咸混杂，说不出是个什么滋味。李兆岐还有队伍带着回归共产党八路军，我却光杆一个，根本就无脸见江东父老啊。这样，他就更急于把自己的旧部汇聚起来，跟鬼子拼上几个回合，即使拼死在战场上，也比这么窝窝囊囊地活着好一些。

孙殿斌被李先良关了禁闭

孙殿斌与隋永胥商定，目前暂且对外保密，等拉起三个团就公开打出十一旅的旗号，再在抗日战场上拼他个三阵两火，就从海阳回到莱阳鲁东行署处。李先良为他安排了接待室，面子上还算过得去。行署独立营的人原来都是孙殿斌的部下，听说老司令回来了，纷纷前来看望他。谈话中，有人免不了说些还是愿意跟着老司令干的体己话，也有的表示不愿待在莱阳这是非之地。孙殿斌看到老部下们还是这样信任他依靠他、备受感动，便安慰他们，说等时机成熟时一定让他们回到自己身边。

一个旅起码要有三个团，而目前孙殿斌的旧部只有隋永胥一个团，另外两个团必须另寻门路。孙殿斌便回到他的老家平度。孙殿斌抗战出力，在平度老乡中口碑较好，所以人们给他面子。他在平西找到阎珂卿。阎珂卿虽然已经是于学忠任命的鲁苏战区独立第二十八支队上校支队长，还是答应可以挂名给孙殿斌充当第二团。孙殿斌大喜，接着又在平南找到冷冠荣，就是一年前在孙家口伏击战中打主力袭击鬼子汽车的那个冷冠荣，当时已经是山东独立游击第二大队大队长，答应充当孙殿斌的三团。这样，孙殿斌的十一旅就有了三个团。尽管是名义上的，但山东保安独立第十一旅终归是组建起来了，可以向沈鸿烈要军饷了。只要落实了军饷，他就可以树起十一旅的大旗，冲上抗日战场了。

孙殿斌踌躇满志地回到莱阳，打算从行署独立营中吸收部分骨干当他的卫队。谁想他刚到莱阳，就被李先良扣了起来。

李先良到1945年抗战胜利时能当上国民党青岛市市长，可见此人并非吃素的。他估摸着光杆旅长孙殿斌必定在他的旧部上面打主意，就派人暗中在独立营中摸底，终于搞清了孙殿斌的动机。也不怪李先良神经过敏，前面有“胶东行辕事件”为鉴，他不得不妨，他最怕再出个厉文礼式的人物像杀卢斌一样把他也给杀了。所以他便一不做二不休，把孙殿斌扣了起来，罪名是“策反”。

李先良当然不敢擅自处理孙殿斌，就将孙殿斌“策反”一事电告沈鸿烈，请示如何处理。沈鸿烈了解孙殿斌，知道孙殿斌只是在拉队伍，不可能像厉文礼那样犯上，便电示李先良不可多虑，要体谅孙殿斌的难处。不几天后，沈鸿烈又来电明示，决定将十一旅的番号撤销，将孙殿斌调到省府，让他担任山东省政府情报处长，要李先良择日为他送行。李先良这才将孙殿斌放出禁闭室，略表歉意，帮他打点行囊，派人护送他赴省履职。但是孙殿斌时运不济，行程不顺，在过胶济铁路时差一点被蓝村火车站的日军抓获。孙殿斌只好返回海阳，驻在隋永胥团，等候时机到省赴任。

想他孙殿斌，从一个共产党的高级干部变节为一个国民党员，本想借抗日之机为国建功，并且在抗战初起组军时应者众多，与日伪多次交战，屡建战功。谁知从厉文礼发动“胶东行辕事件”开始，他便连连遭到自己人的打击，使他空有热血一腔，却无报国之门，实为遗憾之至。

那么，他今后的路该如何走呢？

姚士武投奔张金铭

孙殿斌手下原来有个姚士武，是李兆岐的第四大队所属之第四中队中队长，相当于营长。李兆岐投奔了八路军，姚士武便与李兆岐分道扬镳，拉着他的中队离开李兆岐，在平西和昌邑一带活动。王尚志和阎珂卿都想吃掉他，但他与孙殿斌感情深厚，总盼着孙司令东山再起，他好继续跟着孙司令干，所以就时刻提防着被别人吃掉。总算得到孙殿斌已经当了旅长正在组建十一旅的消息，便到处寻找孙殿斌的去向。好歹打听到孙殿斌在海阳，姚士武却泄了气。平度东去海阳200多里，其间日伪和其他国民党杂牌队伍比比皆是，说不定队伍还没开到海阳就会被哪一股势力吃掉。为了保存自己的大队，姚士武决定暂时就近投靠十八旅张金铭，时机成熟再做打算。张金铭由十六支队中将司令降为十八旅旅长，此时正在到处招兵买马，最喜有人前来投奔，便将姚士武的中队编为十八旅第六团，任命姚士武为六团团长。由营级到团长，姚士武也算因祸得福了。但姚士武身在曹营心在汉，总盼着有朝一日再回归孙殿斌。

孙殿斌在海阳隋永胥处，虽然有吃有住，但自知不是长久之计。十一旅番号已经被撤，他现在只是个尚未履职的省政府情报处长，长期住在老部下这儿，难免引起李先良的疑心。他自己还好说，最怕给隋永胥带来麻烦。他也不想到省府去当什么情报处长了，只想在胶东抗日前线打鬼子。可一个人打不了鬼子，必须加入一支队伍才行。孙殿斌想来想去，最后跟隋永胥说，干脆，我到姜黎川那里去试试吧。隋永胥一愣，很为老司令感到羞赧。想想孙殿斌由大名鼎鼎的纵队司令落到需寄人篱下的地步，真是可怜。不过，孙殿斌既然有此意思，隋永胥也就顺水推舟，立即为孙殿斌联系，亲自将孙殿斌送到正在海阳休整的姜黎川的司令部。

至此，应该介绍一下姜黎川了。

第三十四章 “七路半”姜黎川

当时胶东半岛上国民党方面的抗日志士真是不少。除了前面介绍过的张金铭十六支队中的一些大小司令，在孙家口伏击战中我们还认识了曹克明、董希瞻、冷冠荣、姜黎川等。其中这个姜黎川，因为在那场伏击战中只是担任破坏敌人电线的任务，所以尚未引人瞩目。其实姜黎川在胶东诸多国民党地方部队中最有潜力和后劲，直到盖过曹克明等辈，成为闻名胶东的“七路半”。这是怎么个称呼呢？大家只听说过八路军、新四军，也听说过国民革命军第几军第几军，各军队的番号中从未出现过小数点，没听说过还有“七路半”啊！这就是姜黎川与胶东众多国民党队伍不同的地方了。

国共合作使姜黎川成为抗日英雄

姜黎川不是平度人，但他的家胶县大店村靠近平度。“七七”事变前，他在《青岛时报》当记者，与孙殿斌一样，都深受当时青岛市长沈鸿烈的器重。只不过孙殿斌在市党部，姜黎川在市政府。孙殿斌是从共产党那边变节成为国民党的“夹生饭”，而姜黎川是牌子纯正的国民党员。1937 年“七七”事变时姜黎川才 22 岁，已经当上了青岛市政府的科长，正是如日中天，前途一片光明。不想日本人的入侵打破了他对美好前程的憧憬，使他对日本人特别仇恨。沈鸿烈带队撤离青岛，命令有志抗日的国民党员下乡开展游击战。于是，姜黎川就回到他的大店村，在胶县、平度、即墨三县边界拉队伍。姜黎川的抗日壮举得到了民众的热烈响应，也得到了正在拉队伍的共产党员韩育民（姜黎川的姨表弟）等人的大力支持。1938 年 3 月，姜黎川与韩育民两支队伍联合摧垮了胶县店口镇“维持会”，打响了队伍成立后的抗战第一枪。这一战在爱国群众中影响极大，大家纷纷前来加入，队伍很快就发展到 5000 多人。姜黎川自立番号为“山东民众抗日救国军游击队”，自任司令，丁德先、徐明山任副司令。下辖九个大队一个总队。共产党员韩育民担任最受姜黎川重视的第一大队大队长，使这支队伍从一开始就带有国共合作的特色。这样，加上平度那边张金铭的国民党第五战区抗日游击总指挥部直属第十六支队，胶东半岛西部就形成北有张金铭、南有姜黎川的大好抗日局面。

姜黎川血气方刚，抗日心切。1938 年春，队伍刚成立不久，他就命令大队长滕克谅带人炸毁了大沽河西一座铁路桥，造成胶济铁路交通中断。此后的不断袭击，都给日军以沉重打击。日军对姜黎川恨之入骨，组织重兵进行围剿。7 月 1 日，日军大岛部队一个大队自即墨向胶、即、平三县交界的南村、沙梁一带“扫荡”，企图剿灭驻防沙梁的姜黎川部。姜黎川毫不示弱，率部与日军激战一天，造成日军严重伤亡。7 月 6 日，在四架飞机的掩护下，日军再次疯狂进攻沙梁。姜部在抵挡一阵后只好一边回击一边撤离。日军虽然占领了沙梁，并在村内烧杀抢掠，但姜黎川指挥队伍在四周不断地骚扰敌人，最终迫使敌人退出沙梁。姜黎川却紧紧咬住敌人尾追袭扰，竟然意外地捉住了两个掉队的日本鬼子。出于对日军在沙梁大肆烧杀的报复，也为了显示军威，姜部将两名日军处决，并且割下脑袋，用枪挑着游街示众。

此举震慑了日军，鼓舞了抗日军民，也深得胶东共产党赞赏。中共胶东特委派统战部长柳云光、交际处长侯林翼带着物资到姜部慰问，使姜部官兵深受感动。姜黎川就此与共产党达成了建立抗日统一战线的协议，还欢迎共产党派员到他的队伍开展抗日爱国教育和政治思想工作。胶东特委派柳云光作为政治特派员进驻姜部，姜黎川安排柳云光为部队最高权力机构“军政委员会”委员，对共产党真是够重视的了。同时，胶东特委还派刘云生、梁纪卿、于可范三人为八路军代表，派张益民、刘宿贤、王云九、崔涛等20余名政工干部进驻姜部各中队任政治指导员。这真是胶东国共合作的一个典范，姜黎川的“国军”队伍由共产党人担任中队政治指导员，就像八路军“支部建在连上”一般，共产党实际上成了这支队伍的灵魂。

姜黎川一进根据地

到了1938年7月底，姜黎川因与日伪多次交战，损耗过大，便向共产党代表提出到胶东根据地休整队伍的请求。胶东特委同意了他的请求。8月中旬，姜部沿着八路军开辟的通道，从平度南村一带出发，沿着大沽河一路往北，经仁兆、古岘、祝沟、旧店等地进入黄县住了下来。当时，胶东共产党领导的山东抗日救国军第三军，马保三带领的鲁东抗日游击第七、八支队也正在这一带休整。三支抗日队伍会师根据地，情景分外热闹。两支共产党的队伍真诚欢迎姜黎川这支国民党的队伍，第三军还给姜部送来了服装、肥皂和毛巾等物资。当地老百姓像对待八路军一样对待姜部官兵，不但给他们送来慰问品，还抢着为他们洗衣补袜。根据地这种水乳交融的军民关系，是姜部官兵闻所未闻、见所未见的。第三军政治部文工团还为他们进行慰问演出，国共官兵坐在一起观看文艺节目，其乐盈盈。其中一个节目叫作《刘大头吃面条》，说的是抗日军民用计将放了毒的面条送给伪军吃，伪军刘大头中毒被捕，出尽洋相。演出场上不断响起官兵们的欢声笑语。通过一系列的思想整治工作，姜部官兵认识到“兵民乃胜利之本”的道理，体验着从未经历的官兵平等的政治空气，一时士气大振。

8月底，在休整中得到了补充的姜黎川率部南归，走到平北祝沟一带恰逢中秋节。平北的抗日军民又杀猪宰羊对他们进行节日慰劳。姜黎川备受感动，决心再立新功，以报答抗日军民的厚爱。恰逢驻平度城的汉奸张步云带1000余伪军前来截击。姜黎川毅然决定打张步云一个歼灭战。只可惜，姜部的侦察人员情报不准，将张步云的先头部队误认为主力，导致姜黎川过早地下达了攻击命令。此战只消灭了张步云的60多名尖兵，其余大部逃脱，甚是遗憾。不过，虽然未达目的，姜黎川的抗战积极性还是受到人们的肯定。

1938年9月，回到平南和胶北一带的姜黎川部成立铁路破坏大队，大队长周从龙带领队员在大沽河铁路大桥附近搞破袭，造成日军火车两次倾覆；袭击蓝村车站的伪军据点，歼灭日伪军50余人，俘虏日军一名，缴获步枪30余支、子弹2000余发。1939年春，姜部袭击青岛盐场日军据点，击毙日军14名，俘虏2名，缴获轻机枪一挺，步枪10支、子弹400余发。经过休整的姜部战斗力明显提高，同日军进行了多次战斗，对青岛外围的日伪军构成极大的威胁。

面对"娘家人"的呼唤

姜黎川在胶东抗日中的卓越表现，也引起了他的老领导——国民党山东省政府主席沈鸿烈的重视，而共产党对姜部的渗透更引起沈鸿烈的担忧。他不能看着姜黎川"越陷越深"，决定把这支队伍牢牢地掌握到自己手中。于是，沈鸿烈委派谭明华为特派员，前来胶东找姜黎川，承诺将姜部收编为山东保安独立第十四旅，让姜黎川当旅长。

谭明华原是国民党青岛市党部的干事，同在沈鸿烈手下，与姜黎川旧交颇深。由地方游击队司令到"国军"的旅长，这对年轻的姜黎川是个很有吸引力的职务。抗战前梦寐以求的理想，没想到抗战中实现了。姜黎川对沈鸿烈的器重感恩戴德，决定按照谭明华的要求，与共产党八路军划清界限，分道扬镳，回归国民党这个"娘家"。

姜黎川先是寻找借口与八路军派驻姜部的代表搞摩擦，继而公开排斥共产党在他队伍里的工作人员。姜黎川赶走了共产党，接受了国民党山东省主席沈鸿烈的整编，于1938年9月正式当上了国民党山东保安独立第十四旅（后来又改编为第七旅、第一旅）旅长。

姜黎川一见"娘家人"的召唤就背信弃义排斥共产党，这是他的政治信仰所决定。像许多立场坚定的共产党员忠诚于共产党一样，姜黎川是一个忠诚的国民党员。共产党讲的是共产主义，姜黎川信奉的是三民主义。再说，他认为依靠国民党政府这座大靠山，比依靠共产党更有奔头。

国民党不乏忠于"党国"之士。可惜，国民党内部派系之争厉害，内耗严重，往往使许多抗日志士有志不得展。

当时国民党在山东的两大重臣，一是鲁苏战区总司令于学忠，手里握有两个正规军（五十一军、五十七军）；一是山东省主席沈鸿烈，兼任鲁苏战区副总司令，除了掌管山东行政大权，手里还握有山东"保安"序列的部队。于学忠和沈鸿烈原来都是东北军的，但东北易帜后，沈鸿烈被蒋介石任命为青岛特别市市长，抗战爆发后又升任山东省主席，成为比较得志的地方行政长官。但是，当于学忠进驻山东当上鲁苏战区总司令，而沈鸿烈却是他手下的副司令，这就把沈鸿烈置于于学忠的领导之下，沈鸿烈当然很不情愿。于学忠却当仁不让，大刀阔斧地整编山东境内的大股游击部队。而当时归沈鸿烈领导的山东地方保安部队名义上有18个旅。赵保原是第十三区专员兼保安司令，属于沈鸿烈领导的保安序列，于学忠却又将赵保原部编为陆军暂编第十二师。这样，赵保原就既有十三专区保安司令的头衔，又有了直属鲁苏战区指挥部的师长职务。赵保原受到于学忠青睐晋升师长，逐渐瞧不起省府的下派机构鲁东行署，与给予他多次提拔的行署主任李先良的关系也日趋冷淡。面对于学忠和赵保原在山东和胶东地区咄咄逼人的态势，沈鸿烈当然不能坐视不动。他下令姜黎川的保安十四旅与即墨毛嘉兰的保安七旅合并，由姜黎川改任第七旅旅长，又将隋永胥任团长的鲁东行署保安一团、城阳纪淑和的保安五团增拨给姜黎川，改任姜黎川为山东保安第一旅旅长。这样，姜黎川的第一旅就有两个旅外加两个团，兵力和气势都远高于赵保原的暂编第十二师。于学忠职务比沈鸿烈高，可那只是军队的职务，而沈鸿烈不仅有军权，还有政权，可以任命行政官员。他利用这一优势，委任姜黎川兼任海阳县县长。这样，姜黎川的势力由平、胶、即边区扩大到半岛东部的海阳，这就与住在莱阳的赵保原的暂编第十二师有了抗衡的能力。

赵保原与姜黎川，两支队伍旗鼓相当，形成一山二虎之势。

姜黎川出身新闻界，才华横溢；又能白手起家组军抗日，堪称文武双全。他的眼里根本就看不起胶东国民党那些草莽出身的各路司令。1939年10月，鲁东行署主任李先良在海阳高家召集胶东区各游击队司令开会，十三区专员赵保原、九区专员秦玉堂、七区专员郑维屏等几个司令都远道而来，准时入会。而姜黎川就驻在海阳薄落村，距高家仅有五里，却没有参加会议，理由是“不屑与群丑为伍”。姜黎川自觉根正苗正，盛气就是这样凌人。

不过，终归都是“党国”的军队，又都在鲁东行署管辖的地盘上，有时还必须坐到一起参加会议，商量抗日大事。而每逢这样的场合，只要有赵保原在场，姜黎川必定要找借口指桑骂槐地历数汉奸罪行，把汉奸的八辈子祖宗都骂个狗血喷头。赵保原汉奸出身，最最听不得的就是这“汉奸”二字。其他游击司令慑于他的淫威，当面都避谈“汉奸”二字。姜黎川却不怕，总要骂汉奸骂上半天，既解了自己的气，又给其他游击队司令撑了腰。每当姜黎川一开骂，赵保原就会四肢发凉，直冒冷汗，如坐针毡，浑身不自在。姜黎川骂的是汉奸，又没点他赵保原的名，所以赵保原无法发作，只能忍气吞声。两个人逐渐达到水火不相容的地步，甚至在军事上互相拆台，捕杀对方的情报人员。

要问姜黎川为啥这样不放过赵保原，除了他有沈鸿烈撑腰，还因为赵保原当汉奸时就与姜黎川交过手。那是 1938 年 3 月，赵保原配合日军参加台儿庄战役，失败后于 5 月退至胶县、即墨一带。当时姜黎川的抗日游击队刚组建不久，就跟赵保原的汉奸队伍打了几仗，两个人从此就结了仇。1938 年 10 月，赵保原跟随张宗援攻击大泽山，在平度大青杨战斗中失败后“反正”成为“国军”。1939 年 2 月，“胶东行辕事件”发生，胶东行辕主任卢斌被厉文礼杀害，李先良接替卢斌当上了鲁东行辕主任，首先重用的就是赵保原，对赵接连封官加爵，一直提拔他当上了十三专区专员兼保安司令和莱阳县长。羽翼丰满的赵保原还成为“鲁东抗日联军”总指挥，统辖胶东各路抗日队伍，连八路军五支队司令高锦纯都在他麾下干副指挥。姜黎川活动的即墨、平度一带，正在赵保原这个专员管辖之下，所以，姜黎川大发牢骚：“我们打鬼子，打汉奸，没想到半路上打出个爹来！”

都是“党国”的人，长期这样像乌眼鸡似的斗来斗去终归不利于抗日大局和党国根本利益。沈鸿烈又是一省之长，总得照顾全省抗战，避免赵保原和姜黎川两部发生大规模军事武装冲突。再说，他也不能跟于学忠闹得太僵。1941 年元月，沈鸿烈下令将姜黎川的保安第一旅撤出了海阳县防地，全部回到平度、即墨、胶县三县交界处。这三县原属赵保原的第十三专区，为了减少冲突，沈鸿烈又将三县划归第八专区，脱离了赵保原的行政管辖。这样一调整，才避免了两支队伍之间的“窝里斗”。

以上可见当年国民党地方军政管理之混乱、派系倾轧之严重、内部斗争之激烈，真是达到了难以调和的地步。国民党既要抗日，又要反共，还要时不时地在自己内部搞摩擦。似这样树敌过多，真乃兵家之大忌。

姜黎川二进根据地

如果姜黎川一直有沈鸿烈这棵大树罩着，在胶东还没人敢对他怎么样。问题是天有不测风云。1941 年秋天，沈鸿烈奉命到重庆向蒋介石述职，从此改任农业部长，不再担任山东省政府主席了。

这也就使姜黎川失去了靠山。山东省主席的位子肯定是于学忠无疑。因为自从老民国开始，山东的督军、省长、主席都由军人兼任，沈鸿烈的前任韩复榘即是。沈鸿烈调走后顺理成章应当由于学忠兼任山东省主席，蒋介石也是这样打算的。但于学忠怕人们说沈鸿烈是被他挤走的，推荐他手下的五十一军军长牟中珩兼任山东省主席。不用说，牟中珩对于学忠本就言听计从，忠心耿耿，如今更是对于学忠的吩咐百依百顺，执行起来从来不打折扣。

牟中珩把山东行政大权拿到手以后，第一道关于胶东的政令就是取消鲁东行署。至于行署主任李先良干什么，牟中珩却不管，爱哪哪去，自己找地方吃饭去。李先良只好带着鲁东行署独立营在青岛崂山一带打游击。牟中珩对姜黎川的军令则是不得私自继续扩大武装，维持现状，等待整编。牟中珩的目的是要把姜黎川的队伍从山东保安序列收编进自己的五十一军。

姜黎川虽然失去了沈鸿烈这个靠山，但他手里终归有一支5000人的队伍，真刀真枪，拳头大的是哥哥，乱世之中，谁怕谁？再加上他性格刚强，是不会坐等牟中珩收编的。可姜黎川又明白，“国军”派系众多，关系复杂，没有靠山是不行的。于是，他在寻找靠山上动开了脑筋。想来想去，国军这边没想起一个可做靠山的，竟然想起共产党八路军对他的好处。去年在最困难的时候，八路军欢迎他到胶东根据地去休整，根据地军民把他们当作一家人，那种真心诚意使得队伍至今难忘。对，就这么办，找八路去！你牟中珩把我逼急了，我真的去投八路军！

但姜黎川还要看看再行动。他看什么？一要看牟中珩是否对他采取行动，二要看八路军还愿意不愿意跟他打交道。因为他终归背叛了一次八路军，现在遇到困难再去找人家，这脸面还要不要了？可是，在这生死存亡的关头，也顾不得什么面子了，打算在无路可走时再次与八路军联合起来。

自从姜黎川失去了沈鸿烈这个靠山，队伍内部开始人心浮动。一团团长隋永胥是个反共的顽固派，一听姜黎川又打算与八路军合作，就背离了姜黎川，投靠了姜黎川的死对头赵保原。身兼胶县县长的二团团长徐明山也与姜黎川分裂，率部离开。一下子没了两个团，使姜黎川实力大减。青岛、胶州、高密等地的鬼子又不断地对姜部包抄袭击。寡不敌众的姜黎川生怕被鬼子追得离开了原来的防地，派人向鲁苏战区总指挥于学忠求援。于学忠不但没来救援，反而来电斥责姜黎川擅自放弃防地，逼他还防。姜黎川已经无力与鬼子对阵，哪里还敢还防？这就违抗了军令，于学忠一怒，撤销了他的旅长职务。

姜黎川这下真的是走投无路，只有投靠八路军这一条路了。于是他派出两个人去八路军那里探路。这两个人都绝对可靠，不会给他泄密。军需处长张渐九，是与他一起组建队伍的发起人。还有一个叫姜谔生。这姜谔生是个共产党员，是胶东区委安排在姜部的联络员。张渐九和姜谔生又都与姜黎川有亲戚关系。张渐九是姜黎川的姨表兄弟，姜谔生与姜黎川是同村，是姜黎川的本族叔叔。姜谔生不大在姜部露面，只是暗地里与姜黎川保持联系。姜黎川虽然排共，但没有赶走姜谔生，这就为“通共”留了一条后路，这也是他的聪明之处。

张渐九在海阳朱吴镇见到了共产党的胶东行署主任曹漫之，随后又会见了中共胶东区委书记林浩、胶东军区负责人高锦纯、侯林翼等领导。没想到共产党并不记恨姜黎川，还像过去那样热情，表示只要姜黎川是抗日的，共产党就愿意与其合作。经会谈商定，八路军派遣政工干部三人，配备电台一部，前去胶县姜部，以便随时与八路军联系。

姜黎川与八路军重归于好，队伍士气顿时高涨起来，姜部又成为平胶边界上一支重要的抗日队伍。

后来，到了1942年春，抗战进入最艰苦的阶段。日军反复扫荡，地处胶济铁路北侧的姜黎川部不断受到日伪军的袭击，处境非常艰难。为避开敌人锋芒，补充给养，姜黎川再次向共产党提出到胶东根据地休整的请求。中共中央山东分局和八路军山东纵队为保护这支抗日武装，同意了姜黎川的请求，指示山纵五旅（由五支队整编而来）去胶济路北侧迎接姜部北上。当时平南多是敌伪占领区，南村、蓼兰、兰底、古岘等地有日伪据点，而李德元的平度保安团则占据丈岭、仁兆据点，把住了姜黎川北上的东路。还有个李付庄（现属平度张戈庄镇），是平南最大的据点之一，驻有国民党平度保安二团，团长名叫任子丰，与李德元一样直属赵保原领导。赵保原把姜黎川与八路军合作视为“联匪”之举，当然不会让姜黎川从此地通过。估计姜黎川北上必经李府庄，便严令任子丰在李府庄截击姜黎川。为了打通姜部北上的道路，八路军山纵五旅决定派精锐部队拔除李付庄据点。1942年4月18日晚，五旅十四团参谋长刘静海首先率二营佯攻李德元的丈岭据点，将李德元拖住，使他无暇派兵援助李府庄。19日晚，五旅参谋长贾若瑜率领五旅十四团的一、三营，五旅特务营、骑兵营共四个营，连夜以强行军奔袭李付庄。20日凌晨2时30分发起进攻，经过三个小时的激战，歼敌700余人，其中生俘500人。李付庄据点被拔除，扫除了姜黎川北上的最大障碍。姜黎川北上二次进入胶东抗日根据地，重新体验到共产党八路军和根据地人民的温暖。他在深受感动之际，头脑一时发热，竟提出了加入共产党的申请。鉴于姜黎川的情况特殊，经上报中共中央山东分局研究同意，胶东区党委批准他为中共“特别党员”，还让他担任了胶东临时参议会的参议长。姜黎川山东保安第一旅旅长的职务被于学忠撤掉了，八路军胶东军区便任命他为“特别旅”旅长。不久又任命他为南海行署主任。从此，根据地的人亲切地称姜黎川为“七路半”，意思是差一点儿他就是真正的八路军了。

姜黎川得到共产党的重用，名声远播，群众拥护，其队伍迅速发展到8000余人。那时的姜黎川真是共产党的好友啊，他既打日寇，也帮着八路军打击国民党顽军王尚志、曹克明、阎珂卿和董希瞻。八路军的平南根据地迅速扩大，日军的活动范围越来越小，驻胶北南沙梁、闸子等据点里的日伪军都在姜部的包围以内，吓得连炮楼都不敢出。更有趣的是，驻平度南村据点的日军小队长其伦，为了换取身家性命的平安，竟然托人暗地里与姜部取得联系，央求别把他的据点给拔掉，条件是赠送给姜部一些武器弹药。

如果仅看这个阶段的姜黎川，人们几乎忘了他是个国民党员。

第三十五章　孙殿斌之死

还说1939年夏天那阵子，郁郁不得志的孙殿斌怕引起李先良的疑虑，不敢在隋永胥那里久留，便投靠了与共产党关系密切、致力于抗战的姜黎川。孙殿斌既是姜黎川的老相识，又在胶东抗日中做出过不小的贡献，而且两个人有着相似的遭遇，姜黎川很是同情他，就任命他担任旅参谋长。孙殿斌感激老朋友的重用，计划将正在十八旅张金铭那边当团长的姚士武招来，作为对姜黎川知遇之恩的报答。姜黎川见马上又可增加一个团，当然表示欢迎。

姚士武一怒就要当汉奸

说起国民党的派系之争，真让人躲不胜躲，防不胜防。孙殿斌投靠姜黎川，本来是走投无路时的无奈之举，并不存在什么结帮拉派的阴谋诡计，却偏偏引起平度那边十八旅旅长张金铭的警惕。如果要以人画线，张金铭听从赵保原的指挥，姜黎川却对赵保原嗤之以鼻，这就使姜与张成为两条线上的人。刚刚投奔张金铭的姚士武，身在曹营心在汉，总是放不下他的老司令孙殿斌，张金铭也是心知肚明。又听说孙殿斌暗中派人来与姚士武联络，张金铭就有些不满，觉得我以诚待人，人却要背叛我，这就别怪我不客气了。可张金铭枪毙了一个唐俊峰，已经被人骂作对自己人不仁，所以不想自己下手惩治姚士武，便使出了借刀杀人的计策。

借谁的刀呢？借赵保原的。姜黎川与赵保原素来不合，两个人见了就要斗鸡，这是张金铭所了解的。

那时姚士武的队伍正在即墨跟日伪军遭遇，给日伪军打了一仗，便准备带队向东直扑海阳，去投姜黎川。张金铭立即派人向赵保原透露了这个情报。赵保原一听姚士武要投靠姜黎川，当然不想让他得逞，立即给驻扎在即墨一带的邓学良团发出命令：一定要逮住姚士武，把他那个团吃掉！

可是姚士武没有经过邓学良的防地，而是走了袁家庄一线，所以就躲过了赵保原的黑手。而在袁家庄驻扎的又正是姜黎川的一团二营，姚士武要投奔的就是姜黎川，按说这条路是走对了。谁知一场不该发生的误会发生了。最先与二营接触的是姚团团副孙金素，那边的营长名叫王敬格。这王敬格也不知啥用心，一听是张金铭属下的队伍，高低不准姚部从他这里过。姚团的副团长孙金素拍着胸脯骂王敬格“一家人不认一家人，老子刚跟日本鬼子交过手，你跟我作对就是汉奸”，两个人唇枪舌剑，最后都掏出了枪。可王敬格的人早有准备，抢先开了枪，孙金素中弹当场毙命。姚士武本来要投姜黎川，一看姜黎川的人竟这么对待他，当即傻了眼。张金铭那里回不去了，赵保原那里他又不爱去，剩下的只有一条路，这就是拉着队伍进即墨城去投靠日本人，借日本人的手报仇。部下多数人不愿当汉奸，一再劝告姚士武，千万不能投靠日本人。姚士武怒气正盛，失了理智，谁也劝不转，带着队伍就往即墨城开去。可他的队伍边走边开小差，许多人跑到海阳投靠了隋永胥。而姚士武带着一部分人马，还没走到即墨城，大部分人马就走散了。

姚士武好端端一股抗日力量，就这样被“国军”自己的人给消灭了。张金铭想灭了他，赵保原想灭了他，动不动就有自己人想灭了他。虽然姜黎川的人并不是蓄意害他，但“国军”地方队伍之间的封锁和戒备，却是造成误杀姚部副团长孙金素的根本原因。当然，姚士武即使有千条理由，也不该产生投靠日本人的念头。是这个念头害得他队伍涣散，众叛亲离，最终连汉奸也没当成，退出了历史舞台，下场真是可悲。

孙殿斌本想一展身手

孙殿斌在姜部孤身一人，连自己的一兵一卒都没有。本想把姚士武招来，姚部却又半途消亡。孙殿斌慨叹自己时运不济，事事不顺。从姚士武团的覆灭，他进一步看清了国民党地方部队各自为政、不顾大局、相互残杀的可恨嘴脸。他不禁羡慕起投奔八路军的李兆岐来。看人家八路军，对抗日的人才是多么器重，让李兆岐当了实实在在的团长。国民党这边怎么就相互戒备，暗藏诡计，动不动搞窝里斗，自己人杀自己人呢？

孙殿斌只好待在姜黎川处，老老实实配合姜黎川的工作。

到了1942年秋，姜黎川再次与共产党合作，成为抗日军民交口称赞的“七路半”。

秋末，王尚志重新联合阎珂卿、董希瞻、曹克明、张汉、张天佐、张景岳等十几路国民党队伍，成立了南路剿匪指挥部，王尚志自任总指挥，联合向共产党的平南根据地发起进攻。

孙殿斌一见机会儿来了，想借此机会大展身手，与姜黎川一起配合八路军南海独立团反击王尚志，一吐积压在心中的窝囊气。

究竟是谁杀害了孙殿斌

不想就在大战之前，孙殿斌接到家信，说母亲病重，危在旦夕，临死前想看儿子最后一眼。孙殿斌顿时泪如雨下。前面已经说过，孙殿斌家里是赤贫，只有四间破屋，还是他爹与他大爷共有，分家时每家只分得两间。孙殿斌后来加入中共，虽然担任了烟台特支书记那么大的官，可那时共产党不是执政党，被国民党称为“匪党”，只能在“地下”活动，不但没有收入养家，父母还跟着受牵连，更谈不上跟着他享什么福。1933年，孙殿斌被国民党逮捕，父母在青岛待不下去了，只好带着两个弟弟搬回平度老家。家中两间破草房年久失修，难以遮风挡雨，父母只好住到孙殿斌的姥娘家——孙家屯北边三里的大站村。后来，孙殿斌背叛了共产党，干上了国民党，工作从地下转到地上。本以为可以让家里人跟着沾点儿光享点儿福了，日本人又发动了“七七”事变，孙殿斌的当官发财梦也没有做成。接着就是拉队伍抗日，当上了十六支队第二纵队司令兼即墨县长。家乡百姓听说孙殿斌当了司令兼县长，都以为挣的军饷肯定得用马驮用车拉，孙家马上就是大富户了。岂不知听起来是个不小的官，可那只是领着部下跟日本人打仗的官，别说没发着财，还得把脑袋别在裤腰带上，说不定哪一天就丢了呢。

家里人没跟着孙殿斌享福，他爹却跟着他丢了命。当地土匪把他爹绑了，张口要1000块现大洋来赎。别说1000块，家里连一块大洋也拿不出。土匪没想到一个司令的家里竟然比谁都穷，感到窝囊，一怒之下就撕了票，把孙父的尸体丢在村外。孙殿斌自从拉队伍抗日，两年多没回过一次家。听说父亲被绑匪杀害，怒冲冲带着十几个护兵回家报仇。打听到是附近大袁家一个小名叫“沿儿”的带着塔西坡、潘家的一伙小混混干的，就抓起两个杀了，只跑了“沿儿”。孙殿斌是抗日将领，回家需得躲避着日本人，所以不敢为父亲大办丧事。按当地风俗，人死了因故不能殡葬，可以先坵起来。就是先不挖坑造坟，只把棺材放在地面上，用砖土石头封起来，等条件具备了再行正式殡葬。在本姓亲戚的帮助下，孙殿斌把他爹的棺材坵在村外的庄稼地里，就匆匆赶回队伍里继续打鬼子去了。谁想孙殿斌命运多舛，一直顾不得回家殡葬他爹。如今他娘又病危。孙殿斌是个孝子，在他爹身上已经没能尽孝，这次管怎么也得回家给母亲治病，尽尽孝心。

姜黎川理解孙殿斌的心情，但因为大战在即，就只给了他两天假，并给他派了六个护兵，嘱咐他一路小心，注意避开王尚志的人马，快去快回。

令姜黎川没想到的是，孙殿斌从此一去不回，一命归天。

那天半夜，孙殿斌和他的 6 个护兵走到离他姥娘家大站村半里多路时，被一伙人截住缴了械，统统推进一口古井里活埋了。70 年后的 2010 年，笔者到孙殿斌的老家孙家屯采访，孙殿斌的本家兄弟孙殿仁（生于 1935 年）亲口告诉我，听那时从枯井里挖出孙殿斌的长辈们说，孙殿斌等七个人的尸体挖出来时，人都被五花大绑着，鼻子口里全是黄泥！

孙殿斌究竟是遭了谁的毒手？孙殿仁说，事情发生在半夜，老百姓哪能说得清？后来听人风言风语说是曹克明的人干的。不过孙殿仁说他当时只有 6 岁，还不太记事，最了解情况的是大袁家村的老民兵袁尧修。我立刻到孙家屯东边不远的大袁家，找到了年已 84 岁的老民兵袁尧修。袁尧修说得比孙殿仁具体多了。他说，孙殿斌带着护兵走到孙家屯与大站村之间，离大站还有两里路，听到前方有人截路。护兵们说：参谋长，打吧！孙殿斌说，先别打，问明白了再打。他就问：你们是什么人？对面回答说：四纵队的！话音未落，早有人从黑暗里跳出来，将孙殿斌他们绑了，当场就推进一口地瓜井子里活埋了。袁尧修说，其实根本不是四纵队的人，是曹克明的人干的。

又是曹克明！曹克明是个抗日英雄，不是汉奸。曹克明也不是孙殿斌的仇人，他们都是抗日的，都是国民党系列的地方抗战队伍，也没听说抗战以来曹克明与孙殿斌有什么过节，他为什么要杀害孙殿斌呢？太难以置信了。

我带着这个疑问又查阅了许多资料，竟然从乔天华于 1979 年写的回忆录《关于平度县共产党发展的概况》一文中读到了这样的文字："孙殿斌虽叛变，对组织没有什么破坏。抗战期间孙任顽军张金铭十八旅（应是十六支队）之第一纵队（应是第二纵队）司令，1942 年孙欲投八路军，被曹克明发觉捕杀了。" 哎呀，乔天华也认为是曹克明杀害了孙殿斌，而且说明了杀害的原因是孙殿斌“欲投八路军”。

孙殿斌被杀害时，乔天华是八路军南海独立团副团长，正在平南一带活动，准备与王尚志等顽军展开一场恶战。孙殿斌当年是乔天华的入党介绍人，虽然以后叛党，但并没出卖同志，还曾叫乔天华给他做证明人。后来他们俩又因国共合作成为“友军”，都是驰骋疆场的抗日好汉。当年乔天华孤身一人到平度城找张金铭搞统战，张金铭本想杀了乔天华，还是孙殿斌为他说情，才使张金铭放过了他，并且达到了劝说张金铭与八路军合作的目的。后来孙殿斌成了光杆司令，屡遭挫折，都是国民党方面造成的。而孙殿斌又投奔了与共产党八路军关系密切的姜黎川，说他“欲投八路军”，不能说没有一点儿根据。

如此说来，曹克明杀害孙殿斌就不是空穴来风了。曹克明虽然与孙殿斌一样，都是在中共那边当过高官的，而且曹克明还曾是中共山东省临时省委常委，职务高于孙殿斌，但曹克明叛变后与共产党的距离越来越远。他虽然指挥过孙家口袭击日军汽车的战斗，打死了日军中将中岗弥高，在抗战中立下卓越功勋，但因一直追随反共坚决的厉文礼，从不跟八路军搞合作。1939年2月，厉文礼因发动“胶东行辕事件”被免了职，曹克明没了主子，很是失意。幸亏鲁苏战区总指挥于学忠将他收编到属下，任命他为鲁苏战区游击纵队第五支队支队长，并且兼任昌邑县长。曹克明当然要对国民党感恩戴德，决心效忠，更加与共产党不共戴天。后来他又配合王尚志围剿八路军平南根据地，与乔天华的独立团交过手。就是说，曹克明已经由原来的共产党变成了铁杆的国民党。既如此，对于“欲投八路军”的孙殿斌来说，他是下得了手的。当然，曹克明是否受王尚志的指示杀害了孙殿斌，没有根据，不好妄加猜测。

告慰冤魂

通过上面的陈述，孙殿斌死于国民党曹克明之手是可以下结论了。他连病中的母亲都没能看上一眼，就先他母亲而去了。病重的孙母临死也没见到儿子，死后当然没有条件殡葬，就在娘家地盘上单独圻了起来。孙父和孙母真是可怜，两个老人死后也不能合葬，一直在两个地方圻着，成为孤魂野鬼。直到18年后的1958年，孙父和孙母才被后人合葬到一起。抗日志士孙殿斌，壮志未酬身先死，不是死于敌人之手而是被“自己人”活埋，而且死得不明不白，真是天下奇冤！更冤的是，他是抗日功臣，但国民党早已将他忘记，而共产党又不可能为他记功，赚的两面不是人。既可怜又可悲。

据平度市党史研究室的人说，20世纪80年代，他们开始把孙殿斌作为一个党史人物收集资料时，孙殿斌唯一的女儿曾经要求追认他的父亲为革命烈士，理由是他父亲是为抗日而死的。党史研究室的人感到很为难，因为孙殿斌死的时候身份是国民党员，共产党怎么能追认国民党为烈士呢？孙殿斌的女儿对此答复当然是不满意的，可一个县级党史研究机构也只能这样回答。其实孙殿斌的烈士身份应该由国民党政府来追认。但她女儿又不可能到台湾去找国民党。

还好，2011年是中共建党90周年。中共平度市委党史研究室出版了一本纪念画册，上面刊登的平度籍共产党员中，孙殿斌的照片也列在其中。照片说明词是这样写的：孙殿斌，崔家集镇孙家屯人，1911年出生，1930年加入中国共产党，1931年任中共烟台特支书记。

这说明，共产党并没有完全忘记孙殿斌。

无独有偶，2011年4月6日《青岛早报》出版的纪念青岛建置120周年特刊上，对孙殿斌在抗日战争中的贡献则做足了文章。那题目分外引人注目：《抗日，不间断的烽火燃起——日本第二次侵占期间，青岛人民通过浴血奋战迎来胜利》。大题目下，以“崂山烽火”为小标题，赞颂了国民党青岛保安总队（简称“青保”）的抗战功绩。谈起“青保”的来历，文章是这样说的：“青保的前身是国民党第五战区游击指挥部第十六支队第二纵队直属第三大队。1939年5月，李先良就任山东省政府鲁东行署主任后，将第三大队的一部分整编为鲁东行署独立营。后又几经改制，直到1948年1月，（国民党）国防部、内政部下令将青岛市保安总队改编为青岛市保安警察总队”。文章说：“自青保成立至1945年8月，青保进行了大小战斗80多次，较大的战斗有王哥庄、登瀛、黄山、大崂、汉河、沙子口等……总共消灭了370余敌人，伤敌310余人，俘虏483人，获机枪14挺，步枪760余支，手枪74支，其他枪支63支，子弹28140发等。”

文中提到的“国民党第五战区游击指挥部第十六支队第二纵队”，正是孙殿斌为司令的第二纵队。李先良将第二纵队第三大队改编成胶东行署独立营，这便是“青保”的前身。1945年9月13日，被蒋介石任命为青岛市长兼接受委员会主任委员的李先良，正是率领这支令日伪军闻风丧胆的青岛保安总队进入市区，威震岛城，成为中国军队重新控制青岛的象征。

孙殿斌啊，共产党已经对你在国共两家的贡献尤其是你的抗战功绩做出了肯定。你在九泉之下的冤魂，可以得到些许安慰了。

第三十六章　乔天华沙河拒敌

前面说到，张宗援兵败莱阳，日寇很快就组织了新的“扫荡”进行报复。1939 年 9 月 20 日，日寇派飞机轰炸掖城，炸死百姓 8 名。紧接着，日军大队长木村在平度新河镇集合了 3000 多名日伪军，要从西边开始，对平度、掖县、招远、莱阳进行扫荡，想把胶东再夺回去。其中，有从南朝鲜调来的 900 余名日军，也有以我的另一个平度老乡王潘亭为司令的伪警备队 1000 余人。

王潘亭当上伪警备司令

平度的头号汉奸王潘亭怎么会出现在日伪军的扫荡队伍里呢？大家知道，王潘亭本来就爱打仗，早年组织红枪会，还曾把侵犯平度城的丁守己一伙土匪给消灭了。当上汉奸以后，是他把好友张松山及张步云介绍给张宗援的，又与张步云、张松山一起跟着张宗援杀回平度。可是，王潘亭为张宗援出力很大，得利却不多。他本来是想当平度县长的，可张宗援只叫他当参议长，当参议长的任务就是为张松山“当选”县长作嫁衣裳。等到帮助张松山当上了县长，他也就没事可做了。而王潘亭又与张松山是好友，肚中的苦水不好往外倒，只能自受委屈。有“中国通”之称的张宗援当然知道王潘亭的委屈，为了调动他继续当好汉奸的积极性，就把道理说给他听：老王啊，我们的一切行为都要服从于大日本皇军的利益，要当平度县长必须能配合皇军在平度建立新秩序。你当年曾经是红枪会会首，在社会上名声虽响，却因枪会反官府的本质而不受官府欢迎。如果叫你这样有“前科”的人当县长，必然引起平度人反感，那可就对皇军建立新秩序是大大不利的了。王潘亭一想也是，就对张宗援说：既然当不成县长，那就让我带兵吧。张宗援正需要王潘亭这个爱打仗的家伙替他们卖命，立刻给了他一个警备司令的头衔，叫他在平度拉队伍，一切装备由皇军供应。王潘亭很快拉起上千人，张宗援为他配备了一色的日式装备，把他变成一条武装到牙齿的狼犬。王潘亭当官不忘提拔自己人，提拔他二弟王潘义在日军崮山后据点（位于现平度市崔兆镇）当便衣队长，专门搜捕共产党干部。提拔五弟王潘恩干伪三区区长，掌握了平度东北山区的政权。你看，王潘亭虽然没干上平度县长，却是手握兵权，威震全县。一人得道，鸡犬升天。

张宗援进攻掖县时没有叫王潘亭的警备队参加，叫他帮张松山守好平度这个后院，重点对付十八旅。因为老三区的区长是十八旅一团团长李德元，王潘恩这个伪三区区长不大好干，王潘亭就指示二弟王潘义率便衣队跟李德元部较劲。王潘义带着便衣队昼夜潜伏，终于逮住了一个机会，包抄了李德元的一个营，还打死了李德元的一个营长。前面说过，王潘义亲自在自己村里抓住共产党两个干部割鼻子割耳朵浇开水，可见王家兄弟对抗日军民是何等残忍。

就在王潘亭兄弟们在平度作恶多端、得到张宗援的赞赏的时候，没承想张宗援胶东战败身负重伤回了青岛。张宗援倒了台，王潘亭失去了靠山，惶惶然如丧家之犬。就在这时，日军开始了新一轮扫荡。王潘亭急于在新主子面前表忠心，就向日军大队长木村主动请缨，参加了这次大扫荡。

赵保原、高玉璞临阵东逃

赵保原见日伪军来势汹汹，便以“鲁东抗日联军”总指挥的名义，命令八路军五支队和镇守掖县的高玉璞阻击日军。此时赵保原已经开始在莱阳“清共”，与五支队关系进入紧张时期。但“鲁东抗日联军”的名义还在，特别是面对日军的扫荡，国共还要联合对敌，所以五支队对于赵保原抗击日军的命令还是要听的。

在日军的大扫荡面前，五支队既不能眼看着日本鬼子畅通无阻地占领胶东，又不能以弱对强与鬼子硬拼。他们制定的战略战术是：设立几道阻击线，消灭敌人的有生力量，减缓敌人前进的步伐。要在运动中择机打击敌人，同时保存自己的力量。

当时高玉璞镇守掖县，沙河镇当然是他的防区，反击日军进犯应是首当其冲。

这就出现了很有意思的事情。在扫荡与反扫荡的队伍中，我的三个平度老乡分别在三支队伍里，形成“三军两方”。王潘亭率领伪警备队在日本人一方参加扫荡。乔天华和高玉璞在“鲁东抗日联军”反扫荡一方，总指挥是赵保原。不过，乔天华直接听八路军五支队指挥，高玉璞直接听“国军”赵保原指挥。

如果高玉璞能与乔天华共同对敌，互相掩护，进退有序，肯定能在运动中多消灭一些敌人的有生力量。可是，日军的飞机轰炸了一次，高玉璞就在掖县城里坐不住了。他连招呼也不跟五支队打，就带着一个旅的队伍跑到莱阳附近去了。赵保原见他来了，也没责怪他，就命令他在莱阳外围阻击日军，保卫莱阳。

此时的赵保原，既要反扫荡，更要保存实力，因为他马上就有反共的大动作呢。

漂亮的阻击战

这时候，莱平大队已经改编成南海独立营，正在平度乔家山区休整。营长乔天华突然接到五支队司令高锦纯的特急命令：立即率部奔赴掖西沙河镇，阻击日军东进。

当时的南海独立营有300余人，但只有150多条枪。因为平南也遭遇敌人扫荡，胶（县）、即（墨）、平（度）工委的上百名地方干部也随队行动，这些人属于非战斗人员，需要保护。

乔天华带领这支400余人的队伍，向西北急行军近百里来到沙河镇。原来驻守沙河的高玉璞部早已逃之夭夭，此时的沙河已是空空如也，只有高锦纯司令带领警卫排在这里着急地等着乔天华。他任命乔天华为掖西指挥，把刚调来的昌潍大队徐子安营和掖县县大队全部交给乔天华指挥。这样，乔天华指挥的就有1200余兵力。高锦纯交给他的任务是：在沙河狙击敌人半天到一天，为胶东区机关和五支队司令部及主力转移赢得时间。

乔天华立即在沙河布防，形成一道严密的防线。

10月13日，日军大队长木村率领日伪军3000多人，分左、中、右三路，气势汹汹向沙河镇扑来。

乔天华的部署是：南海独立营的150人枪在正面打主力，昌潍大队和掖县县大队打两侧。一旦完成阻击任务，听乔天华的命令，交替掩护向东面大泽山区撤退。

可就在敌人快要来到的时候，乔天华突然接到高锦纯的命令，又有新的敌情，必须马上调昌潍大队和掖县县大队到西杜家一带布防。两部分队伍都撤走了，沙河阻击战只有南海独立营的150多条枪来完成了。

还有胶、即、平工委的100多工作同志既不能作战，还需要保护。对方是报仇心切的3000多日伪军，双方的力量根本不成比例，这个仗可怎么打呢？

乔天华却胸有成竹。首先，他把阻击敌人的时间做了调整。高司令交代狙击敌人半天到一天，他本来计划阻击一天，既然高司令又把大部分队伍抽走了，乔天华就给自己定了阻击半天的目标。当然，要对付3000多名日伪军，没有特别的办法，半天也很难。乔天华的办法是，在沙河以西埋设了两道地雷防线，两道防线相距200余米，每道埋设50多颗地雷。敌人要过这两道防线，起码得用两个小时。等到敌人过了地雷防线，才是南海独立营的火力线。这道火力线就要跟敌人打阵地战了。阵地战必须有坚固的工事。乔天华亲自带领战士们修工事。

乔天华说："同志们，只要把掩体垒结实，敌人的子弹就打不着咱们，就只有咱们打他们的分！一定要把掩体垒好啊！"

乔天华又把目光投向只有30多人的少年队。这个队虽然全是十六七岁的少年，可他们都是些听到打仗就不要命的小家伙，深受乔天华喜爱。乔天华从每次打仗缴获来的武器中，特地为他们每人配了一支骑兵用的小马枪，使他们打起仗来干净利索。乔天华分配给"小马枪"的任务是："战斗结束前，听我的命令，提前掩护工委同志撤退，不能让一个同志受损失！"小马枪们响亮地回答："是！"

战斗打响了。首批500多名伪军，在日军的驱使下向沙河镇冲来。地雷阵遍地开花，发挥了巨大的威力。等敌人清除了两道地雷阵，已经用去近三个小时。

看看敌人进入火力区，随着乔天华一声"打"，机枪喷吐出猛烈的火舌，步枪集群齐发射向敌人，小马枪的响声也分外干脆。只见一排敌人应声倒地，伪军们吓得返身退了回去，连鬼子哇哇乱叫着在后面督战也无济于事。一连打退了敌人的三次进攻，阵地前面躺下了五六十具日伪军的尸体。这时，时间已经过了五个多小时，掩护主力部队和领导机关撤退的任务基本完成了。但如何撤出战斗却不是件容易的事情，因为敌人正在组织第四次进攻。乔天华弯腰来到正为胜利欢欣鼓舞的"小马枪"阵地，命令道：我带领大家对付敌人的下一次进攻，你们立刻掩护工委的同志和伤员撤退！

"小马枪"们匍匐着来到工委同志和伤员隐藏的矮墙后面，前后左右保护着他们，在敌人再次进攻前悄悄地撤出了阵地，向沙河东北大泽山区方向安全转移。看到那些同志撤走了，乔天华松了一口气，开始部署下一步的战斗和撤退。他要求战士们把所有的手榴弹摆在面前，命令道："战斗一旦打响，把手榴弹一颗不留地扔出去，集中火力狠打，不用心疼子弹！”敌人的第四次进攻开始了。乔天华一声令下，战士们先是投出了一连串的手榴弹，炸得敌人血肉横飞。紧接着集中火力向敌人扫射，打得敌人哭叫着退了回去。乔天华见时机已到，果断下令“撤”！带领战士们迅速撤出阵地。等敌人第五次发动进攻时，南海独立团的阵地上早已不见人影了。

这次沙河阻击战的任务是完成了，共歼灭日伪军100余名。而乔天华的队伍也付出了伤亡40余人的沉重代价。可赵保原、高玉璞们却在远远地躲避着日伪军，尽一切可能地保存着自己的实力。

掖县重陷敌手，日寇大岛任命在这次作战中出力的平度人王潘亭担任掖县“县长”。这样，王潘亭就不再为他的好朋友张松山当上平度“县长”而心里不平衡了，目前都是平起平坐的伪县长了。

第三十七章　张金铭把县长让给李德元

1939年11月8日下午，平度县东北乡祝沟大街上，“国民党山东保安独立地十八旅司令部”和“平度县政府”的大牌子熠熠生辉。头戴钢盔、手握冲锋枪的十八旅巡逻队迈着整齐的步伐在大街两侧来回巡逻。祝沟河桥头上，两挺机关枪黑洞洞的枪口对着南边的公路，一班守军严密地监视着过往行人和车辆，似乎有什么重要事情要发生。

3点多钟，4辆三轮摩托车从司令部大院里缓缓开出，前头两辆车上各架一挺机枪，后面的两辆车上各有两名荷枪实弹的士兵扫视着大街两旁。

祝沟街上的百姓一看这阵势就知道有要人出来，都习惯地在大街两旁站定，注视着司令部大门。

果然，身披草绿色斗篷、头戴军帽、眼上戴一副金丝边眼镜的十八旅旅长兼平度县长的张金铭，在8名卫士的护卫下，迈着文雅的步子从大门走了出来。他的脸上微带笑容，和善地对注视着他的百姓们点着头，一派儒将风范。

司令部离镇子南边的祝沟河只有200多米远。张金铭只用了五六分钟便来到祝沟河桥边。警戒的士兵们立刻紧张起来，密切地监视着四面八方。

张金铭是来迎接他的主力团团长李德元的。

他在40分钟之前接到报告，刚刚在平度城打了一场漂亮袭击战的李德元就要来向他汇报战果了。

李德元扮作新郎袭击平度城

李德元真是个不怕死的家伙。三天前，他提出请战，要趁日伪军进攻掖县八路军根据地、平度城内空虚的机会打他一下，既可牵扯敌人精力，也可向抗日联军总指挥部邀功请赏。张金铭表示同意，嘱咐李德元不要恋战，袭击一下就退出来，他派一个营在城东接应。

好个李德元，于7日夜间率领二十几个人来到平度城北三里处的花园村，筹划了一场“娶亲”闹剧。8日上午，一支迎亲的队伍出了花园村，大张旗鼓地向平度城开去。扮作“新郎官”的李德元头戴状元帽，胸佩大红花，骑着高头大马走在娶亲队伍最前面。身后是一乘披红挂绿的花轿，那是为迎娶“新娘子”准备的。旗锣伞扇，迎风招展。鼓乐齐鸣，喜地欢天。上午9时许，迎亲队伍来到平度城南门。一个媒婆模样的女人向城门下站岗的伪军每人递上喜烟一包喜糖一袋，乐得伪军们一个个抓耳挠腮，连搜查都不用就点头放行。迎亲队伍来到日军宪兵司令部门前时，站岗的日军正要喝问“什么的干活”，“新郎官”李德元早已从马鞍子下边抽出短枪来，叭叭几声枪响，门里门外的两个鬼子应声倒地。十几名迎亲人员全都掏出了短枪，见了鬼子就打，打倒了不忘收缴那无人不羡慕的“三八式”大盖子枪。李德元等20余人也不恋战，从西门飞快地打到东门，消灭鬼子伪军十几名，缴获了六支三八枪。东门外早有部队接应，李德元的袭击队顺利撤出城外，无一人伤亡。

张金铭接到战报，当然要亲自出来迎接功臣李德元。

李德元骑着高头大马从南边过来了。在离桥头十几步远处下了马，走到张金铭面前，立正，敬礼，得意扬扬地说声：司令，这次袭击平度城，狠狠地教训了鬼子，我军不但缴获颇丰，并且无一伤亡，卑职没有给您丢脸！

张金铭还礼，握住李德元的手说：德元，我给你请功！

战报层层报到国民党山东省政府，省主席沈鸿烈看到战报后很是高兴，对经过他整编后的山东保安独立第十八旅大加赞赏。除了对张金铭、李德元等有功人员通令嘉奖，还大笔一挥，特别奖励李德元团大洋1000元！

李德元扮作新郎袭击平度城日军的故事，至今还在平度流传。

张金铭把县长大印交给李德元

李德元先是配合乔天华的莱平大队击败张步云的攻击，继而扮作新郎传奇般地袭击平度城，为整编后的十八旅争了口气，使张金铭很感满意。从此后，他把李德元当作心腹，无话不谈，诸多大事都找他商量。

一天，张金铭在他的县政府小食堂备了酒菜，专门宴请李德元。

酒后，张金铭把李德元请进县政府小客厅，第一句话就是：德元，你来替我当这个平度县长吧？

李德元一愣，问道：司令，你什么意思？

张金铭诚恳地说：我这些日子就在考虑把县长的位子让给你。

李德元连忙推辞：不行，司令，我不行……

张金铭打断他的话，认真地问：德元老弟，你我如今除了抗战打鬼子，向百姓征收粮款，还能干什么？

李德元一愣，不解地问：司令，现今大敌当前，中国有被日寇灭亡的危险，抗战当然是当前最大的事情，我们还要干什么？

张金铭摇摇头说：难道你忘了，我不仅是十八旅的旅长，还是平度县长。

李德元还是不解：司令，你的意思是……

张金铭说：我已经失职了啊，德元！ 前段时间被厉文礼一搅和，我疲于应付，哪里还顾得上干点儿行政上的事情？不说别的，仅是县立中学，我两次想把它再办起来都没办成，失职啊！孩子们怎么能没有学上呢？

李德元安慰说：司令，别人不知道，我还不知道？你已经尽心了嘛。第一次在古岘朱村，县立中学已经复学；第二次是在三区沙埠，校舍都找好了，可都被日本人给搅黄了！那不是你的责任，那是日本人闹的嘛。

张金铭苦笑道：唉，看样子要把日本人赶走不是短时间的事，我们总不能等到打跑了日本鬼子再办学吧？

李德元点点头说：司令说的是。你的意思是把县立中学再办起来？怎么办你说，我去找地方！

张金铭说：不是我说怎么办，我是想让你说怎么办。你别急，听我把话说完， 我今天说的是真心话。目前正面战场进入相持阶段，日本人开始回过头来加紧对后方的控制，以后我们的战斗任务会越来越多，我这个旅长，必须全力对付日本鬼子。如果再继续兼着县长，恐怕更要顾此失彼，那样工作也干不好，所以，这个县长要由你来当。不过，十八旅的吃喝穿戴军费支出，大部分得向你要了，你必须首先给我保证。你说，我这是不是真心想把县长让给你啊？

面对张金铭恳切地要求，李德元不好再推辞了。但他感到事情来得太突然，还没有思想准备。

张金铭见李德元沉思不语，早拿出那枚铜制“平度县政府”的大印，双手捧到李德元面前。这可不是一般的礼品赠予，这是严肃的行政权力移交。这颗铜印，是一个县级政府权力的象征。

李德元诚惶诚恐，双手郑重地接过了那颗大印。啊，这大印沉甸甸的。

张金铭庄重地说：德元，还在平度城里的时候，我就听你对县级财政的收支谈得头头是道，那时我就觉得你是一个很好的县长人选！

可李德元却在心里说：司令，这个县长难当啊！

平度城周围十几里是日伪军的地盘，鬼子汉奸还要不断地下乡来“清剿”，来抢粮。平西平南是阎珂卿、董希瞻、刘经川、曹克明的鲁苏战区的四个独立支队的地盘，县政府的管辖权够不到那里。三区东南20里是二区，区署古岘已经被鬼子占领，二区也就失去了一多半。这样，所谓平度县政府，就只能在平北平东的三区二区部分地方征收税赋。而三区又大部分处于山区，土地贫瘠，粮食产量低，工商业几乎是零。这里的税源真是少得可怜，就像老鼠尾巴上的疖子——能有多大脓水呢？

不好当也得当。正是党国用人之际，临危受命，任务艰巨而光荣。再说，历朝历代都是异地做官，还没有一个平度人担任过平度的知县或者县长呢。我李德元是平度人，担任平度县长，在平度历史上也是前无古人呢。

李德元恭敬地对张金铭说：司令，这个县长我当！

张金铭高兴地说：好，我马上向省府写报告，请沈主席颁发委任状。你在沈主席那里已经有了名气，就凭你的功劳，沈主席一定会批准的。

就这样，李德元成为抗战时期继张金铭之后的第二任平度县长。这是平度历史上第一个由平度人担任的县长。当然，平度城里的张松山早在一年前就当上了平度“县长”，但那是伪县长，平度人民不承认，国民党政府不承认，既没有人民的拥护，又不具备合法性。所以，李德元才是真正的第一个平度人担任的平度县长。

就在李德元从张金铭手里接过那枚沉甸甸的铜制大印时，副官长周鹤轩拿着一封信急急地走了进来，一进门就神情严肃地说：司令，赵保原总指挥派人送来的密件，十万火急！

第三十八章　风云突变

绝密文件：

国民党山东保安独立第十八旅旅长兼平度县长张金铭先生：胶东共产党及八路军趁与我联合抗战之机发展队伍，抢占地盘，得寸进尺，不断侵吞我国军防区。如果对此视而不见，任凭发展，胶东必为中共所有。我胶东国军之各部必须牢记蒋总裁之教导，站稳立场，精诚团结，决不允许共产党八路军日益坐大。根据上峰意图，立即将原“鲁东抗日联军”改编为“鲁东抗八联军”，仍由暂编第十二师师长赵保原任总指挥。自即日起，停止与八路军山纵五支队的一切联合行动。我军各部要勠力同心，坚决彻底消灭胶东之八路军游击队，即使不能消灭也要把他们赶出胶东！切切。此令。

国民党山东省第十三行政专区专员
国民党胶东行署第十三区特派员
国民党鲁苏战区暂编第十二师中将师长
鲁东抗八联军总指挥　赵保原
中华民国二十八年十二月十日

张金铭愣愣地看着这份密件，似乎有点儿不相信。“抗日联军”只改动了一个字，就变成了“抗八联军”，这脸翻得也太快了些。他叹着气把密件交给李德元。

李德元看了，也不由得一愣！就这么跟共产党八路军分手？昨天还是共同抗日的朋友，今天就变成敌人了？

副官长周鹤轩似乎对赵保原的决策已经理解，他说：司令，德元，国共分手是早晚的事，正像赵保原说的，八路军游击队已经利用国共合作的机会扩大了实力，如果任其发展，后果难以预料啊！

张金铭叹着气说：唉，从国共两党十几年的关系来看，我又何尝不知道不可能有真心的国共合作？只是，事情来得太突然了些。

李德元心事重重地说：司令，赵保原选择这个时候跟八路翻脸，时机不对啊！日本人正在进行扫荡，我们中国人自己打起来，对抗战不利啊！

张金铭摇摇头说：这不会是赵保原个人的主意，没有蒋委员长的决定，他是不敢这么大张旗鼓地反共反八的。

周鹤轩说：司令，德元，我觉得反共反八是早晚的事，越拖越被动，早反比晚反好！再说，这个事是上面说了算，上面说叫反共反八，我们跟着反就是了，不反，我们又能怎么做？

张金铭点点头说：副官长说得对，德元，你看呢？

李德元叹着气说：军令如山，为了党国利益，我们服从就是了。不过，叫我跟八路打仗，我一时还下不了手。

张金铭指指外面，提醒地说：八路军的代表还在我们这里呢，此事咱们要谨慎对待！

周鹤轩连忙跑出去命卫兵严加警戒，回来把小客厅的门关紧，三个人立即进行密商，制定局势变化之后的对策。

赵保原眼中的国共合作

正像张金铭所说，根本就没有真心的国共合作。

就赵保原来说，他更不可能真心跟共产党八路军搞合作。试想一下，他是被八路军五支队打败了才在日本人面前失宠的，才不得不由汉奸“反正”投靠国民党的。败军之将，又是汉奸身份，那时的赵保原别提有多沮丧了。投靠了国民党，他最大的愿望也至多是保住原来日本人给他的旅长的官职。可令他没想到的是，国民党方面对他这个汉奸出身的人不但丝毫未予追究，反而连连封官加爵，一下子就当了管辖十几个县的专员，拿到现在可是地级呢。还有中将师长加莱阳县长，这样的待遇，不用说汉奸出身的赵保原，国民党里面比他根正苗正的人也不敢想呢。不说赵保原原来就是共产党的死对头，仅就一年多来的经历来看，共产党打败了他，国民党给了他党政军大权，这就使他必然对国民党感恩戴德，对共产党更加仇恨。一个骨子里就反共的人加入了一个以反共为宗旨的政党，能不变本加厉地反共吗？

赵保原又很聪明，他利用国共合作的局势，主动提议成立“鲁东抗日联军”，一下子就将八路军五支队纳入他的指挥之下。他的指导思想很明确，出一点儿给养，买得五支队为他卖命，这与蒋委员长给由红军整编而来的八路军供给军饷是一样的目的。赵保原的目的也真的达到了。他本来是高锦纯的手下败将，如今却凌驾于高锦纯之上担任联军总指挥；堂堂八路军五支队司令高锦纯却变成了他手下的副指挥。赵保原成为胶东抗战队伍领袖式的人物，这就不仅仅是赵保原个人的荣耀，而是在为巩固国民党在胶东的统治地位建立功绩了。

尤其是五支队在抗击日伪军的多次战斗中都服从赵保原的部署，能拼能打，甘于牺牲而且不计得失。击溃张宗援、刘黑七的进攻，夺招远，占栖霞，几次收复莱阳城，在胶东根据地保卫战中立下了不可磨灭的功劳，这就更使赵保原暗自得意。

不过赵保原始终有一块心病，只要一看见五支队司令高锦纯，就想起一年前的大青杨战斗，就觉出高锦纯不是一个甘心臣服于自己的无能之辈。通过与高锦纯近距离接触，赵保原才真正摸到了共产党的脾气。高锦纯的性格就像绵里藏针，只要是打鬼子的任务，再艰巨他也从来不讲价钱，总是积极接受，主动出击，让你挑不出任何毛病来。可是，尽管五支队的驻地离国军很近，有时还插花着住在一起，但任何国军人员都不能进入五支队的驻地一步。一次赵保原想就近进五支队的驻地看看，却遭到了高锦纯的反对。反对也有他的正当理由：总指挥日理万机，有何战斗任务尽管向我高锦纯下达就是，五支队不敢牵扯总指挥的精力。赵保原明白了，高锦纯听从赵保原的指挥仅限于打鬼子，而他的五支队却始终保持自己的独立性，其内部的战略方针和军事秘密保守得更是密不透风，简直是“鲁东抗日联军”里一个针插不进水泼不进的独立王国。

赵保原算是看明白了，共产党就是共产党，他们被国民党杀怕了，搞国共合作只是权宜之计，只是为了赢得喘息时间。一旦翅膀硬了，他们肯定要与国民党分道扬镳。尤其是收复掖县之后，高锦纯不准赵保原任命的掖县县长进入掖县境，更使赵保原看清了高锦纯表面上屈居他的麾下，骨子里却是要与国民党分庭抗礼的本质。

赵保原有些后悔了，他不该答应供给五支队给养。五支队一面吃着他赵保原给的给养，一面在同日伪军的斗争中缴获了许多武器弹药。所到之处，不断地扩军，人数一天天增多，装备越来越好，其战斗力已经胜过了“鲁东抗日联军”中任何一支国军的队伍。这不是在养虎为患吗？更严重的是胶东共产党的组织也趁着国民党停止“剿共”的机会取得了长足发展。不计其数的共产党员渗透到广大农村，宣传抗日，逐渐把越来越多的百姓争取到手。他们在村级建立民兵组织，区级成立区小队，在县级建立县大队，县大队随时补充进五支队和地方独立营。地方游击队升级使五支队的人数成倍增加，三个团的编制已经容纳不下了。胶东八路军因此调整了布局，以五支队后方司令部为基础成立了山东省第三军区，由王彬任司令员。这样，五支队原有十三、十四、十五三个团，第三军区两个团，十六团和十七团，数量几乎翻了倍！更有甚者，国民党的队伍里竟然出了姜黎川那样的“七路半”，跟共产党打得火热，还专跟他赵保原过不去。平度的张金铭也在与八路军合作中失去立场，容允共产党的干部进驻，任凭他们对国军官兵进行“赤化”。

赵保原终于明白了，国共合作使共产党占了大便宜，再这样下去，整个胶东国共力量的对比，就会由“国”强“共”弱逐渐转化为“国”弱“共”强。这预示着，即便是打败了日本人，国民党还要面临八路军这个比日本人更强大的对手。

赵保原不想看到一个强大的共产党在胶东形成，他不顾什么国共合作不合作，甚至不顾自己还是鲁东抗日联军的总指挥，已经迫不及待地对共产党下手了。

还在 6 月，就在八路军五支队按照抗日联军的部署与日伪军作战之时，赵保原就开始在莱阳城郊杀害了抗日军人家属和“青救会”会员 200 余人。8 月，他又在莱阳大肆逮捕共产党员和抗日军民，镇压抗日团体，强迫进行“登记自首”，提出“将共党赶出莱阳”的口号。那还是五支队与赵保原密切配合的时候，赵保原都对共产党下得了毒手，并且停止了向五支队提供给养。当着蒋介石国民党正式发动抗战时期第一次反共高潮的时候，赵保原当然要充当反共的急先锋了。

第一次反共高潮

其实，反共是蒋介石国民党的永恒主题。早在 1939 年初，就在国共合作抗击日军的凶猛进攻、举国上下为广泛的抗日统一战线形成而欢呼之时，蒋介石就已经在酝酿一场新的反共高潮了。这年一月举行的国民党五届五次全会，通过并设立了“防共委员会”，秘密颁发了《限制异党活动办法》《共党问题处理办法》等文件，制定了“防共、限共、溶共”的方针。从此，国共之间的摩擦开始加剧。6 月 12 日， 国民党第二十六集团军总司令杨森，公开派兵包围新四军设在湖南平江嘉义的平江通讯处，将新四军参议涂正坤、通讯处秘书吴贤众杀害；到了半夜，又将八路军少校副官罗梓铭、通讯处秘书吴渊、新四军司令部少校秘书曾金声及家属赵禄英等 4 人活埋于黄金洞。这就是震惊全国的“平江惨案”。

无怪乎，也是在这个6月，赵保原在胶东莱阳向共产党开了杀戒。

而今，赵保原得到上面关于“防共、限共、溶共”的指示，便彻底揭去国共合作的面纱，干脆向蔡晋康、秦毓堂、陈煜、徐叔明、焦盛卿、张金铭、阎珂卿、高玉璞等胶东二十几股国民党队伍发出命令，成立“鲁东抗八联军”，自任司令，公开与八路军为敌。此时恰逢五支队在栖霞与日军作战，赵保原竟率部从背后袭击五支队，客观上起到了配合日军作战的作用。

在赵保原的大本营莱阳城，赵保原命令国民党士兵提着石灰水，到处洗刷抗日标语，并将原来的“抗日联军”的旗帜只改了一个字，变成“抗八联军”。

随着赵保原的命令，胶东国民党武装几乎是一夜之间就将大旗上的“鲁东抗日联军”改成了“鲁东抗八联军”。胶东国民党地方武装本来是矛盾重重，互相倾轧，可是在反共这个问题上，他们的认识是那么容易统一，行动竟然是那么迅速！

五支队等共产党领导的抗日力量陷入了日伪军和国民党军的两面夹击之中。

真是世事多变啊！过去曾有蒋介石发动“四一二”政变，汪精卫发动“七一五”清党，10年后的胶东由赵保原当总指挥的“抗日联军”又突然变成了“抗八联军”，国民党的反共竟然是一脉相承。

赵保原是汉奸出身，突然翻脸不认人不难理解。令我痛心的是，平度的张金铭、李德元、阎珂卿等国民党抗日游击队，明明在反击日军的扫荡中与八路军相互配合，打出了有利于己的好局面，怎么在“反共反八”这个重大政治问题上步调会那么一致？国共合作的基础为什么如此薄弱？

胶东八路军面临强大的对手

赵保原的“抗八联军”有20多支队伍15000余人，兵力远远超过胶东的八路军山纵五支队和第三军区，并且武器也比八路军好得多。从此，我家乡的抗战就形成了更加严峻的局面：八路军不再只是面对“日、伪军”，又加上了“顽军”——国民党顽固派的军队这个对手，所以又有了“抗日反顽”这个词语的出现。

张金铭、李德元、阎珂卿、刘经川、董希瞻，还有那被张金铭军法从事的唐俊峰，指挥孙家口伏击战取得辉煌战果的曹克明，在与日军战斗中牺牲了的刘向生，包括后来被曹克明杀害的孙殿斌，这些在抗日战场上闪闪发光的名字，我在记录他们的抗日事迹时几乎忘记了他们是国民党人 。可是，在国共两面旗帜之下，两个阵营又是那么清楚，不可混淆。国民党内部经常为派系而明争暗斗甚至互相残杀，为争夺地盘而大动干戈。可是，一旦他们共同的上峰下达命令要反共，他们的步调竟然会变得如此一致，共同把枪口对准共产党八路军。

共产党八路军怎样来破解这个难题呢？

第三十九章　大泽山抗日根据地正式建成

“人不犯我，我不犯人，人若犯我，我必犯人”。这是 1939 年 6 月国民党在湖南制造“平江惨案”之后，中共中央针对国民党顽固派的反共投降活动提出的自卫反击方针。

1939 年 6 月的共产党已经不是 1927 年“八一”南昌起义之前的共产党了。那时的共产党只有“笔杆子”，在军队里的共产党员多是为国民党军做思想政治工作的“党代表”，自己手里不掌握枪杆子，所以只有任凭掌握枪杆子的国民党宰割。而如今的共产党，自己的八路军、新四军已经拥有数十万，还有数不清的地方游击队，已经有能力跟国民党顽固派较量一番了。

就在 1939 年 9 月，乔天华领导的南海独立营升级为五支队特务二营，乔天华终于穿上了八路军的服装，担任了营长。这是他组建的第四支游击队升级为八路军了。乔天华与他的游击队一起升级，为这个智勇双全的将才提供了更加宽广的用武之地，对大泽山根据地的建设意义重大。

黎玉伸手一指，胶东全盘皆活

1939 年 11 月，一个名叫黎玉的人来到胶东。这可不是个一般人物，他是中共苏鲁皖区副书记兼八路军山东纵队政委。他首次越过胶莱河进入大泽山区，肩负着中共中央交给他的重任：领导胶东抗日军民“有利”“有节”地打击国民党顽固派的反共行动，同时在胶东建立起稳固的抗日根据地。黎玉一到胶东，就抓紧传达中央关于胶东抗战和反顽的“三步走”指示：首先要坚决打击进犯掖县根据地的赵保原和所谓的“抗八联军”各土顽部队，予以各个击破，控制大泽山区和昆嵛山区；第二步，集中兵力夺取牙山，掌握胶东中心战略要地；第三步，以牙山为依托，南下莱阳、海阳，与国民党顽固派主力赵保原部决战，占领南海地区，威逼胶济路，与八路军的滨海、鲁南抗日根据地联结起来，准备迎接全国战略大反攻。

大泽山位于胶东半岛西端平度与掖县、招远的交界处，再往东100余公里就是位于半岛中部栖霞境内的牙山。而昆嵛山处在胶东半岛最东端的牟平、文登两县。三大山脉逶迤相连，自西到东横贯整个胶东半岛。这“三步走”的计划一旦实现，整个胶东根据地就会连成一片，胶东区党政机关和八路军司政机关就有了稳固的立足之地，抗战就有了广大的群众基础，就有了与日伪军和国民党顽军回旋的广阔余地。

这个“三步走”的部署，既是被日伪军和国民党顽固派逼出来的战略措施，又体现着共产党的既定目标。此时胶东的县城，不是被日伪军占领，就是为国民党军队所有，胶东区军政机关和五支队、第三军区只能在乡间山区活动，并且还要跑来跑去，今天在这里不知道明天去哪里。没有稳固的根据地，就像没有根的浮萍一般漂泊不定，就没有兵源，没有粮食，没有人做军衣军鞋，没有后方基地所能给予的一切。

对“抗八联军”各个击破

胶东区党委、五支队、第三军区立即实施第一步计划。

1939年12月4日，第三军区在司令员王彬指挥下，包围了招远的国民党别动总队三纵队第四十梯队司令焦盛卿的总部，从凌晨四时激战到天明，击毙击伤焦部150多人。焦盛卿率残部逃到莱阳万第投靠赵保原，被赵保原改编为招远保安团。焦盛卿不敢继续在招远活动，将队伍拉到平西一带。但因人地两生，孤军无援，最终竟被鬼子打垮了。这应是“鹬蚌相争渔人得利”的现代翻版。

1940年2月22日夜，乔天华率领五支队特务二营急行军120里进入招远，配合王彬司令指挥的第三军区向招远境内徐叔明的国民党保安第二十七旅发起攻击，消灭其一部，缴获200多条枪，击毙其参谋长滕玉斋和国民党顽固派县长王振盟。徐叔明只好率残部东窜栖霞投奔国民党第九专区专员蔡晋康。

3月18日，王彬司令又指挥第三军区一团三个营和乔天华的特务二营向占领掖西的高玉璞保安四旅第八团及国民党掖县县政府的地方部队发起攻击，击毙高部副司令兼八团团长于振江，歼灭其510多名士兵，缴获长短枪300多支。此战使高玉璞的第十三行政区保安四旅伤筋动骨，高玉璞只好率残部逃回平西老家。掖县根据地又被八路军夺回。

这就叫各个击破。八路军在与国民党军的摩擦中一忍再忍，一让再让，完全是为了维护合作抗日大局，以求枪口一致对外。既然给脸不要，那就撕破了情面。八路军认起真来，胶东地方的“土顽”（与国民党正规部队的顽军相区别）多数不是八路军的对手。

张金铭也对抗日军民下手了

眼看“抗八联军”被一个个击破，赵保原大为震怒，决心出动他的两张王牌收复掖县失地。一张是他的暂编十二师主力，一张就是平度张金铭的十八旅。

1940 年 4 月 6 日，赵保原部进犯掖县东部第七区的台上、古台口、周官庄一带，偷袭胶东军区后方机关得手，劫去一部分军需物资和《大众报》社的部分印刷机。

此时，张金铭与五支队的合作已经破裂。幸亏担任十八旅政治部副主任的白筱易通风报信，使十八旅中的共产党员安全撤出。张金铭派兵到中共平度县委驻地乔家、窝洛子等村进行围剿，企图将平度县委消灭，但一无所获。接着，他配合赵保原，率千余人翻过两目山向平度北边的掖县八区进攻，途径荒里、下徐家、孙家、马台石、葛城、郭家店、大庙后等数十个村庄，抓捕了 10 名乡村干部进行严刑拷打，逼得乡亲们花重金才将人放回。

将赵保原和张金铭赶出掖县根据地

1940 年 4 月 8 日，五支队和第三军区集中兵力在掖县周官庄对赵保原部进行反击，迫使赵部向东逃窜。八路军乘胜追击到莱西的南墅、日庄等地，11 日，攻占赵保原的重要据点马连庄，消灭其 900 余人。

时处国共合作，打击顽固派，不是为了消灭它，而是给他以教训，叫它停止摩擦，把枪口对准日本侵略者。这就是八路军反顽斗争中的“有利、有节”原则。有利，就是扭转八路军被动挨打的局面。有节，就是适可而止，达到教训的目的即可。因此，八路军只把赵保原赶出掖县，便停止了攻击。

赵保原被赶出掖县根据地，张金铭还在掖县八区。

五支队司令部把教训张金铭的任务交给特务二营乔天华。乔天华与张金铭可是老相识了。乔天华与张金铭的第三纵队司令唐俊峰联合袭击过平度城的日军，把日军吓跑了，使张金铭有机会进平度城当了 5 个月的县长。张金铭因此赏识乔天华，曾经多次下委要他当上校支队长，不过乔天华不干。乔天华还曾冒着被张金铭通缉抓捕的危险单枪匹马进平度城搞统战，张金铭竟被这个“通缉犯”说服，与八路军五支队成为合作抗战的友军。

这一对平度的老相识，为了各自的立场和信仰，要在掖县开打了。乔天华的特务二营打主力，掖县八区区中队和游击小组、民兵自卫团打配合，从大庙后、班家村向张金铭部发起猛攻。战斗只进行了一夜，张金铭就支持不住了，丢下上百具尸体，经郭家店、马台石逃回平度祝沟他的大本营去了。

沈官忱被赶出大泽山

将张金铭赶出掖县，乔天华趁机带领特务二营靠近大泽山北麓，攻占了原由十八旅的沈官忱占领的消水庄和北寺口。

这是五支队根据黎玉的指示开辟大泽山根据地的关键一步。

北寺口就在大泽山北坡，向南走五六里翻过山脊就进入大泽山腹地，山里的北台、南台、韭园、高家等村近在眼前。沈官忱部曾以北寺口为据点把手伸到掖县，征粮催款，使掖县百姓不堪重负。现在，八路军将沈官忱赶走了，北寺口成为解放区。

乔天华命令队伍经常到山南边几个村庄宣传“抗日反顽”，要求群众不要再给十八旅提供粮款。他还派人给沈官忱送信，以命令的口气说：不许十八旅越过高家河来要粮要钱。

沈官忱是昌邑人，没领教过乔天华的厉害。再说，丢掉了山北的北寺口，他已经很没面子，哪能连山南面也任八路军发号施令？他就仍然派人越过高家河到北台等几个村收粮食，结果被乔天华的队伍打了一个埋伏，损失了一个排。从此沈官忱再也不敢越过高家河一步。

控制了山南山北，特务二营就像骑在大泽山的脊梁上，与驻扎在高家的沈官忱对视着。

赵保原看明白八路军欲占领大泽山腹地，命令张金铭一定要坚守大泽山，绝不许八路军占领山里面的村庄。张金铭本来就想把大泽山建成自己的根据地，也向沈官忱下令：守住大泽山，我给你记头功！

可是，他们哪里知道，沈官忱在大泽山里混得人缘太差了些。高家、所里头村的百姓被他逼着站岗放哨、推磨碾碾，打柴烧水做饭，这些还不算，还要轮着给他的哏呼鸟捉蚯蚓。就因为冬天捉的蚯蚓完不成任务，饿着了哏呼鸟，有五六家农民遭到沈官忱毒打。这就惹得高家村的群众暗恨沈官忱，心向八路军了。许多人明里为沈官忱站岗，暗地里却在向乔天华的侦察员提供情报。乔天华利用对大泽山人地两熟的条件，还几次化装成捡大粪的老头，撅着粪筐子在高家村周围转来转去，把沈官忱的火力部署全部掌握在手。

1940 年 7 月初，五支队司令部下达了“将沈官忱赶出大泽山”的命令。

7 月 5 日，正逢农历六月初一，是庄户人的“小年”，按风俗应该吃饺子。就在那天晚上，五支队一部悄悄地占领了高家村周围的山梁，只留下向南通向所里头南山秋千口一条小路。乔天华带领特务二营从北寺口翻过山梁，猛虎下山一般越过北台、南台，涉过高家河，埋伏在高家村北约50米处。此时，高家东山上响起了枪声，沈官忱命令向东山还击。谁知村北突然爆炸了手榴弹，乔天华一声令下，特务二营的战士们喊着“缴枪不杀”冲进村里。乔天华在高家村的向导带领下，直扑沈官忱的司令部。

情急之中，沈官忱连军衣都没来得及穿，只穿着一件白衬衫，慌忙中爬上护兵牵来的马匹，由高家向南边的所里头逃去。由于跑得太匆忙，沈官忱没来得及带走他的宠物哏呼鸟，成为乔天华的战利品。

紧接着，乔天华又与刘文卿带领的南海独立营赶跑了与所里头一山之隔的谭家夼村的十八旅营长陈泽渥的队伍。

这里说“赶跑”而不说“消灭”，还是贯彻“有利、有节”的方针，赶走为止，只要他还是抗日的，就给他留条出路。据大泽山的老人说，当年五支队故意在所里头南山留了个口子让沈官忱溜掉，留着他叫他打日本，不然他还能逃得了？

胶东军区鲁迅剧团采访乔天华时听说了哏呼鸟的故事，专门编成活报剧《哏呼鸟》在胶东巡回演出。

赶走了沈官忱和陈泽渥，拔除了十八旅钉在大泽山里的两颗钉子，大泽山腹地以高家为中心，谭家夼、山东头、所里头、北台、南台、韭园、秦姑庵、大疃、尹家、潘家、盘石观、西崖、旋口、团石子、南昌村、北昌村、东岳石、西岳石、高望山、岳石庄子等21个村庄连成了一片，除高望山和岳石庄子两个村为日伪军控制外，其余20个村庄全部被八路军控制。大泽山腹地完全由共产党八路军所占据，象征着八路军的大泽山抗日根据地正式建成。

乔天华率特务二营进驻高家、所里头等村。在教年轻人唱抗日歌曲时，有人问乔天华，俺会唱《抗战五更》，也是抗日的，可里面有句词是“十八旅里去找奴的哥”，还能唱不？乔天华听人们唱了一遍，哈哈笑着说：能唱，其实这首歌曲不是十八旅独创的，是根据群众的创造改编的。只要修改最后一句，这歌曲就是咱们的了。乔天华亲口把“十八旅里去找奴的哥”改成了“八路军里去找奴的哥”。从此，大泽山到处传唱着“八路军里去找奴的哥，抗战真快乐”的歌声。

瓮中捉鳖

“瓮中捉鳖”这个词，指的不是捉真鳖。捉真鳖其实不难，难的是捉“人鳖”。首先需做成一“瓮”，或叫口袋，引诱对手往里钻，然后才能捉，这是很巧妙的战术。

可是，乔天华没有费这么多的脑筋，却歪打正着，竟然在真瓮里捉到了一只大“鳖”！

十八旅的沈官忱被五支队从大泽山里赶跑，算是八路军给他留了一个面子。八路军以抗日大局为重，十八旅和沈官忱终归还是抗日的，虽然与八路军搞摩擦，但不到万不得已，八路军不想将他消灭。可是，沈官忱逃到大泽山南边的八甲村以后，并不记取与八路军为敌的教训，妄图反攻大泽山。所以，五支队司令部给乔天华下达命令：消灭沈官忱！

乔天华接到任务派一连连长郭孟泽前去侦察敌情。

这里需要简单介绍一下这个郭孟泽。他也是乔天华的平度老乡，白埠镇湾头村人。别看他只是个连长，却堪称老革命。“七七”事变后，几乎与乔天华组建抗日游击队的同时，他也和共产党员郭士先组建起一支抗日游击队，不过，不久就带着这支队伍加入了乔天华的队伍。后来，郭孟泽随着队伍到了掖县，在整编中加入了五支队。1938 年 10 月，郭孟泽在队伍上入了党。1939 年 5 月，胶东特委又把他派到乔天华的特务二营，担任一连连长，成为乔天华最得力的一员战将。此人后来干过平南县行署主任（相当于县长）、县大队长、平南县委书记。新中国成立后官职升至地委书记，也算福大命大。此话说远了。

郭孟泽接到任务后，立即查明了敌情：除八甲村住有申官忱的队伍外，附近各村尚未发现敌人。于是，乔天华决定突袭八甲村，打沈官忱一个措手不及。这天夜里，乔天华带特务二营从所里头翻过大泽山，沿着谭家夼村东的羊肠小道一路向南，于半夜越过洼子高家，向南来到上甲村外。这上甲村地处一溜“甲”的最西头，往东挨排着的是大五甲、小五甲，再往南就是八甲，而八甲的西边还有个四甲。要攻打八甲，必经上甲、大五甲和小五甲。

乔天华他们刚来到上甲村外时，却忽然发现村外有敌人的岗哨。便问郭孟泽：怎么搞的？不是说沈官忱驻在八甲村吗？怎么跑到上甲来了？郭孟泽也觉得奇怪，昨天是他亲自来侦察的，上甲村明明没有什么队伍嘛！还没等郭孟泽解释，那边的岗哨已经拉着枪栓喝问了：“什么人？”郭孟泽把乔天华往身后一拉，大胆地边往前走边说：“自己人。”那岗哨又问“口令”，郭孟泽却早已来到那岗哨面前，黑洞洞的枪口直指着他。那哨兵吓得返身就往村里跑，郭孟泽也不开枪打他，只是紧跟在他后面追着，看看他究竟往哪里跑。乔天华就带着二营紧随着郭孟泽冲进了村子。眼看着那哨兵喊着“八路来了”跑近一家农户的院子，郭孟泽一枪结果了他的性命。乔天华一声令下，战士们飞快地四下散开，把那大院紧紧地包围了起来。里面的人听到八路来了，连忙开着枪往外冲，被乔天华的特务营一阵狂扫打了回去。此时，院里的人已成囊中之物，特务营只用了十几分钟，便把院内三四十个国民党兵打得死的死伤的伤，大部分做了俘虏。

经审问，连乔天华也没想到的是，这个大院里竟然不是沈官忱的人，而是五六个“国军”军官在开会，而召集会议的是国民党新任命的胶东“反八联军”司令孙海峰。沈官忱因临时有事被张金铭招到十八旅司令部侥幸脱逃，其余的五个军官都被打死，可就是缺少孙海峰。乔天华找到房东查问，房东小声说：“那个司令肯定还在屋里！”乔天华立即命令郭孟泽仔细搜查。郭孟泽说，搜了啊，屋里一个人也没有了！乔天华不信，亲自走进屋里挨个房间找。果然没人。乔天华打着手电再次四下搜寻，看到墙角上扣着一只大缸，连忙拉一把郭孟泽，对他耳语几句。郭孟泽会意，立刻带着两个战士扑上去，一下将大缸推倒。奇迹出现了，一个人高马大的“国军”军官举着手站了起来，连声叫着“别开枪，别开枪，我只是个勤务兵，我们司令早就逃跑了”。乔天华问：“你撒谎！还有穿着军官服的勤务兵吗？”经搜查，从这个军官衣兜里翻出了国民党方面的文件和证件，一看大喜过望，原来此人就是奉蒋介石之命前来接替赵保原担任胶东“反八联军”司令一职的孙海峰。这孙海峰很受蒋介石重视，蒋曾派他到日本接受特务训练多年。前段时间，因“抗八联军”司令赵保原“反八”不利，蒋便派孙海峰来胶东接替司令一职，命他统帅胶东地区所有“国军”，将“抗八联军”改名为“反八联军”，务必要将胶东八路军剿灭。孙海峰刚刚来到胶东，就看中了地处大泽山南麓的上甲八甲等一溜村庄，便决定在上甲召集军事会议，组织对八路军的进剿。谁知这家伙命短，还没将与会人员召集齐，尤其是沈官忱还没到，就糊里糊涂做了八路军的俘虏，而且还是在大缸里被捉，正应了“瓮中捉鳖”的典故，窝囊极了。

事后，八路军鲁迅剧团将这一故事编成活报剧《瓮中捉鳖》在根据地巡回演出，“反八联军”司令孙海峰瓮中被捉的故事一时间成为胶东一带广为流传的谈资。

先有《哏呼鸟》，后有《瓮中捉鳖》，鲁迅剧团的战士们觉得乔天华是个创造抗战神话的人，见了他就缠着要他提供新的故事。乔天华哈哈笑着说：那都是碰巧了，等再碰上一定告诉你们！

“反八联军”司令孙海峰被活捉，胶东“国军”力量遭到严重削弱，“反共反八”由攻势转为守势。胶东八路军通过反顽斗争实力大增，根据地建设得到加强。

中共胶东区党政机关进驻大泽山

从1939年春蓬黄掖根据地被日伪军占领，到赵保原组建“抗八联军”不断向八路军进攻，胶东区党政机关和五支队司令部一直在大泽山东边的莱阳西北部山区躲来躲去，没有个稳定一点儿的落脚地。随着大泽山逐步为五支队占领，大泽山区的环境变得安全起来，胶东区党政机关便逐步向大泽山靠拢。

1940年6月，胶东区党政机关由莱阳山区移至平度，来到大泽山东麓的葛家村。

同月，胶东区党校移驻大泽山，在山里开办训练班，为八路军和地方培养干部。

1940年夏，胶东抗大支校从掖县转移至大泽山区的满家、杨家村，对外称十八集团军第一纵队教导团。

1940年10月，辖掖县、昌邑、平度、潍县等地的中共西海地委、西海专署、西海指挥部相继在大泽山成立，以大泽山根据地为大本营，领导整个西海区的抗日斗争。

1940年冬，在日寇大扫荡的危急时刻，胶东区党政机关从山外转移进大泽山里面，驻扎高家、所里头村，占据了大泽山腹地，以大泽山为依托，指挥整个胶东的抗战。

一时间，大泽山里汇聚了胶东区最高级别的共产党、八路军军政机关，养育着胶东八路军的正规部队和地方部队。八路军的兵工厂在韭园村南和高家东山里升火炼铁，修理枪械，制造子弹、铸造手榴弹和地雷，分送到胶东各抗日队伍手里。八路军的伤病员在老乡家和山洞医院里得到了安全稳定的治疗和休养。原来的县立小学盘石观小学变成共产党领导的抗日小学，山里的穷孩子全都有了上学的机会。大泽山民兵和儿童团站岗放哨，盘查可疑之人，警惕地保卫着胶东区党政机关。地方妇女干部在各村组织妇女参加青妇小队，村头上，大树下，“识字班”们做着军鞋读书识字，到处是妇女们的欢声笑语。《黄河大合唱》《儿童团之歌》《主力军是我们的》等抗日歌曲此起彼伏，响彻山间。“八路军里去找奴的哥，抗战真快乐”成为青年妇女们边唱边笑的开心果。

老百姓最爱唱的歌曲当然是“解放区的天是明朗的天，解放区的人民好喜欢……”

第四十章　阎珂卿重新办起县立中学

共产党致力于建立大泽山根据地，占领了山里和山外一些村庄。张金铭在沈官忱团被从山里赶出来后，自知难以跟五支队抗衡，也只好认了。他把队伍重新做了部署：自己率领十八旅司令部离开祝沟，搬到祝沟北边五里的路上村，在路上附近的徐里、后寨各驻扎一个营，目标对准北边不远的大泽山，严防八路军向南扩展地盘。他把祝沟交给李德元，让他带领一团保卫县政府。张金铭不敢轻易再找八路军的麻烦，八路也就不理会他。这样，八路军与张金铭的关系由友好合作阶段到刀枪相见阶段又进入井水不犯河水阶段。

阎珂卿恢复县立中学

一天，新任县长李德元领着一个人到司令部来见张金铭。

张金铭一见来客，脸上的笑容不免带了几分尴尬。来人却落落大方地叫了声"司令"，给他打了个敬礼。于是，双方握手，上茶，以客相待。来的不是别人，是张金铭的老部下、原十六支队一纵队第一大队大队长、现任鲁苏战区独立第二十八支队支队长阎珂卿，身后还跟着他的政治部主任陈安栋。陈安栋曾是十六支队政治部的宣传干事，也是张金铭的老部下。阎珂卿专程从平西来到祝沟，话题只有一个，建议把平度县立中学再办起来。因为张金铭是县立中学校长，而李德元是新任县长，县立中学复学当然离不开这两个人。张金铭面对阎珂卿的办学建议，连说惭愧，本人失职。李德元连忙为他打圆场，说起县立中学在张司令关怀下两次复学两次"夭折"的经过，并把责任揽到自己身上。

阎珂卿大度地宽慰说：要说责任，完全是日本人的责任，现在不说他了，一切从头开始吧。

张金铭问阎珂卿：日寇经常"扫荡"，把学生集中起来，怎么保障安全呢？

阎珂卿很自信地说：我们五区辛安有现成的中学，辛安又是1000多户的大村，有我的二十八支队，安全是不会有问题的。

李德元觉得阎珂卿的理由充足，他这个县长巴不得有人把县立中学再办起来，就表示同意。可谈到办学经费，李德元又犹豫了，叹息平东这里税源不足，他这个县长囊中羞涩。阎珂卿也不为难他，主动提出县政府只要尽力而为拨付一定经费，不足部分由他来想办法。李德元当然求之不得。谈到校长人选，阎珂卿先是礼节性地征求张金铭是否愿意仍然兼着校长？张金铭哪里有脸再兼？连忙委托阎客卿另请高明。阎珂卿也不再客气，立即推荐辛安中学教务主任侯宾南任县立中学校长。

就这样，平度县立中学的学生们又有了上学的机会。那时辛安中学与辛安中心小学在一个院里，有两个初一班。新任校长侯宾南将两个初一班并入县立中学，与原县立中学学生合编为初一两个班、初二一个班、一个师范班，辛安中心小学改为平度县立中学附属小学。校舍不够，阎珂卿又从他的二十八支队拨出部分经费，连同五区区署和辛安镇出了一部分钱，新建校舍50多间，使教学班增加到10余个，几乎达到县立中学原来在平度城的规模。学校还修建了一个体育场，一年召开两次运动会，这就是原来的县立中学所没有的了。

平度县立中学本是平度的最高学府，很受平度人重视，学生小学毕业后都以考取县立中学为荣，就像现在考取属于山东省重点中学的平度一中一样。学校原址在平度城东大阁南边，占地40余亩，教学班十几个。从1933年成立，到1938年初因日军入侵停学，前后只办了4年，学生们便没有学上了。幸亏有阎珂卿、李德元等重教之士，将学校重新办起，才使莘莘学子重新回到课堂。一时间，原县立中学学生奔走相告，纷纷到校。不仅本县，周边的莱阳、高密、掖县、昌邑等县的学生也闻讯赶来报考，最远的竟然从200里外前来就学。民众对教育如此渴望，可见兴办教育是顺民心合民意之善举。

阎珂卿为何这样热心办教育？前面交代过，他毕业于山东省立第四师范，毕业后一直从事教育，还曾经是平度县立西关小学的校长，并在长山县教育局工作过。这就不是一般的乡土教师了，称得上教育专家呢。阎珂卿既对办教育有着偏爱，又有办学经验，如今有职有权有军队，他要利用这些条件和权利，为子孙后代办好事了。

要办好中学，首先要有一支高水平的教师队伍。阎珂卿要校长侯宾南广招人才，为学校配齐教师。学校的教职员工很快增加到30多名，大专文化程度者占十之六七，阵营较为齐整。阎珂卿还亲自为教职员工规定了较高的待遇，从教员到领导层每月工资40元至160元左右，发的是平度五区印制的流通券。由于物价昂贵，流通券购买力下降，工资之外，还发给粮食补贴。补贴的是实物，下来什么补什么，夏季秋季是玉米小麦，冬季是地瓜干。教员每月补贴120斤左右，领导成员每月补贴350斤左右。校工除工资之外也有粮食补贴。这样的待遇，在那时很能体现办学方对教师的尊重，调动了县立中学教师的教学积极性。

学生的粮食供应，本县学生由学校免费供应一半，外县学生自己每月从家里带，特别困难的酌情发给补贴。师范生，本县学生口粮由学校全包，外县生供应一半。

为了改善师生的生活，阎珂卿还要区里还拿出一部分地，由学校组织学生种植棉花和蔬菜，所产棉花分给教师和困难学生。学校还利用伙房的残汤剩饭，每年养两三头猪，学期结束或节假日，就杀猪供师生聚餐。

学校里还有两台织布机，供师范女生学习织布，作为家事课的实习。织出的棉布卖了钱也补贴到教员和学生的生活里。

学生住宿，由区里和辛安镇安排在老乡家里，每户最多五六个，便于日军扫荡时组织转移。

不要忘了，平度城离辛安镇仅有60里，鬼子来扫荡即刻便到。但每次扫荡之前，阎珂卿的队伍大都会把情报提前告知学校，组织师生转移。扫荡过后，再通知回校。可学生越来越多，转移起来很不方便。1941年春，为了适用战时环境，便于学生就近入学，阎珂卿又建议李德元，在平度四区顾家、七区小綦家、二区李傅庄增设了三处分校。抗日期间虽然因鬼子扫荡，学校经常要被迫关门，但一直坚持没有停学。直到1945年抗战胜利，平度县立中学共毕业高中生两个班、初中生14个班、师范生12个班，总共28个班，毕业生近千人。

桃李满天下

平度县立中学是国民党政府兴办的学校，其教育方针和目的当然会体现鲜明的政治倾向，就是为国民党政府的政治需要培养人才。

从原平度县立中学教师张俊亭先生所写的《平度县立中学始末》一文中得知：1941年夏天，三青团平度县分团在学生中发展团员20余人。1944年春天，学校教职员集体参加国民党。1943年冬天，初中三级一个班的毕业生到莱阳参加国民党山东省第十三行政区召集的全区中学生毕业学生集训一个月。1944年夏天，学校四级一个毕业班又赴莱阳参加集训一个月。1944年冬天，学生20余人参加国民党军。1945年春天，10余名学生被派到安徽临泉加入中美合作所。

战时的教育，政治性体现得尤其鲜明。

然而，教育终归是向人们传授文化知识的，文化知识可以超越阶级利益，为国家为民族服务，为全人类造福。

1943 年考入（辛安）县立中学的平度城人孙震，毕业后于 1949 年 6 月由青岛去台湾，考入台湾大学经济系，两度赴美留学，获俄克拉荷马大学经济学博士学位。1962 年，获联合国奖学金，赴泰国曼谷“亚洲暨远东经济委员会”秘书处研习经济计划。一度在“行政院美援会”及“国际经济合作委员会”从事研究工作。1964 年，返回台湾大学执教，升任教授。1973 年，出任台湾“行政院经济设计委员会”副主任委员。1977 年，又担任改组后的“经济建设委员会”副主任委员。1984 年至 1992 年，任台湾大学校长，后任台湾新竹工业研究院董事长。1990 年 10 月，兼任“国家统一委员会”委员，1993 年，出任“国防部长”。现任台湾大学名誉教授，校友总会理事长。2006 年，被推选为山东大学首届校董会名誉主席。他的研究方向为经济发展、国际经济学，主要的著作有《总体经济理论》《成长与稳定的奥秘》《迈向富而好礼的社会》等。孙震对台湾 20 世纪七八十年代的经济政策形成做出了很大贡献。2005 年，孙震随国民党主席连战访问大陆，在两岸经贸论坛发表演讲，2006 年到济南山东大学演讲，均受到热烈欢迎。他热爱桑梓，不忘故土，曾几次回母校——现在的平度一中访问，对母校寄以深情。

卢毓钧，毕业于平度（辛安）县立中学， 1949 年，去台湾就读于台湾警察学校第三期。毕业后曾任铁路警察局局长、台湾刑事警局长、台湾警政署长。现任台湾中国信托银行顾问、中信保全有限公司董事长、台湾捷和建设股份有限公司董事长、台湾刑事侦防协会荣誉理事长等职，是当今世界知名的刑侦专家。自 1996 年以来，卢毓钧先后多次率台湾刑侦界人士来大陆就两岸合作打击犯罪问题进行研讨，对两岸资情交换、文书传递、人犯逮捕、人犯解返等协议的达成做出了很大贡献。2006 年 8 月，曾率团到上海参加“海峡两岸暨香港、澳门警学研讨会”，对两岸四地合作打击犯罪发挥了很大的推动作用。

人一旦有了文化知识，就会有自己的判断力和自己的志向。同是国民党兴办的平度县立中学出来的毕业生，却有许多青年没有跟着国民党而是跟着共产党走。

常溪萍，平度县立中学 1937 年毕业生。他没有跟随他的校长张金铭参加国民党的十六支队，而是加入共产党外围组织“民先”，还成了负责人。不久就成为山东第三军区政治部宣传干事、中共黄县县委组织部长。1942 年，任中共南海专员公署专员，继而任西海专区专员，在大泽山革命根据地领导军民开展游击战，数次粉碎日寇扫荡。尤其值得称道的是，闻名中外的大泽山地雷战就是在以他为首的西海专区领导下轰轰烈烈开展起来、并由大泽山传遍胶东的。常溪萍因此被西海群众赞为“模范专员”。1949 年 3 月，任中共胶东区委秘书长。1950 年 5 月起，先后任华东军政委员会人民检察委员会秘书长、中共中央山东分局副秘书长兼办公厅主任。1954 年 4 月，任华东师范大学党委书记。

孙林瑞，平度市灰埠镇曲家村人。平度县立中学毕业后正逢“七七”事变。1938 年，参加胶东抗日救国会，任宣传队员。1939 年，调中共胶东军政学校学习，任班长、排长、队长、区队长。1940 年 9 月，任平度县大队副政委。1942 年，任平南县独立营营长，继而担任胶东军政大学分队长、胶高支队长、团参谋长。1952 年起，历任中国人民解放军炮兵九师参谋长、副师长、师长。1966 年 5 月起，历任南京军区炮兵司令部参谋长、副司令员。1971 年，历任上海警备区副司令员、副军职顾问等职。 孙林瑞是 1954 年福建前线炮击金门的组织者和指挥者，1955 年，被授予上校军衔，1964 年，晋升大校军衔，1988 年，被授予中国人民解放军独立功勋荣誉奖章。

乔平，平度蟠桃乔家村人，抗战前考入平度县立中学。 1938 年，加入抗日游击队，曾任黄县抗日游击队第八大队政治助理、连指导员，八路军胶东五支队连指导员、营副教导员、莱东独立营副政委。解放战争时期，历任山东军区第九纵队团政治处副主任、副政委、政委。新中国成立后任中国人民志愿军第二十七军政治部直工部部长、师政治部副主任、主任，1953 年，任二十七军炮兵副军长。1955 年，被授予上校军衔。1960 年，调入解放军第二十训练基地第六试验部任部长、副参谋长、副司令员。1975 年 10 月，任国防科委第二十五试验训练基地司令员兼党委书记。1985 年 2 月离休。全国第五、六届人大代表。

孙毅， 平度城关东关村人。1934 年，考入平度县立中学，1935 年，随全家去青岛，求学于青岛礼贤中学（今青岛九中）。在这里，他秘密寻找并接近共产党地下组织，探求救国救民的真理。1938 年，他奔赴栖霞参加了八路军山东纵队第五支队，并于同年 10 月参加了威震胶东的大青杨战役。1940 年，在郭家店战斗中表现得英勇果敢，被提升为八路军五旅十三团一营教导员。1941 年，他参加了小沽河畔的数次战斗，表现突出，升为十三团政治处主任。1942 年 3 月 29 日，在招远县华山仰望顶战斗中壮烈牺牲，年仅 21 岁。

李德尚，平度市灰埠镇三埠李家村人。抗战时考入平度（辛安）县立中学。1952 年，毕业于山东大学水产系。现任青岛海洋大学教授、博士生导师、水产养殖国家级重点学科带头人、海水养殖教育部重点实验室学术委员会委员。

曾任国务院学位委员会第二、第三届学科评议组成员，国家教委第一、第二届学科组成员，国家自然科学基金会第四、五届学科评审组成员，中国水产学会第四、五届江湖水库渔业委员会副主任委员，国家教委水产养殖开发研究实验室第一届学术委员会主任委员。自 1982 年以来，共获省部级科研奖励 8 次、优秀论文奖 9 次、国家专利二项、国际博览会金奖一项。自 1991 年起享受国务院特殊津贴。

还有个在京剧界大名鼎鼎、名列“四小名旦”的许翰英，1934 年，考入平度县立中学读书，成为学校业余京剧团“明星”。他跟常溪萍是同学，都是当年平度县立中学的文艺骨干。中学毕业后，他抱着弘扬国粹的信念投身京剧事业，得拜京剧“四大名旦”之一的荀慧生为师。经勤学苦练、精心琢磨，终得荀派真传，成为荀慧生的得意门生。1947 年，因原京剧“四小名旦”之一的李世芳去世，经平津观众重新投票推选，许翰英当选为全国京剧“后四小名旦”之一。

平度县立中学，不管是抗战之前还是抗战期间，都为国家培养了许多栋梁之才。

只要是文化知识，就能提高一个人的素质，这是教育的基本功能。即使日本人为对中国儿童进行奴化教育而兴办的学校，出来的学生也大部分没有变成日本人的奴才。反动教育制度下培养的学生，也不会净是些反动分子。可以说，凡兴办教育者，必然利国利民，惠及子孙。

第四十一章　张松山办学

又该说说伪县长张松山了。自从他当上平度县伪县长，我们还没空说他呢。

一般来说，伪县长、伪区长、伪保长，都可以冠以“汉奸”的罪名，因为他们都是为日本侵略者服务的。所以，抗战初期，在大泽山抗日根据地流传着这样一首歌谣：“打杀汉奸，打杀汉奸，汉奸是心腹的大患，不肃清自己的阵线，怎救得当前的国难？大汉奸，卖国通敌，小汉奸，卖身做狗，中汉奸，投降做贼，准汉奸，妥协求和。打杀汉奸，打杀汉奸，汉奸是亡国的祸患，是出卖民族的国贼，半个也不能放松……”

这首歌，抗日民众唱得解气，汉奸们听了胆战心惊。“半个也不能放过”，真是够吓人的了。但解气归解气，实际上却不能真的这样不加区分地把大汉奸、小汉奸、中汉奸、准汉奸统统“打杀”。在“汉奸”这一相同的帽子下面，每个人的模样是不一样的。不但模样不一样，家庭背景、社会关系、文化水平、作恶程度，以及当上汉奸的途径也都不一样。我们也通过许多文学作品了解到，有的伪保长是“两面派”，既为鬼子办事，也为八路办事。有的给鬼子收起粮食来，送粮前暗中把信息透露给八路军，结果粮食运到中途被八路军劫走，日本鬼子却还蒙在鼓里。同是汉奸，有百分百的坏汉奸，有半好半坏的汉奸，也有不怎么太坏的汉奸。八路军的锄奸队警告汉奸：做一件好事给你记一颗红豆，做一件坏事记一颗黑豆。有的黑豆多，说不定哪一天夜里就被“打杀”了。有的红豆多，不但不会杀他，还要鼓励表扬他。所以，唱歌归唱歌，那是鼓舞斗志的。实际上对汉奸不能一概而论，全部“打杀”。如果不给汉奸留出路，那不是逼着他们跟抗日军民死拼到底吗？

张松山与阎珂卿

张松山跟阎珂卿一样，也是平西人，家是胶莱河边的王家营，与阎珂卿是辛安小学的同学。张松山在“七七”事变前干过平度五区区长，阎珂卿在事变后接了他的班当上了五区区长，那是因为张松山跟着张步云到黄河北岸去抗日出现空缺，阎珂卿才有机会的。现在，这两个老乡加老同学站到了对立的立场上，张松山是为虎作伥的汉奸，阎珂卿是专门打击日伪和汉奸的抗日将领。张松山是家乡父老的耻辱，阎珂卿要保护家乡父老不受日伪侵犯。阎珂卿所保护的家乡，就包括张松山的王家营村。不过那时张松山家里已经没有人了，他的父母都已去世，大哥被土匪绑架而死，二哥一直在外经商不归。张松山把他的老婆、女儿和两个嫂嫂都接进平度城里去了。家里除了两间破房子，再无任何牵挂。

阎珂卿很会利用他与张松山的老乡加同学关系。他派便衣到平度城告诉张松山，你给日本人当县长我不管，但不准你帮着日本人到平西来扫荡。张松山为难地说，扫荡不扫荡是日本人说了算，我只给他们征粮征款，我保证我的警备队不到平西去干坏事。阎珂卿就又捎信给张松山，什么时候日本鬼子要来平西扫荡，你必须提前给我个信，我的队伍要转移，我这里还有中小学的师生需要保护。张松山对于这个要求不好再拒绝，真的经常把鬼子扫荡的情报提前透露给阎珂卿。所以，平度县立中学在辛安复学5年，每次鬼子到平西扫荡，学校的师生都能从容转移，安然无恙。

张松山既办小学也办中学

前面说了张金铭办学，李德元办学，阎珂卿办学。这些国民党的县长、司令都不忘为民办学，值得称道。可是，伪县长张松山也在办学，又该怎样评价呢？

日本入侵前，平度的学校设置比较合理，各级学校遍布全县城乡。中学全部在城里，共有三处，一处是国民政府举办的平度县立中学，一处是美国教会举办的崇真学院（原名知务学堂，又叫知务中学，现平度一中前身），还有一处也是美国教会办的，专收女生，名叫义集女子中学。

小学分三级，一级是公立完全小学，共有 17 处，其中县立 10 处，分别是位于平度城西关的县立第一小学，又名西关小学；平南兰底镇的县立第二小学，平北店子镇的县立第三小学，平南亭口的县立第四小学，平东北山区旧店的县立第五小学，大泽山腹地盘石观的县立第六小学。还有平东的县立古岘小学、平西北的县立潘家埠小学、平西的县立马戈庄小学。县城里还有一处县立小学，叫作中山街小学。七个区的区署所在地都有一处区立小学。第二级是县立初级小学，城里有东关第一初级小学，东关第二初级小学和西南关初级小学。其他 25 处初级小学分布在全县较大村镇，共 28 处。第三级是村立初级小学，一共 625 处，分布在全县农村。

此外，县里还根据需要设立短期小学 50 处，共设短期小学班 217 个。

日本人占领平度城以后，县立中学停办变成日军黄幡队的司令部，西关小学被张步云的伪军司令部占用。其他小学也都分别被日伪军占做军营。崇真学院和义集女中因为是美国教会学校，在太平洋战争爆发前日本人暂时还不敢动人家。这样，平度城就因日本人的入侵而没有了小学。仅此可知日本人真不是玩意儿。

成群的孩子没有学上，这可怎么得了？

自古以来，中国的百姓对县官的评价，最重要的依据之一就是看教育，哪个县官不重视教育，就不是个好县官。因此，各地县志都有关于县官办学的记载，平度的历史上就不乏重视教育的县官。《民国续平度县志》载：“万历五年，知州傅霖捐置西南乡赡田六十九亩，又十九年知州王会海捐置供馈学田四顷分寄各社。康熙十五年知州唐宗尧捐刘湾庄学田二顷四十亩为义学馆谷，又四十二年知州舒士贵捐置都家疃义学田一顷四十亩四分，合傅霖前后四任共捐八顷四十九亩四分……”好家伙，四任县官为办学捐出土地八顷四十九亩四分！那时的地是老亩，一老亩相当于现今的市亩两亩半，那可是两千多市亩呢！后来，又有知州王化南创建胶东书院，平民孙崔氏捐田百亩，知州秦震钧捐廉，使书院颇具规模。再后来，不兴捐地转兴捐钱。“道光十三年知州李天锡捐廉一千缗（一缗为一千文）发当一分取息……咸丰十三年后补道李宗岱在平度开矿捐钱四百七十四千有奇。十四年知州许颂鼎捐廉一千滑均发当一分取息缴院。”再后来，知州陈尔延、吉灿升、海澄等，都有捐资办学的义举。由此可见，重视教育是一个县官的美德和不可或缺的政绩。

张松山虽然是日本人扶植的伪县长，但他还是想履行“县长”的职责。

1940年初，平度东关（完全）小学在张松山的主持下开学了。城里的校舍被日伪军占了，他只好把学校设在东关以北的后巷子后街，城厢东北角的偏僻之地。那里有两排共十几间古老的瓦房，属于公产，不用花钱现盖。1941年修葺停当，当年招收了两个班，到第二年就成为一到六年级的完全小学。同时，原西关小学也在停学一年多之后，迁到平度城的南门外复学。不久，又成立了“城里小学”。这样，平度城的小学在因日本入侵全部停办三年后逐步恢复了。

尤其是新成立的东关完小，那简直是专为穷孩子们办的学校。原来的西关小学全县有名，就像如今的有钱人择校一样，富人家都把孩子送到西关小学读书，复学后就都去了南门外。而东关、北关、后巷子、东阁、菜园以至于河头、杨家庄、李家疃的穷孩子们大多进不了西关小学。城郊的穷孩子上的就是新增的东关小学。

又一处平度县立中学

前面说到，平度城原有三处中学，一处是平度县立中学，是国民政府于1933年办起来的，到1937年日本人入侵被迫停学，只办了4年。不过后来又有阎珂卿在辛安重新复学。一处叫崇真学院，是美国教会于1905年（清光绪三十一年）办起来，初期名字叫知务学堂。1912年（民国元年），改名为知务中学，1929年，改为崇真学院。还有一处叫义集女子中学，也是美国教会办的。平度县立中学搬到乡下，城里就只剩了崇真学院和义集女子中学两处中学。

张松山于1940年办起了东关完小，已经费了九牛二虎之力，本来没打算再办什么中学。有两处美国教会中学，平度百姓的子女总算也有中学可进。谁想到了 1941 年 12 月 8 日，日军偷袭美国海军基地珍珠港，太平洋战争爆发，美国成为日本人的敌人。第二天，日军就把这两所学校给关了门，连美国人校长也被押往潍坊关进了乐道院集中营。这样，平度城里就没有了中学。作为“县长”的张松山，灵机一动，就把这两所学校利用起来，首先，他将自 1937 年底停办的西关完小迁至义集女子中学复学，加上新办的东关完小和城里小学，平度城就恢复了原来三处小学的状况。张松山又处心积虑要办中学。日本人不是把美国人办的中学停办了吗？我是中国人，我总可以办起来吧？于是，1942 年 1 月，原崇真学院的大门上出现了一块崭新的大牌子，上写“山东省平度县立中学”的大字，美国教会学校变成了中国人的学校，而且是“平度县公署”办的，日本人也就不干涉了。不但已经失学的中学生重又回到课堂，学校还比原崇真学院的规模增大了，除了原有的初中二、三年级各一个班外，又招收初中、师范各一个班，达到四个班，后来又增加到六个班，在校生达到 160 余人，比原崇真学院的在校中学生还多了 100 多人。

这样，平度就有了两处名字完全相同的“平度县立中学”，一处在乡下，那是由国民党平度县长李德元和抗日游击队司令阎珂卿办的，是对原平度县立中学的恢复。一处在城里，是伪平度县公署办的。因为张松山觉得自己是平度“县长”，他办的中学当然应该叫平度县立中学。

伪县长张松山这么积极地办学，为的是什么？只能这样解释：他是拿着伪县长当真县长来当呢。既是平度“县长”，就要为平度人干点儿实事，而县官重视教育又是中国的传统，所以他就办起了那么多的学校。

日伪办的学校也是学校，凡是学校就要教人学文化知识。就“伪平度东关完小”来说，其课程设置基本因袭民国设置的课程。如国民政府办的辛安中心小学，是国民党山东省教育厅规定的国语、算术、地理、历史、自然、卫生、公民、农业常识、体操、美术、音乐，毛笔字等。而“伪东关完小”的课本是伪华北教育总署编审出版的，也以国语、算术、地理、历史、自然、常识和修身为主课，副课是音乐、美术、体育和劳作。他们当然要搞奴化教育，如历史课本的“中国近代史”部分，不提甲午战争日军侵华，世界现代史部分则有为希特勒、墨索里尼唱赞歌的内容。地理课本公然把我国的东四省称为“满洲国”。当然还设置了日语课。不过，这套教材基本上还是用来传授中国的传统文化科学知识的，奴化和反动的内容所占比重很小。

其实，即使这不多的反动内容，也被爱国的教师加以删节而大大“缩水”。据当年在“伪东关完小”教过学的教师回忆，王继先老师教地理，从来不教“满洲国”部分。尚先谟老师在教国语时，不讲第三册里那篇赞颂大和民族的课文《日本樱花》，学生爱读就读，不读他也不管。官魁吾老师教历史，讲到宗泽、岳飞的爱国壮举时，简直是慷慨悲歌，大加发挥，使学生受到强烈的爱国主义教育。日伪当局规定音乐课必须教唱日本国歌，而且每逢星期一都必须唱，师生们不敢公然拒绝，只好勉强学唱。但唱完日本国歌，紧接着就是背诵《总理遗嘱》：“余致力国民革命，凡四十年，其目的在求中国之自由平等。积四十年之经验，深知欲达到此目的，必须唤起民众，及联合世界上以平等待我之民族，共同奋斗。现在革命尚未成功。凡我同志，务须依照余所著《建国方略》《建国大纲》《三民主义》及《第一次全国代表大会宣言》，继续努力，以求贯彻。最近主张开国民会议及废除不平等条约，尤须于最短期间，促其实现。是所至嘱！”学生们唱日本国歌时有气无力，背诵《总理遗嘱》则斩钉截铁一般，大有压过日本国歌之势。

日伪当局规定，每年春秋两季，学校都必须举行祭孔典礼。这样，全平度城的学生都要列队到县府南边的孔庙去行三拜九叩大礼，当局趁机大讲“中日文化同种”及“大东亚共荣”，进行奴化教育。不过，学校师生对日伪的奴化教育的明顶暗抗，极大地抵消了其效用。而中国的传统文化和爱国精神，则在爱国教师的传授下，默默地潜移在孩子们幼小的心灵里了。

1945 年 8 月，日本无条件投降，日伪当局苦心进行了五年的奴化教育，根本就没来得及为他们培养出多少奴才，倒是使平度的孩子学到了许多必要的文化知识。而张松山办的县立中学毕业了四个班 150 余人，新中国成立后大都参加了革命。尤其是该校的教师李瑞周、尚之四、马紫枫都是地下党员，一直坚持带领师生与日伪做斗争。新中国成立后，尚之四成为山东省京剧团著名导演并任副团长，马紫枫、马光浦分别担任山东省教育厅普教处处长和教材编审委员会主任，李瑞周任青岛四方机厂党委书记，耿文化任山东省化工局党委书记。

教育就是这么回事儿，就像粮食，人人离不了它，它是人体营养的源泉。人只要吃饭，就会长身体，你不叫他长都不行。一样米活百样人，同样的教育，出好人也出坏人。

总之，只要兴办教育，就会对国家和人类有益。

第四十二章　赵保原的失败和张金铭的破产

赵保原本来已经接到上峰的命令，欲把“抗八联军”司令的职务交给新任“反八联军”司令孙海峰，自己好歇口气。可没想到，他还没见着孙海峰的面，那孙海峰就被八路军“瓮中捉鳖”，成为人们饭后茶余的谈资。赵保原只为国军的遭遇感到晦气。这么一来，赵保原交不了差、摘不了手，想歇一口气都不成。算起来，他自从1939年下半年跟八路军撕破脸面，也有一年多了。一年多来，他组织“抗八联军”多次袭击胶东八路军和抗日游击队，互有胜负，不分高下。这就犯了兵法之大忌——孙子所说“兵贵胜，不贵久”。用兵作战最贵神速，不宜久拖。“兵闻拙速，未睹巧之久也”。用兵打仗只听说宁拙而求速胜的，未见过求巧而久拖的。像这样拖下去，八路军越战越强，越打越多，还有他赵保原的好果子吃嘛？没办法，赵保原骑虎难下，只好一条路走到黑，跟胶东八路军决一死战了！

1940年8月，赵保原又组织“反八联军”一万余人，向掖县周官庄、古台口一带发起进攻，企图占领八路军的掖县根据地，进而向大泽山根据地进攻。

活该赵保原倒霉，这次“反共反八”行动，就像是饿狼碰到猎人的枪口上——恰巧遭遇八路军发动的“百团大战”。

大家知道，1940年正处于国民党发动的第一次反共高潮，共产党八路军既要抗击日寇，又不断地遭到国民党军队的袭击，抗战处在困难时期。八路军总部为了挽救危局，振奋人心，打击国民党的进攻，粉碎日伪军的“扫荡”，巩固抗日根据地，从8月22日开始起，在华北各地抽调了115个团、40多万部队和20多万民兵，进行了举世闻名的“百团大战”。胶东五支队和第三军区及广大民兵也积极参加了大战的阵营。他们的对手，除了日本人，当然也包括向根据地进攻的胶东“反八联军”。

掖县保卫战

乔天华的特务二营奉命镇守掖县境内的崮山，以牵制“反八联军”南路的敌人。

南路入侵之敌是赵保原的主力团，团长名叫黄爱军。而乔天华只有一个营，根本不能与黄爱军抗衡。这就要计取而非强攻。乔天华的战术是：由他带领特务二营一个连埋伏在韩家村东头打伏击，命令连长郭孟泽带领两个连直奔崮山顶抢修防御工事。一切部署完毕，只见黄爱军率领他的团向韩家村开来。乔天华一声令下，战士们一齐开火，当即撂倒他们十几个，吓得黄爱军连忙后退了三四里。看看杀了敌人一个下马威，乔天华立刻带着队伍奔上崮山制高点与郭孟泽的两个连会合，居高临下，牢牢地扼住敌人西进的通道。黄爱军组织了几次进攻，都没有攻占崮山。黄爱军也不是傻子，他不想仰攻造成过多减员，便发报给赵保原，要他命令离崮山最近的十八旅张金铭部从南边平度围攻崮山。张金铭得令后立即派出一支“敢死队”，疾速从祝沟向掖县进发，与黄团形成对崮山的南北夹击之势，想把乔天华的特务营消灭在崮山顶。就在黄爱军向赵保原求援的空档，乔天华早已派人从敌军的空隙里下山，与他最初成立平度抗日游击队时的老搭档、时任南海独立营营长的刘文卿取得联系，加上崮山附近的掖县八区区中队、游击小组和民兵自卫团，筹划了一场反包围的袭击战。天黑以后，乔天华命令特务二营从崮山顶向山南张金铭的“敢死队”发起进攻。同时，刘文卿带领南海独立营和掖县的几支抗日武装从外围袭击敌人。张金铭部腹背受敌，损兵折将十几人。“敢死队”黑暗中不知虚实，又与黄爱军联络不上，只好败退回七八里。黄爱军这边刚向崮山发起进攻，背后又遭到掖县游击小组和民兵自卫团的袭击，也在上下两面的夹击中乱了方寸，黑暗中又与张金铭那边的队伍联系不上，只好仓皇逃跑。

更为倒霉的是张金铭的“敢死队”。他们在回撤平度的路上，又遇到张金铭派出的后援部队。由于天黑，后援部队误以为对方是八路，慌忙开了火。你打我也打，自己人打开了自己人。等弄明白了，互相打死打伤十几人，懊丧地撤回祝沟去了。

崮山一战，打击了赵保原为首的胶东国民党顽军的嚣张气焰，保卫了掖县抗日根据地。乔天华善于运筹帷幄、以少胜多的指挥艺术在战斗中发挥得淋漓尽致。

五支队与抗大支校的口袋战

赵保原向大泽山北边掖县的进攻遭到失败后很不甘心，想寻找机会挽回损失。机会儿来了。据侦察情报称，八路军五支队正在平度大田一带休整。

赵保原听了大喜，立即纠集了六个团的兵力，向驻扎在大泽山东麓大田村的五支队进攻。赵保原派出的兵力是五支队的两倍，也算集中优势兵力打歼灭战，企图一举将五支队消灭。

此时，五支队经过在根据地的休整，已经变得兵强马壮。八路军山东纵队总部调整了五支队的领导力量，委任五支队原副司令吴克华任司令员，原来的司令员高锦纯任政委。吴克华是红军长征干部，曾任红五军十三师的团长，身经百战，富有指挥经验。高锦纯也是陕北红军出身，抗战初期就来到胶东，指挥过声名远播的大青杨战斗，跟日伪军和国民党顽军进行过无数次交锋。这可真是一对好搭档。面对敌强我弱的形势，吴克华和高锦纯的思路很一致：避开赵保原大兵团的进军，五支队由大田向东转移，尽量避免与赵保原的大军团作战。在转移中择机逮住赵部的一部分，利用优势兵力打歼灭战，一口一口地吃掉他的有生力量。机会终于来了。赵保原的主力团邓学良团作为先头部队，急于立功，孤军向大田山区逼近。吴克华和高锦纯立即决定五支队回头西下，集中大泽山区全部主力部队和地方部队对付邓学良团。在战术上要为邓学良设置一个口袋，以小部队诱敌深入，将邓学良引进这个口袋来打。在这一战略部署之下，根据地进入严密而又紧张的战前准备。区、村干部动员群众为部队准备了充足的干粮和鞋袜。民兵组成了担架队，准备运送弹药和伤员。儿童团和民兵站岗放哨，只许进不许出，严防走漏消息。战斗前夜，参战各部神不知鬼不觉地进入伏击阵地。五支队三个团在大田北山设伏，正面迎击敌军主力；胶东“抗大”支校校长贾若瑜、政委廖海光率领“抗大”的两个学生营埋伏在东侧的时风涧，“抗大”警卫连埋伏在大田西山。这样，五支队和“抗大”支校就做成了一个三面埋伏、口子朝南的口袋，专等邓学良来钻。

那是1940年7月的一个早晨。天气炎热，空气几乎静止不流，山里一丝儿风也没有。大田山区绿树掩映，八路军每一个战士都戴着树枝做成的帽子，埋伏在灌木后、草丛中，五六千双眼睛盯着下边的山口，五六千支枪口对着敌人将要进入的山坳。手榴弹都打开盖子摆在面前。

上午8时许，邓学良带领他的团大汗淋漓地进入口袋。真不愧是赵保原的王牌团，一色的美式装备，单发的步枪都不多，除了机关枪，就是卡宾枪，各种轻式火炮更是应有尽有。如果仅以武器做比较，邓学良团的一支连发的卡宾枪能顶五支队三支步枪的火力。

只可惜，骄横的邓学良傻乎乎地钻进专为他做的口袋中了。

吴克华命令：发信号弹！

随着三颗红色信号弹升空，战斗打响了。三面山上的火力一起射向山坳里的邓学良团。

我不想对这场战斗的场面进行具体描述，因为大家都从影视屏幕上看过这样的场面：国军像傻子一样（因为他们不知道陷入了“死地”）进入八路军的口袋阵，八路军都在山上，居高临下，手榴弹不需多大力气就能扔进敌阵，到处开花。那挺曾经在大青杨战役中立下功劳的“老黄牛”重机枪也在“咕咕咕”欢快地扫射着，打得国军抬不起头来。还有那几千条步枪、手枪呢？这场战斗应该谁胜谁负，可想而知。到下午2时，国军死伤200余人，邓学良团被打得溃不成军，好歹逃出口袋，从此一蹶不振。

王牌团被打垮，赵保原的队伍大伤元气，其他五个团的进攻也相继被粉碎。八路军五支队三个团加上抗大支校的学生军，打败赵保原“反八联军”六个团的进攻，创造了以少胜多、以弱胜强的辉煌战绩。

我曾对此战例百思不得其解。赵保原的六个团，武器精良，日式装备加美式装备，可他们就是败在人数和武器都处于绝对劣势的八路军手下。究竟为什么？我真得好好研究一番。

怪不得蒋介石也读毛泽东的著作

带着这个问题，翻箱倒柜找出了《毛泽东选集》第一卷，恭恭敬敬地阅读了其中的《中国革命战争的战略问题》一篇。因为我在本书写作过程中，偶然从一份资料上看到，蒋介石对八路军的游击战很感兴趣，也曾命人为他找来毛泽东的《中国革命战争的战略问题》一文反复研读，感受颇深，自叹不如。所以我也就很感兴趣地读了起来。

毛泽东在该文《战略退却》一章中，论述的是在敌强我弱、我处于战略退却阶段时，具备什么样的条件才能进入战略反攻这个问题。他说：“依我们过去的情形来说，大概须在退却阶段中取得下列诸种条件中至少两种以上，才算是有利于我不利于敌，才好使自己转入反攻。这些条件是：（一）积极援助红军的人民；（二）有利作战的阵地；（三）红军主力的全部集中；（四）发现敌人的薄弱部分；（五）使敌人疲劳沮丧；（六）使敌人发生过失。”毛泽东特别强调：“人民的条件，对于红军是最重要的条件，这就是根据地的条件。并且由于这个条件，第四第五第六等条件也容易造成或发现。”

好了，我明白了。大田一战，八路军在自己的根据地里，有广大人民的支援。有了这根本的一条，再加上有利的地形、集中优势兵力、对手行军疲劳、误入口袋阵的重大过失，赵保原岂有不败之理？怪不得蒋介石那样佩服毛泽东游击战的战略思想呢！

我原来以为毛泽东的这篇文章应该对蒋介石保密。后来才知道，毛泽东这篇发表于1936年12月的著名文章，连同此前的《论反对日本帝国主义的策略》等，不但不对国民党保密，反而希望他们都看看，都来学学红军的游击战经验，以便运用于对日军的作战。有资料说，国民党高层对游击战的认识，最早就是来源于共产党的建议。“七七”卢沟桥事变爆发后，国民党统帅部于1937年7月11日至8月12日在南京召开会议，研讨对日作战方略，还专门邀请中共领导人周恩来、朱德、叶剑英参加。8月11日，周恩来、朱德在会上提出，为维持战略持久作战，在“战术上应采取攻势”，在部署上不宜实行正面消极防御和一线配置，而应将主力置于敌之侧后，“由阵地战转为平原与山地之扩大运动战”，在正规战之外，还须采用游击战术“牵制敌人不能不以大量兵力守其后方”。作为国共合作谈判成果的一部分，陕北红军整编为国民革命军第八路军之后，得到国民党统帅部认可，独立自主开展游击战。八路军的游击战取得了不错的成绩，给坚持抗战的国民党人以很大鼓舞。当时，国民党内一些将领也认识到游击战是对付日军的有效战术，主张仿效八路军。时任国民党第一军团长的胡宗南说：“要打日本只有采取八路军的办法。”时任国民党五十二军军长的关麟征说得更有意思：“只有用红军打我们的战术，才能打倒日本。”国民党统帅部遂对敌后游击战刮目相看，在抗战形势推动下，最终决定调整战法，在一定的时候和地区对日寇实行游击战。

共产党用红军打国民党的经验教着国民党打游击战，简直是太有意思了！

到头来，共产党八路军采取了已被蒋介石反复研究的游击战术来对付国民党顽固派的进攻，还是共产党赢。战略战术就像数学公式，道理都是一样的，但看你怎么运用，会不会运用。如果国民党与共产党八路军联合对付日本鬼子，上述战略战术肯定管用。可是国民党把共产党八路军作为敌人，他就永远不具备那最重要的第一条——根据地人民的支援，那就非败不可了。

张金铭自找倒霉

张金铭把县长职位让给李德元，因为县政府驻地在祝沟，他就让李德元带领一团守祝沟，自己带着十八旅司令部转移到祝沟西北边的路上村，同时在东北边的后寨和徐里两村布防。路上村离大泽山更近，张金铭的地盘往北扩展五里，八路军的大泽山根据地就缩小五里。他在跟八路军较劲，寸土必争，以解他的沈官忱团被赶出大泽山的心头之恨。此时的十八旅尚有两个团，一个是李德元的一团，另一个是沈官忱的五团，加上司令部的特务营，共计2500余人。火力又很充足，张金铭自觉八路军奈何不了他。再说，他已经不当县长了，浑身感到轻松，想找个对手干上一场。养兵千日，用兵一时，张金铭想用兵打仗也可以理解。如果他把日本鬼子选作对手，痛痛快快地跟鬼子打上一仗，也不失为英雄壮举，肯定能得到人民的称道。可惜，由于他参加了赵保原的"反八联军"，所以他只能把枪口对准共产党和八路军。

也凑巧。张金铭派出去的侦察员获得了一个情报令张金铭兴奋不已——1940年8月1日，五支队司令部将在掖县八区宅科介里召开"八一"建军节万人纪念大会，这可真是袭击中共根据地的大好时机！

张金铭派沈官忱带领五团偷偷从平度溜进掖县境内的荒里村，下午4时摸到下徐家村，这里已经离会场不远了。

五支队当然不会只顾召开庆祝大会而忽视了张金铭就在不远处。他们来了个将计就计，表面上轰轰烈烈开大会，暗地里在会场南边五里处的要道上设下了埋伏。沈官忱的队伍刚走出下徐家，一场突然的阻击战打得他们措手不及，被打死5人，被俘8人，大部仓皇逃窜。在逃跑过程中，张金铭派出的后援部队又误将前边逃来的队伍当作八路，他们自己一顿对打，直到打死了近百人才知道是自己打自己。这错误犯得也太低级了些，不久前刚发生过一次这样的误会，张金铭怎么会重犯呢？

八路军以反顽的胜利度过了一个兴高采烈的"八一"建军节。

张金铭这下闯下了大祸。

八路军反顽的方针政策说得明白："人不犯我，我不犯人。人若犯我，我必犯人"。鉴于张金铭置抗日大局于不顾，坚持反共立场，破坏抗日统一战线，对大泽山抗日根据地构成严重威胁，中共胶东区党委决定：彻底消灭十八旅！

十八旅的末日在"七夕"凌晨

十八旅的兵力部署是：县政府驻地祝沟驻扎李德元的一个团，李德元既是团长又是平度县长，他的任务就是保卫县政府，为十八旅提供军需。李德元任命副团长曾九如兼任政府秘书。这个秘书可不是一般抄抄写写的秘书，因为没有副县长，秘书拿着县府大印，主持县府工作，权当副县长。李德元团有两个营部署在外围，守备祝沟的只有500余人，但是有个炮连，火力挺足，部署在东门里边。县政府有民政、财政、建设、教育等科，还有法院和检察院。为了筹集地方粮饷和军需物资，还专设一个统筹委员会，实际就是征收处。祝沟地处十八旅防地的南大门，往南一马平川，无险可守，所以李德元的防守任务挺艰巨。

张金铭随十八旅司令部搬到路上村。这里三面环山，北边翻过山去就是共产党的大泽山根据地。张金铭自恃兵强马壮，他在这里一驻，八路军轻易不敢过山这边来。路上村除了驻有十八旅司令部机关的“八大处”，还有一个特务营，共计600余人。在祝沟东南边三华里的刘家庄驻有副旅长王西源率领的十八旅保安团，约有300人。刘家庄西边一河之隔是前后刘家，两个村相隔不足一华里，驻扎沈官忱的五团和十八旅执法队，约有500人。祝沟北边五华里处的岔道口、店子两个村，分别驻有侦察排、训练班，共计170余人。以上是内线防卫，还有外线。祝沟南边15华里处的刘河甲村驻扎李德元的一个连，西北30华里处的徐里驻有一个营，后寨驻有一个营，作为十八旅司令部的屏障。

八路军的兵力只能集中2000人左右，主要是五支队司令部警卫营、五支队十三团（主力团）、西海独立营，还得加上平度县的地方武装。进攻时间定在古历七月七日牛郎会织女这一传统节日的夜间。进攻的重点是路上和祝沟，消灭十八旅的旅部和主力部队，摧垮国民党的县政府。

1940年8月9日（古历七月初六），五支队各部向平掖边界集结，黄昏时分，向着各自的目标进发。五支队警卫营的骑兵连、工兵连和机枪连，分别主攻路上村的十八旅司令部和前、后刘家的沈官忱的五团和执法队，晚11点进入阵地，做好包围圈。主攻祝沟的十三团，也在同一时间包围了祝沟，并对祝沟周围的刘家庄、店子、岔道口分别予以包围。对于十八旅外线的后寨和徐里两个据点，则分别交给了两个平度老战友，一个分给乔天华率领的五支队特务二营，一个分给刘文卿率领的南海五大队。

由于八路军保密保得好，十八旅各据点都对马上就要到来的灭顶之灾一无所知。大家都忙着杀猪宰羊，准备趁牛郎织女相会之际大饱口福。平度农村的风俗，七月七家家户户烙“巧饼”，包包子。祝沟一带还重视两种时鲜水果，一种名叫“柰子”，一种叫“花红”，买回家供奉牛郎织女。七月六日，八路军的三名侦察员扮成卖水果的，挑着诱人的“奶子”和“花红”进入祝沟，穿街入户叫卖，甚至到一团司令部门口卖给站岗的。有两个卖水果的分别叫卖到村民张友君和张德忠家门口，等这两家的人一开门，卖水果的挑着担子就往里走，进了门亮出八路军身份，说服人家予以配合，关紧门户不得出门。这样，八路军对祝沟的火力和兵力部署了如指掌。战斗打响时，预先潜伏在农户里的侦察兵还起到了有力的内应作用。

乔天华接到攻打十八旅徐里据点的命令时，心中百感交集。自抗战以来，他与张金铭的关系是恩怨俱存，时战时和。他们两个在抗战开始阶段，本来都胸怀爱国之志，同仇敌忾，在平度拉起抗日游击队，并且曾经联合袭击平度城的鬼子，将日伪军赶出过平度城。乔天华还曾单身一人进入张金铭的司令部搞统战，张金铭在他的说服下与八路军五支队结成统一战线。张金铭虽然通缉过乔天华，但终归没有伤害乔天华，并且答应与八路军联合抗日。之后，五支队与十八旅互派政治工作人员，两军首脑互访慰问，共商抗日大计。从一个老百姓的角度来看，如果张金铭这个大学毕业的国家栋梁之才能以抗日大局为重，别与八路军搞摩擦该有多好！可老百姓哪里会理解，人家张金铭跟定了蒋介石，非反共不可，这也是政治立场所决定。乔天华叹息道，张金铭啊张金铭，你的末日到了，这可怪不得别人，只怪你咎由自取！

1940年农历七夕凌晨，天上的牛郎织女星特别明亮。张金铭正在他的司令部里喝酒。他没有想到的是，美酒给他带来的不是好运，而是十足的霉气。

此时，乔天华的队伍已经神不知鬼不觉地将徐里包围。几个战士的身影像轻巧的猴子一般爬上村外的电线杆，用铁钳剪断了电话线。与此同时，路上、祝沟、后寨三个据点外面的电话线也分别被八路军剪断，张金铭与他的部下和“反八联军”上司彻底失去了联系。凌晨三时，五支队司令员吴克华下达了作战命令。三枪为号，总攻全面开始。

首先得说说五支队十三团攻打祝沟。因为这里是这次进攻的重中之重，所以五支队以一个团的兵力来对付。本来以为战斗会非常激烈，可打起来却不是这么回事。战士们从四面的围子墙爬进去，迅速占领了外围的房顶。当他们跳下房子，来到祝沟大街上的县政府大门口时，竟然没人站岗。从西边进攻的战士们冲上祝沟西门桥头，只见几个岗哨和司令部的勤务兵还在大桥上光着脊梁乘凉呢。这些岗哨一听八路军高喊“缴枪不杀”，早举起手来高喊着“我投降我投降”做了俘虏。十八旅一团团副兼县政府秘书曾九如更是狼狈得很。那晚他新婚不久的媳妇正好来与他相会，八路军发起进攻时他们两口子正在炕上做着甜梦。一听外面枪响，曾九如大喊一声“不好”，慌忙中只抓过一条花裤头穿上，从桌子上捞起手枪和县政府大印就急急地往外跑，连长裤都没顾得穿。当他跑到围子西门时，那些执勤的岗哨和勤务兵都已经做了俘虏。他看到抵抗已经无济于事，就只好一个人往苇湾边跑，想跳进苇湾突围。可他刚要往湾里跳，就被一颗子弹打中了。那一枪打得真准，一枪毙命。曾团副就那样只穿着花裤头死在苇湾边，那颗县政府大印成了八路军的战利品。曾团副一死，其他后勤人员和县府官员多数当了俘虏。进攻祝沟的八路军十三团几乎没遇到什么抵抗，就顺利地将祝沟拿下了。李德元的堂堂十八旅一团，怎么没人出来抵抗呢？只有曾团副和后勤人员被打死或被俘，那团长李德元哪里去了呢？这诸多的疑问，后面须得交代。

攻打路上十八旅司令部的战斗却异常激烈。张金铭凭借坚固的工事和比八路军优越的武器，命令特务营和司令部全体人员死守。五支队警卫营几次攻到村口，都被张金铭猛烈的火力打了回去。这样几次推拉，双方互有伤亡。张金铭自知这么死守到头来必遭灭亡之灾，一边指挥队伍拼死力顶住，一边盼着救兵来援。也该张金铭命大，援兵就真的来了。原来，在南边不远处的前、后刘家的五团长沈官忱一看八路军来袭，马上想到司令部面临危险。他不敢恋战，带着队伍突出八路军的重围向路上冲来。这一来，围攻路上的五支队特务营受到前后夹击，只好返身对付沈官忱。张金铭边趁机突出包围圈，在沈官忱护卫下仓促逃命。十八旅司令部被摧毁了，只可惜没捉到张金铭。

后寨是个 200 多户的村子，张金铭调李德元的一团警卫营卫队连到这儿镇守，有 160 人左右。后寨是国民党平度三区崔召镇镇公所所在地，镇长王华令手下有四五百人，加上李德元的卫队连，共有六七百人。刘文卿的南海五大队分工攻打后寨。他的队伍行动神速，7 月 6 日傍晚，从大泽山里的秦姑庵出发，晚 10 点钟赶到后寨时埋伏于村子北边，后寨里面的敌人竟然一点儿都不知道。李德元的卫队连连部在村东头街北边的一所民房里，战斗打响时连长还在睡觉呢。刘文卿率领队伍冲到街心，失去指挥的卫队连一片混乱，镇公所的那些人缺乏训练，满街乱跑乱叫，在“缴枪不杀”的喊声中纷纷举手投降。镇长王华令狂呼乱叫着命令士兵开火，被刘文卿的南海五大队一枪击毙。卫队连长偷偷从连部出来，看看大势已去，只好一个人溜出后寨逃命去了。战斗只进行了两个多小时，后寨守军 500 多名被俘，只有少数逃跑。

十八旅的另一个据点徐里，本来驻扎着李德元警卫营的另两个连，由营长彭树香亲自坐镇指挥。谁知大战前一天彭树香突然带领一个连离开了，徐里便只剩一个连和警卫营营部了。乔天华以一个营对一个连，决心打他个歼灭战。他首先在村东村南部署重点兵力猛攻敌人营部，以防敌人南逃。又命一部占领村西的小山包，一挺机枪控制住这个制高点，其余的战士从小山包猛虎下山一般向村里冲击。乔天华命令骑兵排在村南村北来回巡逻，人喊马嘶，使敌人不敢从南北两个方向突围。这样，就只留着村西南角似乎没有部署兵力。守军果然乱糟糟地向村西南角跑去，这正中乔天华的下怀。他早已在村西南角部署好火力，一看守军冲入村西南口，马上集中两股火力交叉射击。跑在前面的守军被打倒了几个，其余的回头又往村里跑。此时乔天华部已经从村子四面压缩进来，在后寨速战速决的刘文卿部也过来支援，110多名守军缴械投降，只有30多人逃了出去。

刘家庄、岔道口、店子等据点的守军更不抗打，战斗一打响，多是稍作抵抗便缴械投降。

整个战斗至第二天上午8时结束，十八旅死伤和被俘1500余人，其余大部溃散。五支队缴获了1300多支枪和大量物资，用“国军”的武器把自己变得更加强大。

国民党山东保安独立第十八旅被彻底击溃，大泽山以东的两目、旧店之国民党顽军被赶走，平北全部为八路军掌控，大泽山抗日根据地得到巩固和扩大。

张金铭踽踽离开平度

幸亏有五团团长沈官忱拼死相救，十八旅旅长张金铭才得以从路上村突围，跟随他突出重围的只有20余人。他不敢向南到祝沟大本营，估计八路军不会放着祝沟不打。他打算直接去莱阳投奔“反八联军”总指挥赵保原。既然你赵保原组织胶东国民党部队“反共反八”，我是因为跟着你与八路军作对才被打垮的，你总得救救我吧？张金铭摸着黑向东逃窜，进了招远地界，然后折向南去，逃进莱阳地界。他本以为赵保原会帮他重整旗鼓，以利他东山再起，可惜他把赵保原高估了。赵保原对他这只落地凤凰很冷淡。赵保原是谁啊？他是汉奸底子，完全是为了保存自己的实力才“反正”离开日本人投靠国民党的，他对国民党的忠诚根本就不能与张金铭相比。再说，两年前张金铭当上十六支队中将司令、14个纵队遍及胶东、号称“胶东王”那时，他赵保原还在厉文礼手下当旅长呢。即便是后来张金铭吃了厉文礼的亏被撤销了中将军衔，也还是沈鸿烈手下的山东保安独立第十八旅旅长，至少也是与赵保原平级，而在“胶东行辕事件”之前赵保原手下的兵马根本不能与十八旅相比。那时候，以张金铭为首的胶东国民党抗战派根本瞧不起赵保原，动不动就会说“赵保原那个汉奸”。

张金铭没料到的是，“胶东行辕事件”成就了赵保原。制造事件的厉文礼滚出了胶东，赵保原受到新任胶东行署主任李先良重用，不但取代厉文礼升任山东第十三区行政专员兼保安司令兼莱阳县长，不久又升任鲁苏战区暂编十二师少将师长，成为胶东 20 多支国民党队伍的老大。就连八路军五支队也让他三分，高锦纯司令还得屈居赵保原这个“鲁东抗日联军”总指挥之下，给他当副指挥呢。唉，真是世事多变，吉凶难料啊。如果不是日军入侵，平度县长姬春堂就不会弃官而逃；姬春堂逃跑，又使张金铭有了充当中将司令和平度县长的机遇；没想到突然有个叫厉文礼的来到胶东，又像绊脚石一样使张金铭摔了一个大跟头；而厉文礼权力欲膨胀不知天高地厚杀害卢斌制造“胶东行辕事件”，又使赵保原坐收渔利。这一切都是中学校长出身的张金铭始料不及的。

赵保原对张金铭的态度是：你跑到我这里干什么？你把八路军引到我这里怎么办？你应该在平度跟八路军血战到底，不成功便成仁才对。

张金铭很识时务，什么也没说就离开了莱阳，连平度地也没进，就一路向南去了青岛，又从青岛西行而去。许多平度人还在关心着这个昨日的抗日英雄，打听他到哪里去了。张金铭虽然不是平度人，但许多平度人却把他看作“自己人”。因为他当校长的平度县立中学出了好多学生，分布在各行各业。有的跟着他参加了十六支队，有的参加了八路军。在胶东，国共两方面都有人喊他“校长”。平度县立中学就好像是胶东的小“黄埔”，张金铭这个“校长”的名气，在胶东比蒋介石这个“校长”的名气都要大。因为胶东国军中没听说有几个是黄埔军校毕业的，而平度县立中学的毕业生却有上千人呢。平度人没忘记张金铭，更因为他敢于在国家危难之时挺身而出组建起威震胶东的十六支队，多次同鬼子交火，还曾把鬼子赶出过平度。后来改编为十八旅，也是大名鼎鼎的抗日队伍。张金铭这个北京朝阳大学毕业的学生，把自己的青春献给了平度的教育，献给了平度的抗日救国大业。忠厚淳朴的平度人感恩思想浓厚，他们忘不了为平度人做过好事的人。所以一说起被八路军打垮的张金铭，平度人首先会叹一口气说：“唉，可惜……”

那么张金铭究竟去了哪里？有人猜测他回到老家定陶去了。有人说他到鲁北去找他舅舅何思源去了，莫衷一是。其实，他是投奔了国民党第二十八集团军李仙洲门下。国民党没有忘记这个为抗日和反共既有功劳也有苦劳的人。李仙洲给了他一个吃饭的闲差，让他当参议。直到 1945 年日本投降，何思源被蒋介石任命为山东省主席，张金铭突然又出现在人们的视野里，何思源任命张金铭当上了济南市市长。1946 年，何思源被蒋介石任命为北平市市长，张金铭又跟着何思源当上了北平市总务处长、粮食处长。

张金铭最终于 1948 年去了台湾，因不得志郁郁而死，了此一生。呜呼，不要光看到时势造英雄，时势也毁了不少英雄啊！

第四十三章　李德元其人其事

读者也许发现了一个问题，八路军打十八旅时，战斗打得那么激烈，包括旅长张金铭都跟部队一起抗击八路军的进攻，可怎么没见十八旅一团团长李德元呢？ 一团是十八旅的主力团，李德元不但是团长，还是县长。县政府就在祝沟，一团的主要任务就是保卫县政府。可怎么只听说一团团副曾九如被打死，没听说李德元参加战斗呢？

李德元为何能逃过一劫

《中共平度地方史》是这样叙述八路军攻打祝沟的："攻打祝沟的五支队十三团进展迅速，半小时即突破敌纺线攻入街心，开展了激烈的巷战，击退敌人三次反扑后，从东、南、北三面向敌指挥部压缩过去。敌总指挥曾九如拼命突围，被击毙，顽军大部被俘。"

笔者带着这个问题专门走访了平度党史办原副主任张声善。这个年已80有余的老同志是平度党史的活字典，他是《中共平度地方史》的主要编写者之一。因为早已退休，他也一时说不明白为什么守卫祝沟的没有李德元。但这个老同志家里资料齐全，他从藏书丰厚的书橱里找出了一本陈旧的小册子，那是36年前（1985年）他搞党史时编印的《平度党史资料》第8期，上面刊登着当年指挥歼灭十八旅战斗的五支队政委高锦纯的一篇回忆录，其中就有对攻打祝沟的具体描述。高锦纯的两段话使张声善老先生陷入了疑惑和沉思。

一段是："当时敌团长李德元已在两天前去刘河甲，副团长兼县政府秘书曾九如任前线总指挥"。这段话清楚地证明李德元当时不在祝沟。那么，李德元为什么在八路军攻打祝沟前夕离开了那里，去了祝沟南边15里处的刘河甲呢？刘河甲是李德元一团的防地，当时有一个连驻扎，李德元在大战前到那里去干什么呢？这是需要搞明白的。

在另一段文字里，高锦纯是这样写的："当时驻徐里的是李德元团彭书香营的两个连，战前几天彭书香率一个连去了古岘，只余下一个连的兵力。"

徐里在十八旅司令部驻地路上村以西30里，与后寨一起作为路上的西部屏障，又靠近八路军的大泽山根据地，所以张金铭要李德元派重兵把守。李德元就派他的最能打仗的警卫营，由营长彭书香亲率两个连在那里驻防。奇怪的是，就在大战前的两天，彭书香竟然带着一个连“去了古岘”，徐里只剩下一个连，最终几乎被乔天华全部俘虏。彭书香在八路军进攻前不在徐里防守，到古岘去干啥？

大战之前，李德元去了刘河甲，彭书香去了古岘。难道他们是在逃脱灭亡的命运？不对啊，八路军打十八旅保密绝对严密，连张金铭都不知道自己会在七月七那天遭到攻击。再说，李德元的老婆孩子还在祝沟呢，他怎么能只顾自己逃跑，连老婆孩子都不要了？

为了搞清楚这个问题，笔者专程走访了李德元的家乡云山镇辛庄村、李德元当年驻扎的祝沟村、十八旅被打垮后李德元占据了4年多的重要据点云山镇丈岭村，还走访了李德元当年的勤务兵、平度市旧店镇东司戈庄村的胡竹光老人，得到了一些第一手资料。

李德元的勤务兵如是说

82岁的老人张喜境是祝沟人，他至今仍然住在当年的老房子里。张喜境的家在祝沟街南侧，路北斜对门就是当年十八旅司令部和平度县政府，那些房子至今仍在。1938年，张喜境8岁那年，亲眼看着张金铭带着十几个人进驻祝沟，几天后又亲眼看着李德元带着队伍来到祝沟，看着张金铭、李德元的人在他家路北的两家村民的门边挂上“国民革命军第五战区游击总指挥部直属十六支队司令部”和“平度县政府”的大牌子。后来，十六支队司令部的大牌子又变成十八旅。他说，1940年古历七月七日凌晨，八路军攻打十八旅，曾团副被打死时，只穿一条花裤头，就死在村西头苇湾边上。曾团副刚结婚没几天，那晚他正跟他的新媳妇在一起困觉。一听外面打起来了，曾团副什么也不顾，只穿一条花裤头从家里跑出来。张喜境说，曾团副八成是想跳到苇湾里逃跑，没想到就被打死在苇湾边上。张喜境是第二天早晨战斗结束时到大街上看光景，亲眼看到穿着花裤头的曾团副的尸体。他还看到八路军把缴获的县政府的铜印反复看着，四四方方的大铜印，发着紫红色的光。我问他，李德元为什么没被打死？他说：“李德元那天没在祝沟，听说带着队伍到古岘打鬼子据点去了。”

高锦纯的回忆录说李德元去了刘河甲，张喜景老人说李德元不是去了刘河甲而是去古岘打鬼子据点。虽然两个人说的去向不一，但都证明李德元不在祝沟，这是确凿无疑的了。

李德元竟然不顾自己大本营的安危抽调重兵离开祝沟去古岘打鬼子？谁信啊？对于我的疑问，张喜境老人也不敢肯定。毕竟当年他还只是一个 8 岁的孩子。但他为我提供了一条重要线索，说北边不远的旧店镇东司戈庄村有个叫胡竹光的，15 岁就给李德元当勤务兵，这个人至今还活着，去年到祝沟来赶集还一起喝过茶。张喜景曾听胡竹光亲口说，八路军打祝沟时，他被俘虏过。这可太好了，李德元的勤务兵竟然还在，而且是祝沟战斗的亲历者！于是，我立即驱车到东司戈庄村去找胡竹光。东司戈庄村离祝沟只有十几里，开车一会儿就到了。可是，村子里的人告诉我，胡竹光已经不在家里住，三个儿子轮着养，一家一个月。他的三个儿子，一个在旧店镇上，两个在平度城，不清楚胡竹光现在住在哪个儿子家。不过人们说，胡竹光的侄子在村里住。在人们的引领下，我很快来到胡竹光的侄子家。胡竹光的侄子一听是来了解他大爷的，很痛快地告诉我，胡竹光现在平度城的大儿子家，并告诉了我电话。我通过电话一联系，胡竹光的大儿子很痛快地答应我采访他父亲，并约好了时间。

2011 年 8 月 25 日上午，我在平度城一个新建小区的一幢楼下（名字很洋气，叫作“苹果赛维士”）见到了胡竹光的大儿子，在他热情的引导下进入他装饰时兴的居室。身材高大的胡竹光老人站在客厅里向我打招呼，一脸的笑容。这个年已 88 岁的老人，在孝顺儿子们的伺候下身健体壮，精神矍铄，热情地拉着我的手，让我坐到沙发上。老人没有什么病，就是耳朵背一点，需要趴在他耳边高声说话，但回答问题还是清楚的。

胡竹光生于 1923 年。1938 年 15 岁那年，张金铭的十六支队进驻祝沟，他就为了混口饭吃给一纵队第二大队大队长李德元当上了勤务兵。15 岁的孩子干不了什么大事，只能服务于李德元的生活杂事。后来，十六支队变成了十八旅，李德元的二大队变成了一团，李德元当了团长，又兼任县长。那时没有副县长，也没有什么政府办公室。李德元当团长忙于军事，就委任团副曾九如兼任县政府秘书，掌管县政府大印。李德元对曾九如挺好，给曾九如娶上了媳妇，在祝沟街上专设了曾公馆，还把自己的勤务兵胡竹光派到曾九如身边干勤务。胡竹光说，“1940 年 7 月，八路军打祝沟的前几天。”李德元说要去打古岘的日军据点，任命曾九如担任后防司令在祝沟守家。当时谁也不知道八路军要打祝沟，所以李德元把炮连都带走了，祝沟只有团部后勤人员和县政府工作人员，根本没有什么战斗力。七月六日那晚，天气又闷又热。曾九如的新媳妇来了，七月七是情人相会的日子嘛，又是新婚夫妻，也是人之常情。胡竹光伺候曾秘书夫妻二人吃完了饭，曾秘书就说你出去站岗去吧，自己就关上门跟他的新媳妇睡觉。胡竹光就和几个护兵在祝沟街西头的桥头上，一边站岗一边纳凉。到了半夜，忽然听见有人叫道："哎呀，那边房顶上有人！"接着就听到八路军喊道："缴枪不杀！"还没等他们回过神来，八路军就从四面围子上和房顶上跳了下来，他们几个连枪也没顾得上开，就慌忙举手做了俘虏。其他地方响了一阵子枪，但很快就不响了。突然，看到曾团副光着脊梁从家里跑出来，跑到苇湾边上还没等跳下去，就中了一枪倒下了。胡竹光老人说，那天八路军打祝沟，曾团副根本就不知道，所以祝沟里面的人们也就没有准备。因为多是后勤和县政府的工作人员，战斗力不强，只抵抗了一阵子，就老老实实地做了八路军的俘虏。八路军优待俘虏，给他们上了几堂教育课，宣布愿意跟着八路干的可以留下，不愿意干的就发给盘缠释放回家。因为胡竹光上过几年学，八路军动员他去东海教导队，他说不爱去，所以就被释放回家了。不久，李德元进驻丈岭据点，胡竹光又去投奔了他，一直跟着到1949年，李德元去了台湾，他才回到老家。老人今天说起来还不无遗憾地说，如果当年去了东海教导队，那就是八路军的干部了呢。

两个老农忆当年

为了进一步落实八路军打祝沟那天李德元是否真的去打古岘日军据点了，我又走访了李德元后来驻守的据点——云山镇丈岭村。丈岭村是李德元大婆的娘家，那里的人最摸李德元的底细。

王永宣，87岁，1946年开始当民兵，1947年当村自卫团团长，1950年加入共产党，算是老革命了。李克许，85岁，一般村民。1940年，十八旅被打垮以后，两个人都亲眼看着李德元的兵马开进丈岭。王永宣还被李德元的兵逼着筑围子。他们都肯定地说，1940年七月七之前，李德元确实带着队伍打古岘了。他们还说，当时李德元的一团打古岘，张金铭命令十八旅的一个营埋伏在平度城与古岘之间打阻击，这叫围点打援。李德元攻打古岘据点的战斗正打得激烈，平度城的日军果然前来救援。十八旅那个打阻击的营顶了一阵子就顶不住了，慌忙撤退了。打阻击的一撤，平度城的鬼子很快就接近了古岘。这一来，正围攻古岘据点的李德元腹背受敌，也抗不住了，只好放弃了进攻，撤出了战斗。等到李德元要带着队伍回祝沟时，才听说祝沟已经被八路军攻占了。李德元没法，只好把队伍安排在野猪庄（现在叫泉北村，属平度云山镇），自己回他的辛庄老家去会见他的恋爱对象姜鸿恩去了。因为那天是七月七，中国风俗是鹊桥相会的好日子。

也就是在那个七月七，李德元在四叔家跟姜鸿恩成了亲，合了房，从此二人成为不离不弃的恩爱夫妻。李德元也就有了两个老婆。前面那个人称大婆，后面这个人称小婆。

现在可以推知，高锦纯的回忆录里说的“战前几天彭书香率一个连去了古岘”一点儿也不假，这个主力营的营长是被李德元调去攻打古岘据点了。

原来是李德元及其主力不在祝沟。这又使李德元逃过一劫，没有与十八旅一起被打垮，侥幸保全了自己队伍的原因。

李德元的一个团保存了下来，成为八路军在平度最主要的对手之一。

李德元为什么恨鬼子

李德元曾经当过联庄会会长，组织乡亲们保卫地方不受土匪和流寇侵犯。他还杀了本村祸害乡亲的三个李姓绑匪，因此差一点儿被官府杀头。后来当上区长，就在自己家门口光宗耀祖，他出于对职务的满意因此更爱自己的家乡。

最让李德元春风得意的是他遇到了红颜知己。而他的艳遇又是与教育有关。

李德元当过教师，对教育情有独钟。他的家辛庄村原来没有学校，是李德元的父亲把村里的十几个孩子召集到一起，也不敢说是在办学校，只说谁家不嫌弃就把孩子送来识几个字。因为李德元的父亲和叔叔都识字，所以李德元从小也跟着父亲和叔叔学会了不少字。农忙时节，李德元的父亲要下地干活，就命李德元看着这帮孩子，李德元因此也被孩子们称作“先生”。这就是辛庄最初的学校，学校的学生大小不一，都在一个班级。学校只有两个教师，一个是李德元，一个是李德元他爹。李德元当区长后重视抓教育，首先就是把辛庄小学完善规范起来，使其成为一所真正的小学。还有区署所在地崔召的小学，两目山下的祝沟小学，都纷纷建立或在原来基础上得到了完善。平度最东北边的山镇旧店还办起了县立完全小学。

栽下梧桐树，引得凤凰来。高小毕业、家住平度城北七里河子村的姑娘姜鸿恩被分配到三区的旧店小学当教员。姜鸿恩小名叫“妙”，乡亲们很少叫她大名，都亲昵地叫她妙曼儿。妙曼儿人长得俊气，尤其是那双大辫子又黑又亮。妙曼儿是城边头的人，说话很好听，几乎等于标准的官话。旧店人把“三”念成“山”，把“走”念成“咒”，把“大嫂子”叫成“大哨子”，妙曼儿听了咯咯直笑。老乡们都希望自己的孩子能跟着妙曼儿老师学会官话。妙曼儿讲课声音像唱歌一样好听，东北山区的大人们也爱围在教室的窗外听。

妙曼儿是区长李德元接受的三区的新教员，但一开始这个黄毛丫头尚未引起李德元的注意。后来李德元在巡视本区教育的时候，得知妙曼儿在旧店小学口碑蛮好，再一端详人也长得漂亮，就暗暗地喜欢上她，并且开始打她的主意了。原来，李德元一共兄弟仨，他是老大。他四叔膝下无子，他爹就把他过继给了他四叔。李德元虽已经娶妻生子，但大婆只生了三个闺女，没生出儿子。再说，有过继儿子没有过继儿媳的，作为儿子，原配老婆应该算是亲爹娘的儿媳，最好再娶一个老婆，作为继父的儿媳，这才算是对继父的孝顺。

李德元当区长，轻而易举地就把小学教员姜鸿恩从旧店小学调到郭家寨小学。郭家寨也归三区管，而且离李德元的辛庄村只有三四里路。郭家寨小学校长姓杜，杜校长当然知道区长李德元为什么把漂亮的女教员姜鸿恩调到这里，就主动为他们当起了月老。令李德元喜出望外的是，姜鸿恩竟然答应了！这姜鸿恩到底是城边头的姑娘，思想比乡下女人开放。似乎她武侠小说读得不少，从小爱慕英雄男子汉。李区长文武双全又是政府官员，正是姜鸿恩心目中的英雄呢！李德元担心自己是已婚男人，并且比女方大十几岁。杜校长说：她知道！她说她才不计较李区长妻女满堂呢，自古来有本事的男人哪一个不是三妻四妾的？李德元大受感动，就偷偷地把姜鸿恩领回四叔家。四叔四婶看着俊美的姑娘，非常满意，恨不得立即娶回家。可由于姜鸿恩要为人做小，视女儿如掌上明珠的姜父姜母迟迟不肯答应这桩亲事。姜鸿恩却表示非李德元不嫁，要李德元赶快明媒正娶了她。李德元有官职在身，比较注意自己的形象，不想把事情搞得太僵，就劝说姜鸿恩暂且把事情放一放，慢慢地做父母的工作，只要咱们俩山盟海誓永不变心，总有你父母同意的那一天。就这样，两个人虽然结不成婚，但恋爱恋得感天动地。李德元经常把姜鸿恩接到四叔家里，要四叔四婶好生款待。姜鸿恩离娘家 60 多里，回趟家不容易，李德元四叔的家就变成了她的家。每逢过节，李德元总是把姜鸿恩接到四叔家，共享节日之乐。

这样交往了两年多，就在李德元准备正式迎娶姜鸿恩时，日本鬼子打进来了！李德元真是对日本侵略者恨之入骨啊！这些鬼子不但侵犯了他的国家他的家乡，还搅得他不能气气派派地娶新娘了！他不想草率办喜事，他要对得起年轻漂亮可爱的姜鸿恩，他要等到一个好时机，把喜事办得红红火火。可李德元觉得，大敌当前，作为一区之长的首要任务是响应上级号召赶快拉队伍打日本保家卫国，不能轰轰烈烈娶媳妇。尤其自己娶的是二房小婆，传到上面影响不好，所以，李德元就对姜鸿恩说把婚礼拖一拖。姜鸿恩不是一般女人，她深明大义，也认为抗日事大，结婚事小，完全赞同李德元以抗日为重的意见。李德元见姜鸿恩这么顾大局识大体，越发爱她爱得心痛，以一把价值不菲的德国造袖珍小手枪相赠，直把个姜鸿恩喜得爱不释手，连说“我也要跟你上阵打鬼子”！李德元连忙摇头：“哪能叫你这小宝贝上阵？给你手枪是叫你当玩具玩，至多是用来防身的啊！”

世上没有无缘无故的恨，也没有无缘无故的爱。日本人的入侵使李德元的家乡不得安宁。日本人还搅了李德元娶小老婆的好事，李德元能不痛恨日本鬼子吗？

李德元为粮食丢了祝沟

所以，李德元打鬼子特别积极，扮作新郎袭击平度城便是他的抗日杰作之一。他跟八路军游击队密切配合，主动地支援乔天华，把汉奸张步云打得溃不成军。他在自己的防区里捉到了共产党的游击队头头乔天华和刘文卿，但并未伤害他们，还要把他们放走。他还说服张金铭不要杀害乔天华，促使张金铭最终同意与八路军搞合作。张金铭是国民党员，而且还是CC系，而李德元只是国民党一个最低级别的地方吏员，与国民党没有那么多的瓜葛。他的家庭不是土豪劣绅，没有受过共产党打土豪分田地的损失，因此没有理由与共产党不共戴天。作为一个对家乡充满感情的人，他看不出“反共反八”对他有什么好处，反而觉得又要抗日又要跟八路军打仗起码是军事上的一大失策。所以他虽然不得不服从张金铭的领导，但不像张金铭那样积极反共，没有主动进攻过八路军。他最后悔1938年5月跟随张金铭进攻掖县三支队。不过他在进攻夏邱堡的时候违背张金铭的要求偷偷撤出战斗，也说明他不像张金铭那样非把共产党游击队吃掉不可。他的擅自撤退倒使张金铭遭受不小的损失，客观上又帮了共产党的忙。

还得回到这个问题上来。李德元再恨日本鬼子，也不会把他的大本营、县政府驻地祝沟让给八路军，这是肯定的。可是，他恰恰在八路军打祝沟的前夜带着队伍离开祝沟去打古岘，只留下曾团副率领团部、县政府机关人员把守祝沟，这不是把一座空城拱手让给八路军吗？李德元这是怎么了？

李德元的勤务兵胡竹光对笔者这样解释：李德元和曾九如根本就不知道八路军会打祝沟。要不那天晚上他们几个勤务兵也不会坐在祝沟西边桥头上纳凉说闲话，曾团副更不会在家里跟新媳妇睡觉并且糊糊涂涂丢了性命。

至于李德元到古岘打鬼子的直接原因，胡竹光说，打古岘完全是为了跟鬼子争粮食。七月七前夕，李德元正被财政问题所困扰。本来麦子早已打下来了，可税赋军粮却迟迟收不上来。李德元虽然是一县之长，但权力行使却不及全县。县城里是伪县长张松山当权，城周围及诸多据点周围都是日伪军的势力范围。平西平南分别是高玉璞、刘经川、阎珂卿、王尚志、曹克明、冷冠荣等国民党各系统的队伍独霸一方，虽然名义上承认李德元这个县长，但都以自己的军队需要养活为由，收了粮款留作自用，拒绝向县政府纳粮缴税（实际上他们自己也不够用）。因此，李德元的县政府的号令只在平度东北乡的三区和三区南边的二区管用。可也不完全管用。东北乡因为有八路军把大泽山区占了去，使县政府征收税赋的范围大大缩小。而紧邻三区的二区，区署在古岘，那里被鬼子占据着。祝沟这里是山区，地薄粮稀。古岘那边地处大沽河畔，是一马平川的大平原，是平度的"粮食囤"。可是，近在眼前的粮食却不敢去收，古岘周围十几里的粮食都被鬼子收去了。李德元是县长，他有权到古岘去征粮，但如果不赶走鬼子有权也不好用。收不起粮食来，军队吃什么啊？那段时间十八旅每天只吃两顿饭，有一顿还是稀饭，士兵们一个个面黄肌瘦。李德元决心把古岘的鬼子据点拔掉，他好去收粮食。

所以，李德元把他的大婆和大婆生的三个闺女全都托付给曾团副，让他以"后防司令"的身份带领一班后勤人员留守祝沟，以至于八路军打下祝沟时大婆和三个闺女都成了俘虏。当然八路军很快就放了她们娘儿四个。

第四十四章　抢县长

八路军打垮了十八旅，占领了祝沟、旧店、大田大片山区，大泽山根据地进一步扩大，平北解放区的面积占了平度全县的大约三分之一。平度是山东省面积最大的县，民国《续平度县志》说"周围 546 里"，现在的口径是 3166 平方公里，三分之一就是 1000 多平方公里，比春秋战国时期许多诸侯国的面积要大得多。共产党八路军有了这么大的根据地，可是没有自己的县政府。没有政府，许多事情就没法办。没有政府的"红头文件"，向百姓征粮征款就不能说是合法。

根据地建立政府的事情被提上议程。

关于县级行政

县——作为中国基础行政区域，始于春秋时代。秦统一六国后实行郡县制，县的地位正式确定，至今已有2000多年历史。2000多年中虽然历经多次改朝换代，行政建置变来变去，设了撤了，撤了再设，只有县级行政岿然不动。自秦以来，国家政区先是郡、县两级。隋初在郡上面设州，下面设县。到了晚清，国家政区改为道、府、州、县四级。民国元年（1912年）山东行政区划仍循晚清旧制：三道、十府、三个直隶州、八个府辖州、96个县。1913年，北洋政府确定地方行政区划为省、道、县三级，山东省的县份为107个。1925年10月22日，山东督军兼省长张宗昌将全省改为11道100个县。1927年，南京政府废止"道"制，只保留省县两级，由省直接管县。

改来改去，历朝历代都没有把县改掉，都把县作为最基本的行政区。县官为七品（包括从七品），虽然被称为"芝麻官"，但都是由朝廷直接任命，再往下不够品，朝廷就不管了。朝廷把一个县的一切事情都交给县官去办，体现了对州县吏治的期望，因为只有一个个基层政权稳固了，整个国家才能长治久安。县官管的事情太多，皇粮国税、吃喝拉撒、鸡鸣狗盗几乎无所不包，因为他最接近百姓，人们习惯称县官为"亲民官""父母官"。

说点最现实的，八路军如果没有自己的县政府，连军粮也难以征收。历来的皇粮国税都是由上面下达到县一级政府，由县一级向各区乡分解指标进行征收，然后各区乡收起来送到县里集中，再由县按照上面规定的比例和数量解送到省。只有县级政府才能直接向百姓（纳税人）下达征收文件，规定纳税额，皇上和各省、州、道都不能直接向百姓要钱要粮，必须通过县一级政府。就是说，只有县长才有权名正言顺地向百姓征收粮款。要吃粮，找县长。要花钱，也得找县长。这就显出了县级政权的重要。不是名正言顺的政权，伸手向百姓要钱要粮就等于抢劫，自古被视为土匪行为。为什么张金铭已经是中将司令还要兼任平度县长？为什么赵保原身为十三专区专员还要兼任莱阳县长？就是为了合法地向百姓征收军费军粮。

从经济上来说，共产党八路军建立自己的县政府是吃饭活命的大问题。而从政治上说，共产党要推翻旧中国，建立新中国，趁抗战之机把根据地的政权夺到手，也是很有必要的。

不抢县长行不行

前面说到，1937 年 12 月 27 日，国民党第三集团军总司令兼山东省政府主席韩复榘弃守济南。他这一跑，就像开了闸门，国民党县级政府的官员纷纷效法，逃之夭夭，许多县没有了县长，中国历史上出现了一段行政权力的空白期。之后，敌占区的县级行政便陷入了混乱。胶东出现了国民党与日寇争抢县长的局面。以平度的张金铭为代表的许多国民党人，一边组建抗日队伍，一边义不容辞地担起了县长的职务。莱阳刘东阳、即墨孙殿斌、黄县王景宋、栖霞辛诚一等，都是既当上了抗日游击队的司令，又把县长抢到了手。不抢不行啊，日本人也正在抢县长呢。

这样，许多县就同时存在着两个县政府，两个县长。一个国民党县长，一个日本人扶持的伪县长。

共产党在抗战一开始没有跟国民党抢县长。时处国共合作，中共承诺“取消一切推翻国民党政权的暴动政策”“取消现行的苏维埃政权”“取消红军名义及番号，改编为国民革命军，受国民党政府军事委员会之统辖”，承认蒋介石是国家的最高元首，连共产党的陕甘宁行政区都更名为陕甘宁“边区”而不再叫“行政区”了，当然也就不好跟国民党去抢县长。

那时的县长，必须由国民党省级政府委任才算合法，老百姓心目中也觉得只有国民政府才能任命县长。胶东共产党在抗战初期利用国民党县长逃跑的机会儿，曾经当仁不让地抢到了三个县的县长，这就是掖县、黄县、蓬莱，人们习惯称作“蓬黄掖”。1938 年 3 月 8 日夜，以郑耀南为首的掖县共产党领导的抗日游击队“民动会”400 多人举行玉皇顶起义，在平度乔天华部的配合下攻克掖城，活捉并枪毙了伪县长刘子容。那时掖县尚没有国民党县长，共产党在掖县成立了山东省第一个抗日民主政府，决定由张冠五任县长。这是山东第一个未经国民党山东省政府任命的县长。到 12 月，中共胶东区委直接任命三个共产党员当县长，于烺任掖县县长，曹漫之任黄县县长，孙端夫任蓬莱县长，三县政权都为共产党所有。“蓬、黄、掖”根据地由此产生。不过，国共合作，共产党是承认国民党政府的。为了取得“合法性”，胶东区委派人到时在广饶县的国民党山东省政府向沈鸿烈主席汇报，要求加委。沈鸿烈觉得这三个县是共产党从日伪军手里夺过来的，不好拒绝。再说，共产党的县长要他下达委任状，也算给他这个省主席面子，也就只好给这三个县长下了委任状，但声明下不为例，仅此三县。胶东共产党也真的再没有抢县长。

可是，共产党不抢，日本人却在抢。

日本侵略军所到之处，首先就是扶植傀儡政权，推行新的伪行政区划。1938 年 1 月 1 日和 10 日，济南市、青岛市维持会先后成立。同年 3 月 5 日成立了伪山东省公署，马良任伪省长，开始向县级下达委任状。前面我们已经知道，平度伪县长张松山就是马良任命的。日本人还把山东政区设为省、道、县三级，将全省划为四道、二市（济南市、烟台市），青岛市直辖于伪华北临时政府。四道分别是，鲁东道，辖平度等 17 县、烟台市和威海卫特别区、长山列岛特别区，道尹公署驻烟台市；鲁西道，辖济宁等 32 县，道尹公署先后设于济南市、泰安县城、济宁县城；鲁南道，辖益都等 21 县，道尹公署驻益都。鲁北道，辖德县等 37 县 。1940 年 6 月日伪当局又撤销四道，重新划全省为登州、莱潍、青州、沂州、兖济、泰安、曹州、济南、东临、武定等 10 道。不过，山东日伪当局虽然宣布占有 10 道 107 县，但其所能实际控制的，在入侵初期不过几十个县，他们当然急于把所有的县都抢到手。

共产党也要抢县长了

1940 年 8 月之前，平度有伪县长张松山，也有国民党县长张金铭，后来是李德元。伪县政府不仅掌控了平度城周围，日伪军还建立了诸多据点，使伪县政府的控制范围达到大半个平度。张金铭、李德元只能在平北平东部分地区施政，权力辖及平度的四分之一左右。如果加上平西平南的国民党游击队占据的地方，也只有近一半不归日本人说了算。国共合作初期，共产党员乔天华领导的游击队与国民党员张金铭领导的游击队联合袭击平度城。曹克明、董希瞻等在胶莱河边孙家口袭击日军大获全胜，打死日军中将中岗弥高。这两次战斗狠狠地教训了日军，把他们吓得撤离了平度城，张金铭才得以把县政府从祝沟搬进城里，当了 8 个月名副其实的县长。如果国民党别跟八路军搞摩擦，国共一致团结对敌，国民党进城当县长的地方会不断增多。可从 1939 年下半年开始，胶东以赵保原为首的国民党顽固派把枪口对准了共产党八路军，使共产党不得不进行自卫。在胶东，八路军要跟赵保原做斗争。在平度，八路军则要跟张金铭斗。斗来斗去，八路军游击队势力大增，赵保原蜗居莱阳万第，十八旅被打垮，张金铭彻底破产。县长李德元逃到丈岭，偏据平度最东部，施政地域方圆只有 20 里左右。

至此，胶东共产党八路军既很难与国民党联合抗日，又得互相钩心斗角，你打我一巴掌，我还你一嘴巴。作为“鲁东抗日联军”总指挥的赵保原只向五支队供应了两个月的给养又给停止了，五支队的吃穿都成了问题。如果再不建立自己的政权，共产党八路军就不能名正言顺地向百姓征收粮款，就没有稳定的兵员，就难以建立起稳固的根据地。

关于战争时期一个县的县长对于军队的重要性，民国《续平度县志·兵匪之祸》一章很能说明问题。志载：民国 17（1928）年，“张宗昌兵败走德州，以刘志陆为十三路总指挥，令固守胶东。”刘志陆部于 3 月 26 日到平度。张宗昌一听平度为之占领，立即“来电索饷”，这个败军之将紧等钱花呢。刘志陆虽是十三路总指挥，也不能直接指挥军队向百姓要钱，他把这个任务交给了平度县长李煜。李煜不敢违抗，只好“召集富户绅商应之”。不久，刘志陆手下的军长方永昌（掖县过西人）反叛刘志陆，双方开战，县长李煜吓得逃到青岛去了。一个县里哪能没有县长呢？没有县长，谁来为你收粮收款啊？刘志陆连忙任命一个叫李及的继任平度县长。可是刚任命县长不久，刘志陆就被方永昌打败了。方永昌占领了平度，第一件事就是任命一个叫陈厚基的人代理平度县长。而陈基厚上任第一件事，就是奉方永昌之命，三天内向平度百姓索要白银五万两交给方部做军费。是年 6 月，土匪丁守己趁方军在外作战、平度城空虚之际予以占领。方永昌手下的师长刘珍年（驻掖县）此时通电脱离方永昌，服从国民政府，并自为军长，把方永昌赶到大连去了。刘珍年应平度枪会会首王潘亭之请，派第二师师长刘开泰带兵到平度剿匪。土匪丁守己部被剿灭，刘开泰立即又任命刘元鹗为平度县长，命他速速收缴 5000 元军费。到了 12 月，张宗昌自龙口登陆企图东山再起。刘珍年手下的第四师副师长刘选来和驻防平度的刘开泰师脱离刘珍年而拥护张宗昌。张宗昌对他们下达的第一道指令就是赶快给他收起 25000 元来！刘开泰也只好把这个任务交给他委任的代理县长陈基厚。陈基厚是绍兴人，原任平度县署刑席，一直想当个县长。谁知两次代理县长，别的事没干，都是为筹集军阀向百姓要钱，受尽了百姓的唾骂。而张松山当了 7 年平度伪县长，百姓给他起的外号就叫“张剥皮”。可见他这个县长的主要任务就是为日本侵略军向老百姓要粮要款。

中共上层对山东党在政权问题上的犹豫不决提出了批评。1939 年 4 月，《中央对山东问题之处理处置办法》指出：“山东方面过去未能于（国民党）省府、县长西逃时普遍委任自己的县长，有些已委任的，复接受沈鸿烈命令撤销……如上述情形不加改变，山东创造根据地与坚持抗战是要受挫折的。”5 月 19 日，中共中央在关于山东工作的指示中强调：“八路军或地方游击队，如无政权，则决不能发展巩固与建立根据地，因此，已得政权决不能放弃，并还应努力争取成立新的政权。”

不妨再回想一下高锦纯的回忆：1938 年 5 月，毛泽东在延安接见即将派到山东的包括高锦纯在内的180多名干部时是这样交代的：你们到山东去，要放手发动群众，大量组织武装，建立抗日民主政权，开展独立自主的山地游击战，创建山东根据地，使山东成为八路军在华北的一个重要战略基地。

中共中央早就向山东党组织下达了建立抗日民主政权的命令，不要再犹豫不决了！

1939年6月以后，山东共产党开始积极主动地与日本人和国民党展开了针锋相对的斗争。先后有淄川、莱芜、博山、新泰、沂水、临朐、益都、章丘等县成立了抗日民主政府，任命了自己的县长。到1940年7月，山东抗日根据地内成立了一个行政主任公署（相当于省级）、9个专员公署（相当于地级）、66个县级抗日民主政府及300多个区乡抗日民主政府。

平度县大泽山抗日根据地已经初步建立，总不能把根据地的领导权交给国民党吧？

第四十五章　罗竹风受命筹建抗日民主政府

那是1940年3月，距离8月打垮十八旅还有半年多的时间。北大才子罗竹风正在五支队宣传部长任上干得蛮有劲头，用他那支文采飞扬的笔为《大众报》和《海涛》等报刊不断地撰写着各种稿子，在胶东八路军和解放区的名气越来越大。突然有一天，胶东区党委和五支队司令部通知他去一趟。这一去，就改变了他的命运。他必须离开他所钟爱的八路军队伍和他所擅长的抗战文化宣传工作，准备当官。当什么官？当县长。到哪里当县长？回平度老家，担任平度县抗日民主政府的县长。不过这个政府尚未建立，得靠他自己去筹备，首先要建立起一个平度县参议会，经过参议会民主选举才能当县长。

罗竹风回家

一听“民主”二字，罗竹风便眼睛一亮！民主是与独裁针锋相对的，民主这个词儿在他的心目中是那么崇高和亮丽！1931年，他报考北大中文系，就是冲着“德先生”和“赛先生”去的，那里是把“德”“赛”二先生引进中国的先驱者云聚的地方。罗竹风如愿以偿考上了北大，尽情地吸收着民主与科学的营养大补，憧憬着中国走上民主与科学的强国之路。可是入学不久就发生了“九一八”事变，日本人侵占了整个东北。为反对蒋介石独裁、反对国民党的不抵抗政策，罗竹风参加了爱国学生在北平和南京等地的请愿活动，因此还被国民党军警关押。获释后他回到学校，加入了“反帝大同盟”和“左翼作家联盟”，参与主编《北大新闻》和《冰流》，宣传抗日爱国思想，更加坚定地走上了革命的道路。1935 年，罗竹风从北京大学中文系和哲学系毕业，回到山东老家，在烟台中学任语文教员。1936 年“西安事变”后，他钦佩张学良和杨虎城的抗日爱国行为，拒绝学校当局关于向学生讲授《蒋委员长对张学良杨虎城的训话》的要求，因此被学校解聘。傲气十足的罗竹风辞职炒了校方的鱿鱼，背着铺盖卷昂首挺胸先在校园转了一圈，以示自己是胜利者而不是失败者，然后才走出校门。离开烟台，他又在青州中学谋得教学岗位。但他对旧的教育制度烦透了，教学只是暂作饭碗。终于，机会来了。1937 年发生了“七七”卢沟桥事变，抗日战争全面爆发。罗竹风觉得这是他施展救国救民伟大抱负的关键时刻，便毫不犹豫地罢教回乡，与乔天华一起组军抗日。以后的经历大家已经知道了，他当上胶东“文协”的领导干部，他在八路军队伍里尽情地施展着自己的才能。军事的、政治的、文化的工作经历，成就了一个文武双全的平度县抗日民主政府的县长。

罗竹风秘密回到他的家——平度城正北的七里河子村。说是七里河子离城 7 里，可走起来却不止 7 里，平度城人说的是“七里河子八里有，九里跟着十里走”，实际上有将近 10 里路。从这里往南是一马平川，直达平度城；往北则是步步上坡，走七八里过了小豁口便进入大泽山区，是典型的城乡接合部。因此，这个村就成为平北解放区最南边的一个村。村南边有条小河，小河上有座十几米宽的小石桥，这便是解放区与国统区和敌占区的分界线。桥北是共产党八路军的解放区，桥南就是张金铭十八旅控制的“国统区”，再往南 5 里过了花园村，就是日本人控制的敌占区了。1939 年 11 月，李德元假扮新郎娶亲袭击平度城的日军，就是从花园村出发的。

七里河子村离“国军”和日军太近了，经常遭到他们的突然袭击。可俗话说“灯下黑”，越是危险的地方有时越安全。当然指的是大胆的人绝不是指胆小鬼。

罗竹风就是个胆大包天的人，所以他敢回到七里河子。

在家乡，另一个大文人在等着罗竹风的到来，这个人就是姜守迁。

倔强文人姜守迁

姜守迁是山东省著名的爱国文豪，1943 年，担任胶东公学的校长，那是专门为共产党八路军培养青年干部的学校。1948 年，解放大军一进城他又先后被任命为济南市立第一中学校长、山东省立第二中学校长、济南教师进修学院院长 、济南市博物馆馆长，是造诣颇深的书法家和文物收藏家。

姜守迁生于1897年，比罗竹风大14岁。1940年，他失去了工作赋闲在家，完全是因为他的倔强性格所致。跟罗竹风一样，也是个不为五斗米折腰的风骨文人。

姜守迁从懂事起就立下救国之志，敢于想大事干大事。他在掖县省立第九中学上学时，恰逢“五四”运动兴起，便积极参加了这一反帝爱国运动，受到广大师生的敬佩。他因此被选为九中学生会会长，并作为山东代表，赴上海出席过全国学生联合会和全国各界救国联合会会议。那时他还只有十七八岁。中学毕业，他以优异成绩考取了北平高等师范学校国文系。1928 年毕业后，应聘到吉林省立第一师范学校任教。这又是一个风雨急遽变幻的年头。12 月 29 日，少帅张学良“易帜”，改换青天白日旗，全国实现统一。姜守迁为张学良的爱国行为大力鼓吹，结果得罪了守旧的学校领导。校方百般刁难，逼他声明反对民国，不然就将他辞退。可没等学校炒他，他便炒了学校的鱿鱼，一纸辞职信递了上去，悠然回到山东济南。姜守迁此举与罗竹风是多么相像！济南教育界早就知道姜守迁，省立第一中学立即聘请他到校教国文，还要他兼任教务主任。家乡这样器重他，按说他该给家乡面子，服服帖帖配合上头的工作。可是，他却经常犯性子。在课堂上讲课，他时常离开课本，说什么“进步青年不可不读陈独秀、李大钊和鲁迅的文章，因为他们的文章能揭露社会上鬼魅的丑恶嘴脸”。这就不免传了出去，传到了国民党山东省党部。省党部派人调查，学校好不容易才为他遮挡过去。这也罢了，不久他又狠狠地抹了一把省党部的面子。有一次，学校召开总理纪念会，由姜守迁主持会议。会议即将开完，突然接到通知，说省党部要来人到会上给学生训话。可是，等了半个小时还不见党部要员的踪影。校长提示姜守迁要耐心等待。可姜守迁却高声宣布：“总理纪念会全部日程结束，散会！”等到省党部的大员来到时，会场上已经空空如也。这一次把上面得罪大了，校长无可奈何地对姜守迁说，你还是离开这里吧，再待下去不会有你的好果子。姜守迁不想难为校长，便主动辞职。他从济南来到胶东莱阳县，在莱阳中学谋得教学职位。莱阳中学校长是个国民党员，热心地要介绍姜守迁加入国民党。几次劝说，姜守迁烦了，怒冲冲回敬那位校长：学校是教书育人的地方，又不是党务训练班和党员养成所，我加入国民党干什么？校长碰了钉子，便想法挤兑他。于是，他又向东到了东海边的烟台，到省立八中教书。谁知烟台那里封建迷信盛行，愚昧陋俗顽固，人们生病不求医而烧香拜佛，引起姜守迁强烈反感。他一怒之下，带领学生砸神毁庙，惹怒了地方势力。他见环境险恶，便愤然离开烟台，回到他的老家七里河子了。回到家乡的姜守迁，每每想到国家河山破碎，哀鸿遍野，而自己又身单力薄，救国无门，便怒火中烧，以至于经常夜不能眠，犯了旧病脑痛症。1937 年初，他北师大的老同学、时任莱阳乡村师范校长的吴伯箫听说姜守迁在家赋闲，便聘请他到校任教。这一对爱国志士同气相求，志同道合，从此结下了深厚友谊。可惜不到半年，“七七”事变爆发，莱阳乡师停办。两个爱国志士相约不为日伪做事，各自回家，等待时机一展抱负。就这样，吴伯箫回到他的家乡莱芜，姜守迁回到了平度七里河子。1938 年 4 月，吴伯箫长途跋涉到达延安，进入中国人民抗日军政大学学习。结业时，毛泽东主席为他题词“努力奋斗”予以勉励。不久，吴伯箫就担任了八路军总政治部抗日文艺工作组组长，1939 年，又任陕甘宁边区文化协会秘书长，参与编辑《文艺突击》并兼任中国女子大学教师。1941 年 8 月，吴伯箫加入了中国共产党。 而姜守迁却因母亲去世，按照传统礼教在故里守慈母丧。继而父亲又病，姜守迁尽心侍候。眼看平度城为日军侵占，姜守迁心急如焚。虽不能离家参加抗战队伍，但也在乔天华、罗竹风组建抗日游击队时做了许多工作，到处为他们做宣传，动员青年参加游击队。他还瞅空到蓬、黄、掖一带与八路军联络，汇报平度县的情况。平度城里的日伪军说姜守迁是个不安分的人，派他幼年时的私塾老师、时任伪县政府某局局长黄某做说客，劝他不要帮助八路军。姜守迁不但不给先生面子，反而斥责先生当汉奸局长是给学生们脸上抹黑，叫他今后不要再说姜守迁是他的学生。羞愧难当的黄某只好把问题推给日伪当局，表示不再为这个学生说话。日伪当局决定对姜守迁下毒手。一天凌晨，一伙汉奸突然闯进姜守迁的家。多亏姜守迁机警过人，敌人刚进了前院子，他已从后窗跳出，逃进北山。从此，姜守迁虽然经常在家居住，但神出鬼没的，敌人很难捉到他。直到罗竹风回家找到他，才使他有了施展抱负的机会。

罗竹风要姜寿千当参议长

罗竹风说：姜先生，今天我来找你，商量成立平度县抗日民主政府的事。

姜守迁问：这么说，共产党要夺权了？

罗竹风说：是的，没有自己的政权是不行的。但我们要建立的政权，是在自己的根据地，在国民党和日本人的权力空白区建立崭新的人民政权！

姜守迁把大腿一拍：好啊！我早就盼着这一天了！不过，可不能搞成国民党那样的独裁政府！

罗竹风说：共产党当然不搞像国民党那样的独裁政府，是民主政府，所以叫抗日民主政府。

姜守迁不明白地问：不是共产党的政府吗？这个民主政府怎么搞？

罗竹风笑着摇摇头说：我们要建立的这个民主政府是共产党领导的不假，但必须体现民意。所以，共产党在政府里居于领导地位，但不是完全由共产党组成，中共中央要求搞三三制。

姜守迁：三三制？

罗竹风：对，三三制。先成立参议会，由共产党员、左派分子和中间分子各三分之一组成。再由参议会民主选举县政府成员，也是各占三分之一。

姜守迁由衷地赞道：英明！共产党就是英明！竟能想出这样的民主路途！你们把我算成左派分子吧？

罗竹风：对，你是左派分子的代表，你不是共产党员，可以一肩挑两头，最有代表性。

姜守迁：竹凤，你说吧，叫我干点什么？

罗竹风：你当平度县参议会的参议长，怎么样？

姜守迁一愣：是你的意见，还是上头的？

罗竹风：我有那么大的权力吗？是中共胶东区委的意见呢！

姜守迁真是受宠若惊了！他没想到共产党会对他这个党外人士这么信任，把组织和选举抗日民主政府的大权交给他，看来共产党的民主不是挂在口头上的。

罗竹风又与姜守迁一起，将平度各界名人的现状查对了一番，打算尽可能将他们拉进参议会。他们俩本都是平度名人，对其他名人烂熟于心。查对完了，罗竹风边决定进城与这些人当面会谈。姜守迁要与罗竹风一起去，罗竹风说，城里的汉奸正在捉你，你去自投罗网啊？从现在起，你就是我们的重点保护对象了，千万不能出事。你抓紧安排一下家里的事，我给你写封信，你拿着到大泽山里找胶东区委报到去吧。

姜守迁辞别患病的父亲到大泽山根据地去了。

罗竹风扮作推销中草药的，背着褡裢进了平度城。

秘密穿行在社会各界

前面说高若亮曾经做过平度第一任“维持会”会长。本来他已经不干了，可1940年前后又被日本人请出来干“维持会”会长。鉴于他处世有方，八面玲珑，日本人不动他，汉奸不惹他，共产党八路军的地下工作者找他了解敌情，他竟也如实提供。他是个成功的商人，又当过官僚，很会营造适合于自己生存的环境。在平度城里，他见了谁也笑容满面，一好百好事事好，人称“好好先生”。但他心里有个尺寸，不管帮谁，绝对不干帮日本人杀人放火残害民众的坏事。

罗竹风第一个要找的就是高若亮。

半夜时分，罗竹风敲开了高若亮家的黑漆大门。高若亮对罗竹风早有所闻，现在作为共产党八路军官员的罗竹风不请自到，他顿生敬畏之感。又知道罗竹风是北大才子，所以敬佩胜过惧怕，忙命仆人献上香茶一杯。罗竹风请他提供平度城日伪军的部署情况，他便毫不犹豫地把平度城里日军、治安军、警备队的部署、人数、枪支弹药、金库粮库等等，凡是他知道的，都告诉了罗竹风。一听说共产党要成立抗日民主政府，他连说赞成赞成，还答应在城里的士绅中进行宣传，多拉一些人支持抗日民主政府。临别，高若亮又拍着胸脯向罗竹风表态，绝不会向日伪军透露一点有关罗竹风进城的消息。罗竹风对他说：“希望你做一个有良心的中国人！”他连连点头说“一定一定”！高若亮说这话，不仅仅因为他是个好好先生，也是出自真心。他是亲眼看着穷小子张宗昌如何一步一步成长为一个掌握千军万马叱咤风云的大军阀的，他一直以当年扶持过张宗昌而自豪。虽然张宗昌最终失败了，但他认为能取得张宗昌那样辉煌人生的人，也是凤毛麟角。根据他的经验，连土匪出身的张宗昌都成就过一番大业，比张宗昌高明得多的共产党八路军没有不成功的道理。所以，他答应了罗竹风要他出任平度县参议会参议员的要求。

罗竹风从高若亮家出来，又敲开了平度城最大的地主、绍德堂的大掌柜许基午家的大门。许基午还算开明，听罗竹风说共产党要成立平度县抗日民主政府，虽然不像高若亮那样拍着胸脯连连说好，但他稳重地说出了自己的看法。他说，张松山的汉奸县政府，多数老百姓是不认可的，不过敢怒而不敢言罢了。李德元的国民党县政府，偏安祝沟一隅，对全县父老有所辜负，平度县就好似没有政府。家不可一日无主，国不可一日无君。共产党的主张很受民众欢迎，如能成立民主政府，定能得到各阶层人士的拥护。他还应罗竹风要求，表示要尽量联络本县的开明士绅，对抗日民主政府施以支持。

罗竹风又来到平度城东北角尚家疃村尚遵范家。尚遵范的父亲尚卿翰是平度城有名的举人，民国25（1936年）年编成的《续平度县志》，一共有四个人写序，第一个是原平度县长、时任行政督察专员的张镶五，第二个是前平度县长、时任章丘县长的丁世平，第三个是在任县长刁承襄。前三个都是外地人，都是县长。唯有第四个是本县名人尚卿翰，可见尚举人在平度的威望之高。其子尚遵范毕业于北平师范大学历史系，秉承其父的文人风范，也在平度城有很好的口碑。尚遵范不但支持共产党成立抗日民主政府，并主动帮罗竹风出主意，说过去有个平度知事很善于搞好跟上层的关系，也注意联络地方各界，当知事当得顺风顺水，后来就升到省里去了。尚遵范的话在一般革命者听来会不感兴趣，怎能拿旧官僚巴结上司的做法来作为民主政府的榜样呢？罗竹风听了，却从中悟出一定的道理。这就是，要充分发挥统一战线的作用，广泛争取各阶层人士都来参与民主政权的建设，这样的政权才会有广泛的社会基础。

罗竹风昼夜不停地在平度城内城外各阶层中奔走宣传联络。俗话说没有不透风的墙，他筹建县政府的计划被张金铭的特务队知道了。张金铭下达密令，一定要抓到罗竹风，绝不能让共产党成立政府。终于有一天，特务队得知罗竹风在他的家七里河子村召开骨干群众会议，便半夜偷偷地包围了村子，直扑河西沿开会的小屋。幸亏当时会议已经开完了，罗竹风睡在邻居家。他闻风从窗户里跳出，逃过了一劫。

罗竹风的工作环境变得更加险恶了，可是平南的工作还没做呢。缺了平南，怎能称得上平度县抗日民主政府？罗竹风的家在平度城北，他对平南人生地不熟。而平南除了有鬼子据点，还有曹克明、董希瞻、冷冠荣等国民党的游击队，敌伪顽各霸一方，都把矛头对着共产党。怎么打开平南的工作局面，成为他下一步的难点。不过，他当年上的中学是平度知务中学和黄县崇实中学，这两处中学都是教会学校，罗竹风自然掌握了许多宗教知识。于是，他想到了平度宗教界。他秘密与平度城南关基督教会牧师官寿松取得了联系，官寿松把平南的基督教人士介绍给他，并给他画了去平南的路线图。罗竹风沿着官寿松指点的路线，来到平度城南何家店村的教会礼堂。这是华北浸信会系统的一个礼拜堂，这里的教友谨慎地掩护着罗竹风，还让他主持礼拜仪式，使罗竹风俨然一个讲经布道者。在浸信会的掩护下，罗竹风在平南敌伪顽势力的夹缝中游刃有余。在蓼兰，他找到了他在平度知务中学和黄县崇实中学时的同学侯致平。侯致平安排罗竹风在一间看瓜屋子里住下，屋子四周都是密密丛丛的高粱地。罗竹风白天躲在看瓜屋子里跟农民们谈心，了解当地社情敌情，晚上就随着平南的武工队参加锄奸活动。这样，他不仅了解了平南人民的抗日斗争情况，摸清了敌人的一些活动规律，而且发展了一些左派和中间分子参加平度县参议会。

罗竹风当选县长

1940 年 9 月 12 日，有 96 人组成的“三三制”的平度县参议会在大泽山区的北董家村宣布成立，200 多名区长、乡长、村长作为嘉宾出席会议，见证了参议会的民主选举。96 名议员代表了平度各界。小学教师马紫枫，开明士绅、旧官员高若亮，开明地主许基午、基督教牧师官寿松、尚举人之子尚遵范、曾任国民党招远县法院推事何锡典、蓼兰大吴庄民主人士侯致平等，真是方方面面，人才济济，蓬荜生辉。经民主选举，姜守迁（非党人士）当选为参议长，李建民（中共）、王战平（中共）当选为副参议长。接着选举县长。参议会成员们庄严地投下了自己神圣的一票。

计票结束，参议长姜守迁高声宣布：罗竹风当选为平度县抗日民主政府第一任县长！

全场掌声经久不息。

高若亮也在众参议员中高兴地拍着巴掌。他自小因贫穷闯关东，后来成为成功的商人，因接济过穷困潦倒的张宗昌而使张摆脱困境从而发达，后来又在张宗昌提拔下当过齐河县长、济宁道尹，告老后又当过“维持会”会长，可以说阅历丰富。罗竹风代表共产党找他担任平度县参议会的参议员，他觉得这既代表民意，又是共产党叫干的，老高觉得自己的人生又多了一项可以对人夸说的阅历，平度县抗日民主政府第一任县长的当选有我老高的一票呢！这个好好先生真是“好”到家了。但是那个时代“好好先生”也是不好当的，老高最终还是吃了“好好先生”的亏。后来，1943 年秋，平度城的汉奸叫他说服国民党的抗日队伍阎珂卿部投降，他竟然也答应去当说客。他和阎珂卿是平西老乡，觉得去会见老乡说几句话也算不了什么大事情，当不当汉奸完全是阎珂卿个人的事情，与他无关。第一趟去找阎珂卿，被视汉奸如仇寇的阎珂卿严词拒绝顶了回来。汉奸头头打发他再去一趟，他竟然又答应了。就是这一趟，被八路军在平度城的内线知道了。那一天，高若亮在那个便衣汉奸的陪同下出了平度城，往西走出十几里路到了门村附近，就被八路军的武工队生擒活捉了。武工队把他们押解到大泽山根据地，交给西海区公安局审问，那个罪大恶极的汉奸被判了死刑拉出去处决了。因为高若亮没做过什么坏事，而且还是平度县的参议员，所以教育了几天就把他释放了。真丢人啊，高若亮后悔自己怎么能参与说服人家当汉奸呢？这真是吃了“好好先生”的亏，又沾了“好好先生”的光。可就是这一捉一放，尤其是那个汉奸被一枪毙命，使高若亮受惊不轻。他接受了深刻教训，从平度城搬回平西老家，深居简出，不再为任何一方办事。谁想这个风光惯了的老人经不住寂寞，不久就得了怪病卧床不起，第二年春天竟然驾鹤西去了。

第四十六章　一县三长

1940 年 9 月 18 日，是平度历史上一个值得纪念的日子。这一天，中共平度县委在东大田举行军民联欢大会。大会内容丰富，一会三庆：庆祝八路军“百团大战”胜利，庆祝八路军山东纵队第五旅成立，庆祝平度县抗日民主政府成立。

罗竹风从姜守迁手里接过县长大印

主席台上出现了一个大家没见过的新面孔，他就是新任中共胶东区委书记林浩。林浩是胶东人，土地革命时期曾任中共济南市委书记、山东省委宣传部长。抗战开始后，任八路军山纵第四支队政委兼中共山东省委组织部长。此前任胶东军区政委。

五旅由五支队整编而来，旅长是五支队官兵都熟悉的吴克华。吴克华是 1929 年入党的老党员，红军时期历任班、排、连、营长，团参谋长、团长、红四方面军红军大学教员等职。1938 年，来到山东在五支队高锦纯手下任副司令员。在这次整编中，吴克华由五支队副司令员升任五旅旅长，原五支队政委高锦纯任五旅政委兼政治部主任，张铎任政治部副主任，在大青杨战役中立下战功的原五支队六十一团团长赵一萍任参谋长。五旅辖十三、十四、十五三个团和一个教导团。同时，第三军区接过了五支队的番号，由王彬任司令，王文任政委，仲曦东任政治部主任，李发任参谋长。下辖一、二、三团和四个专区指挥部。这样，胶东就有了五旅这支八路军主力部队和新的五支队这支军地双兼的地方部队。

那天，大泽山东麓的东大田村河滩里，锣鼓喧天，红旗招展，人山人海。八路军战士组成的方阵旁边，是平度县大队和部分区中队及平北民兵组成的方阵。周围村庄的群众扶老携幼前来看热闹，把部队和民兵围在中间。

主席台上方挂着一副又长又宽的会标，因为是一会三庆，会标小了写不开那么些字。

乡亲们第一次见到那么多首长。首长们坐在主席台上，一个个容光焕发，斗志昂扬。

新任五旅政委高锦纯主持会议。他首先宣布：经八路军山东纵队总部决定，五支队改番号为八路军山东纵队第五旅。当他宣读完旅长、政委参谋长暨各团团长名单时， 全场欢声雷动，祝贺这支在抗战中立下赫赫战功、由地方抗日游击队成长而来的八路军整规部队的整编成功。

主席台上，文质彬彬的姜寿迁与他的两个平度老乡比肩而坐。他们一个是刚刚当选的平度县抗日民主政府县长罗竹风，一个是新编五支队特务二营营长乔天华。

姜寿迁颤巍巍地走到台前，高声宣布：平度县抗日民主政府今天成立了！经平度县参议会民主选举，罗竹风先生当选为平度县抗日民主政府第一任县长！

在掌声和鞭炮声中，罗竹风从参议长姜寿迁手里接过那枚用红绸子包着的平度县政府的大印。

台上台下的人们都为民主政权的诞生而长时间地拍着巴掌。

罗竹风高举着那枚大印，激动地向台下的军民们挥动着。突然，他转回身，走近他的老战友乔天华。

乔天华正在起劲地为他鼓着掌。当罗竹风拿着大印向他走来时，他禁不住用手背擦了一下热泪盈眶的双眼。

罗竹风说：天华，我们终于有了自己的大印了！

乔天华伸手摸了摸那枚铜印，欣喜地点了点头。

两年前那个除夕之夜，当他和罗竹风在乔家村东河滩里宣布平掖抗日救国会成立的时候，也许没想到这么快就能建立起自己的根据地，成立起人民的县政府。这一抗日民主政权的诞生，是他们浴血奋战的成果啊！

乔天华紧紧握着罗竹风的手说：伙计，你尽管给平度人民当好这个县长，我来给你保驾！

罗竹风信心十足地说：伙计，有你这句话，我这个县长保证能干好！

乔天华问：你当的可是人民的县长，不是国民党的县长，更不是张松山那样的伪县长，你打算第一件事情干什么？

罗竹风指着台下里三层外三层的百姓说：我打算用这枚大印盖的第一个章是减租减息通告，减轻他们的负担，叫他们的日子过得好一点儿！

乔天华激动地点点头说：好，伙计，我赞成！当县长就得叫人民过上好日子！

三个县长各行其政

可是别忘了，当时的平度还有两个县长呢。一个是国民党县长李德元，一个是伪县长张松山。

这样，平度一个县就同时存在着三个县长。

一县三长，这真是中国历史上少见的现象。自古来，有官逼民反占山为王与朝廷对立的（如梁山好汉），有农民起义大军推翻地方官府另立朝廷的（如朱元璋、李自成、洪秀全）。辛亥革命把封建皇帝推翻了，出现了南北两个政府，一个革命政府在广州，一个北洋政府在北京。但这些都是与皇帝形成对立的双方，没听说还有第三方。大革命时期，共产党在江西苏区成立了苏维埃政权，那也是与国民党政权对立的双方而没有第三方。唯独抗战时期，中国才出现从上到下三个政府的现象。重庆有国民政府，陕北有陕甘宁边区政府，南京有汪精卫的汉奸政府。于是，下边便有了一个县三个县长的局面。

这一县三长，都说自己是平度县的合法政府，都想管辖整个平度。

罗竹风当上平度县抗日民主政府的第一任县长，他要当仁不让地发号施令了。

平度县抗日民主政府一号令

平度县抗日民主政府成立第三天，以大泽山为中心的平度解放区到处张贴着“平度县抗日民主政府关于减租减息的通告”。贫苦农民欢欣鼓舞地奔走相告，到处是围观通告的人们。通告以命令的口气要求所有出租土地的地主以及放高利贷者按照“二五减租”原则减少土地租额和减少高利贷的利息。这个通告被人们称为平度县抗日民主政府一号令。

眼尖心细的人却突然发现，这个由县长罗竹风亲自起草和签署的通告上，盖的大印却与通告的标题不一样，不是“平度县抗日民主政府”，而是“平度县政府”。于是，有人到驻在东大田村的县政府去询问。县政府的一般办事人员也解释不了，问题就反映到县长罗竹风那里。罗竹风听了，哈哈大笑道：人们看得很细啊，这足以说明人民对县政府的关心了。告诉大家，我们用的就是原来国民党平度县政府的大印，是消灭十八旅的时候从国民党县长李德元的秘书曾九如手里缴获的。我们用的虽然是国民党政府的大印，但意义重大，象征着人民把大权从国民党反动派手中夺过来了！当然，我们不会永远使用国民党的大印，将来我们一定会重新刻制一枚新的大印！

随着平度县抗日民主政府“一号令”的颁布，一场轰轰烈烈的减租减息运动在平北大泽山根据地展开了。这是平度县抗日民主政府贯彻中共中央的指示精神，学习华北解放区的经验而推行的新政。早在1939年冬和1940年春，华北各根据地就已经兴起了减租减息的群众运动，晋察冀边区普遍实行了“二五减租，分半减息”。“二五减租”，即不论任何租地、任何租佃形式，均按照抗战前的租额减低25%，也就是二成半。在游击区及敌占点线附近，可少于二五减租，只减二成、一成五或一成。多年欠的地租应予免交。保障佃户的佃权。减租除了规定减低二成半，还规定了上限，最高地租额不得超过土地总产量的37.5%。关于债务，实行“分半减息”，即农民在抗战前所欠的旧债，按年利一分半为计息标准，一本一利地进行清理。利息已经超过原本的，不再偿还利息，债户只偿还原本即可；已经偿还的利息超过本金两倍的，不但不再付息，连本钱也不再偿还。抗战后的借贷息额，应依据当地社会经济关系听任民间自行处理。同时，还广泛开展了回赎抵押地和典地的运动。

自古来，地租和利息都是地主和债权人说了算，地租额多者可以达到土地产出的八成，利息可以一倍两倍，有的还是利滚利、驴打滚。穷人祖祖辈辈受穷的主要原因就是受高地租和高利贷的盘剥，这“两高”能使佃户和债务人愈来愈穷，永世不得翻身。

抗日民主政府搞减租减息，就是给贫苦农民送粮送钱啊！我们没法统计大泽山区的农民究竟能从减租减息得到多少好处，但我们能从“二五”减租这道公式里算出，如果原来一亩地缴100斤租子，减租后只要缴75斤。如果一亩地只能打100斤粮食，按照最多缴37.5%的上限，只需缴37.5斤租子。减租减息使贫苦农民家里剩余的粮食多了，债务减少了。这无疑极大地减轻了农民负担，增加了农民手里的财富，改善了农民的生活。

据说，对于旧社会地主对农民的盘剥，连蒋介石也曾深恶痛绝。蒋介石自小家境贫寒，他亲眼目睹了地主阶级对农民的残酷剥削，对土豪劣绅充满仇恨。第一次国共合作初期，他对共产党领导的打土豪分田地并不反对，就是出于他对地主阶级的仇恨。只不过因为国民党的官僚集团和军队的军官有不少出身地主阶级，构成蒋介石政权的重要基础，他出于维护地主阶级利益的需要，才反对共产党打土豪分田地。这足以从另一个侧面说明地主对农民的剥削是不得人心的。

洪秀全和孙中山都提出过“平均地权”的口号，他们都想采取绝对平均主义的土地分配方式使耕者有其田，其理想是多么美好。可惜，因为政权不稳，长期战乱，他们的理想都没有能够实现。共产党最初提出打土豪分田地的口号，并在苏区得以实施，耕者有其田在红色政权控制的地区首次实现。可惜好景不长，苏区连续遭受国民党五次围剿，红军被迫退出苏区进行长征，地主们又把土地夺了回去。抗战开始，共产党为了建立广泛的抗日民族统一战线，不再采取剥夺地主土地的方法，而是采取比较温和的减租减息政策，在保护农民切身利益、减轻农民负担的同时，也在一定程度上照顾到了地主阶级的利益。

共产党根据抗战的需要及时调整自己的政策，做出减租减息这样的既对农民有利又不必打倒地主的决策，实在是贯彻抗日民族统一战线政策的创举。

减租减息的决策对抗战的意义无比重大。它使农民因为减轻了负担而得以从沉重的地租和高利贷下得到一定的解放，从而得到休养生息。农民最讲实惠，有恩必报。中国的老古语叫作“吃水不忘挖井人”，后来解放区的百姓又加上“翻身不忘毛主席”，这绝不是哪一个诗人强加给农民的溢美之词，这应是从共产党的政策得到了好处的贫苦农民的心声。

皇粮国税，自古有之。不管是什么样的政府，都离不开征粮征税。抗日民主政府当然也要征粮收税。那么，民主政府与国民政府和汉奸政府的征收又有什么不同呢？且看以黎玉为主任委员的山东省战时工作推行委员会（简称“战工会”）1940 年 12 月 31 日发布的《爱国公粮甲等公平负担暂行办法》的规定：缴纳爱国粮以户为单位，以村为实行单位，特别贫穷无力负担的赤贫户蠲免，富农以上要特别捐助，其余按实际情况不同，分为十等负担，最多不超过全部收入的 35%。这个规定，强调的是公平负担。1941 年 10 月 20 日，在征收新一年的公粮时，“战工会”再次发布《山东省公平负担实施办法》，调整了各阶级的利益，使负担进一步趋向合理。规定是这样的，在抗日民主政权比较巩固的区域，实行以县为分配单位，以村为计算单位，按每人每年收入计征公粮，每人收入小麦 200 斤以下者免征，收获 200~400 斤者征 1%~4%。亩产 400 斤以上者，每增加 100 斤增征 1%，直至 20% 为限。1942 年 10 月，省“战工会”又公布《修正山东省乙种公平负担暂行办法草案》，规定以土地多少为计征标准。这样的调整，进一步减轻了雇、贫、佃农的负担，适当增加了多地者的税赋，更增加了抗日民主政府的财政收入。

1941 年开春后，随着日军在敌后扫荡次数的增多，根据地大量的民伕帮助八路军运送军需物资，抢救伤员。这就要耽误农民的生产。平度县抗日民主政府在实行减租减息、公平税赋、减轻农民负担的同时，十分重视组织农业生产。县政府要求干部到村指导生产，重点做好两件事，一件是组织代耕队，帮助抗属、烈属及缺少牲畜的部分贫农代耕代种，保证他们不荒地；二是组织各村打井，抗旱保粮。政府与农民的关系就不仅仅是向农民要粮食，更注重帮助农民生产粮食。这就更使抗日民主政府与国民党的政府和汉奸政府区别了开来。

人民政府办学

前面说了国民党方面的张金铭办学、李德元办学、阎珂卿办学，还有伪县长张松山也办学。看来，凡当官执政，大都重视办学。平度县有了共产党领导的抗日民主政府，当然也要办学。县长罗竹风是北大毕业的知识分子，又当过教师，不用说，他也重视办学。于是，以大泽山为中心的平北解放区就兴起了办学高潮。

原来在大泽山里包括山南边的青杨乡北部的北隋、上甲、高家等 9 个行政村共 35 个自然村，只有国民党政府设置的平度县第六高级小学——盘石观小学，其他都是村办的初级小学。大部分农民的孩子因为贫穷和路远，都上不起高级小学。平度县抗日民主政府把盘石观小学重新命名为平度县第一中心小学，接着以这个学校为基点，在谭家夼、高家、南昌村、高望山、上甲分别增设了第二至第六中心小学。这些中心小学逐渐地都发展为一至六年级的完全小学。大泽山 35 个自然村竟然有六处完小，这是平度教育有史以来的奇迹。大泽山里的孩子，不论穷富都有了上学受教育的机会了。

抗日小学要培养抗日爱国人才，当然不会全盘照搬国民党政府编写的课本。抗日政府发动教师们根据战争的需要自己编写，编写后送县政府，由罗竹风县长亲自审定。罗竹风为抗日小学规划的教材是，以抗日为重点，以识字为基础，兼顾中国优秀的传统历史和文化，对学生进行抗日爱国教育，培养既有文化又有共产主义觉悟的学生。

罗竹风还重视抗日学校的音乐教育。他太了解用寓教于乐的方法向学生和没有文化的群众灌输革命道理的效率了，所以他亲自选定了一大批抗日爱国歌曲，既有《国际歌》《义勇军进行曲》《大刀进行曲》《松花江上》等全国流行的革命歌曲，又有《没有共产党就没有新中国》《东方红》《游击队进行曲》等在抗日根据地传唱的歌曲，还有《保卫大泽山》《防奸小调》《地雷战》《铁西瓜》《两目山战斗小调》等由根据地的教师们自编的反映胶东人民抗日的歌曲。学生和群众唱着歌，学着革命道理，坚定了抗战必胜的信心，又识了字，陶冶了情操，真是一举多得。

罗竹风在审定教师和群众自编的歌曲时，爱好创作的他忍不住也拿起笔来修改和创作歌曲了。等他修改完了，原创歌词已经面目全非，说不上是别人的还是他的作品。比如他看到一首反映大泽山人民与八路军共同战斗的歌词，就把标题改定为“保卫大泽山”，经反复修改，一段斗志昂扬的歌词就形成了：

大泽山，高峰耸入云端，
高举起无数的手，把红旗满山都插遍。
擎起了三八钢枪，握紧了手榴弹，
转战在九连洞、飞来峰，还有那时风涧。
凭靠那耸崖屏障天险，
保卫胶东兵工厂，保卫西海电话班。
麻雀战、游击战、地雷战，
吓得那日寇心惊胆战。
誓把敌人消灭在大泽山！
消灭他！消灭消灭他！彻底消灭他！
保卫大泽山！

还有一首群众自编的反映大泽山地雷战的歌词，经罗竹风精心修改，也成为一首琅琅上口的力作。歌词的标题是“敌人进阵完了蛋”，歌词是：

钓鱼台、盘龙山，所里头、高家连韭园。
北石山、鬼孤山，南台、北台毗大疃。
闪光山、豹子山，山山环绕秦姑庵。
大泽山下撒罗网，敌人进阵完了蛋。

一首歌曲就把大泽山里的地雷阵描绘出来，日本鬼子只要进入这十几个村庄及周围的山川，就进入了雷区，就要挨炸挨打。人们唱着歌就好似在大泽山里大摆地雷阵炸鬼子，越唱越有劲。

这就是抗日小学的教育。它的目的非常明确，毫不隐讳，就是要培养能跟着共产党八路军抗日救国的革命接班人。

平度有了抗日民主政府，在兴办抗日小学的同时，也要办中学了。根据地如果不办中学，孩子们小学毕业之后只能到国民党办的县立中学或者到伪政府办的县立中学去就读。对于急需文化青年的共产党八路军来说，这无疑是为他人作嫁衣。为了培养自己的人才，共产党不能没有自己的中学。于是，胶东西海专署于1941年在掖县朱由村成立了西海中学。1942年，平度县抗日民主政府在大泽山根据地成立了西海中学平度分校。1944年秋，西海中学平度分校扩建为“南海中学”，招生范围扩至平南、莱阳、即墨、胶县。1945年2月，南海中学改称“西南海联中”，继而又改为西海中学。虽然西海中学经常因为日寇扫荡要辗转各地，条件极为艰苦，但即使转移到山沟里，也一直坚持上课，没有停学。1945年9月，八路军攻克平度城以后，西海区将张松山办的“平度县立中学”接受过来，改名为“胶东区平度中学”。1946年2月，八路军的西海中学也搬进了平度城，与胶东区平度中学同住一院。一开始，作为两所学校，分别挂着两块牌子。不久，两校合并，统称西海中学。日伪办的中学彻底变成了八路军的中学。1952年，西海中学搬进了原平度县立中学旧址，山东省教育厅命名为山东省平度第一中学。现在，平度一中的校史上赫然写着：“学校的历史可追溯到1902年的知务中学，初名知务学堂，后改为崇真学院……日伪曾于1941年在原校址基础上开办过日伪中学……1945年9月，平度城解放，抗日民主政府接管了该校，改名为胶东区平度中学，并遂迁至原平度县立中学旧址。”这段文字把美国人、国民党、日伪办的中学都作为平度一中的前身，并没因为是“敌人”办的中学就将其排除在外不予承认。可见，教育资源是人类的共同财富，国民党的张金铭、李德元、阎珂卿，以及伪县长张松山，都对平度教育做出过贡献，后人并没否认他们的功绩。

第四十七章　李德元和他的“平保”

说了八路县长罗竹风，再说说国民党县长李德元。

八路军占领了祝沟，不仅县政府的成员，连李德元的老婆（大婆）和三个闺女都当了俘虏。不过八路军优待俘虏，对俘虏的官兵和政府工作人员进行了一番教育，就把他们释放了。李德元的大婆领着三个闺女回到丈岭村（现属平度云山镇）的娘家。

十八旅虽然被打垮了，可李德元的一团主力却因为没在祝沟而侥幸地保存下来，他可以继续当团长当县长。可是这个县长比过去更加不好当了。他的靠山十八旅被八路军打垮了，他的县政府也被一窝端了，连那颗平度县政府的大印也被八路军缴去了。虽说大部分政府工作人员都偷偷找来，还是称他为“李县长”，可县政府连个办公的地方都没有，他听着人们喊县长，自己也觉得难为情。县城被日军占领，由伪县长张松山主政。祝沟又被八路占领，他也不敢去。李德元只好带着队伍来到野猪庄。两个营一个炮兵连加一个县政府，五六百号人马突然拥入一个仅有百余户的村庄，光是喝水就把村里那口井喝干了，显然不是久留之地。

军费最是个问题。五六百人的吃饭问题，每天都把李德元愁得睡不好觉。多想马上下达个征收文件，尽快收起几万斤粮食，先让队伍填饱肚子。可是一想连县政府的大印都丢了，还怎么下文件？自古来当官的丢了印就不是好兆头，既丢人又晦气。平度县还没听说过哪任县官丢了大印呢。那枚铜印可是国民政府给刻制的啊，紫铜的，早已被摩挲得无比光滑。那大印四四方方，很沉很沉的，“平度县政府印”六个大字以无可争议的权威号令全县。那枚大印从国民革命成功、民国 2 年改平度州为平度县之时由山东省政府刻制颁发到第二任平度县长胡大华手里，继而徐鼎元、章寿彭……直到第 25 任张骧伍、第 26 任刁承襄，大印像接力棒一样传来传去，一直没有丢过。即使第 27 任县长姬春堂，虽然被日本鬼子吓得弃官而逃，也把大印转交给省政府，沈鸿烈才得以把它交给第 28 任县长张金铭，张金铭再传给第 29 任县长李德元。

李德元丢了大印，被共产党的抗日民主政府拿来使用，创造了平度行政史上的一大笑话。

投靠赵保原编为“平保”

李德元也顾不得那许多了，目前他感觉太孤单了。原来有张金铭做靠山，背后更大的靠山是省主席沈鸿烈。现在呢？就像条丧家之犬，没有依靠了。这样下去是不行的，自己的两个营是对付不了日益强大的八路军的。所以，他认为当务之急是赶快找个靠山。时任山东第十三专区专员兼保安司令、暂编第十二师师长、“反八联军”总指挥、兼莱阳县长的赵保原集军政大权于一身，而且近在咫尺，就在平度的东邻莱阳，应该是个不错的靠山。于是，李德元就派人到莱阳找到赵保原，向他表示了投靠的意思。李德元手里尚有两个营，赵保原对李德元的态度就与对张金铭截然相反，立即把李德元部编入十三专区保安序列，任命李德元为平度保安团团长。当时莱阳保安团称“莱保”，平度保安团自然就称“平保”。

李德元归属赵保原并封为保安团长，腰杆子似乎一下子又硬了起来，从此成为赵保原的一员得力干将。他后悔当年捉住乔天华和刘文卿时碍于国共合作，特别是碍于朋友关系没有把他们一枪崩了。结果，乔天华和刘文卿还都作为八路军的骨干参加了攻打十八旅的战斗，各自端掉了十八旅的一个据点。他决心从此要与八路军誓不两立。

丈岭据点

李德元的丈人家是平度最东边的丈岭村，与莱阳县只隔着一条小姑河。丈岭村有 300 多户，1000 多口子人，虽说比不了村大人多的祝沟，但也算较大的村庄了。尤其是村子周围有一圈坚固的土围子，三面是护村的水沟，就像护城河。只有北门外是旱路，直通平（度）莱（阳）公路。土围子有四个门，将门一关，易守难攻。李德元就是依托丈岭据点一直坚持到 1945 年初，期间八路军打了两次都没有打下来，可见该据点之坚固。

李德元是在十八旅被打垮后过了将近半年才决定进驻丈岭的。他的到来，使丈岭村再也难得平静。

是年（2011 年）87 岁的王永宣老人是亲眼目睹李德元怎样进丈岭的。他说：1940 年那年，我 16 岁。腊月初六晚上，该我值夜打更。那时世道乱，俺丈岭村的百姓都要站岗护村。我和李贤志一班，每人背着一杆土枪。到了初七凌晨，我们马上就要交班了，突然就听到围子西门被呼隆一下撞开了，杂乱的马蹄声和人的跑步声紧接着就进了围子。我们吓得连忙往家跑，可刚跑了几步，身后就响起哗啦哗啦的枪栓声，接着有人喊叫：“站住！再跑就开枪了！”我们俩吓得不敢跑了。回身一看，马队和步兵黑压压地拥进了围子。两个国民党兵走近我们俩，用枪指着我们问：“干什么的？”我说：“打更的。”当兵的又问：“你们社长叫什么？”我说社长叫李发岭。当兵的命令我们带他们来到李发岭家门口，把李发岭叫起来。李发岭证明我们俩确实是打更的，是老实孩子，那当兵的才叫我们回家。我往家走的时候，看到大街两旁全是些兵。有五六个当兵的说要做饭，叫我带他们来到我家，点火烙饼。烙完饼，锅还太热，他们就往里倒凉水，只听“咯巴”一声，锅被炸了一道缝子。一看锅碎了，他们这才到别家去了。

直到第二天，丈岭人才知道是李德元的部队来了。说起李德元，大家就不害怕了，毕竟丈岭是李德元的丈人门上。

吃过早饭，全村的青壮年都被召集起来，由当兵的带着分头到村外砍树头，把村子围了起来。村子周围的树很快就都没了头，树头都变成鹿砦，把村子围了一圈。接着就是加高修整围子墙。在围子墙上隔一米挖一个坑，坑的大小正好能蹲开一个人。村民们白天修围子，晚上还要站岗。站岗都蹲在围子墙上的坑里。隔一个村民，一个当兵的，在围子上蹲了一圈。

我和另一些村民被派到围子外边守着鹿砦站岗。腊月天，冷啊，到了半夜再加上肚子饿得咕咕叫，真遭罪。我跟当兵的说要回家吃点东西，当兵的说必须找个保人才允许。俺村有个叫李德尧的，跟李德元同辈，也跟我们一班站岗。李德尧答应当保人，我和李远志才被允许回家吃点东西，说好吃点儿东西马上回来。我回了家，一步跳到炕上，围着被子取暖。这一暖和，瞌睡就上来了，饭都没顾得吃就睡着了。忽听有人叫门，是李德尧在拍着街门叫我。我拿着一个饼子就出了门，边吃便往岗位上走。到了围子外边，被当兵的捣了三枪托子，李德尧连忙求情，才饶过我。李德尧又被当兵的命令去叫李远志。李远志比我还倒霉，当兵的就在他家门口等着，一出门，就挨了枪托子，打得李远志趴在地上直哭。唉，本以为李德元不会折腾俺丈岭人，没想到他这么不给面子。

李德元来到丈岭，只用三天时间就建成了据点。围子墙加高了，外面一圈鹿砦，属双层壁垒。

平度保安团的团部不叫团部，叫司令部，新做的大牌子上写的是“山东省第十三专区平度保安团司令部”。李德元是团长，两个副团长，一个名叫尚积泽，平度城石羊沟人。一个叫张振华。一营营长王鸿章，二营营长李厚基，特务连长杨宝环。团部分设书记室、副官室、军需处、军医室、政训处、军械室、电台室。加上县政府工作人员，统共有千数人。

县政府占了20多间民房，新制作的“平度县政府”的大牌子，比在祝沟时的牌子还大。随之就有原政府人员闻讯到来，县政府各科也都恢复起来。县政府下设民政、财政、建设、教育等科，还有检察院、法院。法院院长吴景福，河北省人。检察长名叫李文斋。另设一个统筹委员会，负责统筹粮饷等，负责人叫王子章。

这样，俺丈岭就成了李德元新的立足之地。

87 岁的李永宣记性真好啊，把 60 多年前的经历讲得头头是道。

李德元当然知道投靠赵保原的后果是什么。赵保原是胶东八路军的死敌，投靠赵保原就等于与八路军为敌，八路军必定要拔掉丈岭据点这颗钉子，打通大泽山通往南海区的通道。赵保原为此专门拨给李德元大量的武器弹药，给他撑腰壮胆，命他死守丈岭。一旦丈岭被八路军占领，往东一步跨过小姑河就是莱阳，直接威胁赵保原的大本营呢。

李德元把丈岭变成了一座军营。丈岭村的青壮年全都被编成队伍，日夜站岗放哨。李德元又从周围村庄不断地招兵抓兵，每次招收一个连。新兵连的任务主要是修整围子墙，加高加厚。新兵连没有枪，每人一把铁锹，半天干活半天操练和学习。训练一段时间，补充进战斗队伍，再招收一个新兵连。

这样不断地扩大队伍，不停地修建围子。围墙又高又厚，据点四个角上各增加了一个炮楼，里面架着机枪。炮连的火炮又增加了好几门，能从围子里打出五六里。李德元站在围子顶上叫嚷：丈岭据点固若金汤，叫八路军来攻吧，这里可不是当年的祝沟，丈岭的围子墙下就是八路的葬身之地！

兵败丈岭

李德元的嚣张气焰，激怒了八路军胶东五旅政委高锦纯，他决定拔除丈岭据点，彻底消灭李德元。因愤怒而用兵，头脑就欠冷静，这是一个军事指挥员的大忌。当他征求五支队特务二营营长乔天华的意见时，乔天华知道丈岭据点易守难攻，建议把李德元引出据点来打，不要强攻。可是高锦纯不听，他不信攻不破丈岭这个土围子，批评乔天华长敌人志气，灭自己威风。1942 年 8 月 12 日夜，八路军五旅十三团攻打丈岭的战斗开始了。八路军动员周边群众献出了方桌、被褥等物资，用水将被褥浸透，蒙到方桌上，战士头顶着方桌，怀抱着炸药包，冒着激烈的火力靠近丈岭围子墙，然后将炸药包贴到围子墙上引爆。没想到围子墙太厚，炸药包威力有限，每次爆炸只能炸出一个小坑。而围子墙上面，李德元的人马居高临下猛烈射击，又不断地往下扔手榴弹，八路军战士即使头顶蒙着被褥的方桌也难免被打死打伤。高锦纯一看久攻不下，真是急了眼，命令组成敢死队，组织五组人马，每组头顶一张方桌，对西门轮番进攻爆破。终于，西门被轰开了一个小口子，十几个战士冲了进去。李德元一看八路军冲了进来，拿出了他的撒手锏：一边抽调几挺机枪封住了被炸开的口子，使八路军不能继续冲进人来；一边命令躲在屋子里待命的新兵连 100 多号人冲了出来，将十几名八路军紧紧围住。新兵连每人手拿一把铮亮的铁锨，向十几名八路军乱拼乱砍。只可惜，八路军寡不敌众，又是短兵相接，十几把刺刀哪里拼得过上百把铁锨？很快，十几名八路军战士死的死伤的伤，大部分倒在围子里面。李德元立即命令士兵在炮火掩护下将围子破口用麻包堵上。就这样，一连九天九夜，丈岭据点久攻不下。十三团伤亡严重，高锦纯只得下令撤围，以失败结束了这场战斗。

如今尚健在的丈岭村老人李永宣当年亲眼目睹了这场血腥的战斗。他叹息着对我说：当年丈岭的围子墙太坚固了，李德元又有猛烈的火力，要接近围墙都难。接近了，手榴弹和炸药包也对付不了它。八路军也真是好样的，硬是炸开了一个口子。可是惨哪，冲进来的十几个人，一个也没跑出去。除了被李德元的新兵连用铁锨砍死的，还有六名做了俘虏。不过李德元优待俘虏，说愿意留下的留下，不愿留下的发给盘缠释放。听说有两个留下的，其余四个都放走了。

乔天华曾经反对强攻，可惜高锦纯没听进去。后来乔天华在回忆录中是这样写的：丈岭一战“白白牺牲了一些同志，浪费了群众无数的方桌、小车、铡刀、被褥……等物资，至今也没法偿还人民。打丈岭也不是不应打，但不应硬攻打据点，应诱出巢，伏击消灭之。我与高司令相处五六年受其指挥，感到他为人很好，惜其战术思想迷糊……”高锦纯后来写的回忆录《抗战初期平度的三次战斗》，只写了“大青杨之战”“消灭十八旅之战”和“下马戈庄战斗”三次取得辉煌胜利的战斗，没有提及丈岭之战。平度这方面的党史资料对那场失败的攻坚战也避而不谈。只有平度市政协编印的《平度文史》第二卷刊登的文章《李德元及其第三区队》中有所提及：“胶东八路军五旅十三团曾于 1942 年 8 月 12 日夜，对李德元的大本营——丈岭据点进行了一次猛烈的围攻袭击，意欲拔掉这颗被李德元自诩的‘平莱铁钉’。由于李德元依附工事督催官兵死守，八路军一时未能攻克。因此，李德元更加嚣张至极。”

丈岭的老百姓是那场战斗的目击者。不是李永宣老人告诉我们，我们永远不会知道那场战斗的惨烈。

李德元的两个老婆

李德元依仗坚固的丈岭据点打退了八路军的进攻，更加得意自己选择的正确。他是犹豫了近半年才决定到丈岭建据点的，主要原因是他丈人家就是丈岭村。此时他已经娶了小婆姜鸿恩，而大婆被八路军释放后也已经回丈岭娘家来住，司令部要安在丈岭，势必造成两个老婆同住一村的尴尬局面，只怕闹出些不痛快。但选来选去也选不着合适的地方，最后只好把牙一咬，还得来丈岭。

击退了八路军的进攻，李德元庆幸这一步走对了。

李德元在村里占了一个一厅两厢的大院， 专门作为他和小婆的公馆。当时姜鸿恩已经生了一个儿子，李德元为她派了两个护兵、一个厨师和一个老妈子保姆（据说是姜鸿恩的姨），专门伺候姜鸿恩和孩子。

大婆带着三个闺女住娘家，也就是李德元的丈人家。丈人家在村东头，李德元给大婆派了一个护兵，这就比小婆待遇低了些。小婆思想开化，打扮时髦，每天都爱上街散步。李德元就要求大婆和丈人尽量少上街，免得与小婆碰面。但丈人要下地干活，不出门不行，李德元也就管不着丈人上街，只能限制大婆。其实他丈人也不爱上街，生怕遇见小婆。可庄户人有的是营生，不能总是不出门。有一次丈人到地里出地瓜，推着小车刚走进丈岭街，看到街上的人一边跑着一边说“快看李德元的新太太”。丈人抬头看去，只见有个面目清秀、身穿旗袍的年轻女人在街上慢慢散步，前后各有一个护兵保护，后边是一个老妈子，抱着一个还不会走路的小男孩。能生儿子是小婆姜鸿恩的骄傲，同时也是大婆的耻辱。大婆一连生了三个闺女，就是生不出儿子，所以就没有理由不让李德元娶小老婆。看看人家小婆，一下子就给李德元生了儿子，据说肚子里又怀上了呢。姜鸿恩出门散步，是丈岭街上的一道风景。对于没见过大世面的庄户人来说，漂亮的女人当然格外吸引眼球。大家都扔了手里的活，围观司令太太。

丈人不敢近前，只能低着头推着一车子地瓜匆匆来到街东头的家门口。刚要喊护兵帮忙卸车子，忽见闺女侧着身子避在门楼下往西瞅，眼里含着委屈的泪花。丈人叹着气劝闺女回屋里去，闺女却把牙一咬说：回屋回屋，她能上街显摆，我为什么就只能躲在家里？我还是原配，是老大呢！

大婆上来脾气也挺难说服，她不但要上街，还等不得那个护兵帮爹把地瓜慢慢卸下，就将小车扳倒，地瓜滚了一地。紧接着，她叫护兵在车子上放了一床被子，就坐到小车上，命令那护兵用车子推着她到大街上走一趟。她是小脚，比不了小婆的两只天足。她爹怎么劝也不行，只好跟护兵说，快去快回。

大婆坐着小推车，咯吱咯吱从丈岭大街东头径直往西走。街上的人们正在瞧着小婆“踏街”，忽见大婆坐着小推车走来，霎时把目光转向大婆。大婆洋洋得意起来，命护兵推着她跑开了八字，就像正月十五跑秧歌一样，庄户人又叫“扭麻花”。丈岭街上响起一阵欢呼声。那姜鸿恩毕竟是教过学的先生，知道大婆的表演是长时间窝在家里憋出来的毛病，也不跟她计较，命随从人员赶快回公馆。这一来，大婆越发来了劲头，命护兵把车子推到公馆门口跑开了八字。李公馆门口一时被围得里三层外三层，叫好声一浪高过一浪。谁想正逢李德元从司令部下班回来，卫兵喝散了众人，李德元上去就给了那推车的护兵一个耳光，打得那护兵连忙推着车子要走开。大婆却不叫走，说自己脚小，要到村外看看光景。李德元在众人面前不好跟大婆发火，只对几个卫兵挥挥手，卫兵们连哄带劝几个人把大婆按在小推车上匆匆回他丈人家去了。

后来的事情，如今全丈岭80多岁的老人都还记得。李德元来到丈人家，关上门来要打大婆。大婆吓得跑出屋子，踏着小推车爬上院墙往邻居家翻。就在她翻过墙去，两只手还趴在墙头上时，李德元摆脱了丈人的撕扯，对着墙头“啪啪”就是两枪。大婆一屁股跌坐到邻居院子里，一只手的小指中了枪，淌着血。后经人们说和，李德元不再追究大婆伤风败俗的行为，命士兵将她和三个闺女强行押送到辛庄家里，叫父亲严加看管。

从对待家庭婚姻的态度来比较平度的两个县长罗竹风和李德元，就显出人品的高低来了。平度抗日民主政府的县长罗竹风，其妻张秀珩毕业于北师大，也在八路军队伍里做文化宣传工作，两个人还经常联名发表文章。他们夫妻和睦，志同道合，忠贞不贰，堪称楷模。

国民党县长李德元娶了两个老婆，这就违背了国民党禁止一夫多妻的规矩。两个老婆就两个老婆吧，却又不能一碗水端平，引起大婆的嫉妒，从而演出了一场“小推车推媳妇”的“秧歌剧”，令乡亲们大饱眼福，至今当笑话说个没完。

李德元什么时候开始抢老百姓

如果说国民党部队一开始就抢掠老百姓的财物，就被老百姓称作“刮民党”，那是不符合实际的。想想抗战初期，国民党十八旅与八路军五支队友好合作那一阵子，李德元的队伍也唱《三大纪律八项注意》歌，也有“不拿群众一针一线”的军规，谁违反了群众纪律就要受到严厉的处分。他的一名副连长，就是因为在行军路上敲诈群众财物被十八旅政治部处决的。可此一时彼一时。那时李德元的枪口对的是日本人而不是八路军，还能受到群众的欢迎和支持。

如今呢？李德元既要打日本，更要打八路，对手由一个变成了两个，本身就树敌过多。

1942 年 8 月，李德元坚守丈岭与八路军为敌，并且击退了八路军的进攻，受到省主席兼保安司令牟中珩和十三专区专员赵保原的嘉奖。1943 年 11 月，牟中珩电令平度保安团扩编为山东省保安第十六旅，李德元升任少将旅长。旅下设两个团和一个特务营。原来的两个营长王鸿章和李厚基升任平保一团和平保二团团长。李德元当上了旅长，队伍扩编，旅司令部机关也膨胀起来。既然升任旅长，李德元也就模仿当年张金铭的十八旅，设立了八大处，分别是参谋处、军需处、副官处、军械处、军法处、军医处、交际处和政治部。政治处下设教育科、宣传科、总务科、政工队，还有一个京剧团。

而李德元的保安第十六旅人数又不断增多，加上庞大的县政府机构，统共有 3000 多人要吃饭穿衣。可李德元名为县长，政令却根本不能在全县通行，这科那科检察院法院仅能管到三十几个村庄，所属队伍和县政府的经费、粮饷，只能在极小的地盘内征收。僧多粥少，饿肚子成为李德元的一大难题。

一开始还有赵保原拨给一点儿军饷，可由于与八路军为敌，赵保原的日子也越来越难过。泥菩萨过河，自身都难保，赵保原哪里有多余的财物给李德元？不向你李德元要就不错了。

李德元是在家门口当官，但凡有办法，他是不会向他的乡亲们动手的。兔子还不吃窝边草呢。李德元为此费尽心思，终于想到了开银行。

连平西阎珂卿管辖的五区都靠印发流通券解决了财政上的部分困难，我李德元当县长就不能开银行？

于是，李德元在丈岭建立了银行，印刷“平度县地方流通券”。阎珂卿的流通券名为“平度五区流通券”，只在五区流通。李德元是县长，印发“平度县地方流通券”名正言顺。这样，平度地方就有了五种货币，一是国民政府的法币，二是八路军的北海币，三是伪钞，四是李德元的县政府的“平度县地方流通券”，第五是阎珂卿的“平度五区流通券”。国民党的法币是法定货币，不用说具有最强的流通性。伪钞在日伪控制区使用，也能流通半个平度。北海币虽说只能在八路军的根据地使用，但当时的根据地已经扩大到平度、招远、掖县、蓬莱、和黄县广大地区，方圆近 20000 平方华里，也成为流通性很强的货币。阎珂卿的流通券虽然只能在平度五区流通，可五区的村庄有 200 多个，人口有十几万左右。而李德元的“平度地方流通券”，名义上有权流通全县，实际上只能在丈岭周围四五里之内的二十几个村庄的集市上使用。即使丈岭周围的百姓也不愿意用，口袋里的流通券经常花不出去。李德元就命令部下到农村大集上去稽查，发现有使用法币的立即没收，强行给人家兑换成流通券。发现用八路军的北海币的马上抓起来。这一来，百姓不敢不用流通券了，可这粗制滥造的“平度地方流通券”就像擦腚纸一样不值钱。买一只鸡，起码得用一大把“流通券”。而卖出一头牛，收到的“流通券”能装满一粪筐。

李德元绞尽脑汁想通过开银行赚钱，却只能是赔本赚吆喝。

因财政困难，李德元决定军队一天只准吃一顿干饭，早晚都是稀饭。各连的伙房主要吃地瓜干，苞米饼子算细粮，只有过年过节才能吃上一顿白面。

李德元就是从 1943 年当旅长之前开始抢夺百姓的。

由于地盘太小，加到百姓身上的捐税就多了起来，丈岭一带的群众缴纳不起，就要抗拒苛捐杂税。李德元就不得不经常出动部队到百姓家强征硬要，征不到粮食就拉驴、抓人、抢东西。群众愤恨不已，就叫他们“刮民党”“拉驴队”。

这就是国民党被称为“刮民党”的来历。

柳行据点

李德元派人四下抢粮拉驴，大多是当天回不到丈岭，要在外面过一夜。八路军和共产党的武工队当然不能不管。经常是，白天抢的粮拉的驴，还没来得及送回丈岭据点，晚上又被八路军夺了回去。丈岭据点的 3000 多号人常常是干瞪着眼盼着，盼来盼去连一粒粮食也盼不来。这样下去，即使不被八路军打死，也得饿死。

李德元终于想出了办法，到柳行去建据点，扩大自己的防区。

柳行在丈岭以西 10 里，在这里安了据点，就等于将防区扩大了一倍，抢了粮拉了驴可以在这里暂时存放，不至于被八路军夺了去。1943 年农历三月十五，李德元派一营长（不久以后的一团长）王鸿章率部监工，捉了几千民夫驱赶到柳行村，动工修建柳行据点。前后花了一个月时间，据点建成了。据点周围是坚厚的围子墙，围子墙上明碉暗堡加岗楼，围墙外挖了一圈宽宽的壕沟，壕沟外是一圈鹿砦，最外面还有一圈树桩拉着铁棘子。除了这四道障碍外，又在村北 700 米处的高地上修起一座炮楼，并有战壕通向村内据点。

据点建好后，李德元派李厚吉的二营（后来的二团）前来驻防。那时柳行村的房子大都被队伍占用，百姓们只好外出投亲靠友。可人走了地带不走，还得回来种地收庄稼，这就要遭殃了。就说家里的大圈吧，房子被当兵的占用，拉屎撒尿，必须户主来挖。不挖嫌臭，挖了粪便放在院墙外也臭，户主动不动就要挨打受骂。老农齐君庆就是因为挖粪的事被打得好长时间爬不起来。李厚吉的兵还很会诈钱，诬赖好人。有一次，他们把一件旧大褂卖给了村民齐明宗，第二天就说丢了大褂，到齐明宗家搜出来，押着他游街，边走边打，直到齐明宗被打得承认偷盗，赔了几十元钱才将他放了。1943 年冬，李厚吉规定的苛捐杂税太多，农民根本交不起。村民齐明山和齐明环因连一分钱也拿不出，被捉到保公所吊到梁上狠打一顿，又剥光衣服推到院子里挨冻。两个人被抬回家时已经冻僵，几乎丧命。齐学贡的娘是个寡妇，拉着三个不成人的儿女艰难度日。因为交不上苛捐杂税，唯一的一头驴也被保公所牵去做抵押。保长今天来说这个捐"算去一个驴头"，明天来说那个捐"折去两条驴腿"，最后把一头驴全部折顶了捐税还不够。教书先生齐冠庆的儿媳被据点大兵奸污，儿子被气死，孙子夭折，自己也得了"心火痨"，吐血而亡，转眼间家破人亡！

李厚吉的主要任务是为李德元四处抢粮。他抢粮抢疯了，抢不着粮食就捉人，捉不着人就拉驴。柳行据点成了一座大监狱，经常关押着被捉来的无辜百姓。1944 年麦收后，李厚吉在一次外出抢粮时捉回了十几岁的姐弟两个讨饭儿童，硬把他们当成"八路探子"关进押房，不给吃喝，每天毒打。男孩被打瘫痪，伤口化脓生满蛆虫，女孩也奄奄一息。姐弟俩还没咽气，竟然被双双活埋了。

"手榴弹，一根弦，好打李德元"

李德元这县长当的，不为百姓谋福利，反而糟蹋起他的百姓来了。

就这样，国民党的敌人就不但是日本人和八路军了，又加上老百姓了。唐太宗有言：民可载舟，亦可覆舟。把广大百姓当作敌人，那不是天下最大的敌人吗？历朝历代的封建统治者，最终有几个不是败在老百姓手里的？

而就在北边不远的大泽山区，八路县长罗竹风却一门心思为老百姓办好事：采取减租减息的政策减轻农民的负担；组织代耕队，帮助抗属、烈属及缺少牲畜的部分贫农代耕代种；组织各村打井抗旱，增产增收。共产党八路军也要靠老百姓养活，罗竹风也要以县政府的名义向农民征收税赋军粮，但首先是帮助农民多打粮。

共产党就是这样取得民心的。于是，不需像李德元那样抓兵，就有了兵源。不需像李德元那样抢粮，就有了军粮。不需像李德元那样捉伕，就有了大量的民伕帮助运送军需物资，抢救伤员。无数的伤员都是在老百姓家治疗康复的。有人评价说，共产党靠的是“养”，日伪、顽靠的是“抢”。一“养”一“抢”，道出了政府性质的不同、与群众关系的不同。

因此，罗竹风这个平度县第一任抗日民主政府的县长，走到哪里都受到人们的拥护和爱戴。而国民党县长李德元却在被百姓唾骂。平度百姓编了一句顺口溜：“手榴弹，一根弦，好打李德元。”

第四十八章 “囚笼”里的大泽山

打垮了十八旅，扫除了威胁大泽山的一股敌对力量，胶东共产党就有了自己稳定的大泽山根据地。随着日军频繁地对胶东各根据地实行“扫荡”“清剿”，中共胶东区党政军机关纷纷迁入大泽山腹地。中共胶东区委、西海地委、西海军分区司令部、西海区兵工厂、医院、粮库、金库、抗大胶东支校、胶东区党校……几乎全都在大泽山里面驻扎。根据地的百姓向着共产党八路军，掩护党的干部，八路军伤员住在百姓家也是无比地安全。大泽山上又到处是山洞，一旦鬼子要进山“扫荡”，老百姓与党政机关和伤员全都上了山，躲进山洞里。在深旷的大山里，鬼子的飞机大炮用不上了。而担任保卫任务的为数不多的八路军和大泽山民兵却大有用武之地。他们随便找一块石头就是最好的掩体，躲在石头后面瞄准敌人，打一枪换一个地方，消灭鬼子的有生力量，这便是“麻雀战”。鬼子哪里经得起这样的折腾？几乎每次进山都要遭到游击队的袭击，只能抬着伤兵和尸体狼狈撤退。八路军主力部队一般不集中在一个地方，不跟鬼子打阵地战消耗战，只在山外跟鬼子绕来绕去，瞅空给鬼子一下子，打完了就跑，这就叫游击战。

根据地成了日本人的眼中钉、肉中刺，为此，他们制定了“蚕食”和“囚笼”政策，要把根据地困死。随着八路军党政机关进驻大泽山，大泽山根据地也就陷入了日军的“囚笼”之中。

“囚笼”是这样形成的

1938 年 9 月，日军二次占领平度城，立即将平度城作为大泽山南边的第一个据点，切断了大泽山与青岛之间的重要通道，同时发挥着指挥整个平度日伪军的核心作用。1939 年 10 月，日军重新占领掖县城，与平度城形成了对大泽山南北夹击的两个中心据点。接着，日军以平度城和掖县城为中心，开始营造包围大泽山的据点。在平度，先后建立了平度城、北台、店子、门村、唐田、花埠、高望山、崮山后、旧店、马场、大田等 11 个据点。在掖县，分别建立了掖城、夏邱堡、马驿、七十里堡、小庙后等五个据点。在招远和莱西则建立了日庄和南墅两个据点。这样，到 1942 年，就有近 20 个日伪军据点紧紧地围住了大泽山，每隔十几里就有一个。再加上周边主要公路全部掌控在日军手中，碉堡成群、公路成网，像“囚笼”一样紧紧地把大泽山区包围在其中。而在平度全县各地，则有 54 个据点分别为日伪军把守。

日军在平度的分布大致是：在平度城原县立中学院内驻有日军一个中队（60 余人）。日军在乡下各据点的分布是：大泽山西侧，扼青沙路咽喉的华埠高地据点，先是驻有日军板野一个分队（24 人），后为一个小队（8 人）。马场据点驻有日军一个小队（8 人），小队长茨田；崮山后据点驻有日军一个小队（8 人），小队长白野。旧店西岭高地据点，先驻有日军桂板一个分队（24 人），后为一个小队（8 人）。新河北镇，先驻有日军黑田一个分队（24 人），后为一个小队（8 人）。古岘据点，一直驻有日军一个分队（24 人），先后换了汁田、白野、阿卜、吾桐等四个分队长。兰底据点驻有日军一个小队（8 人）。地处平度南大门、具有胶东至青岛大沽河桥头堡作用的重镇南村，驻有日军一个分队（24 人），后为一个小队，先后更换过阿卜、其伦、渡边三个队长。地处高平公路要冲的亭口据点，驻有日军一个小队（8 人），队长黑田，绰号小头队长。就是说，整个日军侵华期间，常驻平度的日本鬼最多时也就是 200 余人。特别是 1941 年太平洋战争爆发后，日军调兵南下，兵力匮乏，有的据点只有五六名日本鬼子，有的据点全部调光了，主要靠伪军维持其侵略秩序。

那么，平度的伪军又有多少呢？在平度城，驻有伪治安军王铁相的司令部和一个团，伪县长张松山的警备队；还有 3000 多名伪军分驻在全县的 50 多个据点内。其中，县城正北 10 里的北台据点，驻有伪军一个中队，中队长孙训亭；城西 10 里的门村据点，驻有伪军一个营和伪镇公所，营长石星源，伪镇长贾文汉；城西北 15 里店子据点，驻有伪军一个营和区公所，区长孙合庭；城东 60 里古岘据点，驻有伪军一个连和一个区队，区长丁立亭；城东北山区马场据点和崮山后据点，各驻有伪治安军一个中队，区长王潘恩。东北山区的大田据点，驻有伪皇协军一个团，副团长名叫赵哲；旧店西岭据点驻有伪治安军一个营，营长徐学仁。旧店据点驻有伪皇协军一个小队和伪三区区公所。王埠后据点驻有伪治安军一个中队。高望山据点驻有伪皇协军一个团，团长许国栋。东岳石驻有伪四区区公所，区长孙合庭。西北边，新河南镇驻有伪保安团，团长就是刘经川。麻兰据点驻有伪军一个连，张戈庄据点驻有伪宪兵队一个中队。柳行据点驻有伪皇协军一个团，团长李厚基。丈岭、石楼院驻有伪皇协军 108 团，团长李德元。白埠据点驻有伪平度保安第三旅，旅长崔洪范。兰底据点驻有伪自卫军警备二团，团长冷冠荣。大万家据点驻有冷冠荣团的一个营，营长崔永伦。亭口伪军一个中队，队长王太宗。蓼兰伪保安旅一个营，营长侯学礼，后为詹文贤。大吴庄据点驻有伪保安旅一个排，排长夏修道。当然，以上有关的“国军”变为伪军，如刘经川、冷关荣、李厚基等，特别是李德元也被列为伪军，那已经是 1945 年的事了。至于他们怎样变成伪军，后面还要说。

这下就明白了，除了驻平度的 200 多鬼子，还有众多的伪军汉奸帮忙呢。更不要说青岛驻有日军三万多名，烟台也有上万日军，这些大部队经常对胶东各县进行扫荡，所到之处实行残酷的“三光”政策，也为住在乡下的日伪军撑腰壮胆。

大泽山人轻易不敢在街上跑

大泽山被日伪军建立的“囚笼”牢牢地包围着，日军不断地组织“扫荡”、“清剿”，大泽山里的形势越来越紧张了。

已经退休的平度市博物馆副馆长高瑞吾的家就是大泽山高家村。高家村是八路军西海军分区司令部的驻地。他说，那时候大泽山的人都有个习惯，没有特别急的事情不会在街上乱跑，即使跑也会踮着脚尖，不敢用脚后跟跑出声来。因为只要屋里的人一听到外面有人“咕咚咕咚”跑，就会顺口说出“坏了坏了，鬼子来了”，也不由自主地拿起东西就跑。

大泽山周围近 20 个据点，每隔几天，相邻几个据点的日伪军就要纠集起来突袭到大泽山里面。大泽山人没有别的去处，只能上山躲避敌人。每次上山，都要扶老携幼，赶着牲口，拖着猪羊，提着鸡鸭，不然就会被敌人抢去。大泽山人家的牲口，鞍子一般都拴在驴背上，驮东西的架子都不会拆，就放在牲口棚边。一听鬼子来了，很快把东西往绑在架子的筐里一塞，把架子抬到牲口背上，拉着牲口就跑，几分钟就出了家门。连驴骡都历练得知道慌乱如何跑了，上山连牵都不用牵，紧跟在主人后边，保证走不丢。高瑞吾说，西海军分区司令部进了大泽山一般驻在高家，所以高家是日本鬼子“扫荡”的重点，高家的百姓往山上跑的次数特别多。年轻人还好，最受苦的是老年人，尤其是有的老太太年纪大了，又是小脚，自己跑不动，就得年轻人搀着背着。还有快生孩子的孕妇，上山也是一大累赘。有的人家就想了个办法，干脆住在山洞里不回家了。高仁成的祖母双目失明，在山洞里住了7年，直到1945年日本鬼子投降才回了家。高家村还有个孩子小名叫“洞”，就因为是他娘怀着他跑慌乱时在山洞里生出他来的。

那时候，高家、所里头、韭园等村庄大都住着八路军的伤员，有民兵专门抬着往山上跑。民兵们都有经验，往山上抬伤员不能用担架，只能用筐子抬。山路不平，山坡陡峭，用担架抬伤员容易把伤员翻下来。而用筐子就保险多了，不会把伤员翻到地上。

做根据地人就意味着牺牲

日本人对根据地做起了“囚笼”，接着就是“蚕食”和“清剿”。蚕食，就像蚕吃桑叶一样，以据点为基地，一口口啃吃根据地的边沿，一步步向根据地逼近。“清剿”，就是进入根据地进行“扫荡”。“扫荡”的规模不同，有经常性的小“扫荡”，也有重点组织的大“扫荡”。

1940年秋天，日寇连续两次对大泽山根据地进行大“扫荡”。

那一天，大泽山高家村民兵队长高禄云和乡亲们正在山坡上抢收苞米，忽然看到山下的村子冒起了滚滚浓烟，紧接着听到鸡叫声，狗咬声，还夹杂着孩子的哭声。民兵班长高元清匆匆跑来向高禄云报告说：坏了！鬼子进村了！正在抢东西烧房子！高禄云一听，连忙抓起地头上的步枪，高元清拿着两颗手榴弹，招呼着十几个正在干活的民兵，一边打着枪，一边向村子里冲去。只可惜，等民兵们冲进村子的时候，鬼子已经撤走了。眼前的惨状目不忍睹：大片的房子已被烧毁，有的房子上的草刚烧完，房梁正在燃烧着。村东头躺着一个老大娘，她的肚子被鬼子的刺刀捅破，人已经死了。后来得知，老大娘是在跟一个鬼子争夺一只老母鸡时被刺死的。那一场灾难，总共120多户的高家村，有180多间房子被烧毁，13人惨遭日本鬼子杀害。鸡鸭牲畜和粮食几乎全被抢光。

10月4日，日军获得密报，中共胶东区党委、行署机关、胶东党校和抗大三支校刚转移到大泽山里的所里头村不久。所里头位于高家村南边三里，因为它是大泽山里最东头又是最南边的一个小山村，就像处在勺子头上一样，人们又叫它“勺子头”。所里头就坐落在南山坡上，再往南没有人家，容易控制和转移。可是由于奸细出卖，正在寻找共产党机关的日军如同饿狼发现了猎物，立即组织了一次疯狂的围剿。日军独立混成第五旅团第十八大队长大岛恒一郎，纠合驻掖县、平度和莱阳各据点的日伪军1000余人，突然冲进大泽山里，把所里头团团围住。如果胶东机关被一网打尽，对胶东抗战将是一场毁灭性的打击。也是天不灭共，敌人进了所里头时，胶东区机关干部却像蒸发了一样，走得一个不剩。八路军的通讯排往西南山上冲锋，以声东击西的策略使敌人误以为胶东区机关要从西南突围。大岛恒一郎调集重兵向西南方向包围过去，在西南山上与通讯排进行了一场激烈的战斗。而胶东区的机关干部们却在一个老羊倌的引领下，沿着一条弯弯曲曲的羊肠小道从东南方向神不知鬼不觉地摸出了包围圈，连夜翻越大泽山，安全地转移到招远县灵山一带去了。通讯排长郭永刚和班长胡文奎在牵制敌人时牺牲了。大岛扑了空，恼羞成怒，疯狂地拿大泽山的百姓出气。日伪军在所里头烧毁房子200多间，到高家村烧了50多间，在山东头村烧了10多间，在山北边的杨家、满家烧了30多间。这次日军扫荡，大泽山区有50多名百姓惨遭杀害，被抢掠的财物难以计算。

大岛没有捕捉到共产党胶东区的核心机关，并不死心。他估摸着胶东区机关可能在大泽山东麓，便于10月17日指挥平度和夏邱堡据点的日伪军300多名，合击大田村，又扑了空。大岛仍不死心，又兵分两路向东北边的旧店进犯。此时，刚由山纵五支队整编为五旅的八路军早派一个营埋伏在山路上，打了一场漂亮的阻击战。大岛损失了20余人，才懊恼地停止了这次进剿。胶东党政机关除牺牲了通讯排长和班长，再无损失。

可是，根据地的老百姓掩护党政机关免遭敌人破坏，每次都要付出沉重的代价。日军最恨根据地的人民，把根据地的人民视同共产党八路军，所以要进行烧光、杀光、抢光的“三光”政策。他们所到之处，烧杀抢掠，奸淫妇女，无恶不作，滔天罪行罄竹难书。

第四十九章　民心所向

从大泽山被共产党确定为根据地那天起，这里的百姓命运就自然地与共产党八路军捆在了一起。而从20世纪20年代后期毛泽东为中国革命确立了农村包围城市的策略那天起，先是红军，继而是八路军、新四军，都把建立农村根据地作为自己最重要的战略措施。因此，根据地的农民便成为共产党依靠的最主要力量。共产党解放了根据地的农民，抗战前发动农民打土豪分田地，使贫穷的农民成为土地的主人；抗战时期虽然停止了剥夺地主土地但是大力开展减租减息，减轻了农民负担，增加了农民的财富，也同样取得了民心。因此就有《东方红》歌曲的产生，歌颂毛泽东"他为人民谋幸福，他是人民大救星"，歌颂"共产党像太阳，照到哪里那里亮"。我们毋庸置疑这首歌曲是当年翻身农民发自心底的颂歌。道理很简单，世上没有无缘无故的爱，也没有无缘无故的恨。就像大地主大资产阶级拥护蒋介石国民党一样，因为他们也把蒋介石看作是保护神。只不过，光脚的不怕穿鞋的。贫穷农民"吃水不忘打井人，翻身不忘毛主席"，跟定共产党闹革命，抛头颅洒热血在所不惜。而大地主大资产阶级家产累累，私心严重，一事当前，首先要保命保财产，不可能像穷人那样跟着一个政党去拼命。

家在大泽山，当年曾在大泽山根据地从事抗战教育的老教师谭振增向笔者提供的两个真实的故事，充分体现出大泽山根据地的人民为保护共产党八路军而无私无畏、勇于牺牲的感人精神。

鲜血染红的40万斤军粮

谭家夼村南和村东是雕窝山、长岭、十字尖等山峰，山山相连绵延十几里，翻过山去就是大泽山腹地的所里头、高家等村庄。谭家夼村有400多口人，是大泽山人口最多的村庄之一。东山坡上有许多大山洞，是储藏粮食的天然粮库。胶东军区经常在这儿储藏大量的军粮。全村划为18个间，每当军粮运进村子，先由村干部安排劳力把部分粮食运到东山的和尚沟、井弯子等大山洞里，派民兵看守，这是集体保管的部分。剩下的就分到各间，由间长分到有保存能力的农户。每户几百斤乃至上千斤不等，但都必须上秤过磅，记录清楚。到需要收粮外运时，必须分毫不少。有人问如果少了怎么办？答案是从未少过。怎么会少呢？不管哪一户，都是自己先过秤，一看少了，早就暗地里用自己的粮食补上了，谁也不想赚个短缺军粮的名声，都以保存好八路军的军粮为最大的光荣。所以这个村保管的军粮从来就没少过。

1941 年秋，平北县抗日民主政府陆续将从各区、村征收来的小麦、玉米共计 40 万斤军粮运到谭家夼。这批珍贵的军粮，八路军一直没舍得动，一直在这里保存着。转过年来到了 1942 年，抗日战争到了最艰苦的时刻。敌我双方都缺粮食，日伪军把搜罗粮食作为“扫荡”“清剿”的重要目的，所到之处，砸门入户，寻找粮食，抢夺牲畜，劫掠一空。

1942 年 7 月 12 日黎明前， 300 多日伪军在日军田边少尉的率领下，突然包围了谭家夼，在村南边的南埠顶、村西的琵琶石及各个村口都架设了机枪，一个人也别想跑出去。

此时谭家夼的村民们多数都还在睡梦中。

天刚蒙蒙亮，日伪军就像疯狗一般冲进村子，开始挨家挨户翻找粮食。由于这个村的村民善于藏粮，平时家中只留很少的粮食，所以日伪军找到的粮食不多。有的村民又趁着敌人入户抢粮的时机沿着村东的沟和地沿逃到了东山上。敌人又气又恼，将捉到的 300 多村民押到村中央的大场院里。田边少尉站在高处，叽里呱啦地嚎叫着，他的翻译官、掖县人翟茂千说：“太君说，谁要是把村干部说出来，谁家给八路军存着粮食，谁家有当八路的告诉皇军，皇军大大的有赏！”可是，全场人没有一个吭声的。田边火了，抽出指挥刀挥舞着大声吼道：“粮食藏在哪里？不说统统死了死了的！”可是仍然没人吱声。田边跳下高台，走到人群最前面的七间闾长宋廷彬面前，一把将他拽了出来，叫道：“你的说，粮食藏在哪里？”宋廷彬的回答是“不知道”。田边挥手“啪啪”给了宋廷彬两个耳光，命令几个日本兵把宋廷彬绑起来，逼他带路去寻找粮食。一个日本兵用绳子牵着宋廷彬，另外两个就拿着木棍，走一步打一棍，打一棍问一声“说不说”。田边逼迫其他群众在后边跟着，看着宋廷彬挨打。当走了 200 多米来到村东的河东沿时，咬住牙什么也不说的宋廷彬被打得昏死在河沿上了。田边命令把宋廷彬扔进河边的一口井里，朝井里打了两枪。宋廷彬为保护八路军的军粮献出了自己的性命。

田边见杀一儆百也无济于事，又命令把群众押回大场院，威胁说：“大家都看到了吧？再不说出粮食在那里，统统地死了死了的！”

还是没人说话。田边嚎叫一声，把四闾长刘书田拖了出来，要他说出粮食在那里。刘书田干脆地说“不知道，你把我也杀了吧”！田边从一个日本兵手里夺过木棍，朝着刘书田的头上、脸上、身上乱打起来。刘书田被打倒在地，头上脸上鲜血直流，胳膊和腿都被打断了。田边满以为他会说出点什么来，蹲在他身边问：“你说不说？说出来就留你一条命，不说，刚才那个就是你的榜样！”刘书田回答的还是那句话：“不知道！”田边一挥手，两个日军扑上来，以刺刀向刘书田猛刺。刘书田的喉部到肚子被豁开一条大口子，连肠子都淌了出来。日伪军杀死了四闾长刘书田，又杀死了同样拒不回答粮食藏在哪里的五闾长谭国章。

田边见杀了三个人也没人供出粮食，便又命令伪军满村乱翻起来。在村东头的河沿边，藏在草垛里的村民谭德绍被翻了出来。敌人以为他是村干部，逼着他说出粮食藏在哪里，可他也是一口一个“不知道”。伪军把他押到村西南角，见日本兵带着狼狗过来了，就说这个家伙是个死硬的村干部。日本兵放开狼狗，狠狠地喊着“咬死他”。狼狗扑在谭德绍身上乱咬一气。谭德绍趴在地上，两手捧着脑袋，咬住牙关，嘴唇都咬出血来了。日军便命令几个伪军上去用刺刀在他身上乱捅。可怜谭德绍的鲜血染红了身边的柴草，肠子淌了一地，死得好不凄惨！

还有两个伪军闯进村西北角的谭同善家，一边翻箱倒柜拉抽屉，见什么好拿拿什么，一边吆喝着找干部，要粮食。59岁的谭同善讥讽地说：“什么村干部、粮食，抽屉里能藏那个？”两个伪军立刻逼向谭同善，一齐用刺刀向他捅去，活活将他捅死了。

被捉到大场院的还有62岁的副村长宋廷佐。田边把他从人群里揪出来，和气地说：“老人家，你的说，八路的在哪里？粮食的在哪里？”宋廷佐的回答与那几个死去的村民一样，也是“不知道”。田边立即凶相毕露，骂道：“土八路的，心大大地坏，铡了他！”几个伪军立刻抬出一口铡刀，七手八脚地把宋竹庭扳倒，强行将他的头按到铡刀下面。田边又问：“我再问你，粮食的，藏在哪里？”宋竹庭说道：“不知道就是不知道，再问也是不知道，杀了我也是不知道！”田边大怒，挥起手就要命令开铡。多亏田边的翻译官翟茂千是八路军的敌工人员，一边说声“慢”，一边对田边说：“太君，这只是个普通的老百姓，看样子这里真的没有八路军的粮食，杀了他也没什么用处，不要引起百姓太大的反感，放了比杀了他要好。”田边只好作罢。翟茂千一句话，保住了宋竹庭的一条命。

田边见全村百姓没有一个提供粮食的线索，就发疯一般命令日伪军分头驱赶着人们到处去翻找。就在这时，村民刘学忠说他能找到粮食。田边大喜，命他带路寻找。刘学忠带着一群日伪军绕着村子转了好长时间，最后转到村西南角谭国寿家的屋后，指着一块大石头说：粮食就在这下面藏着。伪军费了好大力气掀开大石头，发现根本就没有什么粮食，才知道上了他的当，就挥起木棍在他的头上狠敲。刘学忠被打得昏了过去。敌人以为他被打死了，边转向别的地方找粮食去了。刘学忠命不该死，慢慢又苏醒过来，爬到谭增玉的园子屋里才保住了性命。

村里还有个名叫“痴发”的痴呆人，日军问他粮食藏在哪里，痴发只知道傻笑，被日军在肚子上捅了七刀，肠子都淌了出来。幸亏乡亲们抢救及时，痴发才免于一死。村民谭秀杰患有严重的哮喘病，敌人问他粮食藏在哪里，他只说了“不知”两个字，就被敌人放出的狼狗扑倒在地，浑身上下被撕咬得血迹斑斑。

村长、共产党员谭善国身中敌人六刀，咬着牙说不知道哪里有粮食。全村群众没有一个人供出他是党员和村干部。

这次惨案，谭家夼村有 5 名干部群众被杀害，30 多名被刺刀捅伤、棍棒打伤或被狼狗咬伤，还有 40 多间房屋被烧毁。但是，敌人没有从任何一个人嘴里得到有关谁是党员干部、粮食藏在哪里的一点点线索。八路军的 40 万斤粮食颗粒无损！

根据地的人民对共产党八路军的忠诚，感天动地！

我们今天唱着“解放区的天是明朗的天”，以为革命根据地的人民过的是平安幸福的生活。其实不然。敢做一个根据地人，就意味着随时都可能为共产党八路军做出牺牲啊！

一块银圆

1940 年 10 月的一天夜里，一队人马悄悄开进大泽山腹地的韭园村，来到周清令门前。周清令是村支部书记兼农救会长，妻子王秋香是村妇救会长。周清令开门一看，领头的竟然是西海银行的刘建平行长。随行人员七手八脚地从骡马上把麻袋和箱子抬进屋里，一共是两盒金条、四盒银圆，还有满满四麻袋北海币。刘行长严肃地说：“周清令同志，组织上确定你家为西海银行的金库。我把这些金钱交给你们两口子，你们可一定要保管好啊！这些钱，可是西海区共产党八路军的命根子，比我们任何人的命都重要啊！”周清令点点头说：“刘行长，你放心，就是丢了命，我也不会给八路军丢失一分钱的！”

接下来就是如何藏好这些金钱了。两口子一商量，金条和银圆不怕湿，占地方少，就用油纸包起来沉进屋后菜园子的水井里。北海币是纸的，长时间在麻袋里容易潮湿，就分别装进几口大罐小缸里，将口封好扎紧，趁夜深人静时藏到果园屋边那口地瓜井子里。每有需要，八路军押运队便凭刘行长一纸亲笔信，从这里取走需要的金银和北海币。当然，也经常有金钱送来保管，有时还有从土豪劣绅家里没收的珠宝和金银首饰。直到 1942 年，两年来几十次收收付付，账钱相符，无一差错。

时间一久，山北边夏邱堡据点的日军就察觉到一些蛛丝马迹，经过分析，断定八路军的金库可能就在韭园一带。

1942 年 11 月 16 日深夜，夏邱堡据点的日伪军约 100 多人突然包围了韭园村。全村百姓都被堵在村子里。日伪军挨家搜索，除了想找到八路军的金库，当然也不放过粮食和牲畜，连搜带抢，闹得鸡飞狗跳。几个伪军在村民周树林家翻出了一个马鞍子，非逼着周树林承认是给八路军保存的不可。周树林不承认，敌人便把他吊到门框上，用棍棒一阵毒打，又逼他说出八路军的金钱藏在哪里。周树林说不知道（他确实不知道），竟被打得半死。

几个日伪军闯进周清令家，一阵翻箱倒柜，没翻出值钱的东西，就砸了饭桌和小板凳在天井里点了烤火。周清令给了王秋香一个眼色，叫她假意应酬接待那几个伪军，自己偷偷地来到后院，装作为敌人拿苞米秸子烤火，顺便把几捆苞米秸一丢，盖住了水井口，然后抱起一捆苞米秸来到前边天井里，扔给烤火的日伪军。王秋香就装作很殷勤的样子给日伪军倒水喝。一个日本鬼子突然盯着王秋香问道："你的，八路娘们！"王秋香沉着地说："我就是一个庄户老婆，哪里是什么八路娘们啊？"那鬼子啪地给了王秋香一个耳光，一把揪开了她的发髻。那时女八路和共产党的女干部大部分留短发，只要看到短发女人，日本鬼子必然要作为八路捉走。幸亏王秋香是长发，鬼子不再怀疑才放过了她。

那天夜里，日本鬼子在韭园村一直折腾到半宿。韭园村的民兵趁鬼子入户抢掠之机偷偷转移到村外，在东山上放了一阵枪。黑暗中日伪军心里发虚，不得不慌忙撤走。周清令为八路军保管的金钱无一损失。

两年多的时间里，八路军多次到周清令家取走北海币和其他金银首饰，却一直未动那些金条和银圆。等到 1943 年 4 月，西海银行刘建平行长带人来取走全部金银和货币时，由于时间太久，水井里一个装银圆的木盒子腐烂裂缝，拿上来一数，少了三块银圆。周清令两口子连忙用辘轳把井水提干，下到井里翻找，又从淤泥中找到了两块，剩下一块却怎么找也找不到了。刘行长说："别找了，老周，找不到就算了吧。"

虽然刘行长对那块银圆的丢失没有任何怀疑，但周清令王秋香夫妇的心里却总是放不下这块心事。两口子难过地说，组织上把这么贵重的金银财宝交给咱们保管，对咱们是多么信任，咱们却没有把任务完成好，给上级丢了一块银圆，以后再怎么叫组织相信咱们呢？要是传了出去，咱们在这大泽山还怎么做人？给组织上保存丢了一块银圆，这就是党员夫妇做的事？两口子想来想去，觉得不行，不找到那块银圆，就永远觉得愧对组织，没脸见人！那块银圆肯定就在井底下，井底那么小，不信我就找不到！

于是，周清令几乎天天要王秋香在上面挽着辘轳提水，自己在井底翻找那块银圆。可是，一连找了三天，还是没找到。周清令把牙一咬，决定拆井，就是把水井翻个个儿也要找到那块银圆。拆井可就不是两口子所能干得了的活儿了，必须再找一个人帮忙。周清令想到了岳父，就打发王秋香回到南边山半腰的娘家所里头村叫岳父来帮忙。岳父王志文已经70岁了，听说要拆井找银圆，二话没说就跟着闺女来了，三个人偷偷地在后院子里拆井。有人问起，就说是“淘井”。邻舍百家听说周清令家“淘井”，都要来帮忙。这可不敢，西海银行的金库必须保密，所以大家的好意都被周清令谢绝了。翁婿二人从井口开始拆石头，拆一层找一层，找不到就再拆一层。一层一层往下拆，直到三米多深的水井拆到底，终于在最后一层石头的缝隙里找到了那块银圆！周清令在井底用水冲洗着那块银圆，心里直喊，银圆啊，可叫你把我折腾死了，眼泪也禁不住流了下来。第二天，周清令步行30多里来到掖县沙河镇，亲手将那块银圆交给刘建平行长。刘行长听了这块银圆的寻找经过，大受感动，紧紧握着周清令的手，竟然说不出别的话来，只能连声说着：“好同志！好同志！”一边说着，这个老革命的眼里充满了感激的泪花。直到1945年抗战胜利，周清令和王秋香为西海银行保存的金银和北海币先后有50多批次，今日送来了，明天或后天又取走了，最终是分文不少，上级称赞这对夫妻是八路军的“铁管家”。苏继光时任西海地委书记，是周清令家的常客，并且与妻子王静兰结婚也是在周清令家的西间炕上结的。1980年8月8日，已经担任国家民政部副部长的苏继光携夫人王静兰重回大泽山，并专程看望老房东周清令夫妇。他当着陪同干部的面伸出大拇指，称赞周清令夫妇为八路军保管成千上万的金银财宝分毫无损、分文不占的无私精神。

2009年春，80多岁的谭振增老人带我走进大泽山，一路上讲着这动人的故事，来到韭园村。周清令、王秋香夫妇早已作古，他们的女儿周典英带我走进当年的老宅，三间低矮的草房还在，后院中那口水井竟然也在！井水清澈见底，映照着根据地人民对共产党八路军的一片衷心。我禁不住感叹，有这样赤胆忠心的群众，共产党八路军怎么能没有战斗力呢？

不过，随着日军对大泽山根据地的密集的扫荡、清剿，大泽山根据地的人民付出的代价太多了。因为他们处在日伪军的“囚笼”包围之中，随时都可能遭到日军的抢掠和屠杀。而八路军的主力部队又不敢集中到大泽山里面，日本人巴不得胶东八路军都汇集在山坳里以便给他们的飞机大炮做靶子呢。所以，保卫根据地的责任就主要地落在大泽山的民兵和群众肩上。

可是，怎么来保卫大泽山呢?

第五十章　大泽山地雷战的初起

民兵联防和地雷爆炸技术训练班

高家、韭园、所里头、南台、北台五个村紧密相连，处于大泽山最深处，是胶东党政机关最常驻的村庄。兵工厂、金库、粮库也在这几个村里或附近的山上，因而成为敌人的眼中钉，肉中刺，最易受到敌人的袭击。为了发动群众加强防守，在西海军分区的指导下，5 个村于 1940 年冬天组成民兵联防，由高家村民兵队长高禄云为指挥，韭园村民兵队长周维绪为副指挥。所谓五村联防，就是各村都在村子周围设立岗哨，不管是谁，只要获得鬼子进山的消息，马上在山上点火冒烟或引爆手榴弹向周围村庄报警。收到信号，联防指挥部立即做出部署：一部分民兵迅速在各要道上配合八路军警卫部队狙击敌人，一部分民兵配合部队掩护党政机关和群众向山上转移。敌人接近了，民兵们便与敌人打起“麻雀战”。他们分散在山坡上，以石头做掩护，这儿一枪，那儿一枪，打一枪换一个地方，敌人只觉得就像有“麻雀”飞来飞去，却难以捕捉。

民兵联防，信息共享，统一指挥，一村有难，八方支援，有效地掩护了党政机关，保护了群众，减少了损失。 后来整个胶东成立了数不清的民兵联防组织，电影《地雷战》上也提到了民兵联防。

可是，这还只能算是被动躲避，“麻雀战”的杀伤力也有限，并不能阻止敌人在根据地长驱直入的脚步。群众可以牵着牲口带着粮食往山上跑，房子和家具却带不走，只能任敌人糟蹋。而且，每次总会有跑得慢的老弱病人被敌人捉住，受到残酷折磨甚至被枪杀。每次都有一些家禽家畜和财物被敌人抢去。

要想让根据地人民少流血少损失，关键是不能让日伪军轻易就进了根据地。不仅要发动民兵站岗放哨，提前获得敌人进攻的情报，组织群众向山上转移，还要在敌人进剿的路上施加些障碍，想办法杀伤鬼子才行。

地雷就是不错的选择。八路军和民兵缺少重武器，尤其缺乏迫击炮和大炮，手中的汉阳造步枪又远远不能与日本三八大盖子枪相比，而一颗地雷就是一颗预埋在敌人进军之路上的炮弹，既可以大量杀伤敌人，又能减少与敌人直接对垒遭受的牺牲。造地雷又比造大炮和枪支简单，用土石修起小炼铁炉，用山上的木头做燃料，用风箱"咕哒咕哒"吹着风，小铁炉就把铁化了，就能铸成地雷壳了。一硝二黄三木炭，按一定比例兑起来就是炸药。把炸药装进地雷壳里，按上引信，一颗地雷就做成了。

1941 年春天，西海军分区武委会副主任王赢洲、武装干事张千和、会计孙关英三人奉命来到大泽山的韭园村。他们带来了几颗地雷，要高禄云和周维绪组织附近的高家、南台、北台、所里头各联防村以及大疃、尹家等村的民兵，到韭园村来举办地雷爆炸技术训练班。大家一听，都争着来参加。但一次不能太多，只能培训 20 多人。

训练班一上来就是实物演练。大家先是围在王赢周副主任住的院子里，亲眼看着他把一颗地雷慢慢拆开，从里面抽出引信，倒出黑黑的炸药，一下子就明白了地雷的构造。紧接着，王赢周又把炸药装进地雷壳，按上引信，密封好了，一颗地雷就制成了。大泽山人早就会用炸药打石头，造地雷不就像往石头炮眼里放炸药、按炮捻子一个道理吗？大家一学就会了。

展示了地雷构造，学会了地雷制造，便要埋设地雷了。王赢周带领大家来到村外的山路上，他自己亲自在路上挖了一个坑，把地雷轻轻放进去，用土埋好，又在上面放上一些砂土草木之类做了伪装。埋好了地雷，王赢周又把引信栓到一条细细的麻绳上，用脚踩着绳子，叫一个民兵慢慢地、轻轻地放着绳子，一直走到 30 米开外的大石头后边。然后他蹲下去，用小铲子挖了一条窄窄的小沟，把引信和拉绳埋进去，又在上面用树叶扫了扫，叫任何人看不出挖过的痕迹。王赢周介绍说："等敌人接近了地雷，我们在隐蔽处把绳子一拉，引信打火，地雷就爆炸了，这种地雷叫作拉雷。"大家明白了，用地雷打鬼子不同于放炮打石头。放炮打石头不是用绳子拉引信，而是用手直接点燃药捻，点上后再跑离现场躲起来。可打鬼子不能这样，这样就会被鬼子发现，不但打不着鬼子，点药捻的人也很难逃出敌人的枪口。这就必须藏在远一点的地方用绳子拉引信。讲完了这一切，王赢周派两个民兵到 50 米开外处站岗，严防有人误入雷区。然后带领大家来大石头后边隐蔽好，叫民兵队长周维绪当拉雷手。王赢周一声“拉”，周维绪双手将那绳子猛地一拽。只听“轰”的一声，那边的地雷爆炸了。霎时间，铁片呼啸着从头顶上飞过，沙土石头在浓烟中飞起飘落。等到灰飞烟灭，大家看到，地雷爆炸处，炸开了一个粪筐大小的坑。大家欢呼雀跃起来，齐赞地雷是打鬼子的好武器。

接着，王赢周又教大家学踏雷。拉雷，等敌人走近地雷再拉弦，可以准确地杀伤敌人。可是，拉雷离不开绳子，人扯着绳子，不可能离地雷太远，最多三四十米，仍然处于敌人的火力射程之内。绳子又易被敌人发现，拉雷的人就更危险。所以，拉雷只能在特定的情况下使用，最安全的还是踏雷。踏雷，就是敌人一踏上去地雷就爆炸，不需拴一条绳子。把踏雷埋到路上，人在远处等着敌人往上踏就行了。

大家很快学会了踏雷，又学绊雷。踏雷的局限是必须敌人踏上去才会爆炸，而稍微踏偏了地雷就不会响。绊雷是用细线把引信拴到地雷周围几米之内的小树或石块上，只要敌人经过细线，一般就会被绊住脚，这一绊，就把地雷拉响了。这就扩大了地雷引爆的半径，增加了地雷爆炸的概率，就好像让敌人自己用脚拉地雷炸自己。

地雷第一次开花在蛤蟆湾

高家河从南边所里头流下来，经过高家村西流到村北，然后掉头向西，流经韭园村西南，在拐弯处形成了一个水湾，里面经常是蛤蟆哇哇乱叫，人们就叫它蛤蟆湾。蛤蟆湾边的路口叫叉道口，一条岔路通向高家，一条岔路通往韭园。西海军分区司令员陈华堂驻高家，西海行署主任常溪萍住韭园村党支部书记周清令家。周清令家里还秘藏着北海银行的许多金银财宝和北海币。八路军兵工厂就在高家村东山的梧桐涧。所以，这两个村最受鬼子注意，几乎每次扫荡都是冲着这两个村来的。

大泽山民兵第一次使用地雷是1941年夏天。侦察员送来小庙后和夏邱堡据点的日伪军要进大泽山偷袭的情报。在西海军分区司令部组织机关和群众上山之后，高家和韭园的民兵便在蛤蟆湾边的叉道口上埋设了三颗地雷，躲到附近的山上隐蔽起来，静等敌人到来。

鬼子和伪军来了。但他们行动诡秘，好像偏离了蛤蟆湾，要从南边十几米处向高家行进。这时，民兵们便按照提前预订的“诱敌上钩”的方案，故意向敌人打枪，并暴露在山冈上让敌人看见。日军一看到有人竟然敢向他们开枪，呼喊着“土八路，捉活的”，气势汹汹地向蛤蟆湾边的小路扑来。这正中了民兵们的下怀。日军完全按照民兵们的意图，踏上了那三颗地雷。随着三声轰响，八个鬼子被炸死炸伤。其余的日伪军就像炸了窝的马蜂，惊叫着撤了回去。

这是大泽山民兵首次用地雷战打败鬼子取得胜利，对整个胶东的抗战意义深远。地雷使根据地有了“铁门栓”，不能说保证打败鬼子，但起码能杀伤鬼子，延缓鬼子前进的步伐，给我军赢得时间和消灭鬼子的机会。

这一来，大泽山民兵开展地雷战的积极性高涨起来。在第一批骨干的带动下，更多的民兵学会了埋设地雷。不仅学会了拉雷、踏雷和绊雷，还发明了不易被敌人发现的头发丝雷。第一颗头发丝雷是韭园村民兵队长周维绪用他妹妹周维香的头发做成的。电影《地雷战》里用一个女民兵的长发做成头发丝雷，其原型应该是来源于大泽山。除了头发丝雷，他们还发明了夹子雷（道理借鉴于老鼠夹子）、子母雷（两颗雷上下相连）、钉子雷、连环雷、飞行雷等等，多达 30 余种。如果再把埋设地雷的地点算上，如鸡窝子雷（专门对付爱捉鸡的鬼子）、门雷（一推门就爆炸）、锅灶雷（一掀锅盖就炸）、抽屉雷、橱柜雷（对付那些爱翻箱倒柜的鬼子），水雷等等，那就难以统计了。那可真是大泽山人尽情发挥聪明才智的机会啊。就连大姑娘小媳妇也能发明布雷方法。她们用巧手绣在门帘上的莲花牡丹格外吸引鬼子的眼球，而门帘有暗线与地雷相连，鬼子用刺刀一挑门帘，地雷立刻爆炸。这叫“掀帘雷”。

将敌人引入地雷阵，地雷开花炸敌人，民兵们再趁机开枪消灭敌人的有生力量。敌人逃跑，各村民兵便用麻雀战的方式随时随处打击敌人。这就不是单纯的被动防御了，防御中有进攻，敌疲我打，敌退我进，逐步取得了战斗的主动权。

地雷为大泽山根据地设下了一道颇具杀伤力的屏障。日伪军再要进山，首先得考虑如何对付地雷。所以，胆小怕死的伪军就为自己编了顺口溜：“进了大泽山，把命交给天”，自己的命自己说了不算，不一定哪一脚踩上地雷就会一命呜呼。

保卫西海司令部

1942 年 8 月初，西海分区司令部在司令陈华堂的率领下再次进驻高家村。谁知刚进村不久，日军就得到了消息，掖县、夏邱堡、花埠三个据点 300 多名日伪军于 8 月 9 日偷袭高家，企图把西海司令部一窝端了。可是，他们没想到从韭园的北石山口、北台、南台一直到高家村北，步步都遭到地雷的轰炸，再加军分区警卫连和民兵到处开展“麻雀战”向鬼子打冷枪，鬼子们简直是寸步难行。这次袭击，敌人死伤100余名，狼狈而归，西海司令部安然无恙，群众也毫发无伤。

两天后，不服输的日伪军又组织掖县、夏邱堡、高望山、小庙后据点500多人，从旋口、尹家、大疃三个村的山口进入大泽山，扑向高家西海司令部驻地和设在梧桐涧的八路军兵工厂。那时担任保卫任务的是西海独立营二营六连，再加上高家民兵联防的配合，演出了一场更加精彩的地雷战。民兵们大摆地雷阵，踏雷、绊雷、头发丝雷、夹子雷、子母雷无所不用，高招迭出。由于准备充分，战术巧妙，日伪军在频频爆炸的地雷阵中寸步难行。敌人一支队伍奔逃到大疃村西边的五岭埠，大疃村民兵在队长张洪元带领下，先是打了敌人一个伏击战，将敌人打了回去。紧接着，趁着敌人喘息和组织再次进攻的间隙，张洪元率领民兵在敌人进攻的必经之路迅速埋设了许多地雷，还在路边的小河里埋设了水雷，在河沿上埋设了子母雷。地雷阵摆好了，民兵们便让开道路，在附近开着枪把敌人往地雷阵里赶。敌人很听话地窜进地雷阵，随着一阵轰响，一名鬼子和一个伪军被炸死了。敌人乱作一团，就地打转转。当他们看清楚袭击他们的只是几个民兵时，便大胆地组织了一场疯狂的反扑。就在这时，民兵徐洪昌不小心踩上了秦姑庵村民兵埋设的地雷，右腿被炸伤了。敌人喊着“捉活的”向山坡上的徐洪昌扑来。一个鬼子军官骑着一匹大洋马，挥舞着指挥刀朝着躺在山坡上的徐洪昌冲来，徐洪昌眼看就要被敌人捉住了。这时，在徐洪昌不远处的民兵周书忠怀里正有颗20多斤重的大地雷，他叫徐洪昌趴着别动，自己这里不慌不忙地把地雷弦缠在步枪上。看到那大洋马正往斜坡上爬来，周书忠将地雷往下一推，地雷轱辘着向那匹大洋马滚去。眼看地雷接近大洋马了，周书忠握紧步枪用力一拽，拉响了地雷。随着地雷“轰”的一声爆炸。鬼子军官和他的大洋马顿时血肉横飞，那军官的帽子都飞上了天。这时，二连的战士们闻讯赶来，一阵火力猛扫，敌人丢下20多具尸体狼狈逃窜了。这次保卫战，共计歼灭日伪军200多名。

8月15日，不认输的日军又纠集掖县、夏邱堡、马驿、小庙后和华埠五个据点的600多名日伪军，第三次袭击西海司令部。这次日伪军失败得更惨。八路军西海司令部机关和群众都提前上了山。民兵们除了在村外各处埋设了地雷，还不惜盆盆罐罐，在屋子内外布下了鸡窝子雷、门雷、掀帘雷、锅灶雷等五花八门的地雷。日伪军进了高家村，权当进入一个火药桶，所到之处，爆炸不断，到处传来喊爹叫妈的哭声。这里就很有点电影《地雷战》里的光景了。日伪军又被炸死炸伤200多名，老百姓却一个都没看到。日军气急败坏，把气一股脑撒向百姓的房子。一时间，大泽山区到处烈燃腾腾，烟雾滚滚。

高家、所里头、韭园三个村共计500多户人家，有400多户的房子被烧成灰烬。

日军连续三次袭击西海司令部，都败于大泽山民兵的地雷阵之中。虽然群众的房子被日寇焚烧，但能够避免人员伤亡，尤其是能有效地打击鬼子进攻，杀伤敌人有生力量，这就使根据地反“扫荡”由被动挨打变成了主动反击。

“扫荡”过后，西海区掖县、招远等各县纷纷解囊相助，帮助大泽山群众重修房屋。这样，大泽山的房子就变得五花八门，五颜六色。所里头村青妇小队长王书莲晚年回忆说：俺所里头的房子被日本鬼子烧毁后，掖县那边的群众送来了木料。俺家的房子盖了起来，进屋一看，房梁上雕龙画凤的，就像进了庙宇似的。原来是掖县人民为了不给日军提供修据点的木料，发起了拆庙运动。拆下的木料用于帮助根据地人民重建家园，也算废物利用。

许多人家原来有四五间房子，被烧后，因为材料短缺只能盖三间或两间了。但大泽山人不怨不悔，重建的家园里照样接待和掩护八路军机关，照样倒出炕来让八路军的伤病员住。

日本侵略者的烧杀掳掠，不但没吓到根据地人民，反而把人民群众与共产党八路军更加紧密地捆绑在一起了。

第五十一章　大泽山的石头是这样变成地雷的

造子弹、造手榴弹、造地雷都离不开钢铁，刚铁就成为战争时期重要的战略物资。日本人构造“囚笼”，就是要对根据地进行封锁，严禁布匹、棉纱、药品、钢铁等物资进入根据地。而大泽山根据地的兵工厂负担着向胶东抗日军民提供子弹、手榴弹和地雷的任务，随着敌人的封锁，铜和铁越来越紧张，能够提供的武器越来越少了。为了造子弹，群众连柜橱箱桌上的铜件都贡献出来了，铜钱更不舍得花，大泽山梧桐涧兵工厂里就集中了一麻袋一麻袋的铜钱用来铸造子弹壳。造地雷和手榴弹都要用铁，而地雷用的铁又比造别的武器多得多，一颗地雷少说要用五六斤八九斤铁，可以造十几颗手榴弹呢。部署地雷阵一次往往需要几十上百颗地雷。由于缺铁， 根据地需要的地雷就越来越供不应求了。

大泽山的石雷就是在这个关键时刻应运而生。

大泽山的男人几乎人人会打石头，都会在石头上打炮眼炸石头，也会在石头上打眼，按上钻子，将石头解成石条、石板，这是他们必须具备的吃饭手艺。

当然，万事有个开头的，究竟谁是大泽山石雷的发明者呢？

第一个造石雷的却不是第一个用石雷炸死鬼子的人

走进大泽山，会听到一些老人说，第一个造出石雷的是高家村的民兵高方河。但第一个用石雷炸死鬼子的却是韭园村的民兵队长周维绪。

高方河不但是一个好石匠，而且善于动脑子。大泽山里果园多，园主大都会用地枪防止野兽和小偷进园糟蹋果子，高方河就是一个摆弄地枪的好手。他看到绊雷与下在果园边的地枪一个道理，只要人的脚不小心被地枪的拉线绊住，一准会被打着脚脖子，于是就想到用石头制造地雷。他跟民兵队长高禄云一说，高禄云大喜，催他赶快做一个。高方河只用一晚上的时间，就做出了一个十多斤重的石雷。石雷刚做好，还没来得及试验一下，鬼子就又要进山“扫荡”来了。高禄云连忙带领民兵上了村东南边的山上，准备打鬼子一个伏击战。高方河的任务是把这第一颗石雷准确地滚进敌阵，然后拉响它。这叫滚雷。眼看鬼子从东边的钓鱼台方向沿着山路走来。当敌人走到南山下边时，高禄云一声“给我打”！民兵们一齐向鬼子开了火。看到鬼子大部分来到山下，高禄云命令高方河：“放地雷！”紧抱石雷的高方河用力一推，石雷顺着山坡直朝山下的鬼子群滚去。而他的两只手急速地放着绳子，就像牵着一只往山下急速奔跑的兔子。那绳子是早就丈量好了的，长度正好能够到下面山路的中心。鬼子们眼看从山上滚下来个白花花的东西，不知道是什么先进武器，连忙滚的滚，爬的爬，躲避着那个怪物。可哪里躲得及？那石雷急速地滚进了敌群中，还砸着了一个鬼子的脚后跟，吓得那鬼子哇哇叫。高方河感觉到手里的绳子一紧，立即猛力往后一拉！民兵们都睁大眼睛看着那石雷，等着它“咣”的一声把鬼子炸个人仰马翻。可是，他们听到的只是一声清脆的响声，就像过年炸响了一个大爆竹。不但没见鬼子随声倒下，只见有几个鬼子还大胆地走近那石雷，哈哈大笑起来。石雷没炸着鬼子，鬼子却来了劲，喊着“捉土八路”向山上冲来。高禄云只好带着民兵们向山南边撤退了。

事后，大家找到那石雷一看，都禁不住笑了起来。原来石雷炸是炸了，可就像石匠解石头一样，只是一炸两半，根本没有杀伤力。

这就奇怪了，用炸药炸石头时，只要打一个直直的炮眼，放进两三管炸药，就能在一块大石头上炸出一个大坑，炸开无数的石块，更有许多石子四下乱飞。为什么现在却连一个小小的石雷都不能炸得石块纷飞呢？琢磨来琢磨去，终于弄明白了。造石雷与打石头不一样。打石头时，炮眼是打在巨大的石头上，只要放进炸药，把口紧紧地封住，炸药爆炸的涨力必然把石头炸得粉碎。而石雷只是一块西瓜大小的石头，不像巨石有那么大的“抱力”，不需多大的爆炸力即可将雷壳炸开，很难把石雷炸成飞石。这就必须加大药量，增加爆炸力。而要增加石雷的药量，就必须把石雷的肚子做大，使石雷像铁雷一样口小肚大，能装进更多的炸药。

高方河改进石雷制作技术的方案有了：将钻子的直头改成弯头，就可以把石雷的肚子越挖越大了！高禄云一听，高兴得一拍脑瓜，命令大家赶快改进钻子，尽快制造出大肚子石雷来！

受到高方河第一颗石雷失败的启发，韭园村的周维绪也想到了将直头钻子改成弯头，并且带领韭园民兵很快造出了一批肚大口小的石雷。

很快，大泽山民兵都琢磨透了改进钻子打石雷的道理，纷纷制作弯头钻子，用弯头钻子打石雷，并且进行了实验。真厉害啊，肚大口小的石雷一爆炸，石块四溅，就像几十发子弹四下乱飞，十几米之内的树叶都能被削下来。这可是大泽山区的一大发明，这一发明使大泽山的石头变成了大肚子石雷，这可是一项制造石雷的关键技术呢。

石雷的第一个发明人高方河多么盼望鬼子再来进攻，他要大摆石雷阵，让鬼子尝尝大泽山石头的厉害。

可是，敌人太不给高方河面子，他们把机遇送给了韭园村的周维绪。

日军进剿大泽山一般不从东边进山，多是从北边夏邱堡、小庙后据点或者从西边高望山、华埠据点过来。高家村在大泽山腹地最东边，是最晚接触敌人的一个村庄。而韭园村在高家西北边，村北的北石山口是夏邱堡据点的日军进剿大泽山最近的山路之一。一次日伪军进剿，就是从北边过来，踩响了韭园村周维绪埋设的一颗石雷，炸死了三个鬼子，四个伪军。

所以，发明石雷的是高家的高方河，第一个用石雷炸死鬼子的是韭园的周维绪。要说第一，两个人都应排第一。

当然，石雷的发明是大泽山民兵集体智慧的结晶，高方河不会去申请石雷发明者的专利，周维绪也不会争抢石雷打鬼子的头功。

第一次石雷开花炸死日伪军，极大地振奋了大泽山人，他们都投入大造石雷的运动中，要造出成千上万的石雷，以节省出宝贵的铁雷支援整个胶东。大泽山里几乎家家都有人打石雷。不仅男人打石雷，青年妇女也学会了打石雷。一时间，大泽山男女老少都在打石雷，整个山区的人们好像都成了乐队的演奏员，在共同演奏一曲清脆悦耳、铿锵有力的打击乐。

西海军分区的领导决定：不能让群众白干，打一颗石雷给一斤麦子的报酬！这一来，群众打石雷的积极性更加高涨起来。

“不见鬼子不挂弦”的来历

“不见鬼子不挂弦”，是电影《地雷战》中一句脍炙人口的顺口溜。它因为形象生动、琅琅上口而博得了全中国人民的喜欢。可是，今天的人们未必知道，这句口号是大泽山人付出鲜血和生命的沉重代价后总结出的宝贵经验。

那时候，大泽山村村都有石雷，村村都摆地雷阵。地雷一多，各村搞各村的，这就来了问题。

大泽山高家村的高玉胜老大爷生于1933年，抗战期间他正好是十几岁的年龄。他从七八岁起就当儿童团，站岗放哨，也跟着大人学着打石雷，埋地雷。不过，说起当年的地雷战，他说得并不怎么精彩，反而说：“地雷不长眼，不光打鬼子，也打自己人”。原来，他四叔就是被石雷炸死的。那时，高玉胜家的房子在村子北边，紧靠村外的田地和道路，到处埋着石雷。那一年冬天，他四叔到他家来串门，说一会儿四婶也要来。四婶出去走娘家了，回来时要经过村北的小路。四婶是家庭妇女，不知道哪里有地雷，高玉胜就趴在后门缝往外看着，好及时提醒四婶别踩了地雷。老远看见四婶走来，他就吆喝，四婶，别直着往这走，从韭园那边转！可是四婶没听见，还是径直往这边走。这就危险大了！只听四叔说了一声“我去领她”，一下子就从矮矮的院墙上跳了出去，一边跑一边挥着手叫四婶站住。四婶经提醒倒是没踩上地雷，可四叔踩上了。他跑得太急，竟然忘了躲避地雷，只跑出二三十步就踩响了一颗地雷。虽经大家尽力抢救，可四叔还是死了。

韭园村是整个胶东地雷战的培训基地，这个村的民兵造地雷和下地雷的积极性特别高涨。不过，由于一开始没有经验，连周维绪这个第一个用石雷炸死鬼子的民兵队长，竟然也踩上了自己人埋的地雷。一天清晨，周维绪早早起来，背起大枪就到村后的北石山口去巡逻。他知道哪里有地雷哪里没有地雷，轻巧地在山路上走着，跳着，很快就上到山半坡。谁想，就在他躲避过一段地雷阵，迈上他熟悉的一段安全区的时候，就偏偏踩响了一颗石雷。“轰”的一声，周维绪倒下了。幸亏只是炸伤了脚，没有生命危险。经查对，原来是民兵张炳春埋的地雷。张炳春那时只有16岁，很想用自己亲手埋设的地雷炸死几个鬼子。他由于太心急，也没顾得向民兵队长周维绪汇报，就和张化州一起到北石山口去下了一个地雷。他们生怕鬼子看出来，还在地雷上面撒了一些小石头和羊屎豆作伪装。正是因为他们伪装得太好了，竟然连周维绪也没能看出来。为此，张炳春和张化州被民兵们开了斗争会。每次鬼子“扫荡”，张炳春和张化州还必须抬着周维绪往山上跑，确保周维绪的安全，以此将功补过。这个故事，是2009年我进大泽山采访时，年已80岁的周维香（周维绪的妹妹，当年的女民兵）亲口告诉我的。

附近村庄也发生了几起石雷炸了自己人的事情。尹家的民兵徐洪昌踩响了秦姑庵村的地雷。高家村的地雷炸着了一个讨饭的。谭家夼的地雷把一个到村里来贩苹果的小贩给炸伤了脚。

被自己的地雷炸着的不光是老百姓和民兵，还有八路军。高家村下的地雷就炸着了八路军的一个连长，吓得五六个民兵用门板抬着连长往卫生所跑，幸亏跑得快，那连长才保住了性命。

不行，得把石雷的秩序好好整顿一下了。

于是，高禄云和周维绪召开民兵联防指挥部会议，制定地雷埋设规则，命各村民兵严格遵守。为了让大家好说好记，还编成了“地雷歌”：

雷区要分清，别人莫通行；
埋雷作标志，不炸再起出；
记住地雷挂钩点，排除地雷没危险；
胆要大，心要细，谁埋地雷谁排除；
先卧倒，低姿势，严防失误伤自己；
先挂钩，后排除，起雷一定要记住；
起雷人要少，严禁围着看热闹。

这首顺口溜把埋雷、挂弦、战斗过后及时排雷等各个环节都规定了详细的责任制。尤其强调“先挂钩，后排除”“埋雷作标志，不炸再起出”，被电影《地雷战》改编为“不见鬼子不挂弦”，琅琅上口，更具艺术性。

打那以后，再未听说地雷炸伤自己人的事情。

胶东各县都到大泽山学习地雷战

还在20世纪80年代，当年的大泽山韭园村民兵队长、被胶东军区司令许世友亲自授予“民兵英雄” 称号的周维绪回忆说：“从1941年4月起，一直到1945年，西海区武委会副主任王瀛洲在俺韭园村先后举办了多起地雷爆炸技术训练班。前来参加学习的学员，除了大泽山地区的民兵，还有外地的民兵。我记得有掖南县的史校民。那时的训练班，不像现在这样按部就班地学习，也没有教室，学员们就在王瀛洲主任住处的炕上、地下、屋里、屋外，坐着小马扎、小板凳、石头、砖块。先由王主任讲当前抗战形势，讲地雷战的重要性。然后，他就带领学员们在村外、山涧、沟河、交通要道上，根据不同的地形地物，针对各种地雷的不同构造，进行埋设、起出等实地操作。每期训练班大都由我给学员们作现场示范。王主任还要求学员们要随着战争形势的发展，不断地探讨学习和研究改进地雷爆炸技术，要大胆地改革创新，使敌人永远摸不透我们地雷的奥秘，只有这样，才能充分发挥地雷战的强大威力，达到消灭敌人、保存自己的目的。”

每一期地雷爆炸技术训练班培养 20 多名骨干，这些骨干就像火种一样，在胶东各县点燃起地雷战的熊熊烈火。

关于胶东各县在大泽山学习地雷技术的记载，还有原西海区委宣传部长、掖南县县委书记刘岐云的回忆：“为了广泛打击敌人，保卫抗日根据地，1943 年春，西海武委会主任傅健吾和副主任王瀛洲在大泽山的韭园、北台村主持开办了两期民兵干部训练班，由每县各区抽调一个干部参加，共有学员 80 多人，学习两个月。训练班学习政治时事，学习麻雀战、地雷战等技术，按照山东军区针对民兵特点提出的‘避强击弱’‘避实击虚’‘速打、速决、速走’‘打赚钱的仗’和‘打、走、散、躲互相联系’等战术原则，与敌斗争。训练班重点学习怎样制造石雷、瓦罐类、瓷瓶雷及怎样埋设地雷，开展地雷战。在敌人奔袭大泽山时，他们进行了实战演习。有一次，敌人踩响了三个地雷，一下子被炸到了七八个。学员们看到地雷有这么大的威力，非常兴奋，感到如果根据地普遍开展地雷战，将使敌人寸步难行。”

刘岐云特别赞扬大泽山石雷的发明。他说：“当时我兵工厂制造的地雷有限，后来发动群众，利用山区石头多的特点制造石雷。石雷爆炸碎片多，杀伤力大，埋设简单，不要伪装，而且只要有炸药，村村都能制造，不要花一分钱。”

经过战争的实践，大泽山民兵的地雷爆炸技术简直到了炉火纯青的程度。1943 年 10 月 5 日，鬼子又进山“扫荡”。周维绪带领民兵在北石山口摆下了石雷阵。鬼子所到之处，石雷满山开花，炸得鬼子寸步难行。一名骑马的日军军官，踏响了周维绪埋设的一颗重 25 斤的大石雷，顿时被炸得人仰马翻。北台村民兵在龙头石下埋设的每个重 20 多斤的“连环飞行雷”，炸死一名皇协军副团长、炸伤一名新民会长、一名日军小队长和两名日军。

大泽山地雷战最早传入掖南

掖南县紧靠大泽山，这里有鬼子的两个重要据点，一个是夏邱堡，一个是小庙后，动不动就与掖城的鬼子联合起来袭击大泽山根据地。因此，掖南县负有保卫大泽山根据地的重要职责。

时任掖南县委书记的刘岐云身兼西海区委宣传部长，他亲眼看到大泽山地雷战的威力，所以对在掖南县开展地雷战特别积极主动。他利用西海武委会在大泽山举办地雷爆炸技术训练班的机会，尽量多选派掖南县的民兵到大泽山韭园村来学习，还根据掖南县与大泽山根据地紧密相连的地域特点，组织两县民兵联合布设地雷阵。掌握了地雷战技术的掖南县民兵，在全县划分成若干雷区，各雷区之间设戒严门，东自葛门口，西到普渡口，北至东、西朱宋，南到大泽山里的大疃，各交通要道路口全都布上了铁雷或石雷，平时不挂弦，有敌情时挂弦派人看守。一旦发现敌情，立即以烽火传递消息，各村根据敌人出动的方向组织群众向山里转移，民兵们则用麻雀战袭击敌人，将敌人引入雷区。地雷开花，日伪军被炸得抱头鼠窜。掖南县的地雷战有力地保卫了大泽山根据地。

大泽山还为掖南县培养出大名鼎鼎的民兵英雄史校民。史校民是掖南县文峰区东朱旺村人，1942 年开始担任村民兵队长。1943 年，他带领几个民兵参加了西海区武委会在大泽山韭园村和北台村举办的地雷爆炸技术训练班，学会了地雷技术，还学会了制造石雷。从此，他就像一颗火种，点燃了掖南县的地雷战。东朱旺村每逢农历四、九是集日，自从鬼子来了，日伪军经常“抢集”，为所欲为。1943 年农历八月十四，又是集日。一大早，史校民带领民兵来到东朱旺村北边青石桥上，在桥上桥下布设了六颗石雷，然后埋伏在石桥南边的密林中。到了 10 点多钟，远远看到大集上赶集的人们慌乱地四下逃奔，原来是日伪军又在哄抢百姓的财物。当敌人拉着抢来的财物来到青石桥时，先踩响了桥上的石雷，几个日伪军惨叫着倒在桥上。其他日伪军慌忙往桥下跑，又踩响了桥下的石雷，又有四五个敌人送了命。从那以后，日伪军再也不敢轻易到东朱旺村来抢集了。不久，以东朱旺村为首的民兵联防发展到 18 个村，村村开展地雷战。1944 年，史校民被评为文峰区民兵模范，后来又被授予胶东民兵英雄称号。

不仅是文峰区，掖南县各区的地雷战都开展得有声有色。1944 年 5 月 4 日，胶东区武委会、西海武委会组织平北县天柱区（即大泽山中心区域）和掖南县的民兵比武。比武的结果，天柱区获得第一名，掖南黄山区名列第二。会上，胶东区武委会发给两区民兵“英勇保卫大泽山之健儿”锦旗，西海武委会发给“积极战斗，保卫生产”锦旗，还分别奖励铁雷20颗，手榴弹300颗，评出六个战斗模范村（天柱区四个，黄山区两个），爆炸模范手五人，战斗模范四名，各获得奖章一枚。

地雷战从大泽山传到海阳

海阳县的地雷战有名，当然不仅仅因电影《地雷战》，在抗战当年也确是货真价实。赵疃村民兵英雄赵守福、高疃民兵英雄赵同伦、文山后村民兵英雄于化虎，哪一个都是大名鼎鼎，令鬼子汉奸闻风丧胆。

他们的地雷战技术，无疑也是来自大泽山。

烟台党史资料丛书《胶东烽火》中有一篇名叫《威震天下的海阳地雷战》的文章，将海阳地雷战的来龙去脉交代得一清二楚。文章说：“1943年秋天，高疃民兵负责人赵同伦从区武委会领来两颗大地雷，回村后，他和赵守福、赵新瑞等一起研究出拉弦、绊弦等几种埋雷方法。10月的一天，200多个日伪军出来抢粮后，从赵疃西大道回据点，赵守福、赵同伦、赵乾江等三人便提前埋下两个绊雷。日伪大队由此经过，轰的一声，一个尖兵绊响了地雷，后边的敌人慌忙向东跑，地瓜地里那颗地雷又炸了。赵疃第一次炸响地雷，两颗地雷炸死13个敌人，受到上级表扬。”

可见，海阳地雷战开始于1943年秋天，比大泽山晚了两年。文章说赵同伦从“区武委会”领回两颗大地雷，当时胶东区委就在大泽山，区武委会也在大泽山，地雷爆炸技术训练班就办在大泽山，可以相信，赵同伦是在大泽山参加过训练班的，是他把地雷战技术从大泽山带回海阳县的。而2005年出版的《中共烟台地方史》一改许多资料模棱两可的含糊说词，明确地说：“胶东地雷战起源于大泽山抗日根据地，海阳县地雷战是学习大泽山区民兵的经验后广泛开展起来的。” 海阳民兵也像平度、掖县的民兵一样聪明，一旦学会了几种地雷技术，很快就根据当地特点研究出新的技术和品种。就像电影上演的那样，地雷由拉雷、绊雷发展到夹子雷、头发丝雷、真假子母雷、标语雷、滚雷等30多钟。埋雷方法也由单一的布雷发展到大摆地雷阵，大小路口、山坡、树林、河套、瓜田、菜园、门台阶、水桶底、箱子里，到处是地雷，敌人走到哪里那里响。《中共烟台地方史》还说：“烟台市其他各县，在学习和推广海阳经验后，民兵也都充分发挥地雷战的优势，同敌人展开了地雷战”。

大泽山是胶东地雷战、尤其是石雷战的发源地肯定无疑。大泽山为胶东培养出无数地雷高手。大泽山民兵发明的石雷解决了根据地缺铁的困难，弥补了铁雷的不足。石雷是大泽山民兵的一大发明，大泽山人应该申请吉尼斯世界纪录。

第五十二章　许世友到胶东

继1939年底国民党掀起第一次反共高潮、加剧了两党武装在联合抗战中的摩擦之后，1940年10月起，国民党又掀起了第二次反共高潮。应当说，自国共第二次合作开始，两党纵有摩擦冲突，两军经常要在抗击日军的同时还要相互打打杀杀，但仍属局部问题，不能说国共合作破裂或内战爆发。可是在1941年1月6日，国民党悍然发动“皖南事变”，顾祝同、上官云相组织5个师8万多人对新四军军部及6个团9000多人实施围攻，新四军有6000多人牺牲，新四军军长叶挺被俘，副军长兼政委项英遇难。接着，蒋介石宣布新四军为“叛军”，取消了新四军的番号。这就不是一般的摩擦了，这叫你死我活呢!

这简直又是一场“四·一二”大屠杀，同以往一样，国民党在对付起共产党来，真是够狠的。

“皖南事变”的发生，使国共双方的关系呈剑拔弩张之势，国共合作几近全面破裂。

噩耗传来，胶东共产党领导的抗日军民无不痛心疾首，义愤填膺。而在第一次反共高潮中受到八路军沉重打击的胶东国民党地方部队如赵保原等，则欣喜若狂，以为卷土重来、报仇雪恨的机会到了。赵保原再次纠集胶东“反八联军”各路大小司令20多个，共约12000千人，在胶东各地向共产党八路军发起新一轮进攻。

许世友就是在这时奉中共山东分局和八路军山东纵队的派遣来到胶东的。这员赫赫有名的战将，从此成为胶东抗战最卓越的领导人之一。

许世友调兵遣将

许世友此前是八路军山东纵队三旅旅长，主要活动在鲁中清河地区。这次奉命来胶东，就是要统帅胶东的山纵五旅和五支队及胶东抗日群众开展抗日反顽斗争，而当务之急是反顽。如果不能打下赵保原为首的胶东国民党军的气焰，不但抗日难以进行，胶东共产党和八路军的命运都十分堪忧。

许世友还从清河区带来了清河独立一团，并且带来了担架队，这就更加壮大了胶东八路军的实力。

根据山东分局的指示，胶东区党委决定成立胶东反顽指挥部，由许世友任总指挥，胶东区党委书记林浩任政委，五旅旅长吴克华任副指挥，五旅政委高锦纯、五支队司令王彬和五支队政委王文任指挥部成员。

指挥部把胶东反顽分成两条战线。胶东五旅、清河独立团在东线，对付国民党山东第九专区专员蔡晋康等十几个“司令”；西海指挥部、南海独立第五大队和教导二团在西线，主要对付平度境内的高玉璞、阎珂卿、董希瞻等顽军的进犯，保卫大泽山根据地。两条战线采取各个击破的战术，最后在海（阳）莱（阳）边会师，消灭赵保原的主力。此处用了“消灭”二字而不是“打击”，说明国共合作几乎到了难以为继的地步。

与此同时，为了集中力量在东海区打击顽军势力，以王彬为司令的第五支队决定重新成立第三军区，由赵一萍任司令员，于己午任政委，负责领导北海（第二分区）、西海（第三分区）、南海（第四分区）的地方武装，东海（第一分区）直接归第五支队领导。

这样大规模地调兵遣将，把部队和地方武装全部统一于以许世友为首的反顽指挥部直接领导之下，使共产党在胶东的军事力量形成了一个强有力的拳头。

击溃蔡晋康收复牙山

牙山处于胶东半岛中部，一肩挑着胶东半岛西端的大泽山 ，一肩挑着胶东半岛最东端的昆嵛山。三大山脉自西到东横贯整个胶东半岛。从战略地位来说，谁占领了这三大山脉，谁就将拥有胶东。胶东八路军的这次反顽，牙山势在必得！

牙山的攻占属于失而复得。该山区原为国民党军事委员会别动总队第四十四支队司令兼国民党第九专区专员蔡晋康所占据。1939 年 5 月，张宗援率领日伪军进攻胶东，蔡晋康撤出了栖霞城。八路军五支队十四团打垮了土匪汉奸刘黑七，夺回了栖霞城。 五支队夺回了栖霞城，却不能驻守在城里。不要忘了，蔡晋康是国民党第九专区专员，专区驻地就在栖霞城。为了联合蔡晋康抗日，经过谈判，五支队从大局出发，又将栖霞县城让给蔡晋康，让他进城安安稳稳当他的专员。作为交换，蔡晋康允许五支队进驻牙山。从此时起，牙山成为胶东中部的一块理想的根据地。可是，到了 1939 年 10 月，已经是“反八联军”骨干的蔡晋康不断与五支队搞摩擦，逼迫五支队退出牙山。还是为了抗日统一战线，五支队一让再让，忍气吞声撤出牙山，把好端端的根据地让给了蔡晋康。

如果黎玉早几天来胶东传达中央关于建立牙山根据地的指示，五支队也许就不会拿根据地做礼品拱手送给蔡晋康了。这一送就是一年多。既然送了，又是送给联合抗战的“友军”，如果没有合适的理由，就不好再要回来。

现在终于有了理由，这就是国民党发动了第二次反共高潮。共产党要以牙还牙，趁反顽之机夺回牙山。

许世友的指挥风格人所共知，兵贵神速，说打就打，毫不犹豫。1941 年 3 月 15 日，指挥部在黄县召开反顽动员大会，当天晚上，五旅十三团、十四团和清河独立团就从艾崮山出发，分三路奔袭蔡晋康占据的栖霞，第二天凌晨即发起进攻。只用了三天时间，蔡晋康驻守在栖霞大杨家、唐家泊、亭口、姚家的部队就被全部消灭。蔡晋康只带着 300 余人夺路而逃，八路军乘胜追击，追到桃村又消灭其部下 200 人。蔡晋康只好带着 100 余人南逃海阳郭城。五支队三个团也在 18 日消灭了顽军陈煜大部。至此，“反八联军”被消灭 1800 余人，牙山重新回到共产党八路军手中。

三大根据地横亘胶东

曾记否？一年前的 1939 年 11 月，中共苏鲁皖区副书记、八路军山东纵队政委黎玉来到胶东，传达了中央关于胶东抗战和反顽的“三步走”指示：首先要坚决打击进犯掖县根据地的赵保原和“反八联军”各部，予以各个击破，控制大泽山区和昆嵛山区；第二步，集中兵力夺取牙山，掌握胶东中心战略要地；第三步是以牙山为依托，南下莱阳、海阳，与国民党顽固派主力赵保原部队决战，占领南海地区，威逼胶济路，与八路军的滨海、鲁南抗日根据地联结起来，准备迎接全国战略大反攻。

按照这个部署，平度、掖县、招远三县更加重视大泽山根据地的建设，终于，到 1940 年 8 月，五支队打垮了张金铭的十八旅，大泽山区全部为八路军所掌控，大泽山根据地宣告建成。

而昆嵛山也是经历了一个失而复得的过程，于 1941 年 2 月回到了八路军手中。早在土地革命时期，昆嵛山就已经是共产党开创的一块革命根据地。以于得水为首的昆嵛山红军游击队一直在这里坚持反高地租、高租捐、高利贷的斗争。直到 1937 年“七七”事变之后，于得水带领队伍参加了理琪领导的文登天福山起义，山东人民抗日救国第三军宣告成立，于得水任第三军第一大队大队长，昆嵛山便成为共产党的一块重要的抗日根据地。可是，抗战初期的胶东，国民党的队伍远远超过了共产党的第三军。除了赵保原，昆嵛山一带和牟平、文登境内还有国民党的抗日游击司令郑维屏、丛镜月、王兴仁、丁伯庭、秦毓堂、苗占魁、安廷庚等多股势力。特别是1939年4月，他们都积聚到赵保原麾下，成为“鲁东抗日联军”的成员，与八路军五支队成为联合抗日的“友军”。既是“抗日联军”，总指挥又是身兼国民党鲁苏战区暂编十二师师长、山东省十三区行政专员兼保安司令和莱阳县长的赵保原，五支队司令高锦纯只是个副指挥，就没有理由不让“友军”进驻昆嵛山区。这样，共产党的昆嵛山根据地就大部分为国民党军所占据。1939年底，配合国民党第一次反共高潮，赵保原一翻脸，将“抗日联军”一下子变成了“抗八联军”（后为“反八联军”），国民党的队伍公开占据昆嵛山，把共产党的队伍挤了出来。

在这次反顽斗争中，八路军决心把昆嵛山再夺回来。1941年1月9日，趁“反八联军”各部都忙于筹备春节之际，八路军五旅十四团和五支队二团共同向昆嵛山发起进攻，牟平、文登县地方抗日武装积极配合主力作战。“反八联军”被打了个措手不及，郑维屏、丛镜月各自带领残部向西逃窜。昆嵛山战斗历时三昼夜，共击毙顽军500余人，俘虏700余人，溃散2000余人，缴获机枪30余挺，步枪1500余支。昆嵛山重回共产党八路军手中。1941年2月，胶东军区第五支队司令员王彬、政委王文率队正式进驻昆嵛山根据地。

这样，西有大泽山、中有牙山、东有昆嵛山，三大根据地全部为八路军所掌控，实现了一年前黎玉提出的分三步走、掌握胶东中心战略要地的宏伟计划。

高玉璞、阎珂卿们的尴尬处境

前面说张金铭的十八旅被八路军打垮、其一团团长兼平度县长李德元被八路军从祝沟赶到了丈岭并且丢了县政府大印。驻扎在平度西乡的高玉璞、阎珂卿他们的命运会怎么样呢?

一句话，他们的日子也不好过。为什么说难过?难就难在树敌过多。大家想想，他们当年拉队伍的目的本来是抗日的，这就断不了要经常跟鬼子打仗，还要时时提防鬼子的“扫荡”和突袭，这就已经是够艰巨的了。现在上峰又要求他们反共，他们也只有加入赵保原的“反八联军”一条路，这就把自己置于八路和日伪军之间，两面受敌。

高玉璞首先就吃了这个亏。

高玉璞听从赵保原的命令，在他的领地掖县西部和平度西北部张贴“反共反八”标语，逮捕八路军便衣侦察员，抓捕共产党的区干部。共产党在高玉璞的追捕下转入地下，撤出高玉璞控制的掖县第九、十区，这样他的领地就在掖西扩大到六个区。到1940年8月，高玉璞又将掖县一、二区的共产党干部挤了出去，还用铡刀铡了二区区长姜鸣球，活埋了二区区中队干部孙述敏，打死了民兵自卫团长徐万宝，刺死了村青救会主任任人珉。

高玉璞杀起共产党干部来，像赵保原一样狠。因为他们都是汉奸出身。

可是，日本人好像并不领他的情。1940年10月，日伪扫荡掖西。高玉璞的三营营长王恒志被日军击毙。对抗日民众凶残无比的高玉璞却不敢与日军对峙，带着队伍撤回平西老家，把掖西拱手让给了日本人。

这是抗战中的一种复杂现象。李德元到古岘去打鬼子，被八路军五支队抄了后路，因而丢了祝沟。高玉璞残酷屠杀共产党和抗日军民，日本人却照样打他。原因很简单，一方面，李德元和高玉璞都追随赵保原“反八”，所以共产党八路军要打他们。另一方面，李德元和高玉璞又都抗日，所以日本人也要打他们。共产党打李德元是整个“反顽”战役的一部分，根本目的是扩大根据地。日本人打高玉璞的目的是巩固他们的大后方。用现在的一句外交辞令，“核心利益”是大局，共产党、国民党、日本人各有各的“核心利益”，局部必须服从全局。

高玉璞被日本人赶回平度，驻守在平度西北部的顾家、大庄子一带。此时，平西和平南的国民党地方部队的分布是：刘经川的鲁苏战区独立第三十支队驻平度最西北角的新河一带；高玉璞的国民党十三区保安团驻平西北顾家、大庄子、张舍一带；阎珂卿的鲁苏战区独立第二十八支队驻平西古庄、三合山一带；董希瞻的鲁苏战区独立第二十九支队驻平南。驻平南的还有国民党保安二团冷冠荣部，也是反共反八的急先锋。这些人中，高玉璞的官衔最高，曾被赵保原封为十三专区保安第四旅旅长和暂编第十二师少将副师长。不过，他在掖西被日本人打垮，人剩得已经不多了，他虽然还挂着少将副师长兼旅长的头衔，可手下的人被赵保原编为十二专区保安团，实际也就是个团长了。可阎珂卿、董希瞻、刘经川他们虽然是支队长，团级，但平西一年多没有什么大的战事，他们一个个养精蓄锐，实力都比高玉璞强大。像阎珂卿的二十八支队，已经有四个大队、一个骑兵中队、一个警卫中队和一个便衣队，共计3000多人，已经相当于一个旅的人马了。

可是，他们都得听赵保原的，以“反共反八”为当下主旨。赵保原命令他们联合从西边进攻大泽山区，因为高玉璞身上有少将副师长军衔，所以这次进犯大泽山的行动由高玉璞做总指挥。高玉璞多次与八路军打交道，知道五支队的厉害，因此他情愿不敢与八路军正面冲突，决定采取偷袭的手段，要趁夜色行动。一天拂晓，三部分队伍次第越过虎（头崖）蓝（村）公路，接近了大泽山区。高玉璞因年纪大了没有亲自出征，由他的参谋长耿景文挂帅，队伍由团长刘际治率领，与阎珂卿的一个团摸进了大泽山西南的国家埠、赵家等村，没有遇到八路。刘经川则偷偷过了平掖路向东摸进了高望山北边的几个村。他也太大胆了些，高望山是日伪军从西边封锁大泽山的一个重要据点，驻有治安军一个团呢。也是活该刘经川倒霉，此时天已经亮了，他的队伍被高望山据点的治安军发现了。电话打到北边仅有五六里路的日军夏邱堡据点，夏邱堡又报告了掖县的鬼子。好家伙，掖县那边的日军疾速从北边、高望山的治安军从南边，对刘经川南北夹击。刘经川哪里抵得住？只好仓皇逃回平掖路西边。高玉璞和阎珂卿的队伍正在埋锅做饭，一听打了起来，吓得没顾得吃早饭，也连忙退到路西侧。

浩浩荡荡三四个团的兵力，事前进行了好一番准备，跋山涉水奔跑了一夜已经接近了大泽山区，到头来八路军没见着一个，却差一点儿被日伪军吃掉，白白受了一场虚惊。大家便把气撒到这次行动的指挥耿景文身上，不知谁还为他编了一段三句半："景文傻而呆，兴兵掖平界，不明敌'匪情'——胡来！"

这叫打的什么仗？"反八联军"明明要进大泽山打八路，却连大泽山的门也没摸进去，八路的影子也没见着，竟然被日伪军搅了局，就好像日伪军是专门来替八路军保卫大泽山似的。这些日伪军也真糊涂，你叫国民党的"反八联军"先进攻大泽山，替你们出出气多好，干吗那么急着跟"反八联军"开火呢？

从这一点可见，日本人就是日本人，他们把中国人（除了汉奸）全都看成是他们的敌人。唉，就冲着这一点，咱中国人也不该自己人打自己人啊！

许世友把从西边保卫大泽山的任务交给西海指挥部、南海独立第五大队和教导二团，主要对付平度境内的高玉璞、阎珂卿、刘经川等顽军的进犯。哪里会想到日伪军帮了这么个大忙呢？

高玉璞的厄运还没到头呢。这次行动虽然被日伪军给搅了局，日军却还是不放过他，立刻组织了一场对平西的"扫荡"。高玉璞已经被日本人吓破胆了，哪里敢跟日军交火？他倒是挺聪明，知道平度有句俗话叫作"好汉不打坐着的"，便解散了队伍，匿藏了枪支，自己偷偷潜到新河镇高家村藏了起来。好汉不打坐着的？那得看是什么样的好汉。日本人要把整个中国都灭了，目下正是穷凶极恶的时候，对于反对过他的中国人，他能不打？高玉璞藏在新河的消息被汉奸传到平度城。1942 年除夕之夜，平度城的日伪军 200 多人突袭高家村，把高玉璞活捉，押进了平度城。高玉璞先给日本人当汉奸，后又背叛日本人投靠国民党，而今又落入日本人之手，越想越窝囊，就吞了随身带着的大烟，想一死了之。奇怪的是，他吞了很多大烟，一般人早就一命呜呼了，他却没有被药死。原来是因为他长年吃大烟，对大烟抵抗力很强，日本人对他略一施救，很快就治过来了。终归曾经当过汉奸，日本人不但把他治过来，而且也没杀他，一直把他软禁在平度城。1945 年，平度城解放，高玉璞做了八路军的俘虏。此时老高已经 65 岁高龄，又是日本人的俘虏，八路军也就没再为难他，就放他回老家去了。说到底老高还是沾了抗日的光。不过高玉璞并不为共产党的宽大所感动，抗战胜利后又想方设法跑到青岛投靠国民党继续与共产党为敌。1949 年，高玉璞因年事已高没有逃往台湾，于 1950 年被解放军逮捕押回平度，在平西城子村被枪毙了。

胶东“反八联军”彻底失败

许世友指挥胶东八路军在东线打垮了蔡晋康等国民党顽军，占领了牙山；同时，西线的大泽山根据地也得到了巩固。这样，黎玉关于“第一步，控制大泽山区和昆嵛山区；第二步，集中兵力夺取牙山，掌握胶东中心战略要地”的前两步计划就实现了。下面就该进行第三步，“以牙山为依托，南下莱阳、海阳，与国民党顽固派主力赵保原部队决战”了。

前面说蔡晋康被打得带领残部逃到海阳郭城。赵保原一看不能再退，立即调集三个团的兵力，加上蔡晋康的残部，加强郭城的防守。可是，从牙山乘势南下的八路军如猛虎下山，其冲击力势不可挡。1941 年 3 月 20 日，许世友命令五旅十三团、十四团和清河独立团由栖霞桃村南下，当即占领了郭城外围阵地。3 月 21 日，赵保原虽然命令三个团猛烈反扑，但都被击退，最后被紧紧围困在郭城里面。21 日拂晓，担任打援任务的胶东五支队发起向国民党苗占魁据守的崖子的进攻，于23日全歼苗占魁部。同时，还击退了秦玉堂、郑维屏、安廷赓、赵汉卿等多支国民党“反八联军”组成的 2000 多人的援军的进攻。26 日，赵保原下令队伍突围，逃离郭城。五旅十三团、十四团、清河独立团与五支队在郭城胜利会师。此时八路军已完全掌握了反顽战场的主动权，逼近了赵保原的老巢——莱阳万第据点外围的发城。

赵保原眼看形势危急，只好向国民党鲁苏战区总司令于学忠求援。这样，我们从抗战初期开始熟悉后来又不见了的某些人物又出现了。于学忠派国民党保安第二师师长张步云部、鲁苏战区游击第二纵队厉文礼部、鲁苏战区直属第二十八支队阎珂卿部、第三十支队刘经川部、国民党第五十七军一一三师一个加强营前来支援赵保原。结果，张步云和厉文礼遭到八路军迎头痛击不敢东进，掉头往西回窜。阎珂卿的队伍也退到莱阳与平度边境赤山马喊口。只有刘经川不知死活冲在前面，结果在槐树坡与八路军交了火。这一仗下来，刘经川几乎全军覆没，只带着几百人退出战场，懊丧地回到平度他的大本营于埠。毫发无损的阎珂卿本想也撤回平西老家，可他还没怎么跟八路军交手，不像刘经川已经被打得狼狈不堪，所以担心上峰说他临阵逃脱。可他打定主意不跟八路军交战，就带着队伍在赤山一带住下了，不进也不退，静观形势变化。阎珂卿真算聪明啊，他幸亏没有莽撞地增援发城。发城那边已经被八路军围得水泄不通，几乎每晚上都有赵保原的队伍偷偷跑出来向八路军投降。到了 7 月 27 日，连被赵保原任命的发城指挥部总指挥张起陆（赵保原的副师长）也趁着夜间突围逃跑了，丢下部下 3000 多人，1000 人被打死，2000 人被俘虏。

胶东八路军历时 5 个月的反顽战役战果辉煌，共歼灭国民党顽军 20000 多人，缴获枪支 9000 余支。赵保原为首的“反八联军”对八路军胶东抗日根据地的进攻彻底失败，元气大伤。 八路军巩固了大泽山、昆嵛山根据地，恢复了牙山根据地，解放了 200 多万人口的地区，打通了胶东根据地东西的联系，缩小了日伪军占领区和国民党顽军占领区，使胶东根据地连成了一片。

山东反顽取得胜利

胶东国民党顽军组成“反八联军”与八路军为敌，在鲁北的冀鲁边区，国民党鲁北行署主任何思源、山东第五区专员刘景良、山东保安独立第六旅旅长张子良，这些曾在抗战初期与日本鬼子进行过殊死搏斗的抗日将领，也全都听从蒋介石的命令，对八路军发起了进攻。他们利用黄河、徒駭河、马頬河等天然障碍，对冀鲁边区抗日根据地实施分割、封锁，完全切断了冀鲁边与清河区的联系。为了改变冀鲁边根据地的孤立局面，八路军决心打开冀鲁边与清河区间的通道。八路军一一五师教导第六旅于 1941 年 2 月至 9 月连续四次南下，最终直捣何思源的驻地义和庄，经过激战，击退了何思源、刘景良的联合进攻。

与此同时，清河区八路军粉碎了“剿共联军”的南北夹击；鲁中区八路军打退了沈鸿烈、秦启荣等部在东北军顽固派配合下向新泰、蒙阴地区的多次进攻；鲁东南区八路军有力地打击了在东北军顽固分子策动下向莒（县）

南地区进犯的山东保安第一旅许树生部和鲁苏战区第三十五支队朱信斋部；鲁西八路军反击了高树勋部万余人对濮县以南地区的进犯。

国民党的第二次反共高潮在山东就这样被粉碎了。

第五十三章　相煎何太急

1941 年，胶东的国共两方打得你死我活，最终赵保原为首的顽军受到沉重打击，八路军反顽战役取得重大战果。国共合作几乎到了破裂的边缘。国民党发动“皖南事变”消灭了叶挺和项英为首的新四军大部。蒋介石宣布取消新四军番号，拒绝中共关于释放叶挺的要求，并且不再向八路军发放军饷。而中共也不再对蒋介石抱有发饷的幻想，提出了“发展经济，保障供给”“自力更生，丰衣足食”的口号，要靠自力更生、艰苦奋斗求生存。新四军也并未被全部消灭，中共任命陈毅为新四军军长、刘少奇为新四军政委，在江南召集新四军幸存者，重整旗鼓，发动民众参军。新四军很快又发展起来，所占地区越发扩大，兵力越发比先前多了。如果说，“皖南事变”前中共军队虽然已经独自指挥、独立发展，但它仍旧隶属于国民党政府之下，至少名义上仍随时呈报并请令军费补充，国共之间的冲突与摩擦仍可通过正常途径反映及协商，蒋介石的命令或要求对八路军还有着一定的约束力。事变之后就不是那么回事了，国民党断绝对中共军队的一切供给与补充，切断了与中共的一切关系。看起来，国民党是在惩罚中共和八路军、新四军，但从另一个方面来说，蒋介石也是自己放弃了“领袖”和“政府”对共产党及其军队的约束，这正好为共产党八路军松了绑。中共军队从此断绝与国民政府之间的一切上下级关系，可以自行其是，自行存在，不需再听你国民政府的了。

可是，国共两党两军虽然在摩擦，在相互打斗，日本鬼子却并未遵从“凡是敌人反对的我们就要拥护、凡是敌人拥护的我们就要反对”的原则，在国共相互攻击的时刻，他们既打八路军，也打国民党军。凡是抗日的队伍，都是他们的打击目标。

胶东八路军遭到重创

1941 年到 1942 年，抗日战争进入最艰苦的时期。在国共摩擦不断发生的背景下，日军对胶东抗日根据地进行了反复多次、极度疯狂的扫荡。

在战术上，日军使尽浑身解数，无所不用其极，仅听听这些名词即可知道他们对抗日根据地的残酷程度：层层包围、步步进逼、铁壁合围、拉网扫荡、纵横扫荡、梳篦扫荡、捕捉奇袭、辗转快剔，等等，所到之处实行杀光、抢光、烧光的“三光”政策，妄图以此消灭抗日武装，摧毁胶东抗日根据地。

胶东抗日军民遭受了重大损失。

1941 年 1 月，山纵五旅司令部和警卫营在大泽山南麓的下马戈庄（现属平度崔召镇）驻防，平度和掖县的日伪军先后于 26 日、27 日、29 日三次袭击，五旅伤亡 30 多人，政治部副主任张铎和锄奸科长林孟壮烈牺牲。

1941 年 4 月 15 日，平度县抗日民主政府在大泽山区杏苗村举办抗日小学教师培训班。县长罗竹风正给教师们做着《新民主主义论》的辅导报告，突然传来日伪军“扫荡”的消息，当晚边组织县政府干部和教师由杏苗村转移到深山沟里的杨家村（现属平度大田镇）。没想到，16 日拂晓，日伪军突然将杨家村包围。罗竹风虽然紧急组织干部群众和教师们突围，但因敌人已经将村子围了个水泄不通，密集的火力打得人们抬不起头来。最终只有县长罗竹风带领几个人突出重围，杨家村有 50 多个村民惨遭杀害，20 多名教师遇难，是为震惊胶东的“杨家惨案”。

1941 年 5 月 30 日，马场（现属平度崔召镇）据点日伪军 100 余人先后扫荡崮山后的几个村庄。敌人没有见到八路军和游击队，只捉到了 13 名老年人和妇女儿童。他们被押到丁家村西的一口枯井旁，敌人逼迫他们说出村里的青年人和粮食藏在哪里。看到无人回答，日寇竟然用刺刀一个个将他们刺进井里，然后扔进石头。13 名无辜群众全部遇难。

1942 年 7 月 23 日，马场据点 100 多名日伪军扑向八路军驻地水磨涧村（现属平度祝沟镇）。因部队和群众都已转移，只有三名老年妇女未及离开。日军将她们抓住，严刑拷打，逼迫她们说出八路军的去向。三位老人说不上来，日军便将一名老人活活烧死，将另两名用刺刀活活捅死。八路军的两个连星夜赶来解救村民，将鬼子包围在村子里。没想到中了鬼子的毒计。日军人人佩戴防毒面具，施放了毒气。许多八路军战士被毒气熏倒，鬼子将熏倒在地上不能动弹的八路军战士一个个用刺刀活活捅死。是役，八路军损失了整整一个连。

1941 年 7 月 24 日，日伪军骑兵包围了大泽山东部的黄同村（现属平度旧店镇），水淹、刺杀抗日群众 10 人。

1942 年 8 月 24 日，驻掖县夏邱堡据点的日军通过奸细获知八路军西海军分区司令部正在大泽山高家村驻扎，便速与大泽山西南边华埠据点的日伪军联合偷袭高家村。幸亏大泽山民兵发现得早，及时向司令部鸣枪报警。大泽山高家、韭园等五村联防民兵摆设的石雷阵阻挡了日伪军偷袭的步伐，使驻扎在这里的西海军分区司令部、军分区锄奸科（押解着 84 名犯人）、北海银行（押解着大量货币和金银）迅速向深山转移。西海军分区警卫班为掩护司令部撤退，在高家村西同即将冲进村子的敌人进行白刃格斗。在消灭了十几名鬼子后，终因寡不敌众，警卫班 12 名战士有 10 名阵亡，只有 2 名带伤突出重围。没达到消灭西海司令部目的的日军恼羞成怒的，下令放火烧房。顷刻间，高家、所里头、韭园村烈火冲天，500 多间房屋再次化为灰烬。

1942 年 10 月 8 日，日寇开始推行第五次“强化治安”行动，对胶东实行重点扫荡。侵华日军最高司令官冈村宁次亲自到烟台进行部署，抽调了 15000 多日军，加上伪军配合，自东向西拉网扫荡。在胶东半岛西部，另有大队日军乘坐 273 辆汽车从青岛开到掖城，兵分两路由此向东拉网扫荡，妄图一举消灭胶东八路军。11 月 12 日午后，胶东区西海独立团一营、平西县大队、平西工委、西海区行署机关和几个区中队在大泽山西南隅的崖刘家村躲避日军的扫荡，没想到消息走漏，被 500 多日伪军包围。敌人占领了崖刘家村周围的各个山头，将八路军压到一条深谷中。密集的火力使八路军难以抵挡，最终被打死和俘虏的有三四百人之多，一个营、一个县大队几乎被全歼，只有一个营长带领几个战士突围逃生。平西工委书记宋光牺牲，西海区行署主任迟自修受重伤。这次袭击使西海区和平西县的军政受到毁灭性打击。

11 月 23 日，日伪军逼近海阳县马石山，将逃难的 3000 多群众包围在马石山中。八路军胶东军区十六团和十七团立即抽出部分兵力向鬼子进攻，掩护群众突围。八路军多次冲进包围圈，救出一批批群众。十七团七连战士们反复冲杀，与敌人进行白刃格斗，歼灭日军 100 余名。但因寡不敌众，全连仅有五人突围，其余全部牺牲。东海独立团二连一排 20 多名战士在救出数百名群众后陷入重围，因弹尽路绝，全部壮烈牺牲。在麻石山区担任警戒任务的胶东行署公安局警卫连三排 18 名战士，先后保护、引导 7 批群众 1000 余人突出重围，但他们最终被敌人围住，“十八勇士”从清晨战到中午，打退敌人多次进攻，最后因子弹打光与敌人进行肉搏，全部壮烈牺牲。八路军五旅十三团七连六班 10 名战士，冒着枪林弹雨，往返三次进出敌人的包围圈，掩护了近千名群众转移。当他们第四次冲进包围圈带领群众转移时，已被日军紧紧包围，难以突出。10 名战士从凌晨四时激战到天明，打退了敌人的多次进攻。最后只剩下班长和两名战士，子弹也已经打光。看到敌人冲了上来，他们三人紧紧抱在一起，拉响了最后一颗手榴弹，以身殉国。战后，谁也说不上他们的名字，人们为他们树碑，只能在碑上刻了“马石山十勇士”六个大字。此役，有500多名抗日军民被日寇杀害，是为骇人听闻的“马石山惨案”。

12月5日到20日，日军的“扫荡”进入第二阶段，敌人集中八九千兵力，重点扫荡东海区。数千名军民被敌人围堵到荣成崂山，300多军民被敌人杀害，是为“崂山惨案”。

1942年12月30日，日伪军开始第三阶段“扫荡”，重点进攻平度、招远、莱阳、掖县四县边境。西海军分区司令员赵一萍、政委于己午和参谋长于一心率机关及一个连来到招南下洼一带，遭遇由蓬莱、黄县、招远拉网而来的日军。在敌人的追赶下，他们逃到招莱边境的青龙村趴头张家、山里吴家一带，还是没逃出敌人的重围，最终遭受毁灭性打击。西海区干部战士有200多人壮烈牺牲。其中政委于己午、参谋长于一心、胶东青联主任刘延庆等也都在萌山西和青龙村与敌人搏斗时死于敌手。西海公安局机关及看守队的10余名战士，也在掖南李家庄全部遇难。

还有多少八路军战士和抗日民众牺牲于日寇的残酷“扫荡”，笔者没法一一记述，此时才领会到“罄竹难书”一词的含义。

阎珂卿躲过一劫

日军在对八路军根据地进行大“扫荡”的同时，并没有放过一直坚持抗日的国民党军在我家乡的队伍。

阎珂卿在平莱边区磨蹭了几个月，看到赵保原靠莱阳的日军增援才解了万第之围，觉得可以撤回老家了，于1941年9月回到他的大本营平西古庄。他庆幸自己聪明，既参加了鲁苏战区统一指挥的战役，又避免了与八路军正面冲突，保存了自己的实力。这还不算，鲁苏战区又发给子弹30万发以示对他参战的慰劳，平度人叫搂草打兔子——赚了外快。按照阎珂卿的立场，打八路归打八路，谁叫咱是国民党呢？可是反共反八得有个原则，不能跟日本人搅在一起，更不能当汉奸。上次他作为“反八联军”成员与高玉璞、刘经川他们去大泽山打八路，还不是没见着八路军的面却被日本人给打了？所以，阎珂卿还是将八路军与日本人区分得清楚的，虽然上峰将八路军当作敌人对待，可八路军终归不是日本人。再说，目前还是国共合作呢。

就在阎珂卿从发城回来不到一个月，日本人上门找他的麻烦来了。1941年10月下旬的一天拂晓，平度西边坊子、昌邑的日伪军近千人突然包围了阎珂卿的大本营古庄。此时阎珂卿有五个中队守卫古庄，经过一天的激战，日伪军被拒于古庄村外。黄昏，日伪军又发起更猛烈的进攻。阎珂卿率领官兵们以死相拼，再次将日伪军的进攻击退。日伪军看看古庄难以攻克，天色又晚，只好退到马戈庄、塚西村宿营。此时阎珂卿部下伤亡近百人，觉得顶不住了，便趁敌人撤退之际悄悄撤离古庄，转移到张舍。第二天，日伪军再次进攻古庄，一看阎部已经撤退，便以放火为报复，烧毁古庄民房300余间。阎珂卿的大本营被烧，只好暂时驻张戈庄，并发誓要找日本人算账。11月上旬，他亲率三个大队袭击平度城西十里处的门村伪军据点，可是经过一夜激战，据点未能攻克，看看天亮，只好撤回张戈庄，打算另找机会报仇。可还没等他再次行动，日军就开始了拉网式扫荡。阎珂卿面对实力强大的日军，采取灵活机动的策略，三十六计走为上计，将队伍化整为零，分散躲避，最终躲过了敌人的扫荡，保存了自己的实力。

过去我们在评价这段历史时，说阎珂卿打着抗日游击队的旗号“游而不击”，这种说法有失偏颇。抗战的开始阶段和相持阶段，除了国民党军和八路军的正规部队，敌后的抗日游击队是不能也没有力量跟日军打阵地战和攻坚战的。那时的日军总是迫不及待地寻找抗日主力部队决战，而敌后抗日队伍的策略就是游击战，尽量避开敌人锋芒，保存自己力量，寻找最佳机会给敌人以打击。面对武装到牙齿的日军和日式装备的伪军，抗日游击队是无力与其正面抗衡的，谁能跑得了，避免自己受到大的损失谁就是好样的。所以，阎珂卿能够在日军残酷的“扫荡”中保存自己的队伍，应该说是难能可贵的。

刘经川的覆灭

如果你不同意上面的观点，那就看看刘经川的命运。在那次日军的扫荡中，阎珂卿躲过一劫，刘经川却吃了大亏。刘经川的鲁苏战区独立第三十支队此时只有四五百人，却要在扫荡中与日军决一雌雄。他为什么这么大胆呢?原来他吃了迷信的亏。

刘经川的迷信达到了令人难以置信的程度。他当上三十支队司令之后，仿照古代战争模式，聘请他的好朋友、神汉刘峰岭当“军师”，每遇战事，总要先请“军师”占卦问卜。刘峰岭说可战他就战，刘峰岭说不能战他就不战。1941年12月下旬的一天，刘经川在新河镇的坐探报告：有日伪军约500余人，乘坐20多辆汽车开进新河据点，扬言要再次去打古庄阎珂卿部。刘经川的参谋认为，敌人已经把古庄烧毁，不可能再去打古庄，说不定是声东击西之计，真正的目标应该是三十支队的驻地于埠这里，建议刘经川做好转移打算。是应该转移还是在于埠坚守，坚守能否获胜？刘经川不会靠自己的分析做出决策，还是要他的“军师”刘峰岭给他摇上一卦。刘峰岭一连摇了三卦，竟然都是“坚守必胜”。刘经川一听大喜，决定坚守于埠，狠狠地打击一下日本鬼子，报那“一箭之仇”。结果，于埠的土围子根本经不起日军大炮的轰炸，刘经川的队伍虽经浴血奋战，还是被日军攻破了围子北门。在这千钧一发之际，刘经川听不进参谋人员赶紧转移的意见，又要“军师”刘峰岭出主意。刘峰岭装神弄鬼地胡乱咕哝了一番，突然睁开眼睛说：“赶快在北门中央竖一个土堆，有了这堆土隐身，鬼子看不见咱们，咱们只能看见鬼子，这样他们的枪炮就成瞎子了！”这么荒唐的胡说八道连小孩子也不会相信，唯独刘经川奉若神明，百分百地坚信。他立即命令士兵冒死往北门运土。可怜的是，土堆刚垒了一半，就被日军的炮弹炸毁，参加垒土堆的士兵也被炸死了。战斗经过两个小时，三十支队被打死 100 余人，其中就有“军师”刘峰岭；被俘 300 余人，300 多俘虏中，就有支队长刘经川。

刘经川被日军押到青岛关了近一年，于 1942 年 1 月获释回到他的老家新河镇。此时的他，不再是那个敢跟鬼子决一雌雄的抗日斗士了，已经变成了一个汉奸，当上了新河镇伪保卫团团长。1944 年，刘经川的伪保卫团在新河镇被国民党鲁苏战区四纵队司令王尚志的部下姚轻耘部击溃，刘经川逃往潍县，从此一蹶不振。1946 年，刘经川在青岛病逝。刘经川起于抗战，为迷信所累而战败被俘，最后背着个汉奸的臭名归于黄泉，是他一生的悲哀。

王尚志惹火烧身

那还是 1940 年冬，国民党鲁苏战区第四纵队司令王尚志就把日军惹了一遭。四纵队特务大队大队长杨子明从胶济铁路岞山站捉到一个名叫合和井进吾的日本人（据称是日本的贵族血统）。王尚志命令：不要杀他，把他当作人质，向日本人勒索一部分枪支弹药！谁想这个日本人不老实，一路上大喊大叫，发赖不走。一个押解的士兵火了，用枪对着他吓唬说，再不走就毙了你！谁想那士兵失手走了火，竟然将那日本人打死了。杨子明知道惹祸了，就把这个日本人的尸体秘密地运到四纵队司令部驻地黄埠村（现属平度明村镇）旁，挖了个土坑埋了。日本人本来不知道自己的人失踪于何处，正在盲目寻找。谁知扬子明手下有个逃兵投向岞山站日伪据点，向日军告了密。日军一听大怒，便奔袭黄埠村进行报复。日军用密集的火力向黄埠攻击，四纵队拼力死守，参谋长李允斋在战斗中阵亡。王尚志一看难以抵挡日军的进攻，只好命令突围，在突围中四纵队又死了许多士兵。日军攻破黄埠，终于在村旁挖到了合和井进吾的尸体。他们将黄埠村烧杀抢掠殆尽，实施了疯狂报复，然后才将那具日本人尸体运回。与此同时，另一路日军由坊子火车站出发，攻击王尚志驻在孙正村（现属平度明村镇）的第十支队。王尚志命令支队长王豫民拼死坚守阵地，击退了日军的多次进攻，最终迫使日军撤退。

在 1941 年至 1942 年的日军大扫荡中，我的家乡国共两方的军队在相互打斗的同时，都同日寇进行了顽强的斗争。

第五十四章　胶东“国军”的混战

在 1942 年冬季的日军大扫荡中，大泽山根据地遭到了重大的损失，西海区党政机关和部队 200 多人在扫荡中牺牲，西海区的最高领导——区委书记兼军分区政委于己午也不幸遇难。这对根据地和八路军来说，无疑是一场极沉重的打击。但是，就在日本人以为共产党的西海区从此一蹶不振的时候，胶东区党委却迅速地配齐了西海区的领导班子。在春寒料峭的 2 月，西海区新班子悄悄地回到了大泽山区。他们是：西海区委书记兼西海军分区政委吕明仁，西海军分区副司令员陈华堂（不久提升为司令员），西海军分区副政委兼政治部主任常青，军分区参谋处长丛容滋（后来任参谋长）。同时进入大泽山区的还有几十名党政干部，更令人鼓舞的是还带来胶东军区十七团的一个特务营。该营在反扫荡中能征善战，缴获了敌人大量武器，把自己装备得火力十分充足，每个连有三四挺轻机枪和多架掷弹筒，还有一个威力强大的爆破组。西海军分区又以这个营为骨干成立了西海独立团，独立团下辖两个营。西海军分区司令部仍然住在高家村，大泽山的群众看着独立团的战士们在高家河滩里高喊着“杀杀杀”练兵，纷纷奔走相告：西海区又回来了！八路军更强大了！

西海区重振军威

1943 年五月麦黄时节，一场新的较量到来了。日伪军和八路军都把眼光盯住了即将成熟的麦子。日伪军要来抢麦子，八路军要保卫群众的麦收。大泽山区到处厉兵秣马，以保麦收为重点的保卫根据地的反击战开始了。

1943 年 5 月 20 日，夏邱堡据点日伪军 200 多人到平北抢粮。西海独立团一个营在羞鱼村（现属平度长乐镇）伏击敌人的抢粮队伍，杀伤敌人 10余名，俘虏18名，缴获轻机枪一挺，大盖枪20支，炸毁汽车一辆，取得反击战的首场胜利。

6月10日，西海军分区司令员陈华堂在平北彭家纸坊设伏，歼灭了外出抢粮的大泽山高望山据点的皇协军一个精锐营，俘虏副营长以下230多名，缴获轻机枪3挺，长短枪250支，战马16匹，取得反击战辉煌战果。

7月26日夜，西海独立团攻克平北崮山后伪军据点，全歼警备队、伪区队140余名，解救被捕群众30多人，缴获轻机枪3挺、长短枪80多支、战马8匹，还有其他物资。

7月底，西海军分区一个连和掖县独立营在西海区委书记吕明仁亲自指挥下，在掖县曹家埠伏击了从招远到掖城的日军军用汽车两辆。车上的10余名日军被打得丢了汽车狼奔鼠窜。此役，缴获了车上的全部炮弹和物资，两辆汽车也被烧毁。

9月10日，西海军分区参谋处长丛容滋和政治处副主任姜克率领西海部队包围了掖（县）莱（阳）边境的七十里堡据点。他们以强大的政治攻势配以炸药爆破的军事进攻，迫使伪军中队长刘廷祥偷偷从据点里跑出来，表示愿意投降，但因伪军的家属都在县城，请求八路军宽限几天。15日，刘廷祥以向山区转移为借口，将70多名伪军拉出据点，除了20多名随两个小队长逃进小庙后日军据点，其余51名全部随刘廷祥向八路军投诚。

阎珂卿升任九纵队司令

再说说日军大扫荡中的平度国民党军。在平西，阎珂卿靠脑袋灵活躲过了一劫，保存了实力。刘经川死打硬拼被日军打垮了，还做了日军的俘虏。刘经川的三十支队成为无头苍蝇，这就为阎珂卿扩大实力创造了条件。阎珂卿派他的政训处主任陈松卿赶到莱阳万第据点，向支援赵保原的国民党第五十一军一一三师副师长王仲升汇报三十支队被打散的情况，请求王仲升向鲁苏战区司令于学忠建议调阎珂卿的二十八支队特务大队大队长于聘三接任三十支队支队长，收容三十支队残部继续抗战。经王仲升从中工作，于学忠同意了这个建议，正式任命于聘三为鲁苏战区独立第三十支队支队长。阎珂卿将原二十八支队特务大队也划归三十支队。这样，三十支队的一把手和骨干队伍都是阎珂卿的部下，三十支队实际上受阎珂卿指挥。

阎珂卿实力大增，随之得陇望蜀。他的目标是当上与厉文礼、王尚志同级的纵队司令。但三个支队才可以成立纵队，除了他掌握的第二十八和第三十支队，只要把董希瞻的第二十九支队再拿到手，条件就具备了。恰好到了1942年3月，五十一军驻莱阳万第的一一三师奉命从胶东回鲁苏战区总部，途经平西阎珂卿的地盘。阎珂卿抓住良机，对一一三师盛情慰劳，对已经由副师长升任师长的王仲升又是请客又是送礼，使王仲升非常满意。酒酣耳热之际，阎珂卿顺便提出将二十八、二十九、三十支队合编成一个纵队的请求。王中升当即表示：估计这件事情不难，但前提是要说服董希瞻同意。阎珂卿立即以接待王师长为名，把二十九支队支队长董希瞻从平南请来。王仲升趁机从中撮合，承诺合编成纵队后，阎珂卿任纵队司令，由董希瞻任副司令，两人的军衔都可以是少将。董希瞻自觉势力不如阎珂卿，能借此机会当上纵队副司令，还有少将军衔，何乐而不为？一切按照阎珂卿的打算进行，于学忠同意了王仲升的建议，于1942年6月发布命令，将这三个支队合编为鲁苏战区挺进第九纵队，任命阎珂卿为少将司令，董希瞻为少将副司令。纵队下设二十五、二十六、二十七三个在编支队，另设两个暂编支队，暂编支队的经费由纵队自己就地解决。至此，阎珂卿的第九纵队共有五个支队8000余人。防区由原来的平西，往北扩大到平西北和掖县境内（原来高玉璞和刘经川的防地），往南扩之高密西北部，成为平度境内实力最大的国民党抗日队伍。

如果阎珂卿也像刘经川那样不自量力地与鬼子硬拼，他的二十八支队也难免会遭到致命打击，也就不会有后来的九纵队，更不会有平西这么大片的“国统区”。

此时，与平度有关的几个人物都是少将级纵队司令：厉文礼是鲁苏战区第二纵队司令，王尚志是鲁苏战区第四纵队司令，阎珂卿是鲁苏战区挺进第九纵队司令。虽然阎珂卿在三人中资历最浅，但在国共双方都没有像厉文礼和王尚志那样的恶名，是有着较高声誉的国民党抗日将领。

王尚志又来搅局了

谁会知道，王尚志再次跨过胶莱河，到平度来搅局了。

1942年冬，就在阎珂卿晋升鲁苏战区挺进第九纵队司令不到半年时间，驻扎在昌邑、已经当上鲁苏战区第四纵队司令的王尚志决定向胶莱河以东的平度地区进发。他打着“反八”的旗号东进，大张旗鼓地叫喊要收复八路军的大泽山抗日根据地。四纵队一跨过胶莱河，就进入阎珂卿九纵队的防地。王尚志把四纵队司令部安在三合山下的黄埠村（现属平度明村镇），其他支队分驻孙正等几个村庄。按说，都是“国军”序列，相互应当客气一点儿。可四纵队所到之处，反客为主，大肆征收粮钱，与住在张戈庄的九纵队二十七支队、住在谭家的九纵队暂编四支队屡屡发生摩擦，这就深为阎珂卿反感。王尚志却不管你阎珂卿反感不反感，一鼓作气将自己的势力往北扩大到掖县。

王尚志其人前面已经交代过，他是国民党“复兴社”成员，本就与属于CC系的阎珂卿不和。1939年底，王尚志的队伍曾经开到平度三合山周围驻扎，向百姓强征粮钱，干预地方行政，惹了阎珂卿一回。王部与阎部发生了摩擦，甚至开枪交了火。鲁苏战区总部和山东省政府调解不成，只好动员王尚志先回昌邑。王尚志从那就与阎珂卿结怨，发誓有朝一日一定要重返胶东。

王尚志就像当年的厉文礼，也是一个善于搅局的人物。他的眼里根本就没有阎珂卿。你阎珂卿算什么玩意儿？要论官职，1937年我就是冀鲁边区第二游击区司令，下辖四个梯队，梯队都是旅的编制，我王尚志起码也是师级。那时你阎珂卿不过是张金铭手下的一个大队长，团级。要说反共，你阎珂卿更是没法与我王尚志相比。1939年3月30日，我一手制造“太河惨案”，消灭八路军40多名，抓捕了200余名，你阎珂卿敢碰八路军一根汗毛吗？正因为我反共得力，1939年夏天，我虽因制造“太河惨案”被八路军打垮，可我王尚志率部返回昌邑后，很快就又将队伍发展到5000余人。为此，鲁苏战区总司令部任命我为鲁苏战区第四纵队少将司令。你那时是个什么玩意儿？不还是厉文礼手下的一个团长吗？

王尚志不仅觉得自己反共有力，还因为他在打日本鬼子方面也胜过阎珂卿。1941年，日军扫荡平西，连刘经川都不怕日本人，虽然做了日本人的俘虏，但是人家终归跟鬼子血拼了一场。日军攻击王尚志的四纵队第十支队，第十支队就住在离古庄不远的孙正村。我王尚志就不怕日本人，我和支队长王豫民率部拼死坚守阵地，打退了日军的多次进攻。最终日军也没有攻下孙正，不得不收拾了尸体败退回去。那次日军扫荡，就只有你阎珂卿胆小，只跟日军打了一天，就放弃了古庄，致使古庄被日军烧成废墟，你丢人不丢？

所以，王尚志眼里根本就没有阎珂卿。

王尚志进入平度，并没有（实际上也不敢）进攻大泽山的八路军，而是以三合山为中心，继续扩军，并不择手段地扩张地盘。首先，他回身攻打驻在昌邑二区（昌邑城南）的国民党山东保安第十五旅第五团李树桂部，李团被击溃，李的妻子被王尚志捉到，李树桂被迫服从收编。可李树桂最终还是被王尚志杀害了。继之，王尚志又攻打时在昌邑驻扎的曹克明部，把曹克明部逐出昌邑，赶到胶济铁路沿线。到1942年，王尚志把昌邑东部的国民党地方部队收拾得一干二净，昌邑大部分地区为他所控制。在此期间，王尚志曾对在其防区中心石埠的日伪军据点发动过两次围攻，不过都没能拔除。

控制了昌邑，王尚志便以平西为跳板，向东北方向的掖平边境进发。1942 年四五月间，王尚志令其第十支队王豫民部及一部分新扩充的部队约 3000 人组成东进部队，进驻掖、平边界的黑羊山、麻湾一带。正当王尚志向前步步推进之际，突遭由掖县出发的日伪军的攻击，驻在麻湾村的李天兴大队被包围。李天兴冒险白天突围，死伤惨重。王尚志部这次东进严重受挫，只好率部全部撤回昌邑大本营。经过半年的喘息，到了冬天，王尚志再次东进掖县，气焰更加嚣张，所到之处，要钱要粮，大肆搜刮。明眼人一看便知，王尚志东进的目的哪里是为了抗日和进攻八路军？不过是为了占领地盘、搜刮钱粮，壮大自己的实力而已。

赵保原也奈何不了王尚志

王尚志在平西期间，占据了阎珂卿防区的几个村子，在周边征粮要钱。阎珂卿这个人城府深，能沉得住气，暂时不跟王尚志计较，只等有了合适的时机再教训他。正因如此，王尚志才得以从平西进占掖县部分地区。

王尚志眼里可以没有阎珂卿，但不能没有赵保原。

赵保原是国民党鲁苏战区暂编第十二师师长兼山东第十三专区专员，当时掖县、平度和昌邑都归赵专员管辖。由于日军占据掖城，赵保原任命的掖县县长只能带县政府在与平度交界的掖西、掖南一带跑来跑去。王尚志部到了掖平边界，横征暴敛，打乱了国民党的社会秩序，挤占了国民党掖县县政府的税赋收入，还经常与驻扎在掖平边界的阎珂卿二十七支队发生摩擦。这还不算，赵保原在此间向昌邑派遣了一个县长，王尚志觉得昌邑是自己的大本营，县长应该是他的人，就把赵保原委派的县长顶了回去。

王尚志利令智昏，目无上级，不分敌我，混打乱造。“国军”仇他，日军恨他，八路军也反感他。抗战中“国军”出了这样的人物，真是令人哭笑不得。你打他吧，他又是抗日的。你不打他吧，他又贪得无厌，得寸进尺，专门与自己人过不去。怎么对付这个“搅乱星”呢？阎珂卿忍受了半年，教训王尚志的机会终于来了。

1943 年 1 月，赵保原与阎珂卿、董希瞻商定，要教训一下王尚志。可赵保原此时的实力已经被八路军削弱了很多，抽不出太多兵力，只派他的副师长张起陆带领一个团，加上阎珂卿的第九纵队全部，与王尚志的兵力势均力敌。对付亡命徒式的王尚志，没有绝对优势的兵力，只是旗鼓相当怎么行呢？王尚志摆开架势与赵保原的讨伐军混战 20 多天，双方各损失几百人，谁也赢不了谁。赵保原见不能速战速决，只好将兵撤回，讨伐不了了之。赵保原和阎珂卿联合起来都对付不了一个王尚志，很丢面子。

王尚志和阎珂卿转而向八路军传情

王尚志虽然没有败给赵保原和阎珂卿他们，但也领教了他们的厉害，觉得自己把“国军”和八路军都得罪了，实在是太不明智。如果不转变一下策略，即使不败在八路军之手，也会被赵保原吃掉。于是，他想出了一个计谋，要借助八路军的力量来消灭赵保原和阎珂卿。1943 年 3 月，王尚志派代表与八路军西海军分区联系。王尚志的代表先在掖西找到中共掖西县委书记刘岐云，说明了来意。刘岐云觉得事情重大，就连忙领着那代表进了大泽山，与西海区委书记吕明仁见了面。那代表向吕明仁转达了王尚志的意见：四纵队要与八路军联合打击赵保原和阎珂卿，请八路军派人到昌南密埠四纵队总部商量具体方案。那时吕明仁刚到胶东，只了解赵保原是个顽固不化的反共分子，但对王尚志的过去缺乏了解。出于打击赵保原的愿望，吕明仁答应派代表去会见王尚志。西海区委决定派时任西海区宣传部长兼掖西县委书记刘岐云和西海军分区锄奸股长张战戈带着几个警卫员赴密埠进行会谈。刘岐云长年在掖县、平度一带活动，对敌伪顽非常了解，对王尚志制造“太河惨案”记忆犹新，所以对他保持高度警惕。他们走进昌邑县境，并不盲目地直奔密埠，而是先找到中共昌邑县委的同志了解王尚志近期的表现。没想到昌邑县委的同志一谈起王尚志就恨得咬牙切齿。因为几年来王尚志从未停止过抓捕共产党，就在几天前，还调动一个支队1000 多人向昌北八路军根据地大举进攻。不过这次他吃了大亏，被昌北县大队消灭了三四百人，连支队副陆荣华都被县大队击毙了。王尚志偷鸡不成反蚀米，眼下正在气头上。从内线传出消息，说王尚志正等着八路军代表到来，声言绝不能让他们活着回去！刘岐云他们一听，惊出了一身冷汗，幸亏没有直接到密埠去，不然就会成为王尚志的刀下鬼。他们立即返回大泽山向地委汇报，从此不再与王尚志联系。

事有凑巧，不久，大泽山又迎来了阎珂卿派来的代表，说阎珂卿建议与八路军联合打击王尚志。西海区领导看明白这些国民党顽军都不顾抗日大局，为了巩固自己的地盘而互相残杀，便严正声明：要把力量用在抗日上，绝不不参与国民党军之间的窝里斗。这样，王尚志和阎珂卿想利用八路军打击对方的阴谋都没有得逞。

第五十五章　乔天华在平南

王尚志这个人闲不住。他见赵保原奈何不了他，阎珂卿怕他，八路军又不上他的当，便以平度三合山一带为基地，向平南拓展地盘。为什么他敢向平南拓展？因为他不久前收复了曹克明的队伍。曹克明脱离了厉文礼，成为王尚志属下的一个团，眼下又回到他的家乡高密与平度交界处，这里本来就是他组军的大本营嘛。于是，王尚志就命令曹克明，别管他日本人、八路军还是国军，除了四纵队，统统不准他们在平南要粮要款，见谁就给我打谁！那时平南的东部有国民党平度县长李德元的地盘，所以王尚志也常与李德元发生冲突，李德元也拿王尚志没有办法。

王尚志在平西和平北以及掖南没捞到的好处，竟然在平南捞到了。

可是，王尚志没想到会在平南遇到乔天华，更没想到会栽在乔天华手里。

乔天华组建第七支游击队

又要说说平度人乔天华了。在胶东八路军中，乔天华是一员善于为鲁迅剧团提供故事素材的战将。前面已经说了他曾经为鲁迅剧团提供了《哏呼鸟》《瓮中捉鳖》两个活报剧素材，从那就被鲁迅剧团盯上了。1940 年 8 月，打垮了张金铭的十八旅之后，八路军第五支队奉命向东出击，一路打到招远、蓬莱一带。乔天华带领特务二营于 10 月间在蓬莱击败松山、寨里两个据点约千名日伪军，并且活捉了一个鬼子兵。鲁迅剧团又根据这一事迹编演了《捉鬼子》的活报剧。胶东的八路军和抗日群众看了很受鼓舞，纷纷夸赞特务二营战士英勇善战。

可就在乔天华像一匹跑热了蹄子的战马，在胶东战场上纵横驰骋，连连取得辉煌战果之时，一场大病却把他给撂倒了。一场伤寒袭来，许多人受到传染，乔天华也在其中，整天高烧不退，昏迷不醒。听说英雄得了重病，时任五支队司令员的王彬多次到医院看望乔天华，叮嘱军医千方百计抢救他。王彬司令还吩咐他的爱人高文做了好吃的送到病房，精心护理乔天华。鲁迅剧团的战士们听说英雄病重，纷纷献出每月只有一元钱的生活津贴，为乔天华买补品。可是，由于那时的医疗条件太差，缺乏治疗伤寒的药品，乔天华的病情不但不见好转，反而越来越重，高烧经常超过40度。与乔天华同时患了伤寒的同志有几个已经死去了，乔天华也眼看性命不保。看着奄奄一息的乔天华，军医已经绝望，同志们默默流泪，只等着为他准备后事了。谁知一天早晨，昏迷中的乔天华竟然醒过来了，而且高烧也退了。大夫看着能下地走动的乔天华，感叹地说：真是天不灭乔啊！

大病初逾的乔天华身体太弱了，王彬司令命令他继续休养。就在他休养期间，平度家乡的侄子乔洪谟派人来找他了。

原来，自从乔天华带领平度抗日救国会升级为八路军，平度就少了一支重要的抗日力量，平度城里的日伪军也就更加为所欲为。这时，乔天华的侄子乔洪谟就又在乔家一带拉起了一支五六十人的抗日队伍，继续与日伪军战斗。平度城的日伪军当然视这支队伍为眼中钉，便一次次对乔家进行清剿。敌人的频繁袭击使乔洪谟他们难以应对。在一次敌人的袭击中，十几名战士受伤，还牺牲了三个。沉重的打击使这支缺乏训练的游击队陷入极度消沉的情绪之中。再加上乔洪谟又缺乏带兵经验，简直到了一筹莫展的地步。就在这时，乡亲们建议乔洪谟：去把你叔叔乔天华找回来吧，咱平度的抗战离不开他。乔洪谟顿时觉得有了救星，就立刻写了一封信派人送给在莱阳八路军医院休养的乔天华，恳请叔叔回来挽救这支抗日队伍。

乔天华看着侄子的来信，顿时心急如焚。他不能眼看着这支队伍继续遭受损失，没有多想就做出决定：回家乡把这支游击队带起来！于是他立即向上级提出了回平度的请求。王彬司令理解这个抗日英雄对家乡抗战的关切之情，但又向他声明：你现在已经是八路军的营长，一旦回家，就什么也不是了。乔天华笑了笑说：八路军能当营长的多的是，可平度抗战离不开我乔天华，我还是回去当我的游击队长吧。首长们被乔天华的无私精神深深打动，为了平度的抗战，只好忍痛割爱，批准乔天华重返平度发展抗日游击队。

1941年1月，乔天华回到乔家村，以乔洪谟组织的游击队为基础，很快在平度发展起一支300多人的抗日游击队，并命名为平度大队。这是乔天华自抗战开始以来带起来的第七支抗日游击队，也是他亲手组建的最后一支游击队。这支队伍后来也升级为南海独立团，成为正式的八路军。经乔天华之手成立的七支游击队，先后都升级为八路军，总共有3000人之多。

平度大队升级为南海大队

当时平南一带日伪顽军十分猖獗，南海区党政机关在那里站不住脚，为避免遭到敌人的袭击，经常在从平南到平北来藏身，最经常的是到有“八路窝子”之称的乔家村来休整。他们一般是白天在乔家一带隐蔽，晚上再回平南组织发动群众。那时南海区刚成立，还没有自己的武装。胶东区党委决定，将乔天华的平度大队划归南海区领导，平度大队改编为南海大队，乔天华被任命为南海区委军事部长兼南海大队大队长。南海区委书记刘宿贤兼南海军分区司令，胶东军区调五旅十四团参谋长刘静海到南海军分区任副司令，成为乔天华的顶头上司。刘静海真名叫肖镜海，山西寿阳人，1937年参加八路军，1938年入党，先后任八路军胶东五支队六十四团副营长、五旅十五团营长、十四团参谋长。刘静海本就与乔天华很熟，并且还与乔天华的侄女、乔天华原特务二营下面的连指导员乔新仪建立了恋爱关系。后来两个人真的结了婚，刘静海就成为乔天华的妹夫。刘静海在南海区屡立战功，从南海军分区副司令一路升到五旅十五团代团长兼政委、五旅参谋长、解放战争中晋升为华东野战军第九纵队二十五师副师长、三野二十七军第七十九师师长。新中国成立后，在抗美援朝战争中担任师长，后来一直干到兰州军区副司令员，1961年，晋升为少将。这已是题外话了。

说说胶东的四个“海区”

抗战时胶东的区划很有意思，国民党、日伪、共产党八路军各有各的区划。

1938年1月23日，刚刚当上国民党山东省主席的沈鸿烈根据抗战的需要，大刀阔斧地对山东进行重新区划，将全省划为17个行政督察区（也叫专区），督察区下辖许多县。胶东各县分属第七专区（辖荣成、文登、牟平、福山、海阳等县）、第九专区（辖栖霞、蓬莱、黄县、招远等县）和第十三专区（辖莱阳、即墨、平度、昌邑、掖县等县）。

而伪山东省公署，则实行省、道、县三级制，将全省划为四道二市（济南市、烟台市），青岛市直辖于伪华北临时政府。四道分别是鲁东道、鲁西道、鲁南道和鲁北道。鲁东道的范围包括整个胶东，辖平度等17县、烟台市和威海卫特别区、长山列岛特别区。1939年1月底，又重新划全省为10个道，登州道取代原来的鲁东道，辖烟台市、莱阳、海阳、牟平、文登、荣成、福山、蓬莱、黄县、栖霞、招远及龙口特别行政区、威海卫特别行政区等共1市10县和2个特别行政区，比原来的鲁东道略小一点，因为平度、掖县改属莱潍道了。

而中共山东省委则将全省划为胶东、渤海、鲁中、鲁南、滨海5个行政区，下辖22个专区、127个县及县级政区。在胶东，共产党的区划别具一格，将胶东区划为北海、东海、西海、南海四个“海区”。北海专区成立最早，因为蓬、黄、掖抗日根据地是共产党在胶东最早建立的抗日根据地，地处半岛北部，北海区也就率先成立。1940年9月，随着抗日烽火在半岛东端不断蔓延，胶东区委又决定成立东海区，辖文登、荣成、威海、牟平、海阳、福山等县。因为这些县都在半岛东部的海边上，这里的人也早就被半岛西部的人们成为“东海人”。紧接着到了11月，随着大泽山根据地的建成，以大泽山为中心的西海区宣告成立，辖掖县（原属北海区）、平度、莱阳、招远、昌邑、潍县等县，后来从掖县析出的掖南、平度析出的平西、招远析出的招北等几个县级行署也划归西海区。西海区党政机关包括西海区党委、西海军分区、西海区行署，经常驻在大泽山里的高家、所里头和韭园等村庄。

南海区成立于1941年7月，因地处半岛南部而得名。南海区是由从平度、莱阳、即墨三县析置出来的几个县组成。此时我的家乡平度县被分成平北、平西、平南三个县，平北和平西归西海区，平南就划归南海区。还有从莱阳析出的莱西、从即墨析出的即东县也划归南海区。

国共两方面各行其政，各自的政区设立时间先后不一，专署驻地多不固定。且因形势异常，政随军移，国民党队伍与共产党八路军、与日伪军之间的进退消长，三角斗争的错综变化，国共两方行政区的管辖范围也就随之扩展或收缩，经常进行区间调整，有的县难免被划来划去，难以说清归属。如平度在国民党的区划里就先后归第八和第十三专区，而在共产党的区划里就被分为平北、平西、平南和平东四县，分属西海和南海两个区。

在同一时空出现两种（或者国民党与共产党，或者共产党与日伪）或三种（共产党、国民党、日伪）行政体制的并存和斗争，这是抗日战争时期特有的现象。

平南根据地的建立

共产党于1941年成立了南海区，又有了自己的武装南海大队，平南根据地得以开辟发展，南海区委和军分区就在平南站住了脚。南海区以乔天华的南海大队为基础，发动群众参加队伍，很快就把南海大队发展成南海独立团。时任南海军分区司令的张怀忠兼任独立团团长，乔天华任副团长，具体指挥这支队伍。 南海军分区副司令员刘静海负责全区武装工作，在南海各县发展地方武装县大队、区小队和民兵组织。而南海行署主任就是被称为“七路半”的国民党人姜黎川。

南海区地处平度、莱西、即墨三县交界处，这里有一片方圆几十里的地方，名字叫河里套。“套里”地形复杂，大沽河和小姑河纵贯南北，河滩里芦苇丛生，河岸上树木参天。沿着大沽河往北直通大泽山区，进可攻，退可守，有利于同敌人周旋。 而这里往南 30 余里就是胶济铁路，从兰村站乘火车一个多钟头即可进入青岛。平南根据地的建立使八路军的根据地冲出了山区，扩展到平原，打通了从大泽山区南下青岛的方便之路，具有重要战略意义。

有了平南根据地，南海区的各级党政组织也相继从平北迁到平南。1941 年 7 月，南海地委书记刘宿贤率领南海党政机关由平北祝沟大王头村南迁河里套的马军寨一带。平南县工委和县署于同月随之从平北乔家迁到河里套。10 月，中共莱西南县工委成立后，也进入河里套地区活动。平南县大队、莱西县大队等地方抗日武装先后成立，配合南海独立团与敌人做斗争。

乔天华吓走曹克明

平南一带敌情复杂，蓼兰、蓝底、南村都有日伪军的据点，更有多支坚持反共立场的国民党地方部队。后来人们所说的“土匪司令多如牛毛”就指的这个地方。众多的队伍都要吃饭，当然都得向老百姓要。往往是日伪刚走，“国军”又来了，有时还走碰了头，免不了要开火。各类队伍轮番到各村向百姓要款要粮，老百姓几乎都被剥夺得家徒四壁 ，颗粒无存。日、伪、顽及大股土匪抢过了，粮食和家畜都被抢走了，小股土匪来了没什么抢，就抠磨眼，甚至掀起磨来扫磨盘，可见当地百姓的处境有多惨了。

乔天华带领南海独立团来到这里，首要的任务就是保护百姓，打击敌人对群众的掠夺。一连打了几场伏击，土匪再也不敢来骚扰，兰底和蓼兰据点的日伪军也不敢轻易出动了。但王尚志的四纵队却还是经常在这里抢粮。

王尚志见乔天华带着南海独立团挤进了他的地盘，就像眼里揉进沙子一般不自在，但又不敢孤注一掷，就采取“苍蝇战术”，不断地派小股队伍到平南来骚扰。乔天华刚要反击，他们却又像苍蝇一般逃跑了。有几次也曾派来上千人的“敢死队”，可都被乔天华打退了。王尚志最后把宝押到他的曹克明团身上，要求曹克明把乔天华挤出平南。这曹克明与乔天华既是对手又曾是联合抗日的友军，1939 年春，曾与乔天华一起在三泊一带联合击败过日军的袭击，亲眼看到乔天华的平莱大队英勇善战，还割下两颗鬼子头挂在大树上，所以对乔天华敬而远之。迫于王尚志的命令，曹克明又只能装出与南海独立团作战的样子，可是双方一交火他立即命令撤退，生怕吃了乔天华的亏。几次下来，乔天华火了，他写了一张条子派人送给曹克明，大意是: 曹克明，你这也算带兵打仗吗？你就是能跟我南海独立团打十分钟也算你好样的，你这样连一二分钟也坚持不了，一打就跑，烂地瓜一样，丢不丢人？我实话告诉你，前几次我是看在你还抗日的面子上照顾你，下一次我可就不讲情面了，你就准备给自己收尸吧！这一封信堪比千军万马，吓得曹克明再也不敢来骚扰了。因为有了南海独立团，平南一带的百姓过了一段安稳日子。

想那曹克明，本是不怕死的抗日英雄，可在八路军乔天华面前却变得缩头缩尾，不堪一击。没有别的原因，只因他拉队伍的本意是为了抗日，叫他跟共产党八路军对垒，他总觉得理不直气不壮。再说，背叛共产党加入国民党这些年，他也跟着学会了一手，就是不管形势如何，首先要保存实力，不能把自己的老本拼光了。曹克明幸亏保存了实力，直到抗战胜利他一直握有自己的队伍，当着国军的团长。

跟鬼子藏猫猫

当然，最不能容忍共产党领导的抗日武装在平南落地生根的，还是日本人。1942 年 9 月，青岛方面的日军纠集了 2000 多兵力来南海区扫荡。当时乔天华带领南海独立团驻扎在平南安子坵。一天，独立团正在吃早饭，侦察员报告，上千名日伪军正包抄过来。这次敌人来势汹汹，速度快，火力猛，独立团在转移时牺牲了三个人。更紧急的是，独立团向东撤出四五里时，日军的 100 余骑兵追了上来。骑兵追步兵，步兵还有个跑吗？独立团面临灭顶之灾！此时最能考验一个指挥员的才能，若指挥不当，部队很快就会被敌人的骑兵吃掉。且看乔天华是怎么指挥的。他跑着跑着，突然站住脚，向大家大喊一声：“都别跑了，咱们两条腿跑不过四条腿的！都给我散开，趴下，听我的命令再一齐开火。要节约子弹，不准放空枪！”战士们哗地一下就地卧倒，枪口对准敌人的骑兵。当敌人离独立团只有 50 多米时，乔天华还不下令开枪。40 米了，连日本鬼子龇牙咧嘴的模样都看清了，乔天华还是没发出命令。就在敌人的骑兵冲到离独立团不到 30 米远时，乔天华嘴里喊声“打”，自己的匣子枪一挥，随之一声枪响，一个鬼子骑兵应声落马。此时独立团的战士们一齐开火，愤怒的子弹向敌人射去。独立团的枪支虽然比不了日本人的三八大盖子，但由于离得近，战士们的枪法显得特别准，不是打人就是打马。数排子弹打出，敌人死伤 30 多名，战马到处乱窜。看到敌人再也不敢靠近了，乔天华才指挥独立团分层次相互掩护着撤退。他们左转右转，转到杨家庙，总算甩掉了敌人骑兵的追击。乔天华创造的这种步兵打骑兵的战法，后来被胶东八路军总结为“步兵不跟骑兵赛跑，敢于近战贴地卧倒，不是打人就是打马，一枪一个肚子管饱”。

独立团刚到杨家庙隐蔽好，又见敌人的 20 多辆汽车顺着离村子不远的公路开来，开到离杨家庙只有 50 多米的地方就停住了。几个日军军官在用望远镜向村子里瞧着，似乎在商量如何包围这个村子。眼看即将被敌人包围，乔天华的脑子在飞速地运转。他首先觉得不能在村子里跟敌人交火，敌人既有轻重机枪又有迫击炮，仗一打起来，队伍和百姓都要遭殃。必须趁敌人还没部署好的时候，打敌人一个措手不及！只有不到一分钟的考虑，乔天华就果断地发出了命令：“全团一分为三，阎营长带左队，唐副营长带领右队，我带一个连队居中。全体人员都把手榴弹拉出弦来拿在手里，最好能把手榴弹扔到敌人的汽车上！”三路人马很快准备好了，乔天华命令道：“独立团的同志们，成败在此一举，生死在此一搏！我命令，跑步冲啊！”三支队伍像三把尖刀向敌人的汽车冲去。这时，敌人还没来得及全部下车，机关枪还没架起来，迫击炮炮弹还在汽车上。鬼子一看三路人马从村子里冲出来，人人手里都挥舞着手榴弹，像一群不知死活的疯子一般向汽车包抄过来，吓得一片惊叫声。一个军官挥舞着指挥刀，拉开车门跳上汽车。众鬼子也争相往汽车上爬。侥幸的是鬼子的汽车司机都还在车上，立刻发动了车。有的向南开去，有的朝北逃窜。乔天华命令“投弹”！上百颗手榴弹飞向汽车，轰隆轰隆炸响。但由于离敌人的汽车远了点，一辆也没炸着。人是追不上汽车的，乔天华只好命令大家用枪兜着汽车的屁股一阵扫射。只可惜日军汽车跑得比兔子还快，一会儿就不见了踪影。

乔天华指挥独立团以迅雷不及掩耳的速度袭击日军车队，也被胶东八路军传为佳话，叫作“南海独立团跑得比鬼子的汽车快，鬼子的汽车跑得比兔子快”。

就这样，乔天华带领独立团在平南与敌人藏猫猫，敌进我退，敌疲我打，敌驻我扰，傍晚进驻在水泊村，半夜又回到安子邱，使敌人摸不到，够不着，时时处于被动挨打的境地。战士们高兴地说，跟着乔团长在平南转，光沾光不吃亏！

冲出日寇大包围

前面说到，1942 年 10 月 8 日，日寇开始推行第五次“强化治安”行动，对胶东实行重点扫荡。敌人从半岛东西两端向中间压缩，东端由侵华日军最高司令官冈村宁次亲自到烟台进行部署，抽调了 15000 多日伪军，自东向西拉网扫荡。一个月后的 11 月 17 日，上万名日伪军乘坐 270 多辆汽车从青岛开到掖城，然后兵分两路由西向东拉网扫荡，妄图一举消灭胶东八路军，以便抽出兵力参加太平洋战争。

一时间，青（岛）沙（河）路上汽车轰鸣，沙尘滚滚，人喊马嘶，日伪军一路向北匆匆进发。所经之处，日军派出步兵，沿公路两侧撒开大网，挨村扫荡，追杀抗日军民。

平度南部是敌人从青岛进攻胶东的必经之路，所以首当其冲的便是驻在平南的南海独立团。那天，驻扎在砖西邱村的独立团刚要开早饭，侦察员急匆匆向乔天华报告：敌人正朝着这边开来，离砖西邱已不足10里。乔天华马上命令：稀饭喝掉，干粮拿着，边吃边向村后转移！独立团迅速在村后集合好，便衣又来报告：有两路敌人包抄过来。乔天华举目向东边不远处的兰底通平度城的公路看去，那是独立团转移唯一的通道。可是，一道刺眼的白光闪过，乔天华连忙细看，原来那是敌人架在公路边的机枪发出的光芒。看来，东去的道路已经被敌人堵死了。这样一来麻烦就大了。北面是有日伪重兵把守的平度城，西面是国民党顽军王尚志、董希瞻的地盘，扫荡的日伪军又是从南边过来，独立团除了向东转移是没有别的道路可走的。可是，如果独立团真的向东转移，那岂不正中日军下怀？

乔天华稍作思考，很快做出决断，命令部队反穿棉衣，向北边平度城方向开拔！同志们一听都惊了，向平度城转移？难道我们要自投罗网吗？乔天华笑了笑说：我是叫你们朝平度城方向走，又没说进平度城。我们在离平度城六七里处的狮子口村向西转，转到城西李子园一带再向北转。城西是国民党顽军和日伪军的接合部，敌人一时分不清我们是哪一方的队伍，当他们搞清楚时，我们不是早就转移到城北的山区了吗？

大家一听，都放心地笑了。

于是，乔天华带头，独立团排着整齐的队伍向北走着。乔天华的步子不快也不慢，就像在带队操练。远处的敌人拿着望远镜往这边看，由于独立团反穿衣服，他们一时弄不清这是一支什么样的队伍。特别是队伍竟然大模大样地排着整齐的队伍往平度城方向走，按照敌人的推断，八路军游击队是不敢朝那个方向走的，敢于在日军面前不慌不忙地行军的，应该是汉奸队伍。当然也因为参加扫荡的日伪军是临时抽调来的，更难迅速搞清平度境内的军情。南海独立团就这样在日军的眼皮底下轻松地走出了敌人的包围。

独立团顺利来到平度城南六七里处的狮子口附近，便掉头向西。大家刚松了一口气，忽然，负责殿后的侦察员匆匆来到乔天华身边，向后指了指说："乔团，汽车！"乔天华往后一看，只见约一里外有一队十几辆汽车沿着公路自南向北开过来。这时大家也都发现了敌人的汽车，开始发慌起来。乔天华说："大家不要慌，这是敌人的辎重部队，他们是向平度城运送物资的，不是对付我们的，大家该怎么走还怎么走，谁也不准跑！"一边走着，乔天华已经抽出腰里的匣子枪，对侦察员说："告诉大家，子弹上膛，如果敌人开火，听我一声令下立即还击；没有我的命令，谁也不准开枪！”侦察兵点点头，后退着把乔天华的命令传达给每一个人。真是奇了，独立团迈着整齐的步伐向西走着，而敌人的汽车队也轰鸣着擦过独立团的后尾，径直向北边的平度城开去了。大家从心里佩服他们的乔团长过人的胆识。

队伍到了城西五六里时，乔天华命令转向北走。刚走了两里多路，前边不远处是一个村子。这时，忽然从村里跑出一个中年农民，见了乔天华就拱手作揖地说：“老总，求求你们千万别进俺这个村啊，进了就了不得了……”乔天华叫他别慌，慢慢说明为什么不准进村。原来，这人是个村长，说村里住着治安军，你们开进去肯定会打起来，一打起来还不把我们的村子给打烂了？村长说着又打躬作揖，几乎哭了。乔天华故意吓唬说：“我们就是为消灭他们才开来的，怎么能不进村呢？”那村长一听，“扑通”一声跪下了，连连给乔天华磕着头，哀求他们不要进村。乔天华看出这个村长是真心为村民们着想的了，就说，好吧，我们不进你们村了，那边那个村是不是李子园啊？那村长说是、是、是，不过那里面也有队伍，是伪警备队的，正在修据点呢。乔天华说，好吧，我们就从李子园边上往北走，你回去吧，别人问起来你就说是过路的，再什么也别说。那村长就连连说着是是是，打个躬返身进村去了。

乔天华说声“走”，便带着队伍从李子园村东边的小路往北走去。村里修据点的伪警备队是伪县长张松山的队伍，胆子特别小。有个家伙提着一桶石灰爬到架子上问道：“你们是哪一部分的？”乔天华大声呵斥道：“干你的活！再问我一枪崩了你！”吓得那人再也不敢出声，连忙从架子上缩了回去。乔天华命令部队：“跑步前进！”大家跟着他撒开脚丫疾速地跑了起来，很快就跑过了李子园，来到崔家茔村了。直到这时，平度城里的日军才弄明白这支队伍是在平南“失踪”的南海独立团，立即派出骑兵追来。可是晚了，乔天华已经带着独立团占领了崔家茔北山，再往北就进入大泽山区了。敌人看看独立团已经占领了制高点，自知强攻不会有好果子吃，只好打了几枪，一无所获退回平度城去了。乔天华立即带领独立团向北开到黄道口住下，此时天已经黑了，部队便在黄道口北山上就地宿营。他们本来可以到大泽山里面去好好歇一歇，休整几天。可是，乔天华对战士们说，我们是南海独立团，我们的责任是保护平南的老百姓，咱们必须尽快回到平南去！

第四天晚上，乔天华又带着独立团神不知鬼不觉地开回了平南。此时，青岛方面前来“扫荡”的大股日伪军已经北去。独立团的战士们对着空旷的平南大平原欢叫起来：平南啊平南，我们又回来了！

第五十六章　国共合作打击“国军”王尚志

平南独立团为躲避日军的扫荡离开平南转移到平北，可把一直觊觎平南的王尚志高兴坏了。他抓住这个机会，趁日本人北上东去的空档，立即派一队人马从平西开到平南的蓼兰、兰底一带抢占地盘，并开始在好几个村子修据点。只要建立了据点，就把他的势力范围从平西扩大到平南了。可是他哪里会想到乔天华耍的是拖刀计，只走了三天，又突然杀了个回马枪，带着南海独立团回来了。乔天华来得突然，王尚志猝不及防。不出三天，刚刚动工修得半零不落的几处据点就被独立团给铲平了，四纵队的人又被赶回平西去了。王尚志想想很是窝囊，堂堂国民党鲁苏战区第四纵队，洋洋3000多人枪，竟然多次被只有几百人的南海独立团赶得跑来跑去，多丢人哪！王尚志自知不能仅靠自己的力量来跟八路军较量，应该与其他部分的国军和游击队联合起来对付八路军。他终于认识到“团结一致反共反八”的重要性了。于是，他主动向阎珂卿、董希瞻他们示好，表达了团结反共的意向。

就在此前不久，阎珂卿他们还跟着赵保原讨伐王尚志，如今王尚志又来联合他们，他们肯干吗？干啊，为什么不干？国军自己打自己，那是国民党自己的“家事”。而跟共产党八路军的事情可就不同了，平北有大泽山，平南有河里套，这两个八路军的根据地占领了平度南北两头，占去了山区和平原的大片地域，再任其这样下去，平度还不成了共产党的了？堂堂国军，上万人马，连个平度都说了不算，丢人不丢？于是，他们与王尚志一拍即合，仇人一下子就成了自己人。这也是“兄弟阋于墙，外御其侮”呢。对于国民党来说，共产党这个敌人，比日本人还可怕。

就这样，赵保原责成阎珂卿、董希瞻、曹克明、张汉、张景岳等平西平南的国民党顽军上万人马全都聚集到王尚志旗下，成立了“南路剿匪指挥部”，推举王尚志任总指挥，计划以大兵压境的人海战术，由西向东，平推直进，一鼓作气消灭南海独立团，誓将共产党八路军赶出平南。

乔天华运筹帷幄

那是1942年底，乔天华带着南海独立团住在平南陈家顶，平南县县大队大队长刘德礼带着县大队住在安子圻。一天拂晓，哨兵报告，安子圻方向传来枪声。乔天华立即命令独立团紧急集合，要去支援安子圻。刚集合好队伍，刘德礼就带着平南县大队从安子圻撤过来了。刘德礼隔老远就紧张地向乔天华报告说：乔团，安子圻被四纵队高云生团夺去了，西面各村也都被四纵队占了，说不清他们有多少人，正在往这边行进，看来这次是来者不善！乔天华沉着地说：大家别紧张，县大队没吃亏就好。王尚志是咱们的手下败将，他人多顶什么用？屎壳郎倒多，砸一石头哄的一声四下逃命！乔天华继而分析说，国民党联军虽然人多，但他们是七凑八凑的乌合之众，根本不齐心；再说，他们人多也不是集中在一起，而是由南到北排列部署，战线拉得很长，面对我们的只能是一部分，我们只要击破他的一部分，他们就会全盘皆输！乔天华一番话，稳定了慌乱的军心。接着他向刘德礼发出第一道命令：县大队立刻往回走两里路，抢占安子圻与陈家顶中间的坟地，无论如何要守住那十几个坟头，没有命令不准撤退！刘德礼答应一声“是”，带着县大队匆匆走了。乔天华又发出第二道命令：郭孟泽连长立即派人出去侦察敌情。郭孟泽答应一声，带上几个侦察员到安子邱一带侦察去了。就在这时，南海地委书记刘宿贤派通讯员送来一封信，信中向乔天华发出绝令：要不惜任何代价，坚守我们的平南根据地，决不能让四纵队把平南夺了去！乔天华让那通讯员回复刘宿贤书记：请地委放心，只要有独立团在，平南就丢不了！

郭孟泽很快就带回了侦察结果：四纵队联合十几个司令一起来攻，人数10000有余，正从南到北成一条线向东推进；占领安子邱的先头部队确实是高云生团，据说高云生很能打仗，手下还有个叫“黑眼”的神枪手，百发百中！

乔天华觉得眼下的事态比对付日伪军的扫荡还要严重。日伪军从外地来，人生地不熟，总归好对付一些。而王尚志他们对平南熟悉，一个南海独立团的兵力显然难以战胜十几股上万人的顽军。怎么办呢？

乔天华的计策是，依靠自己，借助友军。重点突破，打蛇打七寸。可是乔天华还有“友军”可借吗？不是说平西平南的十几股顽军都跟着王尚志来攻打独立团吗？借谁的啊？

乔天华想到了姜黎川的部下韩福德。

姜黎川变脸，韩福德还是讲义气的

韩福德是姜黎川的主力团，眼下驻扎在胶州李戈庄，离南海独立团住的陈家顶只有几里路。

乔天华写了一封信，派人速交韩福德，向他借兵。

如果是在一个月前，韩福德会毫不犹豫地答应乔天华。可是，现在却不行了。因为他已经接到姜黎川的命令：严禁再与共产党八路军打交道！这就奇了，头戴共产党加封的中共特别党员、特别旅旅长、胶东临时参议会参议长、南海区行署主任诸多光环的"七路半"姜黎川，怎么会突然下达与共产党绝交的命令呢？不但乔天华不明白，韩福德也不太清楚。

原来，此时有两个关键人物来到了姜黎川的司令部。一个是我们久违了的国民党山东保安独立第十八旅原旅长张金铭，一个名叫丁德先。张金铭的十八旅被打垮后，平度人一直不知他的去向，原来他到时在皖北的国民党第九十二军军长李仙洲手下当了参议。丁德先原是姜黎川的副司令，因为坚持反共，力劝姜黎川不要跟八路走得太近，但姜黎川不听，所以他一气之下离开了姜部，也到李仙洲那里当了参议。1942 年底，蒋介石准备发动第三次反共高潮，把山东作为反共的战略重点之一，命令李仙洲入鲁，并任命其为第二十八集团军司令。李仙洲还没到山东，就已经盯上了姜黎川，派张金铭和丁德先到胶东当说客，说服他与共产党分手，作为胶东反共的主力军。李仙洲承诺，姜黎川果真同八路军断绝关系，就封他为鲁苏战区独立挺进第二纵队司令。面对大兵压境的"国军"的召唤，姜黎川再次错估形势，认为李仙洲势力太强，山东的八路军绝对不是李仙洲的对手，共产党的胶东根据地必为国军占领，便决定再次与中共分手。他首先向胶东军区发出电报，表示要辞去特别旅旅长职务。为了争取姜黎川继续合作抗日，胶东行署、胶东军区紧急电招姜黎川到海阳青山会谈，表示理解他的处境，同意他辞去特别旅旅长职务，但要求他仍然与八路军团结抗日，不要走上反共道路。姜黎川表面上答应了，可返回胶县防地后，立即开始排共，毫不客气地将在副官处工作的 20 多名共产党员"礼送"回胶东军区。这是姜黎川第二次与共产党分手了。

但此时的姜黎川虽然已经开始排共，却还没有公开与共产党决裂。他既不想加入王尚志一伙去打八路军，但也不想帮助八路军去打王尚志。他的态度是坐山观虎斗。

乔天华就是在这个节骨眼上想到向韩福德求援的。

乔天华的要求，可把韩福德难为住了。难为什么？上司有令，执行就是。

可问题不是这么简单。人心都是肉长的，许多人还是很讲感情的。近两年来，韩福德与乔天华在平南联合作战，既打日本也打王尚志，建立了密切的战斗友谊。两个人都曾缴获过日军的食品罐头，经常约到一起喝酒庆贺。韩福德最佩服乔天华有勇有谋，百战百胜。乔天华佩服韩福德是姜黎川的一员抗日猛将，在抗战中屡建战功。现在乔天华有难来求，韩福德出于个人感情，不好推却。可是，既然有姜黎川的命令，再与八路军发生联系就是违抗军令；同时，韩福德也怕帮了八路军而得罪王尚志。就在韩福德为难之际，乔天华又派人来了，给韩福德出了个巧妙的主意：不需他们与王尚志的人交战，只要派一个连穿着便衣向冷冠荣住的窝铺方向行进就行了。面对朋友的恳求，又听说不用他打仗，而且不是直接与王尚志对阵，韩福德也就勉强答应了。于是他便捏着一把汗，带着一个连，要大家都反穿衣服，慢腾腾地从李戈庄向窝铺开去。守卧铺的冷冠荣以为是南海独立团来攻他，吓得连忙跑到安子坵与高云生会合去了。韩福德没费一枪一弹就占领了卧铺村，暗地里帮了八路军一个大忙。

这时，乔天华又发出一道命令：七连速到五里外的许邱村外待命，听到这边打响进攻安子邱的枪声，就立刻向住在许邱村的曹克明团攻击，即使打不跑他，也不准他离开许邱向安子邱高云生部增援！

两军相遇勇者胜

吓跑了冷冠荣，扼住了曹克明，乔天华的前两招一施展，就把高云生驻扎的安子坵孤立了起来，这时再来对付他，就没有后顾之忧了。一切安排就绪，乔天华便带领队伍摸到了安子邱附近的莹盘里与平南县大队会合，这里离安子坵仅有一里半。

也该高云生倒霉。他自恃兵强马壮，又有上万人给他当后盾，根本就没把南海独立团放在眼里。用兵法上的话说，属于“骄兵”。此时此刻，高云生正带领他麾下的十几个大小军官，明目张胆地站在安子邱东门外面，对着陈家顶方向指指画画，看样子是在策划如何向陈家顶进攻。那个叫“黑眼”的神枪手，此时正端着长枪，对着陈家顶方向瞄准呢。乔天华看到高云生根本没有什么准备，正合了兵法上所说的出“奇兵”的大好时机，这机会太难得了。他立即命令迫击炮手对着安子坵东门外的目标开炮。那迫击炮手堪称神炮手，一连三发炮弹，都在安子邱东门外高云生的大小军官们之中开了花。高云生那边的军官被打倒了五六个，其中还有一个副营长。多亏高云生命大，被“黑眼”和护兵架着退回安子邱东门里。乔天华命迫击炮手继续向村子里开炮，高喊一声“同志们冲啊”，带领队伍如猛虎下山一般向安子坵冲去。都怪高云生骄横轻敌，根本没有准备。再加独立团出的是奇兵，冲锋又极其神速，一霎时就冲进了安子邱。高云生的队伍连枪栓都拉不开，纷纷叫爹喊娘地向村西溃退。神枪手“黑眼”也只顾护卫着高云生逃命，慌忙中回身开枪，别说是百发百中，连一发也不中了。安子邱就这样被夺回，高云生率部逃到辛庄去了。与此同时，住在许邱的曹克明团也被七连打跑了。乔天华趁热打铁，命令部队乘胜追击，并命七连防守右边的毛家，以防敌人从侧面袭击。左侧尚缺掩护，乔天华就向韩福德再借一个排防守左侧。韩福德不愿继续配合下去，托词说姜黎川命令他赶快回去。乔天华变了脸说：都说你韩福德是顶天立地的英雄，怎么今天倒像个娘们儿一样没有主意，帮人哪有不帮到底的道理啊？韩福德委屈地说，不是我不帮忙，实在是军令难违。乔天华说，你别怕，这次还是不叫你跟王尚志的人开火，只要你们在左侧显示一下这里有队伍就行。如果弟兄们害怕，就让他们趴在河堤上，用枪挑着帽子晃荡几下就可以了。韩福德只好答应了。一切安排停当，乔天华便带着五连、六连和平南县大队向辛庄冲去。此时的高云生和冷冠荣的人马已成惊弓之鸟，一看八路军又来了，连滚带爬地撤离辛庄，继续向西逃窜。住在辛庄以西各村的“国军”看到连高云生这样的王牌团都败退下来，不明前面敌情，也只好后退，比高云生的人跑得还快。真是兵败如山倒啊，从南到北十几个村的“国军”，本来摆好了向东推前进的架势，看到前边有退兵卷来，就像得了逃跑传染症，争先恐后地向西逃窜，有的互相拥挤践踏，竟然把自己人踩伤了。事后听从王尚志那边回来的民伕说，“国军”队伍一气向西跑出 20 多里方才住下，直到天黑了才埋锅做饭。可是刚做熟饭，还没吃到嘴里，不知谁喊了一声“八路又来了”，吓得大家扔了饭碗就跑，一直跑到胶莱河边去了。

这一仗打得真是漂亮，粉碎了顽军上万人的进攻，南海独立团和平南县大队竟然无一伤亡！战后，韩福德带着他的军官来见乔天华，十分敬佩地对他的部下介绍说：看看八路军的官兵，一个个打起仗来像小老虎，一个顶一百个。乔天华说，我得谢谢你们的帮助呢。韩福德连说“惭愧惭愧”，带着他的队伍回李戈庄去了。

王尚志纠集的十几支队伍号称上万人马的进攻，就这样被乔天华带领的南海独立团和平南县大队粉碎了，平南根据地保住了。

这一仗，无论从兵力上还是从武器上说，南海独立团都处于绝对的劣势，可是竟然赢了，而且赢得似乎太容易，令今人觉得战争好像小孩过家家。其实，此战的胜败，胜者胜在有乔天华这样胆大心细、指挥有方的指挥家，胜在南海独立团、平南县大队陷之死地而后生的决心。当然还胜在乔天华善于出奇制胜的指挥艺术。而败者败在顽军各部原本是相互打斗过的仇雠，虽然拼凑起来，也都是各自心怀鬼胎，大敌当前，首先想到的是自保而不是拼命。更有意思的是，作为“国军”方面的韩福德部，在“国军”进攻八路军的时候帮助八路军吓唬“国军”，对共产党来说这是沾了国共合作的光。而对于国民党来说，这却是国共合作给他们种下的恶果。归根结底是胶东国民党队伍乱象丛生，这已经预示着他们最终的命运应该是什么样的了。

第五十七章　李仙洲入鲁，姜黎川反共

八路军南海区这次击退王尚志为首的十几股国民党顽军的进攻，同为国民党的姜黎川的部下韩福德能够助一臂之力，不仅仅因为韩福德讲义气，根本原因还是姜黎川曾经是个与八路军有着密切联系的“七路半”。姜黎川其人本来是非常忠于“党国”的，他抗日坚决，战斗英勇；赞成国共合作，与八路军联合作战，目的还是为了打败日本，捍卫“党国”利益。他与八路军的关系走得比其他“国军”近，完全是因为国民党内部的派系之争使他常常处于不利的地位，为了加重自己与国民党其他势力竞争的砝码，才不得不向八路军靠拢。一旦有了他以为更有力的靠山，他便会重新回到国民党的阵营。实际上，姜黎川已经背叛了八路军一次。

“七路半”就是“七路半”，即使只有半步之差，也终归不是八路军。即使共产党把他吸收为特别党员，姜黎川也从没忘记自己是“党国”的人。

姜黎川习惯于用国民党的眼光来观察形势

姜黎川出身新闻记者，善于眼观六路耳听八方，综合各类信息以供自己决策。

他看到，1942 年前后，国际上风云变幻，大事不断。1941 年 12 月 7 日，日军偷袭珍珠港，使美国吃了大亏，逼得美、英对日宣战，致使太平洋战争爆发。到了 1942 年 6 月，欧洲那边，德国又对苏联不宣而战，把苏联拖进二战的战场。德、日法西斯疯狂至极，到了头脑发昏的程度，为自己创造了全世界最广大的反法西斯对手。反法西斯力量的扩大，使蒋委员长率领的中国军队有了强大的同盟军，中国不再自己孤军抗日。而到了 8 月，对国民党来说又有好消息传来，中共的强大后盾共产国际宣布解散！共产国际解散了，中共就失去了“靠山”，很可能会失去苏联的支援（实际上苏联并未停止对中共的援助）。姜黎川据此认为：国民党本来面对日军的疯狂进攻和共产党八路军的迅猛发展两大难题，现在这两个难题都变得不难解决了。德国法西斯败象已显，如果德国失败，日本也将陷入唇亡齿寒的境地，必败无疑。第二个难题是中共方面，现在又失去了共产国际这个后台，成为孤军。这一切，对国民党来说无疑都是利好消息！

就在姜黎川举棋不定的时刻，蒋介石又发动了第三次反共高潮。

这似乎有些不合逻辑。按说，这时的中国抗战正处于关键时刻，胜利的曙光已经出现，国共减少摩擦，共同对敌，才是全国人民所希望的。然而，蒋介石目光独特，在看到转机的同时更看到了危机。八路军、新四军和共产党领导的根据地利用抗战的机会日益壮大，这只老虎不能再养下去了，必须立即斩杀！处于胶东根据地的姜黎川从最基层看得更是明白，如果任其发展，共产党八路军必然成为国民党最强大的对手。

国民党的第三次反共高潮大致是从 1943 年 3 月到 10 月，而更早的准备从一年前就开始了。1942 年 2 月，蒋介石任命他的嫡系、第九十二军军长李仙洲为第二十八集团军司令，命他准备由皖北入鲁，接替反共不力的鲁苏战区总司令于学忠。李仙洲人还未到山东，就派出张金铭和丁德先来劝说姜黎川回归“党国”。

前面我们已经交代过，在张金铭和丁德先的劝说下，姜黎川决定与共产党分手，并开始排共。但那时李仙洲部毕竟还没有进入山东，姜黎川也就只排共而没有对共产党动手。他已经与共产党分过一次手了，而在最困难的时候，共产党不计前嫌，出手相救，与他二次合作，还给他加了许多官职。如果从个人感情出发，他没有任何理由反共。这次如果再与中共分裂，肯定是有去路无回路，所以他要三思而行。因此就有了他的部下韩福德配合共产党的南海独立团打击王尚志的插曲。他并没责怪擅自行动的韩福德，因为他那时虽然已经辞去八路军特别旅旅长的职务，但他还是共产党的胶东临时参议会的参议长，并兼着南海行署的主任呢。

到了 1943 年初，李仙洲的第二十八集团军开始率军入鲁，于学忠奉蒋介石之命离开山东。李仙洲入鲁，加强了国民党在山东的政治、军事基础，使国民党在山东这块战略要地上的势力，与共产党相比处于绝对优势的地位。那可是六七个师十几万人马的正规部队啊，山东的八路军肯定不是“国军”

的对手。又有消息传来，在陕北，胡宗南率50万大军把陕甘宁边区包围了起来，这更使姜黎川觉得中共已经面临绝境了。

就在这时，李仙洲派人送来了委任状，真的任命姜黎川为国民党鲁苏战区独立第二纵队司令。像上次一样，“娘家人”也不计前嫌，而且封的官职比共产党给他的特别旅旅长的职务还高，这就更使姜黎川感恩戴德，倍感温暖。姜黎川权衡再三，认为自己不能再犹豫不决了，于是把牙一咬，走上了反共的道路。

姜黎川向共产党开刀了

首先，姜黎川在他的地盘上大造反共舆论，反共标语贴得大街小巷到处都是，以向“党国”表示他的反共立场。接着他开始了实际行动，在防地内严格清查和驱赶共产党八路军的干部家属，在队伍内部限制官兵接近八路军。对于尚在队伍里的共产党员和亲共力量，姜黎川采取软硬兼施、威逼利诱等手段，能拉则拉，不能拉就打击排斥，逼他们离开。共产党员、二团团长姜北海是与姜黎川一起拉队伍、跟随姜黎川出生入死屡立战功的得力干将，姜黎川不好明着赶他走，就为他出难题。最后，姜黎川免除了姜北海二团团长职务，将其降为工兵队队长。工兵队的任务主要是排雷和破袭，危险性大，姜黎川以为这样安排，江北海肯定会被挤走。可姜北海并非贪生怕死之辈，只要是叫他去打鬼子，他一句二话不说，拉着队伍就走。这个忠诚的共产党员要用实际行动来向姜黎川表现他的抗敌救国之志，以感化和争取姜黎川。一次，姜黎川命令姜北海带领只有40名老弱士兵的工兵队，大白天到日军据点附近破坏公路。姜北海明知此去凶多吉少，也明知姜黎川是在为难自己，但毫不犹豫地带领工兵队开向指定地点破袭公路。由于是大白天，工兵队很快被日伪军包围了。姜北海率领工兵队的老弱士兵同鬼子进行了激烈的战斗，结果是工兵队大部分被日军歼灭。姜北海身负重伤，但他宁死不当俘虏，吞服毒药自尽。姜北海的亲弟弟姜致和当时也还在姜部担任营长，党内职务是中共胶县县委军事部副部长。姜北海牺牲后，姜致和闻讯赶到出事地点，掩埋了哥哥的尸体，收集了散落的队伍，仍然坚持在姜部抗日。不久，姜黎川竟以“违反军纪”的“莫须有”罪名将姜致和枪毙了。

姜黎川终于由联共、排共、再联共、再排共，发展到向共产党开刀了！

共产党忍无可忍

面对背信弃义、疯狂反共的姜黎川，共产党八路军忍无可忍，决定向姜黎川发起反击。1943年4月25日，胶东军区发出《告胶东抗日军民书》，痛斥了姜黎川反复无常的卑劣行为，呼吁制止胶东国民党顽固派不抗日、专门制造内战摩擦的恶劣行径。姜黎川不但不听劝告，反而于7月向平南八路军根据地进犯，逮捕并杀害了一批共产党的政工干部。在此情况下，胶东临时参议会召开参议员大会，罢免了姜黎川参议长职务。1943年8月初，南海军分区成立了“讨姜”指挥部，军分区司令员卜才（肖镜海）任指挥，军分区政委刘忠华任政委。8月11日，指挥部下达进攻命令。八路军五旅十四团在南海独立团的配合下，于半夜11时向姜部发起进攻。一贯与八路军并肩作战、在日伪面前毫不手软的姜黎川，拉队伍以来还是第一次与八路军交手呢。也可能他的部下不想与八路军拼命的原因吧，姜黎川部竟然变得不堪一击，仅仅经过两个小时的战斗便抵挡不住了。姜黎川只好率队仓皇逃到胶济路南，只等李仙洲的主力部队来救他了。

抗战8年，姜黎川在前6年这么长时间中，真心实意地与共产党合作，在抗日战场上屡建功劳。当他在国民党内部的相互倾轧中遭遇危机、走投无路时，是八路军给他雪中送炭，帮助他重振雄风。可是，一旦走上反共的歧路，抗日名将也只能是一败涂地。可惜，可叹！

李仙洲入鲁反共亏大了

姜黎川跟随李仙洲走上反共道路，并没出现他所预料的山东八路军被征服的结果。

李仙洲部自1943年初开始陆续由皖北进入鲁西。由于徐州以南、以东地区日伪军封锁严密，不易通过，只能以湖西（微山湖以西）和鲁西南地区被国民党地方部队占据的地盘为跳板进入鲁南。而湖西和鲁西南又有八路军的根据地，与国民党地方部队形成犬牙交错之势。李仙洲打算在通过湖西和鲁西南时来个顺手牵羊，乘势把这两个地区的八路军赶走，使这一地区成为山东与皖北的方便通道。从年初开始，李仙洲首先命令第二十一师六十二团进至湖西，并将国民党山东第十一专区专员曹班亭的保安部队与六十二团合编为暂编第三十师，占据单县、砀山边境一带。1942年2月2日，又令第一四二师四二六团及暂编第五十六师第三团进入湖西，并且四二六团很快到达鲁南。3月24日，李仙洲再令一四二师师长刘春霖亲率另外两个团四二四、四二五团进入湖西、鲁西南。刘春霖将四二四团留在湖西十字河地区，自率第四二五团东进鲁南。到四月中旬，李仙洲部就有三个团到达鲁南。

时在国共合作时期，又处于抗战的关键时刻，如何对待李仙洲率“国军”

入鲁，是中共面临的一道难题，处理不好会被人抓住破坏国共合作的口实。当然，中共对不友好的国民党部队的进攻也从来是毫不客气的。中共山东分局于 1943 年 1 月发出了《关于李仙洲部来鲁后的统战工作指示》，提出的指导方针是“坚持斗争，巩固阵地，展开疏通团结，求得形势改变于我有利”。《指示》特别指出，要以疏通团结为主，鼓励与推动其积极抗战；对李部非友好的行为，要多用斗争和善意批评的办法，促其积极改变对我之态度，不到万不得已不要轻易使用武装反击。这一指导方针与过去几年的反顽口径一样，有理、有利、有节，先礼后兵。八路军湖西、鲁西南和鲁南根据地的党政军民遵照这一指示，在李部通过时，组织群众打出标语口号，欢迎李部北上抗日。当李部遇到日军进攻时，根据地军民还向李部通报敌情，收容李部被日军冲散的人员送回李部。当李部的给养发生困难时，根据地军民主动送给粮食进行救济。但共产党八路军的友好行动，在李仙洲看来是胆怯的表现，并未使其感动。再说，李仙洲有李仙洲的原则，这就是蒋介石制定的“先奸匪尔后敌伪”，奸匪当然指的是共产党八路军。李部所到地区，一面大造“中央军回来了”“八路军不行了”的舆论，一面向八路军根据地发起进攻。李仙洲驱使国民党地方部队包围八路军的根据地，解散共产党领导的群众抗日自卫组织，驱逐八路军地方武装，杀害共产党在根据地的工作人员，使根据地的抗日秩序受到破坏。在鲁南，九十二军一四二师师长刘春霖、副师长牛乐亭联合曾被胶东八路军打垮逃到这里的土匪、汉奸刘桂棠（刘黑七），将其收编为新编第三十六师，高叫着“先打八路，后打鬼子”的口号，对根据地进行大肆“清剿”。

山东八路军其实已经做好了反击的准备，只是碍于国共合作，先给李仙洲一些面子罢了。1943 年 5 月 4 日，山东军区向鲁南部队发出命令：对李部的忍让以天宝山为界，不能再退。要坚持自卫原则，集中相当力量歼灭来犯顽军。不打则已，打就要打疼它！为了加强鲁南军区的力量，山东军区又从鲁中军区抽调一个团南下，归鲁南军区指挥。6 月上旬，刘春霖的两个营在进攻黄土岭时被八路军鲁南部队击退，这是李仙洲部在鲁南遭到的第一次失败。8 月 7 日拂晓，刘春霖部在新编第三十六师刘桂棠部和国民党鲁南地方部队申宪武的挺进第七纵队的配合下，分三路向天宝山中心根据地发起全面进攻。八路军鲁南军区集中第三、五两个团的主力及地方武装进行反击。经过五天的激战，刘春霖部由 6000 人减少到 2000 余人，刘春霖本人也受了重伤。8 月 31 日，鲁南军区主力又消灭了申宪武部的第十七支队。在鲁西南，八路军冀鲁豫军区调集 6 个团的兵力，从 7 月 24 日开始，同李仙洲的主力部队展开激战。在近20天的时间里，李部遭到一连串打击，上万人的主力，只剩下五六千人。李仙洲本来自恃兵强马壮，以为八路军不堪一击，没想到八路军的战斗力远远胜过他的队伍，自知山东不是好待的，只好于8月14日撤回皖北。孤军深入鲁南的刘春霖更是损兵折将，难以支持，也与9月10日从邹县北边逃回津浦路西边去了。

国民党这次在山东的反共还没有掀起高潮，就中途夭折了。山东八路军不但打败了李仙洲，而且趁势加强了鲁南根据地的建设。9月7日，费县、藤县、嶧县三县抗日民主政府宣告成立。李仙洲入鲁反共不但丢掉了大批人马，而且反出了三个县的共产党政权，国民党可真是亏大了。

于学忠放弃防地，八路军拣了便宜

还在1943年6月，蒋介石看到李仙洲部已经入鲁，便以调整全国抗战态势为名，调于学忠出鲁“整训”，实际上是罢了于学忠鲁苏战区总司令的官。想那于学忠来自东北军，并非蒋介石的嫡系。而“西安事变”中于学忠又是张学良的得力干将，这也是于学忠不能在蒋介石那里受到重用的主要原因。特别是于学忠反共立场一直不坚决，而且与中共有联系，就更不是蒋介石发动第三次反共高潮的理想人选了。7月，被蒋介石冷落了的于学忠看到李仙洲反共受挫，东北军又受到日伪的进攻，知道自己再在山东待下去已经是舅舅不亲姥姥不爱，便决定放弃鲁中、滨北阵地，不等李仙洲前来接防就开始从山东撤离。由于于学忠和牟中珩在国共合作中一直同八路军联合抗战，时常有相互配合支援的行动，所以中共对于学忠和牟中珩的态度与对待李仙洲截然相反，不但不对于部的撤离加以牵制，反而给予许多便利。8月，于学忠与国民党山东省主席牟中珩率部顺利离开山东，到安徽阜阳去了。这就使八路军拣了个大便宜，不费一枪一弹就把于学忠和牟中珩放弃了的地域拿到手，趁势控制了鲁中山区及莒县、诸城、日照间的山区。而堂堂国民党山东省府，却只能在外省安家，岂不相当于流亡政府了？悲也不悲？

姜黎川彻底失败

1944年春，被八路军从胶济路北赶到胶济路南的姜黎川来到胶县南部的市美、六汪一带。自抗战以来，姜黎川大部分时间在胶济路北的胶县、平度交界活动，平南首先是他的根据地，然后才是八路军南海军分区的根据地。现在他的地盘没有了，李仙洲也没等来，所剩三四千人的队伍必须占据一块立足之地。市美、六汪一带是山区，是开展游击战比较理想的地方。可是，这里的杨家山里一带已经是八路军开辟的根据地，共产党领导的抗日联防大队就驻扎在这一带。姜黎川面临着又一次抉择：不把联防大队赶走，他就别想在这儿立足。他已经是共产党的敌人，开弓没有回头箭，只能是一条道走到黑了。5 月 13 日，姜黎川调集 1000 多人从西北、东南、东北三面进攻杨家山里。经过激战，抗日联防大队所属各村相继失守。姜部杀害无辜村民 29 人，打伤 5 人，烧毁房屋 852 间，缴获长短枪 300 余支，抢走牲口 443 头及大量物资。姜黎川总算在市美站住了脚，打算在此喘息，只等李仙洲来给他撑腰。可是，李仙洲在湖西、鲁南受挫，不但来不了胶东，反而被赶出了山东。姜黎川就像大海里的一叶孤舟，叫天不应，叫地不灵。而针对姜黎川对杨家山里的烧杀抢掠，八路军决定以牙还牙以眼还眼。6 月初，八路军滨海军区挥师东进，在扫除沿途 8 个日伪顽军据点的同时，也将姜黎川占据的市美据点一并拔除，姜黎川部只得收缩到山周村。7 月 28 日夜，滨海十三团二营向山周村发起猛攻。姜黎川一看八路军火力威猛，不敢对抗，连夜率部撤出杨家山里，逃到胶县西部去了。

抗战胜利后，姜黎川的队伍被国民党收编，正好他也无意再同共产党在战场上一决高下，便决定走从政的道路。1946 年，他脱去戎装，只身回到青岛，通过竞选当上了青岛市参议会副参议长。1948 年，国民党青岛市党部改选，他当选青岛市党部委员和立法委员。1949 年 6 月，国民党放弃青岛，姜黎川逃往香港，由香港转走美国定居，1991 年，逝世于旧金山。

一代抗日名将姜黎川，与中共合作战绩辉煌，曾经像一颗明星那般光彩夺目。转而反共便连吃败仗，风光不再，黯然地度过晚年，留下终身遗憾。

第五十八章 “铁杆汉奸”王铁相

还得说说我的家乡平度。平度县在胶东抗战中的地位太重要了，以至于从外地来了个“铁杆汉奸”，名字叫王铁相。王铁相是东北人，他能到平度来，是因为日本人需要他来稳定胶东局面。太平洋战争爆发之后，日军要向亚洲各国增兵，兵力明显不足，这就要从中国抽调部分兵力到各国参战。胶东当然也要抽走一部分日军。可是，胶东半岛是日军侵华的战略要地，日本人不敢放松对它的控制。伪治安军第八集团军司令王铁相就是在这时来到胶东、进驻平度城的。

平度县的伪军

平度的伪军品种俱全。

首先是1937年“九一八”事变后，随着日军入侵出现的“维持会”，属于五等伪军。

接着，1938年来了日本人张宗援率领的“山东自治军”，其中包括张步云、赵保原，还有土匪刘黑七 。前面我们已经交代，赵保原来自伪满洲国的汉奸军队，是中国汉奸的祖宗；而刘黑七是受招安的土匪，所以他们的队伍是铁杆汉奸，战斗力比别的伪军强，应属一等伪军。而张步云原本是“国军”，因为厉文礼打他，把他打成了伪军，应属三等伪军。抗战初期平度城和下面的几个据点都是张步云的伪军，当年张步云的一个团参谋长就是在到店子据点视察时被乔天华部的特务连连长乔明志活捉的。太平洋战争爆发后来到平度的王铁相的伪治安军也应属三等伪军。还有后来以“曲线救国”为由头投靠日军的赵保原、李德元、李厚基等，打上了“皇协军”的旗号，应属三等伪军。再就是张松山为大队长的平度县伪警备队，属于四等伪军。平度也有“便衣队”，如崮山后据点的便衣队，队长就是平度头号汉奸王潘亭的兄弟王潘义。便衣队杀害起八路和共产党干部来比其他伪军都狠毒，王潘义就曾将捉到的八路干部割下耳朵，然后往耳朵里灌开水，直到把他们折腾死，所以最受日军器重，属于二等伪军。

平度城里有伪警察局，当然就有穿黑衣服的伪警察。属于吃皇粮的四等伪军。

据此，平度的伪军大体上有五种：为主的战斗部队有伪山东自治军、警备队、便衣队和治安军、皇协军，再就是伪警察和“维持会”。加上末流的伪文职人员，共六种，也算品种俱全。

不过，这些伪军并不稳定。张宗援被八路军打伤退出胶东，张步云、刘黑七相继被抗日武装打垮也滚出平度。赵保原在大青杨战斗后“反正”变成“国军”。伪山东自治军实际上已经从平度败退，比较稳定的要数伪县长张松山的伪警备队了。

如果没有王铁相率领治安军来到平度，平度伪军的力量根本就不是抗日游击队的对手。

王铁相其人

在平度，大人孩子都说王铁相是个“铁杆汉奸”，其主要罪证就是，1945年，日本人宣布无条件投降后，他却奉蒋介石之命拒绝向八路军投降，死守平度城，与八路军硬拼到底，使八路军在解放平度城的战斗中付出了沉重的代价。

王铁相不是平度人，1941年冬天才率领治安军来到平度，竟然能成为平度人熟知的“铁杆汉奸”，这其实是一笔历史的糊涂账。

要说治安军，只能算三等伪军。治安军全名“华北治安军”，产生于1940年。日军侵占华北之后，决定以伪“华北政务委员会”的名义组建亲日武装，任务是为日本巩固统治“治安肃正”，所以就叫“治安军”，后来又叫“皇协军”。

《中共平度地方史》这样介绍他：王铁相，辽宁省大连市人，原是张学良部少将司令官。“九一八”事变后，投降日本侵略军，任伪冀东军区中将司令。后因（日本人）怀疑其“通共”被撤职。1941年冬，被任命为伪华北治安军第八集团军中将司令，驻平度城。日军投降前夕，被蒋介石委任为国民党第九军中将军长，受命驻守平度城。1945年9月，八路军解放平度城时被俘，1946年8月，在莱阳被处决。

从以上这段介绍可以看出，王铁相与日本人不完全是一条心，虽然投降了日军，但曾被怀疑“通共”。1945年，八路军解放平度城时，王铁相由伪治安军的中将司令摇身一变而为国民党第九军中将军长。这样，八路军就不是在跟汉奸打仗，而是在跟国民党军作战了。王铁相所以被平度人称为“铁杆汉奸”，主要是因为他奉蒋介石之命，纠合诸多汉奸队伍死守平度城。

治安军人心不稳

王铁相带领治安军来到平度，一驻就是四年多，直到1945年9月在平度城被八路军活捉。王铁相名义上是集团军司令，其实只有三个团，二十二团随王铁相进驻平度城，二十一团驻掖县，十六团驻莱阳。

王铁相的治安军大都是被抓兵抓来的穷百姓，纯粹为吃粮而当兵。其中有许多人来自东北军，属于张学良的旧部，对日军侵占东北非常不满，并非情愿给鬼子当炮灰打中国人。日军扫荡的时候，他们被逼着冲在日军队列前挡八路的子弹，更使他们与鬼子貌合神离。他们平日里生活很苦，每顿饭不是高粱面糊糊山药蛋，就是黑豆小米地瓜面，出去抢粮又经常遭到八路军和游击队的打击。就算弄点好的，也是鬼子和宪兵、特务优先。剩下的又被当官的侵占了，漏到士兵那里就所剩无几了。进驻掖县的治安军二十一团三个月未发一分饷。二十二团驻平度，因为王铁相的司令部在平度，条件尚好一点儿。不过官兵们听说鬼子可能调他们到太平洋去打仗，一个个整日提心吊胆，开小差逃跑或投降到八路的事常有发生。驻掖县驿道的二十一团奉日军之命到招远华山进攻八路军，他们不但拒绝向日军增援，还高唱“打倒侵略强盗”的歌曲，有的把枪扔掉开了小差，有的干脆带着枪投降了八路军。这就是王铁相的治安军。

在平度大泽山西边的高望山据点，也住着治安军。由于他们没有什么战斗力，轻易不大敢在大泽山区惹事，只是被鬼子逼着扫荡时才离开据点。大泽山的群众也不怕他们，时间一久对他们也熟悉了，团长名叫许国栋，副官叫王学田，老百姓叫起来就像叫孩子。每逢节日，大泽山抗日小学的师生就要往据点里撒传单，对伪军进行瓦解。伪军们拣到传单，大都装到口袋里，瞅空就偷偷拿出来看看。最有趣的是大泽山根据地的区干部带着教师和学生们到据点喊话和唱歌时的情景。1942 年正月初二，平北县四区区委书记孙波同率领区中队和三十几名教师、学生到高望山据点喊话。他们先打两枪算是打招呼，接着孙波同就用纸做的话筒对着据点喊话，揭露日军的侵略暴行，讲明抗战形势，阐明胜利一定属于中国人民，警告伪军要改恶从善，立功赎罪，否则下场可悲。他还点着许国栋和王学田的名，劝告他们放明白点儿，别一意孤行，到时候连头也回不过来。据点里的伪军只装模作样地放了几枪，再就鸦雀无声，只是静静地听外面喊话。外面的人还听到里面的伪军说：“听，都点团长的名了！”孙波同喊完了话，教师和学生就一连唱了《中国人不打中国人》《天快明了》《黄河谣》等歌曲，算是春节的“慰问”。临走，又向据点前扔了几颗手榴弹，表示我们喊完话了，再见，我们还会再来的。这样的喊话进行过多次，一方喊，另一方听，双方都心知肚明，一般打不起来。据此可见治安军的心态。

八路军针对治安军的状况，在打入内部进行瓦解上下了功夫。当时西海地委所属各县都有敌工科，敌工科的工作任务主要就是深入发动群众，利用伪组织、伪军、伪军家属及其亲友，积极开展敌伪工作。

争取湛寿春

1942 年夏天，平度西关小学一个姓尚的教员（系共产党的地下工作者）被治安军以“通共嫌疑”的罪名逮捕。八路军敌工人员便以营救为突破口，对王铁相部展开了统战工作。平度城里有个镶牙馆，是平北县敌工科的一个秘密联络点。镶牙馆里有个姓吴的女牙医，因工作关系跟治安军第八集团军军医院院长湛寿春熟悉，并逐渐了解了湛寿春的身世。湛寿春是东北人，曾在黑龙江省立医院工作，本是一个爱国青年，对日本人侵占东北极度不满。“九一八”事变后，湛寿春参加了共产党领导的东北抗日联军。在扎兰屯，湛寿春所在的队伍被日军打散，他逃到齐齐哈尔市军医院当上了医官，又到佳木斯市伪陆军医院担任外科主任。后来，他到哈尔滨军医学校进修为甲级研究生。湛寿春跟王铁相是老乡，具备了研究生资历以后，王铁相推荐他当上了华北伪治安总署陆军总医院外科主任。王铁相被派到平度，就把湛寿春带来，任命他为第八集团军军医院院长，可见湛寿春与王铁相的关系非同一般。

吴医生找到湛寿春，说那个被捕的尚先生是她的表弟，麻烦他设法营救。湛寿春明知那小学教员是个地下党，但还是找到王铁相说情。王铁相很给湛寿春面子，答应把尚先生放了。湛寿春不但救出了尚先生，还向尚先生流露心曲，表示他也想为抗日出点儿力。

八路军敌工部门得知湛寿春的思想状况，决定由尚先生与湛寿春建立联系，利用湛寿春开展对第八集团军的瓦解工作。尚先生以答谢湛寿春为名，带着厚礼上门致谢。两个人无话不谈，很快成为推心置腹的好友。湛寿春说，我是中国人，不愿当亡国奴。我原来是东北抗联的战士，现在虽然在汉奸队伍，但只是个医生，实行救死扶伤，不想当汉奸，共产党如果安排我干一些抗日方面的工作，我愿意承担。尚先生将湛寿春的态度向平北敌工科长葛官俊汇报了，葛官俊又向西海地委敌工股汇报。西海地委决定，派敌工股王一民（化名王振环）负责对第八集团军的工作，由尚先生将王一民介绍给湛寿春。

湛寿春痛快地接受了共产党的委托，答应对王铁相开展工作。

王铁相又犯了“通共”的“老毛病”

王铁相不管大病小病，谁也不相信，只相信他的老乡湛寿春。有一次王铁相感冒，湛寿春给他输水，陪他啦呱。湛寿春趁机开展工作，看着墙上的地图说：“司令，每当我从地图上看着小日本那么个岛国，就觉得他们不可能长期占领地大人多的中国。将来如果日本人失败了，我们怎么办？”王铁相叹了口气说：“是啊，我也觉得咱这么大的个国家，不可能一直被日本这么个鸡巴大的小国欺负。咱们成天跟着鬼子打八路，结果是越打越多，我看日本人够呛！”湛寿春就把话题引到王铁相的老上级张学良身上。一谈起张学良，王铁相思绪翻滚，很是怀念在东北军跟随少帅易帜那些年的荣耀，也流露出对张学良发动“西安事变”逼迫蒋介石停止内战、一致抗日的壮举的佩服之意。湛寿春见王铁相怀念张学良，对日本人反感，就进一步将话题深化。他说："司令，反正平度这儿你说了算，做事留有余地，争取主动才是明智之举。"王铁相说："你是说叫我留条后路，是吧？怎么留？咱又不认识共产党的人。"湛寿春趁机说："谁说你不认识？前些日子你下令放走的那个小学教员，可能就是个共产党呢！我认为他可以为咱跟共产党接上关系。司令不好出面，我可以先试一试。"没想到王铁相竟说："可以试试看，不过要注意保密，只咱两个人知道。"

湛寿春把情况跟王一民汇报了。王一民认为第一步工作有成效，可以进一步做王铁相的工作。

在湛寿春的说服下，王铁相答应与共产党的高级干部见面，见面地点就定在湛寿春家。1943年4月的一天晚上，胶东军区派西海军分区政治部敌工科长、代参谋长丛容滋为八路军代表，在王一民陪同下秘密来到湛寿春家。不一会儿，王铁相也在湛寿春陪同下到来。王铁相连个护兵都未带，可见其与八路军真心交往的诚意。双方一谈就是三个多小时，会谈的结果是：王铁相答应，身在曹营心在汉，表面上打给日本人看，暗中帮助八路军。

没有经过多少曲折复杂的工作，王铁相就答应了八路军的要求，足见王铁相那时并不是铁杆汉奸。

湛寿春入党

1943年9月，经胶东军区政委林浩、军区司令许世友批准，吸收湛寿春为中共党员，为他起的化名叫干将。湛寿春成为共产党员，工作更加积极，连第八集团军的军械处郝处长都被他争取了过来。有一次，组织上把搞弹药的任务交给湛寿春。湛寿春根据自己对王铁相的了解，大胆地面见王铁相，直接说："司令，八路军要买一些弹药，希望你配合。"王铁相不但痛快地答应了，为了不致泄密，他还命令将司令部的弹药库从城外搬进他的公馆里。在郝处长的协助下，一批弹药顺顺当当从平度城运进大泽山根据地。从那时起，王铁相经常与八路军做军火买卖。

湛寿春有个外甥叫李树家，毕业于东北高等师范学校，会讲英语和日语。湛寿春将外甥从东北招来，安插在王铁相的司令部里。王铁相任命李树家为中尉随从副官，进出不离他的左右。这样，王铁相的一行一动基本上就都被共产党掌握了。

湛寿春还把王铁相的谍报队长争取到支持抗日的一边。八路军西海军分区的一名总务人员叛变投靠了治安军，西海军分区领导命令湛寿春想法除掉这个叛徒。湛寿春大胆地向王铁相提出要亲自审查这个八路军的叛徒。王铁相考虑到与八路军的关系，就将那个叛徒交给湛寿春"酌情处理"。湛寿春与谍报队长商量好了处置办法，谍报队长就命令那叛徒带领外出侦察八路军的活动，将那叛徒带出城外。在平度城北一个小树林里，谍报队长将那叛徒交给八路军锄奸队，锄奸队当即将那叛徒处决了。

在湛寿春的争取下，王铁相的少校阻击队长张文卿也成了八路军的内线。

1943 年冬天，湛寿春与王一民一起去青岛，打着为第八集团军买药品的旗号运回了一批医用物资。这批物资的包装上贴着第八集团军的封条，从青岛到平度一路出关过卡，畅通无阻。到了平度，连县城都没进，径直往北运进了八路军的大泽山根据地。

王铁相不是个麻木不仁之徒，并非不知道湛寿春已经是共产党的人。湛寿春几乎把第八集团军的关键人物都拉到共产党一边，王铁相岂能一点儿也不察觉？

除了 1945 年 9 月八路军攻打平度城与王铁相拼得你死我活，平度的党史资料和文史资料并没有关于王铁相在平度的其他恶行的记录。

湛寿春调济南

正当湛寿春与王一民在第八集团军的工作开展得有声有色之时，1943 年冬，伪治安总署突然下达命令，调湛寿春任伪治安军济南陆军医院上校院长。湛寿春晋升，当然离不开王铁相的保举。

临行，湛寿春又同王一民去了一趟青岛，将青岛市伪军大队长杨锦堂争取到手。杨部驻青岛外围，为共方进出青岛大开方便之门。

胶东军区党委又利用湛寿春去济南赴任的机会，安排张寄生随他一起进入济南伪陆军医院，协助湛寿春开展工作。中共济南市委也借机派张金梁、张杨两个人打进医院，两个人都被湛寿春任命为副官。这样，因为有了一个湛寿春，共产党轻易就把济南伪军陆军医院掌握到手了。

王铁相起义万事俱备

由于共产党在王铁相部的工作坚强有力，再加上王铁相睁一只眼闭一只眼的配合，王铁相的参谋长于静波又被发展为共产党员。前脚走了一个湛寿春，后脚就有于静波接上，都是王铁相手下的关键人物，共产党的敌工工作真是厉害。此时，争取王铁相反正起义的条件基本成熟。经慎重研究，胶东军区司令许世友和政委林浩写了一封介绍信，由军区敌工科长王介带上，通过于静波面见了王铁相。王铁相一看胶东八路军两个最高的领导人亲笔签名的介绍信，深为共产党八路军的诚意所动，也与王介以诚相见。经会谈达成了两条协议：第一，两军活动方面互相照顾，为了应付一下日军，必要时象征性地打一下；第二，由八路军派一名干部住在王铁相的司令部，以保持联系，等待时机举行起义。胶东军区派东海军分区敌工科长辛冠吾进入王铁相的司令部，公开的职务是参谋长于静波的秘书。不久，王铁相又委任辛冠吾为他的副秘书长。同时，八路军还派张华亭打入王铁相的谍报队当上了侦察兵，为辛冠吾当秘密交通员。到1944年底，王铁相驻掖县的二十二团团长耿诚和该团阻击队长张文卿也被辛冠吾和胶东军区“大股伪军工作团”团长孙竹发展为中共候补党员。

策动伪治安军第八集团军军长王铁相起义工作万事俱备，只欠东风。这个东风是什么呢？

王铁相说：已经到年底了，一旦北京治安总署把冬季的棉衣和军饷物资拨下来，马上起义！

看到这里，谁会说王铁相是个铁杆汉奸呢？

第五十九章　张松山是如何当县长的

前面我们介绍了罗竹风当平度的八路县长受到根据地人民的爱戴；李德元当国民党平度县长赚了个“刮民党”“拉驴队”的名声，还有“手榴弹，一根玄，好打李德元”的歌谣在百姓中广为流传。现在应该再来看看张松山是如何当平度的伪县长了。

平度城里的伪县长张松山，上班坐的是县政府大堂，出行骑着日本大洋马，伪警备队前呼后拥，看似风光无限，实则过得挺艰难。

最恨日本人和汉奸残杀无辜百姓

张松山不赞成甚至反对日本人的某些行为，有时甚至还要跟日本人作对。

日本宪兵队长草奇的翻译官名叫李拓，李拓的外甥龚树建在伪警察所当所长。这甥舅两个都是铁杆汉奸，成天变着法子从中国人身上敲诈银钱。他们动不动就捉人，捉了人就逼着人家拿钱来赎，这成了他们甥舅的一条发财之路。有一次，他们又捉了十几个商户，以“通八路”为由关进日本宪兵队。有那头脑灵活的，叫家人送钱来赎了出去。几个家里缺钱的和不舍得花钱的，就被打得皮开肉绽，还有两个被活活打死了。打死了也就白白打死了，加上“通八路”的罪名，被害人的家人也没有敢来追究的。张松山听说了这事，就带着30个警备队员来到宪兵队。审讯室里传来李拓甥舅毒打商户传来的皮鞭声和哭号声。那时正巧宪兵队长草奇没在宪兵队，张松山便径直走进宪兵队审讯室，一把夺下龚树建手里的皮鞭，指着李拓和龚树建的鼻子质问为什么毫无证据就把平度的良民打死。龚树建是警察，归县长管，不敢跟张松山顶嘴。他舅李拓却依仗自己是草奇队长的翻译官，不把张松山放在眼里，当场顶撞了张松山。张松山就命令警备队把这甥舅二人撩倒在地上狠狠地打了一顿，然后把那几个商户放了。当草奇听了被打得鼻青脸肿的李拓报告的情况后，就带着十几个日本兵冲进县政府，把洋刀架到张松山的脖子上，说要杀了他。张松山没有示弱，挺着胸脯强硬地说：我是县长，我有责任弄明白我的百姓为什么被捉、被打伤、被打死。草奇训斥道：你要弄明白也不是不可以，你为什么要打我的翻译官？张松山说：李翻译官和龚所长都是平度人，难道我这个平度县长就没有权力管辖胡作非为的平度人吗？草奇被问得张口结舌，只好气哼哼地走了。

驻平度日军中有个准尉名叫寺田，负责监督修筑高密至平度的公路。这家伙心最狠手最毒，经常找点借口就毒打中国人，被他打伤的无数，打死的也不稀奇。有一次，他先在平南蓼兰的公路边打死三男一女四名百姓，第二天到城北巡逻，又在唐田指挥日本兵刺死三个女的、两个男的和两个小孩。两天打死11个无辜百姓，这寺田堪称杀人魔王。张松山听说后，就到驻县立中学的日军中队部与中队长交涉，说我这个县长有义务保护我县的良民，像寺田这样随意杀害平度人，我这个县长再怎么动员百姓为你们出工出力？请你追究寺田准尉的责任。日军中队长听了，当即叫来寺田对质。寺田骄横地供认不讳，遭到中队长的训斥。寺田在中国人面前受到上司批评，感觉很没面子。第二天，这家伙闯进县政府，也像宪兵队长草奇一样把刀架到张松山的脖子上，气哼哼地问：我杀几个人你为什么要告我的状？张松山说：我是中国人，又是平度人的县长，我当然反对你们随意杀害中国人。你们日本到中国来口头上说的“中日亲善”“东亚和平”，你的行为与亲善是背道而驰的。寺田说不过张松山，气得哇哇叫着说我杀了你！张松山说，你就杀了我吧，反正我这个县长也不想干了！寺田的刀举过头顶，却久久不敢砍下。张松山知道这个准尉还没有胆量擅自把他这个日本人任命的县长杀了，越发来了劲，威胁说：你要是不杀我，我马上去找中队长辞职。寺田一听又要找他的上司，吓得连忙向张松山赔礼道歉，灰溜溜地走了。

张松山这个伪县长当然不可能光为平度人办好事。日本人要他当县长，是为了让他能以县政府的名义，名正言顺地征收粮款来养活他们。除了征收粮款，日本人扫荡时还要为他们征集民伕，征集牲口，有时还要带着警备队随日军去讨伐抗日队伍。日本人本来就欲壑难填，再加上频繁地对抗日军民进行讨伐，需要的粮款永远也没个够。可是，收不齐粮款又不好向日本人交代。怎么应付日本人呢？时间久了，张松山就学会了"短斤少两"。如驻平度的日本鬼子一个中队每天所用菜金一百元，张松山只给他们二十元。日军的战马用的草料费，不管日本人要多少，他也都是只给两成。日本人虽然不满意，可也没把他怎么样，因为日本人还有个渠道，就是经常下乡去抢。

王家营的人说张松山

2011年清明节前夕，我带着好奇心，在朋友的引领下来到张松山的老家——平度市张舍镇王家营村。

王家营的村西一里地就是那有名的胶莱河。那天，村子里空荡荡的，街上只有几个晒日头的老人。村西边广袤的麦田里却是人欢马叫，农民们正在忙着从胶莱河里引水浇麦。朋友去找村干部帮我联系采访对象，我的要求是年纪越大越好，必须是经历过抗战的。朋友找人去了，我就抓紧时间在大街上随机采访。我截住了一个推着自行车准备下地的老人，说明我是来了解张松山的。这个老人名叫袁京才，年纪73岁。老人没有见了生人时的拘谨和戒备，非常热情，而且一说起张松山，竟然毫不顾忌地张口就说：张松山待俺王家营人不薄！问他具体事例，他说，有一年遇到灾荒，张松山派人从县里拉回一大车"麻山"（豆饼），全村每人分了一个，一分钱不收。我问他是否亲自分到"麻山"，他说他那时太小，张松山分麻山那年他才6岁，是听大人们说的。说着，他用手指着路边一个比他年纪大的老头对我说，你问问他吧，他叫张鸿秀，与张松山是本家，他知道的事比我多。袁文才说完，就匆匆下地去了。我便又来到蹲在路边吃含烟的张鸿秀老人面前。张鸿秀一听我是来打听张松山的，也没表现怎么惊讶，张口就说：解放这些年，来村里打听张松山的人多了，不管谁来，我都说，平西一带都沾张松山的光了。我问沾的什么光？他说，沾的什么光？人命关天的光！有人被鬼子捉了去，只要求到张松山，一准给你放回来，不知放回多少人呢。我又问关于荒年分"麻山"的事，他说那是真事，家家都有。张鸿秀77岁，抗战时正是10岁左右，有些事应该记得。可再问，就没什么话说了。这时，朋友领着村主任来了。村主任很年轻，对我的采访挺支持，还专门为我把两个最有发言权的老人袁士蜜和袁春甲叫到村委办公室，让我们慢慢拉谈。

袁士蜜年已 88 岁，仍然耳聪目明。他抗战中先是当儿童团当民兵，1945 年加入八路军，抗战胜利后一直随部队打到海南岛，后来又参加抗美援朝，升任连长。因为负伤离朝回国，评为二等残废，复员回村担任党支部书记多年。这可是全村最有发言权的一个老人了，我很高兴能遇到这么个具有老革命资格的知情人，期望他能全面介绍一下张松山。谁知就是这样一位老革命，也只记得张松山的好处，比如说，鬼子将要来扫荡，张松山就会从城里派人送信给驻在古庄的阎珂卿的司令部。我问张松山为什么会这样做，他说因为张松山跟阎珂卿是同学。阎珂卿的游击队接到信就会把队伍隐蔽起来，司令部还会到王家营来躲着，鬼子从来没在王家营捉过人。外村的人被鬼子捉了去，都是张松山给放回来。平度县有几千人被日本人抓了劳工，也是张松山给放回来的。

我连忙细问究竟。两个老人回忆着说，俺也是听说的。据说，1944 年春天，日本鬼子大扫荡，在胶东各县抓了近两万名劳工，其中平度就有平度二区、七区 3200 多名，俺三区也被捉去了 1300 多名。被捉的人押到平度城，有人就去找张松山。张松山一听有这么些老乡被捉，当时就急了，连忙去找从青岛来的日本宪兵队长，又是设宴又是送礼，终于说服那宪兵队长，把三区那 1300 多名劳工全都放了。三区的放了，二区七区那 3200 多名劳工被押到了青岛体育场，马上就要发往东北。有人又来找张松山。那时青岛那个宪兵队长在平度还没走，张松山就又找他求情，说平度二区七区的这些老百姓最听话了，皇军要粮给粮，要钱给钱，都是些大大的良民，我拿脑袋为他们作保！当然光靠嘴说是不行的，据说张松山给了那宪兵队长五万多现大洋。那宪兵队长一高兴，一个电话打到青岛，二区七区那 3200 多名劳工也都放了。

我问起张松山是否真的分过“麻山”？

86 岁的袁春甲抢着说：分过啊，我就吃过，大队干部用车子推着“麻山”挨家分。村主任连忙纠正：那时不叫大队干部。袁春甲点点头说，奥，是村干部，用车子推着，挨家分。我问，一家分几个？他说，一人一个，大人孩子都有，一个“麻山”20 多斤，就着野菜能吃一个多月呢。

我只好提醒两个老人：张松山是个汉奸县长，一定干过坏事！

88 岁的袁士蜜仰着脸想了想，笑笑说：有啊，听说他在平度城里有个“轧伙”（情妇），名叫小白鞋。

86岁的袁春甲也说：对，小白鞋挺有名，大家都知道，嘿嘿。

我提出想看看张松山的房子，村主任和两位老人连忙领着我来到张松山家的老屋。据我想象，一个伪县长的家，应该是高门大院，房产一片。可是，看到的却是快要倒塌的两间低矮草房。两间？对，就是这两间，完全是农村遗留下来破旧不堪的百年老屋。房子很矮，站在门前，一伸手就够得着屋檐。破门破窗，没人敢近前去推一下。袁士蜜老人说，张松山他爹和他大爷一共五间屋，分家时，他大爷分得三间，他爹分得两间，就是这两间。当年张松山家的十几亩地因为赎他大哥都卖了，只剩这两间屋。袁春甲老人说，张松山这个人不置家产，当区长时也没有再盖房子，当上县长后回来只办了两件事，一件是买了本村一个寡妇的五间房子，捐给村里办小学；一件是因为王家营别的姓都有祠堂，唯独张家没有，张松山就回家盖起了张氏祠堂。现在祠堂早已被拆掉，只剩下这个残缺了的石狮子。我对着村子里的一片空地上歪躺着的一个石狮子按下快门，拍下了这历史的见证。老人说，新中国成立后，张松山被人民政府枪毙，老婆出了门子，闺女出了嫁，这两间屋就归了公，分给一个烈属住。现在条件好了，谁也不爱住这破房子，已经闲了十几年了。

张松山为何辞职

关于伪县长张松山，还有一段不为平度人知道的经历，这是笔者从一个国民党抗战老兵嘴里听说的。这段经历也与日本人捉劳工有关。1945年春，日本人又向平度征用1460名劳工，并且把任务直接压到伪县长张松山身上。张松山找了许多借口拖延不办，引起日本人不满。张松山见日本人要对他动坏心眼，干脆一不做二不休，就到伪莱潍道公署提出辞去县长职务。没想到辞职很顺利，那年五月一日，伪莱潍道竟然批准了他的辞职报告，并且立即任命一个叫李祖培的干平度伪县长。

平度人至今只知道平度的伪县长叫张松山，根本就没听说过还有个叫李祖培的伪县长。这也不奇怪，李祖培接任平度“县长”是从1945年5月1日开始的，那时离日本投降还有三个月多一点。日寇气数已尽，新任伪县长李祖培也根本就威风不起来，再加上是个短命的伪县长，所以就不可能有什么知名度了。八路军也似乎不承认李祖培，因为在解放平度城的战报中一直坚持说活捉了“平度伪县长”张松山，没提什么李祖培。也许李祖培根本就没到平度来上任。

关键是张松山辞职的原因。他辞职不是因为别的，竟然是为了逃避日军要他征用1460名劳工的责任。这可信吗？究竟是不是真的，笔者再也难找证据。

不当“县长”可以，但必须把汉奸担任到底

所谓“一失足成千古恨”，说的是一个人因为某种原因而走了错路，其错误之大，令其付出惨痛的代价，以致终生悔恨。这句话其实还有下句，就是“再回头已百年身”。百年身，就是下一辈子的事了，今生连弥补的机会也没有了。世上这样的人并不在少数。

想那平度伪县长张松山，本来在平度五区好好地当着区长，日本人就打进来了。面对日寇的入侵，他也与国人同仇敌忾，带领区队奋起抗日。平度的另外两个区长李德元和阎珂卿，都是在家门口抗日，为保卫家乡而战。他却在张步云的鼓动下，不顾正为刚去世的父亲戴着重孝，告别了妻儿，远离了家乡，跟随张步云到黄河北岸去迎击那势头正旺、嚎叫“三个月灭亡中国”的日军，那股子为了救国慷慨赴死的气概，很是令人钦佩。如果韩复榘不是突然放弃济南，而是率领队伍誓死抗战，张松山很可能跟着张步云在黄河北岸做出可歌可泣的抗日壮举，或者杀敌立功成为抗日英雄，或者死于枪林弹雨成为永垂不朽的烈士，为我的家乡增光添彩。可恨那韩复榘突然放弃济南，连声招呼都不打就跑了，把张步云、张松山他们扔在了黄河北岸，就像把孩子丢在了狼群虎口。这也不要紧，他们终归没有被日本人吃掉，而是逃回到黄河南岸，回到张步云的老家诸城，打算继续抗日。可诸城是厉文礼的地盘，虽然同为“国军”，厉文礼却容不下他们，不让他们在诸城立足，把他们打得跑来跑去，弹药耗尽，走投无路。走投无路也不要紧，干脆叫厉文礼收编得了，不管怎么都是“党国”的人，在厉文礼麾下暂且栖身，慢慢寻找出路也不是不可以。再不然投靠别的抗日队伍，山东那么大，国军也有，八路也有，要抗日有的是去处。谁知张松山偏偏去青岛找他的好朋友王潘亭出主意，而已经在张宗援手下当了汉奸的王潘亭自然就把他引上了汉奸之路。张松山一生最关键的时刻就在这里，他从此走上了一条不归路。

前面我们已经知道了张松山于1945年5月1日辞去平度伪县长职务，辞职的原因是为了逃避日本人要求他征集1600名劳工的责任，他不想继续干坑害平度百姓的坏事，也算良心尚存。不当伪县长就不当吧，你可以告老还乡，要立功洗刷汉奸罪名也可以像赵保原那样“反正”，拉着队伍回归国民党军，落得个晚节光明。可他偏偏又去了青岛。

假若替张松山着想，给日本人当了7年的“县长”，在平度人心目中肯定是臭名昭著的大汉奸，他怎么敢再回平西老家？就是敢回去，家里只有两间年久失修的老房子，怎么住啊？所以老家是不能回了。而青岛是他曾经干

过报馆、当上汉奸的熟地方，他的失踪多年的二哥又早已从俄罗斯回国，在青岛开了一家杂货铺，字号叫“新盛商店”，就在龙口路7号。他到了那里，既有住的地方，又可以与二哥一起经营杂货店维持生计。那时的青岛是日本人的天下，是汉奸集聚的地方，在那里没有人会追究他当过汉奸。他打算就在青岛隐姓埋名，安稳地度过残生。

就这样，张松山来到了青岛，住进了龙口路7号他二哥经营的新盛商店。在这里，不用再像狗一样听命于日本人，不用再为日本人为治安军征收粮款，更不用提着脑袋与八路军打仗，真的过上了安稳日子。

谁知张松山的安稳日子只过了不到一月，他的老上级张宗援找他来了。

久违了的张宗援怎么会突然出现呢？1939年6月，张宗援兵败莱阳，身负重伤被拉回青岛，人们一直再未听说过这个人。多亏青岛的医疗条件好，经抢救张宗援捡回了一条命，而且恢复得不错。不过他的伤虽然好了，却没再得到日军重用，他只能住在他的齐登路私宅里，仍然干他的间谍勾当。日本总部给过他机会，让他担任“山东自治军”司令，还是中将军衔。他竟然把这支队伍给带没了，很给日本人丢面子。可在战场上经历过血与火的考验的人哪里耐得住在暗中当间谍的寂寞？尤其是看着日军步步败退，在胶东的地盘在一天天地减少，张宗援心里不服，很是着急上火。为了做出一番业绩，表示对天皇的忠心，他决心重组一支队伍，与中国人对抗到底。所以，他到处网罗汉奸，组建队伍，自立名目叫作“国民自卫军”。

张宗援是个间谍，对张松山辞去平度县长职务来到青岛，当然是了如指掌。他很快就打听到张松山的住处，找到了张松山，封张松山为国民自卫军独立二师师长。张松山一听，吓得连连摇头，说自己已经是个平民百姓，不想再踏入军界。张宗援哪里肯饶过他？威逼道，你虽然不当县长了，可你还是我封的平度县警备大队的大队长呢，这个职务你并没有辞掉吧？除了县警备队，乡下各区还有区队吧？我封你个师长，也够对得起你了，你回去把你的队伍拉起来，咱们再跟八路军干上一场，不成功便成仁，怎么样？

张宗援连哄带劝，软硬兼使。张松山光听不点头，决心不再蹚这趟浑水。张宗援见张松山不点头，说你再考虑考虑，我过几天再来找你，就回去了。刚过了两天，一辆吉普车拉着张宗援来了。张宗援下得车来，精神蔫不拉叽的，说日军司令部要张松山去一趟。张松山不敢不从，只好上了车，被拉到日军驻青岛司令部，直接面见了陆军司令官长野荣二。长野荣二对张松山很热情，对张宗援却很冷淡，几句话就把他斥退了。长野荣二告诉张松山，张宗援组建“国民自卫军”完全是自立旗号，皇军根本就不打算再让他执掌军权，已经把他的“国民自卫军”番号撤销了。同时，长野荣二对张松山说，你要求辞去平度县长的职务，皇军很理解你的心情，所以就同意了。不过，你可以不当县长，但你要继续为皇军效力。目前形势紧张，正是皇军用人的时刻。现在我宣布，任命你为“张松山部队”司令，你要尽快回到平度，把你的警备队和各区队统领起来，在王铁相司令的指挥下，为皇军把守平度城，给胶东八路军一个狠狠的回击！

在长野荣二面前，张松山一句话也不敢说，只能连连点头说着“嗨、嗨”。他非常沮丧地从日军司令部走出来，站在栈桥边，看着茫茫大海，觉得自己已经跳进了无边无际的苦海里，永远也别想跳出去了。

张松山本想以辞职来逃脱与中国人为敌的处境，可是上贼船容易下贼船难，你不当伪县长可以，可是你必须将汉奸担任到底，而且要回到你的老家平度城，率领你的那帮虾兵蟹将继续与八路军和家乡父老对抗，直到拼净家底，山穷水尽。

这就是张松山的可悲之处。

第六十章　胶东大反攻：日伪顽一鞭子赶

有句话说，严冬来了，春天也就不远了。1944年，中国的抗日战争度过了最困难的相持阶段，迎来了局部反攻的时刻。此时，中共及其领导的抗日武装更加强大，具备了反攻的能力。有资料统计，抗战胜利时，中共已经成为具有120万名党员的大党，它领导的八路军、新四军和各级地方部队也已经拥有120万，民兵发展到260万。为共产党掌控的解放区面积已有100万平方公里，拥有人口一个亿还要多。其中，山东解放区拥有2800万人口，党员22万。

试想，在这样的一个大党率领的这样一支规模宏大的人民武装面前，什么样的对手能与之抗衡呢？

山东的形势尤其对共产党有利。随着李仙洲的国民党第二十八集团军被八路军赶出山东，鲁苏战区于学忠部撤出山东，山东境内再无国民党主力部队，只剩下地方杂牌队伍约六万人左右。这六万人，近半数分布在胶东，有赵保原的暂编第十二师（包括平度李德元的保安旅）、王豫民（原为王尚志）的鲁苏战区独立第四纵队、阎珂卿和董希瞻的独立第九纵队、姜黎川的独立第二纵队，人数大约在30000左右。这些杂牌军，过去有于学忠的鲁苏战区司令部和山东省政府统一指挥，尚且动辄相互攻打，以至于发生过“胶东行辕事件”、赵保原组织讨伐王尚志那样的窝里斗，现在失去了统一领导，就更是一盘散沙，各自为政。国民党在山东的势力，相对共产党已经处于绝对劣势。

日军的日子更是难过。1944年4月，处境越来越困难的日本军队，为了援救入侵南洋的孤军，消除美国远程轰炸机的威胁，抽调兵力向平汉、粤汉和湘桂铁路沿线的“国军”发起战略性进攻，妄图打通从中国东北通往东南亚的大陆交通线，并摧毁在云南的中美空军基地。这样，日军就不得不在华北进一步抽调兵力，收缩战线。在山东，从1943年12月至1944年2月，日伪军在津浦路以东地区放弃了246个据点、353个碉堡，只在交通干线、战略支点和工矿资源区配置了47处据点。到1944年春，日军在山东只有25000余人，数量减到抗战以来的最低点。伪军虽然尚有约20万人，但战斗力明显减弱，不少伪军已经是“身在曹营心在汉”。像平度的治安军王铁相，已经允许八路军派代表进入，并且与八路军暗中约定：两军活动互相照顾，为了应付一下日军，必要时象征性地打一下，只等时机成熟，马上举行起义。

胶东八路军却是人强马壮，蒸蒸日上。早在1943年，根据抗日战争形势好转的情况，胶东军区就由山东分局公布重新成立区党委，仍由林浩任书记，区党委统一领导根据地党政军民工作，并重新成立胶东军区，仍由许世友任司令，林浩任政委，吴克华任副司令员。在军队方面，取消了山纵五旅，胶东八路军统归胶东军区直接领导，军区下辖十三、十四、十六三个团，每团2500人以上；东、西、南、北海四个军分区，其余主力地方化，放到各分区。这样，胶东八路军起码就有7个团近4万人马了，尚不包括各县大队、独立营，还有数不胜数的民兵呢！

共产党此时再不把胶东拿到手，更待何时？

大反攻的前奏

胶东八路军首先在我的家乡平度拉开了反攻的序幕。1944年3月24日晚，西海独立团拔除了平度城北日伪北台据点，此处离平度城只有12里路，八路军已经从北边逼近了日伪军盘踞的平度城。7月27日，胶东十三团二营和一营的三连，加上南海军分区一营、三营，拔除了已经投降日军的伪平度自卫第二团冷冠荣的兰底据点（位于平南，离平度城约40里），毙伤冷冠荣部386名。8月1日，胶东十三团在聂风智团长率领下，攻克了冷冠荣的万家据点（紧靠兰底），击毙伪营长崔永伦，冷冠荣率残部逃进平度城。冷冠荣又在1945年平度城被八路军攻克后投靠赵保原，任辎重营营长。1946年，在解放军攻克胶县城时，与赵保原一起被击毙。

随着反攻序幕的拉开，1944年8月中旬，胶东军区向胶东主力部队、基干团和县、区地方武装及民兵发出动员令，对敌展开大规模的秋季攻势。胶东军区十三团全部、十四、十六团各一个营，军区特务营及各分区独立团为主攻部队，采取分区作战的方针，各分区选择敌人的一两处要害据点，集中兵力进行打击，结合围困、破袭、袭击、伏击和政治攻势等手段，在整个胶东全面开花，造成了巨大的声势。

8月19日，南海独立团在平南地方武装的配合下，包围了由日军移交给赵保原的古岘镇，击溃了赵保原、李德元部3000多人的增援，一举拔除了这一敌伪合流的据点。拔除了古岘这一平东的中心据点，八路军由此向西向南收复了平南的大片地区，并越过胶莱河，直逼胶济铁路。随后不久，平南、平东的张戈庄、麻兰、南村、贾家茔、纪家等5处据点也相继拿下。8月下旬，胶东十三团与西海独立团在西海区展开攻势，平北、平西先后攻克了大田、旧店、马场、高望山等6处据点，扫清了大泽山周围的日伪军。在1944年内，八路军在平度地方武装的配合下共攻克14处据点，歼灭日伪顽6870余名，解放村庄420个。在东海区，十六团一个营和东海区独立团攻克了烟（台）青（岛）路东边的敌人重要据点——水道，独立团二营及牟平县独立营伏击增援之敌，80多名日军、300多名伪军大部被歼，大大震动了文登、荣城、牟平地区之敌，迫使文登县伪军弃城而逃，荣城县伪军600余人全部反正。东海区除烟台、威海、牟平等沿海地区，大部分已经落入八路军手中。在北海区，以北海独立团为主发起了有力攻势，连克龙口、黄县、蓬莱外围据点10余处，恢复了蓬、黄山区根据地。最后攻势转向烟青公路，胶东十四团、十六团和北海独立团各一部及地方武装，展开大规模的破袭战，拔除或迫使敌人放弃据点10处，控制了莱阳到福山段的烟青公路100多公里，彻底打破了敌人依靠公路长期分割抗日根据地的局面。自8月中旬到9月下旬40多天的时间里，胶东四个海区共歼灭日伪5000余人，其中俘虏日军35人，伪军2600余人，争取伪军反正900余人，攻克和迫使敌人放弃据点130余处，解放人口140万，收复国土5000余平方公里，胶东四个海区完全连成了一片。

如何对待胶东的国民党军？

1944年发起攻势后的胶东，日伪大部分畏缩在各个县城和重要据点里，实际上已成瓮中之鳖。八路军已经掌握了战争的主动权，只等全面反攻的命令一下，就可以按部就班、不慌不忙地来收拾所有的日伪军了。

国共合作时期的1944年初，中共山东分局、八路军山东军区做出对敌斗争的全面部署是抓住时机，积极主动地对敌人发起局部反攻。对胶东八路军的要求是进一步肃清胶东区腹心地区的日伪势力，创造更有利的局面。

1944年3月，毛泽东、朱德、彭德怀发出指示，要求对国民党顽军的斗争要坚持自卫原则；4月3日，毛、朱、彭又致信罗荣桓、黎玉、萧华，指出“争取国内和平，拉蒋抗日，是目前政策中心”。山东分局遵照上级指示，提出“对友顽军还是以争取为主，打击只是为了向其反动行为作警告或正当的自卫”。

围绕抗日这个主题，中共对蒋介石的态度经历了三个阶段。抗战开始前，蒋介石坚持“攘外必先安内”的立场，10余年剿共不止，必欲将中共斩尽杀绝而后快。那时中共的口径是“反蒋抗日”，宣传的是要打倒不带领人民抗日反而一直打内战的蒋介石。“西安事变”发生前后，中共的口径变成了“逼蒋抗日”，不再要打倒他，而是逼着他停止内战，一致对外。结果是，共产党的合法地位得到蒋介石国民党承认，出现了国共合作抗日的新局面。抗战中，共产党提出了“拉蒋抗日”。这都是以抗战为大局而采取的策略。尽管国民党顽固派不断制造摩擦，甚至发生了“皖南事变”那样的严重事件，中共还是尽量克制，目的就是为了维护国共合作的局面。所以，中共对八路军的反顽斗争的要求是“有理”“有利”“有节”。就像1939年五支队在大泽山里打十八旅的沈官忱时，特意在所里头南山留了个口子让他逃走，而不是消灭他，留着他是为了要他打日本。再如1940年许世友来到胶东组织反顽战役，只是把赵保原赶到万第而没有彻底消灭他，也是这个意思。

如何既理解中央和山东分局的指示，又不背上破坏国共合作的罪名，是摆在胶东八路军面前的一个大题目。

不要忘记，胶东八路军的战略一直是进攻性的。曾记否？1939年11月，时任中共苏鲁皖区副书记兼八路军山东纵队政委的黎玉来到胶东，传达了中央关于胶东反顽的“三步走”指示：首先要坚决打击进犯掖县根据地的赵保原和“反八联军”各土顽部队，予以各个击破，控制大泽山区和昆嵛山区；第二步，集中兵力夺取牙山，掌握胶东中心战略要地；第三步是以牙山为依托，南下莱阳、海阳，与国民党顽固派主力赵保原部队决战，占领南海地区，威逼胶济路，与八路军的滨海、鲁南抗日根据地联结起来，准备迎接全国战略大反攻。这三步，是有计划的，不管你国民党顽军向我进攻与否，我都是要走的。这三步到1940年已经实现了两步，大泽山、牙山、昆嵛山三大根据地已经建成。同时，与国民政府、伪政府比肩而立的共产党的县级抗日民主政府纷纷建立。可是，体现最终目的的第三步尚未实现，赵保原还是胶东势力最强的国民党顽军，占据着莱阳、海阳、平度的部分地区。要夺取整个胶东，就必须消灭赵保原。赵保原一倒，胶东其他国民党顽军就都不在话下了。

说白了，共产党不但要打日本，还要废除蒋介石国民党的政权，建立自己的政权。这就必须在同国民党的合作与斗争中，始终朝着自己既定的目标大踏步前进。

兴兵打仗总要师出有名才好。在国共合作期间共产党要打国民党，也需要有理由。

胶东八路军有了尚方宝剑，赵保原的末日也就到了。

打赵保原

赵保原是胶东国民党顽军反共的首领，与共产党八路军交恶最深，所以他首先是反动的，而且反动透顶。

1941 年 7 月，赵保原在八路军的反顽斗争中大伤元气，龟缩到莱阳万第一带以图东山再起。他坚持反共立场，更加疯狂地捕杀共产党。1943 年 4 月 12 日，莱东县委副书记宋云甲与九区分区委书记宋洪禄，路遇赵保原部的海阳区队，在突围中中弹牺牲。赵部从他们身上搜出了党员登记表等文件，立即按图索骥，在淳于、五处渡等 14 个村庄进行大搜捕，杀害共产党员 23 名、抗日进步分子 21 名，使共产党的地方组织遭到严重破坏。赵保原对共产党必欲斩尽杀绝，对百姓则是横征暴敛，敲骨吸髓。为了扩大队伍，赵保原规定，不管是否独子单丁，凡年龄在 18 岁到 45 岁之间的青壮年，都在征兵范围。如果有哪个应征对象跑了，就抓他的家属，以“通八路”为名予以折磨，非逼着你回来参军不行。如果查明真的是参加了八路，那他的家属必死无疑。赵保原究竟以“通八路”的罪名残害了多少人难以统计，仅在河源北沟就一次性活埋了 300 多人。1942 年春暖化冻时，在大野村前发现被赵保原杀害的尸体有 70 多具，而且在五龙河畔、大沽河两岸都露出了屠杀现场的痕迹。就是靠抓、打、杀的强硬手段，赵保原的队伍猛增到 15000 人。要养活这么多的人马，费用当然要从百姓身上出。赵保原规定了土地税、人口捐、军火捐、洋药捐、壮丁费等名目繁多的苛捐杂税，除捐税外，还要向农民征收钢、铁、谷草、砖瓦、砂石、狗皮、花生油、咸菜等等，连擦枪布也在征用范围。赵保原手下的官僚拿着百姓的钱财挥霍无度，吃喝嫖赌，无所不占。副师长张起陆是个用三支烟枪九个烟斗轮换着抽才能过得了瘾的大烟鬼，参谋长皋鸣九吸大烟已经不过瘾，整天靠扎吗啡度日。50多岁的副官长徐如一虽然不抽大烟，但却最好女色，一个人霸占了六个女人。赵保原的官僚集团还变着法子敛钱，当官的过生日，太太生孩子，都要百姓花钱送礼。谁若不送或送得少了，就会给你个眼色看看。赵保原嗜杀成性、横征暴敛，把莱阳百姓推向水深火热的万丈深渊。许多农民被逼得典房卖地、卖儿鬻女。有的百姓看到在赵保原统治下没有活路了，干脆撇家舍业，逃往八路军根据地。仅1944年从赵保原统治区逃到八路军解放区的就有10万人之多！

赵保原被八路军列为消灭对象，不仅因为他以上的“反动”行为，更因为他投降了日军，二度当了汉奸。

1938年冬大青杨战斗失败后，赵保原宣布“反正”，由汉奸变成“国军”。但由于他属于中国元老级的汉奸，难以与日本人真正割断联系。1940年，已经走上“反共反八”道路的赵保原干脆在青岛和莱阳设了办事处，专门负责向日军购买军火。作为交换条件，赵保原命令秦毓堂、苗占魁等部搜集八路军的情报提供给日军。不仅如此，赵保原还密切配合日军对八路军根据地的扫荡。1942年春季日军集中万人大扫荡时，赵保原在西线的平度、掖县、招远、莱阳边区连续向八路军发起五次进攻；在东线的榆山、吉格庄一带，赵保原不但将一个团交给日军指挥，还要他的队伍掺杂在伪军当中，一起向八路军进攻。到5月日寇再次扫荡时，赵保原主动出兵配合，还命令秦毓堂部也参加行动，为此日军发给他四万发子弹作为奖赏。1942年冬季，日军集中20000多人对胶东根据地进行拉网式大扫荡时，赵保原以第三团三个连、特务团两个营和四个区队的兵力予以配合，他自己则亲率一个团向八路军榆山根据地进攻。关于赵保原勾结日军的确凿证据，他的一个被八路军俘虏的营长的日记为他做了最有力的证明。日记写道：“两万之众用蜘蛛网式的配备，大举扫荡全鲁东，每日20里，所到之处席卷一空，妇女为之奸，壮丁为之捆，东西为之光……”可见赵保原与日伪已经融为一体。不过，那时赵保原还没有公开投降日军，只是暗中对日军予以配合。其目的就是要借助日军消灭八路。说到底，狡猾的赵保原是在拿日军当枪使。到了1944年，日寇深感兵力不足，就要拿赵保原当枪使了，并且不准他再遮遮掩掩，逼他公开投降。为了施加压力，日本人派飞机在万第据点上空盘旋，赵保原再不投降，他们就要扔炸弹了（注：可见赵保原此前还没有真的投降日军）。赵保原这才吓得派副师长张起陆、参谋长皋鸣九分赴青岛和莱阳城与日军进行密谈，接受了日寇授予的“剿共第七路军”的番号，将平度的李德元部改编为皇协军一〇七团。为此，日军奖励赵保原30万发子弹。为了掩人耳目，日军允许赵保原继续使用国民党暂编十二师的番号。赵保原还与日军做了另一笔交易：日军让他接防平度的古岘、旧店及烟青路毓科顶迟家沟的据点，他的回报是为日军抓捕了3000名壮丁补充进伪军队伍。

赵保原最终又成为日寇的帮凶。他疯狂反共，残害百姓，二度成为罪大恶极的大汉奸。莱阳、海阳的人民群众再也忍受不了他的欺压和残害，要求讨伐的信函像雪片一样送到八路军胶东军区司令部，就连赵保原的老家蓬莱县大赵家的全体村民，也共同签名要求严惩这个自绝于父老乡亲的大汉奸。1945年2月5日，胶东临时参议会发出《告胶东人民书》，胶东军区发出了讨伐赵保原的布告和《告莱阳同胞书》。

赵保原的末日来到了

1945年2月12日，胶东军区集中了五个团加五个营，在县区地方武装及广大民兵的配合下，发起了讨赵战役，攻击目标就是赵保原盘踞的最后据点万第。具体战术是围点打援。那可真是一场规模庞大、以压倒优势打歼灭战的战役啊。主攻万第据点的是胶东军区十三团、十六团、炮兵营、特务营、北海独立团及民兵共计上万人，集结于万第东面20余里的村庄里。东海独立团、海阳独立营和海、莱两县的区中队等，进驻万第东南20里的地方，负责阻击从东南迎格庄濯村增援之敌。十四团、莱东独立营、西栖县大队在万第正北30里处集结，准备截击莱阳城、昌山、乔家泊增援之敌。胶东军区政委林浩和副司令员吴克华向各部队发出了夜11点半对万第据点的总攻击令。赵保原困兽犹斗，一方面急电青岛和莱阳的日军前来救援，一面组织了3000兵力予以反击。可他3000兵力哪里敌得过上万八路军、游击队的攻击？经过四个多小时的激战，万第守军五个营及国民党第十三专区区署全部被歼。赵保原只好从后万第仓皇出逃。西万第守敌在逃跑中被八路军歼灭大部。赵保原的老巢万第终于被八路军占领。日军虽然在正月十三日派10余架飞机前来轰炸扫射，但已无济于事，八路军在日机的轰炸中又攻克了左村、姜疃据点。逃至留格庄的赵保原眼看自身不保，慌忙率领残部逃到即墨灵山，投靠那里的日军去了。八路军乘胜前进，只用四天时间就收复了迎格庄、留格庄、朱洞等万第周围的十几个据点，正月十八日又收复河源。至此，讨赵战役宣告结束。是役共歼灭赵保原的8个团12000多人，缴获大炮14门，轻重机枪160余挺，掷弹筒17个，长短枪5000余支，子弹6万余发，战马120匹，电台5部，粮食2000多万斤及大宗物资，还缴获了一个兵工厂。万第一战，使盘踞胶东长达7年之久的赵保原彻底垮台，使国民党失去了一支与共产党八路军顽强拼杀的部队。尽管日寇于5月7日拼凑了四五千日伪军进行扫荡，企图帮赵保原挽回败局，但此时日军已经是强弩之末，八路军经过19天的反击，歼灭日伪千余名，粉碎了日寇对胶东的最后一次大扫荡。至此，八路军夺取整个胶东已成定局。

日本投降后，由于是“曲线救国”，国民党并未把赵保原当汉奸处理，而是再次将其队伍收编，命他据守胶县城与八路军对抗。1946年6月，人民解放军攻克胶县城，赵保原与从平度投靠他担任了辎重营长的冷冠荣一起被击毙。

第六十一章　平度境内的“国军”被一扫而光

1937年抗战刚开始的时候，我的家乡平度完全是国民党的天下，没有一名共产党员，没有一支共产党的武装。即使国民党县长姬春堂弃官而逃，接过县长职位的张金铭也是坚定的国民党，并且他的国民党第五战区游击总指挥部直属第十六支队30000多人马遍布平度及胶东。仅看那时的张金铭，就可以看到诸多国民党人士抗战是何等坚决，中国的抗战是多么地大有希望。张金铭曾经是多么威风啊，既是中将支队司令又是平度县长，以至于容不下乔天华组建的共产党在平度唯一的一支抗日队伍，要对他强行收编。谁会想到，经过八年抗战，我家乡的国共力量的对比完全翻了个个儿，平度大部变成了共产党的天下。1945年，平度（平北、平西、平南、平东）四县的共产党员已经发展到4847名，党支部发展到546个，4个县委以下共成立了49个分区委，党组织简直是密如蛛网。除了八路军正规军，平度四县都有县大队（百人左右），有的在县大队的基础上发展为独立营（300人左右）。多数区都有区中队，凡有党支部的村庄基本上都有民兵组织，堪称全民皆兵，不管是日寇还是国民党，已经陷入共产党所领导的人民战争的汪洋大海之中。

李德元的末日

1945年1月16日，西海独立团在平北独立营的配合下，向李德元的平度保安旅所盘踞的柳行据点发起围攻。柳行据点是李德元的总部丈岭的屏障，由李厚吉的保安二团把守。为了保住柳行，李德元只好冒着被人们看成汉奸的风险，向莱阳和平度的日军求援。17 日，平度城和莱阳城共计四个营的伪军从东西两个方向前来救援，但都被八路军伏击部队击退。21 日，柳行据点被攻克，李厚吉率残部公开投靠了平度城伪军王铁相。

李德元自 1940 年与八路军结仇，成为共产党八路军的死对头，还被老百姓称作“刮民党”“拉驴队”，当然是“反动”的。不仅是反动的，他也跟着赵保原暗地里接受了日军的封号成为皇协军。他队伍的臂章正面写着国民党平度保安旅，反面则是皇协军一〇七团，平度人说话，这叫“两虎皮”，文明说法叫两面派。这样，八路军当然可以把李德元当汉奸来打了。

记得 1942 年八路军攻打丈岭据点被李德元击退，李德元趾高气扬地把丈岭称作“平莱铁钉”，那是因为有赵保原给他当靠山。现在赵保原倒了，丈岭据点四周已经全部是共产党的解放区，八路军拔掉这颗“铁钉”已经不成问题了。

不过这次还没等到八路军攻打，李德元自己却溜了。1945 年 2 月 12 日，莱阳那边传来赵保原的万第据点被攻克的消息。李德元知道大事不妙，不敢再依仗他的“平莱铁钉”跟八路军对抗，一夜之间撤出他经营了近五年的丈岭据点。平东不能待了，平北平南早已都被八路军占了，还有平西呢。平西有阎珂卿的九纵队一万多人马，怎么也能跟八路军抵挡一阵子。于是，李德元决定转移到平西。1945 年 2 月 15 日夜，李德元的队伍偷偷从丈岭撤出，从平度城南绕到城西，向平西台头村（现属明村镇）转移。士兵们知道李德元大势已去，再跟着他干下去凶多吉少，一路上不知有多少开小差的。等到了台头村时，包括县政府机关百余人在内，总共只有七八百人了。李德元把平度县政府安在台头，占据了台头周围的五六个村庄。堂堂国民党平度保安旅和平度县政府，到头来混得只能管辖这么几个村子了。

这平西台头一带，一直是阎珂卿第九纵队的防区，也有王尚志的四纵队的地盘。抗战八年，这里的百姓除了经常被日伪军扫荡，养活几万国民党军也已经使他们难堪重负，早已是民穷财尽，十室九空。现在李德元又带来一个县政府和七八百人的队伍，既没有税赋可收，也没有几头驴可拉。七八百名官兵生活十分困窘，白面已经多日不见，高粱窝头也不能满足供应，士兵们经常饿肚皮。

1945 年 6 月 26 日，是李德元在平度的末日。晚 10 时，八路军南海独立团在平南独立营的配合下，对台头据点发起进攻。此时李德元的士兵早已是惊弓之鸟，哪里敢跟八路军对抗？外面刚刚打响，李德元就下令准备撤离。听说东门被炸毁，吓得他连忙从西门溜出，逃过胶莱河到昌邑去了。八路军只用两个小时就攻克了台头据点，俘敌400余人。至此，李德元的平度保安旅被彻底消灭，国民党的平度县政府也随之倒台了。

幸亏李德元早有打算，把家眷提前安置了。他把父母、小婆姜鸿恩、小婆生的两个儿子和一个闺女、大婆生的两个闺女送到青岛齐登路一所房子，解除了后顾之忧。当然也还有遗留问题，大婆和大婆生的最小女儿就没带走。大婆当然也不愿跟着走，李德元就随她自便。新中国成立后，大婆改嫁他人，小女儿也就不再姓李。

李德元率残部逃到昌邑国民党鲁苏战区十五纵队防区。他在这里人生地不熟，更是粮饷无着，没法生存。支队长刘鸿翔看到在这里连高粱窝头也吃不上了，竟然带着一部分人投奔了平度城的日伪军。所谓县政府的人员，也大都跑回平度老家去了。李德元只好带着不足百人离开昌邑前往高密、胶县等地，逃至即墨县境，一路上又有不少官兵逃离。等他逃进青岛时，身边只有二十几个人了。

日本投降后，山东省政府主席何思源再次任命李德元当平度县长兼县大队大队长，但因是流亡政府，徒有虚名，只以其小婆姜鸿恩为伴，寄居青岛。虽然在1947年国民党进攻胶东时李德元也曾组织还乡团回平度反共倒算，但随着国民党的失败，他也于1949年逃亡台湾，后寄居美国，度过残生。

活捉阎珂卿

有人要问，台头据点被八路军围攻，近在咫尺的阎珂卿九纵队有万余人马，为何不来相救？不是阎珂卿不救，是他也面临绝境呢。八路军打李德元和打阎珂卿几乎是在同一个时间，李德元还没从台头逃跑那个晚上，阎珂卿的九纵队总部古庄也已经被八路军围了起来。这可是一场比攻克台头据点要难打得多的硬仗。古庄据点由阎珂卿经营7年，坚固的围墙布满明碉暗堡，易守难攻。而此时阎珂卿九纵队的万余人马遍布平西900余平方公里范围内的24处据点。为此，胶东军区出动了十三、十四两个团，由西海独立营、掖县独立营、掖南独立营打配合，兵力远超攻打台头据点的三四倍。晚11时，台头那边歼灭李德元的战斗已经接近尾声，古庄这边的总攻紧接着打响。攻击部队首先拿下家顶和东南埠两个制高点，控制了古庄。接着，古庄南碉堡被炸毁，八路军从此处突入。阎珂卿命部队反扑，将冲入的八路军打了回去。此时已经天亮，攻克台头的八路军和平度地方武装前来增援。27日晚上，各路大军再次发起攻击。古庄村北边的围墙被炸毁了，进攻部队蜂拥而入，与守敌展开了巷战。里面进行着巷战，四面围墙的明碉暗堡又相继被摧毁，八路军从四面八方冲了进来。阎珂卿见大势已去，只好钻进早已准备好的地道。可此时他已经被盯紧了，十三团排长朱光训紧追不舍，在地道出口处将他活捉。副司令董希瞻率领50名卫队从西南方向突围成功，逃到高密去了。参谋长韩麟瑞、参谋处长张可法被击毙，副官长陈松卿、军械处长于乾甫等一批军官被俘。28日，八路军挥师北上，接连攻克了阎珂卿部郑戈庄、谭家据点，活捉了支队长于聘三。郑家庄的陈泽渥部、吉格庄的孙文卿部，没等着挨打就争先奔命，逃往高密。阎部其他据点的守军见大势已去，也纷纷弃而逃之。

古庄一战，活捉了国民党鲁苏战区独立第九纵队司令阎珂卿，歼灭阎珂卿部5000余人，其余作鸟兽散。至此，第九纵队彻底垮台，平西全部成为共产党的解放区。

阎珂卿从1937年底开始组军抗日，在平西坚持抗战八年，其总部没离开过平西家乡，并且在战乱中坚持办学，为国家培养了众多人才。八路军给他记着这些功劳，虽然活捉了他，并没怎么难为他，把他押到大泽山西海军分区司令部好生款待，对他的看管也不严，意图教育感化于他。可是阎珂卿忠于“党国”，在被押期间伪装老实，使看管人员放松了警惕，竟然在一个晚上，借口解手脱离了看押人员的视线，成功地逃跑了。直到1949年，阎珂卿一直追随“党国”，忠贞不贰。国民党遭到惨败，阎珂卿逃往台湾，1976年，因病不治身亡，享年84岁。

李德元和阎珂卿被打垮以后，平度境内就基本上没有国民党的势力了。说基本上，因为还不是彻底干净。王豫民的国民党鲁苏战区第四纵队还占据着胶莱河两岸，胶莱河东岸的小河子村是四纵队的一个重要据点，那里属于平度的明村镇。

四纵队司令不是王尚志吗？怎么成了王豫民的了？为了弄明白这一变故，还得交代一下王尚志。

王尚志被日军俘虏

1944年春夏之交（农历前4月28日），日军由高密、坊子两路出动1000余人，进犯平度西部地区，首先扑向阎珂卿的驻地古庄。阎部提前转移，日军扑了个空。当时，王尚志的四纵队司令部就在平西孙正村（属明村镇）。王尚志笑话阎珂卿见了鬼了就跑，决定坚守防地，与日军较量一番。他自己率一部分队伍坐镇孙正村，其他主力部署在孙正村周围各村，由副司令王豫民统一指挥。其作战方案是待日军包围孙正村后，王豫民立即指挥孙正村周围的部队进行反包围，与村内的队伍对日军造成内外夹击之势，一举将日军消灭。王尚志把自己置身于日军的包围之中，这个部署也太大胆了。战斗如能按照单方面的构想进行，当然是稳操胜券的。可是，战争哪有那么顺风顺水的？当战斗打响之后，局势急转直下。王豫民命令第十支队长张尚武按计划攻占孙正村北埠制高点，谁知日军早有反包围的防备，以猛烈的炮火进行反击，把张尚武的队伍打得抬不起头来。张部很快伤亡过半，张尚武当即阵亡。而从孙正村西南边向日军进攻的队伍，也没突破日军的火力封锁线。战斗从头天晚上打到第二天上午11点，孙正村被日军攻占，王尚志做了日军的俘虏。副司令王豫民率领四纵队余部逃过了日军的追击，到昌邑去了。王尚志被押往青岛，王豫民受命继任四纵队司令。

王尚志被押到青岛之后，日军要他劝王豫民投降，他表面上答应了，但暗里另有打算。经日本人同意，他派和他同时被俘的大队长肖雁宾带信回到四纵队，转达了日军的诱降条件。王豫民明白王尚志的意思，便佯称接受这些条件，愿意带队伍随同王尚志一同投降。接着就是与日军磋商部队的改编和具体点编的时间、地点等问题。当这一切达成协议之后，已是1944年秋。约定的点编日子到了。这一天，日军派出包括汉奸、随员、翻译在内共10余人，押着王尚志到昌邑王家部村对四纵队进行点编。王豫民事先安排好了“鸿门宴”，除正式武装警卫人员外，还埋伏下便衣武装。日方人员及随员一到，还没来得及说几句话，王豫民一声令下，伏兵齐出，将日军全部击毙，汉奸也只留下一个，其余全部处死。王尚志被顺利劫回。

王尚志虽然被劫回，但王豫民却不想把司令让给他。王尚志为抗日把司令的职务丢了，当然不甘心。不是日本人点编那天还留着一个汉奸没有杀掉吗？那汉奸名叫郑修康，是青岛的汉奸报纸《新民报》的编辑局长，原本是来实地采写点编的稿件好回青岛见报的，没想到成了俘虏。为了活命，他投降了王豫民，做一名文职人员。看到王尚志郁郁不得志，郑修康便与他策划，主动提出要刺杀王豫民，把王尚志再扶上司令的宝座。一天，郑修康去见王豫民，可怜兮兮地诉说他如何挂念在青岛的眷属，可惜手头紧，没有条件给他们寄钱。王豫民听了，当即答应帮忙，要军需处设法向青岛给郑修康的家眷汇款。就在王豫民拿起笔动手写手令时，郑修康趁机拔枪行刺。可他毕竟是个文人，拔枪动作太慢，慌忙中又迟迟打不开保险。王豫民的卫兵及时发现，立即扑上去把郑修康抱住，扳转其握枪的臂腕。此时郑修康才扣动了扳机，只是子弹射向了屋笆，王豫民逃过了一劫。经审讯，郑修康供认了与王尚志的合谋。王尚志恩将仇报激怒了王豫民，但终归是老上司，王豫民狠不下心来杀害王尚志，只是把他软禁起来。

这就是王尚志丢掉四纵队的经过。

王豫民被赶出平度，王尚志东山再起

1944年初冬，王豫民被国民党山东省政府任命为山东省第十七区专员兼昌邑县长，仍兼任鲁苏战区第四纵队司令。这第十七专区，辖昌邑、高密、诸城、胶县四县，管不着胶莱河东岸的平度。可四纵队五六年以来一直把势力扩展到平西，脚踩胶莱河两岸，并先后把司令部设在平度境内。须知有地盘才有税赋可征，当官的谁不愿意多占地盘？

王尚志丢掉了四纵队，被王豫民拣了个大便宜。不过，这个便宜也不是好拣的，八路军要把胶东的国民党军全部赶走，王豫民的四纵队便成了靶子。

1945年7月20日晚，胶东八路军十三团二、三营，十四团一个营、南海独立团、平南独立营将小河子据点包围起来，打响了进攻四纵队的战斗。王豫民除了向小河子据点增派队伍，还亲自从昌邑来到小河子，带领队伍死守。可是他苦苦挣扎了三天三夜，结果是2000多人被八路军消灭。王豫民不敢再战，只好带领残部突围，逃到胶莱河西昌邑地界去了。

王豫民兵败小河子的消息传到四纵队昌邑总部，军心混乱起来。软禁在昌邑的王尚志乘机煽动兵变。终归四纵队是他一手组建和发展起来的，老班底多数还拥护他，扶他再次当上了四纵队司令。

王豫民带领几千人的败兵回到昌邑后，发现军情有变，不敢再回四纵队总部，立即率队东去高密。王尚志派他的心腹张德义率兵追击，由昌邑一直追到高密的桓里庄，才把跟随王豫民的队伍追了回来，只跑了王豫民。桓里庄住着刚刚在平度古庄被八路军打垮的九纵队副司令董希瞻的队伍。王豫民在董希瞻这里喘了口气，又在董希瞻的帮助下来到驻扎在高密东北乡的四纵队第十一支队。日寇投降前夕，王豫民带着这支队伍在昌邑、安丘、潍县交界处、胶济铁路南流车站以北的河谷丛林地带活动。日本投降以后，王豫民奉时任国民党山东省主席何思源之命接受昌邑、高密地区的敌伪机关，进了高密城。1946年6月13日，八路军攻克了高密城，王豫民只身逃往青岛，所部全被消灭。1949年，王豫民逃到台湾去了。

而王尚志的四纵队在抗战胜利后被国民党第八军收编，王尚志任旅长。抗战八年，王尚志又打日本又打八路，还多次跟胶东国民党自己的队伍争夺地盘，打打杀杀，最后又被日军俘虏过。由于经受了众多的枪林弹雨，遭受了艰难的颠沛流离，身体受到极大损害。1946 年冬，久病不愈的王尚志在潍县城去世，年仅 40 岁。

随着 1945 年 7 月下旬国民党四纵队被赶走，平度境内的国民党军就先于日伪军被一扫而光了。

此时日伪军在平度的地盘已经很小，除了平度城，只剩城北 10 里处的唐田、城西 12 里的门村，城南 20 里的蓼兰三处据点了。平度已经是共产党八路军的天下。八路军不急于攻打平度城，因为八路军正在争取平度城里的治安军第八集团军司令王铁相起义，王铁相也已经做出回应，只等合适的时机了。

第六十二章　国共“分桃”之争

现在，中国的抗战已经胜利在握，应该来讨论一下如何收获胜利果实了。

总结中国的抗日战争，可以把偌大的中国比作一个大桃园，这个桃园突然闯进了抢劫的强盗，强盗的名字叫日本。日本强盗野心很大，不但进来抢桃子，而且连桃园也占了。先是占了桃园的东北角，然后一步步往南侵占，几乎把这个大桃园全部都给占领了。桃园的主人当然不让了，于是就奋起而驱赶强盗。如果从 1931 年“九一八”算起，这场驱赶强盗的战争一直打了 14 年。如果从 1937 年“七七”卢沟桥事变算起，就是我们常说的八年抗战。桃园的主人最终用无数人的鲜血和生命换来了这场战争的胜利，把强盗赶出了桃园。中国人恢复了桃园的主人的本来地位，要尽情地采摘丰收的桃子了。

把抗战的胜利果实比作桃子，是毛泽东的名言。这名言出自毛泽东的著作《抗日战争胜利后的时局和我们的方针》，这是 1945 年 8 月 13 日毛泽东在延安干部会议上的讲话。此前几天，美国在日本扔下了两颗原子弹，苏联出兵东北，日本即将彻底失败，中国即将收获抗战胜利的果实。毛泽东在文章中说：“中国大地主大资产阶级的政治代表蒋介石，大家知道，是一个极端残忍和极端阴险的家伙。他的政策是袖手旁观，等待胜利，保存实力，准备内战。果然胜利等来了，这位委员长现在要下山了。八年来我们和蒋介石调了一个位置，以前我们在山上，他在水边，抗日时期我们在敌后，他上了山。

现在他要下山了，要下山来抢夺胜利的果实了。”“抗战胜利的果实应该属谁？这是很明白的。比如一棵桃树，树上结了桃子，这桃子就是胜利果实。桃子该由谁摘？这要问桃树是谁栽的，谁挑水浇的。蒋介石蹲在山上一担水也不挑，现在他却把手伸得老长老长地要摘桃子。他说，此桃子的所有权属于我蒋介石，我是地主，你们是农奴，我不准你们摘。”

八路军大反攻

共产党八路军在“摘桃”问题上当仁不让。8 月 10 日至 11 日，八路军朱德总司令连续发出关于受降和对日展开全面反攻等 7 道命令，要求各解放区抗日武装部队向各自附近的日、伪军发出通牒，限他们于一定时间内投降，如果拒绝投降，就把它坚决消灭。蒋介石国民党则在“摘桃”问题上理直气壮。8 月 11 日，蒋介石在一天中发布了三道命令：令共产党解放区军民“就地驻防待命”，不得对日伪军“擅自行动”；令伪军负责维持地方治安，等待国民党军收编；令国民党各部队“积极推进，勿稍松懈”。朱德总司令针锋相对，致电蒋介石，揭露和批判他违背民族利益、积极准备内战的反革命面目。8 月 13 日，毛泽东在《抗日战争胜利后的时局和我们的方针》的讲话中，除了指责蒋介石要下山摘桃子，更号召解放区军民：蒋介石要“寸权必夺，寸利必得”，我们要“针锋相对，寸土必争”，提高警觉，随时准备粉碎蒋介石的内战阴谋。

国共正在加紧“摘桃”，就迎来了 8 月 15 日。这一天中午，日本天皇裕仁突然以广播《终战诏书》的形式，向世界宣布无条件投降。中国人民的抗日战争终于赢得了胜利。山东军区于 8 月 11 日部署全面反攻，随即编成山东野战兵团，动员 10 万民兵组成数十个临时脱产的“子弟兵团”，配合主力部队作战，以五路大军向日伪军展开全面反攻。此时胶东的八路军，早已不再是 1940 年前后的山纵五支队或者五旅了，那时仅有三个团的兵力，而现在的胶东军区所属部队已是当年的 10 倍左右，拥有两个师三个旅。五师师长吴克华，政委彭嘉庆，参谋长肖镜海，政治部主任刘浩大；六师师长聂风智，政委李炳令，副师长兼参谋长蔡政国；警三旅旅长孙端夫，政委刘仲华；警四旅旅长刘涌，政委仲曦东；警五旅旅长贾若瑜，政委廖海光。山东军区将胶东部队编成山东野战兵团第三路，由胶东军区司令许世友任前线指挥，胶东区委书记林浩任政委，开始狂扫胶东的日伪军，收复了大片失地。8 月 16 日，八路军攻克了威海卫。18 日，收复牟平城、攻克了龙口。19 日，攻克福山、鳌山卫和胶县城。20 日，攻克石岛。8 月 21 日，八路军在一天中连克黄县、招远、莱阳和昌邑四座县城，23 日，又打下蓬莱城和长山岛。24 日，烟台被八路军团团包围，经过 10 个小时的激战，日伪军支持不住，只好弃城逃跑。烟台重回中国人民怀抱。26 日，八路军攻克了即墨城，包围了青岛市区。仅仅 20 天的时间，八路军几乎把胶东全部收入囊中。青岛外围，只有平度、高密两座县城还在日伪军手里了。

蒋介石只好请日军配合，要伪军帮忙

眼看着八路军以惊人的速度攻城略池，把大片的“桃园”抢夺到手，蒋介石心急如焚。国民党 200 万大军大部分都在大西南，一部分在西北，远离八路军开展游击战和建立根据地的华北、山东和苏北。如果没有特殊措施，国民党是抢不过八路军的。

蒋介石自有蒋介石的手段。他也顾不得国人如何评价了，干脆利用国家元首的优势，与敌伪合作，共同对付八路军。首先，蒋介石拍发《招降电令》给侵华日军最高司令官冈村宁次，命令日军“在军事行动停止后，日本可暂保有其武器装备，保持现地情势，且维持现在地之秩序，听候中国陆军总司令何应钦之命令”。这样，已经宣布投降的日军就得到了战胜方国家元首的“尚方宝剑”，不但可以拒绝向八路军缴械，而且可以继续向八路军开枪，以替国民党“维持现在地之秩序”。在对日军发出命令的同时，蒋介石又委派一直帮日本强盗守卫“桃园”的伪军为他就地防守，等待国军前去收复。为了调动伪军的积极性，蒋介石向伪军广发委任状。在胶东，任命伪治安军第八集团军司令王铁相为国民党第九军中将军长，伪登州道道尹兼伪保安队指挥白书普为烟台市市长，伪山东国民自卫军副总司令兼第一集团军军长张步云为胶高海防司令，伪威海卫警备司令鲍一民为青岛海军司令。被封官加爵的伪军将领们一个个欣喜若狂，庆幸由汉奸华丽转身，一跃而为“党国”高官。

蒋介石这一手煞是厉害，既可阻止共产党继续抢夺“桃园”，又可发挥伪军作用代替他反共，真是一箭双雕，而且这“箭”也不用自己出，直接把汉奸当箭，损兵折将也不必心痛。

国民党蒋介石利用伪军为他守护地盘，在很大程度上解决了华北国民党兵力不足的问题，使“国军”赢得了北上的时间。他们利用美国人提供的飞机、军舰等运输工具，昼夜兼程，将远在西南、西北地区的军队空运、海运到全国各地的战略要地。短短几个月里，国民党军约 200 万人正规军的 80% 就运到了各战略要地，其中 54 万人运到了华北、山东、苏北等地区。

国民党占领济南，全靠日伪军帮忙。日本宣布投降后，蒋介石任命何思源为山东省政府主席，命他速速接收省城济南。可那时何思源人还在寿光，手里也没有队伍，靠什么去接收？不要紧，有伪军为他保驾。8月18日，在伪军张景岳部2000余人的护送下，何思源由寿光到达济南郊区。伪省长柏毓珣闻讯，派人到枣园迎接何思源进入济南。因驻济南的日伪军拒绝向八路军缴枪，而是把济南交给“国军”，使“国军”不费一枪一弹就把山东的省会拿到了手中。

在胶东，国民党的战略重点是占据青岛、烟台等沿海港口城市，青岛又是重中之重。美国政府为了帮助国民党政府抢占胶东，于8月29日宣布，美军将在青岛、龙口、烟台威海等地登陆。9月11日，美军第七舰队20余艘军舰驶入胶州湾，并扬言继续北上。

曾任国民党鲁东行署主任的李先良，将其行署独立营扩编为青岛保安总队，早已从莱阳进驻青岛近郊崂山。8月18日，蒋介石电令青岛保安总队司令李先良为青岛市市长，指示李先良利用青岛日军的力量维护青岛治安，同时直接命令“日伪军切实维持地方治安”。在蒋介石的授意下，李先良与驻青岛日军陆军司令官长野荣二谈判接受事宜。长野荣二趁机提出条件：如能保证日侨生命财产，日军就不予破坏青岛的港口机场和建筑。李先良慨然允诺，并得到上峰赞许。达成协议后，国民党青岛接受委员会于8月23日成立，李先良以青岛市长、青岛保安总队司令兼接受委员会主任委员。

此间，日伪军在青岛郊区为国民党占领青岛出了很大力气。8月27日，被八路军从即墨城赶跑的赵保原残部，配合驻青岛日军警备旅团司令龙本一磨率领的4000余日军，向驻守即墨、胶县的八路军进攻，迫使八路军于9月6日、7日撤离即墨和胶县县城。驻济南的日伪军也向胶济铁路进犯，帮助国民党守住胶东大动脉。

9月13日，李先良率青岛保安总队进入青岛市内。

此时，我们久违了的平度头号汉奸王潘亭也出现在接收大员之中，原来他被国民党任命为“剿共军司令”和“青岛接收委员会”委员了。

10月25日，青岛地区日军投降仪式在汇泉跑马场（今汇泉广场）举行。国民党军政部胶济区中将特派员陈宝仓、美国海军陆战队第六师司令谢勃尔主持受降仪式，正式接受驻青岛日军司令官长野荣二的投降。直到11月14日，国民党第八军军长李弥才率领30000余人乘美军军舰来到青岛。国民党能顺利占领青岛，全赖日伪势力的配合，不然青岛就有落到八路军手中的可能。

蒋介石在日军配合和伪军帮助下，将山东的大中城市全部拿到手，其策略收到奇效。

第六十三章　张松山与王铁相都当上了“国军”将领

小小平度城，成为国共双方争夺的重要目标，发生了一场抗战后期胶东著名的平度城争夺战。

平度城离青岛市区100公里，是青岛的北部屏障。一旦平度城被八路军拿下，离平度近在咫尺的胶济铁路就完全暴露在八路军的炮火之下，八路军占领铁路和攻打青岛就没有了后顾之忧。

而1945年9月的平度城，已经变成胶东日伪军的集中地，掖县、招远等地的日伪军都跑到这里来“抱团取暖”。原来驻平度城的鬼子只有一个中队百余人，现在又从掖县、招远等地逃来一些，大约有400余人。而伪军的牌子众多，人数达到高峰。有王铁相的伪治安军第八集团军三个团，有原伪县长张松山的伪独立十二师，有伪平度保安旅二团李厚基的残部，伪平度保安团冷冠荣一部，还有从掖县逃来的300余伪军，共计7000余人。

至此，整个胶东，平度城以北、以东广大地区，再无日伪和国民党军。

平度城必然成为八路军攻夺的目标。

王铁相站在人生的十字路口

张松山被日本人强行任命为“张松山部队”司令，没有讲价钱的余地，只好回到平度城，以他的伪平度警备队为基础，加上各区区队，把“张松山部队”组建了起来。刚组建不久，盘踞柳行据点的伪平度保安旅二团被八路军打垮，团长李厚基率残部逃进平度城。王铁相命李厚基归张松山领导。又不久，伪平度保安团冷冠荣也率败兵逃来，集中到张松山旗下。这样，张松山的队伍就有了3000多人。张松山队伍的人数虽然不少，可都是残兵败将，士气低落。长时间没有得到补给，尤其是枪支老旧，弹药不足，当然也就没有什么战斗力。时间到了1945年7月，日军败局已定。随着胶东赵保原被八路军打垮，李德元的保安旅、阎珂卿的第九纵队也连连被击溃。平度境内已经没有国民党军了，八路军的矛头直指平度城。

可直到 1945 年 9 月初，日军投降已经快一个月了，八路军才决定攻打平度城。这又是为什么呢？

前面我们已经知道，由于八路军胶东军区对王铁相部的策反工作卓有成效，再加上王铁相睁一只眼闭一只眼的配合，王铁相的参谋长于静波等许多人被发展为中共党员。王铁相已经接见了胶东军区敌工科长王介，王介手里拿的是胶东军区司令许世友和政委林浩签名的介绍信，这说明王铁相已经与胶东军区的最高首长建立了联系。这种联系并非一般，王铁相答应八路军的要求接受东海军分区敌工科长辛冠吾住进他的司令部，并且任命辛冠吾为他的副秘书长。而秘书长正是已经加入共产党的于静波。秘书长和副秘书长可以说是司令部的关键人物，王铁相允许共产党在他的身边，而且委以重要职务，可见他打算起义并不是心口不一。

如果王铁相早些起义，平度城和平解放，八路军乘势南下，在美军到来之前打响进攻青岛的战斗，说不定青岛会被八路军拿到手。可是，王铁相迟迟不肯最后决定。他盼望年底的到来，北京治安总署发放冬季的棉衣和军饷物资的时间就在每年的年底。须知那是王铁相集团军半年的军需，当兵为的就是吃粮，他舍不得那笔数字可观的物资。

再说，此时的王铁相已经按照与八路军达成的约定，不与八路军为敌，表面上配合日军扫荡，实际上不跟八路军动真的。所以，八路军不好太催他，只能等待年底的到来。

谁会想到，8 月 15 日，王铁相的军需眼看就要发下来了，日本天皇竟然宣布无条件投降了！这消息来得太突然，国共两党两军都没想到，在中国拼死抵抗的日军没想到，伪军王铁相张松山他们就更没想到了。

王铁相当然不可能再指望北京治安总署给他的队伍发军饷，那北京治安总署还自身难保呢。

1945 年 8 月 18 日，王铁相两只眼睛发着兴奋的光，紧紧地盯着面前的八路军敌工科长、他的副秘书长辛冠吾。他面前的办公桌上摆着一份密电。那是连他的秘书长于静波也没看到的绝密文件。王铁相一下将密电扔给了于静波。于静波拿起一看，顿时大惊失色，张大嘴巴看着辛冠吾。辛冠吾接过电报，首先看到的是落款处“蒋中正”三字。接着，他很快就明白了，蒋介石任命王铁相为国民革命军第九军中将军长。电报上还说，美军马上就要在青岛、烟台、威海登陆，国民党大军很快就能北上进入山东。日伪军只能向国军缴械，不准向八路军投降。最后命他坚守平度城，为党国建功。

于静波刚要说什么，王铁相把手一挥，严肃地说：我知道你要说什么，你就不必说了。我们现在已经是党国的军队了，我是国军的中将军长，我军官兵只要跟着我效忠党国，大家就都有官当。辛科长，我这个人说话不愿意拐弯，现在要告诉你的是，咱们好聚好散，你赶快带着你们的人离开平度城，走晚了事情就难说了。

辛冠吾不卑不亢地说：王司令，我不是代表个人到你这里来的，你是在跟胶东八路军的代表说话，请你客气一些。

王铁相已经打算彻底投靠国军，打定了与八路军较量一番的主意，能被一个八路军的小科长镇住吗？他仰脸说道：我现在是国军的军长，官衔比你们许司令还高呢！嘿嘿，我不是说好聚好散吗？你还想叫我怎么对待你？

辛冠吾耐心地说：王司令，你在胶东军区首长心目中的形象不是一天两天树立起来的，难道你能因为蒋委员长的一封电报，就全然不顾与八路军建立起来的友谊了吗？

王铁相哈哈大笑道：哈哈……友谊归友谊，政治归政治。为了政治，我只好放弃友谊。正是为了友谊，我才放你们走。不然，哼！

辛冠吾并不害怕王铁相的威胁，他要做最后的努力，争取王铁相起义，争取和平解放平度城。他耐心地说：王司令，你千万别只看到国军的势力，无视八路军的威力啊，难道你没看见，整个胶东，除了青岛和几个小城市，大部分已经是八路军的了？

王铁相蔑视地摇着头说：我当然看到了。可是我还看到了美国在帮助老蒋。美国，知道吗？他们的一只胳膊就比你们八路军的腰还粗！再说，你们八路军正抢着占领东北，剩下的兵力还能跟国军打仗吗？好了，静波，带他下去吧，叫他们快些走！

于静波见事情难以挽回，只好一边劝说着，一边把辛冠吾拉出王铁相的司令部。

如果不是蒋介石突然来了一道委任状，王铁相起义已经是板上钉钉的事。不用费一枪一弹，不用死伤那么多人，平度城就会和平地落入八路军手中。可惜，事情不是按照共产党八路军希望的那样发展。手里有了蒋介石的委任状的王铁相，已经多了一条可供选择的道路。他不但为国军中将军长的职位所吸引，更要拿国民党的正统地位和200万大军的实力和美国的支援与共产党八路军做对比，比来比去，他得出的结论是，跟随国民党比跟随共产党要把握一些。

所以，王铁相决定取消起义计划，服从国民党，跟八路军刀枪相见。

就这样，王铁相与八路军由朋友变成了敌人。

张步云委任张松山当独立师长

就在王铁相接到蒋介石的委任状的时候，张松山接到了他的老上级老朋友张步云的电报，叫他赶快到诸城去一趟，有要事相商。张松山一接到电报，立刻就往诸城跑。王铁相突然变成“国军”的军长，他这个日本人任命的“张松山部队”司令还是纯粹的伪军，他正不知道下一步该怎么办呢。

张松山一直把张步云看成是自己的引路人，到了人生的十字路口，就不能不找他。想那 1938 年抗战初期，张松山带着只有 200 人的区队跟随张步云到黄河北岸抗战，被张步云封为军需处长，一步登高，也算遇到了命中贵人。后来张步云和张松山被厉文礼打得草鸡了，两个人轧着伙走上了汉奸之路，张松山借张步云的势力，才被张宗援扶到平度“县长”的位子上。1939 年，张宗援被以赵保原为总指挥的“鲁东抗日联军”打垮，张步云没了主子，只好离开平度，投靠日伪“北平临时政府”，当上伪“剿共军第四路纵队”司令。1940 年，他却又学习赵保原，也“反正”投靠了国军，被山东省政府主席沈鸿烈委任为山东保安第二师师长。1943 年，他追随国民党山东保安第一师师长吴化文投降日军，再次当了汉奸。吴化文被日军封为伪“山东建国军”第三方面军总司令，张步云的队伍被编为第三方面军暂编第一军（亦称第一集团军），当上了军长（少将军衔），手下有三个师一个教导旅，共计 10000 多人。张步云从国军变成汉奸，再从汉奸投降国军，又从国军变回到汉奸，两方面都很吃得开，并且一直是官运亨通，步步高升。

所以，到了人生的关键时期，张松山决定去找张步云给拿拿主意。

张步云一见张松山来找他，异常高兴。他高兴什么呢？原来，他也接到了蒋介石的委任状，被委为“山东胶（县）高（密）诸（城）海防军”司令，隶属国民党第十一战区李延年部，任务是为“党国”守住胶济铁路东端。同时，吴化文以伪第三方面军总司令身份被委任为国民党第五路军司令兼津浦铁路南段司令，蒋介石命令他“防止共军占据铁路交通”。张松山这才知道，蒋介石不光封了王铁相，一大批伪军将领都被封为国军高官，张步云又回归了国军并当上了司令。

张步云当上了国军将领，没忘记他的老部下张松山。把张松山的队伍纳入自己手下，既是对老部下的关心，也可以增加自己实力，岂不是一举两得？张步云对张松山说：日本已经完蛋了，我们的任务和防地不变，不过是把原来为日本人效劳变成为国军当差，对手仍然是八路军。你还是跟着我干吧，我封你当我海防军的独立师师长，怎么样？

张松山半信半疑，奇怪国民党怎么会这么重用被称为汉奸的伪军？张步云见他不明事理，就进一步对他讲明形势：你别不信啊，老弟，你以为当了汉奸就一辈子完蛋了？不是那么回事啊，老弟，现在国民党和老蒋最需要咱们伪军了！你还不明白是不是？告诉你，国民党的200多万正规军大部分都在大西南跟日军作战，离咱这里几千里地，远着呢！一旦日军败了，长江以北的大片国土是谁的啊？还不是八路军的？老蒋看明白了这一点，才暗中递信给我们这些被称为汉奸的人，叫我们就地为他把地盘占着，让我们跟八路拼命，这老蒋就是高明！

张松山这才恍然大悟，原来天下还有这等好事，当汉奸也有时来运转的时候。他正发愁自己当了多年汉奸难找后路，没想到一条光明大道正在等着他。他问张步云：我回去把队伍拉过来吗？

张步云说：现在别动，你回去向日本人向王铁相多要枪要子弹，准备跟八路军干，也是为党国出力，我好给你向上面汇报。一旦八路占了上风，我就把队伍开到胶济铁路沧口站一带。平度离高密站最近，你就把队伍拉到高密，咱们共同为党国守好胶济铁路。

张松山又犹豫起来。他的队伍都是平度人，到时候能否拉出来还说不定。张步云批评他了：我知道你不是个带兵打仗的人，你只要把队伍拉出来交给我就行了，也算为党国立功，我就可以给你说话。你知道吗？我已经向中央要了四个专员，等国军赢了，我叫你当专员！

当专员？张松山顿时精神一振！

看来这两个人真有缘分啊。7年前两个人相约一起打鬼子，不久后两个人一起当汉奸。7年后两个汉奸再次相遇，却又相约一起投靠“国军”。张松山总是沾张步云的光，这次还有希望当专员。

张松山这下放心了。只要回去与王铁相一起守住了平度城，他就是国军的功臣。

张步云真够意思，临走还给了他1000套军服。

就这样，张松山带着国民党的独立师师长身份和张步云发给他的1000套军服，兴冲冲地回到了平度。至于他的队伍的番号，至此已经有了三个，一个是张宗援给他的国民自卫军独立二师，一个是日军驻青岛司令官直接任命的“张松山部队”，最后是张步云封的独立第十二师。《中共平度地方史》将其称作伪独立第十二师，看来是确认了张步云对他的任命。这对难兄难弟的下场都很可悲。张松山在八路军攻克平度城后被活捉，并被作为汉奸枪毙了。张步云也在抗战胜利后被国民党政府作为汉奸处决于青岛五号炮台。

王铁相叫张松山为他挡枪子儿

此时，王铁相已经把驻掖县的二十一团和驻莱阳的三十四团都调到平度城，加上原来的二十二团和司令部的成员，平度城里驻满了治安军，还有从掖县逃过来的伪保安团也挤在这里，城里已经没有张松山队伍住的地方了。

张松山向王铁相通报了自己目前的身份，请求分配任务。王铁相高兴地说：好，咱们都是“国军”的人了，咱们的任务是共同为党国保住平度城，你就给我把守城外三关吧！

平度城墙外面有东关、西关、南关和北关四个村庄，但只有东、南、西三个城门，没有北门。北关村被一条深深的城壕沟和一堵又高又厚的城墙隔在城墙脚下，北城墙上有座炮楼，是全城的最高点，上面的轻重机枪往北可以控制北关，又可以向南向西向东打到全城的任何地方，所以北关无须另外派兵防守。张松山的任务就是把守东关、南关和西关。

王铁相这样安排，无疑是把张松山的队伍放在八路军的枪口上，叫他们替治安军挡枪子。张松山的队伍满腹牢骚，但张松山又不能对王铁相这样直说。最难的是他的队伍枪支破旧，又缺乏弹药，向王铁相要，王铁相却说他的队伍也缺少弹药，一点儿也不给。张松山的心一下子沉到底了。这分明是要我的队伍去给你们治安军做挡箭牌，要我们先死嘛，等我将八路军的力量消耗得差不多了，你们治安军的仗就好打了是吧？你王铁相的私心也太严重了吧？你这是叫我们这支平度人组成的队伍在家门口死给乡亲们看啊，你王铁相的心也太狠了吧？

平度城墙有三丈高，而且墙砖又大又厚，本就易守难攻。王铁相又加修了许多碉堡，还把每一个墙垛口都改造成枪眼形成暗堡，可谓明碉暗堡，密密层层。在方圆不足四华里的城墙上，王铁相架设了100多挺轻重机枪，对内对外形成了密集的火力网。城壕沟深宽各两丈，本来就很难过得去，王铁相又命令张松山的队伍砍遍了城外的树头，在城壕沟外面加了一道鹿砦，把城区严严地围了起来。王铁相到城外视察时给张松山打气说：八路军的主力都过海到东北去了，剩下的都是土八路，他们的武器都是土压五，我们全是大盖枪，只要兄弟们严密把守，八路军就休想攻进城来！

张松山心里骂道：你们治安军手里拿的是大盖枪，我们的枪支连土八路的都不如。你们躲在城里，我们暴露在城外，你叫我如何严密把守啊？

张松山从此心里就有了数。他不是个傻子。既然不给弹药，等到八路军攻城时，总不能让弟兄们用身子去挡子弹。他牢记着张步云嘱咐他的话：平度城失守，就把队伍拉到高密。保存好自己的队伍是最重要的，只要有队伍带着归顺“国军”，就有了立功的本钱。

王铁相以为他的部署无懈可击。即使张松山的队伍都打光了，平度城也是万无一失。城内有四五千人防守，城墙上明碉暗堡，机枪密集，八路军又没有攻城的强武器，咱们就以城墙为界，打他个一月两月，等美军和国军大部队来了，我王铁相就是国军的英雄了，哈哈！

王铁相来到平度县立中学，找到日军中队长，要求他们帮他把守平度城。此时平度城的日军尚有300余名，火力充足。但他们已是宣布投降了的败军，不知该不该继续与八路军交战。王铁相就鼓励他们：听我的命令就是听中国政府的命令，蒋委员长不是命令你们切实维持地方治安吗？你们放心大胆地打就是了！可是日本人还是打不起精神，不敢表态。

就在这时，从掖县那边又过来300多日军。带队的名叫柏冈勇夫，他受高密日军派遣，专程将驻掖县的日军带去高密集结，可是刚走到平度城就遇到大雨。柏冈勇夫曾驻平度，几年前调往高密，当然与伪县长张松山很熟。他带着队伍来到平度城西关，一为避雨，二为向张松山请求补给一些给养。这300日军都淋得好似落汤鸡，早已没了过去如狼似虎的凶相，一个个像瘪了的皮球，蔫儿巴叽的一副可怜相。张松山感到机会难得，就对柏冈勇夫好生款待，企图向他索要一些枪支。席间，张松山对柏冈勇夫提出，天皇已经宣布投降了，你们还要这么些枪干什么？不如留给我的部队，也好替你们跟八路军对抗一阵子。柏冈勇夫为难地说：我不能把枪给你们，我们接到的命令是在高密集结，然后向国军缴械，不能把武器交给任何人。再说，说不定我们在路上还要用。张松山变了脸说：我现在已经是国军的少将师长了，你们把枪给我，就是向国军缴械。柏冈勇夫将信将疑，但还是同意将中国土造的52支步枪和一箱子弹留给张松山。因为这些土造的武器不在日军的账上。张松山对柏冈的抠门很是不满，非要几支三八大盖枪不可，柏冈勇夫只好给了他四支三八式，还是打坏了的，需要修理了才能用。张松山看事情真的不大好办，也就不再难为他们。这些日军被大雨耽搁了三天，都住到平度县立中学去了，这样，集中在县立中学里的日军就达到600名左右。

张松山向王铁相要武器没要到，连已经失败的日军也只给他几支破枪，感觉很是窝囊，就越发不打算为王铁相当炮灰，与八路军真干了。

7000多名伪军，600余名日军，人员众多，城防坚固，这就是八路军进攻平度城前的敌情。

第六十四章　绣红旗

八路军打平度城的目的是为了打青岛。国民党要守住青岛就必须守住平度城。可是，比平度离青岛更近的即墨城和胶县城都已经落入八路军手中，对青岛威胁极大。这就为汉奸赵保原提供了向蒋介石国民党表忠心的机会。

前面我们已经对赵保原非常熟悉，这个家伙先当汉奸，后投国军，被封为国民党暂编十二师师长、山东第十三专区专员、鲁东行署特派员、莱阳县长，还曾任“鲁东抗日联军”总指挥，领导联军打垮了张宗援对胶东的进攻。在国民党发动的第一次反共高潮中，赵保原又任胶东“反八联军”总指挥，对八路军疯狂进攻，成为共产党的死对头。1941 年，赵保原的“反八联军”被许世友指挥的胶东八路军打得惨败。幸亏莱阳城日军的救援，赵保原才得以在莱阳万第据点生存下来。到了 1945 年 2 月 21 日，胶东军区发起讨赵战役，向赵保原盘踞的最后据点万第发起猛攻。经过 18 天的激战，赵保原遭到毁灭性打击，被消灭了 8 个团 12000 多人。赵保原率残部逃到即墨城，公开投降了日军。可只过了 6 个月，8 月 26 日，八路军攻克了即墨城，逼近了青岛市区。赵保原和驻即墨日军逃到青岛沧口一带，等待国军前来缴械。赵保原真够晦气的，刚投降日军不到半年，日本就宣布投降，白白赚了个汉奸身份。不过蒋委员长还给他提供了最后的机会，只要在国军来到青岛之前能为“党国”做点贡献，还是能回到“国军”队伍的。于是他决心砸锅卖铁，与八路军最后一拼。8 月 27 日，赵保原得知攻克即墨城的八路军胶东十三团等主力部队紧急北上去围攻平度城，便乘机与驻青岛日军警备旅团司令龙本一磨一起，配合 4000 日军向即墨、胶县反扑。经过 10 天激战，八路军守城部队终于难以抵挡，于 9 月 6 日撤离即墨城，7 日，放弃胶县城。赵保原终于在最后的关头为“党国”立了一功，又回到了“国军”队伍，重新得到“国军”整编。

就在赵保原为国民党夺回胶县城的那天晚上，八路军对平度城的进攻开始了。

绣红旗

在北京中国军事博物馆里，有一幅珍贵的大照片，照片上是一面大旗插在一座古城的城楼上。那大旗在微风中全面展开，上面的一行大字清晰可见："把胜利的旗帜插到平度城上"。那城门楼就是我的家乡平度城的西门城楼，离我家的北关村仅有 400 米。

这面红旗是平北县委书记王磊和县长乔天华出的主意，由乔天华的妻子、时任乔家村党支部书记的韩树亭带领乔家妇女绣制的。从 1943 年 1 月开始，乔天华离开了南海独立团，被任命为平北县县长。那时，平北刚刚从平度析出不久，平度县分为平北、平西和平南县，后来又分出平东县，人称平度四县。而平度城就在平北的地盘上，平北县抗日民主政府的大印仍然还是从国民党县长李德元的秘书曾九如手里缴获的，依然是"平度县政府印"六个大字。而平西平南平东三县也没有另刻大印，需要盖印了，就到平北县政府找乔天华盖，所以平北实际上代表着平度。

当胶东军区决定攻打平度城时，平北县长兼平北县大队大队长乔天华激动得一连几天难以入睡。其实也没有时间睡觉。大战之前，他这个县长的任务就是组织群众支援前线。担架队，小车队，毛驴骡子队，杀猪宰羊，磨面烙饼，挨村动员，全民参与。动员青壮年参军当然也是县政府工作的重头戏。那时的县政府没有个固定地点，乔天华走到哪里那里就是县政府。他家的乔家村就在平度城北边不远处，又被人们称为"八路窝子"，群众基础好，要打平度城了，县政府安到这里正合适。他的妻子韩树亭又是乔家村党支部书记，所以县政府办公室就安在他家里。他家的锅碗瓢盆就是县政府工作人员的餐具，韩树亭和公公婆婆就是县政府的"伙头军"。乔天华看着全家人都围着县政府转，觉得很值得。他从 1932 年加入中国共产党至今已经提着脑袋奋斗了 13 年，为的就是要推翻国民党的独裁统治，建立独立民主的新中国。

抗战伊始，1938 年的除夕之夜，当他和罗竹风、刘文卿、王侯山等一伙教书先生在乔家东河滩里宣布"平掖抗日救国会"成立，带着队伍到大户家里强行"借枪"的时候，目标既是要抵抗日寇侵略，保家卫国，更是为了打出一片新天地，建立人民自己的政权。如今，他这个平度人亲手参与解放了家乡的大片领土，并且当了家乡人民的县长，这是平度人的胜利，使平度人引为骄傲。遗憾的是，他这个县长虽然执掌政权了，但这个权力还不完整。平北解放区已经扩大到城北的花园村，离平度城只有三里路，城墙上碉堡的枪眼都看得清清楚楚，可乔天华却管不着它，而且不敢轻易进城，共产党的人在城里也只能在地下活动，因为那里是日本人和汉奸的天下。不到平度城里去坐大堂，还算个什么县长？好了，终于要打平度城了。建立新中国，就从家门口开始，把平度城解放了，就是为建立新中国做出了贡献，这意义是多么重大！更有意义的是，自从 1937 年底国民党县长姬春堂弃官而逃，国民党平度县长换上张金铭和李德元。除了 1938 年 5 月至 10 月张金铭进城坐了不到 5 个月的大堂，他们再也没能进城当县长。因为城里有日本人扶持的伪县长把持着。如今，国民党平度县政府已经被彻底推翻，县长李德元逃往青岛去了。打下平度城，消灭伪政权，进平度城去当县长，那可就是平度独一无二的县长了，那才算共产党真正地掌了大权呢。所以，乔天华日夜奔忙，心里激动，他还能睡得着觉吗？

为了那面红旗，乔天华和王磊在乔天华家东间炕上研究了一宿。乔天华的妻子韩树亭除了在炕下为他们点艾蒿熏蚊子添茶倒水，也抽空坐到炕沿上参与研究。她可不是个一般的农村妇女，她也是个文化人，当过小学教员，还在大泽山里的西海军分区司令部搞过宣传工作。所以县委书记王磊提议，就叫韩树亭负责组织几个妇女，为负责主攻任务的八路军十三团绣一面红旗。至于在旗上绣什么字，他们三人出了好多词，但又都被自己推翻了。比如，“打倒汉奸日本鬼，解放全中国”，觉得既不雅，还因为平度城里的汉奸已经接受国民党的番号了，究竟打的是伪军还是国民党军一时难以分清，再说也没有针对平度城，所以不用了。又想了一条，“把红旗插到平度城上”，一开始觉得挺好，可又一想，红旗是要鼓舞军威，振奋斗志，是胜利的象征，所以不能少了“胜利”二字。最后终于确定了十二个字，就是“把胜利的旗帜插到平度城上”。词想好了，乔天华立即命妻子研磨摊纸，挥毫写了这十二个大字，并吩咐民政科长马上寻找红布。第二天，韩树亭找了几个心灵手巧的妇女，几个人围着那大幅的红布又是缝又是绣，整整忙了一天，一面红光闪闪的大旗就绣成了。

上兵伐谋

为了攻取被日伪军占据的胶东最后一座县城，八路军胶东军区司令部成立了平度城战斗前线指挥部，胶东军区司令许世友任指挥，进驻平度城北的七里河子村。这个村子背靠大泽山区，南面不到 10 里就是平度城，是大泽山解放区最前沿的一个村庄。把前线指挥部选在这里，除了地理上的优势，还因为这个村子群众基础好。村子里出的八路多，共产党的干部多，还出了个文化名人姜守迁。姜守迁作为先进的民主人士，成为共产党领导的“三三制”的平度县第一任参议会的参议长，主持选举产生了平度县第一个抗日民主政府，并选出了第一任县长罗竹风。罗竹风的家也是这七里河子村。

这一来，七里河子可就热闹了。一下子来了那么多的八路军大官。除了名震胶东的胶东军区司令许世友，还有根据地人都熟悉的山东军区新编第六师师长聂风智（曾为五旅十三团团长）、政委李炳令（曾为五旅十三团政委）、张慕汉（曾为胶东十三团参谋长）、胶东军区南海军分区司令员兼警备五旅旅长贾若瑜（曾为抗大胶东支校校长、山东纵队五旅参谋长、胶东军区参谋长、胶东军区南海军分区司令员，刚刚在山东军区的整编中担任警备五旅旅长），新任五旅十三团团长夏侯苏民，还有五旅十四团、十六团的首长们，个个都是抗战八年转战胶东屡建奇功的大英雄。

这次胶东军区集中了胶东八路军主力十三团、十四团、十六团和西海、南海军分区独立营作为攻城部队，可算大兵压境。

1945 年 9 月 1 日，许世友司令来到七里河子河西岸的高地上，放眼向南望去，平度城头历历在目。他的身边除了前线指挥部的几位主要领导和参谋干事，还有刚刚从平度城王铁相的司令部脱险出来的胶东军区敌工科长辛冠吾。辛冠吾带来了有关平度城防的最新情报。随着许世友的望远镜从东到西地慢慢移动，辛冠吾详细地解说着王铁相的布防情况：

那个北城墙中间的大炮楼，占据着全城的最高点，里面有轻重机枪 12 挺，以防御城北为主，又担任控制全城的任务。城墙四周高高的城墙垛口已经全部改造成枪眼，现在用砖头堵着，大部分垛口都形成了暗堡，只要一开战，将砖头戳开即可对外开枪。在方圆不足四华里的城墙上，这样的暗堡有 120 多个。三个城门楼和四个城角上都架设多挺机枪，构成了非常密集的火力网。四周的城壕沟深宽各两丈，城壕沟外面又加了一道鹿砦，把城区严严地围了起来。平度城外有东关、西关、南关、北关四个村庄拱卫着城区，北关村就在北城墙下面，离城墙最近，容易接近城墙。可惜平度城没有北门，北城墙上又有那个大炮楼，所以不宜从北边攻城。日伪军的兵力分布情况是，张松山的独立第十二师防守西、南、东三关，以西关为重点，所以他的司令部设在城门外的西关完小。张松山的队伍属于凑班子，一部分是原来的伪警备队，归张松山直接指挥。一部分是由各区的伪自卫团改编而来，号称一个旅，由伪六区姓赵的区长担任旅长，与张松山一起守西关。一部分是在柳行据点被我八路军打败了的李厚基残部，原为李德元的平度保安旅二团，目前不足两个营，张松山任命李厚基为第三旅旅长，叫他把守南关。李厚基缺乏枪支，向张松山要，张松山只给了他 50 条破枪和一箱子弹，为此李厚基很不高兴。本来还有个伪保安团团长冷冠荣，被八路军拔除了兰底据点后也逃进平度城，可他又被赵保原招呼到蓝村车站去担任辎重营营长了，只留下蔡乐斋的一个营。张松山空着第一旅没有任命，就是给冷冠荣留着。可冷冠荣再也不想回平度，还来信调蔡乐斋到蓝村。张松山不准蔡乐斋离开平度城，并写好委任状叫蔡乐斋派人送给冷冠荣。可冷冠荣不但不来赴任，连那送信的人也不回来了。这样，张松山的独立师就只有二旅和三旅，第一旅只有蔡乐斋的一个营。好个辛冠吾，不愧给王铁相当了一段时间的副秘书长，把平度城防描述得使人听来洞若观火，一目了然，赢得前线指挥部首长们的一片赞誉声。

许世友把镜头对准西城门楼，一边观察着一边问：看来，王铁相是把防守的重点放在城墙以内，三关并不难打了？

辛冠吾说：是的。张松山的队伍约有3000人，人虽不少，但以平度人为主，本来就不愿在家门口替人卖命，又因为缺枪少弹，人心涣散，军心不稳，可以说不堪一击。

许世友对辛冠吾详细的敌情汇报感到满意，欣慰地点了点头，又问：城里的600日军究竟能不能参战？

辛冠吾说：目前日军都集中在东南城角的县立中学里，看不出要跟我们决战的样子。但我们也要防备他们困兽犹斗，如果日军参战，他们的武器杀伤力大，我们的攻城难度就加大了。王铁相敢跟我们较量，也因为有日军撑腰。

许世友马上说：那我们的主攻点就更要放在西门，把南门放松一点，给鬼子留条逃路，让他们瞅个空子滚蛋吧。剩下王铁相和张松山的伪军，就不难对付了。

大家齐声赞同，攻城方案就这样确定下来。

许世友最后又问辛冠吾：难道争取王铁相起义就一点儿也没有希望了？

辛冠吾说：我看基本上没有希望，王铁相没想到倒了日军来了国军他照样当军长，所以对蒋介石感恩戴德，铁了心要为蒋介石立功。

许世友沉吟片刻，冷静地说：终归跟我们有过一段时间的交往，为我们做过一些好事，我们要做到仁至义尽，再给他一次机会。如果能争取他起义，能避免多少牺牲啊！所以不到最后关头，我们不放弃和平解放平度城的希望。

孙子曰："上兵伐谋，其次伐交，其次伐兵"。八路军攻打平度城，正是采取这样的战略思想。平度城里的日伪军已成瓮中之鳖，势在必得。但不到万不得已，就不能采取劳民伤财、血流成河的攻坚战。

战前动员

1945年9月7日，在八路军攻城部队出发进入阵地之前，七里河子村西边大沙河的沙滩上，担任主攻西门任务的十三团干部战士正在与周围八个村庄的农民代表坐在一起，召开诉苦大会。会场上临时搭起一座台子，台子前面张贴着“诉苦大会”四个遒劲有力的大字，那又是平北县长乔天华的手笔。乔天华与十三团团长夏侯苏民一起主持诉苦大会。会上，五位苦大仇深的老乡控诉了日伪军屠杀八路军亲属、烧毁大量村庄房屋、抢夺群众财物、强奸妇女的暴行。其中一位姓蒲的老大爷哭诉道，他唯一的儿子被汉奸抓去吊在树上活活打死，刚过门不久的儿媳妇被汉奸轮奸后悬梁自尽。老人说着说着泣不成声，要战士们为他家报仇雪恨。北台村一个中年妇女，用颤抖的双手捧着一件撕烂了的血衣，哭诉了她的遭遇：两年前她带着五岁的儿子进城讨饭，日本宪兵队放出狼狗，撕咬她们娘儿俩。她被咬得遍体流血，五岁的儿子竟被活活咬死！两年来，她一直把儿子的血衣放在枕头下面，盼望有报仇雪恨的那一天。这一天终于到来了，她扑通一声跪下了，磕着头求八路军为她儿子报仇！

乡亲们的血泪控诉，撕裂着八路军战士们的心。“为乡亲们报仇，为平度人民报仇！”“敌人不投降，就叫他灭亡！”“打进平度城，活捉王铁相！”战士们愤怒的吼声，在会场上空震荡。

在重大战斗之前召开群众诉苦大会，是共产党惯用的政治动员方法。用广大百姓的苦难去点燃同是穷苦百姓出身的八路军干部战士的阶级仇恨，必然在战士们身上激发出巨大的力量。这力量威力无比，能叫人一不怕苦二不怕死。具备了这样的力量的战士能以一当十，英勇无敌。当然，这样的诉苦大会，只有共产党能够开得起来。共产党讲的是阶级斗争，站在广大的受苦受难的无产阶级和贫下中农一边。

就在群情最激烈的时候，县长乔天华代表平度人民，将那面绣着“把胜利的旗帜插到平度城上”十二个大字的红旗献给了夏侯苏民团长。

夏侯团长将那面红旗向战士和百姓们展示一圈，然后郑重地交给担任西门主攻任务的一营营长王景崑。王景崑眼含热泪接过红旗，举起有力的拳头对着台下高声喊道：“乡亲们，等着看我们是如何把这面红旗插上平度城头的吧！”

王景崑是地地道道的平度乡亲。他的家是平度城北窝洛子村，南边离七里河子五里，东边离乔家村只有三里。他 1938 年 10 月参加八路军，在胶东独立二营二连当战士。1940 年 9 月起，先后任八路军山纵五旅特务营排长、连长，十三团连长，1945 年 9 月，打平度城时担任十三团一营营长，年龄 26 岁。主攻任务是他在十三团诸营的激烈竞争中抢到手的，夏侯团长认为他的理由最充足，那就是，他是平度人，为平度乡亲报仇的决心最大最迫切。

王景崑手持红旗，向平度县长乔天华隆重地敬了一个礼，表示他不会辜负平度乡亲的重托。乔天华握着王景崑的手点点头，表示完全相信这个老乡能够胜任主攻任务。接着，乔天华把手对着台下一挥，诉苦大会按照议程进入了劳军阶段。城北各村青妇小队的年轻姑娘们组成的慰问队伍，用小车推着、用担子挑着刚烙好的白面饼来到队伍面前，忙的各连炊事班应接不暇。附近各村的大娘和大嫂们则纷纷提着篮子，挎着笎斗来到战士们中间，向战士们兜里塞着鸡蛋、花生、红枣。这是我们在影视剧中常见的镜头。那是历史的真实，并非虚构的戏剧情节。根据地老百姓的拥护和支持是共产党八路军最终能够打败日伪和“国军”的最有力的保障。

这样的情节，国军也曾在北伐战争中遇到过，老百姓箪食壶浆支援北伐军，军民团结将反动军阀一扫而光。

这样的情节，抗战中与日寇英勇搏杀的国军也曾遇到过。《白崇禧回忆录》中有这么一段：“昆仑关战斗时，由各处调来几支军队，粮食之补给，后方兵站一时供应不上，乃临时由桂林行营下令上林、宾阳、贵县、永淳等县，以手推车，民佚于两天内运送1000担以上的米粮接济，方渡过难关，足证民力之伟大。”正是老百姓的这1000担粮食，保证了即将断粮的国军吃饱了肚子，从日寇手中将昆仑关夺回。

可惜，国军遇到这样的情况太少了。《白崇禧回忆录》的另一段文字披露了敌占区国、共与老百姓的不同关系：“自抗战以来，敌骑所到省份，当地士绅间有为敌伪利用，组织伪组织，附和敌人者，或为中共威胁，产生共党政权组织者。黄河、长江两大流域敌所占地区，皆有发现上述情况者。”在这里，白崇禧对敌占区民众多有抱怨，因为他们有的“为敌伪利用”，有的“为中共威胁”，“产生共党政权组织”，而且这种情况在黄河、长江流域广大敌占区比比皆是。实际上，敌占区的民众（包括“士绅”），确有人被敌伪利用而当了汉奸和加入伪组织者，但当汉奸的毕竟是少数，多数民众听共产党的，并且加入了“共产党政权组织”（应是指各级政权组织和民兵、妇女联合会、青年联合会、儿童团等等）。白崇禧认为真正一心配合国军的“只有广西民众”，他们与国军“一致破路，袭扰敌人”，因而成为“抗战中最特殊之省份”。就是说，全国百姓支持国军的太少了。如果说白崇禧的这段文字表述得还比较隐晦，下面这两段关于敌后游击战的总结就有些实事求是了。

他的回忆录说：“军委会对当时敌情之决定，加强游击之方针，十分正确。故冀察、苏鲁二游击区以及各战区指定之敌后游击部队，因国人憎恨敌人，鄙视伪组织，故举凡敌后地方团队，地方民兵，一时风起云涌，莫不自觉自动加入游击队，以打击伪军，将敌后方变成前方，使敌困守点线。”“倘照此计划进行，本可获得良好之战果，惟共军宣传共产主义，挑起阶级斗争，以‘穷人翻身’为口号，利用十分之八的农民而清算少数之地主，组织苏维埃政府。自此，原为国军所控制的广大农村，逐渐变为共军所控制。日本投降后，共军兵力涨至三十万以上，农村红军自卫队尚不在内。”

是的，共产党就是靠“宣传共产主义”，运用“阶级斗争”理论，发动“穷人翻身”，从而得到了“十分之八”的农民的欢迎和支持的。且不说“十分之八”是否准确，起码说明共产党得到了绝大多数民众的支持。按照白崇禧的这一说法，国民党丢掉了“十分之八”的民众，民心所向，昭然若揭。

民可载舟，亦可覆舟。不管是在日伪军面前，还是在国军面前，共产党八路军是非赢不可了。

十三团的战士们吃着老乡们送来的香喷喷的面饼、鸡蛋、花生，早就送来的猪肉、牛肉、羊肉也正好煮熟了，可以尽情享用，人人管饱。然后，他们怀着必胜的信念和牺牲的准备，向平度城开去。

第六十五章　把胜利的旗帜插到平度城上

八路军进攻平度城的具体部署是，十三团、胶东军区炮兵营为西梯队，主攻西门，由聂风智任指挥；以南海独立团、平南独立营为东梯队攻东门，由贾若瑜任指挥；十四团攻南门，由十三团参谋长张慕汉任指挥。

战斗打响之前，指挥部首长决定，再给王铁相一次机会，劝他投降，以避免双方大的伤亡，保全平度古城，保护城内百姓生命财产。

面对三道通牒的王铁相

9月5日，攻城前线指挥部派平北敌工站的情报员小李给王铁相送去了第一封通牒，限他48小时内投降。王铁相不以为然，手持通牒在军官会议上嚎叫着说：大家看看，土八路想用这么个办法来赚咱们的便宜，这就足以说明他们没有什么可怕的！他们的武器根本就不行。平度城是铜墙铁壁，我们守住平度城是有把握的，一旦国军和美军来了，我们就都是党国的功臣！

参加会议的张松山心里却打着鼓，因为一旦开战，他的人是要最先挨打的。他对王铁相说：王司令，城里的粮食总共还有20万斤，最多够吃10天的。

王铁相不满地哼了一声说：20万斤那是粮库里的，还有百姓家里的呢？平度城总该有上百万斤吧？

张松山苦笑着摇摇头，知道王铁相死心塌地要跟八路军决战。他默默地回到自己的司令部，命令勤务把所有物资和文书收拾好，随时做好撤离的准备。

9月7日晚10时，八路军打响了进攻三关的战斗。十三团一营、三营突袭西关，张松山所谓的第二旅一触即溃，纷纷四下逃散。至半夜，不但拿下了西关，占领了张松山的司令部，还活捉了他的参谋长。只是跑了张松山，因为他早有准备，已经逃进城里去了。东关、南关也进展顺利，至8日拂晓，三关守敌大部分被歼灭，一部分逃进城里。张松山的独立师，真的像辛冠吾分析得那样不堪一击。

住在县立中学里的600余名日军，本来就有300多是柏冈勇夫从掖县接来到高密去集结路经平度的，只是因大雨耽搁了路程才在平度住了三天，并不想在平度参战。一见八路军不费吹灰之力就拿下了三关，就更不想在这里为王铁相陪决，他跟原来驻平度的那300日军一商量，三十六计，走为上计，赶快逃跑为妙。于是，这600日军全副披挂，机枪开路，从南门外突围。他们奇怪突围竟然很简单，几乎没受到八路军的火力阻挡，就逃到高密去了。其实他们不明白，八路军的目标是拿下平度城而不想跟日军拼消耗。日军已是败兵，给他们让出逃路，让他们另找地方去缴械吧。反正他们跑到哪里也是要向中国人缴枪的。

丢了三关，跑了日军，这对王铁相守城是非常不利的，他应当根据己方力量的这一重大变化，冷静地思考一下自己的后路了。正是出于这个考虑，八路军前线指挥部于8日向王铁相发出第二道通牒，劝他主动投降，为和平解放平度城立功。考虑到王铁相的死硬态度，第二封通牒交由曾经担任伪县立中学校长的杨紫庭送到王铁相的司令部。可是，铁了心的王铁相还是拒不回复八路军的通牒。9日傍晚，在预定的最后下达攻城命令之前，许世友决定发出第三道通牒，限王铁相在两小时之内缴械投降。

面对着八路军给予的最后机会，王铁相的司令部里显出混乱来了。参谋长于静波（共产党员）和从莱阳过来的二十四团团长认为，连日军都不敢跟八路军打了，咱们治安军更不是八路军的对手。可是，王铁相反问他们：蒋委员长封我为国军军长，你们也都跟着沾光，投降八路军，我们能得到什么？

与会的张松山失了三关，早就没心思再战，现在见王铁相的口气似乎有所松动，就主动请缨说：王司令，识时务者为俊杰，既然八路军给咱们机会，我就出城去跟他们谈谈，向他们要一些条件，只要咱们不是吃亏太大，我看可以把城交给他们。

王铁相哼了一声，讥讽地说道：你他妈的就是个怕死鬼，三关丢了，却没把你给丢了！你想去给我当谈判代表？我还怕你把我卖了呢！

张松山讨了个没趣，不敢再说什么了。

王铁相似乎已经失去了理智，只见他突然双眼圆瞪，大叫道：大战在即，谁再提向八路军缴枪，我就先宰了他！来啊，把那个为八路军送信的先给我宰了，叫八路看看我的厉害！

前来送信的八路军敌工人员被用一根绳子缓缓放下城去。城外的八路军眼看着那名同志解开绳子，向城门外的石桥走来。就在这时，随着城墙上一阵枪响，那名敌工人员被打死在平度城墙下面。

八路军仁至义尽，王铁相丧心病狂。1945 年 9 月 9 日晚 8 点正，许世友一声令下，攻打平度城的战斗打响了。

红旗是这样插上平度城头的

平度城攻坚战打得非常惨烈，从反面证明了《孙子兵法》关于“上兵伐谋”战略思想的正确。手握千军万马的指挥员，一声令下，立刻就是战火纷飞，士兵尸横遍地，城池房倒屋塌，黎民百姓惨遭涂炭。八路军攻城前线指挥部一而再再而三地劝王铁相下放下武器，就是为了避免攻坚，争取和平解放。如果是这样，我家所在的北关村道南的房屋也就不会化为灰烬了。

听我奶奶说，1945 年 9 月 9 日凌晨，我们北关村突然燃起了冲天大火。大战前夕被八路军动员撤离家园站在城北圩子上翘首眺望的村民们，眼看着王铁相的治安军在城墙上点燃蘸了火油的棉花，像要龙灯一样将燃烧的棉花抛向我们北关街南侧靠近城墙的房子。那时的房子全都是草房，很快，从东到西 30 多家近 200 间草房被点燃，大火顿时照亮了夜空。尽管只是烧了道南人家的房子，但是全体村民无不捶胸顿足失声号哭。房子是百姓安身立足之地，俗话说讨饭吃还得有个藏棍子的地方呢。于是，哭声中夹杂着对大汉奸王铁相的痛骂声，“打开平度城，活捉王铁相”就成为百姓们发自内心的要求了。

不但北关村被烧，西关、南关、东关也都是大火冲天。为了不让攻城队伍靠近城墙，王铁相下令将县城四关城墙下面的房子全部烧毁，以形成空旷地带。王铁相企图用大火阻止八路军攻城的步伐，却进一步点燃了八路军和老百姓心中的怒火。

9月9日晚8点整，总攻平度城的战斗开始了。

任何的攻坚战其实都没有什么窍门，无一例外的都是要拿官兵的性命和鲜血去撕开一个突破口，然后从这突破口冲进去，逐步扩大口子，容大部队从口子里进入。进入后攻守双方凭各自的实力拼死搏斗，枪对枪刀对刀，以命换命。两军相逢勇者胜，比的就是勇气。

大战前的平度城已经被王铁相搞成了一个大火药桶。6000多伪军全副武装，人人身带充足的弹药，几乎是很拥挤地分布在城内每一条巷子和沿街每一所房子里。城墙四周架设了上百挺机枪，城内各大建筑物，凡是制高点都架设着机枪，构成了密集的火力网。平度城四四方方，周围只有四华里，一共两条主要街道，一条东西街，一条南北街，长都不足一公里。两条街在城中心形成一个十字口，十字口上架设了多挺机枪，对着三面城门，这是城内最核心的也是伪军的最后一道防线。街道两旁的屋顶上和院子里都部署了队伍，随时准备与八路军进行巷战，八路军即使冲进城来，每前进一步也必须付出血的代价。

伪军在西城门楼上部署了多挺轻重机枪和许多掷弹筒，厚厚的木头门用铁钉钉得死死的。门外是城壕沟，壕沟上有一座石桥，石桥上用沙袋堵死，沙袋后面也架设着机枪。城壕沟外面是鹿寨，别说是人，一只老鼠也别想通过。

八路军对平度城势在必得，攻城首先靠的是士气。担任主攻任务的十三团一营营长王景崑在回忆录《平度城歼灭战》中写道："营部通讯班的几个战士，有的在自己衣服反面写字，有的在向口袋里掖小布条。我知道，这是他们在把自己的名字写在布条上，把自己的家庭地址、某连、某班写在衣服反面，这些年轻的战士，使我心头一阵灼热：他们是在准备为人民献出自己的一切啊！"这就与张松山的队伍时刻准备逃跑的士气形成了鲜明的对比，不怕流血牺牲是八路军能够攻下平度城的决定性因素。

当然，勇者不是鲁莽，攻城必须有攻城的策略。八路军的攻城策略，一是利用地形地物暗中接近西门。十三团一营在营长王景崑的带领下，打通了西关街路北边全部院落的院墙，很容易地就来到离城门60米处的西门外攻击阵地。60米，如果是短跑运动员，不用10秒钟即可通过。可是，如果不想法解决城楼上的火力封锁，任你再能跑也是寸步难行。要攻破西门，首先要解决城门楼上敌人的火力，这就是攻城策略的第二点，挫其锋芒。攻城前线指挥部特地为一营调来一门胶东兵工厂自制的平射炮，炮口直指西门楼。

那时节，平度城四周杀声阵阵，炮火连天。城内的守军四面反击，城头上明碉暗堡一齐喷吐出火舌，王铁相就是要依仗这样密集的火力阻止八路军的爆破手接近城门。

王铁相不知道八路军对东门和南门只是佯攻，不知八路军的攻城突破口选在西门。

西门外，随着王景崑一声令下，那门平射炮“轰”的一声射出了一发炮弹，正中西门大阁楼。烟尘滚滚，瓦砾纷飞，阁楼一下子就被打垮了一多半，许多守军被压在砖头瓦块下面。这一炮给了守军一个下马威，城楼上喷吐的火舌立减了一大半。这时候，强攻开始了。一营火力队的十几挺机枪同时开火，密集的子弹射向城头，压住了敌人的火力。王景崑狠狠地在一营战斗英雄谭学民肩膀上拍了一把，发出了爆破令。只见谭学民在前，战士官德才在后，每人腋下夹着一个大大的炸药包，在密集炮火的掩护下飞速地冲过了城门外60米长的空阔街道，扑到了被敌人的交叉火力封锁着的石桥桥头上。石桥那头，敌人的几挺机枪喷吐着火舌封锁着石桥。随着一声巨响，桥头上的鹿寨和铁丝网飞上了天空。还没等西门外的敌人回过神来，谭学民他们的另一个炸药包响了，摧毁了西门外的工事。这样，攻城部队就可以直达城门了。

在十三团一营二、三连接近西门的同时，一营一连也对西城墙南碉堡展开了攻击，三营七连向北碉堡发起进攻，使这两个碉堡的火力无暇支援西门。

为了炸毁西门，王景崑又抽调了几挺机枪，架在西门外的房顶上，打得城墙上的敌人难以抬头。负责爆破的一营三连指导员一挥手，第二组爆破人员程显荣和阎锡昌各夹着一个50多斤重的大炸药包扑向西门楼下的城门。可是刚刚接近石桥，程显荣就倒下了。王景崑心里一紧，以为程显荣中弹了。他刚要派第三组爆破人员上去，只见那程显荣就地一滚又爬了起来，继续向门洞飞奔。原来他没中弹，是被炸乱了的电线绊到了。到了城门洞下面，就是火力的死角了。只见程显荣和阎锡昌敏捷地将炸药包贴到城门上，把弦一拉，就地翻滚而出。随着一阵震天的巨响，大地一阵颤抖。城门洞下面火光喷射，砖头石头木片沙土随之飞溅而出。没等烟雾散去，一连孙连君等六名突击队员已经闪电般扑向西门。只见厚厚的大木门被炸得像锯齿似的错开着，就像一张准备吃人的大嘴。孙连君不顾一切地第一个侧身挤了进去，成为八路军攻入平度城的第一人。第一个八路军的进入，顿使城内敌人大惊，南北城墙上和大街两侧屋顶上的机枪一起对准城门射来，十字口火力点除了机枪扫射，还有迫击炮打过来。孙连君机敏地匍匐在城墙脚下，躲过了敌人的炮火。这时，敌人哇哇叫着向他扑来，企图过来堵死城门。孙连君从腰里摘下手榴弹嗖嗖扔出几颗，当即炸死了几个敌人。就在敌人停顿的间隙，其余五个突击队员也从龇牙咧嘴的城门缝里挤了进来，有两个一进来就被敌人的子弹击中倒下了。孙连君又扔出一颗手榴弹，说声“上城墙”，四个人趁着浓烟，借着夜色，通过登城台阶偷偷地上了城楼。城楼上的残敌只顾向外打枪，竟然没有发觉有人上了城墙。可惜孙连军他们只有四个人，城楼上残存的敌人还有几十个，机枪还在对着城外扫射着，压得城外的队伍难以进城。就在他们商量如何对付城楼上的敌人的时候，只见几十个伪军抬着木板、扛着麻包又从城里十字口那边冲了过来，目的当然还是堵死被炸裂的西门。这时，孙连君他们也顾不得怕人发觉了，一阵手榴弹扔下城去，炸得下面的敌人血肉横飞，狼狈地退了回去。此时城楼里面的敌人发觉了，调转枪口向他们射击。四个人的子弹和手榴弹都打光了，赤手空拳待在城墙上面也没有用处了。孙连君一声令下，四个人又飞快地冲下城墙，拣起敌尸手中的枪支，就地卧倒，枪口对准城内十字口方向，阻击着不断冲过来的敌人。正是有这四名突击队员的阻击，才使城内的敌人没法接近西门，为城门外的攻城队伍赢得了时间。营长王景崑带着三连扑到城楼下面，迅速地扩大了城门口子，三连很快冲进城门，紧接着二连也进来了。王景崑命令三连在城门两边散开，巩固突破口，迎接后续部队进入。命二连沿城墙根向南拓展，支援在城外攻打南碉堡的一连。可是命令刚下达，队伍还没来得及展开，敌人的第二道防线便发挥了威力，架在路北边的机枪对着城门狂扫过来。八路军战士立刻被打倒了一大片，其余的也都被打得抬不起头来。形势非常严重，如果不把这个火力点消灭掉，进来的人面临灭顶之灾，后续部队也别想进来。

在这关键的时候，又是孙连君提着一个炸药包来到王景崑面前，请求去炸毁前面那个敌人的火力点。只见他在敌人的扫射中左闪右躲，在断墙之间飞奔跳跃，很快接近了那个火力点。一声轰响，敌人的机枪变成了哑巴。三连迅速跟进，又向前深入了十几米。因为城里伪军众多，深入了十几米，就已经跟他们混在一起了，因而双方展开了肉搏战。十字口西面窄窄的大街上，刺刀咔嚓作响，杀声震耳欲聋。王景崑在回忆录中写道：“战士刘桂生的腿被打断，他还拖着身子与敌人拼手榴弹。有一个英雄战士，他的名字我已记不起来了，只记得他姓王，在战斗中，敌人的一颗子弹穿透了他的腹部，血流不止。指导员叫他下去，他却说：'我不要紧，你去指挥部队吧，不要因为我影响了战斗。'说完，一手捂着伤口，一手提着枪向敌人摸去。等到指导员第二次来到小王身旁，他已经昏迷了。可是，当同志们要背他下去时，他苏醒过来，忙挣脱开，断断续续地说：'我……不下去，我要和大家一起战斗，看到那面……红旗……插到城……'小王闭上了双眼，战友们喊着'为小王报仇'，又与敌人展开了搏斗，连续打退了敌人几次冲锋……"

王铁相见迟迟不能把突进城来的八路军赶出去，气急败坏，手持冲锋枪亲自督战，狂叫着"就是用十条命换一条命也要把八路军给我打出去"！从十字口向西门冲来的伪军一浪高过一浪。八路军的两个连很快伤亡了近一半，只剩下 100 多人了。北边又有几百伪军沿着城墙根向南冲来。离西门仅 300 米远的城隍庙里的五六百伪军也哇哇叫着向西门扑来。敌人众多，八路军有被包了饺子的危险。他们把手榴弹全部解下来拿在手里，准备跟敌人同归于尽。

就在这时，王景崑急中生智，向二、三连连长说了句"你们在这里指挥，一定要顶住"！然后，带着二连一个排飞步上了城墙，占领了有利地形，两挺机枪对准城墙下扑来的敌人狂扫一阵，众多的手榴弹投向敌群，终于将敌人的一波进攻打了回去。此时，王景崑的身后传来团长夏侯苏民的声音："王营长，你们是好样的！只要再坚持几分钟，后续部队进来的就会更多一些，我们就会更加主动！"

原来，夏侯团长是随着二营的先锋部队进来的，二营大部还被阻止在城门外。王景崑说："团长放心，我们就是剩下最后一个人，也不能让敌人靠近城门一步！"

正说着，眼见得十字口那边又有黑压压的一片敌人扑了过来，后边还响着督战军官的叫骂声。几十个伪军踏着自己人的尸体飞扑到了城门下，大街上又响起敌我双方拼刺刀的咔嚓声。一颗子弹射来，王景崑身边的通讯班长被打中，子弹又穿进了王景崑的左臂。王景崑捂着伤口高声喊道："同志们，要用我们的勇敢来坚决消灭敌人，用生命来为平度人民报仇啊！"夏侯苏民也高声叫道："同志们，我是团长夏侯苏民！我们的大部队正在陆续进城，只要我们顶住敌人的反扑，进来的人就会更多，我们一定会解放平度城，活捉王铁相！"

随着夏侯团长和王景崑营长的呼喊，战士们不顾一切地跟敌人拼搏着。二营已经进来了大部，宋营长带着队伍迅速沿城墙根向北突击，向大街纵深冲去。北城墙突然一声巨响，火光直冲天空。原来是攻打北碉堡的三营趁敌人被已经进城部队搅得慌乱的时候，爆破成功，拿下了平度城的最高点北碉堡。三营又在北城角炸开了一个口子，迅速冲进来加入了巷战。攻打南碉堡的一营一连见西门已经大开，也不顾得再攻碉堡，抓紧时机从西门冲进。这样，十三团三个营全部冲进城来，很快投入巷战，逐步向东推进。城内大乱，东门和南门的守敌也乱了阵脚，两座城门随之被攻破，八路军大部队从西、南、东三个方向纷纷拥进城里，横扫全城各个角落的残敌，王铁相败局已定。很快，捷报传到前线指挥部：国民党独立第十二师师长张松山被俘虏。伪县政府大院被占领。伪旅长李厚基被活捉。治安军二十一、二十四团团长被击毙。

10日黎明时，二营冲进了王铁相的司令部，只见屋内一片狼藉，文件和地图散在地上，只是不见了王铁相。从一个俘虏嘴里得知，王铁相带着几个随从藏在东门里一家老百姓家里。战士们飞速来到东门，在那个农户家的炕上将王铁相捉到了。王铁相被捉时非常狼狈，茶色眼镜的一条腿挂在耳朵上，面色如土，浑身像筛糠一样抖动，举着手，闭着眼，连声说道："我投降，我投降，别打死我，别打死我……"

此时已经是1945年9月10日早晨，阳光洒满销烟未尽的平度城。西门城楼上，一面大大的红旗迎风招展，"把胜利的旗帜插到平度城上"12个大字展现在人们面前。胶东军区的战地记者举起相机，"咔嚓"一声拍下了这个历史性的画面。许世友等前指首长骑着高头大马从西门进得城来，引起了八路军战士和老百姓们一片欢呼。只见一队俘虏迎面而来，打头的正是王铁相，后面还有平度保安旅旅长李厚基及掖县伪县长马德勇等校级以上军官40多名。许世友下得马来，眯起眼睛仔细端详着这个曾一度决定起义而又被蒋介石的一纸任命引上死路的中将军长。当王铁相得知这就是曾经亲笔在介绍信上签名介绍八路军敌工人员与他建立联络的许世友司令时，羞愧难当，恨不得找个地缝钻进去。一个熟悉的身影来到他的面前。"王司令，我们又见面了！"王铁相仔细一看，这个身穿八路军服的人原来是曾被他任命为副秘书长的辛冠吾，长叹一声说："唉！早知如此，何必当初。"辛冠吾哼了一声道："一意孤行，悔之晚矣。你就等候人民的审判吧！"

平度城一战共歼灭伪军6000余人，被誉为“创造了胶东大反攻以来的模范战例”。以王景崑为营长的十三团一营三连被胶东军区命名为“平度城第一连”。王景崑是一个善于创造第一的战将。在1949年的渡江战役中，以他为团长的解放军第二十七军七十九师二三五团一营三连率先登上长江南岸，成为“百万雄师第一船”。他身经百战，功勋卓著。新中国成立后历任二十七军师长、副军长，舟嵊要塞司令员、江苏军区司令员、上海警备区司令员。2008年病逝于上海，享年90岁。

平度城在被日伪占领7年半以后，终于又回到中国人民手中。不过，随着大军进城行使权力的，不再是国民党的县政府，而是以乔天华为县长的人民的县政府了。

1945年10月14日，西海专署、平北县委县政府组成临时法庭，在平度城里的城隍庙广场召开万人公审大会，处决了张松山。同时被处决的还有伪和平镇镇长陶景良和民智镇镇长姜佑之。此前的9月18日，平东县政府组成临时法庭，在尚河头召开公审大会，处决了伪平度保安旅旅长李厚基。

1946年8月31日，山东省高等法院胶东分院在莱阳城组织人民法庭，公审并处决了被宣布为战犯的伪治安军第八集团军中将司令、国民党第九军军长王铁相。

六十九年后

当我写作这本书接近尾声的时候，时序已进入了公元2014年，距中国人民取得抗日战争的伟大胜利已经69年。69年间，中日两国先后经历了战胜国对战败国战犯的东京审判、战后中日邦交正常化、中日友好达到较高热度、两国互为贸易大国互惠互利共同发展的几个阶段。虽然日本首相屡屡参拜供奉着被处死的侵华战犯亡灵的靖国神社，大有复活军国主义的倾向，但他们毕竟只是在国内瞎折腾。可是就在这年9月，时任日本野田政府竟不顾中方的坚决反对，决定从2012年度预算的预备费中拨出20.5亿日元“购买”钓鱼岛及其附属岛屿的三个岛屿，将其非法“国有化”，挑起了与中国的钓鱼岛主权之争。日本人又在觊觎中国的领土了。这似乎又像是1931年的“九一八”事变和1937年的“七七”卢沟桥事变，日本人在对中国进行试探，看看今天的中国政府是否还会像过去的政府那样软弱可欺。应该说他们那两次的试探都得逞了，尽管最终以他们的失败告终，但是他们毕竟将铁蹄几乎踏遍中国，在中国的大地上横行肆虐了14年之久，给中国人民造成了难以述说的深重苦难。而今他们又在试探，试探的结果是惹起了全国人民包括海外华人的一致强烈反对。今天的中国已经不是过去的中国，今天的中国政府理直气壮地代表13亿同心同德的中国人民庄严宣告：钓鱼岛自古以来就是中国的领土，日本人休想非法侵占。

面对日本右翼势力的疯狂叫嚣，2013年11月23日，中方向全世界庄严宣布划设东海防空识别区，范围涵盖钓鱼岛上空。这种积极防御的做法，彻底改变了总是被动挨打的局面。接着，中国政府重拳出击，中方执法船在钓鱼岛周边海域实现了值守型巡航，对中方领海也实现了常态化巡航，有力地宣示和捍卫了主权权益。日本共同社只好慨叹："日本对钓鱼岛的控制已动摇。"而以日本首相安倍晋三为首的日本外相、防卫相、官房长官等高官也只能在口头上要求中方撤回防空识别区。对于日方的无理要求，中方理直气壮地强调，中国划设防空识别区有利于维护国际空域飞行安全，符合国际法和国际惯例，也是中国保卫国家主权和领土领空安全的必要举措。与此针锋相对，2014年7月1日，安倍首相主持日本内阁会议决定解禁自卫权，使实施了近70年的日本《和平宪法》规定的自卫队只能进行"自卫"的限制得以突破，使日本自卫队有了到海外参战的"法律依据"。就是说，从此即使日本自身未受到攻击，他们也可以对外动武。说明白点，安倍政府在一步步地进行准备，为发动新的侵略战争寻找借口。

前事不忘，后事之师。中国人民不会忘记也不该忘记69年前那段被侵略被蹂躏的残酷历史。

沉舟侧畔千帆过，病树前头万木春。如今的中国强大了，中国人民已傲然屹立在世界的东方。即便日本再挑起一场侵华战争，有谁会相信日本能够得逞呢？正在为实现"中国梦"而阔步前进的中国人民，一定会比当年全国各阶层人民团结抗战的局面更加步调一致，更加同心同德，奋起保卫我们的国家主权，保卫国家的领土完整，给胆敢玩火的侵略者给予坚决的回击。

胜利一定属于伟大的中国人民！

2011年2月15日开笔于青岛
2012年6月24日初稿完成于上海
2012年9月8日二稿于青岛、平度
2013年3月三稿
2014年11月定稿

附：参考资料

一、《中共山东地方史》《中共青岛地方史》《中共烟台地方史》《中共平度地方史》《中共莱州地方史》《中共胶州地方史》《中共即墨地方史》《中共莱西地方史》《中共崂山地方史》

二、《潍坊党史资料》《中共蓬莱县党史大事记》《中共招远县党史大事记》《中共莱阳市党史大事记》《中共栖霞县党史大事记》《中共高密党史大事记》《中共昌邑县党史大事记》《中共诸城党史大事记》《中共寿光史简编》

三、《平度文史》（平度市政协编）、《烽火春秋》（刘岐云著）、《烽火大泽山》（谭振增编著）、《胶东烽火》（烟台党史资料征集委员会编）、《平度城歼灭战》（王景崑著）、《国民党的联共与反共》（杨奎松著）

四、部分资料提供及采访导引：张声善 谭振增 高瑞吾 杨志刚 邢洪文

图书在版编目（CIP）数据

草民的抗战 / 谢维衡著. — 北京：中国文史出版社，2015.1（2021.6 重印）
ISBN 978-7-5034-5542-1

I. ① 草… II. ① 谢… III. ① 纪实文学—中国—当代 IV. ① I25

中国版本图书馆 CIP 数据核字（2021）第 083623 号

责任编辑：全秋生

出版发行：中国文史出版社
地　　址：北京市海淀区西八里庄路 69 号　　邮编：100142
电　　话：010－81136602　81136603　81136606（发行部）
传　　真：010－81136655
印　　装：北京温林源印刷有限公司
经　　销：全国新华书店
开　　本：787 × 1092　　1/16
印　　张：26.25　　字数：400 千字
版　　次：2015 年 1 月第 1 版
印　　次：2021 年 8 月第 2 次印刷
定　　价：58.00 元